CRUZADA

PETER WATSON

CRUZADA

Planeta / Seix Barral

Cubierta: Amand Domènech

Título original:
Crusade

Traducción de
ROSA M.ª BASSOLS

Primera edición: junio 1988

© Peter Watson, 1987

Derechos exclusivos de edición en castellano
reservados para todo el mundo
y propiedad de la traducción:
© 1988: Editorial Seix Barral, S. A.
Córcega, 270 - 08008 Barcelona

ISBN: 84-322-4020-6

Depósito legal: B. 18.301 - 1988

Impreso en España

1988.— Talleres Gráficos HUROPE, S. A.
Recaredo, 2 — 08005 Barcelona

A mi madre

PRÓLOGO

Benedetto se quedó mirando fijamente su taza. ¿Qué les estaba sucediendo? Llevaba tomando café en el bar de Enzo todos los domingos por la mañana desde... oh, hacía al menos ocho años. Esperaba allí después de la primera misa a su hijo, el cual cantaba en el coro de la catedral. Luego, a la llegada del muchacho, se tomaba otra taza antes de marchar a casa a desayunar. No tenía ninguna prisa... A Pascualina, su mujer, le gustaba que los dos hombres llegaran tarde, aquel día de la semana, para poder dormir un poco más. El café de Enzo era siempre excelente, el mejor de Foligno. Pero hoy... su sabor era excelente cuando lo probó. Pero ahora, al mirar a su taza, observó lo que parecía una serie de anillos en la superficie del espeso líquido. Como si lo estuvieran agitando desde abajo. Curioso. No podía sentir nada.

En aquel momento −las 8.19 según los periódicos del día siguiente− lo sintió. Las baldosas negras y blancas bajo sus pies empezaron repentinamente a vibrar, como si hubiera algo tratando de abrirse camino desde el infierno. Vasos y ceniceros empezaron a tintinear... luego, de pronto, una estantería entera de vasos cayó al suelo.

Benedetto no llegó a oír el crujido, porque el sonido fue tapado por otro procedente del otro lado de la plaza cuando, a menos de cuarenta metros de distancia, un enorme trozo de mampostería dorada y azul se derrumbó sobre las piedras de la plaza, destruyendo el quiosco de periódicos, proyectando hacia todas partes montones de piedras del tamaño de un puño, como si fuera la metralla de una explosión. Vagamente, Benedetto reconoció aquellos colores oro y azul: en lo alto de la catedral, en su pared principal, había un famoso mosaico que mostraba a Cristo, y al Papa que lo había donado. Pero no era eso lo que ocupaba la mente de Benedetto cuando, junto con Enzo y un par de tempraneros bebedores de café, se refugió en la parte trasera del bar. Ninguno de ellos había estado antes en un terremoto, pero eran italianos, de modo que sabían lo que estaba sucediendo.

Las sacudidas y el terrible ruido de la mampostería cayendo duraron varios minutos. No transcurrió mucho tiempo antes de que la pared delantera del bar se desplomara hacia delante −aunque, a Dios gracias, el techo no se derrumbó−, permitiendo a Benedetto y Enzo contemplar el espantoso daño que estaba recibiendo su ciudad. La arcada que unía la catedral con el Palazzo Trinci había desaparecido completamente. La pared norte de la catedral, una hermosa mezcla de piedra rosa y blanca edificada a lo largo de más de ochocientos años, ya no existía. El rosetón principal había desaparecido también... parecía haber caído hacia dentro, al interior de la catedral, llevándose consigo el tejado.

Ahora, mientras Benedetto observaba, dos de las enormes columnas del Palazzo Trinci, rojas como las naranjas sanguinas de Italia, se derrumbaron hacia la plaza. El ruido fue más intenso que el de un trueno, y las nubes de rojo polvo convirtieron la plaza en un campo de batalla de la Segunda Guerra Mundial. El suelo seguía hirviendo. Por todas partes podía oírse el ruido de los edificios que se agrietaban y luego caían sobre el pavimento de la ciudad. Finalmente, ante el impotente horror de Benedetto y Enzo, la *cupola* de la catedral, una cúpula tan suave como un cráneo humano, la forma dominante del perfil de la ciudad, se desplomó. Primero se tambaleó el lado sur, dando a la cúpula una apariencia de ebriedad: luego cedió enteramente y desapareció hacia dentro lo que quedaba de la catedral. El estampido resonó por la ciudad como el grito de un angustiado gigante.

Finalmente las sacudidas cesaron y la tierra se asentó tal como había estado siempre, más o menos. Benedetto, Enzo y los demás esperaron durante unos minutos. Hasta el momento habían sobrevivido; no sentían deseos de abandonar su refugio hasta estar seguros de que lo peor había pasado.

Así parecía ser. Secándose el sudor de la cara con un pañuelo, Benedetto dio unos pasos adelante, penetrando en los escombros. Cosa incongruente, hacía un día maravilloso; el sol se derramaba como si todo marchara bien en el mundo. Benedetto anduvo precavidamente a través de la plaza más allá de los restos del quiosco, la verde madera de éste destrozada en mil pedazos; de los aplastados coches; de lo que reconoció, con un gemido, como el acordeón que pertenecía a Aldo, el tullido que tocaba en la plaza durante todo el día. Su cuerpo debía de estar allí, en alguna parte, bajo las piedras de la catedral.

Se dirigió a la puerta norte de la catedral. De origen románico y flanqueada por dos leones de piedra rojos, era no sólo el lugar más hermoso del edificio, sino también el más sólido. Seguía en pie, y la pared que la enmarcaba —bueno, casi toda— estaba intacta. Pudo penetrar por ella en el edificio. Pero ya estaban empezando a llegar a la ciudad una nueva serie de sonidos, los sonidos del sufrimiento: gemidos de los heridos, gritos de los supervivientes al descubrir a los seres amados que habían muerto. Pero Benedetto se apresuró.

El centro de la iglesia era la parte más inaccesible. Ahí era donde se habían desplomado la pared norte y el rosetón, y donde había caído luego la cúpula, rematándolo todo. Los rosados ladrillos, arroyuelos de piedra y plomo retorcido del domo formaban en algunos casos montones de uno o dos metros de altura. Benedetto se abrió paso con precaución por entre toda aquella ruina. Le pareció reconocer algunos objetos: una estatua de piedra de san Bernabé, su cabeza arrancada, la que estaba en el transepto norte. Vio luego los restos de un baldaquín, copia del que había en San Pedro, en Roma, y que había sido diseñado por el gran Bernini. Eso quería decir que se estaba acercando.

El baldaquín era una especie de dosel, hecho de bronce, que se extendía sobre el altar mayor, y detrás del cual estaban el órgano y el coro. Entonces fue cuando Benedetto empezó a apartar todas las piedras que podía. Llevaba su mejor traje, o lo que había sido su mejor traje unos minutos antes. Pero él no prestó al hecho la menor atención. Movía dos o tres piedras, y luego se detenía a escuchar. No es que hubieran cesado en absoluto los gritos procedentes de toda la ciudad. Pero donde él se encontraba el silencio era siniestro.

Movió más piedras y se detuvo para escuchar nuevamente. Repitió el proceso con desesperación. Descubrió el primer cuerpo al cabo de cinco minutos de búsqueda. Era el chico de Gasparris, de sólo quince años y vestido todavía con la sobrepelliz ribeteada de encaje del coro de la catedral; los chicos siempre se quedaban detrás a cuchichear, después incluso de que hubiera finalizado el canto. Dejó el cuerpo del muchacho suavemente en el borde de los escombros y reemprendió su trabajo. La catedral no era en absoluto el único edificio destruido aquel día en Foligno, pero era el mayor de todos y, a aquella hora, era la única estructura que albergaba a gran número de personas en ella. De modo que pronto se unieron a Benedetto otras personas que empezaron a escarbar con sus manos.

En dos ocasiones más encontró cuerpos antes de descubrir lo que, o más bien al que, estaba buscando. Uno de ellos era el cadáver del muchacho de diecinueve años, Frederico Sangrilli, hijo de Vito, el panadero. El otro estaba demasiado destrozado para poder identificarlo. Benedetto se estremeció, pero dejó los tres cuerpos uno al lado del otro donde los equipos de rescate, o los parientes, cuando finalmente acudieran no podían dejar de verlos. Luego volvió al lugar donde deberían haber estado los bancos del coro.

Llegó primeramente a un fragmento de un fresco, y recordó que el techo de la catedral, en el ábside, sobre el altar, estaba decorado en tonos azules, rosas y blancos, escenas de la vida de san Feliciano, al que estaba consagrada la iglesia. El trozo que Benedetto encontró era un ángel alado, blandiendo una espada de retorcida hoja. Los colores estaban salpicados de sangre, y cuando movía el ángel de sitio sintió como si un rayo le hubiera alcanzado: el arrugado cuerpo de su hijo apareció debajo. Lorenzo estaba cubierto de un polvo blanquecino, pero bajo éste apareció su cabeza negra y empapada en sangre, las piernas retorcidas en violentas y extrañas maneras. Tenía los ojos abiertos. Cuando Benedetto siguió apartando el trozo de techo para liberar el cuerpo del muchacho, uno de los brazos de éste, por un cruel momento, hizo un movimiento que dio la impresión a Benedetto de que el chico estaba vivo. Se inclinó y lo sacudió.

—¡Lorenzo! ¡Lorenzo!

Nada. La vida había sido arrancada de su hijo tal como lo había sido de los otros dieciocho muchachos del coro.

Benedetto besó al muchacho, tocó la pegajosa mancha del costado de su cabeza y percibió las grietas producidas en el cráneo del chico. Las lágrimas empezaron a correr por su cara. Mientras seguía apartando escombros, le pareció que jamás iba a liberar aquel polvoriento y desgarbado cuerpo de su hijo muerto. Las lágrimas seguían corriendo por sus mejillas y caían, cálidas como la vida, al polvo sobre sus manos, que seguían escarbando entre las piedras. Finalmente, los pies del muchacho, incongruentemente calzados con zapatillas deportivas bajo su casulla, quedaron al descubierto. A sus diecisiete años, Lorenzo era tan alto como su padre, aunque aún tenía que llenar aquellos huesos. Le llevó a Benedetto un buen rato recuperar su serenidad. Ignorando la presencia de los demás que seguían registrando los escombros, cargó el cuerpo de su hijo sobre los hombros. Aún no había signos de ningún equipo de rescate. Lenta, cuidadosamente, Benedetto se abrió camino nuevamente por entre las piedras. La madera destrozada de los bancos del coro se mezclaba con afiladas y dentadas astillas de vidrio de colores. Una recargada obra de latón, espantosamente retorcida, emergía de unas curvadas baldosas de terracota del techo. Flores —frescas de aquel mismo día— yacían esparcidas sobre lo que fuera un sarcófago de mármol. Al llegar al límite de los escombros, descansó, apoyando el cuerpo de Lorenzo contra el arco de la puerta que seguía en pie. Se secó los ojos con la manga... el polvo se le había pegado a sus húmedas mejillas.

Cada vez iban llegando más personas a la gran plaza, a medida que la ciudad se iba recuperando y se esparcía el rumor de que la zona de la catedral era la que había salido peor parada. Benedetto era observado en silencio cuando otros se daban cuenta de que él había encontrado ya lo que ellos más temían: un pariente muerto entre las ruinas. No debía esperar, se dijo; tenía que volver a casa. Estaba levantando el cuerpo de su hijo otra vez cuando oyó el grito. Supo lo que iba a ver aún antes de levantar la mirada: a Pascualina. La mujer estaba de pie ante el bar de Enzo, cuya pared delantera había caído minutos antes. Les había buscado primero en el bar. Se había echado sobre los hombros la chaqueta azul que Benedetto le regalara por Pascua. Sin abrochar, abierta, la chaqueta aleteaba mientras ella levantaba los brazos con angustia. Lorenzo era —había sido— su hijo menor, su favorito, su único hijo. Durante lo que parecía una eternidad, sus gritos llenaron la plaza.

Horas más tarde, mucho después de que Benedetto y Pascualina hubieran llevado su pena a la intimidad de su hogar, el alcalde de Foligno, Sandro Sirianni, se encontraba con su viejo amigo, el padre Umberto Narnucci, en el campo de fútbol de la ciudad. Se hallaba éste situado a medio kilómetro de las paredes de la ciudad vieja, en la carretera que conducía a Terni y a Roma. Como muchas ciudades de Italia, Foligno estaba gobernada por los comunistas. Pero el comunismo italiano no se parece a ningún otro, y el padre Narnucci era el más viejo camarada de Sirianni, un buen amigo desde los días de la escuela y todavía un compañero de bebida y codirector del equipo de fútbol de la escuela. El alcalde sintió gran alivio al enterarse de que Narnucci, que estaba previsto que celebrara las últimas misas de la catedral aquel día, se encontraba visitando la cercana Asís en la hora del terremoto, con sus amigos del monasterio. Y el hijo de Sirianni, quien, contra los deseos de su padre, había sido cantante en el coro de la catedral, estaba ahora, afortunadamente, a millas de distancia, en la universidad de Milán. Aquel había sido un día terrible. Los dos hombres estaban exhaustos. Hasta el momento, y eran sólo las seis de la tarde, el número de muertos ascendía a 900; había unos 1.500 heridos, y aproximadamente unas 2.000 personas estaban sin hogar... además de que no se tenía aún noticia de otras 350.

Narnucci se había pasado el día confortando a los desconsolados familiares de los muertos, supervisando los preparativos para los entierros de emergencia, buscando alojamiento para los sin hogar. Sirianni había trabajado aún más duro, si cabe: resolviendo el suministro de agua que había quedado interrumpido, encontrando camas, organizando improvisados enlaces eléctricos para los dañados hospitales, localizando a los propietarios de tiendas que vendían equipos de camping y requisando tiendas de campaña. Había recibido alguna ayuda del ejército local pero seguía sin haber signos de los equipos de rescate del gobierno. La eterna historia: los dos hombres estaban desesperados.

Aquélla era la segunda vez que Sirianni estaba en el campo de fútbol. La primera había sido para saludar a Carlo Volpe, el presidente italiano que había llegado en helicóptero desde Roma tan pronto como se enteró del terremoto. Había acudido a ver el daño por sí mismo, y prometió ayuda. La segunda vez era para ver al Papa, quien estaba también haciendo una visita en helicóptero. El obispo de Foligno había sido uno de los muertos en el terremoto, y el propio Narnucci fue quien recibió la crucial llamada telefónica desde el Vaticano. El Santo Padre había cancelado todos sus compromisos de aquel día y se había dirigido a la castigada ciudad. El nuevo pontífice —llevaba en el cargo apenas tres meses— había llegado dos horas antes, inspeccionado el daño, especialmente el producido a la catedral, confortado a los heridos del hospital y dicho una misa en la escuela, la cual había milagrosamente sobrevivido más o menos intacta y sería ahora el hogar de muchos foligneses durante algún tiempo.

Mientras Sirianni y Narnucci esperaban juntos, el Papa estaba hablando con el arzobispo local antes de embarcar en su helicóptero para el vuelo de regreso a Roma. Se produjo una auténtica conmoción en el primer momento cuando, después de un largo cónclave de trece días, el Sacro Colegio de Cardenales eligió a un americano como Papa, y en Italia no resultó una elección popular. Su edad tampoco había contribuido a ello: cuarenta y nueve años eran demasiado pocos para un Papa, y prometían una larga era con un extranjero en el cargo. Pero el Papa Thomas —había mantenido su propio nombre como pontífice, el tercer Papa de la historia en hacerlo así— hablaba fluidamente el italiano, tenía una debilidad por los helados y, según confesó a un periodista, por los viejos Bugattis. Se estaba ganando rápidamente al pueblo italiano.

Había tres helicópteros en el campo, y sus caídas palas estaban empezando a girar. Después del intento de asesinato de Juan Pablo II, la

11

fuerza italiana al principio mantuvo al helicóptero del Papa bajo estrecha vigilancia mediante el radar, y una escuadrilla de cazas estaba permanentemente alerta para interceptar a cualquier aeronave agresora. Más recientemente, un segundo helicóptero «sombra» había sido introducido como un sistema más simple, barato y eficaz. El tercer helicóptero albergaba a la prensa. Dondequiera que fuera en estos días, el Papa americano era noticia. Las brillantes luces de arco e insistentes cámaras de las redes de TV formaban parte del entorno papal tanto como los querubines de un cuadro del Renacimiento.

Cuando Su Santidad y el arzobispo terminaron su charla, todo este entorno se desplazó hacia Sirianni y Narnucci. El Papa Thomas era un hombre alto, sin duda, pero su resplandeciente sotana blanca, salpicada de barro, le hacía parecer aún más alto. Cuando se acercaba, con aquella cojera suya tan distintiva, Narnucci dobló una rodilla y besó la mano del pontífice. Al otro lado del campo las palas del helicóptero giraron más de prisa, creando su propio viento. Éste barrió el entorno, y un cámara, que se movía hacia atrás perdió momentáneamente el equilibrio, y pisó a una niña de ocho o nueve años que estaba esperando, junto con otros pequeños, a ser bendecida por el Papa. La criatura lanzó un grito y empujó la pierna del hombre. El momento pasó pronto, y la niña no estaba herida realmente, pero para Sirianni aquel accidente menor hizo que en su interior se encendiera algo. Estaba nerviosísimo de todos modos, y molido por el ejercicio del día. El comportamiento del cámara fue exagerado... y típico. Se volvió para pedir disculpas, pero brevemente... había un trabajo más importante que hacer.

El Papa estaba ahora delante de Sirianni. Thomas, por supuesto, había sido advertido por su personal del hecho de que el alcalde era comunista, de modo que no se hacía ilusiones de que el hombre que tenía ante él se arrodillara y le besara el anillo. En vez de ello, alargó su mano para que se la estrechara Sirianni. El operador más próximo se hallaba a menos de tres metros.

—Parece usted cansado, *signor* Sirianni. Le estamos apartando de su camino. Ya le hemos retenido bastante. Aún le queda mucho trabajo por hacer.

El brazo del Santo Padre seguía extendido. Sirianni aún no le había cogido la mano. Thomas se puso tenso, percibiendo un problema. El cámara les apuntaba.

—Tiene usted nuestro apoyo —prosiguió el Papa, cuidando de no usar la palabra «bendición»—. Nuestros pensamientos están con usted. —No dijo «oraciones»—. Le prestaremos toda la ayuda que podamos. Sacerdotes, enfermeras, chóferes. Yo mismo me encargaré de todo.

Sirianni seguía sin decir nada. El Papa miró rápidamente a Narnucci, y luego otra vez al alcalde. Captando la inquietud del Papa, el operador intuitivamente se acercó un poco más. Narnucci seguía mirando fijamente a su viejo amigo.

—Vamos —dijo Thomas, dando un paso adelante para agarrar el brazo de Sirianni—. Tenemos que trabajar jun...

No pudo continuar. En un gesto explosivo que en las siguientes horas sería repetido en todas las pantallas de televisión del mundo, Sirianni se sacudió el brazo del Papa y le gritó:

—¡Trabajar! ¡Estrechar manos no es trabajar! ¡Bendecir a la gente, repartiendo consuelo, no es trabajar! —Miró airadamente al cámara—. ¡Salir en televisión no es trabajar!

Narnucci trató de calmarlo, pero el alcalde se sacudió también al sacerdote. Se volvió luego al Papa, cuya cara había palidecido.

—Centenares de nosotros hemos muerto aquí hoy. Millares. Aquellos que hemos tenido la desgracia de sobrevivir carecemos de hogar, estamos desconsolados por la pérdida de los familiares, tenemos nuestros huesos y nuestros corazones, rotos. Usted nos promete curas y plegarias... —Escupió en el suelo—. El presidente vino antes y también nos dejó promesas. Pero luego, tal como usted se dispone a hacer, volvió a su confortable apartamento de Roma. —El alcalde levantó aún más la voz—. ¿Adónde iremos *nosotros*? —Había lágrimas en los ojos de Sirianni mientras señalaba su reloj—. ¡Las seis! ¡Las seis! Hace casi diez horas que tuvo lugar la sacudida, y aún no han llegado los equipos de rescate. Ni una sola manta, o caja de comida, ni siquiera una tienda de campaña que no hayamos tenido que organizar por nuestra cuenta.

El Papa permanecía inmóvil mientras Sirianni seguía denostándole.

—Guárdese sus curas, sus plegarias y sus promesas. Necesitamos dinero. ¡*Dinero*! Liras, dólares, libras, francos, oro... lo que sea... No se limite a mandarnos bendiciones y promesas y oraciones, que quizás le hagan a *usted* sentirse bien, pero que a nosotros nos dejan tan desgraciados e inermes como ya estábamos.

Sin aliento, y todavía llorando, Sirianni se quedó mirando airadamente al Papa, el cual permanecía mirándole, silencioso. Entonces la cara de Sirianni se desinfló, quedando sólo una expresión de profunda tristeza; el odio hacia la Iglesia Católica le había sido vaciado por las emociones del día. La brisa producida por el helicóptero le despeinó ligeramente mientras, sin dejar de sollozar, se daba la vuelta y se abría paso con dificultad a través del campo, regresando a su asolada ciudad. El Papa Thomas, y los operadores, le vieron marchar.

PRIMERA PARTE

1

David Colwyn tomó un sorbo de su whisky con agua y bajó los ojos hacia la llanura de Lombardía, situada a 7.600 metros bajo él. El paisaje era neblinoso; autopistas y ríos discurrían por el terreno como cintas de diferentes colores. Desde aquella altura, la atestada campiña italiana tenía un aspecto limpio y tranquilo. Como jefe ejecutivo, y subastador principal, de una de las más antiguas salas de subastas del mundo, se hartaba de viajar. El Pierre de Nueva York, el Peninsular de Hong Kong, el Plaza Athénée de París... Estos hoteles eran casi tanto su hogar como su propia casa de Londres. Normalmente, sin embargo, conocía sus planes de viaje con varias semanas de anticipación. Las grandes ventas —de Viejos Maestros, cuadros impresionistas, muebles o joyería— tenían su propio ritmo que él seguía ansiosamente, año tras año. Pero no ocurría lo mismo con este viaje. El vuelo a Roma había sido cosa del último momento.

Tenía proyectado un lunes completamente tranquilo. La mañana la pasaría en la oficina revisando los preparativos para la próxima venta de la Casa MacIver, otro de los majestuosos hogares británicos que se encontraba en apuros financieros, y cuyo contenido estaba siendo lanzado al mercado. El almuerzo en Wiltons, en Jermyn Street, iba a hacerlo con el corresponsal de bellas artes del *New York Times*, que estaba en Londres. No había mucho que hacer por la tarde, si cabía considerar una visita al dentista como «no mucho», y por la noche tenía previsto asistir al Covent Garden como huésped de sir Roland Lavery, director de la Tate Gallery de Londres. Sospechaba que Lavery aprovecharía la ocasión para hablarle de las intenciones de la galería sobre los nuevos cuadros que tenían previsto adquirir en los meses venideros. Pero todo esto se fue por la borda cuando su teléfono sonó a las siete y media de aquella misma mañana.

Acababa de regresar a casa, después de su sesión de natación, y descolgó el teléfono, un poco irritado de que alguien pudiera llamar a una hora tan temprana, pero expectante también, porque, probablemente, se trataba de algo urgente. Quizás era alguien que trabajaba en las oficinas de la propia firma, al otro lado del mundo. No. Una voz masculina, que sonaba tan cerca que podía haber estado en la habitación de al lado, dijo:

—Perdone. ¿Es usted Mr. Colwyn, de Hamilton's?

—Sí... ¿quién es?

—Un momento, por favor. Le paso a monseñor Hale.

Monseñor Hale. David dejó sus cosas de natación sobre una silla y se volvió para apoyarse contra el borde de su escritorio. Un escuadrón de guardias montados resonaban con estrépito en la calle, ejecutando su ejercicio matutino para hombres y bestias. ¿Por qué le llamaba Hale a aquella espantosa hora? David se había visto con el delegado apostólico sólo una vez, en una fiesta dada para resaltar una exposición. Pero sabía que Jasper Hale era una figura muy apreciada en la capital: un tipo cortés, astuto, conocedor de vinos, y un extraordinario lingüista.

La línea hizo un clic cuando el delegado tomó el auricular.

—No se moleste demasiado por haberle llamado tan temprano, Mr. Colwyn. Su Santidad dice que es urgente.

—¿Su Santidad? —David frunció el ceño al aparato. Se preguntó si Hale sabía que él era católico.

—Esperaba que se impresionaría —dijo con una risita Hale—. Yo me impresioné, se lo aseguro, cuando él mismo me telefoneó desde Roma aún no hace media hora. Naturalmente —aspiró por la nariz como si eso lo explicara todo—, ellos llevan una hora de adelanto con respecto a nosotros.

David sonrió, pero no dijo nada. El monseñor llegaría pronto al grano.

—Estoy seguro de que ha oído usted el dicho de que «El Señor tiene misteriosos caminos», Mr. Colwyn. En mi trabajo, estoy acostumbrado a ello, pero no todo el mundo lo está. Tengo un misterio para usted.

Hizo una pausa. David sospechó que Hale estaba tratando de calcular su reacción a lo que le había dicho hasta entonces. De modo que le complació.

—Bien. Me encantan los misterios.

—Gracias por hacérmelo fácil, Mr. Colwyn. Muy civilizado. Bien, ésta es la cuestión fundamental. El Santo Padre quiere verle. Hoy, quiero decir. El misterio es que no desea decir antes el motivo. Todo es alto secreto. Acudió a mí y no al arzobispo de Westminster, ya que allí hay muchos más comadreos que entre nosotros. Pero Su Santidad no me dijo nada en absoluto sobre la razón por la que quiere verle. Se limitó a decir: «Haga venir a Colwyn. Es urgente.»

Los pensamientos se agolpaban en la cabeza de David. ¿Era misteriosa esta clase de petición? ¿O estaba ocurriendo continuamente, sólo que la mayoría de la gente lo desconocía? Él podía cambiar sus planes... no había ningún problema, tratándose un día tan rutinario. Pero, ¿la invitación implicaba negocio, o quizás algo más?

—¿Se... se me invita personalmente, monseñor, o profesionalmente?

—Me gustaría saberlo, Mr. Colwyn, me gustaría saberlo. Todo lo que le puedo decir es que debo telefonear a uno de los secretarios del Santo Padre en cuanto usted se haya decidido. Si acepta usted ir, mi coche le recogerá donde usted quiera a tiempo de tomar el vuelo de Alitalia de las dos de esta tarde. Tiene usted una cita con Su Santidad a las seis y media de esta tarde. Le será reservada una habitación en el Hassler... espero que sea adecuado. Quedará libre de volver a Londres mañana por la mañana.

David no había llegado a la cima de su profesión sin poseer un instinto muy desarrollado, y ahora éste le dijo que respondiera sí inmediatamente. A fin de cuentas, cada día no le invita a uno el Papa, especialmente uno nuevecito. Con todo, vacilaba.

—Monseñor... Imagino que usted sabe que soy católico.

—Sí, Mr. Colwyn.

—Y sabrá usted también que estoy separado de mi mujer... que no es católica, ¿verdad? —Sarah y él llevaban separados más de un año. Ella le había abandonado, más o menos de la noche a la mañana, por un ministro del Gobierno más joven que él. Ned, su hijo, vivía con ella, y ése había sido el golpe más fuerte. Al cabo de unos meses de depresión, David estaba ahora empezando a recobrarse apenas.

—Sí, y lo siento.

—No me refería a eso. Quizás se produzca un divorcio en cualquier momento. No puedo saberlo. Pero no quisiera violentar a Su Santidad.

—Parece que es usted un católico consciente, Mr. Colwyn; pero, recuerde, el Papa Thomas es americano. No tan realista ni tan duro de corazón como su nuevo presidente, Mr. Roskill, pero práctico. La Iglesia cambiará bajo este Santo Padre, no lo dude. Sobre el control de natalidad, sobre el divorcio, quizás incluso sobre el celibato de los sacerdotes... aunque yo mismo estoy en contra de eso. Roma se ha movido torpemente durante demasiado tiempo. Por eso fue elegido él, a fin de cuentas. Si esto es lo único que le preocupa, deseche sus temores. Encontrará usted en Thomas Murray a un hombre inteligente y agradable. Por encima de todo, una persona activa.

Sobrevolaban la casa de David los reactores transatlánticos de primera hora de la mañana que se dirigían rugiendo al aeropuerto de Heathrow, invisibles a causa de las nubes bajas. Sería agradable sentir el sol de Roma.

—Muy bien, entonces —exclamó David—. No tengo ningún compromiso importante hoy. Espero encontrarme con Su Santidad.

—Gracias —suspiró el delegado, evidentemente aliviado—. Otra cosa. Tendrá usted una secretaria confidencial, supongo. Sin duda, ella tendrá que ser puesta al corriente de a dónde va usted, por si hay alguna emergencia. Pero el Santo Padre le agradecería que nadie más fuera informado de su viaje. Espero que eso sea aceptable.

—Sí, supongo que sí. Mi secretaria se llama Sally Middleton, por si interesa.

—Bien. Llamaré a Roma inmediatamente. Mi coche le recogerá a usted en su oficina... digamos ¿a las doce y media? Naturalmente, alguien irá a recibirle al aeropuerto, en Roma.

—Pero me parece que, si es importante mantener el secreto, el hecho de que *su* coche me recoja a *mí* es más arriesgado que si yo me limito a tomar un taxi. Puede usted reembolsarme más tarde los gastos.

David había levantado el tono de su voz para dejar bien claro que este último sarcasmo era una broma.

—Creo que tiene usted razón, Mr. Colwyn, y, si no le importa, eso es lo que haremos. Bien, ahora no me queda más que desearle un vuelo muy agradable... y espero y deseo que el misterio tenga un final feliz. En realidad, el misterio no hizo más que aumentar durante aquel día. A su llegada a Heathrow, David había leído los periódicos y escuchado las noticias por la radio del taxi. En todas partes, la noticia más importante era el terremoto de Foligno del día anterior, en el que se había calculado ya el número de muertos en 1.200. Pero también figuraba destacada en las primeras planas la noticia del extraordinario ataque contra el Papa efectuado por el alcalde comunista de la ciudad afectada. Todo el mundo se sentía ofendido de que el Papa Thomas hubiera sido insultado tan gravemente después de que había cancelado específicamente sus compromisos de aquel día para volar a Foligno y compartir la pena de las víctimas. Sólo los periódicos comunistas de Italia apoyaban a Sirianni. En algunos de los diarios más populares, observó David, el ataque contra el Papa recibía más atención incluso que el propio terremoto. Prioridad de valores en la prensa, se dijo a sí mismo. Siempre ha habido terremotos, pero los ataques contra el Papa son mucho más raros. Lo lógico era que el Papa estuviera demasiado ocupado para verle, justamente aquel día.

El vuelo de Alitalia aterrizó a la hora prevista. Al salir del aeropuerto descubrió a un chófer que sostenía una gran tarjeta con su nombre, y se introdujo decididamente en un pequeño, negro y discretísimo Mercedes. David era una autoridad en pintura romana, especialmente en lo tocante a los siglos quince, dieciséis y diecisiete. Conocía por tanto muy bien las iglesias, *palazzos* y bibliotecas de la ciudad. Eso incluía la de San Pedro, los museos vaticanos y el Archivo Secreto, pero nunca había estado dentro de la Ciudad-Estado propiamente dicha, donde el Papa y la curia superior vivían, y estaba intrigado por conocer su aspecto.

En la Porta Sant'Anna, la entrada para asuntos mundanos del Vaticano, sobre la Via di Porta Angelica, fueron detenidos por un guardia suizo, ataviado con gorra de marino, bombachos azules, blusa también azul, el mismo color de sus largos calcetines, y guantes blancos. No les retuvo mucho rato: reconoció al chófer, y a David le esperaban.

Lo que ocurrió entonces fue desconcertante. Cuando cruzaban la puerta con el coche, el chófer enfiló hacia el Banco Vaticano —el Instituto de Obras Religiosas— a la izquierda, y a los apartamentos papales que había detrás. Pero David no fue llevado allí, su evidente destino, pensó él, para una audiencia papal. En vez de ello, pasaron por debajo de una arcada y entraron en un patio donde David reconoció los apartamentos Borgia a la izquierda y el Archivo Secreto, a la derecha. Luego, cruzaron otra arcada que, esta vez, les condujo al interior de un edificio. Doblaron a la izquierda, subiendo una rampa adoquinada, que estaba en una especie de túnel, desembocando casi inmediatamente en un patio rodeado de altos muros. El conductor tuvo que parar ante otro guardia, que esta vez iba vestido como un policía corriente. Mientras reducía la velocidad para ser reconocido, el chófer hizo un gesto displicente hacia el edificio de la izquierda y murmuró: «*Capella Sistina.*»

David estiró la cabeza. «*Grazie*», dijo. No se había dado cuenta de que la capilla fuera tan alta.

Después del guardia, cruzaron otra arcada y David pudo ver el ábside de San Pedro y los jardines del Vaticano ante él. Pero el coche giró bruscamente a la derecha, pasando por debajo de una nueva arcada y corrió por una calle absolutamente recta durante unos cuatrocientos metros. Había un enorme edificio a la derecha, que David supuso formaba parte de los museos vaticanos. A la izquierda estaban los jardines... paseos cubiertos, setos, coníferas, arces japoneses, una cascada. El coche se detuvo al final de la recta calle justo cuando se iniciaba una curva cerradísima. Otro gran edificio se levantaba ante ellos, y, encajada en la esquina entre las dos fachadas, había una puertecita verdegrisácea. El chófer bajó del coche y encabezó la marcha hacia ella. La puerta fue abierta inmediatamente por un guardia de seguridad, el cual introdujo a David en una pequeña habitación. Era un despacho de alguien, más que una salita de espera propiamente dicha, pero no estuvo allí mucho tiempo. Prontó llegó una monjita, de hábito gris, y le dijo, en inglés: «¿Mr. Colwyn? Por favor, sígame.» Se puso inmediatamente en camino, subiendo a buen paso por una ancha escalinata de piedra. Al llegar arriba dieron la vuelta sobre sí mismos y tomaron por otra escalera. Esta vez llegaron a una gran sala donde había más guardias de seguridad. La monja introdujo a David en lo que él pensó primero que era un largo corredor, ya que la vista se extendía hasta quizás un centenar y pico de metros. «Espere usted aquí, Mr. Colwyn. El Santo Padre no tardará.» Los guardias se quedaron, pero la monja desapareció.

David pudo comprobar entonces que no se trataba en absoluto de un simple corredor. Para gran asombro suyo, le habían llevado a la galería de pinturas del Vaticano.

Miró fijamente ante sí. La galeria consistía en una serie de salas en línea recta, con las puertas de las habitaciones formando también una línea recta, de modo que se podía ver de un extremo al otro. Se sintió como en un hospital con cuadros. Había estado allí antes, naturalmente, pero no mucho tiempo. Miró hacia atrás. Los guardias de seguridad estaban hablando entre ellos; no parecía haber señales del Papa. Consultando su reloj, observó que en todo caso aún no eran las seis y media. El Papa Thomas era un hombre ocupado; probablemente llegaría con unos minutos de retraso. David paseó por la galería a grandes zancadas. ¿Por qué el Papa había decidido verse aquí con él? El delegado apostólico había tenido mucha razón al calificar a todo el asunto de misterio.

Las primeras salas contenían los cuadros primitivos, pinturas semejantes a iconos con espesos fondos dorados, en su mayor parte del siglo catorce, de Siena, Florencia, Rímini. David conocía a coleccionistas que hubieran dado su vida por pinturas de este tipo, pero a él no le entusiasmaban. Un poco más allá llegó a una sala que ya encajaba más con sus preferencias, cuadros de Pinturicchio y Perugino. A David le encantaban la exuberancia de Pinturicchio, sus alegres verdes y rojos. En sus cuadros siempre había algo que estaba bien.

De repente, ya no pudo seguir avanzando. Oyó una conmoción. Miró hacia atrás. En dirección a él, procedente de la gran sala donde habían estado esperando los guardias de seguridad, venía cojeando el Papa, resplandeciente en su blanca sotana. Varias personas más le rodeaban. David se encaminó hacia el grupo, sin estar muy seguro de qué tipo de salutación emplear. ¿Debía arrodillarse? ¿O tan sólo estrecharle la mano? La cojera del Santo Padre parecía más pronunciada hoy. Pero David la había visto sólo por televisión, así que tal vez las cámaras la suavizaban y disimulaban un poco. David había olvidado el motivo, si es que alguna vez llegó a saberlo, por el que el Papa cojeaba. Estaba tratando de recordarlo, cuando el Papa, que aún se encontraba a algunos pasos de distancia, le sonrió y dijo:

—Gracias por venir tan de prisa, Mr. Colwyn. Sé lo ocupado que debía de estar usted. Estoy en deuda. Pero no le haremos perder el tiempo, espero.

Y alargó la mano de una manera que dejaba claramente entendido que esperaba ser estrechada, no besada.

—Monseñor Hale fue muy persuasivo, Santidad.

El Papa sonrió. Era un poco más alto de lo que David esperaba, y la impresión dominante que le dio en aquel primer encuentro fue la de un hombre que, aparte de sus piernas, estaba notablemente en buen estado de salud. El cabello, aunque moteado de blanco, era brillante y tupido; los ojos —verdosos, aunque quizás la luz producía efectos engañosos— no estaban nunca quietos; y su boca era ancha, de labios llenos aunque no sensuales, de modo que la impresión era la de una cara abierta... pero controlada. Mientras se estrechaban las manos —un apretón firme, no demasiado largo—, David se sorprendió levemente al notar que el Papa despedía un olor de frescor, como si acabara de tomar una ducha y se hubiera rociado con colonia.

Su Santidad se estaba dando la vuelta ahora, presentando a las demás personas que había traído consigo. Primero, por cortesía, más que por precedencia, vino una cara que David reconoció, la de Elizabeth Lisle, secretaria de prensa del Vaticano. Después de su elección, bastante discutida en sí misma, Thomas Murray efectuó este igualmente discutido nombramiento. Elizabeth Lisle era americana, pero no fue esto lo que levantó la controversia, sino el hecho de que fuera una mujer. En realidad, nombrar a una mujer como secretaria de prensa no era un hecho tan revolucionario como los enemigos de Thomas Murray querían hacer parecer. En sus niveles inferiores, el personal de la Comisión Pontificia sobre Comunicación Social —denominación vaticana de la oficina de prensa— estaba formado en gran parte por mujeres, con mucha frecuencia americanas. El Papa simplemente había observado que, al dar el puesto máximo a una mujer, y concederle así su confianza, podía dar protagonismo al otro sexo en el Vaticano sin efectuar ningún cambio fundamental de política. Podía de esta manera enviar señales al mundo exterior de que en Roma estaban cambiando las cosas, sin provocar con ello ninguna discusión interior. Era un movimiento sencillo, audaz, astuto, que calificaba a Thomas como un político instintivo. Al reflexionar en ello, muchos de sus primitivos detractores habían tenido que aceptarlo.

David estrechó ahora la mano de la mujer. Ésta iba vestida con un traje oscuro de dos piezas, sobre una blusa blanca. Lo más sorprendente en ella, pensó David, era su cuello, largo como el de un cisne.

—Bienvenido al Vaticano, Mr. Colwyn. Yo soy la responsable de los preparativos. Si tiene que hacer alguna crítica, diríjase a mí.

David le devolvió la sonrisa y movió la cabeza en un gesto negativo.

—Ningún problema hasta el momento. El Hassler siempre ha sido mi hotel favorito aquí.

Su atención se centró entonces en una figura situada a la izquierda de la mujer, un hombre de severo aspecto, con gafas, al que también reconoció. El cardenal Ottavio Massoni era el segundo hombre más poderoso del Vaticano, el secretario de Estado de Thomas. Italiano y conservador, había sido el principal rival de Thomas en la elección papal. Los dos hombres eran tan diferentes como Pedro y Pablo. Había constituido una gran sorpresa el hecho de que Thomas ofreciera el puesto a Massoni, aunque fue mayor aún el que el italiano lo aceptara. Sin embargo, el arreglo parecía estar funcionando bastante bien hasta el momento, aunque estábamos sólo al principio. Massoni, a sus sesenta y ocho o sesenta y nueve años, poseía un cráneo más bien cadavérico, y era conocido por sus modales taciturnos. Los guasones de la Secretaría de Estado le conocían como «P. A.», por las palabras «Pronto-Arrivederci», las únicas que, según se decía, había pronunciado jamás por teléfono. De modo que no resultó una sorpresa para David que el cardenal se limitara a dar un paso adelante, le estrechara la mano, dijera «Buona sera», y retrocediera nuevamente.

Un segundo cardenal se presentó a sí mismo. Se trataba de Luciano Zingale, y su título era, al parecer, presidente del Patrimonio de la Santa Sede. Calvo y gordo, más parecía un boxeador que un hombre de la Iglesia, y las gafas sin montura que llevaba no contribuían mucho a mejorar su aspecto. Pero era bastante educado y se inclinó ligeramente al estrechar la mano de David.

De los otros tres hombres del grupo, uno era el padre Patrick O'Rourke, el principal secretario privado del Papa. El segundo, dottore Mauro Tecce, era el secretario general de los Monumentos, Galerías y Museos pontificios; y el tercero, alguien a quien David conocía bien, era el dottore Giulio Venturini, conservador de la galería de pinturas en que se encontraban. David le había visto a menudo en exposiciones, e incluso en una o dos ventas. Había leído sus libros. Habían estado sentados uno al lado del otro en el Archivo Secreto del Vaticano. Venturini le brindó una leve sonrisa, pero la verdad es que no fue muy cálida... más bien precavida.

¿Qué estaba pasando?

Pronto iba a averiguarlo. «Por aquí, Mr. Colwyn», dijo el Papa, y avanzó por la galería. El resto del grupo les siguió. Thomas cruzó por delante de una serie de estatuas toscanas de los siglos trece y catorce, de nuevo por delante de los Pinturicchios y el Perugino y penetró en una gran sala situada al final. Iluminada desde arriba, en parte por la luz natural —lo que quedaba de ella—, esta sala producía una sensación «verde azulada»: el mármol del suelo contenía mucho verde, en tanto que los tapices que cubrían todas sus paredes tenían el tono verde pálido, acuoso, que el hilo viejo adopta con el paso del tiempo.

En la pared contraria, hacia la que el Papa se dirigía ahora, había tres grandes cuadros. En el del medio, Jesús parecía flotar en el aire, por encima de dos docenas de individuos, todos ellos con expresión perdida, de maravilla, señalando, mirando fijamente, jadeando. El segundo cuadro a la derecha mostraba en su mitad superior a la Virgen en el momento de su coronación, y, abajo, agrupados en torno a una tumba vacía, a los doce apóstoles con la mirada levantada. Pero era el cuadro de la izquierda el que el Papa estaba mirando.

Thomas se dio la vuelta e hizo una señal para que los guardias de seguridad, que habían seguido al séquito papal, se marcharan. Cuando lo hubieron hecho, Su Santidad dijo:

—Mr. Colwyn, nuestra conversación de esta noche es confidencial. Supongo que puedo obtener su compromiso en este sentido.

David asintió.

—Bien. Para ser franco, espero que podremos hacer negocio, pero en caso de que no sea así, esta reunión jamás habrá tenido lugar. ¿De acuerdo?

—Entiendo —dijo David, pensando que iba a estallar si el hombre vestido de blanco no iba pronto al grano.

El Papa Thomas miró los cuadros que tenían ante sí.

—Según tengo entendido, además de ser usted un jefe ejecutivo de la casa Hamilton's, es también una autoridad en pintura romana. Por lo tanto, probablemente estará usted más familiarizado con estas obras que yo mismo.

El Pontífice miró fijamente a David, valorando, desafiando, esperando.

David se había hecho un nombre en el mundo del arte como detective, además de erudito. Sus descubrimientos, sus *coups*, le habían dado fama. El primero que realizó, muy a comienzos de su carrera, fue el descubrimiento de una serie de documentos pertenecientes a una vieja familia romana que le habían puesto sobre la pista de una escultura perdida de Gianlorenzo Bernini, el gran maestro del barroco. Siguiendo su rastro, llegó hasta una familia alemana que no tenía ni idea del tesoro que albergaba en su conservatorio. El segundo le representó un ascenso, por encima incluso de dos de sus colegas más antiguos: fue el descubrimiento de una pequeña *Madonna* en una colección privada de Suecia. Había sido erróneamente catalogada, pero David fue capaz de demostrar que se trataba de un Rafael que otrora había pertenecido al emperador de los Habsburgo, Rodolfo II de Praga, y luego a la reina Cristina de Suecia, cuyo padre había saqueado las pinturas de Praga en la Guerra de los Treinta Años. El encantado sueco vendió el cuadro, a través de Hamilton's naturalmente, por una cifra superior a los cinco millones de libras. De modo que, sí, reflexionó David, conocía los cuadros de aquella sala bastante bien. Levantó la mirada para contemplar el cuadro que estaba encima del Papa. Mostraba una Madonna y el Niño en su mitad superior, la Virgen sentada en un gran halo dorado y rodeada por nubes en forma de querubines. En la parte inferior varios santos tenían el cuello estirado hacia arriba. El cuadro rebosaba ricos rojos y dorados, ahumados azules, y oscuros y lujuriantes verdes. El Santo Padre seguía inmóvil mirando a David, aguardando. Por un momento, David quedó desconcertado por el silencio. Volvió a mirar el cuadro que había en medio de la pared. Se trataba de la gran *Transfiguración* de Rafael. En el otro lado colgaba una igualmente llamativa *Coronación de la Virgen*. Entonces comprendió. Recordar los títulos de los cuadros le ayudó a establecer la relación que el Papa estaba esperando. ¡Cómo podía haber sido tan lento! El cuadro que estaba encima de ellos era la *Madonna de Foligno*, de Rafael.

–Quiero vender este cuadro, Mr. Colwyn, y dar su importe a las víctimas de Foligno.

–¡Qué! –medio gritó David.

El Papa puso su mano sobre el brazo de David como para calmarle. David miró a Elizabeth Lisle: la expresión de ella denotaba cierta preocupación, pero estaba sonriendo débilmente. Miró a Massoni: aquella famosa mirada fría. A Venturini: una expresión triste, casi acorralada.

–Estoy seguro de que habrá visto los periódicos de hoy, o la televisión, o escuchado la radio. Sabrá que me ha gritado, vociferado diría, el alcalde de Foligno, un hombre que resulta que es comunista. Debería dar las gracias, quizás, de que haya tanta prensa a mi favor. Pero es un pobre jefe aquel que empieza a creer en la publicidad que se hace sobre él, especialmente cuando lleva en el cargo sólo unos pocos meses. Como yo, habrá observado usted que las noticias del estallido del *signor* Sirianni han superado incluso a las del desastre en sí mismo. Un triste reflejo de nuestra época.

El Papa cambió de postura y se frotó el muslo. Le habían disparado y herido de joven mientras se ocupaba de asuntos religiosos en Camboya, y ahora tenía la pierna izquierda más débil. «Usted está aturdido, y mi pierna me duele, Mr. Colwyn. Sentémonos.» Señaló unas sillas de estilo romano, de madera, situadas al otro lado de la galería, bajo los tapices. Cruzaron la sala, y se sentaron uno al lado del otro. El resto del grupo se cernía sobre ellos.

–¡Tecce! ¿Se me permite fumar aquí?

–Naturalmente, Santidad.

El Papa metió la mano bajo su sotana y sacó un paquete de cigarrillos. Le ofreció uno a David, que movió negativamente la cabeza.

Thomas hizo chasquear el encendedor y exhaló un humo azulado en la galería.

–Sabe usted, ser fumador hoy en día es más solitario que ser Papa. No conozco a nadie además de mí que tenga este espantoso hábito. –Sonrió–. ¿Está usted siguiendo la pista de alguna otra pintura perdida en estos momentos?

David negó con la cabeza.

–No. He quedado seducido por uno de los misterios más antiguos del arte mundial. Me paso la mitad del tiempo investigándolo.

—Oh, sí, cuénteme.

Thomas se estaba mostrando cortés, dejando que David se acostumbrara a la ultrajante idea que acababa de lanzar.

—Se refiere a Leonardo da Vinci. No sé si lo sabe usted o no, señor, pero la Galería Nacional de Londres y el Louvre de París tienen cada uno un cuadro de Leonardo titulado *La Virgen de las Rocas*. Son casi idénticos. La confusión viene del hecho de que uno de ellos es auténtico, pero el otro, no, y nadie sabe cuál es cuál. Leonardo dejó tantas obras inacabadas que resulta inconcebible que produjera dos cuadros completamente terminados del mismo tema. Se aburría demasiado fácilmente: jamás hubiera terminado dos. El problema es que la documentación existente sugiere que la pintura de Londres es auténtica, pero la de París, en términos de estilo, es más antigua.

—¿Y qué ha descubierto usted hasta ahora?

—Bien, existe un año perdido en la vida de Leonardo: 1482. He descubierto algunos documentos, aquí mismo en el Vaticano, relativos a dicho año. Quizás arrojen algo de luz sobre las actividades del gran hombre.

—Yo iba para erudito. Arqueología. Pero me desviaron del camino... y terminé aquí. —El papa volvió a sonreír y terminó su cigarrillo. Dejó que un corto silencio pendiera entre ellos. Luego dijo—: La cuestión es, Mr. Colwyn, que el alcalde de Foligno tenía razón. No hablaba como comunista, sino como hombre, un hombre cansado y frustrado que acababa de ver destruida su ciudad. Y tenía razón al decir que la Iglesia, así como el Gobierno no están haciendo bastante por las víctimas en una tragedia como ésta. ¿Recuerda el terremoto de Nápoles? —El Papa se golpeó la mano con el puño—. Una desgracia. Hicieron falta horas, días, para que llegaran las ayudas. E incluso entonces la Mafia robó la mitad de las mantas, y gran parte de la comida... cuyos camiones desaparecieron. —Se acarició la cruz que llevaba colgada sobre el pecho—. Acuérdese del hambre ocurrida en Etiopía en 1984. ¿Qué hicieron entonces los gobiernos, o la Iglesia? No mucho, puedo afirmarlo, lo he comprobado. Todo tuvo que hacerlo el pueblo. ¿Recuerda aquel concierto monstruoso... Ayuda a la Vida? Le siguieron la Ayuda de la Moda, la Ayuda de los Deportes, toda clase de celebraciones que, *in todo*, recaudaron millones de dólares.

Thomas cambió de tema.

—Aquí, mi secretario de Estado, que es un hombre de experiencia, me ha dicho que sería malo que un Papa diera la impresión de que es influido por un alcalde comunista. Esto me haría parecer débil, y es como admitir que la Iglesia ha hecho menos de lo que podía, o debía, hacer. —Aspiró nuevamente su cigarrillo—. Creo que la Iglesia *ha* actuado erróneamente, Mr. Colwyn. Que *podíamos* haber hecho más. Y no veo como signo de debilidad el ser influido por alguien que tiene razón en lo que dice, sea cual sea su punto de vista político. Prefiero verlo como un ejemplo de la humildad de la Iglesia. Si un Papa no puede ser humilde, ¿quién puede?

»Por eso quiero vender la pintura —prosiguió Su Santidad—. El mundo en general piensa que tenemos enormes riquezas. En cierto sentido, así es. Pero esto no quiere decir que tengamos un montón de dinero en efectivo para entregar. Tenemos inversiones que generan ingresos, pero también tenemos compromisos: escuelas, hospitales, misiones, las mismas iglesias. Como empresa en marcha, ¡tal como podría decir un asesor de gestión!, la Santa Sede pierde un poco de dinero cada año. Si no fuera por los legados y por la colecta del Dinero de San Pedro,* cada año nos hundiríamos más en los números rojos. Tal como están las cosas, todo esto nos ayuda a cubrir gastos, más o menos. Al vender este cuadro, puedo matar varios pájaros de un tiro. Puedo convencer al mundo de que, sean cuales fueran las riquezas teóricas que tenemos, no disponemos de dinero efectivo. Al mismo tiempo, ésta es la perfecta ocasión de demostrar al mundo que la Iglesia Católica es humilde, pero se preocupa por el mundo.

David observó de pronto lo que ya debería haber observado antes. No había nadie del mundo financiero del Vaticano en el séquito del Papa.

Thomas seguía hablando:

»La relación entre el desastre y Rafael es perfecta. El cuadro fue encargado como ofrenda de gracias a la Virgen por alguien que creía que ella le había salvado su hogar de un rayo. Durante muchos años, colgó de la iglesia de Santa Ana de Foligno. Lo trajeron aquí después del saqueo de Napoleón, pero una copia colgaba en la catedral que fue destruida ayer. Conoce usted a Rafael mejor que yo, por eso lo elegimos a usted, pero por mi parte estoy convencido de que incluso él hubiera aprobado lo que tengo intención de hacer. Ahora bien, ¿qué valor cree usted que puede alcanzar esta pintura?

El cerebro de David, generalmente ágil, estaba embotado. Era como si hubiera un agujero negro en su centro. ¿Estaba hablando totalmente en serio el Papa? ¿Se le permitiría vender un Rafael del Vaticano? Era imposible, por desgracia. Y era también algo sensacional, fantástico, espectacular. David trató de apartar aquellas últimas palabras de su cabeza, pero no pudo. Era un hombre de negocios, a fin de cuentas, no sólo un católico; pero comprendió por qué Venturini tenía un aspecto tan desgraciado.

Los verdes ojos del Papa estaban nuevamente mirándole. Al igual que Elizabeth Lisle, y los demás. David hizo una profunda aspiración.

—Estoy seguro de que habrá hecho usted los deberes, Su Santidad. De modo que sabrá que el Turner de lord Clark fue vendido en 1984 por más de siete millones de libras, y que el Mantegna de Northampton alcanzó un precio de ocho millones cien mil libras en 1985. El Rafael sueco que yo descubrí fue vendido por cinco millones de libras. Hubo un Monet que llegó a los siete millones setecientas mil en 1986, y un Rembrandt, más de seis millones. El primer cuadro que alcanzó la cifra de diez millones de libras fue el Bellini de Lausanne, en 1987, y desde

---

* Dinero de San Pedro. Una contribución anual voluntaria de los católicos a los gastos de la Santa Sede.

entonces ha habido otros tres que lo han conseguido: el Van Eyck de De Schael, el Poussin de Lyon y el Duccio de Orresman.

Cuanto más pensaba en ella, más fantástica le parecía esta conversación a David. El Papa *no podía* vender un Rafael. ¿O sí? La protesta sería enorme. Pero siguió adelante.

—Un Rafael, sea cual sea, tiene que valer esto, como mínimo. Sólo que éste no es un Rafael cualquiera. Es uno de los tres grandes Rafaeles del Vaticano. No es sólo un cuadro, es parte de la historia de la Iglesia; lleva en el Vaticano más de cien años. Napoleón se lo llevó como botín, y fue devuelto. Y ahora lo vende un Papa, por una razón absolutamente infrecuente. Con toda sinceridad, señor, no hay precedentes para estas cosas. Podría alcanzar un precio de veinte millones de libras, quizás más. —David sonrió—: Sólo pensar en ello me hace sudar. —Antes de que nadie pudiera decir nada más, volvió a hablar—: Santidad, sería un tremendo honor para Hamilton's vender este cuadro en su nombre, si eso es lo que tiene usted pensado. Pero... ¿es correcto? Habrá protestas masivas, probablemente. Vender el patrimonio del Vaticano, y en Italia. ¿Puede usted hacerlo... tanto legal como moralmente, quiero decir?

Massoni, Zingale y los demás se acercaron un poco. Evidentemente, éste era su punto de vista, el de que el Papa no tenía derecho a seguir aquel plan. David empezó a darse cuenta de que se había metido de lleno en la primera división entre el Papa y su secretario de Estado.

El Papa Thomas puso una vez más su mano sobre el brazo de David, ahora como para ofrecer un apoyo moral.

—*Será* polémico, Mr. Colwyn, eso se lo garantizo. Pero no tengo la menor duda de que es correcto. La Iglesia ha estado perdiendo fieles, no es ningún secreto. Peor aún, ha estado perdiendo *autoridad*. Tenemos que enderezar las cosas. Aquí hay una clara oportunidad.

—¿Y legalmente?

El Papa Thomas se ruborizó levemente ante este desafío, pero todo lo que dijo muy suavemente, fue:

—Legalmente, puedo hacer lo que desee, Mr. Colwyn. No hay nada turbio aquí. Hay tradiciones y costumbres, cierto. Pero como Papa, soy, en cuestiones temporales, un monarca absoluto. En el Estado de la Ciudad del Vaticano, lo que yo digo *es* ley. —Prosiguió en un tono más alto—. Pero ésa no es la cuestión. Lo que importa es lo que está bien. Tenemos que actuar... y que nos vean actuar. Y tenemos que hacerlo con prontitud. Hemos de dar esperanza al pueblo de Foligno.

A David se le ocurrió otra idea.

—Quizás no esté acertado con las cifras exactas. Santidad, pero una cosa que sí sé es que llevará semanas, meses quizás, montar la venta. Pasarán siglos antes de que venga el dinero. Para entonces, será demasiado tarde para el pueblo de Foligno.

Los ojos del Pontífice brillaron.

—Le llevo la delantera, Mr. Colwyn. El Vaticano podría pedir un préstamo contra la venta del cuadro, si llega el caso. Pero tengo una idea mejor. Me han dicho que las casas de subastas operan como banqueros en estos tiempos, a fin de asegurar el negocio. Eso es lo que quiero que hagan ustedes ahora. Dice usted que el cuadro vale... digamos, en dólares, unos veinte millones. Quiero que ustedes me anticipen la mitad: diez millones de dólares, mucho menos de lo que usted piensa que el cuadro conseguirá con toda seguridad, como condición para concederles el negocio.

En teoría, y hasta aquel día, David había estado siempre a favor de aquel nuevo Papa. También él creía que la Iglesia necesitaba cambiar, modernizarse. Era irónico, reflexionó, que él hubiera sido arrastrado tan precipitadamente a aquel tremendamente modernizador proceso que tan necesario considerara. Pero las ideas financieras del Papa era un poco *demasiado* modernas para su gusto.

Se dio cuenta de que los otros esperaban que dijera algo. ¿Pero qué? Su cerebro estaba empezando a hervir de ideas. Habría un imponente jaleo cuando estas noticias trascendieran, no cabía duda. Dijera lo que dijera el Papa, lo vistiera como lo vistiera, muchos católicos se sentirían ultrajados. Para empezar, los italianos se tornarían lívidos. Todos los países europeos, Gran Bretaña, Francia, España, Grecia, Italia sobre todo, tenían una poderosa legislación y poderosos grupos de presión para impedir que su patrimonio artístico fuera exportado. Que el Papa estuviera dispuesto a vender un Rafael horrorizaría a todo el mundo. Por lo que a la Hamilton's se refería, semejante encargo le traería enorme publicidad. Sería la mayor venta efectuada jamás... ciertamente desde las aventuras de Napoleón. La Hamilton's quedaría firmemente establecida como la primera casa de subastas del mundo. También eso se cumpliría sin la menor duda. Pero ¿y si la publicidad fracasaba, si salía el tiro por la culata? ¿Qué pasaría si el plan del Papa se enfrentaba con una resistencia tal que, una vez anunciada la venta, el cuadro tenía que retirarse? ¿Y si el sentido de ultraje fuera tan grande y tan extendido que tuvieran lugar manifestaciones ante las Galerías Hamilton's? En estos tiempos, todo podía ocurrir. Sin embargo, pese a todas sus dudas, el instinto de David le decía que aceptara el encargo. Era una idea audaz, imaginativa y buena en el mejor de los sentidos, y merecía triunfar. Es más, si funcionaba bien, y millones de dólares llegaban a las víctimas del terremoto, no le perjudicaría nada a Hamilton's estar asociada con ella.

–¿De cuánto tiempo dispongo? ¿Cuándo quiere usted la respuesta?

–Ahora, por supuesto. Debo dar esperanza a las víctimas. Para ello, tengo que hacer un anuncio muy rápidamente. Si no mañana, máximo pasado mañana. Le he dado a usted la primera opción, Mr. Colwyn, porque conoce Roma, es un erudito y no sólo un hombre de negocios... y, sí, porque es usted un católico, aunque desdichado, según me han dicho. Pero si no puede usted manejar el negocio, necesito moverme rápidamente. Estoy convencido de que alguien más de las otras casas subastadoras de Londres podrá estar aquí mañana por la noche. –Los ojos del Papa penetraron en David–. Bien, ¿qué dice usted? –Thomas sonrió–. ¿Es humo blanco o humo negro?

David se levantó y dio unos pasos hacia la *Madonna*. Era sin duda muy hermosa. Tan serena, equilibrada, vigorosa. Diez millones de dólares. Podía obtener el dinero, el problema no era ése. El crédito de la Hamilton's con sus banqueros –una pomposa serie de pavos reales, en opinión de David– superaba ampliamente esta cifra. Estrictamente hablando, David debía consultar a la junta para cualquier gasto que superara los tres millones de libras, pero también tenía poderes para casos de emergencia, y aquél lo era sin duda. Se dio la vuelta para mirar a los demás.

–La respuesta es, sí, Santidad. Será un gran honor ayudar. Estoy seguro de que puedo conseguir hacerle llegar el dinero aquí en Roma a la hora del cierre de los comercios de pasado mañana, a lo sumo.

–¡Espléndido! Me dijeron que podía contar con usted.

David miró a Massoni. Tenía un aspecto más cadavérico que nunca, los labios fuertemente apretados en una fina línea. No miraba a nadie.

Sí, pensó David, otro asalto en la vieja batalla dentro de la Iglesia, liberales contra conservadores, se inicia aquí esta noche.

Su Santidad estaba hablando con Elizabeth Lisle y O'Rourke, su secretario.

–Quiero hacer un anuncio mañana, a tiempo de las noticias de la noche en la televisión y para los periódicos de la mañana del miércoles. Asegúrese de que toda la prensa disponga de una fotografía del cuadro. Dentro de unos días, va a ser la más famosa pintura del mundo. –Se volvió hacia Venturini–. Giulio, quiero que descuelguen la *Madonna* inmediatamente, y la embalen. Que los turistas no interfieran.

Se volvió entonces hacia David, mientras empujaba suavemente a Elizabeth Lisle.

–No sabe usted cuán agradecido le estoy, Mr. Colwyn. Es usted un hombre valiente, y espero que su valor sea recompensado. Sin duda hay muchos detalles que fijar. Desgraciadamente, tengo otro compromiso ahora, pero le sugiero que Elizabeth y usted examinen a fondo los problemas que probablemente surgirán. Puede confiar en ella, Mr. Colwyn. Yo lo hago.

O'Rourke estaba tratando de llevarse al Santo Padre. Ya iban retrasados. Pero antes de irse, cojeando, por las galerías más pequeñas, Thomas insistió en cerrar el trato, como cualquier hombre de negocios, con un apretón de manos.

David se recostó en su silla, tomó un sorbito de vino y paseó la mirada por el restaurante. En la pared opuesta, filas enteras de hondas jarras de color rojo reflejaban la luz. Encima de ellas, una fila de retratos –grabados del siglo dieciocho de originales muy anteriores, juzgó– le devolvieron la mirada. Más allá, el restaurante se alargaba interminablemente, mientras el ruido y los olores formaban un rico, espeso y confortable manto.

Tenían una mesa en Manetti's, en la Via Piedmontese, justo delante de los Jardines Borghese. Había sido idea de Elizabeth Lisle. En primer lugar, sugirió que se encontraran al día siguiente en su despacho del

Vaticano. Pero David quería regresar a Inglaterra, para avisar a la junta de Hamilton's antes de que el Santo Padre hiciera su anuncio, de modo que le pidió con insistencia que se reunieran aquella noche.

Elizabeth le dejó tiempo para una ducha rápida en el Hassler, luego le recogió y le trajo aquí. «Ningún lugar demasiado turístico esta noche –dijo–. No podemos permitir que le reconozcan. Y tampoco en ningún lugar del Vaticano. No quiero que me vean a *mí*. Manetti's es un sitio donde podemos hablar.»

Había habido un molesto lío con las plazas. El jefe de camareros, confundiendo la situación, les mostró un reservado, donde podían estar sentados uno al lado del otro. Pero ellos insistieron en una mesa corriente, frente a frente, donde pudieran hablar. También el camarero de los vinos entendió mal la situación, dándole a probar el Merlot a David. Elizabeth tuvo que poner el hombre en su sitio.

Pero finalmente estaban sentados. David se bebió su vino y cerró los ojos con placer.

–¿Quién, o qué, es Manetti?

–Un enemigo de Savonarola. El restaurante se basa en la idea de que el uso adecuado de la combustión es cocinar. Un chiste italiano más bien sangriento.* Pero no hace falta que entremos en conversación, Mr. Colwyn. Tenemos mucho de que hablar, ¿no cree?

David asintió.

–Sin duda. –Desactivó la acidez de la mujer con una sonrisa–. Pero yo hablo, y pienso, mejor con el estómago lleno, y todo lo que he tomado hoy es un whisky con soda en Alitalia. Pidamos, primero, y dejemos eso listo. Luego podemos concentrarnos.

El camarero les tomó el pedido y desapareció. Los acontecimientos del día, y el vino, estaban superando a David. Pese a que ésta era una cena de negocios, empezó a brotar en su interior una sensación de bienestar imposible de controlar.

Elizabeth Lisle comenzó otra vez a hablar.

–La *Madonna* ha sido ya descolgada, Mr. Colwyn. Saldrá para Londres mañana por la mañana a primera hora, en la valija diplomática. Sólo para mayor seguridad. Durante unos días estará guardada en la residencia del delegado apostólico. Allí se pueden tomar nuevas fotografías para su catálogo y para la publicidad. Probablemente tendrá usted que arreglar lo del seguro. En cuanto haya hecho esto, y en cuanto se haya recibido el dinero, los diez millones de dólares, me refiero, le entregaremos el cuadro. A Su Santidad evidentemente le encantaría saber lo más pronto posible cuándo le parece usted que tendrá lugar la venta.

Llegó el primer plato –rigatoni–, y David esperó a que lo hubieran servido antes de responder.

–Veamos. Estamos ahora en la segunda semana de abril. No deberíamos apresurar las cosas demasiado. Habrá mucha atención por parte

* Savonarola: Monje dominico italiano, excomulgado y quemado como hereje. *(N. del t.)*

de la prensa en lo tocante al anuncio de mañana, pero después queremos dejar que vaya aumentando el drama. Si Venturini no tiene ninguna investigación inédita sobre la pintura, podemos dejar eso para una fecha posterior. Nosotros, Hamilton's, quiero decir, podríamos invitar al alcalde de Foligno a Londres para que esté presente en la subasta. A nuestra costa, claro. La forma en que se haga este anuncio contribuirá a mantener viva la publicidad también... aumentará la sensación de teatro. Podríamos hacer una crónica sobre los preparativos de seguridad: evidentemente éstos tendrán que ser muy especiales. A medida que se acerque la hora, podemos organizar una serie de recepciones especiales para personas particularmente notables que deseen ver el cuadro. Hay mucho que podemos hacer para mantener la atención pública sobre la pintura... en cuanto me ponga a ello.

Elizabeth Lisle sonrió, tocándose con el dedo la cruz dorada que llevaba sujeta por una sencilla cadena alrededor del cuello.

—Bien. Me gustan todas estas ideas. Supongo que sería conveniente que nos hagan llegar ustedes un informe sobre sus preparativos de seguridad antes de dejar salir el cuadro de la residencia del delegado.

—Antes de que termine la semana.

—¿Será una venta especial... una subasta toda entera para él?

—Aún no lo sé. Hablaré con mis colegas de ello. Nuestra venta de temporada de Viejos Maestros, cuando todo el mundo que puede permitirse comprar un cuadro como ése está en Londres, tendrá lugar este año el día 11 de julio. La *Madonna* podría ser el último lote de la venta... pero sinceramente, aún no lo sé. Una sesión nocturna de un solo cuadro... traje de etiqueta, champagne, cámaras de TV, etc... quizás sea lo mejor para conseguir el éxito. Pero no debemos precipitar esta decisión. Igualmente, me gusta calibrar la reacción del público, en cuanto las noticias se difundan. Si se produce mucha protesta, probablemente lo más indicado sea una venta rápida, para que los alborotadores no tengan tiempo de organizarse. En caso contrario, si el Papa Thomas convence a los demás de que lo que está haciendo es lo correcto, podemos permitirnos esperar, para crear una sensación de anticipación.

El camarero les quitó los platos.

—Ésta es una venta extraordinaria, recuerde, única. Por el momento no tenemos manera de saber quién, además de las galerías conocidas, estará interesado en ella. Pudiera ser que grandes empresas de propiedad o de dirección católica quisieran poseer un cuadro que estuvo en el Vaticano. Incluso, entre las galerías, nunca puedo estar seguro de un mes para otro de cuál de ellas va a tener los fondos. Aparte de los museos europeos y americanos, los japoneses se están mostrando cada vez más agresivos. Y ahora los australianos siguen sus pasos. Igualmente, los devotos feligreses de una parroquia rica, de Nueva York o Chicago, por ejemplo, podrían unirse tal vez para adquirirlo para su catedral, especialmente teniendo en cuenta el motivo del Santo Padre para la venta. ¿Quién sabe? Las posibilidades no son infinitas, pero, con la adecuada clase de presentación, la adecuada clase de investigación, somos capaces de persuadir a mucha más gente de la normal de que podrían hacerse con la propiedad de este cuadro.

Elizabeth Lisle prestaba toda su atención a David. Cuando se concentraba, la mujer tenía la costumbre de mordisquear la punta de su lengua entre los dientes. Tal acción le hacía mover los músculos de su cuello.

David estaba disfrutando ahora. Era uno de los subastadores más creativos del negocio, y ahora estaba empezando a calentar motores. No había comenzado a pensar en ello hasta encontrarse en la ducha del Hassler, pero ya sabía que había allí muchas maravillosas posibilidades, la oportunidad de abrir un nuevo camino. Y eso situaría a la Hamilton's muy por delante de sus rivales... Sonrió a Elizabeth Lisle, una sonrisa que indicaba que estaba de su parte en cuanto al deseo del éxito de la venta, a la vez que una sonrisa de confianza que mostrara a la mujer que sabía de qué estaba hablando, que era un profesional. Por la cálida sonrisa que ella le devolvió, David supo que la había convencido.

Llegó el plato fuerte, y David volvió a llenar los vasos. Elizabeth Lisle había elegido un plato toscano, *arrosto misto*, asado de pollo, conejo y pichón. Comieron en silencio durante un momento, y luego ella dijo:

—Mr. Colwyn, trabajaremos mucho juntos durante las próximas semanas. Pienso que deberíamos establecer los términos de su comisión esta misma noche, para dejar listo el asunto, ¿no cree?

Aquél era el momento crítico de la noche, lo sabía. Sospechaba que la mujer iba a tratar de regatearle... con su encanto. Dijo, con una voz tan desprovista de tono como le fue posible:

—El diez por ciento es lo usual.

—Pero ésta no es una venta usual, Mr. Colwyn, usted mismo lo dijo. El hecho de que sea un cuadro del Vaticano significa que la mayor parte de la publicidad ya se le ha hecho. Digamos que la pintura alcanza un precio de veinte millones de dólares. La subasta durará... digamos, ¿dos minutos? Como máximo... ¿No piensa usted que dos millones de dólares es un poco excesivo por dos minutos de trabajo?

—Miss Lisle —repuso David, preguntándose si la mujer tendría sangre francesa—, sabe usted perfectamente que nuestro trabajo es mucho más que esos dos minutos. La organización, conseguir el dinero, ayudar a las investigaciones sobre la pintura, comprobar su estado. Yo estoy ya aquí trabajando, y la venta tardará siglos. Y en cuanto a la publicidad de que usted habla... esta venta podría ser un arma de dos filos, de modo que hay riesgo desde nuestro punto de vista. Y lo del precio no es totalmente seguro. Podría quizás llegar sólo a catorce o quince millones. Están las fiestas de que he hablado, y las fotografías. Enviaremos a gente por todo el mundo alabando el cuadro. Ustedes nos vinieron a buscar, no lo olvide, y nuestra tarifa es el diez por ciento.

—¿Y qué me dice de los motivos de la venta? Las víctimas del terremoto. ¿No significa eso nada para usted? Si redujeran ustedes su comisión a, digamos, un cinco por ciento, eso podría ser *su* contribución a las víctimas.

—No. Nuestra contribución es organizar la venta de modo que consigamos el mejor precio por el cuadro. Nuestra contribución es anticiparles a ustedes diez millones de dólares por quizás tres meses, sin cargarles los intereses, que, a fin de cuentas, serían unos doscientos cincuenta mil dólares a las tarifas corrientes–. Dio un bocado a su *ossobucco*–. Pero no voy a discutir de dinero con usted, miss Lisle. Reduciré nuestra comisión esta vez a un ocho por ciento, pero no más. Si no basta, tendrá usted que buscar a alguien más para vender la *Madonna*.

–Hecho –replicó ella rápidamente–. Veo que eso es todo lo que voy a conseguir. Gracias por bajar un poquito, de todos modos. Su Santidad quedará encantado cuando se lo diga. Significa más dinero para esta pobre gente de Foligno. Ahora brindemos por una venta llena de éxito.

2

El escándalo creado por el anuncio del Vaticano de que tenía intención de vender la *Madonna de Foligno* fue tan estridente como David había predicho, y éste se preguntó si, al implicar en ello a la Hamilton's, había tomado la decisión correcta. El antiamericanismo de Europa –y en particular de Italia– salió una vez más a la superficie: un portavoz del gobierno italiano condenó la proposición, afirmando que, fuera cual fuera la estricta situación legal del Vaticano y como estado soberano de derecho, el Papa no tenía la autoridad moral de vender unos tesoros que llevaban en tierra italiana tanto tiempo. Y terminó, ácidamente: «Un Papa italiano no lo hubiera hecho.»

Esto casi era cierto. Pero el portavoz del gobierno había pasado por alto el aspecto más importante del plan de Thomas, que era llevar a la Iglesia por nuevos caminos. El cambio estaba llegando a Roma.

El cónclave que eligiera a Thomas había sido el más largo y el más amargamente discutido de casi los dos últimos siglos. Aunque su antecesor, Pío XIII, tan desafortunado e impopular como su número implicaba, había reinado sólo durante tres años, para muchos aquellos tres años habían sido un desastre. Introspectivo y profundamente conservador, Pío había tomado muy a mal el giro liberal que la Iglesia diera bajo *su* predecesor, un hombre que comprendía instintivamente el papel de los medios de comunicación en el mundo moderno y que, dando protagonismo a la Iglesia, había ganado para el Papado más popularidad y eficacia. Pero Pío decidió ver sólo exhibicionismo donde los demás veían sustancia, degeneración moral donde otros veían liberalización, permisividad donde otros veían felicidad. Como resultado de ello, al asumir su cargo, Pío había tratado de deshacer gran parte del trabajo de años anteriores. Una serie de encíclicas papales castigaron al mundo moderno y, bien que en hermoso latín, reiteraron y apoyaron prácticas tradicionales. De ello se siguió el caos. Los sacerdotes se encontraron en la tesitura de tener que enseñar casi lo opuesto de lo que habían venido enseñando hasta el momento. Como resultado inevitable de la situación, el número de los asistentes a misa empezó a bajar alarmantemente. Las colectas disminuyeron bruscamente. La prensa se tornó hostil. Los hombres abandonaban el sacerdocio a manadas. A Pío no parecía importarle. «Mejor una sola alma santa que un millar de almas Hollywood»,* solía decir en su torturado inglés.

Para empeorar las cosas políticamente, antes de morir, Pío enfermó

---

* Juego de palabras intraducible entre Hollywood y Holy Soul (Alma Santa). *(N. del t.)*

y cayó en coma durante tres meses. Durante ese tiempo, la Iglesia no tuvo una auténtica jefatura, y ambiciosos cardenales empezaron a maniobrar para tomar posiciones, una poco edificante imagen que no pasó inadvertida en el mundo en general. Cuando finalmente Pío XIII murió, se habían establecido tres amplios campos que convergieron en Roma para el cónclave. La facción liberal estaba constituida principalmente por cardenales de los países anglosajones, el grupo conservador procedía de las zonas latina y mediterránea, en tanto que los cardenales del Tercer Mundo no estaban, en general, comprometidos.

El candidato liberal a comienzos del cónclave era el cardenal Hans Wendt, arzobispo de Berlín, un hombre que se había creado una reputación de rígido anticomunista en asuntos políticos pero que era muy flexible en cuestiones sociales. Era una mezcla atractiva para mucha gente. Su oponente conservador era Massoni, por entonces prefecto de la Congregación para la Doctrina de la Fe, el antiguo Santo Oficio que otrora fuera responsable de la Inquisición. Como tal, Massoni era considerado como uno de los sucesores preferidos de Pío, lo cual probablemente le restó tantos votos como se los ganó.

En las primeras votaciones, ambos hombres atrajeron un número parecido de votos, y al cabo de dos días quedó claro que el cónclave estaba en un punto muerto, algo desconocido en tiempos recientes, aunque no muy infrecuente en épocas pasadas.

Normalmente, en tales casos, la búsqueda de un candidato de compromiso, aunque nunca era fácil, no tenía por qué llevar más de un par de días. En esta ocasión, sin embargo, todos los elegidos de compromiso terminaban con más oponentes que partidarios, y transcurrió una semana sin llegarse a ningún acuerdo. A medida que proseguían las deliberaciones, en las que cada día brotaba humo negro de la chimenea del tejado de la Capilla Sixtina, indicando que no se había llegado a ningún acuerdo, el mundo fue interesándose cada vez más en la evidente crisis de la Iglesia Católica. Luego, después de cuarenta y ocho horas de punto muerto, se rumoreó fuera de la Capilla Sixtina que un grupo de cardenales del Tercer Mundo, frustrado por la obstinación de los europeos, había tratado de encontrar un candidato de compromiso por su cuenta. Al principio propusieron a un cardenal del Chad, pero éste no aceptó el nombramiento. Su segunda elección fue el arzobispo de Buenos Aires. Pero se hizo evidente que, dado que el nuevo gobierno militar de aquel país era tan dictatorial, un Papa argentino sería considerado demasiado polémico para la Iglesia en unos tiempos tan peligrosos. Parecería como si la Iglesia condonara a los dictadores. Fue entonces cuando todos los ojos se volvieron por primera vez hacia América del Norte.

La atención se concentró casi inmediatamente en dos personas: el arzobispo de Montreal, y Thomas, que por entonces trabajaba en Roma como prefecto para la Congregación de Obispos. Muchos cardenales europeos, merced a su larga experiencia, adoptaron el punto de vista de que si estaban tan divididos entre ellos, elegirían a un Papa anciano, alguien del que no pudiera esperarse que reinara demasiado tiempo. Y entonces, para cuando llegara su muerte, podría haber aparecido un sucesor natural. A sus setenta y cuatro años, el cardenal de Montreal era la evidente elección de este grupo.

Pero los cardenales del Tercer Mundo opinaron de distinta manera. Argumentaron, enérgicamente, que la Iglesia acababa de sufrir varios papados cortos, y los consiguientes trastornos habían sido desastrosos para ella, la habían dejado confusa y sin timón. *Sus* diócesis necesitaban la estabilidad de un largo papado. A los 59 años, Thomas quizás fuera joven para ser Papa, pero como prefecto para la Congregación de los Obispos, sus responsabilidades incluían la Comisión Pontificia para América Latina, así como un cometido similar para el cuidado pastoral de personas emigrantes e itinerantes, y muchos de los obispos negros y amarillos le conocían ya y les gustaba.

Había otras razones por las que le apoyaban. De joven, después de estudiar en Roma, Thomas había sido enviado en una misión especial por el Papa a Tailandia. Desde allí había penetrado secretamente en Kampuchea donde fue herido de bala en una pierna por la guerrilla. El relato de la vida que llevó bajo los khmer rojos, escrito por él mismo, constituyó un *best-seller* y fue llevado al cine, y sus derechos fueron empleados para ayudar a los refugiados de las atrocidades de los khmer. Años más tarde, igualmente, pasó algún tiempo en Sudamérica, Argentina especialmente, donde su talento para las misiones secretas nuevamente rindió beneficios. Ayudó a seguir el rastro de varias personas que habían sido «desaparecidas» por las autoridades militares. Tres de ellas habían sido ejecutadas ya, pero la publicidad que llevó aparejada su descubrimiento facilitó con el tiempo la liberación de las otras. Para los cardenales del Tercer Mundo, así como para Jasper Hale, Thomas Murray era un *hombre que hace*, una persona activa. Por añadidura, llevaba de cardenal más cinco años, por lo que era muy conocido en la Iglesia.

La elección de Thomas lo fue todo menos sencilla, sin embargo, aun con la facción tercermundista apoyándole. Aunque todos estaban en principio de acuerdo en que, más tarde o más temprano, un americano tenía que llegar al papado, ni los liberales de Wendt ni los conservadores de Massoni se sentían muy felices con la idea. El punto muerto había sido aflojado, pero no enteramente eliminado. Al cabo de doce días, a Thomas seguía faltándole la mayoría necesaria, dos tercios de los votos más uno. Entonces ocurrieron dos cosas.

Primera, el cardenal de Bruselas, Jaime Salvin, se murió. Tenía setenta y un años, pero aun así, su muerte hizo que la falta de acuerdo del cónclave empezara a parecer francamente irresponsable. Segunda, al cardenal de Toulouse, un partidario de Massoni, se le encontró un transmisor de radio entre sus ropas. Lo había estado usando para comunicarse con una emisora de TV francesa, que de esta manera había podido emitir comunicados extrañamente exactos e inoportunos sobre las disensiones que tenían lugar en el cónclave. Esto trastornó tanto a los demás cardenales que Thomas obtuvo rápidamente los votos que necesitaba, y al cabo de trece días el humo blanco que brotaba del tejado de la Capilla Sixtina mostró a un más bien desilusionado mundo que finalmente tenía un nuevo Papa.

Un Santo Padre procedente de Norteamérica era una novedad, sin duda, y Thomas acrecentó dicha novedad conservando su nombre al asumir el cargo... era el tercer Papa que lo hacía así, y el primero desde los tiempos del Renacimiento. En esto, y en muchas otras cosas, estaba obligado a moverse con celeridad. A diferencia de todos sus predecesores, se enfrentaba con el hecho de que el mundo entero estaba al corriente de las disensiones internas de la Iglesia, de que era conocido el poco santo trato que había tenido lugar en el cónclave. Su autoridad estaba así fundamentalmente socavada, y, desde el principio hasta el fin, Thomas tenía que luchar por dicha autoridad.

Thomas era un liberal por temperamento, y, de los demás candidatos, Massoni era el más diferente, el más distinto en sus actividades, creencias, en su enfoque global de los asuntos vaticanos. Por este motivo, Thomas le ofreció la Secretaría de Estado. Era una señal enviada al resto de la Iglesia, y al mundo, de que tenía intención de eliminar las divisiones que habían pesado sobre ella. No era exactamente una jefatura compartida lo que le ofrecía a Massoni. Sin embargo, en el momento del terremoto de Foligno, aunque pocos eran todavía los que comprendían realmente sus intenciones, lo cierto era que el Papado estaba cambiando. La venta del Rafael era el primer y audaz movimiento del plan de Thomas para efectuar dicho cambio.

No fue sólo el gobierno italiano el que puso objeciones cuando trascendieron las noticias sobre la venta del Rafael. Tuvieron lugar manifestaciones ante los museos del Vaticano y la embajada americana en Roma, con carteles que decían: «¡Llevaos a vuestro Papa a casa!» Los oficiales de las aduanas del aeropuerto Leonardo da Vinci declararon que examinarían todo el equipaje destinado a Londres en busca del cuadro y que se negarían a dejarlo pasar. Cuando se enteraron de que el cuadro había salido ya, montaron una huelga de celo. En Italia, se imprimieron millones de pegatinas para los coches en las que se mostraba el Rafael y debajo las palabras: «La Madonna Perdida... ¿La ha visto usted?» De la noche a la mañana, la *Madonna de Foligno* se convirtió en la pintura más polémica de la Tierra.

En Londres, David fue invitado al programa de actualidades de última hora de la noche de la BBC, para defender la participación de Hamilton's en el asunto. Un grupo de historiadores de arte —italianos, británicos y americanos— habían escrito a *The Times*, condenando la venta como ofensiva y argumentando que era ilegal. Estudiantes italianos en Londres protestaron frente a las oficinas de Hamilton's en Saint James. En el programa se enfrentaban a David, sir Anthony Hardy, director retirado de la Galería Nacional, y monseñor David Mulreahy, ayudante del arzobispo de Westminster. Hardy fue el primero en hablar, repitiendo los argumentos de la carta del *Times*, en la que había participado, diciendo que el Vaticano era el hogar natural para el arte religioso de la calidad del Rafael, y que bajo los términos del Pacto Lateranense, que la Santa Sede había firmado con Mussolini en 1929, al Papa no se le permitía vender de ningún modo el arte del Vaticano. Y añadió una crítica contra la Hamilton's diciendo que estaban «ayudando y siendo cómplices del crimen del decenio».

El presentador del programa se volvió luego hacia Mulreahy, como notable abogado canónico, para que ayudara a clarificar la ley en cuanto a la venta del cuadro. Mulreahy era un tranquilo irlandés. David le conocía como sacerdote de Irlanda del Norte, una espina frecuente en el costado de cualquier gobierno británico que estuviera en el poder. No sabía que Mulreahy fuera también abogado en derecho canónico, y le producía aprensión lo que pudiera decir. Los asesores legales de Hamilton's habían hecho su trabajo, naturalmente, pero siempre había zonas grises.

–Sir Anthony está completamente equivocado, me temo –ronroneó Mulreahy, y David se relajó–. La ley es perfectamente clara. Su Santidad es un monarca absoluto en cuestiones temporales. Su palabra es ley absoluta desde el momento en que es elegido Papa, con tal que eso se haya hecho en un cónclave adecuado, hasta el momento en que se elige su sucesor, también a través de un cónclave apropiado. Hay todo tipo de convenciones y tradiciones en la vida del Vaticano... pero eso es todo. Por ejemplo, ha sido una convención aceptada por los Papas recientes el dar a la caridad sólo los regalos que hayan recibido ellos mismos, o regalos ofrecidos a sus inmediatos predecesores. Todo lo demás se considera propiedad del patrimonio de la Santa Sede. Pero, repito, esto es sólo una convención, y un Papa puede cambiarlo en el momento que lo desee. Y especialmente si considera que hay una necesidad urgente, como creo que es el caso ahora. En cuanto al Pacto Lateranense, yo lo he leído, cosa que sir Anthony no ha hecho. –David pudo ver que Mulreahy estaba disfrutando. Se preguntó si no existía tal vez una animosidad especial entre los dos hombres–. Consta de veintinueve cláusulas, de las que sólo la número dieciocho tiene que ver con los tesoros del Vaticano. Son tres líneas en total, y difícilmente puede ser considerado un complicado documento legal, aunque sí tiene un vago toque de ello en su original italiano. Dice que Su Santidad debe conservar abiertos los *tesori* del Vaticano en todo momento al público, estudiantes e investigadores. Ahora bien, *tesori* tiene dos significaciones: tesoros y tesorerías. Si el Papa quisiera, por tanto, podría decidir entender el tratado como una obligación de mantener abiertas las tesorerías, las *casas* de tesoros del Vaticano, ¡los museos y las galerías! El Pacto Lateranense no se aplica necesariamente a ninguna obra de arte en singular.

David estaba encantado de que Mulreahy se le hubiera anticipado. Se había restablecido enteramente el equilibrio después del ataque de Hardy.

El presentador se volvió hacia sir Anthony para su réplica.

–Me parece que el padre Mulreahy está sutilizando demasiado. Quizás el Papa no esté actuando ilegalmente, en un sentido estricto, pero sin duda hace algo que no debería hacer. Y, desde mi punto de vista, no hubiera sido capaz de hacerlo de no haber sido inducido a ello por las casas subastadoras como Hamilton's. Éstas parecen pensar que lo más importante en un cuadro es su precio. Se están aprovechando de la desgracia de los demás.

Rápida y suavemente, el presentador se volvió hacia David:

–Mr. Colwyn, ¿qué tiene usted que decir a eso? Complicidad en un crimen, aprovecharse de las desgracias ajenas: graves acusaciones, ¿no?

–Y totalmente erróneas –repuso David rápidamente, tratando de poner en su voz todo el entusiasmo que él sentía por la venta–. Creo que acabamos de oír al padre Mulreahy declarar que no hay posibilidad de considerar un crimen la venta de este cuadro. Ni por un momento imaginé que lo fuera. En cuanto al argumento de sir Anthony de que una gran pintura no debería ser objeto de negocio, pienso que es un punto de vista enteramente fuera de lugar, también. Muchos de los cuadros de la Galería Nacional, de la que él fue distinguido director durante varios años, fueron negociados justamente de esta manera... como, por ejemplo, cuando gran número de obras de arte irrumpieron en el mercado después de la Revolución francesa y de las Guerras napoleónicas. Este cuadro, también, fue saqueado por las tropas de Napoleón, de modo que no es tan diferente.

–Olvidemos la ley, entonces –dijo el presentador–. ¿Qué nos dice sobre la acusación de que el Papa no tiene la autoridad *moral* para vender esta pintura?

–¿Y quién tiene que decidir eso? –replicó David–. Si un Papa no tiene autoridad moral, ¿quién la tiene? Pero aun cuando él no fuera Papa, piense en la razón por la que está teniendo lugar esta venta: 1.200 muertos, miles de personas sin hogar. ¿Qué mejor autoridad moral puede haber que las propias palabras de Cristo, de que debemos ayudar al pobre?

Nuevamente el presentador insistió:

–¿Y qué hay de la acusación de que la Hamilton's se está aprovechando de las desgracias de los demás? ¿Que lo más importante para ustedes es el precio de un cuadro?

–Estos argumentos son ingenuos y bastante snobs –contestó David con dureza–. Es como decir que los médicos se aprovechan de la desgracia ajena, o las enfermeras, o la policía. Nuestra organización estará contribuyendo a colectar una enorme cantidad de dinero para las víctimas del desastre: eso tiene que ser algo bueno.

–Pero los precios son obscenos –volvió a decir Hardy.

–¿De veras? –exclamó David, sacando un trozo de papel de su cartera–. He hecho un poquito de investigación antes de venir al estudio. En 1909, la *Duquesa de Milán* de Holbein, actualmente en la Galería Nacional, cambió de manos por 72.000 libras; eso equivaldría a más de tres millones de hoy en día. La caricatura de Leonardo, ni siquiera un cuadro, costó 800.000 libras en 1962, aproximadamente siete millones de hoy. También está en la Galería Nacional. Y podría seguir: El *Juan de*

Pareja de Velázquez fue vendido por 2.320.000 en 1970, casi trece millones de los de hoy. —Estos detalles habían captado la atención de todo el mundo, de manera que David siguió avanzando—. Sir Anthony dice que nosotros, las casas subastadoras, estamos interesados sólo en el precio. No es cierto... pero no tratamos de fingir que el arte trata *sólo* del aspecto estético. Es lo más importante, sí, pero no lo único. Por eso pienso que él y una serie de otros académicos historiadores de arte son ingenuos y snobs. ¿Deberían trabajar de balde los artistas? Claro que no. Y a menos que quieran ustedes guardar el arte sólo en los museos, lo cual es evidentemente una tontería, hay que ir a parar a colecciones privadas. ¿Por qué, entonces, no iban a poder, museos y coleccionistas, comprar y vender sus colecciones, como cualquier otro? Eso es el mercado del arte. Sin embargo, sir Anthony Hardy, y sus colegas, cuando escriben historia del arte, escriben sólo sobre el *aspecto* de los cuadros. ¿Por qué ignoran el hecho de que el dinero cambia de manos, y por qué ignoran el hecho de que las obras de arte son más caras en algunos momentos de la historia que en otros? Cuando el duque de Orléans quería conseguir dinero durante la Revolución francesa para financiar sus ambiciones políticas y sus deudas de juego, vendía la colección de cuadros de su familia, la mejor de Francia, quizá de todo el mundo. ¿Y quién era el primer hombre al que la ofrecía? James Christie, el mismo que fundó la distinguida casa que aún existe. ¿Quién compró algunos de nuestros más grandes cuadros, como los Altieri Claudes, traídos a Italia por delante de toda la armada francesa que patrullaba por el Mediterráneo y el golfo de Vizcaya? No los historiadores de arte, sino los marchantes de arte.

»Cuando la colección de Orléans llegó finalmente a Inglaterra, ¿quién fue el que preparó una exposición distinta de las que hasta entonces habían sido vistas por el público británico, que cambiaron nuestros gustos para siempre y fue tan popular que duró seis meses? Michael Bryan, un marchante.

David tenía la boca seca a estas alturas, pero mientras tuvo la palabra siguió adelante:

»En cuanto a la afirmación de que el Vaticano es el hogar espiritual del cuadro, me gustaría señalar que la *Madonna* no ha estado colgada en San Pedro ni en ninguna otra iglesia. El cuadro está en un museo, y, después de la venta, probablemente colgará en otro. De modo que tanta gente podrá verlo como en el pasado. No es destruirlo... simplemente, es vendido.

Pudo ver que el director del estudio hacía gestos al presentador para que apresurara el programa, de modo que terminó rápidamente.

»Hemos anticipado a Su Santidad una cantidad importante contra la venta del Rafael, para que pueda ofrecer ayuda prontamente a las víctimas del terremoto... de hecho, incluso mientras este programa está teniendo lugar. Eso no se había podido hacer nunca antes de existir las modernas técnicas bancarias y las modernas prácticas de las casas subastadoras. No se ha podido hacer jamás en el mundo del arte. Esto *tiene* que ser algo bueno.

El presentador estaba tratando de introducir una observación, pero David soltó una sentencia más.

»Y, en vista de las razones de la venta, hemos aceptado reducir el importe de la comisión que generalmente cargamos.

David se sentó y alargó la mano hacia el vaso de agua que tenía en la mesa ante él. Mientras el presentador empezaba a despedir el programa, Hardy, un profesional de la televisión, dijo la última palabra. Gritó, a través del estudio:

–Dinero para descargar la conciencia, Colwyn. Dinero ensangrentado.

David durmió mal aquella noche, temeroso de que el comentario final de Hardy pudiera haber arruinado la impresión que había estado tratando de dar.

Cuando llegó a las oficinas de Hamilton's en St. James Square, a la mañana siguiente, sin embargo, todos sus colegas, que habían visto el programa, manifestaron que él se había llevado todos los triunfos en la discusión. El conde Afton, presidente de Hamilton's y descendiente de la familia Hamilton original, fundadores de la casa subastadora en el siglo dieciocho, se mostró muy alentador. «Siempre pensé que ese tipo, Hardy, era un tipo inestable», confió a David. «Ahora sé que no sólo es inestable, sino sucio, también. Vamos, hombre, dinero ensangrentado.» Aspiró por la nariz.

Afton había nombrado a David tres años antes, tras su descubrimiento de la *Madonna* de Rafael en Suecia. Desde entonces David siempre había contado con el apoyo del viejo. Cuando David le habló, dos días antes, del trato con el Papa, el viejo se golpeó el muslo y gorjeó: «Apuesto a que estás nervioso, ¿eh? No lo estés. Naturalmente, habrá jaleo, pero ten presente siempre al viejo Stanley. Si esto es un éxito, le daremos realmente algo que le hará llorar.»

Stanley Rice era el millonario propietario de Steele's, los principales rivales de Hamilton's, y un hombre que siempre había tenido aspecto de desdichado. Juntos, Afton y David habían hecho aceptar la venta del Vaticano a la junta de emergencia que tuvo que ser convocada para ratificar la decisión de anticipar los diez millones al Papa. David tenía sus rivales en la junta, un americano llamado Sam Averne, especialmente. Pero Afton lo había despachado. Realmente, David pensó que Afton estaba disfrutando del «jaleo» más que él. Y el conde andaría por los setenta y ocho en su próximo cumpleaños.

No es que la oposición a la venta fuera tan grande como David había temido. El personal de la pequeña oficina que la Hamilton's mantenía en Roma informó al cabo de un par de días de que, de hecho, la prensa italiana estaba curiosamente dividida sobre la cuestión y era menos hostil que el propio gobierno italiano. A fin de cuentas, la prensa, aunque muy criticada por la gente que se sentía atacada por ella, estaba realmente más en contacto con la opinión pública que nadie, y sus directores se daban cuenta de que, aparte de Roma y del enrarecido mundo de los historiadores de arte, la decisión del Papa de vender el cuadro era muy popular. Una rápida encuesta de opinión realizada en Milán por el *Corriere della Sera*, por ejemplo, mostró que el cincuenta y nueve por ciento de los consultados aprobaba la venta de la pintura, sólo un veintitrés por ciento estaba en contra, y un dieciocho por ciento no tenía una opinión formada.

Otra razón por la que la crítica de la prensa se mostró muy poco acerada fue proporcionada por Elizabeth Lisle. En una astutísima maniobra, antes de hacer el anuncio, había obtenido la reacción de Sirianni, el alcalde de Foligno. Como es lógico, éste se mostró absolutamente encantado, efusivo en sus alabanzas hacia el Papa Thomas, e inmediatamente retiró las excesivamente divulgadas observaciones que le había gritado al Santo Padre. Así, quienquiera que atacara el plan de Thomas estaba por extensión tomando posición contra las víctimas del terremoto. Además, como Sirianni era comunista, los periódicos comunistas de Italia, de los que se podría haber esperado una postura violentamente antivaticana, estaban de hecho recibiendo con agrado la iniciativa del Papa. Los líderes de la oposición de Italia apoyaron también a Su Santidad, llamando expresivamente la atención hacia el hecho de que el propio gobierno había hecho muy poco para ayudar a las víctimas de Foligno −la vieja historia−, y que por tanto, no estaban muy legitimados para hablar de «autoridad moral» en nada.

En cuanto al resto del mundo, le pareció a David, siguiendo detalladamente los recortes de prensa, que, una vez que la gente hubo superado el *shock* inicial de ver que un Papa tenía el coraje de vender el cuadro, la mayoría lo aprobaba. De hecho, la crítica de prensa dio paso pronto a la especulación sobre quiénes serían los compradores más probables, y qué precio alcanzaría la *Madonna*. Al ser interrogados, los directores de la Galería Nacional de Londres, del Louvre de París, del Museo Metropolitano de Nueva York, la Getty de Malibú y la Pinakotheka Alte de Munich dijeron todos que les encantaría tener el cuadro en sus colecciones. Pero ninguno de ellos aceptó hacer elucubraciones sobre el precio. No iban a contribuir a aumentar su posible tasación.

A fines de semana, le pareció a David que el Papa había ganado la discusión, tal como él mismo había predicho aquella noche en la galería de pinturas del Vaticano. El espaldarazo final tuvo lugar el jueves siguiente cuando al presidente americano, James Roskill, católico, un periodista le pidió en su conferencia de prensa semanal que hiciera un comentario sobre el nuevo y ambicioso plan del Papa americano.

−Como sabe usted −dijo el presidente−, los Estados Unidos han prometido medio millón de dólares de ayuda para las víctimas de Foligno, y hasta el momento somos de los pocos gobiernos extranjeros... Gran Bretaña y Alemania Occidental son los otros, que lo han hecho así. Saludo, por tanto, esta iniciativa del Papa Thomas. Me parece a mí que eso es aportar imaginación al estilo americano, así como auténtica compasión, a sus sagrados deberes. Como americano, y como católico, aplaudo lo que trata de hacer. Y estoy seguro de que, si viviera hoy,

Rafael de Urbino, esta ciudad no muy lejos de Foligno, hubiera aprobado las acciones del Papa.

En Italia, aunque las quejas siguieron espasmódicamente y los historiadores de arte en general continuaron sin ser convencidos, todo el mundo se acostumbró rápidamente a la idea. No obstante, debido a toda la publicidad levantada, la tarea de mantener el interés periodístico de la *Madonna* se le hizo muy fácil a David.

Para empezar, Venturini, el conservador del Vaticano, mortificado al principio por la idea de vender el Rafael, echó el resto para garantizar que todo fuera lo mejor posible, y pronto llevó a cabo un espectacular descubrimiento en los Archivos Secretos del Vaticano. Encontró un documento, fechado en la Navidad de 1519, en el cual el entonces Papa, Leon X, Giovanni de Medici, había escrito una carta a Rafael ofreciéndole nombrarle cardenal. Ésta era una historia sobre la que frecuentemente se había rumoreado, aunque invariablemente era desechada por los historiadores. Pero allí estaba el documento, confundiendo incluso a las mejores autoridades. Su importancia residía en la forma en que establecía la categoría tremendamente elevada de los artistas a comienzos del siglo dieciséis: ya no eran sólo unos artesanos, sino que estaban en pie de igualdad con los cardenales y, por extensión, con los Papas. No figuraba ninguna respuesta de Rafael en el archivo —en aquel momento, de todos modos, ya no le quedaba mucho tiempo de vida—, pero eso carecía de importancia. El descubrimiento de Venturini ocupó las primeras planas de todos los periódicos e incluso empezaron a atenuar las críticas contra el Papa de los historiadores de arte profesional. Esta nueva investigación no se hubiera llevado a cabo, y no hubiera producido resultados, de no haber sido por la iniciativa de Su Santidad.

Tal como había prometido Elizabeth Lisle, el cuadro fue transferido a la Hamilton's después de que fuera contratado el correspondiente seguro. David utilizó el traslado como una oportunidad para una sesión fotográfica publicitaria: imaginó acertadamente que la mayor parte de las personas relacionadas con el mundo del arte no podrían dejar pasar la oportunidad de salir retratados en compañía de una pintura tan famosa, y la concurrencia de la prensa y los canales radiofónicos y televisivos fue magnífica. Igualmente, dado que había decidido que la pintura no fuera mostrada al público todavía, y puesto que aún faltaba algún tiempo para su venta, hizo circular el rumor entre unos pocos, selectos, coleccionistas, ministros del gobierno relacionados con el caso, historiadores de arte y otras prominentes personalidades de que podía arreglarse un «pase». Pero fue reprendido por ello, sin embargo, el día en que Elizabeth Lisle vino a Londres, aproximadamente un mes después, para comprobar que todo marchaba bien. Aquella era su oportunidad de devolverle la hospitalidad recibida, de modo que cenaron en Wiltons, en Jermyn Street.

Ella eligió el pescado, esperó hasta que estuvo en la mesa, y luego le miró desafiante.

—He oído decir que si alguien es lo suficientemente distinguido, puede ver la *Madonna*. Pero ese alguien tiene que figurar en una lista de... ¿cómo se llama?, los «Grandes y Buenos», ¿no? —Tenía sus pardos ojos fijos en él. Nuevamente, David observó que se mordisqueaba la lengua—. ¿Es ésta la correcta imagen que queremos dar? Thomas me pidió que se lo preguntara.

—Estoy absolutamente convencido de que sí —replicó David sin vacilar—. Trato de hacer que el cuadro se ponga «de moda». Y, para hacerlo, necesito darle un carácter exclusivo. Debo limitar su accesibilidad... igual que los sudafricanos limitan la accesibilidad al oro o los diamantes. Lo ofreceremos al público en general más tarde, pero los actuales preparativos son parte de mi plan general. Por ejemplo —prosiguió—, no dejo simplemente que esa gente vea el cuadro. Dejo perfectamente claro que, a cambio de dicho privilegio, se espera que hagan un donativo a la colecta pro víctimas de Foligno. Ahora bien, algunos de los invitados están dejando cheques por cantidades impresionantes. Ya hemos obtenido tres cheques de 1.000 libras. De esa forma se benefician los pobres de Foligno, y en cuanto a la gente de que hablamos, no se trata sólo de satisfacer un capricho: pueden ir y decirles a sus amigos que no sólo son privilegiados por haber visto el cuadro, sino que también son santos.

Elizabeth ingirió un poco de pescado y sonrió irónicamente.

—Ingenioso... pero algo cínico, ¿no?

—Realmente, no —replicó David—. No me entienda mal... Me gusta la gente de que estoy hablando. Quizás tengan sus debilidades, pero, bueno, todos las tenemos. Y para ser un hombre de negocios, un marchante de arte, un empresario, uno tiene que conocer a la gente, qué es lo que las motiva cada mañana. Ahora —prosiguió en un tono menos serio—, cuénteme sus nuevas.

Elizabeth Lisle dejó el tenedor.

—Bien, en primer lugar tengo instrucciones de decirle que el Santo Padre está encantado por el modo en que marchan las cosas. Quedó muy impresionado cuando los diez millones llegaron a tiempo. Tuvimos los hospitales preparados en dos días. Al cabo de cuatro, todo el mundo disponía de electricidad y de bastante comida. El agua costó un poquito más, pero aun así restablecimos el servicio en una semana. Las casas prefabricadas llegaron el lunes, ocho días después del terremoto, y la escuela pudo reiniciar las clases al cabo de dos semanas. Hemos puesto más maestros, más enfermeras, más fontaneros y más electricistas. Hemos podido dar un millar de dólares aproximadamente a cada una de un total de dos mil familias. Se han contratado expertos en demolición para limpiar las calles de escombros. Empezaron a finales de la semana pasada. Se empezarán a construir nuevos edificios dentro de dos semanas, aunque evidentemente esto último dependerá de la cantidad exacta que podamos gastar, es decir, de lo que se recaude por la venta del cuadro. ¿Qué hay de eso? ¿Va usted a agregarlo a su normal venta de Viejos Maestros, o constituirá una venta única?

—Oh, tiene que ser un acontecimiento especial, ¿no cree? —dijo David–. Todo conduce a ello. La oposición es realmente *menos* feroz de lo que yo esperaba, y de hecho pienso que la gente está ya anhelando la venta. Le daremos todo el realce que haga falta, y venderemos el cuadro la noche *antes* de nuestra acostumbrada subasta de Viejos Maestros... etiqueta, sólo por invitación, y precedida de una fiesta con champagne en la que monseñor Hale y el conde Afton reciban a los invitados. Celebraremos la venta a las 7.30 a tiempo de salir en las noticias de la televisión de la noche y en los periódicos de la mañana siguiente. Estamos preparando un catálogo especial. La mayor parte de la gente que asista a la venta con intenciones de pujar conocerá ya el cuadro muy bien, pero aún queda campo para hacer del catálogo una especie de recuerdo. Se han mandado ya fotografías y un informe sobre el estado del cuadro a los comerciantes, galerías y coleccionistas... cualquiera que consideremos como un posible competidor en la subasta. Y por mi parte, tengo un par de ases más en la manga.

Elizabeth Lisle terminó su pescado y se recostó en la silla. Relajada, le sonrió.

–Está usted consiguiendo que tenga un gran éxito en mi trabajo, ¿sabe? Hasta ahora las cosas no habían sido fáciles. ¿Se imagina ser una mujer en el Vaticano, la única mujer que está al frente de una oficina? Se lo aseguro, al comienzo era tan popular como una termita en un tronco. Pero ahora las cosas marchan bien: el Santo Padre es muy bien acogido en la prensa, estoy en excelentes términos con él... y supongo que mucho de esto se lo debemos a usted. –Hizo una pausa–. Estuvo usted brillante en la televisión, he oído decir.

–Sólo afortunado –dijo David, sonriendo–. Mulreahy me lo tendió todo en bandeja de plata.

Ella le miró pensativamente.

–Tengo que admitir que dudé de usted y de todo el plan, en un principio. Desconfiaba de todos los marchantes y subastadores... demasiados farsantes, demasiados hombres gordos con camisas a rayas y antecedentes con altibajos. Pero usted me demostró que estaba equivocada, David Colwyn. Y viniendo de una chica del Mississippi, esto es una auténtica confesión.

David inclinó la cabeza en una burlona reverencia.

–Me encanta que esté usted encantada –dijo, y lo decía en serio. Mississippi... debía de haberse dado cuenta de que Elizabeth Lisle era una sureña por el tono ronco de su voz. Aquí surgía una oportunidad al fin de desviar la conversación de los negocios.

–Hábleme sobre el Sur americano –dijo–. Me avergüenzo de no haber estado allí.

Ella le habló de su infancia. Su familia era de origen francés, y había vivido en Louisiana desde antes de que ésta fuera un Estado americano. Poseían una importante extensión de tierra a orillas del río Mississippi. Le habló de los negocios de su familia. «Licores Lisle», bourbon especialmente. Ella siempre había deseado escribir, de modo que después de la escuela, y de un tiempo en Suiza, marchó a la Escuela de Periodismo de Columbia, en Nueva York.

—Me inicié en un par de periódicos pequeños del medio-oeste, luego entré en el *Boston Times*, cubriendo al principio la política local, y luego los asuntos del Tercer Mundo.

—¿Y por qué se marchó?

—Me sentía frustrada: estar tan cerca del poder, sin llegar a tener nunca ninguno. Les ocurre a todos los periodistas, aunque, por lo general, cuando más avanzada su carrera.

—¿Y por qué Roma?

—Bueno, tenía que ser en el extranjero. Ya no estaba interesada en América, aunque toda mi vida laboral había transcurrido allí. Y había conocido a Thomas cuando yo trabajaba en Boston. Escribí incluso un artículo sobre él, que Thomas leyó y le gustó. Me imagino que le impresioné. De todos modos, me dijo que le fuera a visitar si alguna vez iba a Roma... Por aquel tiempo acababan de nombrarle cardenal. De modo que hice exactamente lo siguiente: compré un billete de avión, y le llamé desde el aire. Almorzamos juntos. Cualquiera podía ver que la oficina de prensa vaticana necesitaba ser reforzada. En aquella época no había nadie que estuviera encargado de la prensa del Tercer Mundo, de modo que me ofrecí yo. Con sus antecedentes sudamericanos, Thomas se mostró entusiasmado, y, aunque le llevó casi un par de meses, me encontró el trabajo perfecto. Vivir en el viejo mundo, tratar con el Tercer Mundo, en un campo que yo conocía, pero finalmente con algo de poder real. Y sólo tenía treinta años. Disfruté de dos años y medio maravillosos, y luego él se fue y se hizo elegir Papa. El resto, como se dice, es historia.

—¿Y disfruta usted de la vida?

—¿Usted qué cree? Aparte de otras cosas, conozco a personas como usted. —Alargó la mano para coger su copa de vino—. Y ahora le toca a *usted* hablar un rato. Es un trabajo que da sed, todo este recordar.

—¿Qué le gustaría saber?

—¿Por qué se metió en el arte? ¿Por qué no en la política, la ley, la iglesia?

—¿Puede alguien responder adecuadamente a estas preguntas? Creo que una razón debe residir en el hecho de que, en las artes más que cualquier otra cosa, es evidente que la gente que nos precedió era tan dotada, tan inteligente, como nosotros. La escultura de Miguel Ángel jamás ha sido igualada, y menos aún superada. Como tampoco las obras de Shakespeare o la música de Beethoven. La penetración de Goya en el psiquismo humano fue tan profunda como la de Freud. Turner sabía que la belleza oculta tanto como revela. Ha habido un cambio en el arte, pero la idea misma de dirección o de progreso, en pintura al menos, es ridícula. Yo encuentro esto reconfortante. Otra razón podría estar en que me gusta el modo en que el arte trata de encontrar belleza en lo que *es*, más que en lo que podría ser. Los políticos y los hombres de leyes, como los americanos de hoy, están tan acostumbrados a enderezar las cosas que piensan que pueden hacerlo todo. Están encantados consigo mismos.

—¿No le gustan los americanos?

—Me gusta su entusiasmo; en cuanto a su exceso de confianza, ya no estoy tan seguro.

Ella dejó pasar la observación.

—Pero usted es un erudito *y* un subastador. ¿Por qué las dos cosas? ¿Por qué no una u otra?

—La erudición es maravillosamente satisfactoria. Siempre se trata de resolver misterios. En este momento, por ejemplo, estoy tratando de descubrir cuál de dos cuadros supuestamente atribuidos a Leonardo es auténtico, y cuál es una copia. Tendría que haber una respuesta clara, si pudiera encontrar los documentos adecuados. Las subastas, por otra parte, tratan de gente, y por tanto son desordenadas. No hay respuestas claras en el mercado del arte: lo que es verdad en un momento dado no lo es al siguiente. Y la incertidumbre es muchas veces tan fascinante como las respuestas directas, claras, de la erudición. Algunas personas encuentran sólo atractivas a una o a otras. A mí me gustan ambas cosas. Hasta el momento, he sido afortunado. Puedo tenerlas las dos. Quizás no dure.

—Parece como si se hubiera usted casado con su trabajo tanto como yo con el mío.

—¿Nunca estuvo usted adecuadamente casada?

Ella negó con la cabeza. David vaciló.

—Yo lo estuve. De hecho, sigo estándolo, pero todo ha terminado. Y fue una verdadera porquería. Soy católico, pero mi mujer, no. De modo que ella puede divorciarse y volverse a casar, por supuesto, pero yo no. No, si me tomo mi religión seriamente. Lo cual me deja embarrancado. Trato de no pensar en ello.

Elizabeth Lisle le miró. Sus pardos ojos reflejaban la luz.

—No debería decirle esto. Pero el Santo Padre tiene unos planes para la Iglesia que revolucionarán los matrimonios católicos... y los divorcios católicos. Su situación quizás no sea tan negra como se imagina usted. Quizás, a fin de cuentas, no esté embarrancado. Pero... —la mujer se inclinó y recogió su servilleta del suelo donde había caído— ... todo dependerá de cómo vaya la venta de la *Madonna*. Es el primer intento del Santo Padre de hacer algo nuevo, de reorganizar las viejas tradiciones. Si tiene éxito, Mr. Colwyn, quizás se haya hecho usted un favor a sí mismo con el que no contaba. Pero, bueno, *tiene* que ser un éxito.

Se acercaba la fecha de la venta. David le había dicho a Elizabeth Lisle durante su cena en Wiltons que tenía «un par de ases más en la manga». El primero de ellos guardaba relación con el catálogo. En vez de mostrar a la *Madonna* en su cubierta, como pudiera haberse esperado, la Hamilton's había encargado a Fulvio Cippolini, un destacado fotógrafo italiano, que tomara fotografías de Foligno después de su agonía. La tapa del catálogo mostraba las ruinas de la catedral, y en el interior del folleto había una selección de las fotos de Cippolini, incluyendo una de la destrozada copia de Rafael que colgaba del transepto de la catedral. La táctica triunfó clamorosamente: las fotografías de Cippolini eran en sí mismas obras de arte, y David hizo un viaje por todo el mundo llevando consigo copias del catálogo a todas aquellas galerías y coleccionistas que pudieran estar interesados en la *Madonna*.

La segunda idea revolucionaria de David fue cobrar al público la entrada para ver el cuadro antes de la venta. El precio tenía que ser flexible, dependería de la capacidad del cliente, y los fondos recaudados irían a engrosar los de la colecta para Foligno. Algunos miembros de la junta opinaron que se corría el peligro de ser mal interpretados, de que la gente pudiera pensar que la propia Hamilton's se aprovechaba de los beneficios. Afirmaron también que eso alejaría a muchas personas, y que en tal caso se crearía la impresión de que había menos interés público por el cuadro del que en realidad existía. Y ello podría afectar a la venta.

David argumentó enérgicamente. Creía que el Papa había juzgado acertadamente el entusiasmo del público, y que el cobro de la entrada *aumentaría* de hecho la asistencia, dado que el objeto de ir a verlo ya no sería simplemente «artístico», sino también caritativo.

La proposición de David, aprobada por la junta con un estrechísimo margen, con la facción de Averne en contra de él, como siempre, se justificó triunfalmente. La gente acudía a manadas a ver el cuadro. Las colas que se formaron ante Hamilton's se extendían hasta Pall Mall, daban la vuelta a la esquina e, irónicamente, pasaban por delante de Steele's. Mientras tanto, en Foligno proseguían los trabajos de rescate y reconstrucción, de modo que ambas historias se alimentaban mutuamente, acrecentando las dos su interés periodístico.

Aun así, la venta quizás hubiera discurrido de manera diferente, de no haber intervenido de pronto la naturaleza, de una manera espantosamente dramática.

El *Waitara Chief* era un buque congelador de 29.000 toneladas, matriculado en Christchurch, Nueva Zelanda. A las 4.30 de la mañana del 5 de julio, con una carga de cordero congelado y con destino a Manzanillo, México, navegaba rumbo al este a quince nudos de velocidad a unas cincuenta millas al oeste de Nuku Hiva, en las islas Marquesas, en el extremo sudoeste del Pacífico. No había muchas personas en aquel momento capaces de señalar en el mapa la situación de las Marquesas, pero antes de que terminara el día, incontables millones de seres humanos supieron exactamente dónde estaban situados los 9° de latitud sur y los 140° de longitud oeste.

El primer oficial Ross Napier estaba en el puente del *Waitara Chief*. A aquella hora, sólo se le necesitaba a él y a otros cuatro hombres para pilotar el buque: éste no era la última palabra en cuanto a adelantos técnicos, pero sí bastante moderno. El resto de la tripulación dormía en las cubiertas inferiores. Nuku Hiva, la isla principal de las Marquesas, estaba demasiado lejos para ser visible incluso a plena luz del sol, y menos entonces, a la débil luminosidad del alba. Pero sí, aunque de forma variable, y dependiendo de la visibilidad, podía distinguirse a veces la pequeña Motu Ili, situada mucho más cerca. Napier se llevó los prismáticos a los ojos para hacer una comprobación rutinaria, y de esta forma se le escapó la enorme erupción de agua que repentinamente y sin que pudiera saberse su procedencia, brotó a su derecha. Pero pronto se dio cuenta, sin embargo. El barco cabeceó y el piloto se dio la vuelta rápidamente cuando una ciclópea pared de agua gris verdosa se aproximó, alzándose ante él como una visión apocalíptica. Debía de tener al menos veinte metros de altura. Ross Napier se quedó helado, mirando con horror. «Oh, Dios mío, ¿qué hago?», jadeó. Casi inmediatamente, otra pared de agua apareció a su izquierda, y el barco fue arrojado hacia atrás violentamente. El primer pensamiento de Napier fue que el buque se había metido en medio de una familia de enormes ballenas... pero el sonar lo hubiera captado. Se volvió hacia la pantalla de radar. Ésta se había vuelto hiperactiva, pero no era el tipo de señal que uno asocia con las ballenas. ¿Qué estaba pasando, en nombre del cielo?

Entonces el océano entero empezó a hervir.

En cuestión de segundos, el tranquilo mar de la noche se transformó: enormes montañas de agua se formaron como si un gigantesco puño las hubiera golpeado desde abajo. El barco navegaba sin control, de un lado para otro. En vano, el timonel trataba de controlar la rueda. Napier cogió el intercomunicador y apretó un botón. Pero el capitán no necesitaba ser despertado. Todo el mundo estaba despierto en el barco; nadie hubiera sido capaz de dormir en aquel torbellino.

—Mejor será que venga y lo vea usted mismo, Tom. El mar se ha vuelto loco.

El capitán nunca conseguiría llegar. Ya de entre los enormes acantilados de agua escapaban enormes columnas de gases sulfurosos, pestilentes, al aire matutino, con un agudo, espantoso silbido, arrastrando consigo piedras, rocas, gigantescos peñascos lanzados al aire por alguna fuerza oculta que hervía bajo la superficie. Napier observó, como hace uno en los momentos de crisis, algo fuera de lugar: Motu Iti *era*, a fin de cuentas, visible a babor. Agarró nuevamente el interfono y apretó otro botón.

—¡Mitchell! ¡Mitchell!... ¿Está usted ahí?

El radionavegante respondió:

—Sí, señor, ¿Qué demonios?...

—¡Envíe un S.O.S.! ¿Me oye? ¡No saldremos de ésta!

En aquel momento, un peñasco tan grande como un autobús aterrizó sobre el puente, aplastándolo. Tanto Napier como el timonel murieron instantáneamente. Mitchell, en su cubículo de la radio, aún vivía, pero el momento de enviar la llamada de socorro había pasado. Cuando el capitán Thomas Boswell subió, ayudándose de las manos, a la cubierta principal, el *Waitara* de repente cabeceó, el mar bajo su quilla hinchado con la fuerza del mismo diablo. Boswell perdió presa y se cayó. El barco se rajó con un espantoso crujido. Una negra sima apareció entre las cubiertas en la parte delantera del puente, y, con un último y terrible grito de agonía, el buque se partió en dos, separándose la sección de proa. Nadie había tenido tiempo de acudir a los botes. Los miembros de la tripulación que habían logrado salir a cubierta saltaron al agua. Fueron los primeros en perecer. Al tocar el agua, sus gritos de agonía se sumaron al estruendo que les rodeaba. Porque, además de todo lo que estaba sucediendo aquella mañana, el agua del mar, en torno al *Waitara Chief*, hervía. Los marineros murieron escaldados antes de ahogarse.

Momentos más tarde el barco desapareció mientras se percibía toda la fuerza del volcán submarino en erupción. Una extensión de centenares de metros de mar fue lanzada al aire como si una nueva tierra estuviera naciendo bajo él. Los inmensos peñascos proyectados al cielo con espantosos silbidos, y la ardiente lava, volvían a caer dejando escapar los gases y formando una gran marea como prueba del cataclismo.

La llamada de socorro del *Waitara* fue captada en la isla de Pitcairn, pero de nada servía. Los isleños fueron advertidos de lo ocurrido, pero no era mucho lo que podían hacer. El maremoto causado por la erupción tardó poco más de veinte minutos en llegar a Nuku Hiva, de modo que eran poco más de las 4.30 cuando una pared de agua de quince a veinte metros de altura barrió la isla. Nada por debajo de los treinta metros de altura quedó intacto, y pueblos y ciudades enteras, incluyendo a Hakamui en Ua Pu, fueron borrados del mapa. Pero, como las montañas tenían alturas superiores a los 3.000 metros, las antenas de radio y los postes telefónicos no fueron afectados, de modo que el mundo se enteró del desastre de las islas Marquesas en cuestión de minutos. Los supervivientes describirían más tarde en términos gráficos el momento en que divisaron por primera vez la monstruosa ola, mar adentro a varias millas de distancia, como si fuera una enorme banda plateada sobre el horizonte. La banda plateada se había ido agrandando. Luego un terrible silbido se dejó oír, cuando la onda de sonido lo barrió todo, antes que la ola. El pánico ya se había extendido. El agua golpeó contra zonas en las que la gente aún seguía dormida en su mayor parte, de manera que centenares de personas —el tributo de muertes alcanzaría la cifra de seiscientas al día siguiente— murieron ahogadas casi instantáneamente.

La retirada de la ola causó casi tanto daño como su avance. Familias enteras fueron arrastradas al mar y nunca volvieron a ser vistas. Pero el más horripilante hecho del amargo día fue el destino de Ross Napier. Arrastrado del destrozado puente del *Waitara* cuando éste se hundía, el cuerpo de Napier debió de ser llevado por la cresta de la ola, porque acabó encontrándoselo en la ladera de una colina de Nuku Hiva, a cincuenta millas de distancia. Su mano seguía agarrando el interfono.

—¿Que quiere hacer *qué*?

David escuchó con incredulidad mientras Elizabeth, al otro extremo de la línea en su despacho del Vaticano, le daba nuevamente la noticia. Se pasó la mano por el cabello.

—No me lo creo. Quiero decir, sí lo creo, claro... lo que quiero decir es que no acabo de hacerme a la idea. Este jefe suyo es brillante. Es una idea fantástica.

Elizabeth empezó de nuevo a hablar, y ahora David tomó notas. Era tarde, más de las seis; su secretaria, Sally Middleton, se había ido a casa, y él se había servido un pequeño whisky en el despacho. Sorbió un poquito de él mientras Elizabeth Lisle continuaba hablando. Más notas. Luego dijo:

—Diez, ocho con toda seguridad; cinco las puedo conseguir inmediatamente, como las otras. Y necesitaremos fotografías.

—¿Cómo nos lo harán llegar?... ¿Igual que la última vez?

David anotó los detalles.

—Bien —dijo—. Es una maravillosa idea, fenomenal. Pero hay mucho trabajo que hacer. Debo ponerme a ello inmediatamente. La llamaré muy pronto.

David colgó, e inmediatamente hizo una llamada interior.

—¿Jack? Aún sigue aquí, bien. ¿Puede bajar, en seguida, por favor? Tengo algunas noticias que le van a rizar el pelo.

Jack Pringle llegó: un canadiense alto, guapo, bastante calvo. Pringle era el encargado de prensa y publicidad de Hamilton's.

—Tome —dijo David, alargándole una copa—. La va a necesitar.

Ofreció un asiento a Pringle.

—No trato de decirle cómo ha de hacer usted su trabajo, Jack, pero, para ahorrar tiempo, voy a dictarle un comunicado de prensa. Andamos muy retrasados. Con la venta de la *Madonna* a sólo una semana de distancia tenemos que entrar en contacto con los chicos de la prensa inmediatamente.

—¿No ocurre nada malo, verdad? —preguntó Pringle ansiosamente.

—Por el contrario —repuso David sonriendo—. Afile su lápiz y preste atención. —David cogió un gran bloc de notas amarillo en el que había estado garabateando mientras esperaba al otro—. Esto no está muy afinado, pero le dejo ese trabajo a usted. Iré a lo esencial. ¿Está listo?

Pringle asintió.

—Bien. Principio del comunicado: «Tras el desastre de las islas Marquesas, donde un espantoso maremoto mató a seiscientas personas y dejó sin hogar a miles de familias, Su Santidad el Papa Thomas ha decidido ofrecer otro cuadro de la colección del Vaticano para su venta...

Pringle dejó escapar un silbido.

—Puede ahorrárselo —dijo David—. Espere a oír el resto... «otro cuadro de la colección vaticana para ayudar a las víctimas. Al igual que con la *Madonna de Foligno*, que va a ser vendido para ayudar a los damnificados del terremoto, este segundo cuadro será vendido por la casa de subastas Hamilton's de Londres el 10 de julio, a las 7.30 de la noche. Este segundo cuadro será la *Natividad* de Paul Gauguin, pintado en 1898 y no adquirido por el Vaticano hasta muy recientemente. Los amantes del arte no necesitarán recordar que Gauguin, un hombre pobre, murió en Atuona, en las islas Marquesas, en 1093. Su Santidad cree por tanto que, como en el terremoto de Foligno, esta perfecta correspondencia entre la obra de arte en posesión del Vaticano y el desastre en cuestión proporciona una oportunidad para que la Iglesia Católica preste ayuda y lleve la antorcha por todo el mundo para aliviar la desgracia allá donde ocurra. En los pocos días que quedan para la venta, Hamilton's colocará el Gauguin a la vista junto al Rafael, en sus galerías de St. James. El pago voluntario de la entrada seguirá igual, pero a partir del momento en que el Gauguin esté expuesto la cantidad de dinero recaudada se dividirá entre los dos fondos de ayuda».

—Nota para los directores... y no olvide esto, Jack —añadió bruscamente David—. La mayoría de ellos conocerán el Rafael, pero no tanto el Gauguin, de modo que parece que procede una breve lección de arte: «Los cuadros Gauguin, especialmente los producidos en los mares del Sur, son muy raros fuera de Francia. Gran Bretaña y América, por ejemplo, apenas tienen un solo ejemplar de este período de trabajo entre ambas. Es bien sabido que la Galería Nacional de Londres tiene vivos deseos de adquirir uno, e igualmente la Tate. Las pujas, por tanto, cabe esperar que sean muy fuertes.»

David se recostó en su asiento y volvió a llenar su copa.

—¿Qué piensa usted?

—¿Cuánto espera el Papa para esta vez? —Pringle era partidario de ir directamente a lo básico.

—La cifra que yo sugerí que podía esperar es de diez millones. Ocho, seguros. He aceptado anticiparle cinco.

Pringle chupó la punta de su pluma.

—Grandes negocios... y un teatro maravilloso. Adoro cada minuto de él. Pero si la venta tiene éxito, señor, si hacemos mucho dinero para el Vaticano, y si vender las obras de arte de uno llega a ponerse de moda, ¿dónde acabará? Tengo la sensación de que éstas son aguas profundas, Mr. Colwyn, aguas muy profundas.

3

David bajó su mirada desde la tribuna para enfrentarse con las caras que tenía ante sí. Allí estaba Roland Lavery, en la primera fila, donde no podía pasar inadvertido. Sir Alistair Brown, su colega de la Galería Nacional y normalmente un aliado, estaba sentado tres filas más atrás: la plateada melena enmarcaba su rubicunda cara y una corbata de lazo de terciopelo negro. Los americanos, por alguna razón, preferían sentarse todos en la parte de atrás: Smallbone de la Getty, Holmes de Houston, Jacobson del Metropolitan, Villiers de Boston, McGinty de Chicago. Von Hohenburg llevaba consigo a un equipo completo de ayudantes de Berlín: estaba sentado al extremo de su fila, donde David podía verle fácilmente. Todos estaban allí: franceses, italianos, australianos, japoneses. Había incluso un ruso del Ermitage, una visita casi sin precedentes, que subrayaba, si es que había necesidad de subrayar, el sensacional impacto de la venta del Vaticano.

Para David, para Elizabeth Lisle y para todo el personal de la Hamilton's, los últimos días habían sido increíblemente agitados. El anuncio de la venta del Gauguin había dejado estupefacta a la gente. Un portavoz del gobierno italiano atacó nuevamente la política del Papa de vender los tesoros, pero ante la magnitud del daño causado en las islas Marquesas, sus palabras dieron una impresión más bien desgraciada. La mayor parte de la gente aplaudía la compasión del Papa, su imaginación y, por encima de todo, su voluntad de actuar. Los periódicos del mundo entero enviaron reporteros a los escenarios de la devastación, y sus informes, primero del daño, y luego de la ayuda del Vaticano que llegaba, aportó la mejor clase de publicidad para la venta. Cuando el Gauguin fue exhibido en la galería Hamilton's, las colas se hicieron más largas. Muchas personas, entrevistadas durante su espera, dijeron a los periodistas que acudían por segunda vez.

La ambición de David de convertir la venta en el acontecimiento social de la temporada tuvo un triunfo resonante. David era perfectamente consciente de la amarga ironía de que ayudar al pobre requiriera tanto brillo, pero, tal como escribió en un artículo especialmente encargado por el *New York Times* y que apareció la mañana de la venta, honradamente no podía ver una manera mejor. Casi ninguno de los invitados a la sesión de la venta rehusó, de modo que tuvieron que prepararse más salones para el público, unidos a la sala principal por un circuito cerrado de televisión.

La llegada del alcalde comunista de Foligno, Sandro Sirianni, el día antes de la venta fue ampliamente difundida por la prensa británica, y su introducción en el catálogo, elogiando al Papa por lo que estaba haciendo, fue reproducida en forma abreviada por el *Times* de Londres el mismo día en que apareció el artículo de David en Nueva York.

Elizabeth Lisle llegó a la sala temprano, pero David casi no la había visto en el momento en que subía a la tribuna para dar comienzo a la sesión. Intercambiaron unas palabras durante la recepción, deseándose suerte mutuamente, pero nada más.

Jasper Hale, el delegado apostólico, también había llegado temprano, listo para recibir a los invitados de Afton. «Así que, Mr. Colwyn —murmuró mientras aguardaban en lo alto de la gran escalera de la Hamilton's—, parece como si el misterio vaya a tener un final feliz a fin de cuentas.»

David sonrió. El viejo zorro tenía memoria de elefante. Cruzó los dedos. Empezaron a inclinarse y a estrechar manos a medida que la sala se llenaba. El mundo del arte estaba compuesto por tres clases de individuos: los que eran eruditos y ricos; los que eran eruditos y no ricos; y los que eran ricos, pero no eruditos. Estos últimos despertaban poca atracción en David, pero, casi invariablemente, estaban casados con el primer grupo. En una velada como aquélla, por lo tanto, el primer y último grupos superaban de largo en número al segundo.

Entre tanto resplandor, cabía esperar que el alcalde comunista de Foligno estuviera fuera de lugar. Excepto, naturalmente, que, como comunista *italiano*, Sirianni llegó de etiqueta, su cabello gris inmaculadamente peinado y con un regalo para David y para la Hamilton's.

Fue presentado por el embajador italiano, que actuó de intérprete.

—Foligno es una ciudad pequeña, Mr. Colwyn —dijo—. Pero también somos orgullosos, y nada desagradecidos.

Lo que le entregó entonces conmovió a David. Era un fragmento montado del maravilloso mosaico, la vívida imagen dorada y azul del Cristo adorado por el anterior Papa que otrora adornara la fachada principal de la catedral de Foligno. Era muy hermoso y muy apropiado.

—Como puede ver, Mr. Colwyn, ha sido enmarcado por carpinteros locales de Foligno, hombres que sobrevivieron al terremoto y que han recibido ayuda de los fondos papales. Es... bueno, una especie de recuerdo conmemorativo de todo este episodio. Espero que lo aceptará, con nuestro agradecimiento.

Elizabeth Lisle se encontraba de pie al lado del embajador italiano y Sirianni, y David pudo ver que la mujer estaba tan conmovida como él.

—Me siento honrado, *signor* Sirianni. Lo acepto encantado, en nombre de Hamilton's. Lo exhibiremos en lugar preeminente, se lo aseguro.

Ya eran las siete y cuarto, y David se excusó rápidamente y desapareció para encaminarse a su despacho de la tercera planta. Necesitaba peinarse, enderezarse la corbata y recoger su propio ejemplar del catálogo de ventas. Para una venta corriente, con muchos cuadros que subastar, este ejemplar hubiera estado marcado con su propio código privado, con reservas, pujas, detalles de aquellos lotes que, aunque esparcidos por todo el catálogo, pertenecían en realidad al mismo comprador... todos los detalles que convertían una venta en afortunada pero que también eran la causa de que el trabajo de un subastador fuera mucho más difícil de lo que pudiera pensar un extraño.

Para esta venta, sin embargo, no hacía falta una preparación de este tipo. En principio, claro, había sólo los dos lotes, el Gauguin, que iba en primer lugar, y la *Madonna*. Pero también era una venta excepcional, en el sentido de que la Hamilton's no había recibido *ninguna* puja por teléfono. Muy sencillo, todo el mundo estaba decidido a venir personalmente, queriendo estar presente en lo que tan evidentemente constituía una ocasión histórica. Sabía, porque el departamento de publicidad había hecho un recuento para un artículo periodístico de los diarios de la mañana, que habían venido veintitrés directores de galerías nacionales de todo el mundo, los cuarenta y siete marchantes más importantes de Viejos Maestros y la totalidad de los sesenta y seis expertos franceses en arte moderno, excepto Louis von Lutitz, que se encontraba en un hospital de París, pero que había enviado un delegado. David sabía también que había, quizás, no más de veinte o treinta coleccionistas privados de todo el mundo que podían permitirse pujar con los precios que iban a correr aquella noche, y que el noventa por ciento de ellos estaban tomando asiento en la sala principal en aquellos momentos.

Durante la recepción, Jasper Hale se había encontrado en su elemento. Conocía a todo el mundo, y, como pudo ver David, evidentemente adoraba a Elizabeth Lisle, presentándola extensamente a todos los invitados. Aunque el motivo de la recepción era muy serio, pronto la velada tuvo sabor de fiesta. Fotógrafos de prensa, vestidos de etiqueta, cosa en la que David había insistido para no echar a perder el ambiente, se movían entre los huéspedes, con sus flashes centelleando como fuegos de artificio.

En su despacho, mientras recogía su catálogo y un par de cosas más que iba a necesitar en la tribuna, David se dio cuenta de que, a pesar de llevar casi veinte años en el negocio, y del hecho que todo hasta aquel momento había marchado tan bien, estaba terriblemente nervioso. Al final del día, los cuadros tenían que venderse. Si, por alguna espantosa e imprevista razón, no lograban alcanzar la cifra de los millones anticipados al Papa, se produciría el mayor apuro y más caro desastre que el mundo del arte conociera jamás. Él, David Colwyn, sin duda perdería su trabajo... pero, aún peor, las ambiciones del Santo Padre para su Iglesia se verían gravemente truncadas.

Apartando con firmeza tales pensamientos, se dirigió a la sala principal. Había calculado bien su entrada. Era una cuestión de orgullo para Hamilton's iniciar las subastas puntualmente. En esta ocasión, no obstante, David consideró que tres o cuatro minutos de retraso subrayarían la importancia de la venta. La sala principal estaba atestada, casi en cada asiento, de hombres y mujeres que representaban millones de libras. Cuando David apareció, saludando a los conocidos y subiendo tranquilamente por los escalones de la tribuna, el murmullo de voces se fue apagando. David esparció sus papeles en la mesa ante él, tomó el martillo que llevaba en el bolsillo y se instaló en su silla. Bajó la mirada para comprobar que todo el personal de la Hamilton's se encontraba esparcido por la sala y en su sitio. Estaban allí para detectar cualquier oferta que él hubiera pasado por alto.

La enorme sala de ventas de pronto resplandeció al encenderse las luces de la televisión. «Bien —pensó David—, aquí estamos. La mayor venta de mi carrera, de la carrera de nadie. La mayor venta que jamás ha tenido lugar.» Ya era hora de empezar.

—Señoras y caballeros, bienvenidos a Hamilton's. Antes de abordar el asunto principal de la noche, tengo que hacer dos anuncios. —Miró abajo y a su izquierda. Un conserje de chaqueta azul depositó el regalo de Foligno, el mosaico dorado y azul, sobre el caballete de exhibición. David estaba radiante—. Esto, me apresuro a decirlo, no está destinado a la venta. Para aquellos de ustedes que no lo hayan reconocido, se trata de un exquisito fragmento de una obra de arte de la catedral de Foligno. Como pueden ver, ha sido enmarcado por carpinteros de la ciudad, hombres que han recibido la ayuda del Papa Thomas. A primera hora de la mañana fue entregado a Hamilton's como regalo por el *signor* Sirianni... —y David indicó con un gesto de la cabeza al lugar donde estaba sentado el alcalde—. Dado que uno de ustedes esta noche va realmente a comprar la *Madonna*, creo que ustedes merecen su agradecimiento más que nosotros.

Estalló una salva de aplausos seguida de una tormenta de comentarios. David indicó al conserje que se llevara el mosaico. Luego volvió a hablar para acallar las voces.

—Mi segundo anuncio... —dejó que los murmullos fueran esfumándose—. Mi segundo anuncio es igualmente agradable. —Sostuvo en el aire un trozo de papel, evidentemente un cheque—. Como saben ustedes, en relación con la venta de esta noche, y como una manera de recolectar más dinero para ayudar a las víctimas del desastre, Hamilton's dio el insólito paso de exigir el pago al público para ver la *Madonna* de Rafael y luego, tras el desastre de las islas Marquesas, el Gauguin. Me siento feliz, por tanto, de ofrecer este cheque ahora a monseñor Jasper Hale, delegado apostólico en Londres.

Hale tuvo que ponerse de pie, mientras las cámaras lo enfocaban a él y a David.

—Su importe, digamos de pasada —dijo David, haciendo una pausa, con fino sentido del drama—, el importe del pago voluntario de la entrada, junto con la venta del catálogo especial, asciende a cuatrocientas trece mil ciento setenta y seis libras.

Esta vez el aplauso fue ensordecedor. David se inclinó y tendió el cheque a un estupefacto Hale, quien lo tomó, lo besó y se abrió camino entre las atestadas filas de sillas para estrechar entusiásticamente la mano de Sirianni. David, deliberadamente, no le había hablado al delegado del cheque: quería desconcertarle. Algunas cadenas de televisión estaban emitiendo en directo, y ésta era una oportunidad demasiado buena para dejarla perder. Ahora, mientras la charla del público sobre el cheque continuaba, David hizo otra señal al conserje en jefe de que sacara el Gauguin. Inmediatamente, el ruido se apagó hasta cesar completamente: caras y cámaras se volvieron hacia el caballete.

–Y ahora, sin más demoras, el asunto principal de la noche. El primer lote de la venta de esta noche es la *Natividad* de Paul Gauguin, pintada en los mares del Sur en 1898. El cuadro se vende con la autoridad de Su Santidad el Papa Thomas, y las ganancias son a beneficio de los supervivientes del desastre del maremoto de las islas Marquesas. Iniciaré la puja en cinco millones... ¿alguien los ofrece...? Cinco millones de libras... ¿Alguien los ofrece? –Aquél era el momento que David siempre aborrecía. Con bastante frecuencia, entre el inicio de la puja por parte del subastador y la primera oferta de la sala se producía un silencio fantasmal, unos momentos mortales en que parecía como si no fuera a suceder nada más. David paseó su mirada por la sala: todas las caras convergían en él, pero nadie se movía. Nadie hablaba. Entonces un hombre se quitó sus gafas y las agitó brevemente. Era un marchante de Nueva York–. Cinco millones, dan cinco millones –dijo David. La venta había empezado, y él volvió a respirar.

Como siempre ocurre, una vez roto el hielo, se desencadenó una avalancha. Docenas de personas –americanos, europeos y los australianos en especial– levantaban la mano, o hacían gestos con la cabeza, o agitaban su catálogo en dirección a David. Rápidamente, el cuadro alcanzó un valor de ocho millones quinientas mil libras. Entonces todo fue perdiendo velocidad a medida que los postulantes llegaban a su límite y abandonaban la puja. David respiró más cómodamente cuando la puja llegó a la cifra de los ocho millones. De acuerdo, aparentemente con la mayor parte de los profesionales, había establecido el valor del cuadro entre los ocho y los nueve millones, y así se lo había dicho a Elizabeth Lisle por teléfono. Hubiera sentido que abandonaba al Papa de no haber superado el Gauguin la cifra de los ocho millones.

Pero así había sido, y ahora, cuando se acercaban a los nueve millones, sólo parecían quedar tres licitadores: la Galería Nacional de Tokio, la galería de Houston, y un marchante que, pensó David, estaba pujando o bien por la Galería Nacional de Londres, o por la Tate. A los nueve y medio, Houston abandonó. Los postores se mostraban más reflexivos ahora, tomándose más de treinta segundos entre cada apuesta. Los tres japoneses de Tokio celebraban incluso miniconferencias entre ellos.

A los diez millones, justo cuando ambos competidores parecían estar exhaustos, entró un nuevo licitador: el museo Metropolitano de Nueva York. David admiró la habilidad y experiencia de Norman Jakobson, que había estado allí sentado pacientemente, dejando que los otros se agotaran mutuamente, y entrando justo en el momento psicológico correcto. Por encima de los diez millones, las apuestas subieron de golpe un millón, y Tokio tiró la esponja. Y más sorprendente aún, el Metropolitan, que había entrado en liza a los diez millones, abandonó el campo inmediatamente después. Una táctica interesante, pensó David. Jakobson no había hecho nada para forzar el precio hacia arriba; estaba dispuesto a pagar algo más que las apuestas hasta el momento, pero sólo eso. Muy profesional.

De modo que David se encontró diciendo: «Once millones... once millones de libras... ¿alguien da más...? Once millones de libras... Último aviso... once millones de libras...» Su mirada recorrió la sala. «...¿nadie da más...? Once millones... once millones de libras...» Golpeó con su martillo. Era un récord mundial. Mientras otra oleada de excitada charla empezaba a invadir la sala, David dirigió su mirada al ganador, dispuesto a gritar su nombre.

Pero el individuo, un viejo conocido de Hamilton's, miró a través de la sala a donde se encontraba sir Alistair Brown, director de la Galería Nacional de Londres, el cual estaba sonriendo felizmente. Sir Alistair hizo un gesto de asentimiento a David, autorizándole con ello a revelar su identidad. Encantado, David volvió a golpear con su martillo y dijo con voz clara y estentórea: «La Galería Nacional de Londres.» Viejo zorro, pensó. Ocultarse tras un marchante no era exactamente una estratagema nueva, pero esta vez había dado un resultado glorioso. El Gauguin era una gran jugada para la Nacional.

David había creído que rápidamente podría dedicarse ahora al Rafael, pero los murmullos eran tan fuertes que evidentemente se necesitaba una pausa. Se dio cuenta de que nadie quería vivir apresuradamente la ocasión y de que, para algunas personas de la sala, las dos ventas estaban relacionadas. La Galería Nacional probablemente había agotado sus recursos, y ya no volvería a pujar aquella noche, en tanto que otras galerías, al no haber gastado nada hasta el momento, podrían pujar más alto para conseguir la *Madonna*.

De modo que, durante un par de minutos, David permaneció sentado bebiendo agua de la jarra de su mesa y estudiando pacientemente la sala. Luego, después de lo que él consideró un intervalo conveniente, dijo en voz alta al conserje en jefe: «Coloque el Rafael.»

La *Madonna* fue levantada y colocada en el caballete. En tanto que el Gauguin le había parecido a David algo modesto en las vastas dimensiones de la sala de subastas, el Rafael resultaba mucho más impresionante; sus rojos y azules conservaban la viveza bajo las brillantes luces de la televisión. La sala dejó escapar un reverente siseo ahora, y quedó totalmente en silencio, como si aquellos amantes del arte comprendieran que estaban contemplando un cuadro cuya calidad jamás se repetiría en una subasta. David apenas tuvo que alzar su voz para hacerse oír.

—La *Madonna de Foligno* de Rafael, pintado entre 1511 y 1512 para Sigismondi dei Conti, originalmente en la iglesia de Aracoeli de Roma, y luego, más tarde, en Santa Anna de Foligno. Fue saqueado por las tropas de Napoleón en 1797 y transferido a la tela en París. Desde su devolución a Italia este cuadro ha estado en el Vaticano, y ahora es vendido con la autoridad de Su Santidad el Papa Thomas; las ganancias, en beneficio de las víctimas del terremoto que asoló la ciudad de Foligno a comienzos de este año.

David cogió su martillo, comprobando nuevamente que sus ayudantes estaban distribuidos estratégicamente por la sala, y empezó:

—Esta vez, señoras y caballeros, el cuadro ha sido tasado en diez millones de libras... diez millones... diez millones de libras...

De nuevo los mortales segundos. Nadie se movía en la sala.

Las cinco manos se levantaron simultáneamente, y los siguientes tres minutos fueron los más regocijantes de la vida de David. Jamás había conocido tantos postores. Había actividad en toda la sala, y sus ayudantes gritaban posturas que él ni siquiera había llegado a ver. En ocasiones parecía que *todo el mundo* quería pujar, quizás sólo para decir que habían tomado parte en aquella histórica subasta. Rápidamente, al cifra subió a dieciocho millones de libras. Para entonces, la competición se había reducido a seis licitadores: Berlín, Sydney, la Getty, Tokio, el Louvre y el Metropolitan de Nueva York. David retuvo la respiración al acercarse a los veinte millones de libras. Al discutir por primera vez de números con el Santo Padre, sabía que el cuadro iba a batir todos los récords... pero ahora cuando la mágica cifra de veinte millones se acercaba, aún no podía creer completamente en ella.

Pero la cifra fue alcanzada. Y el drama aún no había terminado. A los veinte millones, Tokio y Sydney abandonaron, pero –¡atención!– ¡entró en liza el Ermitage!

De dónde había sacado Ivan Shirikin el dinero, David lo ignoraba, pero allí estaba el ruso, levantando su catálogo en una inequívoca señal de oferta. A los veintidós millones, Berlín y el Louvre renunciaron, pero la presencia de Shirikin parecía sólo un desafío a los americanos. Se llegó a los veinticinco millones de libras. Entonces el ruso, tan repentinamente como había entrado, abandonó. Quedaban pues, solamente la Getty y el Metropolitan.

¿O no? Sentado algo aparte de los demás americanos había un hombre bajito, delgado, que levantaba ahora un esmeradamente manicurado y más bien huesudo dedo. David le reconoció como Douglas Fillimore, director de la Colección Frick de Nueva York, una colección totalmente privada que muchos expertos consideraban como la *más grande* del mundo, y que sin duda lo era en los Estados Unidos. Fundada por Henry Clark Frick, el millonario del carbón y el acero, la Frick hacía muy pocas adquisiciones, pero cuando se decidía, eran siempre las mejores. La intervención de Fillimore era un golpe maestro, un garrotazo psicológico brillantemente calculado. Al entrar ahora, había señalado a los otros dos, la Getty y el Met, que lucharía hasta el final. La Frick disponía de los fondos necesarios, y no tenía otras adquisiciones que hacer, como ellos. El precio estaba ya en la estratosfera. Rápidamente, Jakobson, por el Met, y Smallbone, por la Getty, comprendieron que una batalla prolongada sería ruinosa para todos. El Met fue el primero en abandonar, a los veintisiete millones, y la Getty le siguió, una apuesta más tarde.

David paseó su mirada por la habitación. Por clara que estuviera la situación, su deber era seguir el protocolo.

–Veintisiete millones de libras.. ¿alguien da más? Último aviso a los veintisiete millones de libras. ¿Nadie da más? ¿Nadie da más de veintisiete millones...? Último aviso... veintisiete millones... veintisiete millones... –Mientras el martillo caía estalló una estruendosa salva de aplausos y vítores. Las palabras de David, «La Colección Frick», fueron completamente sumergidas por el ruido de los gritos y de la gente que se ponía de pie: Fillimore estaba siendo rodeado por periodistas y equipos de televisión.

David hizo algunas sumas rápidas. Veintisiete más once hacían treinta y ocho millones de libras. El ocho por ciento representaba tres millones cuarenta mil libras. Había costado algo más de los dos minutos que Elizabeth Lisle le lanzara acusadoramente a la cara en una ocasión, pero, con su comisión del diez por ciento del comprador además, la Hamilton's había ganado seis millones ochocientas cuarenta mil libras, en tanto que los fondos del Papa se habían acrecentado hasta casi treinta y cinco millones de libras. No había motivo para quejarse. Bajó de la tribuna para mezclarse con la masa de gente. Nadie quería irse a casa, al parecer; la ocasión era demasiado especial. Sirianni le estrechó la mano. Igual que Hale. El conde de Afton le hizo el gesto de levantar los pulgares desde el otro lado de la habitación. Jack Pringle, el encargado de prensa, levantó los brazos y juntó las manos por encima de la cabeza, como un boxeador victorioso. David observó que Elizabeth Lisle le hacía señas, y luchó por abrirse camino a través de la multitud hacia ella. Al acercarse, observó que la mujer estaba al teléfono. Elizabet le sonrió. Su profunda voz se oyó por encima del clamor general.

—Es el Santo Padre —dijo—. Quiere hablar con usted.

David le tomó el auricular de la mano.

—Mr. Colwyn, le he estado observando por televisión. ¡Estuvo usted magnífico! Felicitaciones, y gracias. Lo ha llevado todo perfectamente. Si alguna vez puedo devolverle el favor, no dude en pedírmelo.

—Gracias, Santidad. Simplemente, me siento aliviado de que todo haya salido tan bien, créame.

—Le *creo*, Mr. Colwyn. Sé lo que se sufre, estando al descubierto como estuvo usted esta noche. Bien, una noche maravillosa para todos nosotros, para las víctimas del desastre especialmente. Dormiré muy bien, listo para un día ocupado mañana... A propósito, voy a volver a Foligno. Buenas noches. Y Dios le bendiga.

La línea se cortó. David se volvió en el momento en que monseñor Hale, acompañado de Sirianni y Elizabeth Lisle, llegaba.

—Colwyn, me llevo al contingente italiano a cenar. ¿Quiere unirse a nosotros?

—Me encantaría —repuso David—. Pero, desgraciadamente, hay cosas que hacer aquí. Y también tengo que levantarme temprano mañana.

Hale le alargó la mano.

—Entonces digámonos buenas noches. Lo que ha realizado usted aquí esta noche es realmente la obra de Dios. Tiene usted todo nuestro agradecimiento.

David estrechó las manos y observó cómo se marchaban de la gran sala. Luego fue a comprobar la seguridad de los cuadros. A los hombres del dinero les llevaría al menos treinta y seis horas compensar los cheques, y mientras tanto la Hamilton's guardaría el Gauguin y el Rafael en sus cámaras. Se sentía más bien desinflado, ahora que la excitación había pasado. Uno de los atractivos de la subasta que él no había mencionado a Elizabeth Lisle era su atmósfera teatral en las grandes ocasiones. Aquella noche había sido como un extremo. Estaba emocionado y le hubiera gustado ir con Hale y los demás. Pero primero era el trabajo. Su casa de Pelham Crescent, cuando finalmente regresó después de resolver todos los pequeños detalles posteriores a una venta importante, estaba vacía y desierta. El correo de la mañana llegaba siempre después de salir él para la oficina, de modo que allí estaba limpiamente apilado en la mesa del vestíbulo, depositado para darle la bienvenida por su ordenada asistenta diaria a la que raras veces veía, la señora Vinton. Una de las cartas, sin embargo, resultó ser una bienvenida más bien desgraciada. Era del abogado de su mujer, y constituía un miserable final para un día que había sido la cima de su carrera como subastador. Sarah había decidido volverse a casar, de modo que quería un divorcio inmediato.

David tenía que levantarse temprano al día siguiente por la razón de siempre: debía tomar un avión. Como experto en arte romano, con una experiencia que había beneficiado a la Hamilton's generosamente, había negociado, como parte de su contrato, cierto número de días al año en los que podía dedicarse a sus intereses eruditos. Aquel día y el siguiente formaban parte de dicho período. La Sociedad del Renacimiento se reunía en Milán, y David tenía que darles una conferencia. En ella iba a describir sus hallazgos preliminares tras el descubrimiento, un año antes, de nuevos documentos del archivo del Vaticano concernientes a tempranas obras de Leonardo.

Mientras se dirigía en coche al aeropuerto, echó apresuradas miradas a los periódicos de la mañana. El *Daily Mail* publicaba un breve artículo sobre la subasta del día anterior en la primera plana, con los titulares «¡LA MADONNA MULTIMILLONARIA EN DÓLARES!», mientras que *The Daily Telegraph* ofrecía como segunda noticia más importante: «LOS CUADROS DEL PAPA ACAPARAN EL DINERO.» Pero era la carta del abogado de Sarah lo que seguía atormentándole. Lanzó un suspiro. ¿Por qué las malas noticias eran siempre más apremiantes que las buenas? David había conocido a Sarah cuando tenía veinticinco años y acababa de entrar en Hamilton's. Ella trabajaba de bibliotecaria en la Cámara de los Comunes. David había tenido novias en sus últimos años de la escuela, y algunos asuntillos en Harvard. Pero Sarah era algo más. Había estado muy delicada de niña, pero ahora era ya una joven fuerte y muy apasionada. Se casaron al cabo de unos meses, y fueron locamente felices, y más aún con la llegada de su hijo, Ned. Durante años tuvieron una vida maravillosa. El negocio de la subasta se iba ampliando, y David cada día tenía que viajar más. Ned, por su parte, era una fuente de constante asombro y placer. La vida iba variando de año en año lo suficiente para mantenerlos frescos. Irónicamente, pensó David al recordar, fue el descubrimiento del Bernini lo que empezó todo el maldito asunto. No fue sólo la publicidad que su descubrimiento había despertado, o el estímulo que dio a su reputación en el negocio. Fue el cambio que ello produjo en su apetito de éxito. Al mirar en su interior, comprendió ahora el fenómeno que había tenido lugar: un descubrimiento tenía que ser seguido por otro, más excitante si era posible. Se había pasado todo su tiempo libre siguiendo la pista del Rafael de Suecia.

Por desgracia, todo esto había coincidido con el hecho de que Ned había empezado a ir a la escuela, y por tanto Sarah tenía muchas menos cosas que hacer. David era partidario de que ella volviera a su trabajo: le gustaba una mujer con su propia carrera. La cuestión de si eso era lo que Sarah deseaba ni siquiera le cruzó por la mente. Los talentos de una bibliotecaria no se tornan obsoletos tan rápidamente como en otras profesiones. No había trabajo en la Cámara de los Comunes, pero, debido a su experiencia en el Parlamento, tuvo suerte y consiguió algo en la biblioteca del Foreign Office. Era una época en que se estaba proyectando una misión comercial al Lejano Oriente. Estaba principalmente relacionada con asuntos de comercio, pero aun así el FO iba a estar implicado. Así fue como ella conoció a Michael Greener, miembro del Parlamento por un distrito de Londres y un hombre prometedor en el Partido Conservador.

Todo había sido muy civilizado. Ella le habló a David sobre la cuestión una noche, treinta minutos antes de que Greener llegara a Pelham Crescent. David suponía que Greener había sido realmente muy valiente. Había venido para apoyar a Sarah en lo que estaba destinado a ser una escena difícil. Estaba *con* ella, lo cual era más de lo que David había hecho durante los meses anteriores. Todo discurrió con la calma que se podía esperar de estas situaciones... aunque quizás ahí radicaba el problema. Nunca durante la ruptura hubo ninguna *demostración* de emoción. Como resultado de ello, su pena no había encontrado ninguna salida y se había enconado. Ahora, veinte meses más tarde, David suponía que estaba empezando a dar la vuelta. Con todo, recuerdos como la carta del día anterior aún tenían el poder de trastornarle.

Sin embargo, ni Sarah ni Greener se mostraban irrazonables. A Greener le habían prometido un puesto en el gabinete, pero antes el primer ministro quería que pusiera su vida privada en orden. ¿Iba a casarse con Sarah Colwyn, o no? Para ser ministro de un gabinete, uno tiene que llevar una vida privada regular. De otro modo, el partido puede perder votos.

La carta era muy considerada en su tono. Pero David seguía trastornado. Se preguntó cómo estaría Ned. Tan cuidadosa había sido Sarah que habló inicialmente del asunto a David sólo una semana después de que Ned hubiera regresado a la escuela. De esta manera, ambos tuvieron casi un trimestre para adaptarse a la nueva situación, para controlar sus sentimientos antes de enfrentarse con su hijo. Greener se había mantenido discretamente en un segundo plano, y las cosas habían empezado a asentarse.

Ned pasaba las vacaciones con su madre, naturalmente, pero David podía verle cuando quería. Permanecían muy unidos. David echó una mirada al sucio cielo que se extendía por encima de la M-4. Hasta las nubes parecían empapadas en diesel.

Ned era un encanto y un enigma. La mitad del tiempo parecía mucho mayor de trece años, su edad. Sus chistes, su seriedad, su *comprensión*, hacían su compañía preferible a la de cualquiera. Luego, imprevisiblemente, se refugiaba en sí mismo, regresaba a sus juegos solitarios, infantiles. Era como una lámpara cuya luz sólo brillaba cuando uno menos se lo esperaba.

David le concedería a Sarah el divorcio, por supuesto. Pero eso no hacía más que subrayar lo que le había dicho a Elizabeth Lisle: se sentía desesperadamente encallado. ¿Qué era lo que Elizabeth Lisle dijo sobre la situación? ¿Que el Papa iba a hacer cambios, pero que todo dependía de la venta del Rafael? Bien, ésta había ido espléndidamente, de manera que quizás ocurriría algo que suavizaría su situación. Sentía que se lo había ganado.

Si algo podía levantarle el ánimo a David era la compañía de compañeros de erudición o unos días bajo los cálidos cielos y cenicientos colores de Italia.

La Sociedad del Renacimiento, reunida en Milán, por tanto, resultaba perfecto. Su conferencia, también, fue un éxito. Los Archivos Secretos del Vaticano están muy mal organizados, eso es del dominio público. Nadie sabe exactamente lo que contienen, ni, dado que hay tanto, nadie puede saber exactamente dónde está qué. Había sido una corazonada por parte de David buscar en ellos documentos relacionados con Leonardo da Vinci. De éste se sabían muchas cosas, naturalmente, excepto de aquel año perdido de 1482.

La conferencia de David estaba titulada, secamente, «Leonardo: su año perdido: algunos descubrimientos documentales». Su charla fue al grano. Todo lo que había hecho, dijo, fue mirar algunos papeles que podían arrojar algo de luz al problema. Primero, preparó una lista de aquellos acontecimientos ocurridos en Italia alrededor del año 1482 que pudieran, con algún esfuerzo de la imaginación, ser considerados como relacionados con el caso. Entre éstos estaban el contrato de algunos frescos en la Capilla Sixtina (1481-1482), la muerte del pintor Luca Della Robbia (1482), la muerte del Papa Sixto IV, Francesco della Rovere, la muerte del duque de Urbino (1482) y el acceso al poder de Francesco Gonzaga como duque de Mantua (1484). Estos últimos tres personajes, recordó David al auditorio, eran todos bien conocidos mecenas del arte. Había, dijo, visitado algunas bibliotecas en Florencia y Mantua y Nápoles para comprobar algunos hechos, pero fue en el Vaticano donde por primera vez tropezó con un hecho significativo. Se trataba de una larga nota dirigida al Papa Sixto IV procedente del nuncio papal en la corte de Urbino, notificando a Su Santidad la muerte de Frederigo da Montefeltro, duque de Urbino. En la carta figuraba una breve lista de las personas que habían estado en Urbino para el entierro de Montefeltro, y mencionaba a «Leonardo el ingeniero», el cual había estado intentando interesar al duque de Urbino, antes de su muerte, en una nueva clase de puente.

Esto era todo lo que había encontrado hasta el momento, admitió David. Sin embargo, era bien sabido que, un año más tarde, Leonardo había tratado de interesar al duque de Milán en algunos proyectos de fortificaciones militares, cuando nuevamente se describía a sí mismo como ingeniero. No era mucho, concluyó David, pero era un comienzo. Sus descubrimientos claramente demostraban que en 1482 Leonardo había pasado algún tiempo en Urbino, y él seguía estudiando los informes del nuncio papal en Urbino, para ver si Leonardo volvía a ser mencionado.

La conferencia despertó considerable interés entre los eruditos. No es que constituyera una noticia de primera plana, pero a su modo era importante, y el público de la conferencia lo apreció así. David fue muy felicitado por académicos de lugares tan lejanos como Moscú y Montreal.

En su última noche en Milán, David tenía que cenar en Casa Fontana con Edward Townshend, de la Biblioteca Fogg de Harvard, Daniel Sapper, del Louvre, e Ivan Shirikin del Ermitage de Leningrado. Era una verdadera reunión internacional, y, regada por tres botellas de Trebbiano, el vino que la casa recomendaba, la conversación derivó del Vernoese al vodka, de Boston a Bramante, y del Papa Thomas a Trotski. En el vuelo de regreso a Londres, David cayó en la cuenta que la cena casi le había apartado de la mente el divorcio.

Casi, pero no del todo.

Roberto Vizzini era un hombre guapo, y, para ser siciliano, excepcionalmente alto. Dondequiera que estuviera, destacaba, un buen atributo para un sacerdote. Ciertamente destacaba ahora, entre todos aquellos escolares. Bajó su mirada hacia el grupo de niños sentados en filas en el aula de Santa Ágata, ante él. Era un trabajo con el que disfrutaba: dar premios a los discípulos aventajados, contar algunos chistecitos sencillos y luego sentarse junto al director como centro de la fotografía escolar.

Disfrutaba también con otras clases de trabajo. Y por consiguiente había algunas personas en Sicilia que consideraban al padre Vizzini un santo. No era muy frecuente que un cura anduviera «a cubierto» y se comportara como un policía o un periodista investigador. Pero Vizzini había hecho justamente eso. Primero, en la remota zona de Burgio, en Sicilia, en las montañas, haciendo uso de información obtenida posiblemente a través de la confesión, había conseguido, más o menos un año antes, denunciar la existencia de una fábrica de procesamiento de la heroína dirigida por la Mafia.

Luego, tres meses más tarde, denunció una extorsión de la Mafia en punta Raisi, el aeropuerto de Palermo. Una noche, poco después del crepúsculo, se había depositado una cadena de clavos a través de la pista de despegue principal, que reventó los neumáticos de un pequeño avión que estaba aterrizando. Desequilibrado por los estallidos de los neumáticos, el avión se estrelló y ardió, muriendo sus dos tripulantes y tres pasajeros. Este «accidente» había sido causado porque las autoridades del aeropuerto se habían negado a pagar por «protección». Después de eso, el hampa local consiguió lo que quería... hasta que Vizzini, utilizando el confesionario, pudo dar a la policía algunos nombres. Más recientemente, acababa de tener un tercer éxito espectacular. En una desconcertante acción, la Mafia de Palermo, unos tres meses antes, había robado toda la sangre de un banco de sangre de la ciudad. Era un robo fácil ya que la sangre era algo que las autoridades del hospital apenas podían imaginarse que fuera un objeto de robo. Y en todo caso, los *stocks* podían reponerse mediante nuevos donantes... Pero la Mafia hizo saber entonces que cualquiera que ofreciera sangre sería «castigado»... mutilado o muerto. El número de donantes disminuyó y, después de que dos personas recibieron una rociada de balas que les destrozó los pies, se redujo a cero. En cuestión de pocos días, el hospital entró en crisis. La sangre sólo podía ser obtenida de la Mafia, inevitablemente a precios astronómicos. El sistema de hospitales estatales se negó a pagar, y sólo los pacientes ricos, en hospitales privados, podían permitirse transfusiones. Después de que varias personas murieran en los hospitales estatales de Palermo y Messina por que no había sangre para ellas, Vizzini se puso a trabajar. De nuevo sus métodos eran probablemente dudosos. Casi con toda seguridad consiguió una pista en el confesionario de la esposa de uno de los tratantes del mercado negro. En cualquier caso, alguien le puso en el buen rastro de la Mafia, y una incursión de la policía siciliana en un almacén de Trapani descubrió el banco de sangre.

La isla se llenó de júbilo, y, cuando se reveló que Vizzini había sido una vez más el instrumento que permitió burlar a la Mafia, el buen cura fue objeto casi de adoración. El arzobispo de Palermo le invitó a predicar en su catedral, y miles de personas solicitaron ver a aquel poco convencional hombre de Dios.

La Escuela de Santa Ágata era una de las muchas que le habían impetrado el honor de efectuar la entrega de premios. Vizzini aceptó por dos razones. Santa Ágata estaba en una región muy pobre, Mussomeli, y también uno de los policías heridos en la acción del almacén de Trapani era oriundo de allí.

Cuando la entrega de premios hubo terminado, los escolares se agruparon atropelladamente para la fotografía. Se había dispuesto una serie de sillas en semicírculo al aire libre: en ellas se sentaría el personal de la escuela con su director y el padre Vizzini en el centro. Los alumnos más jóvenes se sentarían en el suelo con las piernas cruzadas, delante del personal, otros estarían de pie tras las sillas, y otros subidos en unos bancos hasta formar cuatro filas. La niña más estudiosa de la escuela, que parecía como si fuera a ser algún día más alta que el propio Vizzini, mostró al cura su asiento. La niña, recordó el padre, había ganado el premio de arte y recibido por ello un libro sobre Caravaggio, que, como observó el cura, aún sostenía en su mano.

Vizzini se sentó. Mientras los otros niños se arremolinaban a su alrededor buscando un sitio, algunos de los ganadores de premio se acercaron a él, tímidamente, y le pidieron que les firmara sus libros. Mientras garabateaba su nombre y una corta dedicatoria, deseándoles suerte y la protección divina, observó a una serie de orgullosas madres, de pie junto a la pared de la escuela, que contemplaban el espectáculo. «¿Por qué no hacen entrar a las madres en la foto?», preguntó al director, que acababa de sentarse.

Éste se rió.

—No me haga el trabajo más difícil de lo que ya es, padre, por favor. Bastante difícil es ya controlar a los niños, como puede ver, sin tener que hacerlo también con sus padres. Y no se olvide de que ésta es una región pobre: muchas madres trabajan con sus maridos en los campos. No podríamos conseguir reunir a todo el mundo en un lugar en un momento dado, e incluir solamente a algunos no haría más que irritar a los que se hubieran quedado fuera. —Se volvió y miró a las filas—. Creo que estamos listos, ¿no? —dijo a la niña estudiosa, que estaba justamente detrás de él.

—Sí, señor —replicó ella—. Todo el mundo está aquí.

—Atención todo el mundo —gritó el director—. Estense quietos. Esto no va a durar mucho.

Hizo un gesto al fotógrafo, que estaba de pie junto a un trípode a unos diez metros de distancia. El hombre se inclinó para iniciar su trabajo.

Justo en aquel momento pudo oírse el motor de una motocicleta, un pequeño scooter en realidad, que se acercaba por el otro lado de la pared de la escuela. Llegó a la puerta, y la cruzó, dirigiéndose al fotógrafo. La montaba un joven atezado, con gafas de sol, que llevaba algo —una guitarra quizás— colgado en la espalda. Hasta que el scooter se detuvo junto al fotógrafo, los que observaban no se dieron cuenta de que el objeto era un arma.

Tranquilamente, sin apresurarse, el motorista descolgó su metralleta y disparó contra Vizzini. Niños y maestros empezaron a correr en todas direcciones. Las madres, situadas aún junto a la pared, se abalanzaron hacia sus hijos. El fotógrafo agarró su trípode y trató de golpear al pistolero con él. Pero el motorista, simplemente, diparó una ráfaga a bocajarro contra el fotógrafo. Luego se volvió y disparó nuevamente una ráfaga contra Vizzini, que se retorcía ahora en el suelo. El sacerdote dio una sacudida y se quedó inmóvil.

Tan calmosamente como había llegado, el pistolero se volvió a colgar el arma al hombro, metió la velocidad en la moto, y se marchó. Tras él quedaban Vizzini, ya muerto, el director con una bala en el corazón, otros dos maestros muertos, así como el fotógrafo y once niños, incluyendo a la pequeña estudiosa. En su mano, la niña seguía sujetando su premio, el libro sobre Caravaggio.

—David Colwyn; me esperan.

El guardia, vestido de amarillo, y pantalones azul y rojo, consultó una lista en su cabina de cristal. Lugo levantó la cabeza.

—Sí. ¿Sabe usted como se va a la Comisión sobre Comunicación Social?

David negó con la cabeza; desconocía completamente aquella parte del Vaticano.

—Muy bien. Primero, siga recto, manteniendo al Santo Oficio a su izquierda, y la sala de audiencias. Luego, a su derecha, verá dos arcadas; crúcelas. Delante tendrá los jardines del Vaticano, y, a su izquierda, un gran edificio con dos surtidores de gasolina delante de él. Ahí es donde está la oficina de la *signorina* Lisle.

—Gracias —contestó David mientras su taxi emprendía la marcha.

David no había contado con volver a ver tan pronto a Elizabeth Lisle. Este viaje no había sido preparado tan apresuradamente como el último, pero una vez más estaba aquí a invitación del Vaticano y una vez más no sabía por anticipado lo que le esperaba. Excepto que le habían convocado sólo unos días después de los espantosos asesinatos de la Mafia en Sicilia.

La «Matanza de Mussomeli», como habían dado en llamarla, había repugnado a toda Italia y al mundo occidental. Porque el que un sacerdote y unos niños hubieran sido ametrallados a sangre fría confirmaba cuán totalmente despiadada, cuán salvaje estaba dispuesta a ser la Mafia en defensa de sus intereses. Los gángsters habían demostrado que ni siquiera los niños estaban a salvo cuando se aliaban con personas como Vizzini. En el funeral del sacerdote, al que el Papa había enviado un representante, el arzobispo de Palermo criticó al gobierno italiano por su falta de acción. Sugirió abiertamente lo que muchas personas sospechaban: que varios miembros del gobierno recibían sobornos de la Mafia y por tanto no estaban dispuestos a hacer nada. Pero la brutalidad final fue perpetrada durante la noche siguiente al entierro del cura. Por la mañana se descubrió que las flores habían sido sustituidas por adormideras, la fuente de la heroína. La Mafia recordaba a la gente por qué había muerto Vizzini, y de esta manera sugería que nadie fuera a seguir sus pasos.

Aquel mismo día Elizabeth Lisle llamó a David.

El taxi pasó a través de la segunda arcada. A su derecha, David pudo ver el enorme ábside de San Pedro. Una entrada, parecida a la entrada de artistas de una ópera, se abría para revelar una pendiente que conducía a las partes más recónditas del edificio. Ante él pudo ver los jardines, bancales inclinados y lujuriantes árboles. El taxi se ciñó a la izquierda y se detuvo, tal como el guardia suizo dijera, cerca de unos surtidores de gasolina. La oficina de Elizabeth Lisle estaba en el segundo piso, y desde allí podía verse tanto San Pedro como, por encima de la pared, el mundo exterior. Apropiado, pensó David, para una oficina de prensa.

Elizabeth sirvió café, negro como el betún. Llevaba el cabello recogido, lo que hacía que su cuello pareciera más largo todavía.

—Quiere hacerlo otra vez, Mr. Colwyn —dijo—. El Santo Padre quisiera vender otro cuadro.

—Pero no ha habido ningún desastre... ¿verdad? —David trató de pensar—. Hubo ese edificio que se derrumbó en Francia, pero no hubo muchos muertos... ¿diecisiete, no? Y el incendio en el campo de fútbol in...

—No, esta vez es diferente. No se trata de un desastre natural lo que le preocupa a Su Santidad, sino uno provocado por el hombre. —Como David no diera señales de entender, aclaró—: La matanza de Mussomeli.

David lanzó un silbido.

—¿Thomas está dispuesto a meterse con la Mafia?

—Alguien tiene que hacerlo. Si no es la Iglesia, ¿quién va a ser? —Elizabeth lanzó un suspiro—. Thomas cree, como muchísimos papas antes que él, que la Mafia siciliana demuestra que el diablo está vivo y entre nosotros. Llevaba pensando hacer algo desde que fue elegido, pero este incidente le ha espoleado para empezar ahora. A fin de cuentas, el blanco principal del ataque fue un sacerdote; un sacerdote que había demostrado excepcional valor e imaginación al tratar de luchar con la Mafia. Thomas cree que no puede abandonar a Vizzini, lo que el buen hombre representaba.

—¿Qué va a hacer?

—Tiene varios planes, pero, de momento, me temo, son secretos.

—¿Y qué desea de mí?

—Hemos elegido un cuadro y nos gustaría que usted volviera a venderlo. Como antes.

—¿Qué cuadro?

—El *Entierro de Cristo*, de Caravaggio.

David movió la cabeza lentamente. Alargó su taza.

—Mejor será que tome un poco más de café.

La mujer levantó la jarra y le sirvió. Parecía ansiosa.

—¿Lo aprueba?

—En un sentido puramente comercial, sí. Conozco el cuadro, y es fantástico, brillante. Probablemente, mi favorito entre todos los del Vaticano. Y me parece que tengo razón al decir que *hay* sólo sesenta y tantos cuadros de Caravaggio, de modo que es *muy* raro. Sencillamente, sus cuadros jamás llegan al mercado. Pero... pero... bueno, ¿resulta apropiado?

—No soy historiadora de arte. Mr. Colwyn, ya lo sabe usted. Pero me han dicho que Caravaggio trabajó en Sicilia durante los años que precedieron a su muerte, y uno de sus últimos cuadros, una Natividad, fue robado de una iglesia de Palermo por la Mafia. En cierto sentido, por tanto, supongo que Caravaggio fue víctima de los gángsters, como Vizzini y los niños. También resulta, como habrá leído usted, que una de las niñas muertas llevaba consigo un libro sobre Caravaggio que había ganado como premio sólo unos minutos antes de la llegada del pistolero. De modo que el cuadro es doblemente apropiado. —El café se había acabado. Elizabeth Lisle se puso de pie—. ¿Por qué no vamos a ver el cuadro? Le mostraré los jardines del Vaticano, y podemos charlar mientras paseamos.

Bajaron por la escalera y salieron al sol. Una ligera brisa soplaba sobre la colina en que estaba construido el Vaticano, suavizando el opresivo calor de agosto.

—Se está tranquilo aquí en estos momentos —dijo Elizabeth Lisle—. Thomas se prepara para irse a Castelgandolfo, su residencia de verano. Todo el mundo se relaja cuando el Santo Padre está fuera. —Señaló a su izquierda—. El helipuerto está allí, más allá de la estación del tren y del cuartel general de la Radio Vaticana.

Subieron hasta la mitad de la colina y entonces torcieron a la derecha. Una enorme fuente parecida a una gruta se levantaba a su izquierda, y el agua de ésta hacía un ruido sedante, aunque penetrante. David reconoció ahora la galería de arte vaticana, frente a él, aunque a cierta distancia. Antes tuvieron que cruzar por delante de sombreados y encantadores senderos bordeados de palmeras, aralias, acantos y una serie de plantas que no era capaz de reconocer.

Elizabeth Lisle se detuvo y aspiró el aire de fragantes olores.

—Vengo aquí a diario. Éste es sin duda uno de los más hermosos y apacibles lugares de la Tierra. No parece el lugar más adecuado para hablar de dinero, Mr. Colwyn, pero me temo que debemos hacerlo. ¿Cuánto cree que puede valer el Caravaggio?

Siguieron avanzando. David frunció el ceño, pensativamente.

—Probablemente, no tanto como el Rafael, pero es difícil saberlo. Caravaggio se ha hecho muy popular en los últimos diez o quince años. Su realismo encaja con el gusto moderno. Es raro, como he dicho, y, al igual que la *Madonna*, es un cuadro del Vaticano. —Estaban llegando al final del sombreado sendero. La galería de pinturas se alzaba encima de ellos, con sus estatuas de Rafael, Tiziano y Giotto—. Sin duda conseguirían ustedes diez millones... y tal vez podrían llegar a veinte. Pero no puedo aproximarme más. —Se preguntó si algún día llegaría a acostumbrarse a estas cifras.

Elizabeth Lisle encabezó la marcha hacia la galería de arte. Subieron por las escaleras y entraron en las mismísimas salas de exposición. El *Entierro de Cristo* estaba en la fila de galerías opuesta a aquella en donde David esperara por primera vez al Papa, en una habitación octogonal que daba a los jardines. La luz entraba a raudales por la ventana mientras ellos se hallaban de pie ante la obra maestra de Caravaggio. Otras pinturas quizás parecieran sosas a la luz del sol, pero no ésta. El pálido cuerpo de Cristo era sostenido por dos personajes, evidentemente unos pobres, muy reales, más bien feos. Las expresiones eran modernas, no idealizadas como en un Rafael, y en la parte inferior de la pintura una gran losa de piedra parecía sobresalir hacia el espectador, una losa áspera y dura y tan real que parecía que uno podía tocarla. Era magnífico, pensó David. Sí, Caravaggio *era* su favorito.

Había al menos media docena de directores de museo en el mundo que hubieran sido capaces de morir por aquel cuadro, y David de pronto sintió que la subasta de aquella pintura podía constituir una lucha aún mayor que la del Rafael. Se volvió hacia Elizabeth Lisle.

—No podemos venderlo antes de septiembre. El mundo del arte se va de vacaciones hasta entonces. Octubre sería mejor aún. ¿Tiene importancia?

—Bien, quisiéramos *un poco* de dinero ahora, como las veces anteriores. Digamos ocho millones. Y el resto, cuanto antes, mejor. Pero evidentemente nos gustaría que fuera otro éxito de venta, y eso le corresponde a usted.

David asintió.

—Creo que ocho millones está bien. Volvamos a su oficina, y haré un par de llamadas a Londres.

Regresaron. Esta vez, ella le llevó por el camino más largo, siguiendo el jardín inglés, la fontana delle Cascatelle y la iglesia de Santo Stefano degli Abissini. Durante el paseo ella le ofreció llevarlo a l'Eau Vive a almorzar. David había oído hablar del restaurante, pero jamás había ido a él. Era francés, situado cerca del Panteón, y era un lugar en donde a muchos cardenales les gustaba comer; a veces era denominado la cantina del Vaticano. Pertenecía a un misión católica, y todas las camareras eran jóvenes monjas, que bendecían la mesa en cada comida.

—Iré con muchísimo gusto —dijo David.

—Pero primero el Santo Padre quisiera tener unas palabras con usted. —Elizabeth consultó su reloj—. Está celebrando una misa especial en una de las capillas de San Pedro. Tardará unos quince minutos. Hay un grupo de huerfanitos de Canadá aquí en Roma, que estaban deseando verle. Nunca puede resistirse. No sé si usted sabrá esto, pero él mismo fue huérfano. De modo que vaya usted a hacer sus llamadas.

La primera fue a lord Afton, la segunda a los banqueros de Hamilton's. Ambos se mostraron tan colaboradores como David había imaginado, pero era prudente por su parte hacerlos entrar en una fase temprana del asunto, en esta ocasión. *No necesitaba* actuar solo esta vez, y Sam Averne, su oponente en la junta, podía causar menos problemas si David era capaz de demostrar que había buscado consejo del presidente y del banco por anticipado. No quería que le acusaran de tendenciosidad.

—El dinero tendría que estar en sus manos pasado mañana —informó a Elizabeth Lisle mientras cruzaban la basílica.

—Bien. El Santo Padre quedará encantado. Le podemos llamar ahora. Por aquí. —Le introdujo por la «entrada de artistas» que David observara anteriormente, a su llegada. Tomaron un pasadizo que subía primero a la izquierda, y luego doblaba a la derecha trazando un amplio círculo—. Estamos dentro de la pared del ábside —indicó Elizabeth—. Originalmente fue pensado como una salida de emergencia, para el caso de que los papas del siglo diecisiete tuvieran que enfrentarse con fuerzas invasoras como en 1529.

—Espero que Thomas nunca lo necesite.

Ella le devolvió la sonrisa y empujó una puerta.

David se encontró dentro de la magnífica iglesia. Por todas partes, blancas esculturas sepulcrales barrocas, como figuras en una gruta subterránea. A la derecha, el baldaquín de Bernini se alzaba mayestático por encima del altar mayor, y sus retorcidas columnas de bronce brillaban como ciruelas damascenas.

—Thomas estará por aquí.

Elizabeth Lisle encabezaba la marcha hacia el transepto norte. Una pequeña multitud de turistas indicaba el lugar donde se hallaba el Papa, pero se les impidió entrar en la capilla donde se estaba celebrando la misa. Al poco, el asistente reconoció a Elizabeth Lisle, sin embargo, y ella y David fueron admitidos inmediatamente.

El servicio había empezado ya. David se sentó y observó cómo, en grupos de cinco o seis, las pequeñas, pues de niñas se trataba, avanzaban y se arrodillaban ante Thomas para recibir la comunión. De pie ante ellas, el Santo Padre parecía aún más alto de lo que David recordaba. Una a una las niñas regresaban a su asiento. La monja encargada trataba de mantenerlas quietas, pero estaban demasido emocionadas por lo que les acababa de suceder. Personas de más edad quizá se hubieran sentido atemorizadas, impresionadas, pero lo que ellas experimentaban era sobre todo excitación.

Thomas, sonriendo y comprendiendo instintivamente la reacción de las niñas, dio fin al servicio, pero luego se adelantó y sentó entre ellas. Las pequeñas se apilaron a su alrededor mientras él les preguntaba su nombre y su edad. Ellas respondieron tímidamente al principio, pero cada vez con mayor confianza. Una de las pequeñas fue acusada por las demás de exagerar su edad, para parecer mayor. «Para poder llevar maquillaje», dijo una.

La niña en cuetión parecía cabizbaja, pero Thomas se rió.

—Esto me recuerda una historia —dijo—, de cuando yo era un huérfano. —Las pequeñas se arremolinaron a su alrededor—. Me cuidaba alguien como la hermana María. Sólo que se trataba de un cura, el padre Flab le llamábamos, porque era muy gordo. —Las niñas se rieron—. En el pueblo donde crecí, un remoto lugar de América, teníamos sólo un cine. Había muy poca televisión en aquellos tiempos, y ninguna en los orfanatos, de modo que nos encantaba ir al cine. Pero las mejores películas de todas, o al menos así lo creíamos, eran las de horror, en donde no se nos permitía entrar por ser demasiado jóvenes. Y como no podíamos verlas, pensábamos que eran las mejores. En aquella época había que tener al menos quince años para poder ver una película de terror. Bueno, como podéis ver, yo soy muy alto, y era muy fuerte de chico. Aunque tenía trece años y medio, *parecía* tener quince. De modo que, un día, cuando hube ahorrado el importe de la entrada, decidí hacer frente al problema y entrar en el cine. Había una larga cola y yo estaba muy nervioso mientras esperaba para tomar la entrada. ¿Y si la taquillera se sospechaba el truco y me echaba? Me mortificaba la idea de la vergüenza que pasaría. Me tocó el turno de pagar. Puse el dinero delante de la mujer. —Las niñas que rodeaban al Papa estaban silenciosas, captada toda su atención por la historia. El Papa abrió sus ojos de par en par—. La mujer de las entradas ni siquiera me miró. Tomó el dinero y puso una entrada azul ante mí. ¡*Estaba dentro*!

David oyó jadear a las pequeñas. Sabían qué hazaña constituía aquello para sus trece años.

—No podía comprar palomitas, así que me fui directamente a mi asiento. Las luces estaban encendidas, pero yo no miré alrededor, por si había maestros que pudieran delatarme. Chicas, ¡lo tranquilo que me quedé cuando las luces se apagaron! Finalmente, empezó la película de horror. No recuerdo de qué trataba, de tan asustado que estaba. En realidad, ¡lo estaba tanto que *empecé a llorar*! Estaba tan espantosamente asustado que tuve que salir del cine. La taquillera se debió de quedar asombrada al ver a aquel muchacho salir tambaleándose del local, sus ojos rojos como rábanos. Desde entonces no he vuelo a ver una película de horror.

Las niñas sonreían. Era una historia adorable que podían repetir a todos sus amigos. El Papa había sido como ellas, de pequeño. Thomas alargó su mano a la pequeña que había «exagerado» su edad.

—Vamos, demos un paseo por la iglesia. Te enseñaré algunas cosas.

La niña dio la mano al Papa y ambos pasearon por la parte principal de San Pedro. Para David, la cojera del Santo Padre no parecía tan pronunciada aquel día.

Cuando vio a Elizabeth Lisle y a David, Thomas se detuvo.

—Lo siento. Qué estúpido he sido. Había olvidado que me estaban ustedes esperando. ¿Bien? ¿Qué piensa usted, Mr. Colwyn? ¿Funcionará otra vez?

—Creo que sí, señor. Caravaggio jamás ha sido tan popular.

—¿Han discutido ustedes el aspecto económico?

—Sí, y he hablado con Londres. No habrá problemas.

—Bien, bien. Gracias por venir a Roma, Mr. Colwyn. Pensábamos que, debido a la vinculación de este asunto con la Mafia, quizás no desearan ustedes verse involucrados esta vez. Por eso Elizabeth tenía instrucciones de no hablarle por teléfono del tema. Ahora que ha accedido usted, puedo hacer el anuncio. —Thomas bajó sus ojos a la niña que seguía agarrada a su mano—. Pero primero tengo que mostrar a esta jovencita algunas cositas de San Pedro. Ella «mejora» su edad como hice yo cuando era chico. ¿Quién sabe? Para cuando sea tan vieja como yo, quizás sea Papa. O quizás no. —Guiñó el ojo y fue a buscar a las niñas rezagadas para introducirlas en la nave.

—¿Hablaba en serio? Sobre lo de una mujer Papa, quiero decir.

Se encontraban en l'Eau Vive, a punto de abordar dos grandes montones de *fettucini*. A su alrededor había varios cardenales libres de servicio, tal como dijo Elizabeth Lisle, hombres de traje negro, hombres que hubieran pasado inadvertidos excepto por los pequeños alzacuellos blancos en su garganta, hombres de pelo gris que evidentemente disfrutaban de su comida y saboreaban el vino que tenían ante sí. David sintió alivio al verlo. Nunca se puede confiar en un hombre que no disfruta de su comida.

—Estaba exagerando un poco, como hizo con su edad en el cine. Pero, desde luego, a Thomas le gustaría ver cambiar a la Iglesia. Ha vivido gran parte de su vida en el Tercer Mundo, de manera que sabe que el cambio es necesario... y es un americano; no lo olvide. A los americanos les gusta el cambio.

—Si se cambia demasiado de prisa, la gente sale perjudicada. Y se provoca una reacción.

—Sea cual sea el ritmo que uno adopte, siempre es demasiado de prisa para alguien. Lo está mirando desde el lado equivocado, Mr. Colwyn. No se pueden *imponer* cambios que la gente no quiere. Hay que ir tanteando el camino, probar lo que se puede y no se puede hacer. Hay que empezar con las cosas que se *pueden* hacer, de modo que la gente tenga ocasión de ver que se producen realmente cambios. Entonces se acostumbran a la idea de que son posibles tales cosas. Mire usted mi propio nombramiento. La vieja escuela se opuso al principio; ahora están empezando a acostumbrarse a la idea. Y, más importante todavía, el mundo exterior se está acostumbrando a la idea de una mujer con cierta autoridad en el Vaticano. Por esto las ventas de los cuadros son tan importantes, por eso es usted tan crucial para nosotros. Atraen la atención hacia el Vaticano, hacia la política del Santo Padre. Y establecen una diferencia. Ya le he insinuado a usted que hay cambios en perspectiva concernientes al control de natalidad, al divorcio con nuevo matrimonio. Pero Thomas está tanteando el camino. Tiene que haber cambio, pero un cambio que el pueblo desee, que sienta que es justo y necesario. Entonces tendrá lugar y *perdurará*. Si todo esto funciona, entonces se incrementará el ritmo y, sí, quizás veamos una Santa Madre algún día. —Hizo una pausa—. Ser un líder consiste en saber qué ritmo es el que mantendrá la imaginación de tus seguidores sin provocar a tus enemigos.

David reunió un tenedor de pasta.

—¿Actúa solo Thomas? Eso debe de ser peligroso.

—Sí y no. Técnicamente, es un monarca absoluto, de manera que podría comportarse como un rey medieval, si quisiera hacerlo. Pero tiene a la curia, a su secretario de Estado... y un gabinete de cocina.

—¿Por quién está formado?

—Está usted viendo a uno de sus miembros. Algunas noches, cuando el Santo Padre tiene libre su agenda de funciones oficiales, ceno con él y sus dos secretarios privados, O'Rourke y un hombre que usted no ha conocido aún. Lanzamos ideas. Yo aporto mi contribución diciendo cuál pienso que sería la reacción de una mujer a eso o a aquello. O'Rourke, por su parte, sintoniza con el Vaticano y la curia; aporta su reacción. El otro hombre no es un clérigo, sino un hombre de negocios de una conocida familia mexicana. Thomas le conoció en sus viajes. Su papel es dar el punto de vista no occidental de las cosas.

—¿Es suficiente?

—¿Bastante gente, quiere decir? Quizás no. Pero un líder necesita a su alrededor gente en quien pueda confiar... Hablando del rey de Roma... —dijo la mujer repentinamente, cambiando de tono. Se tocó la cruz del cuello y bajó los ojos.

David se dio la vuelta a tiempo de ver a Ottavio Massoni salir del restaurante. El cardenal había estado almorzando más adentro, en un lugar donde no podían verle. Le chocó a David el aspecto tirante de la piel del cráneo de Massoni: parecía como si le hubieran envasado al vacío la cabeza calva. Le seguía un hombre a quien David conocía muy bien: Diego Giunta, un quisquilloso prelado español que dirigía el Archivo Secreto del Vaticano. Ninguno de los dos les vio y pronto desaparecieron.

David se volvió hacia Elizabeth Lisle.

—¿Qué pasa? Se ha puesto usted tan tiesa como un huso.

—Lo sé. No puedo evitarlo. —La mujer bajó la voz—. No debería decirlo, pero no confío en ese hombre. A veces pienso que es el único enemigo que tiene Thomas. Cada vez que Thomas tiene un éxito, el fruncimiento de cejas de Massoni parece más grande, más negro. Creo que quiere que la Iglesia sea temida, no amada.

—Quizás el diría «respetada».

—Quizás. Yo sé que no es cierto. A fin de cuentas, fue la gente de Massoni la que me lo hizo pasar mal cuando empecé. Todavía lo hacen, algunos. Es extraordinario: veneran a la Virgen María, pero al parecer no les gustan las mujeres. —Empezó a comer su pasta—. Al menos, esta mujer. —Sus ojos castaños brillaron.

—¿Es muy amigo de Giunta?

—Es un viejo amigo de la Universidad Gregoriana. Además de dirigir el Archivo, Giunta está escribiendo la biografía oficial del último Papa, Pío XIII. Apostaría algo a que no están tramando nada bueno, a que están conspirando. ¿Sabe usted?, a veces desearía tener un entrenamiento para escuchar conversaciones. Hay muchas personas a las que me gustaría escuchar.

—Es usted sorprendente. No, paranoica. Si son viejos amigos, ¿por qué no pueden simplemente estar disfrutando de su almuerzo? ¿Qué quiere usted decir, con conspirar? ¿Conspirar sobre qué?

—Sí, *soy* paranoica en lo que a Massoni concierne. Creo que Thomas está empezando a sentir lo mismo, también. Todo fue muy bien al principio. El Santo Padre y el secretario de Estado son tan diferentes y sin embargo parecen unir a la Iglesia. Pero la venta de los cuadros provocó una fisura. Massoni estaba en contra... ya debió usted de darse cuenta la primera vez que vino. Tras perder la primera batalla, estaba esperanzado, creo, de que la subasta fracasara. Al suceder lo contrario, se amargó más. —Elizabeth Lisle volvió a bajar la voz—. Ni siquiera está enterado de este nuevo plan; lo del Caravaggio, quiero decir. Si funciona... —esbozó una sonrisa—, y estoy segura de que funcionará, eso hará más popular a Thomas. Massoni se tornará lívido.

David cambió de tema. Le habló a Elizabeth Lisle de Caravaggio, del hecho que aunque era un gran pintor en una ocasión mató a un hombre en una pelea en Roma, y se había pasado parte de su vida huyendo. Ella, por su parte, le habló un poquito más del Mississippi. La comida terminó, y salieron a la calle, caminando bajo el ardiente sol hacia el Corso Vittorio Emanuele, donde él podía tomar un taxi para el aeropuerto. Un pequeño Fiat fue el primer vehículo disponible que se cruzó en su camino. A David siempre le sorprendía lo pequeños que podían ser los taxis italianos. Estrechó la mano de Elizabeth Lisle y repitió su promesa de hacer llegar el dinero a Roma al día siguiente. Elizabeth rehusó el ofrecimiento de David de llevarla en coche, diciéndole que prefería volver a pie a su oficina. La vio alejarse a grandes zancadas a lo largo del Corso, hacia el río y la Via della Conciliazione. Su porte era erguido, pero no parecía enteramente segura de sí misma. Sólo cuando estuvo en el taxi, doblado y corriendo como un loco por la *autostrada* hacia el aeropuerto de Fiumicino, reflexionó que quizás le había rechazado porque, por una vez, la mujer le había revelado algo de sus sentimientos. Por primera vez se le ocurrió a David que, aunque Elizabeth Lisle estaba en una posición de poder y aunque cenaba regularmente con el Santo Padre, muy dentro de sí se sentía probablemente muy sola.

El anuncio de la venta del Caravaggio se produjo en el Vaticano a finales de semana... lo cual resultó ser bastante bueno desde el punto de vista de David.

Al volver a Londres se encontró con una seria oposición, esta vez de sus compañeros de la junta. Una minoría, pero digna de consideración, encabezada por Averne, consideraba que la venta era potencialmente muy arriesgada, que no debía provocarse el enfrentamiento con la Mafia. Argumentaban que los gángsters tienen una memoria muy larga, que son vengativos y que la Hamilton's constituía un blanco fácil, sobre todo en sus oficinas de Nueva York, donde la Mafia es muy poderosa. Las discusiones en la junta fueron bastante acres. Sin embargo, el conde de Afton se sacó un contundente argumento en apoyo de David, diciendo que las cosas no irían muy bien si trascendía que la Hamilton's se había retirado por temor hacia la Mafia. David ganó la votación final: 11 a 5.

El anuncio del Vaticano, con todo, vino bien. El día antes de anunciarse la venta, Elizabeth Lisle, trabajando estrechamente con Sirianni, el alcalde de Foligno, ofreció a la prensa los planos arquitectónicos de la nueva catedral que iba a ser construida en la ciudad. Como gesto, era un símbolo perfecto de lo que el Santo Padre preconizaba: acción rápida, imaginativa. Por añadidura, el mismo día y por entera coincidencia, los periódicos publicaban las noticias de la terminación de la casa número 500 construida en las islas Marquesas desde el maremoto, financiadas con el dinero del Gauguin. No eran noticias muy importantes, pero sumándose a todo lo demás, ponían de manifiesto que los planes del Papa estaba funcionando realmente. La Iglesia Católica estaba *haciendo* cosas.

Pero el principal motivo de que el anuncio fuera un éxito rotundo fue la revelación de los planes del Papa para gastar el dinero recaudado. David sabía ahora que tales planes habían sido elaborados por Elizabeth Lisle y los secretarios del Papa en sus cenas privadas en los apartamentos papales. Se había proyectado tres usos diferentes para el dinero. En primer lugar, se pagaría una compensación a las familias que habían sufrido a causa del pistolero. Segundo, se anunciaba una serie de proyectos sociales, no sólo para la región de Mussomeli sino para toda Sicilia. Se construirían clínicas, se montarían proyectos educativos, se darían subvenciones para montar pequeños negocios. No había mucha inversión de capital pero lo que se hiciera ayudaría a crear los nuevos empleos de los que Mussomeli, y Sicilia entera, tan necesitados estaban. Y en cada caso el proyecto recibiría el nombre de uno de los niños asesinados.

Pero el empleo más combativo del dinero, el que atrajo la atención mundial y señaló el hecho de que Thomas aportaba a los problemas de Sicilia la misma inspiración que trajera a los problemas de Foligno y de las islas Marquesas, era la Fundación Vizzini. Como el padre Vizzini había muerto luchando contra la Mafia, Thomas había decidido que la institución fundada en recuerdo suyo continuara la misma obra. Se prometía doscientos millones de liras –unos 100.000 dólares– a quien aportara información conducente a la acusación de cualquier figura de la Mafia de algún crimen importante: extorsión, robo mayor, asalto, asesinato, violencia de todo tipo.

Había aquellos, por supuesto, que dijeron que la cosa no funcionaría, que la Mafia pronto se apropiaría del dinero del fondo para sus propios fines. Pero Thomas lo había dispuesto todo con cuidado. Las sumas ofrecidas eran bastante grandes para ser verdaderamente tentadoras, y el dinero tenía que ser pagado en secreto allí donde el informador pidiera. Como el Vaticano era un Estado por derecho propio, no había problemas de control de divisas. Y el arzobispo de Palermo, cardenal Ligorio, añadió su propio toque. Dijo que si las personas tenían miedo de acudir a la policía con la información, podrían usar el confesonario. Así era como Vizzini había conseguido su información: la técnica tenía, pues, un honroso precedente. Y la información afluyó a raudales.

–Ahora, mira el borde de este cuadro, mira el grano del panel pintado.
  –¿Sí?
  –Es importante reconocerlo, Ned. Se trata de caoba, y los paneles de caoba no fueron usados para pintar hasta mediados del siglo dieciocho. Ahora mira lo que está escrito en el marco.
  –Pierre Mignard (1612-95).
  –No puede ser –indicó David con una sonrisa–. El cuadro tiene al menos cuarenta años más. Anótalo en la libreta.

Ned llevaba un registro de las falsificaciones encontradas en sus paseos por las tiendas de antigüedades, y ésta era la segunda que habían hallado hoy. El chico estaba encantado: iba a dar una charla sobre falsificaciones en la escuela.

Era el último fin de semana que Ned tenía en la escuela de Hamble antes de las vacaciones de verano, y estaba marcado con una gran «N» en la agenda de David. Éste y Ned se encontraban en lo que ellos llamaban su circuito Número Dos por las tiendas de arte y antigüedades de Londres. El número Uno era el West End. El Número Tres, Portobello Road; el Número Cuatro era Camden Passage. El Número Dos era, pues, Kensington y Chelsea. Esto significaba que podían almorzar en 11

Quirinale, un restaurante italiano situado delante de Fulham Road, que a David le recordaba Roma. En realidad, allí debería haber estado ahora, trabajando en los Archivos Secretos del Vaticano. Pero su hijo era primero.

David, naturalmente, esperaba que Ned obtuviera el mismo placer de las artes que él. Pero aún era pronto. El único aspecto del mundo del arte que parecía interesar al muchacho era el de las falsificaciones. Aunque eso ya era algo. Implicaba ser capaz de distinguir lo bueno de lo malo. Sus giras de descubrimiento de falsificaciones se habían convertido en días grandes, y ambos disfrutaban enormemente en ellos. David miró a Ned por encima de la mesa del 11 Quirinale. El muchacho tenía trece años, exactamente la edad de Thomas cuando éste entró a ver la película de terror. Cómo cambiaban los tiempos. David no conseguía imaginar una película que fuera capaz de echar a Ned del cine, llorando.

—¿Aún no te afeitas, Ned?

—No, papá. Ni voy a clubs nocturnos ni tomo drogas. ¿Te importa? Tomaré un vaso de vino si quieres verme algo más crecido.

—Dios mío, no —repuso David sonriendo—. Tomarás una coca-cola, como yo hago siempre.

Miró a Ned mientras éste estudiaba el menú. Por más que se intentase, no cabía considerarlo guapo en un sentido clásico, pero tenía un encanto, un sentido del humor que era raro en los adultos, y más aún a sus trece años.

—¿Qué vas a comer?

—Si pagas tú, papá, tomaré para empezar un plato fuerte, seguido de dos pudings. Digamos chuleta de cerdo seguida de borracho con gelatina, y detrás *zabaglione*.

—¿Seguro que tienes bastante?

—Estás nervioso, papi. Eso quiere decir, que más tarde o más temprano, te vas a poner pesado. Y si *te vas* a poner pesado, *yo* necesito algo de peso, también.

—¿Qué quieres decir, nervioso? ¿Cómo lo sabes?

—No dejas de mordisquearte la parte interior de la mejilla. Te hace parecer un cruce entre nuestro cocinero de la escuela y un camello. Conozco los signos.

David hizo una pausa. No podía demorarlo más.

—Bien, es cierto. *Estoy* nervioso. ¿Te ha mencionado tu madre el divorcio? ¿Y que quiere volver a casarse? Tenemos que hablar sobre ello, Ned. Quiero saber lo que piensas.

—Prueba a hacer frases largas, papá. Quizás te relaje.

—¡Ned! ¡No seas impertinente! Esto es serio.

Apenas hubo dicho aquellas palabras, David se arrepintió inmediatamente. El muchacho estaba llorando. Demasiado tarde, se dio cuenta de que, en aquella conversación, el chico le llevaba delantera.

—Ned, lo siento —susurró—. No tenía intención de gritar. No quiero verte trastornado por todo esto... pero... pero no sé qué más puedo hacer.

Le pasó a Ned el pañuelo. Los muchachos jamás tienen tales cosas. Apareció un camarero que ignoró discretamente a Ned. David pidió los platos, fingiendo que la gelatina sería para él, y el *zabaglione** para su hijo.

Ned se secó los ojos y se sonó la nariz. Hecho esto, devolvió el pañuelo.

—Lo siento, Ned. Lo del divorcio, quiero decir. Duele, pero... —No sabía cómo terminar la frase.

—Muchos compañeros de la escuela tienen sus padres divorciados.

—¡Ned! ¡Olvídate de los otros! El divorcio es diferente para cada persona. No es una ruptura final, aunque es bastante malo, lo sé. Pero ahora que tu madre quiere volver a casarse... eso significa más cambios.

Ned estaba llorando otra vez, pero David tenía que terminar.

—Mientras las personas están separadas, toda clase de cosas ocurren bajo la superficie, pero la gente raras veces habla. Tu madre y yo nunca lo hicimos, y quizás eso fue un error. Yo esperaba, quizás tú esperabas, que Sarah y yo volviéramos a unirnos. Pero eso no va a ocurrir...

No pudo seguir. Ned, sin dejar de llorar, se deslizó de su asiento y se dirigió precipitadamente a la puerta, chocando casi con el camarero que les traía la cena. David dejó el dinero sobre la mesa y le siguió. Afuera, el sol se mostraba dolorosamente brillante y alegre. Ned se alejaba lentamente del restaurante, pegado a las tiendas que bordeaban la acera. Su cuerpo se estremecía con los sollozos.

David llegó a su altura y le pasó un brazo por los hombros. Al cabo de un momento, dijo:

—Míralo por el lado bueno. Vas a tener tres regalos por cada cumpleaños y tres por cada Navidad.

—Oh, papá, eso es como tener camisas de tres brazos, o jugar al fútbol con tres porterías.

David se habría reído, si no hubiese estado él mismo a punto de llorar. Llegaron a Fulham Road.

—¿Quieres seguir con la gira?

Ned negó con la cabeza.

—¿Prefieres volver a la escuela, solo?

—¿Te importa? ¿Sólo por esta vez?

—¿No quieres que te lleve en coche?

—Preferiría el tren.

David tomó un taxi y acompañó a su hijo a la estación de Waterloo. Tuvieron que esperar veinte minutos antes de que saliera el próximo tren para Hamble. Fue una espera silenciosa, dolorosa. Cuando salió el tren, David se quedó observándolo, pero Ned no volvió la mirada.

En Pelham Crescent, David se sentó en su estudio mientras el día se iba poniendo en los jardines. No lloró, simplemente se quedó mirando el enrojecido disco del sol. Nunca se había sentido tan debilitado, tan vacío, tan *solo*. Quería telefonear a alguien, pero a nadie en particular. No había nadie en la empresa con quien tuviera intimidad; era más fácil

* Postre de yema de huevo, azúcar y vino. *(N. del t.)*

hacer su trabajo si mantenía la distancia con sus colegas. La mayoría de sus amigos también eran amigos de Sarah, y él no se veía capaz de enfrentarse con sus inevitable preguntas o su condolencia. Los dos amigos íntimos que había conservado de la universidad estaban ambos de vacaciones, le constaba. Entonces se encontró pensando en Elizabeth Lisle. ¿Podía llamarla? Le había hablado de su matrimonio en una ocasión, de modo que la mujer comprendería su estado de ánimo. Ella se había mostrado algo abierta sobre sí misma, también, la última vez que se encontraron, cuando David escuchó sus problemas, y luego tuvo la sensación de que ella era una persona solitaria, como él. Y no conocía a Sarah, de modo que no surgiría ninguna de las preguntas que temía de sus amigos de Londres.

Consultó su reloj. En Roma eran casi las cinco... aún estaría en su despacho. Pero ¿por qué llamarla como caído del cielo?, se preguntó David. Ella lo encontraría muy extraño. No obstante, mientras seguía pensando esto, buscaba su número en la agenda. Marcó, pero fue el telefonista de la centralita del Vaticano quien respondió. La *signorina* Lisle no estaba en su oficina, dijo. Estaba enferma y se había quedado en casa. Nada grave, dijo el telefonista, pero la *signorina* se tomaba un par de días para recuperarse. Le dio a David el número de su casa, y éste no dudó en llamar. Quizás ella necesitaba tanto aliento como él. La llamada se produjo, y a un millar de millas de distancia, oyó sonar el teléfono, una, dos, tres veces. Cuando finalmente respondió, David estaba preparado para que la enfermedad hiciera sonar la voz de Elizabeth Lisle de un modo diferente. Para lo que no estaba preparado era para que la voz que respondió fuera la de un hombre.

4

David yacía en la playa y contemplaba el mar. La arena era dorada como el whisky, y sin mancha, el mar era azul como un martín pescador y sin mancha, y el aire era limpio, sin mancha. Trató de imaginarse cuál sería el aspecto del horizonte con una ola de dieciocho metros acercándose. Se hallaba en el Pacífico Sur, en las islas Marquesas. Se estaba lamiendo las heridas. Después de su desastroso almuerzo con Ned, y la fracasada llamada telefónica a Roma, había decidido adelantar unos días sus vacaciones. Por el momento, estaba cansado de Londres, de Europa. Ned iba a pasar la primera parte de sus vacaciones con Sarah y Michael Greener; se vería con David más tarde. De modo que no había nada que le retuviera en Londres. Las ventas importantes de la temporada habían terminado, y no había nada que no se pudiera aplazar o que Sally no fuera capaz de manejar. Había elegido las islas Marquesas, en parte para alejarse completamente, pero también para echar una mirada a los trabajos de reconstrucción que se estaban efectuando tras el maremoto. Traía su cámara fotográfica y había tomado algunos rollos, de lo cual algo sería seleccionado para el informe anual de la Hamilton's.

Resultaba sorprendente cómo las cosas volvían rápidamente a la normalidad. Atuona, en donde se encontraba ahora, fue el lugar menos castigado cuando la ola se abatió sobre las islas. Estaba en la isla más alejada del volcán submarino y daba al sudeste, es decir en dirección opuesta a la ola. No podía considerársela el lugar más popular para unas vacaciones en aquel momento, pero a David le había convenido. El clima era fantástico, el ron tenía el grado exacto de fuerza, y él disponía de una biografía de Paul Gauguin para hacerle compañía. En Atuona había muerto el gran pintor, y a David le interesaba ver el lugar. Gauguin había renunciado a ser corredor de bolsa para dedicarse a la pintura, y los mares del Sur siempre le habían atraído. Por el momento, David experimentaba los mismos sentimientos.

Aunque en vacaciones, David, sin embargo, no pudo resistirse a los periódicos ingleses cuando los descubrió: los escudriñó ansiosamente en busca de noticias sobre las actividades del Santo Padre. Las mejores nuevas procedían de Sicilia donde, como resultado del dinero prometido por la Fundación Vizzini, la policía había visto mejorar enormemente la calidad de las informaciones sobre la Mafia. Aún no se habían efectuado juicios —era demasiado pronto—, pero sí una serie de arrestos, y curiosamente éstos habían coincidido con un descenso marcado de la ola de crímenes y extorsión en la isla. Se rumoreaba también que algunos gángsters de la Mafia contra los que todavía no se había lanzado ninguna acusación habían, no obstante, tomado la precaución de marcharse de Sicilia. La imaginativa incursión del Papa contra las bandas delincuentes era celebrada como un éxito, y la venta del Caravaggio aún no había comenzado.

El prestigio del Santo Padre fue acrecentado por otros dos acontecimientos. Fillimore, en la Colección Frick de Nueva York, había seguido el ejemplo de la Hamilton's, y cuando el Rafael fue exhibido en la galería se lo consideró como una exposición especial, cobrándose una entrada aparte... también para aumentar los fondos de los damnificados de Foligno. Era una obra perfecta de psicología de marketing, y las colas que se formaron eran más largas aún que las de St. James Square, alargándose por la calle 70 y, tras doblar la esquina, por la Quinta Avenida. La popularidad del Papa también aumentó cuando una encuesta efectuada por el Instituto Italiano de Investigación Estadística reveló que la asistencia a misa había aumentado notablemente, no sólo en Italia sino en todo el mundo, así como los ingresos del Dinero de San Pedro. El interés por la Iglesia Católica generado por la venta de los Viejos Maestros Vaticanos y la compasión despertada por las iniciativas de Thomas, estaban atrayendo de nuevo a la gente al culto, especialmente a los jóvenes, de modo que Thomas era visto ahora no sólo como un buen hombre de negocios sino también como un líder carismático. Incluso el presidente de los Estados Unidos se sintió obligado a observar, hablando desde su retiro veraniego de Anchor Bay, lago St. Clair, cerca de Detroit, que «la cruzada del Papa Thomas era tan inspirada, tan eficaz y tan americana como la Declaración de la Independencia... o el FBI».

David se preguntó si no se habría dejado convencer incluso Massoni a estas alturas. ¿O seguía «conspirando», como Elizabeth Lisle dijera aquel día en l'Eau Vive? Se encontró de pronto pensando en Elizabeth Lisle. Era extraño. Sus reuniones siempre habían sido muy profesionales, impersonales, eficientes, casi formales. Nunca había pensado en ella más que como secretaria de prensa del Papa, hasta aquella tarde en el taxi, camino del aeropuerto de Roma. Y no había vuelto a pensar en ella hasta el día en que dejó a Ned en el tren para Hamble y se sintió tan solo. ¿Por qué entonces se quedó tan sorprendido, y defraudado, cuando un hombre respondió al teléfono en el apartamento? Instintivamente, David había colgado sin hablar.

David se conocía. Ella no hubiera aparecido así como por casualidad en su mente, él no hubiera tenido esta conversación consigo mismo, si algo no estuviera ocurriendo por debajo de la superficie de su conciencia. Trató de pensar qué aspecto tenía Elizabeth Lisle. (¿Y por qué seguía refiriéndose a ella por su nombre completo?) Era alta, de largo cabello castaño y, tal como la recordaba, aparte de su cuello, su rasgo más hermoso era la boca, ancha y atractivamente sensual. Más Renoir que Rubens, se dijo. ¿Pero por qué estaba pensando así? El empleo que ella tenía la ponía fuera de su alcance, jamás había mostrado un interés personal por él, casi con toda seguridad tenía un hombre, y él, David, era un católico encallado, casado pero no casado, camino de divorciarse, pero no divorciado. No era un partido atractivo para nadie. Olvídalo, se dijo.

Se aferró a sus vacaciones. Dos semanas en la playa solo. Terminó de leer la biografía de Gauguin, y se concentró en una masa de material que había traído consigo sobre la vida de Leonardo. Había en ella poco útil para él, excepto una breve mención que se refería a algunos pigmentos poco usuales que el maestro usaba. De vuelta en Londres arregló las cosas con Ned. Ambos habían recobrado su equilibrio. Ned había hecho una excursión en una barcaza con su madre y Michale Greener, explorando el *Canal du Midi* de Francia que iba del Atlántico al Mediterráneo. Se sentía, por tanto, feliz de pasar el resto de sus vacaciones escolares en Inglaterra con su padre efectuando una placentera gira por las tiendas de antigüedades del West Country, descubriendo falsificaciones.

De vez en cuando Ned recaía en sus desconcertantes silencios, pero David había aprendido a capearlos. Al final de sus diez días, cuando metió al muchacho en un taxi que lo devolvía a su madre, antes del nuevo trimestre en Hamble, se estrecharon las manos gravemente. David estaba medio divertido, medio molesto por ello. Suponía que Ned había visto cómo los hombres se saludaban en Francia de esta manera, pero entre ellos dos parecía tristemente distanciador.

Cuando regresó a su despacho pronto se vio arrollado por la oleada de las cosas. La venta del Caravaggio estaba ahora a menos de dos meses de distancia. Igualmente, parecía que dos grandes mansiones solariegas fueran a ponerse en venta, y, con suerte y algo de habilidad por parte de David, la Hamilton's se encargaría de vender su contenido. Esto significaba un viaje a Derbyshire y a Escocia. A Argyle.

Desde el punto de vista de David, su viaje a Argyle era con mucho el más interesante. La casa pertenecía a los descendientes de uno de los grandes magnates del transporte, de la familia Glaswegian, un hombre lo bastante ilustrado para haber coleccionado arte italiano a escala masiva. Nadie en la familia se había tomado mucho interés por las joyas familiares, con el resultado de que, ahora que había que venderlas, nadie tenía mucha idea de lo que había. David era capaz de asegurarles que había algún objeto de arte muy vendible, ciertamente, incluyendo algunos maravillosos dibujos, que tendría que investigar, y un cuadro del estilo de Salvatore Rosa. Había también una serie de diarios y documentos escritos por diferentes manos. Todo esto se lo llevó a Londres, donde pidió al departamento de manuscritos que les echaran una ojeada. Pero primero negoció con los fideicomisarios de la hacienda de Argyle para garantizarles una suma mínima por la venta. Esto se había convertido ya en un procedimiento estándar... El Papa había tenido razón. A David no le gustaba pero no tenía elección; si no lo hacía él, lo harían sus rivales. Podía estimar que el cuadro alcanzaría la suma de 100.000 libras, los dibujos más o menos lo mismo, y el resto del contenido —muebles, papeles, porcelana, tapices— quizás unas 400.000. Los fideicomisarios quedaron encantados, y el contrato fue firmado.

David regresó a Londres. Una de las llamadas recibidas mientras él se encontraba en Escocia era de Elizabeth Lisle. Fue la primera persona a quien llamó.

—Dichosos los oídos —dijo ella al oír su voz—. Mr. Evasivo.

Era un saludo mucho más cálido de lo que había esperado. David había olvidado cuán grave era la voz de la mujer. Le contó lo sucedido aquel verano, el viaje a las islas Marquesas, sus fotografías sobre los trabajos de rescate. Ella parecía ansiosa de verlas. Se había tomado unas pequeñas vacaciones mientras el Santo Padre se encontraba en su retiro veraniego de Castelgandolfo, y las aprovechó para visitar a sus padres en Louisiana. Pero realmente deseaba hablar de negocios.

—¿Cómo se presenta la venta del Caravaggio?

—Estupendamente... y he tenido una idea.

—¿Ah, sí?

—Sí. Todo se está desarrollando bien. Hay mucha publicidad, pero, francamente, si sé algo sobre los periódicos es que no vamos a conseguir de ellos la misma atención que con el Rafael y el Gauguin. Los lectores de la prensa se hartan muy fácilmente. Sería estupendo que pudiéramos sacar algo nuevo de la manga.

—¿Y su idea es...?

—Creo que deberíamos celebrar la venta *en* el Vaticano.

Hubo un largo silencio.

—¿Está usted ahí? ¿Qué piensa?

—No por primera vez, Mr. Colwyn, me ha dejado usted completamente estupefacta. No sé *qué* pensar. O es una brillante idea o es una estupidez. No estoy segura de si existen reglas contra el hecho de llevar a cabo empresas comerciales en la Ciudad-Estado. Habría oposición por parte de algunos miembros de la curia. Y *parece* más seguro celebrar la subasta en un local apropiado, como es normal...

—Pero ésta...

—Pero ésta no es una venta normal, lo sé. Y tampoco es una empresa comercial normal, también lo sé. —Hizo una pausa, pensando. David pudo oír como tamborileaba con los dedos—. De todos modos... no tengo la más remota idea de lo que el Santo Padre pensará. No tiene sentido que trate de adivinarlo.

—Pero necesitamos saberlo con rapidez...

Ella le volvió a cortar.

—Voy a verle esta noche. Es una de nuestras cenas en sus apartamentos privados. Entonces hablaré con él. Si no me equivoco, tendrá una reacción instintiva. Probablemente podré llamarle mañana, con su respuesta.

—Eso está bien. Dígale a Su Santidad que estoy seguro de que el mundo del arte se revolucionará ante la posibilidad de asistir a la venta. Será histórica. La cobertura de la prensa será enorme, y evidentemente eso se traducirá en un precio más elevado para el cuadro. De modo que haga lo que pueda. Tengo razón en este caso, créame. Comprendo que usted tenga sus reservas, pero *tengo* razón.

—Síí... Estoy empezando a ver las posibilidades. Le llamo mañana. Ahora, ¿puede usted mandarme esas fotografías de los mares del Sur?

¿Por favor? Sé que al Santo Padre le encantará verlas. Quizás pueda darles un uso oficial.

Ahora le tocó a David el turno de vacilar. E improvisó.

—*Puedo* enviarlas por correo, claro. Pero... voy a venir a Roma la semana que viene, a pasar un par de días en el archivo del Vaticano. Trato de resolver el misterio de Leonardo, como ya le conté. Quizás podría entregárselas personalmente... y enseñárselas mientras cenamos.

No debería haberlo pedido. Estaba fuera de lugar. No impertinente exactamente sino quizás demasiado familiar. Más... bueno, supuso, demasiado. David pensó todo esto mientras esperaba la respuesta. La línea de teléfono parecía muerta. Se disponía a hablar otra vez cuando ella dijo:

—No estoy segura de lo que voy a hacer la semana que viene. Pero llámeme cuando llegue a Roma, y veremos.

El Santo Padre aprobó la idea de David. Estaba de acuerdo en que daría un carácter especial a la ocasión, atraería la adecuada clase de publicidad y era lo suficientemente distinta de la venta de la *Madonna* para despertar la atención hasta el mismo día de la venta. No había nada en la ley canónica, dijo, que prohibiera esta clase de transacción. A fin de cuentas, los museos y galerías del Vaticano vendían catálogos y postales, cobraban la entrada, la librería del Vaticano cobraba los libros que vendía, y había un cambista en los museos y un supermercado en el propio Vaticano. Pero el golpe maestro, a ojos de David, fue la sugerencia del Papa de que la venta se celebrara en la galería de pinturas del Vaticano, en la misma sala donde colgaba el Caravaggio.

Después de pensárselo, David decidió reducir el catálogo esta vez. Recordaba cómo una minoría de la junta se había mostrado contraria a la venta por sus implicaciones con la Mafia, y creyó que no sería prudente subrayar este aspecto. No quería asustar a nadie y alejarle de la venta. Lo que la Hamilton's sacaría, por lo tanto, sería más un folleto que un catálogo, que contendría un artículo sobre la historia del cuadro y un breve relato de los trabajos que se estaban efectuando en Sicilia, pagados por los fondos que ellos habían anticipado. E incluiría en él fotografías que el propio David había tomado en las islas Marquesas... para demostrar lo que habían conseguido las anteriores ventas de cuadros del Vaticano.

Con la venta del Caravaggio bajo control, la venta de Argyle firmada y uno de sus colegas ocupado con la mansión de Derbyshire, David se sentía capaz de pasarse dos días en Roma, tal como había planeado. Aunque el Hassler era su hotel favorito, esta vez se alojó en el Giulio Cesare, un establecimiento mucho más modesto situado en la otra orilla del Tíber, pero desde el cual podía ir andando al Vaticano cada mañana sin abandonar los bulevares bordeados de árboles. Casi la primera persona que vio en el archivo fue a Diego Giunta, inclinado sobre una pila de papeles. David supuso que Giunta estaba trabajando en su biografía de Pío XIII, así pues, era estos días más un erudito que un archivero.

La belleza, y el problema, de trabajar en el archivo del Vaticano era su sistema de clasificación. Algunos documentos estaban archivados según modernos sistemas, pero otros muchos, no. David no llegaba a ninguna parte siguiendo los demás informes del nuncio papal en Urbino. No había una sola mención de Leonardo. ¿Adónde dirigirse, pues? Leonardo había sido descrito por el nuncio no como un artista, sino como un ingeniero. David, por consiguiente, se dirigió a los caóticos archivos que mencionaban las obras importantes de ingeniería civil de la época... no proyectos cortesanos o religiosos, puesto que éstos eran de todos conocidos, sino edificios como hospitales, que no siempre estaban vinculados a la Iglesia, técnicas de riego y diseño para nuevos instrumentos médicos. En su segundo día, tuvo suerte. Se tropezó con una mención de un hospital encargado por el duque de Urbino. La fecha era enero de 1482, y el documento incluía una referencia a un diseño para un cristal de aumento de utilización médica, ofrecido por un tal «Leond°, recién llegado de Rímini».

¡De modo que el gran hombre había estado en Rímini a finales de 1481! Ésta era una información nueva, aunque no todavía la que David estaba buscando. La familia que había gobernado Rímini en aquella época era los Malatesta, francamente despóticos, si la memoria no le fallaba. El papado había invadido con el tiempo Rímini, del mismo modo que se había incorporado a Urbino. De manera que algunos de los documentos Malatesta estarían aquí en Roma, aunque otros podían estar en la propia Rímini. Sin embargo, David había agotado su tiempo. Tenía que regresar a Londres. Rímini tendría que esperar.

No obstante, le pareció que estaría bien una pequeña celebración, especialmente dado que Elizabeth había consentido en cenar con él en su última noche en Roma. Ella se había comportado como de costumbre al llamarla el día antes.

—Tendrá que ser tarde, una cena de última hora: pero sí, estoy libre. La espero con ansia. —Era una mezcla atormentadora de actitud reservada y cordial.

Ella había sugerido que se encontraran en Gina's, su *trattoria* local, cerca de donde ella vivía, en la Via dei Banchi Vecchi. El café resultó ser mitad bar, mitad restaurante, mitad interior, mitad exterior, mitad lugar de encuentro para ver la televisión para los de la vecindad, y mitad un servicio de respuestas telefónicas. La propia Gina estaba allí, bajita, gorda, redonda y tan maquillada de rojo que parecía un saltamontes. Se deshizo en atenciones con Elizabeth Lisle como si hubiera sido su propia hija.

No hubo menú; sólo una conversación prolongada entre las dos mujeres. A David le encantó aquello.

—Comeremos *porcini* —le informó Elizabeth Lisle—. La más delicada seta del mundo. Con *tagliatelle*.

—Perfecto. Me alegro que haya pedido usted... pero no olvide que pago yo. Quiero celebrar algo.

—¿Ah, sí?

Le contó lo de su día en los archivos.

—Eso es maravilloso. —Ella le miró tímidamente—. ¿Pero tiene realmente alguna importancia que demuestre usted cuál Leonardo es real y cuál es falso? Si incluso los expertos lo encuentran difícil de averiguar, entonces seguro que uno es tan bueno como el otro.

—No —repuso David firmemente—. Éste es un viejo y familiar argumento. El saber es importante por sí mismo. Cuanto más sabemos de un artista, más podemos apreciarlo. Si yo identifico al verdadero Leonardo, eso tiene que establecer una diferencia. Separar lo verdadero de lo falso siempre la establece. En la vida y en el arte. Debemos creerlo.

—No le sigo.

Elizabeth llevaba suelto el pelo aquella noche. Como el sol se lo había decolorado, David contó al menos tres castaños: caramelo, terracota y caoba.

—Mírelo así. La gente tiene una actitud perezosa hacia la pintura. Esperan que les guste un cuadro inmediatamente. En caso contrario, suponen que jamás les gustará. En estos tiempos la gente no parece interesada en tratar de comprender lo que busca un pintor, lo que trata de hacer. Yo censuro por ello a los impresionistas. Éstos produjeron bonitas pinturas que tienen un atractivo inmediato, y eso es lo que la gente desea hoy en día. Sin embargo, no ocurre aquí como con las demás artes. Piense en la música o en la ópera. Son pocos los que sienten placer con la ópera al empezar. Sólo relacionándose con ella más y más, conociéndola cada vez mejor, la gente encuentra estimulado su apetito. Entonces sus pasiones aumentan. Lo mismo pasa con los cuadros. —Se inclinó sobre la mesa hacia ella—. Si yo identifico al auténtico Leonardo, cambiará el modo en que lo miremos, y el modo en que miremos al otro cuadro. Los rasgos distintos en las dos obras tomarán un significado diferente. Inevitablemente refinarán nuestra comprensión de ambas obras y del hombre que las creó.

—Umm. No había pensado en ello así. Hace usted que la erudición parezca excitante. Me gusta eso.

—No hubiera estado usted muy contenta de acudir al archivo ayer. Estuve sentado al lado de Giunta. ¿Sigue pensando que «conspira» contra Thomas?

La cara de la mujer se ensombreció. Instintivamente, se tocó la cruz que le colgaba del cuello.

—¡Ese hombre! ¿Sabe usted qué hizo después del anuncio de la venta del Caravaggio? Había sido invitado a dirigir la palabra a los clérigos americanos de Roma que tienen un club en la Villa Stritch, donde vive la mayoría de ellos. Atacó lo que él llamaba los «valores americanos», el poner un precio monetario a todo. Y dijo que era un error mezclarse con la Mafia.

—¿Qué sucedió?

—Bueno, creo que recibió una respuesta adecuada de un montón de americanos, naturalmente, pero su discurso se filtró a los periódicos de Roma, y muchos de estos se mostraron partidarios de la idea. Eso quiere decir que la escisión entre él y Thomas, ahora, se ha hecho pública. No ha estallado aún, pero puede hacerlo en cualquier momento.

—¿Pero no se está demostrando muy eficaz la Fundación Vizzini?

—Sí, pero está empezando a parecer un error por parte de Thomas haber nombrado a Massoni su secretario de Estado. No se puede tener una organización poderosa si hay división en la cumbre.

Estuvieron sentados durante un rato, dejando que los ruidos del restaurante se arremolinaran a su alrededor. Había música de banda en la televisión, quejas de aburrimiento de los niños que habían sobrepasado en exceso su respetable hora anglosajona de ir a la cama. Gina trajo los *porcini* y una botella de Rubesco. Elizabeth Lisle lo cató y asintió aprobadoramente. Se volvió hacia David.

—La comida es tan buena aquí, y tan barata, que casi nunca como en casa.

—¿Vive usted sola?

—Oh, sí, calle abajo. Tercer piso. Tiene usted que subir.

David sonrió.

—No me extraña que esté usted tan esbelta.

Ella movió la cabeza negativamente.

—Trago como un león. Deben de ser mis genes los que me impiden ensancharme.

—¿Y qué otros genes tiene usted? ¿Es extravertida? ¿Introvertida? ¿Optimista? ¿Depresiva? ¿Olvidadiza? ¿Aficionada a las tarjetas de crédito? Todo esto no puedo saberlo.

Ella sonreía.

—Lo último seguro que no. Y tampoco depresiva u olvidadiza. ¿Optimista?... Sí, pero en lo tocante a Massoni, cada vez menos.

—¿Solitaria?

Ahora dejó de sonreír. Su cara estaba seria, aunque con aspecto amable.

—Mr. Colwyn, sólo un hombre que es solitario haría una pregunta así.

Por un momento, David se quedó en silencio. Luego, recuperándose, dijo:

—Eso no es una respuesta.

Ella se echó hacia atrás el cabello en un gesto que David no había visto antes. La hacía parecer años más joven, y David sintió como si, con aquel simple giro de su cuello, ella le hubiera admitido en su interior.

—¿Solitaria? ¿O quiere usted decir, aislada? Nunca puedo estar segura de lo que soy. Quizás ambas cosas.

Pero no se extendió más, y antes de que él pudiera seguir presionándola, cambió de tema.

—¿Le gustan las ferias?

—¿Ferias? —David estaba desconcertado.

—Carruseles... coches de choque... Hay una aquí en Roma esta semana... en el Janiculum. A mí me gustan las ferias, pero para una mujer es muy difícil ir sola. Si me llevara usted, sería muy amable de su parte.

—Tendrá que ser esta noche. Mañana debo tomar un avión.

Ella asintió.

David saboreó el último de sus *porcini*.

—Con una condición. No puedo ir a una feria con alguien que se dirige a mí por mi último nombre. Si vamos, y me gustaría mucho, seré David. Y usted... Lo que sea, menos miss Lisle.

Ella consideró la cuestión.

—Sí. Conforme. Pero nada de Elizabeth. Así me llamaba mi abuela; y mi madre, Liz. En la familia, soy Bess.

A David le encantó aquel nombre. Un nombre sencillo, valiente y sin pretensiones. De golpe, la situaba en el contexto.

Ella le observó mientras reaccionaba.

—Huesuda, mandona y muchachil, solía decir papá.

—Eso debió de ser hace mucho tiempo.

Se estaba poniendo de pie, de modo que David no pudo asegurar que se había ruborizado. Pero en cualquier caso, estaba seguro de que se había derribado una barrera entre ellos. Pagó la nota y se dirigieron a pie al Lungotevere, donde tomaron un taxi.

El resto de la tarde fue un gran éxito. En primer lugar, era evidente que Elizabeth Lisle —Bess— adoraba las ferias realmente. Por una vez, las represiones de su vida vaticana fueron olvidadas. Tenía que probarlo todo. Derrotó a David en los coches de choque, le hizo pasar un miedo atroz en las montañas rusas, y se rió de él hasta perder la respiración en la sala de los espejos. David recobró un poco de dignidad en las casetas de tiro; tanto es así que ni siquiera le permitieron repetir. Eso la impresionó. Pero el éxito de la noche tuvo un significado más profundo. La masa de gente, la aglomeración, las brillantes luces bajo el oscuro cielo, la pegajosa comida y mareantes bebidas que tomaron a medianoche, todo creó un sentido de intimidad entre ellos que casi no podía haberse dado en ninguna otra situación. Descubrieron que podían encontrarse cómodos juntos.

David podía decir también, por el franco entusiasmo con que Bess abrazaba la feria, que su instinto había sido acertado: ella *era* solitaria. Aislada había dicho Bess, una palabra más amable, pero que en este caso equivalía a lo mismo. Quizás el hombre que respondiera al teléfono ya no figuraba en su vida. Pero no se veía capaz de hablar de eso aquella noche.

Se quedaron hasta tarde. Eran más de las dos cuando se desplomaron en un taxi y Bess se quedó dormida en el corto trayecto de vuelta a la Via dei Banchi Vecchi. El cabello le caía por encima del hombro de David. Olía a lavanda. Su piso estaba en un viejo edificio, retirado tras un patio. Cuando el taxi se detuvo, ella se despertó sobresaltada.

—Lo siento.

—No se preocupe. Es tarde.

Bajaron, y él pagó.

—¿No va a conservar el coche?

—No, no estamos lejos de mi hotel. Sólo al otro lado del río. Me gustará pasear.

Llegó el momento de la torpeza. *Ella* se lo había pedido, *él* había aceptado acompañarla a la feria. Le tocaba a ella rematar la noche. Bess extendió la mano.

—Gracias, David —dijo suavemente—. Fue muy amable por su parte llevarme. Termina mañana. Me la hubiera perdido, de no ser por usted.

—También yo disfruté lo mío —aclaró David—. Gracias por pensar en ello.

Se sentía tan torpe como lo parecía. De repente quiso que ella dijera algo, que diera un impulso a su relación. Se quedó sorprendido de cuánto lo deseaba. Pero ella se dio la vuelta sin volver a hablar y desapareció a través del patio.

De vuelta en Londres, la temporada de subastas estaba progresando. Con una competencia entre las casas que ahora se había vuelto tan feroz, los ejecutivos principales de cada firma se pasaban un montón de tiempo elaborando nuevos proyectos para hacer más atractivas sus casas a los vendedores de arte. Una estratagema favorita era garantizar a los vendedores cierta cantidad de dinero por la venta, pasara lo que pasara. Exactamente como había ocurrido con la Propiedad Argyle. Pero era algo arriesgado, y en cada caso tenía que ser tratado según sus méritos. En la siguiente reunión de la junta de Hamilton's, una semana después del regreso de David de Roma, el tema surgió nuevamente. Esta vez fue planteado por Peter McBride, el director encargado de la pintura francesa.

—La situación es ésta —le dijo a la junta—. George Kinney ha decidido vender su colección de Watteaus y Bouchers. Para los que no lo sepan, Kinney posee grandes bosques en Carolina del Norte, Canadá y Alaska; suministra papel a centenares de periódicos de Norteamérica, y tanto él como su padre y su abuelo llevan coleccionando pintura francesa desde hace más de ochenta años.

—¿Por qué se la vende? —preguntó alguien.

—No querrá decirlo, pero imaginamos que tiene problemas de liquidez, y quiere comprar unos bosques que justo acaban de salir a la venta en el Canadá. De todos modos, se trata de once Watteaus, ocho Bouchers, cinco Fragonards y otros veintitrés cuadros de nombres menos importantes: Greuze, Vigée-Lebrun, Vien. Ha habido mucho ir y venir, pero lo fundamental es que Steele's ha garantizado a Kinney doce millones de libras. Esto supera en mucho mi presupuesto sin la aprobación de la junta; de ahí esta reunión convocada para hoy.

—¿Y cuánto valen estos cuadros? —Era Afton el que hablaba.

—Hemos hecho un cálculo cuidadoso, y nuestro punto de vista es que el precio máximo que se puede lograr sería de nueve millones novecientas mil libras.

—¿Y cómo es que Steele's dice que valen más? —Averne estaba sentado delante mismo de McBride.

—Creemos que corren un riesgo. Quieren hacer el negocio.

—¿Es bueno nuestro cálculo? —De nuevo, hablaba Averne.

McBride contestó:

—Yo mismo hice los cálculos.

—Pero usted ya se ha equivocado anteriormente. ¿No es verdad que David valoró casi en el doble una pintura tasada por usted?

—Es difícil dar una cifra sobre un cuadro semanas antes de que salga a la subasta, y hubo especiales circunstancias en aquel caso...

—Pero usted estaba casi el cien por cien equivocado... ¿sí o no?

—Sí.

Fue Afton el que habló ahora:

—Sam, por el tono de su voz, ¿piensa usted que deberíamos garantizar a Kinney más de lo que les ofrece Steele's?

—Sin duda que lo creo —replicó Averne—. Se trata de nombres importantes: Watteau, Boucher, Fragonard. Si ofrecemos, digamos, trece millones de libras, y alcanzan la cifra de quince, o dieciséis, es un buen negocio.

—¿Y en caso contrario?

—Entonces somos propietarios de Viejos Maestros franceses durante algún tiempo. ¿Y qué? El mercado lo absorberá más tarde o más temprano.

Afton se volvió a su izquierda.

—¿David?

—Estoy en contra de ello. Somos subastadores, no banqueros. Nuestro negocio depende de una estrecha relación entre valor y calidad. Olvidemos eso, y todo el mundo del arte se cae en pedazos. Igualmente, si seguimos el razonamiento de Sam podríamos terminar poseyendo más cuadros de los que vendiéramos. Y, tercero, si se hace público que las grandes casas subastadoras hacen de banqueros sólo para conseguir negocio, entonces los vendedores empezarán a lanzarlas unas contra otras con la rapidez del rayo, y todos perderemos. Si *tenemos* que ofrecer dinero por adelantado, entonces ese dinero debería estar siempre proporcionado a lo que creemos que vale la obra de arte. Por supuesto, cometemos errores, pero en los estudios realizados dentro de la compañía vemos que por término medio nuestros cálculos no varían más allá de un quince por ciento de los precios alcanzados. Si conozco a Peter McBride, sé que ha hecho sus deberes y que su cifra, nueve millones novecientas mil libras, incluye ese margen de error.

McBride asintió.

Afton miró de hito en hito a Averne.

—¿Quiere replicar, Sam?

—Sólo esto. No vamos a tener siempre estas ventas vaticanas para poder apoyarnos. Tenemos que ser agresivos, salir y buscar los negocios. Steele's lo ve claro; yo no estoy seguro de que nosotros lo hagamos así. La venta Kinney vale una apuesta.

Afton lo puso a votación. Averne perdió, pero por escaso margen: 9-7. Mientras volvía a su oficina después de la reunión, David reflexionó que, como siempre en una gran empresa, había que luchar contra los celos. Averne tenía que ser vigilado.

Y Ned también necesitaba ser vigilado, aunque por diferentes razones. David no había sabido nada de él desde comienzos del trimestre...

ni siquiera le había mandado su última jugada de ajedrez (jugaban una partida por correo durante cada trimestre). David no deseaba parecer un padre fastidioso, y Ned probablemente estaba en contacto con su madre, de todos modos. De modo que le daría otra semana más antes de llamar al director de la residencia. Pero no más.

A medida que se aproximaba la venta del Caravaggio, David tuvo un par de conversaciones con Bess, pero sólo estrictamente profesionales. Por el modo en que ella se había despedido al final de su noche de diversión en la feria, David no se veía capaz de mostrarse demasiado familiar... y menos cuando les separaban un millar de millas. De vuelta en Roma, sin embargo, las cosas podrían ser distintas. Él las *haría* distintas.

Antes de eso, sin embargo, David volvió a estar en primera plana. Mientras trabajaba en la Biblioteca Nacional de Bellas Artes del Museo Albert & Victoria, y consultando algunos documentos relacionados con el siglo diecisiete en Roma, tropezó con la mención de un encargo hecho a Salvatore Rosa que encajaba exactamente con el cuadro de Argyle. Excitado, envió una fotografía de la pintura, y una fotocopia del documento de la biblioteca, a sir Charles Senior, director del Museo Fitzwilliam de Cambridge y una autoridad sobre Rosa. Senior confirmó a vuelta de correo que el cuadro de Argyle era un Rosa y casi con toda seguridad el mencionado en los documentos. Encantado, David volvió a estudiar todos los archivos del sótano de Hamilton's. Trabajó hasta muy entrada la noche durante dos días comparando los precios de pinturas similares en el pasado. Al final, halló justificación para cambiar el precio del Rosa... a 750.000 libras. Pringle no tuvo problema en interesar a la prensa en un objeto que llevaba olvidado en la casa de un pastor protestante escocés durante muchos años, y del que se había descubierto que valía tres cuartos de millón de libras. David salió de Roma sintiéndose mejor que durante las últimas semanas.

Los técnicos del Vaticano habían hecho un trabajo soberbio con las luces. El Caravaggio tenía un aspecto sensacional; sus rojos y pardos eran tan intensos y oscuros como la noche que entraba por la abierta ventana. La galería era mucho más acogedora que cualquier casa de subastas corriente, y constituía un impresionante telón de fondo la colección de Domenichino, Guido Reni y Guercino que colgaban de sus paredes. Los trajes de etiqueta y vestidos de noche de seda oscura de los visitantes formaban un perfecto contraste con los tonos escarlata de las vestiduras de un puñado de cardenales que habían acudido porque, como dijo uno de ellos, «deseaban ver la acción».

La tribuna provisional construida para la venta estaba situada en uno de los lados, en vez de directamente enfrente de los compradores, los cuales estaban ante el cuadro. Eso había sido idea de David, y sugería que la prioridad de la noche no era enteramente comercial.

Él llevaba en Roma dos días, comprobando que su gente había hecho el trabajo. Una de las dos dificultades de última hora había sido allanada: alisar, por ejemplo, las erizadas plumas de dos directores de museo que, inadvertidamente, no habían sido invitados a la recepción de la noche anterior dada por Su Santidad. Thomas iba a estar fuera de Roma la noche de la venta, pero la recepción había marchado muy bien: el Santo Padre se mostró muy interesado en su conversación con varios directores de museo, especialmente Smallbone, del Getty. David había tratado de captar la atención de Bess, pero, para decepción suya, fracasó. Aunque no parecía que ella le estuviese evitando, sin embargo. Estaba realmente ocupada, y aceptó una rápida cena inmediatamente después de la subasta. Otra vez en Gina's. David estaba, por tanto, de un ánimo bastante relajado... Menos mal, dado el trabajo que tenía que hacer.

David dio unos golpecitos al micrófono para comprobar que funcionaba.

—Señoras y caballeros —dijo rápidamente en inglés—. Bienvenidos a la nueva, si bien provisional, sala de subastas de Hamilton's. —Todo el mundo, incluyendo a los cardenales, se rió—. Tenemos un solo cuadro para la subasta de esta noche, el *Entierro de Cristo*, de Michelangelo Merisi da Caravaggio. Antes de pasar a la venta propiamente dicha, sin embargo, Su Santidad me ha pedido que pasara una corta película, tan sólo de unos minutos, que les mostrará a ustedes cómo se está empleando ya el dinero anticipado por el cuadro que se vende esta noche.

Casi al punto las luces de la galería se oscurecieron y, a la izquierda del Caravaggio, donde había una pantalla, empezó la proyección de la película. Estaba hecha con gran limpieza. Unos pocos minutos solamente, tal como David había dicho, yuxtaponiendo película de noticiario de la matanza de Mussomeli con filmaciones más recientes de los proyectos de Sicilia e incluso un par de planos más siniestros de hombres de la Mafia sospechosos de estar involucrados en los asesinatos. Finalmente, una toma del Oratorio de San Lorenzo de Palermo del que, en 1969, la *Natividad* de Caravaggio había sido robada por la Mafia y nunca devuelta, mostrando así que también Caravaggio, como el padre Vizzini, como los niños que estaban con el sacerdote aquel día, habían sido víctimas de los gángsters.

La película terminó, y de nuevo se encendieron los focos de la TV. David esperó hasta que todo el mundo estuvo instalado, y entonces hizo un ademán a un técnico situado en la parte trasera de la sala. Las luces se oscurecieron, y un solitario foco iluminó el Caravaggio.

—Señoras y caballeros, el *Entierro de Cristo*. Pintado para la Chiesa Nuova de aquí, Roma, este cuadro fue llevado a París en 1797 al Museo Napoleano, pero devuelto a Roma e instalado en el Vaticano aproximadamente en 1815. El cuadro data de 1602, 1603. —Hizo una pausa, paseó su mirada por la habitación y prosiguió—: Tengo anotadas ya dos ofertas en el libro, de modo que empezaremos esta noche con la cifra de dieciséis mil millones de liras. Aproximadamente ocho millones de dólares. Dieciséis mil millones de liras... ¿alguien da más?

Más tarde, en su informe sobre la venta, David diría a su junta que aquella noche debía de haber unas veinte personas en la sala que deseaban comprar el cuadro. Tras la inicial e inevitable vacilación, las apuestas afluyeron. A los treinta mil millones había aún seis manos que se alzaban apremiantemente. A los treinta y seis mil millones, sólo quedaban dos: el Metropolitan y Sidney. A los treinta y ocho mil, Sydney abandonó, pero entonces, Sol Smallbone, del Getty, inmóvil hasta aquel momento, agitó su catálogo. De modo que eso dejaba al Met contra la Getty, una pelea clásica.

Las ofertas llegaron pronto a los cuarenta y dos mil millones, pero a los cuarenta y tres, Jakobson, del Met, se mostró evidentemente preocupado. Quería el cuadro, parecía determinado a poseerlo, pero aquel era sin duda, si es que ya no lo había sobrepasado, su límite. Aunque la puja siguiente debía haber ascendido a cuarenta y cuatro, gritó: «¡Cuarenta y tres y medio!»

David aceptó la oferta y miró a Smallbone. Con un maravilloso sentido del teatro, el hombre del Getty, se quitó las gafas, tomó un pañuelo del bolsillo, se limpió las gafas, las volvió a su lugar, miró largamente el Caravaggio, y luego dijo con calma, pero con voz potente: «Cuarenta y cinco.»

Un jadeo brotó de varios lugares diferentes de la sala. Saltarse una puja, especialmente a aquel nivel, era algo insólito. Smallbone estaba indicando a Jakobson y a cualquier otro que tuviera un anhelo por el *Entierro de Cristo* que iba a ir a por todas, aunque hubiera de agotar la totalidad de su presupuesto de ciento diez millones de dólares para aquel año.

Jakobson, mirando como si se le fuera a caer el mundo encima, meneó la cabeza negativamente. El sonido del martillo de David cayendo fue ahogado por los vítores y aplausos. Cuarenta y cinco mil millones de liras equivalían a veintidós millones de dólares. Casi quince millones de libras. Recobrando su compostura, Jakobson se dirigió a felicitar a Smallbone. La pareja fue fotografiada estrechándose las manos, y luego Smallbone fue acompañado al cuadro y se tomaron más instantáneas, mientras la pintura era descolgada. Los hombres de David no necesitaron más de diez minutos para destornillar el cuadro y separarlo de la pared. En la pared de la galería, ahora completamente vacía, quedó una mancha pálida y sucia.

Los reporteros y equipos de televisión andaban pululando por las salas, solicitando comentarios. Pasó un buen rato antes de que David pudiera librarse de ellos para ir en busca de Bess: había tenido que arreglar la entrega de el *Entierro* y asegurarse de que el cheque del Getty era rápidamente registrado. No alcanzó a Smallbone hasta la sala de enmarcado de la galería vaticana, donde trabajaban los carpinteros. Se había construido ya una caja de embalaje para el Caravaggio, y el hombre del Getty la estaba examinando.

–Bien hecho, Sol –exclamó David, alargando la mano.

Smallbone sonrió y le agarró la mano con firmeza.

–¡Qué cuadro! Esta gente está tan viva esta noche como el día en que Caravaggio los hizo posar. Podría quedarme mirándolo eternamente.

Juntos permanecieron en silencio durante un momento, contemplando reverentemente los cremas y los rojos, los ricos tonos de la piel de las caras, los misteriosos tonos pardos tostados de las sombras.

—¿Se va usted a marchar corriendo a Malibú, Sol?

—A decir verdad, no. Cosa curiosa... En la recepción de ayer, el Santo Padre me pidió que me quedara un par de días. A costa del Vaticano. Dijo que quería explotar mis conocimientos. —Smallbone se rió y se dio golpecitos en la sien—. No es que quede mucho. Pero no logro imaginar lo que tiene en la cabeza. De todos modos, estaré por ahí. ¿Por qué?

David echó una mirada a su reloj.

—Pensé que podríamos arreglar todos los detalles mañana en vez de hoy. Estoy seguro de que estará usted deseando ir a cenar. Y tiene cosas que celebrar.

Smallbone sonrió.

—Puede estar seguro, David. Si usted puede esperar, también yo. La parte difícil está resuelta. Si a usted no le importa esperar veinticuatro horas a recibir el cheque, por mí estupendo. Un día de intereses de veintidós millones representa seis mil veintisiete dólares con cuarenta centavos. Entiendo de eso. Venga al hotel mañana al mediodía. Estoy en el Edén. No pude encontrar sitio en el Hassler. Lo arreglaremos todo y luego almorzaremos. ¿Conforme?

David hizo un ademán de despedida.

—Conforme. Nos veremos mañana. No lo celebre demasiado.

Se dirigió corriendo a Gina's. Bess ya estaba allí, con un campari con soda delante. Levantó la mirada y sonrió, y alargó su mano. David la estrechó, aunque el gesto implicaba una formalidad que esperaba poder sobrepasar. Se sentó. Ella llevaba un vestido de seda rojo. David estudió su cara. ¿Se había maquillado especialmente para él? No podía estar seguro, pero llevaba pendientes, y a él le gustaba eso. Eran algo extra.

—He estado mirando el cuadro, con detalle, con Smallbone. Es fantástico.

—Tan diferente del Rafael, y sin embargo, tan espiritual como él.

—Sí, y es una lástima que los cuadros no pudieran ser vendidos juntos... Hubiera hecho resaltar una de las ideas que Thomas está tratando de hacer comprender: que espiritualidad significa cosas diferentes para diferentes personas.

Ella le miró escépticamente.

—De haberse vendido juntos, ¿hubiera variado el precio pagado por cada uno de ellos?

—Lo dudo. Cada uno de los tres cuadros que Su Santidad ha vendido son de primera clase y muy raros. Siempre hay dinero en torno a lo mejor. ¿Por qué lo pregunta?

Ella sacudió la cabeza en un ademán negativo.

—No importa. Por nada.

Apareció Gina, medio oculta tras un montón de *macaroni*, con una salsa de tomate tan roja como su maquillaje.

—He pedido por usted —indicó Bess—. Me muero de hambre.

Sirvió la pasta y empezaron a comer.

—Tengo una pregunta que hacerle —dijo David—. Smallbone dijo que el Santo Padre le había pedido que se quedara en Roma. ¿No sabe usted de qué se trata?

Bess echó hacia atrás la cabeza, retorciendo el cuello como ya David la viera hacer en la anterior ocasión. De nuevo el cabello fue proyectado hacia atrás y dejó de enmarcarle la cara, haciéndola parecer más joven. El rojo de su vestido subrayaba el dorado de su cabello como si tuviera la luz del sol en su interior.

—A decir verdad, lo sé. Pero no puedo decírselo. Lo que sí puedo decirle es que a Su Santidad le gustaría que se quedara usted también en Roma...

—¿Qué? ¿Por qué razón?

—No se lo puedo decir, David. Por favor. Sólo por cuarenta y ocho horas; luego todo se explicará. Es muy importante, se lo aseguro.

—Tenía pensado irme mañana.

—Aplácelo, por favor.

—¿De verdad que no puede decirme nada?

—No. Aborrezco parecer tan reservada, pero, cuando lo comprenda, verá el motivo.

—¿Y Smallbone está implicado?

—No puedo decir más. Por favor, dígame que se quedará. Es importante para Thomas.

Si era importante para Thomas, reflexionó David, era importante para Bess. Pero estaba teniendo dificultades... ¿por qué? ¿Era porque, cuando ella aceptó cenar con él, David esperó que podrían reanudar las cosas donde las habían dejado la última vez?... Pero ahora descubría que la mujer tenía otra razón para verle: para hablarle de aquella condenada reunión.

—¿Por qué todo eso es tan de última hora, tan apresurado?

—Tampoco le puedo explicar eso. Pero lo hará Thomas, pasado mañana.

Tendría que quedarse, claro. Sería insultante no hacerlo, después del dinero que las ventas del Vaticano habían aportado a la Hamilton's.

—Si me *quedo*, Bess, ¿No cree que debería compensarme? ¿No cree que debo obtener algo a cambio?

Sonrió para demostrar que era medio en broma. Pero también medio en serio.

El pelo se le había caído a la mujer hacia delante, y de nuevo lo arrojó hacia atrás con un giro del cuello que se estaba ya haciendo familiar.

—Algo *hay* de eso. Pero no creo que sea lo que piensa usted.

—Me debe algo, Bess.

—De acuerdo, entonces. Si insiste... Tengo algunos objetos... objetos de arte...

—...y quisiera usted que le aconsejase.

—No, no exactamente. Ya los he comprado... es demasiado tarde para eso. Incluso ya han sido entregados. Ésa es la cuestión. Necesito a un hombre que los suba cuatro pisos.

5

Siguieron dos días excitantes, trascendentales. Primero: la reacción mundial a la venta del Caravaggio. Su Santidad disponía ahora de veintidós millones, menos dos de comisión, para luchar contra la Mafia. Esta vez no fue sólo James Roskill, el presidente americano, la única figura política en elogiar al Papa Thomas. Los primeros ministros de Gran Bretaña, Australia y Suecia lo hicieron también así como el canciller de Alemania Occidental, el presidente israelí, el primer ministro de la India y el presidente brasileño.

Y luego tuvo lugar su visita al edificio de apartamentos de Bess, para ayudarla a acarrear desde el coche, y subir sus «objetos artísticos» los 107 escalones que había hasta su apartamento. El trabajo llevó horas, y su almuerzo previo con Smallbone no había mejorado las cosas. El hombre del Getty había visto ya al Santo Padre —seguiría sin decir nada al respecto—, pero insistió en celebrar su adquisición del Caravaggio nuevamente. De modo que cuando llegó aquella tarde al piso de Bess en la Via dei Banchi Vecchi, David podía haberse encontrado en mejor forma.

El ejercicio pronto le arregló. Por su tamaño —estaban sólidamente embalados—, los «objetos artísticos» de Bess parecían ser dos grandes cuadros y una especialmente pesada obra de escultura. Bess iba, por primera vez desde que la conociera, con pantalones y un par de alpargatas muy práctico. Ella se dedicaba a supervisar la operación. «Hay zumo de limón recién exprimido en el piso... cuando llegue usted allí», le había dicho con una sonrisa.

David se quitó su chaqueta de sport y empezó a cargar los bultos. ¿Qué le había pasado al hombre que respondió al teléfono?, se preguntaba. ¿Estaba fuera de escena ahora? No se atrevía a preguntar.

Aunque pesada, la escultura era en realidad el objeto más fácil de mover. Los cuadros, aunque más ligeros, eran tan grandes que resultaba muy difícil salvar con ellos las vueltas y recodos de la escalera. Sin embargo, al llegar al piso de Bess, comprobó que la excursión había merecido la pena.

El apartamento constaba de una sola y gran habitación, una especie de estudio, del que salían el dormitorio, la cocina y el baño. La habitación principal era bastante espectacular, pero la vista que se tenía desde ella lo era más aún. La ventana daba a kilómetros enteros de tejados, salpicados aquí y allá por las mayestáticas formas puntiagudas de campanarios y agujas de iglesias barrocas, toda la vista dominada por la magnífica cúpula de San Pedro.

−¿Cómo encontró usted este lugar? −preguntó David, mientras se bebía su zumo.

−Lo crea o no, va con el empleo. Pero, como puede ver, las escaleras son un problema.

David dejó su vaso a un lado y empezó a desembalar los bultos. Mientras, observó la presencia de fotografías en las paredes. Bess y su familia, paisajes americanos, y un bello retrato de Thomas. Nada de un hombre atractivo. Cuando los hubo desembalado, los apoyó contra la pared. Uno de ellos mostraba una escena mitológica, con figuras desnudas, algunas tocadas con cascos, y muchos animales. El segundo cuadro era un dibujo con fantásticas figuras retorcidas desde una misteriosa perspectiva. La escultura era un desnudo de varón, mucho más tranquilo, clásicamente proporcionado, con fuertes músculos abdominales y una nariz recta, aquilina.

−¿Qué piensa usted? −preguntó Bess.

David no replicó inmediatamente. Luego dijo:

−¿Qué piensa *usted?* ¿Por qué los compró?

−Bueno, a decir verdad, usted es un poquito responsable. Estas ventas de las pinturas de Thomas han concentrado evidentemente mi mente en el arte. Y usted ha hecho que el aspecto erudito pareciera tan interesante que me decidí a empezar a coleccionar por mi cuenta. Y, sabe, pienso que puedo haber hecho un descubrimiento.

Se acercó al dibujo. Era casi tan alto como ella.

−El tipo al que le compré esto dijo que era de Domenico Tiépolo, el «Tiépolo malo», como lo llamó él. De manera que no me costó mucho. Pero antes de comprarlo consulté algunos libros sobre los Tiépolos... Hubo dos, como usted debe de saber. Giambattista es el famoso; Domenico era su hijo, y no tan bueno. Y, sabe usted, David, encontré un dibujo en uno de estos libros que se parece mucho a éste. Podría ser realmente de Giambattista Tiépolo, y si lo es, vale mucho más de lo que pagué por él.

Le miró con esperanza. David se sirvió un poco más de zumo de limón.

−¿Y el otro cuadro?

−Bueno, me fue vendido como un Antonio Carraci. Tengo entendido que hubo al menos cinco Carraci, y que Antonio está entre el cuarto y quinto clasificados por su calidad. Pero espero que pueda ocurrir algo parecido a los del Tiépolo. He consultado algunos libros, y se *parece* al estilo de Annibale... el número uno, no hace falta que se lo diga. Sería realmente excitante si resultara ser un Annibale.

−¿Y la escultura?

−El comerciante la dio por muy poco. Dijo que él trataba en cuadros, que no sabía gran cosa de escultura. Que pensaba que probablemente se trataba de una copia romana de un original griego. Aun así, vale más de lo que pagué por ella. Si logro identificarla en uno de los libros, quiero decir. −Se sentó en el sofá y se sirvió un poco de zumo de limón−. Bueno, ¿tengo las maneras de un buen *connoisseur,* o no?

−La han engañado.

−¿Qué?

—Con uno de los trucos más viejos del oficio.

—¡No! No habla usted en serio. ¡Santo Dios! Dígame que bromea usted, David. Aquel hombre era tan estupendo...

—Jamás he hablado más en serio.

—¡Pero no comprendo! ¿Qué pasa con estas cosas? ¿Qué quiere decir con eso de uno de los trucos más viejos?

—Para empezar, el «dibujo», como lo llama usted, no es de *Domenico* Tiépolo; es de su padre Giambattista, el famoso.

—¿Entonces?

—Pero no es un dibujo. Es un viejo grabado... a veces cuesta ver la diferencia. Un grabador llamado Pietro Mónaco copió muchos de los dibujos del viejo Tiépolo. Lo hizo para demostrar lo que era capaz de hacer. Hay muchos de ellos por ahí, y me temo que no valen gran cosa... y nunca la valdrán. —Bess se inclinó sobre el «dibujo» para examinarlo.

—Cayó usted en una vieja trampa, me temo. Los comerciantes consiguen una copia de un artista conocido. Ésta es arrojada a una pila de cosas de poco valor. Muchos artistas famosos tenían familia cuyos otros miembros eran también pintores: los Carracci, los Tiépolo, los Bassano, los Veronese, los hermanos Le Nain, los Breughel, los Van der Velde. Hay más de los que se imagina. Para los marchantes una copia no vale casi nada, dado que el pintor es muy conocido. De modo que lo guardan en un cuarto trastero... ¿es ahí donde lo encontró usted?

Bess asintió.

—...y cuando llega alguien que parece entusiasta pero ingenuo, lo hacen pasar como un original del miembro joven de la familia. Willem Van der Velde, no Adriaen; Carlo Veronese, no Paolo. Los recién llegados al arte siempre compran muy cuidadosamente, o al menos así se lo piensan. Efectúan una investigación rudimentaria en libros fáciles de encontrar... y descubren lo que usted ha descubierto, que los cuadros no pertenecen al miembro joven en absoluto, sino al famoso. La gente está tan ansiosa de dar el golpe que jamás se detienen a preguntarse por qué el marchante no ha mirado los mismos libros.

—¿De modo que el otro cuadro...?

—No puedo estar seguro, pero entiendo bastante de esto. En el siglo dieciocho había un entendido veneciano llamado Filippo Farsetti. Tenía una maravillosa colección de copias. Empleó a un pintor, Luigi Pozzi, y a un escultor, Ventura Furlani, para que no hicieran otra cosa que copiar grandes obras en Roma y otros lugares. Pozzi copió obras importantes de Rafael y Carracci, y Furlani se pasó todo su tiempo esculpiendo copias de estatuas clásicas. Me temo que usted no ha obtenido un cuadro del siglo dieciséis, o una obra de escultura clásica, sino copias de finales del siglo dieciocho.

Bess estaba enrojeciendo, avergonzada de haber sido engañada tan fácilmente. La ira estaba empezando a aflorar.

—¿Qué puedo hacer?

—¿Cómo pagó?

—Por medio de cheque. Pero lo confirmaron antes de entregarme los objetos. Me los entregaron el mismo día de la confirmación.

—¿Quiénes se los entregaron?

—Un marchante llamado Ludovisi de la Via del Babuino.

David pensó con rapidez.

—¿Puedo usar el teléfono?

—Claro.

David marcó un número.

—Quisiera hablar con Massimo Vittrice, por favor.

Hubo una pausa, durante la cual David le dijo a Bess que estaba llamando a las oficinas de la Hamilton's en Roma.

—¿Massimo? Soy David Colwyn. Muy bien, gracias... ¿y usted? Bien. Escuche, Massimo, necesito alguna ayuda. ¿Conoce usted a un marchante de Roma llamado Ludovisi? Sí, eso es, en la Via del Babuino. ¿Nos compra? Mucho... bien. Mire, sé que esto es un poco precipitado, pero ¿le parece que podríamos vernos allí dentro de, digamos, media hora? Gracias... Se lo explicaré entonces. Nos vemos dentro de treinta minutos.

Terminaron su zumo de limón. David se lavó rápidamente y se puso su chaqueta de sport. Luego él y Bess tomaron un taxi que les condujo a la Via del Babuino. No quiso decirle a Bess lo que había planeado, por si no resultaba. Esperaron delante de Ludovisi's hasta que apareció Massimo, y luego entraron, con David encabezando la marcha. La cara del marchante se iluminó al ver a Massimo, pero se apagó inmediatamente al descubrir detrás de él a Bess con David. Massimo presentó a David a Ludovisi, y luego David explicó, cortésmente, con muchas expresiones de pesar de estilo italiano, que a menos que Ludovisi devolviera todo el dinero a miss Elizabeth Lisle, secretaria de prensa del Santo Padre, y a cambio recibiera de vuelta las obras que recientemente le había vendido, sin duda como resultado de un error de catalogación, jamás podría volver a comprar en la casa de subastas Hamilton's.

Ludovisi era un hombre práctico, que sabía reconocer una fuerza superior al verla. El «error» fue admitido, se dieron toda clase de excusas y el cheque extendido allí mismo. David le dijo que podría recoger las obras de arte al cabo de dos días... cuando el cheque hubiera sido registrado.

A última hora de aquella noche, mientras David volvía a casa de Bess en compañía de ésta tras una cena de celebración en Gina's con Massimo, ella dijo:

—¿Por qué no me dejó pagar la cena esta noche? Después de lo ocurrido hoy, siento como si le debiera algo.

Habían llegado al patio.

—Y así es —le repuso David—, me debe algo. Pero no me contento con una simple cena. No me conformo con menos que esto.

Y antes de que ella pudiera responder, David se inclinó y, muy suavemente, la besó en la mejilla.

David recordaba el leve olor de lavanda del maquillaje de Bess a la mañana siguiente cuando salía del ascensor en la tercera planta y penetraba en los apartamentos papales. Patrick O'Rourke, el secretario privado principal del Santo Padre, extendió su mano.

—Bienvenido al palacio apostólico, Mr. Colwyn. Por aquí, por favor. David estrechó la mano que le ofrecían y siguió a O'Rourke por un ancho corredor, sin alfombrar. El suelo era de mármol rojo y gris, y las paredes estaban pintadas de un sorprendente cetrino e institucional amarillo.

Como la mayoría de los católicos, David siempre había deseado ver por dentro los apartamentos papales del Vaticano, y ahora, aquí estaba por fin. La reunión especial del Papa, por la cual se había pedido a David que se quedara en Roma, iba a empezar.

O'Rourke dobló por un corredor que terminaba en un gran estudio-cum-sala de conferencias. Las ventanas, pudo ver David, daban a la plaza de San Pedro.

Le sorprendió la importancia de la reunión; debía de haber al menos una docena de hombres en la habitación, a muchos de los cuales no conocía. Bess no estaba entre los reunidos, pero apenas tuvo tiempo David de ocupar el asiento que le ofrecieron ante la larga mesa rectangular cuando se abrió una gran puerta doble situada al otro extremo de la sala y apareció Su Santidad acompañado de Bess y de su otro secretario privado. El Papa, con bastante dificultad, transportaba un fajo de papeles, y se sentó en la cabecera de la mesa. Bess tomó asiento delante de David y le sonrió, algo nerviosamente le pareció a David. Llevaba el cabello recogido.

El Papa fue directamente al grano.

—Buenos días a todo el mundo, especialmente a Mr. David Colwyn, jefe ejecutivo de Hamilton's y que tan satisfactoriamente ha dirigido la venta de nuestros cuadros.

Todos los ojos se volvieron hacia David. Su Santidad prosiguió.

—Mr. Colwyn, naturalmente, conoce a Elizabeth Lisle, y a Su Eminencia el cardenal Massoni, secretario de Estado. —Massoni, sin sonreír, inclinó la cabeza. El Papa continuó—: Conoce usted también, creo recordar, al cardenal Zingale, presidente del Patrimonio de la Santa Sede, al *dottore* Tecce y el *dottore* Venturini. A su lado está el cardenal John Rich, arzobispo de Nueva York; a su izquierda, el arzobispo Albino Sabino, presidente del Instituto de Obras Religiosas, el Banco Vaticano, y a la izquierda de él el cardenal Ettore Loredan, presidente de la Comisión Pontificia para Latinoamérica. Delante de usted, junto a miss Lisle, está el arzobispo Andrzej Rozmberk, presidente de la Comisión Pontificia Cor Unum que, como tal vez sabe usted, cuida de las cuestiones de desarrollo del Tercer Mundo. A mi lado está el cardenal Romeo Savelli, presidente de la Prefectura de Asuntos Económicos de la Santa Sede; y, finalmente, al otro lado de miss Lisle, se halla el cardenal Eusebio de Santander, jefe de la Comisión Permanente para la Protección de los Monumentos Históricos y Artísticos de la Santa Sede.

Thomas hizo una pausa para examinar los papeles que tenía ante sí. Le chocó a David que Su Santidad pareciera algo nervioso. No se oía una mosca en la habitación.

El Papa levantó la mirada.

—Caballeros... y Elizabeth —dijo—. Lamento el modo, más bien de capa y espada, en que algunos de ustedes han sido traídos aquí, pero les aseguro que lo que tenemos que discutir esta mañana es tan importante que lo justifica. —Echó hacia atrás su silla—. Déjenme que recapitule un poco antes de llegar al objeto principal de esta reunión. A comienzos de este año, como resultado de la desgraciada tragedia de Foligno, y tras un irritado estallido del señor Sirianni, el alcalde de la ciudad, tuve una idea. Como resultado de la «adaptación» de Mr. Colwyn de dicha idea, la Iglesia ha tomado una nueva dirección, la cual parece ser muy elogiable: proporcionamos fondos a los pobres, les ofrecemos esperanza, mejoramos la posición de la Iglesia a los ojos de muchos y les atraemos hacia la fe. Y, más importante aún, creo que el Espíritu Santo nos habla y que este planteamiento es la obra de Dios. Lo que hemos hecho es *correcto*.

»El dinero conseguido con la venta del Rafael, del Gauguin y del Caravaggio ha sido destinado a obras buenas. Foligno quedará casi restaurada a finales de año. La nueva catedral tardará dos años en ser terminada, pero la gente puede ver ya cómo sube. Parte del dinero está siendo utilizado para ayudar a construir una fábrica Fiat, que proporcionará empleos y quizá prosperidad al área. En las islas Marquesas, en el Pacífico Sur, hemos construido un hospital, una escuela, quinientas sesenta y cinco casas prefabricadas y un pequeño muelle. Hemos aportado depósitos para la compra de ocho barcos de pesca. En Sicilia, la mayoría de ustedes estarán al corriente de nuestros éxitos contra la Mafia de la isla... el primer alivio real de la violencia que la isla ha conocido jamás.

»Pero estas cuestiones no son realmente la cuestión principal. Lo importante es que nuestro planteamiento, vender una pequeñísima parte de los tesoros del Vaticano para ayudar a los necesitados, ha captado la imaginación del mundo. Las últimas cifras de que dispongo apoyan esta afirmación: el número de los fieles que asisten a misa en todo el mundo ha aumentado en un nueve por ciento; las vocaciones sacerdotales en un siete por ciento; las matrículas en las escuelas católicas, en todo el mundo, en un quince por ciento; el número de conversos aumenta, y las últimas cifras en cuanto a turistas en el Vaticano muestran un incremento de un ocho por ciento sobre las del año pasado.

»Pero esto no es todo. También en muchas zonas *no* católicas hay indicios de que se sigue nuestra iniciativa. En Israel, por ejemplo, el Partido Socialista ha convocado el Parlamento para vender algunos de los Manuscritos del mar Muerto en beneficio de los pobres de la Orilla Izquierda. En Egipto hay planes para la venta de antigüedades de Abydos con el fin de ayudar a las zonas azotadas por la sequía del Nilo Superior. Una vez más, por lo tanto, tras un largo período de retraimiento, la Iglesia Romana se ha convertido en la conciencia del mundo. Pero, tras haber creado un impulso, necesitamos mantenerlo.

Thomas hizo una pausa y paseó su mirada alrededor de la mesa.

»Ya es hora de que demos un nuevo ejemplo. Hemos, creo, creado un clima de opinión en el que podemos seguir adelante a un ritmo más rápido, aún más impresionante. Necesitamos demostrar lo que *puede* hacerse, de manera que todos aquellos que hasta ahora han sido conmovidos por nuestros éxitos quieran seguir. Por eso creo que ha llegado el momento de dar una vuelta de manivela a nuestros planes.

Thomas se puso de pie.

»Ahora, a los detalles. —Se inclinó hacia delante y cogió una pila de papeles que tenía en la mesa ante él. Los golpeó ligeramente formando como un mazo de cartas—. Pese a nuestros éxitos de los últimos meses, hay dos cosas que me preocupan. Una es el hecho innegable de que no podemos seguir vendiendo tesoros para siempre... acabaría por no haber nada que vender. El otro es que, hasta ahora, hemos sido muy afortunados en el sentido de que el arte propiedad del Vaticano incluía ejemplos en cierto modo apropiados a las causas que estábamos tratando de ayudar. No podemos esperar que semejante fortuna continúe. Ya es hora, por tanto, de considerar un planteamiento diferente... que es el motivo que nos reúne aquí hoy.

Thomas empezó ahora a moverse en torno a la mesa, distribuyendo hojas de papel.

»He dedicado a esta cuestión mucha reflexión, y, realmente, he consultado con algunos de ustedes al respecto. Me ha impresionado particularmente la situación del Museo Getty. El Getty, como algunos de ustedes sabrán, tiene unos fondos de dotación que proporcionan unos ingresos de aproximadamente ciento diez millones de dólares para gastar en arte.

»Ayer me entrevisté durante una hora con Mr. Sol Smallbone, director del Museo Getty, que, como ustedes saben, compró el Caravaggio. Me hizo un breve resumen de cómo funcionan los fondos de dotación del Museo.

Thomas se detuvo en el otro extremo de la mesa.

»Tengo el propósito de crear un proyecto que, en cierto modo, es una Fundación Getty a la inversa. Mi plan es vender un gran número de tesoros vaticanos inmediatamente... una venta única que proporcione un capital de tales proporciones que, adecuadamente invertido, proporcione a la Iglesia unos ingresos anuales suficientes para financiar cualquier obra de caridad que consideremos apropiada. —Levantó un ejemplar de las dos fotocopias que había repartido entre los presentes—. Ésta es la lista de las obras que me propongo vender. Pero ante todo se necesita un poco explicación de cómo se ha hecho la elección.

»Evidentemente, hay muchas obras de arte que no podemos vender. No podemos vender las paredes o el techo de la Capilla Sixtina, donde están los frescos de Miguel Ángel; no podemos vender los frescos de Rafael de la Stanza della Segnatura. Es igualmente claro que sería un error vender cosas que están íntimamente relacionadas con la historia y la autoridad de la Iglesia... Documentos sobre el Concilio de Trento, por ejemplo, o de la familia Borgia. Tampoco venderíamos copias raras o primitivas de la Biblia, o reliquias como los huesos de San Pedro.

–Levantó la voz–. Pero eso aún nos deja mucho que *podemos* vender. La lista que pongo ante ustedes para discusión contiene lo que, tras consultar con las personas adecuadas, sugiero que *pueden* ser vendidas. Es, por supuesto, totalmente confidencial hasta el momento. Thomas se sentó. Hubo un silencio absoluto en la sala. David echó una ojeada a las dos fotocopias. Si el Papa tenía realmente intención de vender aquellas obras, y David no albergaba ninguna duda de que Thomas siempre decía lo que pensaba, entonces lo que hacía era algo más que un golpe de manivela. Era como saltar del caballo y el carro al Concorde. La lista era tan magnífica que asustaba.

Lo que David leyó fue:

Obras de Arte Vaticanas

Destinadas a la venta mediante subasta

(Lista provisional)

Cuadros	Valor estimado (En dólares)
Leonardo da Vinci (1452-1519)	
San Jerónimo (1481); óleo sobre panel de madera 103×75 cm	40.000.000
Rafael (Raffaello Sanzio, 1483-1520)	
Coronación de la Virgen (1502-1503), transferido al lienzo, pintura al temple (?); 272×165 cm	30.000.000
Rafael (Raffaello Sanzio, 1483-1520)	
Transfiguración (1518-1520); óleo sobre panel de madera; 410×279 cm	30.000.000
Giovanni Bellini (*c.* 1430-1516)	
Entierro de Cristo; óleo sobre panel de madera; 107×84 cm	30.000.000
Giotto di Bondone (*c.* 1267-1337)	
Tríptico Stefaneschi (1320); panel central, 178×89 cm; panel izquierdo, 168,2×82,3; panel derecho, 168×82,6	30.000.000
Simone Martini (*c.* 1284-1344)	
Cristo impartiendo Su Bendición (*c.* 1315-1320); pintura al temple sobre panel de madera; 30×29 cm	30.000.000
Perugino (Pietro Vannucci, *c.* 1446-1523)	
Resurrección (1502); óleo sobre panel de madera; 233×156 cm	25.000.000
Tiziano (Ticiano Vecellio, *c.* 1490-1576)	
Asunción, de San Nicolo dei Frari (1523); óleo, trasladado al lienzo; 388×270 cm	25.000.000
Lucas Cranach el Viejo (1472-1553)	
Piedad; pintura al temple sobre panel de madera; 54×74 cm	20.000.000
Fra Angelico (Giovanni da Fiesole, 1387-1455)	
Escenas de la vida de San Nicolás de Bari (1437); pintura al temple sobre panel de madera; 63×33 cada una	15.000.000
Gian Lorenzo Bernini (1598-1680)	
Cabeza de un joven (*c.* 1635); óleo sobre tela; 67,6×50,1 cm	15.000.000

Nicholas Poussin (1594-1665)
Gedeón vence a los madianitas; óleo sobre lienzo;
98×137 cm 15.000.000
Guido Reni (1575-1642)
Crucifixión de San Pedro; óleo sobre panel de madera;
305×175 cm 10.000.000
Anton Van Dyck (1599-1641)
San Francisco Javier; óleo sobre tela; 346×214 cm . 10.000.000
Giulio Romano (Giulio Pippi, *c.* 1492-1546)
Lapidación de San Esteban (1523); carboncillo sobre
papel; 419×285 cm 8.000.000

Escultura

Michelangelo Buonarroti (1475-1564)
Pietà (*c.* 1500); mármol blanco 50.000.000
Romano anónimo; *c.* siglo I d. de C.
Apolo de Belvedere; mármol blanco 10.000.000
Anónimo griego; *c.* siglo I a. de C.
Laocoonte; piedra blanca 10.000.000

Manuscritos

Martín Lutero (1483-1546)
Bula papal excomulgándole (1520) 10.000.000
Galileo Galilei (1564-1642)
Confesión firmada de su proceso 10.000.000
Total 423.000.000

El silencio que reinaba en la habitación se prolongó. Con más de cuatrocientos millones de dólares en juego, nadie quería ser el primero en hablar. Lo que Su Santidad proponía era tan escandaloso, tan magnífico, tan histórico y, sin embargo, tan arriesgado que todo el mundo quería tiempo para pensar.

Thomas miró a David.

–Me gustaría saber su reacción dentro de un momento, Mr. Colwyn, pero déjeme decirle primero esto: no puede haber pasado por alto el hecho de que los grandes compradores de las dos ventas celebradas eran ambos americanos. De modo que, aunque sigo queriendo que sea la Hamilton's la que dirija la venta, me gustaría que la subasta tuviera lugar en América, concretamente en Nueva York. Asimismo, he estado haciendo un poquito de investigación histórica, y quiero seguir el ejemplo de la reina Cristina. Como usted debe de saber, cuando la reina sueca murió en Roma hacia finales del siglo diecisiete, su fabulosa colección fue vendida. Con el tiempo, consiguió llegar a Inglaterra. Cuando fue vendida allí los subastadores montaron una exposición de su colección durante algunos meses antes de la venta. Eso es lo que tengo intención de hacer. Por ello está aquí el cardenal Rich, de Nueva York. Todas las obras que vayan a ser vendidas serán expuestas en la catedral de San Patricio, en la Quinta Avenida. Cobraremos la entrada... obteniendo así dinero adicional, generando publicidad y ganando tiempo para poder hacer copias de todas las obras, copias que conservaremos aquí en el Vaticano. Ahora, díganos, Mr. Colwyn, ¿es factible el plan? ¿Funcionará?

David manoseó el papel que tenía ante sí. En aquel momento era bien consciente del tráfico y de la brillante luz solar que inundaba la plaza de San Pedro. Se daba cuenta también de que se había alcanzado un punto crítico en la historia de la Iglesia y de que se le había pedido que tomara parte en él. Pero no estaba preparado. ¿O sí? No tenía ninguna experiencia, y no podía honradamente decir si esta idea de Thomas era diferente en *calidad* de la decisión original de vender la *Madonna de Foligno*. Era mucho más importante, en cuanto a tamaño, sin duda, y dejaría los museos vaticanos bastante desnudos. Pero la recompensa era incomparablemente más importante.

En términos personales, el plan, naturalmente, significaría un gran negocio para Hamilton's, sumándole a ello el hecho de que podría seguir trabajando durante meses con Bess. Pero era quizá la posibilidad de afectar las cosas a una escala mundial lo que más le atraía. Normalmente, ningún subastador podía esperar desempeñar un papel ni siquiera parecido en cuanto a importancia. Era una oferta que no se volvería a presentar.

De modo que dijo:

—Discuto algunas de sus cifras, Santidad. Por ejemplo, el Giulio Romano está infravalorado para el gusto de hoy; el Bernini, por contra, está sobrevaluado. Pero no discuto la idea. Según mis cuentas, vende usted diecinueve obras, lo cual no basta para inundar el mercado y echar por el suelo los precios. Todos los museos y galerías del mundo estarán ansiosos de poseer estas obras. Y, personalmente, creo que la idea de poner el arte a trabajar, por así decirlo, es una idea magnífica. En cuanto a la exposición en San Patricio, es una excelente sugerencia... y, si se me permite decirlo, la propia catedral podría ser un lugar ideal para la venta. De todos modos, sea cual sea el lugar, puedo anticiparle que Hamilton's estará encantada de encargarse de gestionar la venta.

—Gracias, Mr. Colwyn, muchas gracias. —El Papa miró con aire radiante a los reunidos—. Ahora, ¿hay otras cuestiones que deseen plantear? Es el momento de dejar oír sus dudas. Si se les ocurre que pueden surgir problemas, oigámoslo antes de que sea demasiado tarde para afrontarlos.

Nadie habló. El cardenal Massoni se aclaró la garganta. David había olvidado cuán débil era la voz del secretario de Estado, pero, teniendo en cuenta lo que se disponía a decir, aquella suavidad hacía conmovedora su causa.

—Santidad, me opongo profundamente a este plan, y es bien consciente de mis puntos de vista. No obstante, para que ello quede registrado y en un último esfuerzo de disuadirle de lo que yo considero un desastroso camino, los repetiré aquí. Sus éxitos hasta el momento, con unas ventas contra las que abiertamente reconozco que estaba, no nos dan ninguna garantía de que el plan que ahora proponéis triunfe igualmente. Es demasiado arrogante. Indica un desprecio tal hacia el patrimonio católico que, me parece, linda con la temeridad. Es erróneo vender estas obras porque, en primer lugar, no tenéis derecho. Digáis lo que digáis sobre la autoridad papal, debéis saber en lo más profundo de vuestro corazón que un solo hombre no puede dispersar lo que generaciones antes que él han reunido y entregado en fideicomiso para los que vengan tras él. Aunque Miguel Ángel o Rafael o el Giotto cobraron de la Iglesia de su época por su trabajo, la inspiración que ellos encarnaron no era algo que pueda valorarse económicamente. El verdadero hogar de estas obras es, por lo tanto, la Iglesia, aquí en Roma, en el corazón del Reino Terrenal de Dios. Venderlas, y terminar encontrando su fin en algún remoto lugar, es una desgracia.

»Lo que estáis haciendo, Santidad, es erróneo también porque este arte, y el duro trabajo, fe y sentido de la belleza que representa, es en cierto modo parte de la justificación de la Iglesia. Eliminad estas cosas, trabajo duro, fe y un sentido de la belleza, y eliminaréis parte de las razones de la existencia del Vaticano. Creo además que la dimensión de la obra de caridad que tenéis intención de emprender con este dinero es peligrosa. Peligrosa en su naturaleza, peligrosa en su extensión, peligrosa en los impulsos psicológicos con los que juega. El mundo es un lugar cada vez más pequeño. No podéis intentar forzar el mundo a esta escala, Santidad, sin producir una multitud de efectos colaterales que no podéis ni predecir ni controlar. Ningún Papa emprendería semejante viaje sabiendo tan poco de su destino.

»Y finalmente, me opongo al estilo de esta venta... Atribuir valores económicos a obras del genio humano. En esta cuestión, el Vaticano no abre camino, Santidad; está meramente siguiendo la tendencia secular de nuestro tiempo. –La voz de Massoni había cobrado fuerza, pero ahora se debilitó nuevamente–. Desde mi punto de vista, Santidad, este plan, el expediente entero de vender nuestros maravillosos tesoros católicos, rebaja a la Iglesia, rebaja la tradición de San Pedro y rebaja la función del Supremo Pontífice.

La figura de Massoni se hundió un poco al terminar de hablar, pero sus ojos seguían brillando tan ferozmente como siempre. El silencio llenó nuevamente la habitación.

Thomas se levantó y se dirigió cojeando a una ventana. Encendió un cigarrillo y miró afuera. Al cabo de un rato regresó a la habitación.

–Eminencia. Sus argumentos me entristecen. No sólo son los argumentos de los hombres privilegiados a través de los siglos, de que todo cambio es malo, sino que también sugieren que lo que estoy haciendo carece de sentido de la historia. De que de algún modo no llevo el paso de mis predecesores. ¿Pero es eso cierto?

Volvió a moverse, esta vez hacia los pies de la mesa, lo más lejos posible de Massoni. David lo observó.

–Todos los expertos, de dentro y de fuera de la Iglesia, están de acuerdo en que bajo el pontificado de Paulo VI hubo más gente que abandonó la Iglesia que en cualquier otro momento de su historia. ¿Y cómo era conocido el Papa Pablo? Como el Papa Hamlet, el hombre que era tan prudente que *jamás* podía decidirse. El silencio de Pablo ante los ultrajes perpetrados por los gobiernos de la Europa oriental debilitaron fatalmente su posición. Su sucesor, Juan Pablo I, quiso cambiar, especialmente en las relaciones del Vaticano con el Tercer Mundo. Nombró un cardenal negro, Bernardin Gantin, como jefe de Cor Unum. Tristemente, como todos sabemos, Juan Pablo murió sólo treinta y tres días después de su elección. Pero miren los logros conseguidos por su sucesor, Juan Pablo II; miren el apoyo ofrecido a los obreros de la Solidaridad polaca; no olviden que escribió al presidente ruso de su tiempo, Leonidas Breznev, amenazando con dimitir de su cargo de Papa y luchar en las barricadas si Rusia invadía su país natal. Recuerden la conferencia que dio al sínodo de obispos sobre los apuros financieros de la Iglesia... La primera vez que un Papa «hablaba públicamente» sobre la cuestión.

Thomas extendió sus manos hacia Massoni.

–¿Puede usted decir realmente que lo que tengo pensado es más peligroso o controvertido que eso? ¿Estoy yo más preocupado por el dinero en sí mismo que Juan Pablo II? ¿O que Pablo VI, que embrolló al Vaticano con dos estafadores financieros, Michele Sindona y Roberto Calvi? ¿Y acaso, ya en los comienzos del decenio de los setenta, no sugirió el cardenal Heenan, de la Gran Bretaña, que el Vaticano podría vender algunas de sus obras de arte para ayudar a los pobres? –Su Santidad regresó a su asiento–. No, Eminencia, nuestros planes no son *tan ultrajantes*. Simplemente una extensión de lo que ya se hizo anteriormente, y aplicados a lo que incluso usted concederá que es un mundo cambiadizo.

Massoni no replicó. Se encogió de hombros, como si considerara los argumentos de Thomas carentes de valor.

Fue el cardenal Rich el que habló ahora.

–Santidad, el cardenal Massoni ha servido bien a la Iglesia, al igual que la cautela de la que él es personificación. Pero yo, por lo menos, observo una nueva respuesta entre la gente a quien sirvo. Los católicos están ahora orgullosos de ser católicos. Por primera vez en muchos años, la Iglesia, no sólo la fe, anda en boca de todo el mundo. Estas ventas han atraído la atención del mundo. No debemos dejar escapar la oportunidad. Estoy seguro de que una venta en San Patricio sería un éxito maravilloso.

Thomas inclinó la cabeza. Aplastó el cigarrillo en el cenicero que tenía ante sí.

–¿Savelli? –El presidente de la Prefectura de los Asuntos Económicos de la Santa Sede parecía incómodo.

–Estoy dividido, Santidad; por un lado, desgraciado ante la idea de vender estos tesoros, pero no puedo pasar por alto el hecho de que suavizaría en gran manera nuestra carga financiera tener los ingresos procedentes de estos fondos. Quizá, mirándolo bien, la venta sea cosa buena.

–¿Santander?

El cardenal Santander movió la cabez negativamente. Era responsable de los monumentos y museos del Vaticano, y ahora veía cómo le arrancaban algunas joyas. No se sentía feliz, y Thomas lo sabía. Pero el cardenal no tenía argumentos que Massoni no hubiera expuesto ya, de modo que prudentemente se mantuvo callado.

–¿Sabino?

–Ningún problema desde el punto de vista bancario, Santidad. Se puede esperar unos ingresos de más de cuarenta millones de dólares al año. Eso pone al Vaticano en línea con América, las Naciones Unidas, y los países de la Europa occidental juntos por lo que se refiere a ayuda disponible. En términos de músculo financiero, estaríamos, Santidad, entre los gobiernos más poderosos del mundo.

–¿Zingale? ¿Loredan? ¿Tecce? ¿Venturini?

Nadie más tuvo nada que añadir al respecto.

–Muy bien –dijo Thomas, resumiendo–. Mr. Colwyn coordinará los detalles necesarios con el cardenal Rich. Puede tenerme informado a través de Elizabeth Lisle, Mr. Colwyn. Quizá sería conveniente efectuar la venta a comienzos de la primavera.

David asintió.

–Una cosa final. Ahora que nuestras discusiones han concluido, pido –como cualquier Papa, cualquier jefe haría– que aquellos de ustedes que quizá no estén completamente de acuerdo conmigo traten, no obstante, sinceramente de dejar a un lado sus diferencias y trabajen con entusiasmo por el éxito del proyecto. No podemos triunfar si en esta cuestión la gente percibe alguna división interna en el Vaticano.

Thomas paseó su mirada alrededor de la mesa, hacia los dudosos. Miró a Tecce, Venturini, Santander, Savelli. Uno por uno, todos fueron asintiendo. Finalmente, Thomas se volvió hacia Massoni, que seguía sentado tan estirado como un huso.

–¿Eminencia?

El secretario de Estado no replicó inmediatamente. Cuando lo hizo, su voz apenas era algo más que un susurro.

–No, Santidad, no quiero tomar parte en esto. Si insistís en seguir adelante, entonces me temo que debéis hacerlo sin mí. Yo dimito.

SEGUNDA PARTE

6

El anuncio de Bess de que iban a subastarse diecinueve tesoros vaticanos en una sola venta en Nueva York, para que el Papa pudiera continuar con obras del tipo que había emprendido en Foligno, las islas Marquesas y Sicilia, causó gran sensación. Nadie, ningún presentador de televisión, director de periódico, historiador de arte, pudo recordar que una idea tan dramática, deslumbrante u *osada* hubiera sido concebida anteriormente. Los periódicos del mundo entero cubrieron sus primeras planas con reproducciones a todo color de los tesoros. Se montaron programas especiales de televisión para examinar las obras de arte y a los hombres que las habían creado. Durante semanas se habló tanto de Miguel Ángel, Bellini, el Giotto y Simone Martini como si se tratara de celebridades del cine. Aparecieron libritos editados apresuradamente sobre las obras de arte del Vaticano y sobre los Papas que las habían encargado. Posteriormente, se publicaron artículos más eruditos, informando acerca de qué museos del mundo carecían de qué obra, con cálculos del dinero que esto representaba. Las enormes sumas mencionadas mantuvieron la historia en las primeras planas de los periódicos, y durante días Thomas fue conocido en las cabeceras como el «Papa Midas».

El número de personas que visitaban la galería de pinturas del Vaticano se dobló, y las colas se alargaban por la Viale Vaticano, daban la vuelta a la esquina y llegaban hasta la Piazza del Risorgimento.

La dimisión de Massoni había añadido sabor a la historia. Que la decisión del Santo Padre de vender los tesoros hubiera provocado una fisura al máximo nivel en Roma resultó irresistible a las lumbreras, y las separó, católicos o no, en radicales que daban apoyo al Papa, y conservadores, que preferían que las cosas siguieran tal como estaban.

En general, los que se mostraban favorables a la política del Papa superaban largamente en número a los contrarios. Su poderosa imaginación y el atractivo de las propias pinturas le ganaron la mayoría. Realmente, que tan pocas voces se alzaran contra él, era una medida de la estimación que el Santo Padre merecía en todo el mundo en aquel momento. Cierto que el gobierno italiano, por boca de su portavoz, lanzó grandes denuestos contra la pérdida de semejantes tesoros para Italia, y consiguió arañar un voto de censura contra el Papa en el Parlamento; y muchos romanos contemplaron la partida de *Il diciannove* —el diecinueve— con graves recelos. Pero el alcalde comunista, Sirianni, convertido rápidamente en una figura nacional, argumentó en la televisión italiana que si el gobierno realmente quería mantener las obras de arte en Roma debía asistir a la subasta de Nueva York y pujar por ellas. Eso, sin embargo, no era lo que el gobierno tenía pensado. David había recibido un voto formal de felicitaciones de la junta de Hamilton's. Averne estuvo ausente. Aun con una comisión reducida de un ocho por ciento, y suponiendo que la venta realizada ascendiera «sólo» a cuatrocientos millones de dólares, junto con la comisión del comprador, la casa subastadora tenía garantizado un mínimo de ingresos para el año siguiente de setenta y dos millones. Se habló incluso de sacar la compañía a cotización en la Bolsa de Valores, pero el conde Afton sofocó tales rumores, señalando ásperamente que la compañía no debía dar la impresión de que se aprovechaba de su asociación con el Vaticano.

Massoni se mudó de los apartamentos oficiales que había ocupado hasta entonces como secretario de Estado, pero se le permitió alojarse en el Vaticano, donde ahora se pasaba mucho tiempo en los Archivos Secretos. Sólo Bess, aparentemente, estaba preocupada por esto.

Durante una tardía cena en Gina's, una noche, su voz expresó dicha preocupación a David.

—No es de los que simplemente desaparecen, ¿sabes? ¿No te has fijado en sus manos? Largos y nervudos dedos... buenos para agarrarse a las cosas. Lo que daría por meterme en su mente. ¿No te parece que la CIA habrá inventado algo a estas alturas?

David se rió. Pasaba más tiempo en Roma ahora, haciendo preparativos para la venta, y se sentía relajado. Su relación con Bess iba avanzando paso a paso. Ninguno de ellos se refería al besito que él le había dado, la noche después de recobrar el dinero de Ludovisi, y no había tenido lugar ninguna repetición del hecho. Pero ella parecía bien dispuesta a aceptar su compañía... pasaban juntos la mayor parte de las noches que él estaba en la ciudad.

Las visitas de David a Roma tenían ahora una especie de forma triangular, entre el apartamento de Bess, el restaurante de Gina's, donde hacían casi todas sus comidas, y el Vaticano. David llegó a conocer, y a aficionarse, al diminuto laberinto de calles, callejones, pasajes y corredores que constituían la ciudad-estado. Extendió sus contactos, la cabeza de los cuales era John Rich, el cardenal arzobispo de Nueva York. Grande como un oso, e igualmente brusco cuando se lo proponía, entusiasta del béisbol como cualquier sacerdote americano, Rich era también una autoridad en marfil, y poseía una estupenda colección de tallas del Lejano Oriente, la India, el Renacimiento y góticas. Los dos hombres se llevaban muy bien, y en poco tiempo fueron arreglados los detalles de la venta.

Rich era también uno de los primeros inspiradores de la futura encíclica de Thomas sobre sexo, control de natalidad y matrimonio. «Ha llegado la hora», decía Rich a cualquiera que quisiera escucharle. «Con este Papa tan popular, tan activo, tan moderno en su manera de pensar, ha llegado el momento de poner al día a la Iglesia en todos los campos posibles. De lo contrario, dentro de cincuenta años no habrá un solo católico al norte de México.»

—No exagere usted —le dijo Bess un día en que se encontraron los tres en Gina's para almorzar.

—La exageración es una característica nacional de los americanos, querida. Es parte de nuestro encanto.

—Quizás por eso me marché —repuso la mujer—. La exageración puede ser una forma de autoengaño.

Thomas tenía pensado publicar la encíclica como parte de su mensaje de Navidad, pero aún seguía sondeando la opinión mundial, y, hasta el momento, era un secreto celosamente guardado. Sólo unos pocos conocían los detalles, incluso dentro del Vaticano.

En una ocasión, después de terminar sus reuniones con el cardenal Rich, David se quedó en Roma un día más. Quería darse una vuelta por las tiendas de antigüedades, para encontrar algo que añadir a la colección de falsificaciones de Ned. Bess le encantó pidiéndole si podía ir con él. «Si voy a dedicarme a coleccionar cosas, creo que he pillado el vicio, bien podría aprender adecuadamente», le dijo.

Empezaron cerca de la Piazza Colonna, y fueron abriéndose camino por callejuelas hasta la Via Tomacelli, cerca del Ponte Cavour. Poco antes del almuerzo, en una tiendecita del Lungotevere, David descubrió una moneda de Karl Becker. «Mira —dijo tirando de ella—. Estas monedas son bastante raras. Becker fue un falsificador de monedas alemán de finales del siglo dieciocho... Solía envejecer sus imitaciones en una caja de metal bajo su carruaje. Se llevaba sus monedas recién acuñadas a un viajecito, y al volver estaban viejas... arañadas por el eje. En cuanto uno las conoce, es fácil descubrirlas. Las marcas de los arañazos son bastante parecidas en cada pieza.»

Bess estaba extasiada. «Me gustaría ver la colección de Ned», dijo.

Era, pensó David, un movimiento en dirección suya. Luego se censuró a sí mismo. Con demasiada frecuencia olvidaba que estaba casado, y siempre lo estaría a los ojos de Bess. Ella quizás fuera americana, con actitudes americanas, pero primero y ante todo era católica. Aunque la reforma del Papa triunfara, aún tardaría años. Y mientras tanto, aunque le quisiera, David veía que la situación de la mujer era difícil. No llegaría a ninguna parte si no se mostraba comprensivo.

Pero su interés por Ned, aquella frase deliberadamente pronunciada, le relajó y le dio libertad para moverse al ritmo de ella, para tomar cada reunión tal como venía, permitiendo que los sentimientos que pudieran subyacer maduraran lentamente a su debido tiempo. En sus sucesivas visitas a Roma, después de sus reuniones con Rich, Tecce o el que fuera, David y Bess encontraron tiempo para visitar un par de tiendas de antigüedades. Él la iba adiestrando en cuando a falsificaciones y copias: jarrones «sicilianos» con vegetación pintada en ellos que no podían encontrarse en Sicilia, sellos mayas «prehistóricos» hechos en el siglo XIX, dibujos del «Renacimiento» de yeso rojo sobre papel hecho a máquina. Y no le dejaba comprar nada hasta que ella estuviera segura de la clase de objetos que quería realmente coleccionar.

Eso lo descubrieron totalmente por accidente. Massino Vitrice, el hombre que dirigía la oficina de la Hamilton's en Roma, había invitado a David a un pase de modas. Su mujer era diseñadora y, dijo, el espectáculo contendría algunos artículos que podrían interesar a David. Éste se llevó a Bess, y la mujer se mostró encantada. Celebrado en el restaurante de la azotea del Excelsior Hotel, no era sólo cóctel. Tampoco un simple pase de modas. Antes de que desfilaran las maniquíes con las ropas modernas, la compañía japonesa que había montado la velada efectuó una exhibición de sedas antiguas. David y Bess, junto con Vitrice y su esposa, estaban sentados al lado de la pasarela para ver muy de cerca aquellas raras telas. La primera fue un panel de seda chino del siglo dieciocho, que mostraba dragones de cinco colas y cascadas. Luego venía una casulla italiana, bordada con imágenes de la Virgen, azul, envuelta por los vívidos dedos dorados del sol. A continuación venía una tela asargada, de seda bizantina, que mostraba a unos hombres a caballo con halcones y leones, y que brillaba como si estuviera cubierta de joyas. Bess no podía apartar sus ojos de los colores y de las asombrosamente variadas texturas.

El hecho de que la seda fuera también una sustancia moderna, usada todavía en todo el mundo para hacer vestidos o en la decoración, también tenía mucho que ver con el interés de Bess. Para ella, a diferencia de David, la historia tenía más significado si llegaba hasta el momento actual. La seda era como el papado, le dijo a David. «Tiene una antigüedad de miles de años, pero sigue siendo válida y de uso diario.»

Después de la velada, Bess se compró varios libros sobre la seda. Luego —bajo la experta guía de David— empezó a comprar... y adquirió varias piezas pequeñas, un primitivo ejemplar siciliano, de azul oscuro, dorado y escarlata; una seda tornasolada procedente de Lucca, con pájaros rojos y amarillos; una seda zaragozana con arabescos de color del zafiro. Poco a poco, su apartamento empezó a llenarse de sedas de colores y texturas ricamente variados. A ella le gustaba no sólo mirarlas, sino pasar sus manos por el tejido. Y los apretaba contra su mejilla.

—No puedes hacer eso con los dibujos de los Viejos Maestros —bromeó David—. ¿Es algo pagano decir eso?

Pero David estaba absolutamente encantado con el entusiasmo que Bess estaba demostrando.

Había sólo dos cosas que echaban a perder su bienestar del momento. Una era el estado de ánimo de Ned. Su hijo seguía teniendo aquel desconcertante humor, y no parecía mejorar. La otra nota triste surgió en la misma Roma, tras el intento de David de organizar la copia de las diecinueve grandes obras que iban a ser vendidas.

Copiar los cuadros no era problema: el propio departamento de restauración del Vaticano haría el trabajo. Si no estaban terminadas para cuando se iniciara la exposición, el trabajo podía continuarse en la misma catedral de San Patricio. Eso aumentaría la publicidad. Pero la escultura, especialmente la *Pietà* de Miguel Ángel, ya era otra cuestión. Copias en el mismo mármol era algo imposible; sencillamente, no había nadie capaz de hacerlo. Hacer moldes estaba también fuera de cuestión: los originales podían sufrir daño en el proceso. Y fabricar réplicas en una piedra más blanda, que permitiera un manejo más fácil, daría lugar a un resultado más tosco, más decepcionante. De mala gana, David y Tecce, que trabajaba con él, llegaron a la conclusión de que no podían hacerse copias. Su recomendación confidencial fue mostrada a Thomas, el cual, también de mala gana, dio su aprobación.

Una vez más, el sistema de seguridad del Vaticano falló. Dos días más tarde, el periódico romano *Il Messaggero* publicaba un artículo atacando esta «confidencial» decisión, haciendo parecer que el Papa se mostraba excesivamente discreto, como si tuviera algo que ocultar. Bajo el titular «La piedad de la *Pietà*», el artículo argumentaba que el Papa Thomas era una especie de vándalo al permitir que el Miguel Ángel y otras obras inapreciables marcharan al extranjero «aun después de descubrir que no podía efectuarse ninguna copia». El artículo decía que en tal caso todas las esculturas debían retirarse de la subasta neoyorquina. El que no fuera así, proseguía el artículo, significaba que el Santo Padre se alineaba ahora con los otros Papas «poco escrupulosos» de la historia que habían «profanado la herencia de Roma a fin de enaltecerse ellos mismos». Un ataque tan frontal contra un papa reinante, en un periódico romano, era extremadamente insólito. Ésa no fue, sin embargo, la principal razón por la que el artículo de *Il Messaggero* fue reproducido en los periódicos de todo el mundo. La razón principal era que su autor era el cardenal Ottavio Massoni.

—¿Tomó usted un avión rápido, David?

David sonrió ante el último eufemismo americano para decir Concorde. Rich siempre estaba al corriente de las manías y caprichos imperantes.

—Sí, Eminencia. ¿Cómo hubiera podido llegar aquí a tiempo de desayunar? Ya he tomado una pequeña ayuda de jamón y champagne a 50.000 pies.

Ahora le tocó al cardenal sonreír. Ambos hombres estaban desayunando en la residencia oficial de Rich, en la esquina de la Madison Avenue con la 50. Más tarde, el cardenal guiaría a David en su primera gira acompañada de la catedral de San Patricio. Bess venía de Roma volando, el mismo día, para aprobar los preparativos de publicidad y ayudar a organizar la exposición de las obras de arte. Pero, como no había Concorde desde Roma, aún tardaría unas horas en llegar. Era ya finales de octubre, y las diecinueve obras maestras iban a ser mostradas al público la primera semana de diciembre.

Los dos hombres charlaron tranquilamente mientras desayunaban. David le había traído a Rich un regalo, una pequeña copa de marfil, tallada con monstruos.

—¡David! ¡Qué maravillosa...! Alemana, del siglo diecisiete, por su aspecto. No será un Maucher, ¿verdad?

David asintió. Johann Maucher era uno de los tres tallistas de marfil barrocos de más calidad.

—Ha sido algo sumamente atento, David. Estoy en deuda con usted. Si puedo serle de alguna ayuda, dígame en seguida. ¿Vamos a ir ahora a la catedral?

David quedó impresionado por San Patricio. Tal vez carecía de la historia o de la *gravitas* de las grandes catedrales europeas, pero tenía dignidad, soberbias proporciones, un magnífico altar y suntuosas vidrieras. Estaba concurrida. Allí no reinaba el silencio habitual de las iglesias europeas. Los neoyorquinos no se sentían intimidados por la piedra y las estatuas. David quedó impresionado por eso, también.

A última hora fue a recoger a Bess al aeropuerto, y la condujo a la ciudad. Su plan, que la mujer aprobó, era exponer los cuadros y esculturas en el santuario y en la Capilla de la Señora, detrás del altar. Estas zonas estaban sorprendentemente bien iluminadas según patrones europeos, bien protegidas desde el punto de vista de la seguridad, y las ventanas de la capilla y el dosel sobre el altar constituían un perfecto telón de foro. Cuando hubo señalado el lugar donde él y Rich pensaban que debía estar la *Pietà*, le dijo a Bess:

—¿Cuáles son las últimas noticias de Massoni? ¿Ha tomado medidas Thomas para cerrarle la boca?

—¡Santo Dios, no! ¿Cómo puede un Papa como Thomas, americano, democrático, abierto, radical, no permitir que sus oponentes opinen libremente? No se puede despedir a un cardenal, al menos no por criticarle a uno acerca de algunas esculturas. No, Massoni está bastante callado ahora, pero espera el momento oportuno, estoy segura. Ha obtenido una masiva publicidad con su artículo sobre la *Pietà*, e imagino que más bien confía en ser una espina clavada en el costado de Thomas. Ha conseguido algunos seguidores... pocos, dado que no tiene base de poder territorial, pero *Il Messaggero* le proporcionará una plataforma cuando lo desee. No va a desaparecer, David. De todos modos, más vale malo conocido... ¿no crees?

—Umm. No estoy seguro. Preferiría que pudiéramos hacerlo callar, al menos hasta que la gran venta haya tenido lugar.

—Bueno, pues no podemos. Así que acostúmbrate a ello. —La mujer hizo una pausa—. Acostúmbrate a algo más también: pronto podrás divorciarte.

—¿Qué?

—Todo esto es muy secreto —susurró ella mientras paseaban por la Capilla de la Señora, a donde pensaba David que iría a parar el Giotto—. Probablemente no será anunciado antes de la Pascua, pero las ideas fundamentales de la encíclica parecen establecidas. Se permitirá el control de natalidad artificial, por las parejas casadas. Esto traería alivio a millones de mujeres de Asia y de Sudamérica, por no hablar de Italia. Y significaría que un montón de gente de los países más desarrollados, América especialmente, pueden volver a la Iglesia y a ser otra vez católicos. Thomas argumentará que puede causarse más miseria, más dolor, más pecado, teniendo niños que practicando el control de natalidad. También el divorcio será reconocido como un hecho de la vida moderna. No será fácil; llevará meses, si no años. Pero, por primera vez, la opción estará ahí. La Iglesia tiene ya la infraestructura para hacerlo funcionar: los tribunales que consideran los casos de disolución o anulación. Serán reforzados. Massoni se mostrará contrario, al igual que muchos otros intransigentes. Pero... ¡Oh, David! ¡Significará una diferencia tan *grande*!

–Es maravilloso –repuso David–. Maravilloso. –Personalmente, estaba encantado. Pero seguía teniendo sus dudas, preguntándose si Thomas no se estaría moviendo demasiado de prisa.

Le enseñó a Bess el resto de la catedral. Resultaba extraño, imaginar todo aquel gran arte clásico reunido allí, en un solo lugar, tan lejos de Roma. Pero aquél era el quid de Thomas: Rafael, Miguel Ángel, Leonardo da Vinci, todos habían trabajado en el Nueva York de su tiempo. Aquél era el lugar natural, evidente, donde colocarlos.

Permanecieron de pie al extremo de la nave mirando hacia el altar y el santuario.

–Es tan *limpia*, esta iglesia –dijo ella–. Tan diferente de San Pedro, que está llena de líneas sinuosas, trozos que asoman aquí y allá, mármoles de distintos colores, masas de estatuas. Aquí todo son líneas rectas y brillantes, colores claros. San Patricio tiene más de la personalidad de Thomas que San Pedro.

Terminada su gira por la catedral, e iniciado ya el atardecer, David llevó a Bess de vuelta a las oficinas de Hamilton's, en Madison Avenue, esquina a la calle 68. La mayor parte de la publicidad sería organizada desde allí, y David había arreglado las cosas para que Bess utilizara un despacho en el edificio siempre que lo necesitara. Le presentó a su secretaria de Nueva York, Betsy, una muchacha alta y delgada que combinaba una asombrosa energía con una feroz eficiencia.

–Betsy –dijo después de que hubiera terminado la conversación intrascendente–. Tengo un trabajo especial para usted, y es confidencial. Quiero una lista de las veinte compañías más prósperas de América que estén dirigidas por una sola persona. Si es católico, tanto mejor... pero no me interesa ninguna firma donde todas las decisiones tengan que ser aprobadas por una junta: quiero grandes, prósperos, ricos, hombres-orquesta. ¿Está claro? Quiero los nombres de cada uno de esos hombres y sus números privados de teléfono. Espero tener noticias suyas dentro de una semana.

A estas alturas, eran ya más de las seis, y la oficina estaba cerrando. David miró a Bess y le dijo: «¿Volvemos al hotel?» Ambos se alojaban en el Stanhope, frente al Museo Metropolitano de Arte.

–Sin la menor duda –replicó Bess–. Me gustaría un descanso y un baño. Luego puedes llevarme a cenar.

–¿Ah, sí? –exclamó David–. Pensaba que estarías cansada después de un vuelo tan largo.

–Quizás –dijo ella–. Pero pienses lo que pienses *tú*, Mr. Colwyn, para *mí* los planes del Santo Padre respecto a la ley del divorcio son buenísimas noticias. A mí, por lo menos, me gustaría celebrarlo.

Y mientras bajaban por las escaleras exteriores de la Hamilton's y buscaban un taxi libre en la Madison Avenue, Bess se colgó del brazo de David.

Comienzos de diciembre fue un período de febril actividad para David. Se inauguraba la exposición en San Patricio, de modo que él tenía que estar presente en Nueva York para la efemérides; el gobierno israelí dio finalmente el visto bueno a la venta de los Manuscritos del mar Muerto, y ofreció el negocio a la Hamilton's, de modo que también tuvo que marchar a Jerusalén para ello; y el trimestre invernal de Ned terminaba el quince, de manera que también tenía que estar en Inglaterra para recibir a su hijo.

La inauguración de la exposición de San Patricio había ido espléndidamente. El cardenal Rich hizo un agudo pero compasivo discurso que encajaba plenamente tanto con el humor de la velada como con el espíritu de los planes del Santo Padre. La iluminación de las obras de arte había sido donación de uno de los más importantes directores de iluminación de Hollywood, un ganador de Oscar, y esto garantizaba la presencia de muchas personalidades famosas del cine. A su vez eso acrecentó el interés periodístico del acontecimiento, y en los días siguientes a la inauguración las colas casi dieron la vuelta a la manzana. Una fotografía de la cola, mostrando cómo empezaba en la Quinta Avenida, se deslizaba por la calle 50, la Madison Avenue y volvía por la calle 51, fue tomada desde un helicóptero, y constituyó la portada de *Newsweek*. Eso hizo que acudieran más multitudes.

Naturalmente, Bess estuvo en Nueva York para la inauguración. Aunque David había amortiguado deliberadamente su reacción a las noticias que ella le trajera de la encíclica de Thomas, lo cierto es que estaba encantado de ver que para la propia Bess era muy importante. Hasta aquella noche de Nueva York, David no había estado convencido totalmente de los sentimientos de Bess hacia él. Por recomendación del cardenal Rich, habían llevado a cabo su celebración en el Veau d'Or, en la calle 61. Era un lugar bastante formal, no mostraba signos de la *nouvelle cuisine*, tenía tendencia a servir cenas en las que encajaba más el vino tinto que el blanco, y las mesas se colocaban a lo largo de bancos donde las personas se sentaban una al lado de otra más que en asientos opuestos. Bess, por tanto, pudo descansar su mano sobre la de David con facilidad, discretamente, casi como por casualidad. Su primer contacto físico real hubiera parecido a cualquier observador una simple caricia afectuosa de antiguos, íntimos, amantes.

Inevitablemente, el contacto, por inocente que fuera, desató su lengua. Y, una vez más, fue Bess la que efectuó el primer movimiento. Empezó, pero, tanteando:

–Si escribiera un libro, David, ¿sabes de qué trataría?

Él movió negativamente la cabeza.

–Del apetito.

–¿Hambrienta... eh?

–No de *ese* apetito, bobo. Del apetito en general. Eso es lo primero que me atrajo de ti... Tu apetito por tu trabajo. Y tu entusiasmo por coleccionar. Quizá no te dieras cuenta, pero tú creaste un apetito, un entusiasmo en mí... por la seda. Es sorprendente cómo algo puede estar guardado bajo llave en el interior de uno, sin que uno sea consciente de ello. Trabajando para Thomas, por ejemplo, en el Vaticano, estando tan cerca del Santo Padre, he estado tan ocupada, tan absorta, que no me quedaba tiempo para nada. Pero después de la feria... después de aquel asunto con Ludovisi... imagino que empezó a despertarse en mí un apetito por ti, también. Es divertido cómo crece el apetito, a partir de los comienzos más tenues.

—Hummmmmmm. ¿Me atreveré a mencionar mi apetito por la comida en estos momentos?

Ella le clavó las uñas en la mano.

—¡Bruto! Estaba hablando en serio. —Pero la verdad es que también ella sonreía.

David hizo una seña al camarero, y pidieron. Él se volvió hacia Bess.

—Yo también puedo ponerme serio. Mi apetito por ti precede al tuyo por mí.

Y le explicó cómo la había llamado por teléfono el día que se sintió tan solo después de su fracasada salida con Ned, cuando un hombre le respondió al teléfono.

—¿De manera que fuiste *tú*? Recuerdo muy bien la llamada. Los dos pensamos que era extraño. Bobo, más que bobo. Estaba enferma, ¿no te acuerdas? ¡Aquel hombre era mi médico!

Ahora, finalmente, podía preguntárselo.

—¿Pero no hay un hombre... ningún otro hombre... en tu vida? No puedo creerlo.

—Pues es cierto. Hay mucho de mí que no conoces, David. Cuando tenía veintidós años, estuve prometida. Prometida, enamorada y locamente feliz. Se llamaba Nicholas. No es sólo que fuera guapo, amable y divertido. —Lanzó una rápida mirada a David y sonrió—. Hombres como ésos no crecen en los árboles, ¿verdad? No, es que además era un gran amigo de mi hermano, Patrick. Lo hacían todo juntos... navegar, esquiar, salir con chicas... Cuando volví a casa de la escuela superior y me chiflé por Nick, curiosamente no me interpuse entre ellos. Los tres hicimos un montón de cosas juntos. Hasta una noche, después de una tempestad... Yo tenía la gripe y no había salido. Cerca de nuestra casa había un vado, donde un pequeño arroyo cruzaba la carretera que llevaba al pueblo por detrás. Aquella noche, sin embargo, llovió a cántaros, y el arroyo se convirtió en un torrente. Generalmente, hubieran cortado la carretera, pero Nick y Paddy llegaron allí antes que la policía local. Habían bebido y, supongo, conducían demasiado de prisa. —Miró a David, apretándole la mano—. El coche fue hallado hundido media milla más abajo. Nick seguía en él. Patrick había sido arrojado afuera, y su cuerpo estaba enredado en un árbol. —Se secó las manos, que habían empezado a sudar, con su servilleta—. Quedé terriblemente trastornada, como es lógico. Normalmente, lo hubiera superado con el tiempo, pero... Hará unos diez años. El problema ha sido siempre con mis padres. Verás, Nick era el que conducía... su cuerpo estaba tras el volante, de modo que mi padre y mi madre siempre lo han acusado. No pueden olvidar, y no me dejarán olvidar a mí, tampoco. —Dio un golpecito en el dorso de la mano a David con el dedo—. Éste es uno de los motivos por los que vivo en Europa. Nos queríamos mucho mi familia y nosotros, pero yo supe que, al final, tendría que irme.

David permaneció en silencio, profundamente conmovido por la historia. Pensó que aquello explicaba muchas cosas. Se sentía lleno de admiración por Bess; también, por el modo en que ella no le había revelado sus heridas inmediatamente, como él hiciera. Lo que ella le acababa de decir provocó una pregunta en su mente.

—¿Tuvo la culpa el accidente de que... de que buscaras trabajo en la Iglesia?

—Supongo que sí. De todos modos, éramos una familia muy religiosa. Patrick pensó en cierta ocasión hacerse sacerdote. Yo no soy del tipo místico, como habrás notado. Pero siempre he sido muy decente. La educación, supongo. El egoísmo, la ignorancia y el fariseísmo del mundo me asustan. Cuando Thomas me ofreció un trabajo, fue como volver a casa. —Se rió—. Pero este empleo es otra de las razones por las que no ha habido hombres en mi vida últimamente... *Es* un poco intimidante. De modo que cuando tú lo seguiste intentando, después de haber pasado por esa fastidiosa situación marital, supe que tenías que ir en serio. Y cualquiera que fuera capaz de ser tan persistente se merecía una segunda mirada. —Se apoyó contra él—. Ya basta de mí; háblame de Ned.

David se rió. Hablarle de su hijo era fácil.

—Te gustaría, creo yo. Hay tres cosas que comprender en Ned: está loco por el fútbol americano, loco por el espacio y loco por las falsificaciones. No tiene otro tema de conversación, y si no estás interesado en esas cosas eres, en palabras suyas, un proscrito. Sin embargo, trabaja con dureza en la escuela y está muy lejos de ser estúpido. Era un niño muy sonriente... magnífico compañero y muy divertido. Pero no en este momento. Tiene sus destellos, pero francamente estoy preocupado.

Hablaron de las dificultades con que cualquier niño tiene que enfrentarse cuando sus padres se separan. Bess se mostró muy comprensiva.

Después de cenar tomaron un taxi de vuelta al hotel, pero antes de entrar en el edificio pasearon algunas manzanas bajo el frío aire de octubre. Había un escaparate en la esquina de la 79 con Madison Avenue que David quería mostrar a Bess. Estaba lleno de sedas.

—Son hermosas —dijo ella—. ¿Persas, verdad?

—Sí —asintió él—. Creo que a tu colección le falta una de éstas. Ya es hora de que te haga un regalo. Volveremos mañana.

—Ya es hora de que te dé algo, también.

Le besó entonces, y volvió a hacerlo, cuando estuvieron de regreso en el hotel, frente a su habitación. Y a la mañana siguiente, cuando se encontraron otra vez en la catedral, aunque ella se mostraba enérgica y práctica, lo cierto es que había nacido una nueva ternura entre ellos.

El día de la inauguración, volvieron al Veau d'Or a almorzar y pidieron la misma mesa. Ella apoyó su mano sobre la de él de la misma manera. Pero no se puede duplicar la vida exactamente; salieron del restaurante a tiempo de descubrir que estaba nevando.

Nueva York estaba transformado. Sus duras líneas rectas eran románticamente suavizadas y difuminadas por los copos de nieve. Sus sonidos, apagados; sus horarios, abandonados; su ritmo, alterado; su confianza en sí misma, desaparecida. El taxi se deslizó silenciosamente por la Madison Avenue, arrojándolos el uno contra el otro.

—¿Le gusta la nieve a Ned? —preguntó Bess, contemplando a algunas personas que se lanzaban bolas de nieve.

—Si estuviera aquí probablemente me estaría haciendo preguntas como: «¿Nieva en Marte?»

Ella le apretó el brazo. El taxi llegó a la calle 79, y bajaron. La tienda de seda estaba abierta y entraron en ella. Bess dejó correr sus manos sobre varios trozos de seda, y los apretó contra su mejilla. Finalmente, eligió un pequeño rombo que reproducía un mapa altamente estilizado de la ruta de la seda, que iniciándose en China, serpenteaba hasta Afganistán y Venecia. Era dorado, pardo y rojo, con machas diseminadas de verde oscuro, como pequeños estanques.

Otra vez salieron a la nieve, apoyándose uno en el otro, avanzando lentamente hacia la Quinta Avenida, donde las luces ámbar producían la impresión de que el parque estaba empapado en resina. Contemplaron algunas peleas de nieve y vieron aparecer los primeros toboganes. Al otro lado del parque, los altos edificios del West Side se desvanecían en la oscuridad. Parecía como si, por una vez, apenas hubiera ningún sonido.

Debido al tiempo, tuvieron que cenar en el hotel, y luego, envueltos en gruesos abrigos, con bufandas y botas, salieron nuevamente a la nieve. Anduvieron pesadamente por las silenciosas calles, observaron cómo la nieve se posaba sobre los coches, en los buzones de correos y en las alargadas ramas de los árboles. Llegaron con dificultad a Lexington Avenue y compraron una edición temprana de los periódicos del día siguiente, donde se describía la exposición de San Patricio. Se deslizaron silenciosamente por delante de una escuela de la calle 82 donde el anillo de baloncesto estaba rematado con un perfecto círculo blanco.

Ante la puerta de su habitación del hotel, David se disponía a despedirse de Bess con un beso, pero ello le detuvo.

—No —dijo suavemente—. Entra.

El día siguiente era frío, pero ferozmente risueño. Durante toda la noche, la ciudad había sido limpiada. David salió hacia Israel, y después, unos días más tarde, voló de regreso a Londres para ver a Ned.

Llevaba pocos días en Londres, y aún no había podido ver a su hijo, cuando recibió una llamada de sir Edgar Seton. Aquello constituía una sorpresa. Seton era el conservador de las pinturas de la reina, y su petición era sencilla: ¿quería David acudir a Windsor el día siguiente a almorzar? Era importante, dijo Seton. David lanzó un suspiro. Con pesar, abandonó toda esperanza de ver a Ned hasta el día siguiente. Mientras su chófer, Patton, conducía el coche por la M-4 hacia su destino, y la lluvia golpeaba el vehículo diagonalmente, David se enterró en sus recortes de periódico. Sally Middleton siempre le recortaba todos los artículos sobre arte cuando él se hallaba fuera, de modo que pudiera ponerse rápidamente al corriente de las novedades a su regreso. Aquel lote contenía noticias del último acto de la interminable saga sobre un cuadro de Pieter de Hooch, que la ciudad de Houston consideraba auténtico y que un restaurador de arte inglés afirmaba que era falso. La Hamilton's había vendido la pintura a Houston como auténtica, de modo que David se sintió aliviado al ver que el restaurador se estaba echando un poquito atrás. Había otro artículo interesante: concernía a una universidad británica que había decidido vender su colección única de arte tribal. La universidad no había ofrecido al Museo Británico la oportunidad de salvar la colección para la nación, sino que había buscado un comprador allende los mares. Peor aún, dado que teniendo en cuenta el valor global de la colección, hubiera necesitado obtener el permiso del gobierno, permiso que con toda seguridad le hubiera sido negado, la universidad había exportado los miles de artículos uno a uno, evitando así la necesidad de obtener sanción oficial. Eso era bastante malo, sintió David, algo así como si la universidad hubiera sacado de contrabando la colección del país.

El Ford subió volando por la colina que llevaba al castillo de Windsor, mientras la lluvia seguía cayendo insistentemente de un cielo gris como las paredes del propio castillo. En la puerta, David bajó del coche, y un hombre de corta chaqueta gris con coronas doradas en las solapas le dio la bienvenida.

–¿Mr. Colwyn? Por favor, sígame. Le acompañaré a la oficina de sir Edgar.

Subieron por una ancha escalera de caoba y llegaron a una larga galería que, pese al tiempo, estaba muy iluminada: las ventanas debían de tener tres o cuatro metros de alto. Una alfombra cubría en toda su longitud la galería, en la cual, como pudo ver David, colgaban sobre todo retratos ingleses de distinta calidad. David no conocía muy bien a Edgar Seton, pero el conservador era una autoridad en miniaturas inglesas y en Holbein, y David había leído sus libros sobre dichos temas. Se habían encontrado en diversas ocasiones en exposiciones y fiestas. Incluso una vez coincidieron en el mismo comité.

Al final de la galería el funcionario de chaqueta gris se metió en un hueco y llamó a una puerta de madera. La voz de Seton se dejó oír débilmente. «Pase.»

El hombre se levantó para saludar a David. Era bajito, pulcro y ordenado, de cabello plateado y de rasgos afilados. La cantidad de puño de camisa que su traje dejaba ver sugería que cuidaba quizás excesivamente de sus ropas. Dio la vuelta a su escritorio, estrechó la mano de David y le ofreció un sofá situado junto a la chimenea.

–¿Jerez?

David no había bebido jerez desde la universidad. Le chocó lo parecido que era aquel despacho a un aula escolar: finos paneles de roble, aunque de nueva factura, una alfombra beige, cortinas borgoña, zarazas de buena calidad. Los cuadros destacaban, naturalmente.

—Sí, me gustaría un jerez —respondió David.

Seton se afanó en una mesa.

—¿Veronese? —preguntó David, contemplando el cuadro que había sobre la repisa de la chimenea.

—Una de las gratificaciones del empleo —replicó Seton, abriendo la botella de jerez con un gesto elegante—. Sí, es un estudio de su *Matrimonio en Caná*. Hay un Rubens al otro lado... y probablemente reconocerá usted el Holbein que hay detrás de mi mesa.

David cruzó la habitación.

—Soberbio... —Estaba auténticamente impresionado—. A veces conservo los cuadros que vamos a vender en mi despacho, pero nunca más que unos pocos días. Es usted muy afortunado.

Seton le tendió el jerez y ambos se sentaron.

—Sí, soy afortunado. También estoy seguro aquí... esto es un castillo, a fin de cuentas. ¿No les preocupa la seguridad? Siempre me ha sorprendido que ustedes no sean robados más a menudo.

David ingirió el excelente jerez.

—Bien, nuestros clientes no tienen realmente ninguna elección, si quieren que les vendamos sus cuadros. Tenemos que guardarlos algunos días para que la gente que quizá quiera comprarlos pueda verlos. No hacemos exactamente propaganda de nuestras precauciones, pero son de un nivel técnico razonable. Y... —dio un golpecito a la mesa que había entre ellos— ...toco madera; no hemos tenido problemas, hasta el momento. Al menos, problemas serios. —Volvió a levantar la copa. No le habían invitado aquí para discutir sobre seguridad.

Seton recogió su indicación.

—Mr. Colwyn, me alegro de que pudiera venir. No quería correr el riesgo de que me vieran en sus oficinas de Saint Jamess Square.

La expresión de David no varió. Pero era una reveladora observación, pensó.

Seton cruzó las piernas. Su brazo izquierdo cubría elegantemente el respaldo del sofá.

—La verdad es que Su Majestad quería que me entrevistara con usted. La reina es una mujer estupenda, Mr. Colwyn, y una patrona generosa y amable. También le gusta la pintura, por creo que usted estará de acuerdo conmigo cuando digo que ella no es de ninguna forma un *connoisseur*. —Se bebió su jerez—. También es... bueno, ya no es tan joven como era. Y es... es una mujer preocupada. Cree, y aquí, como en todo lo que diga hoy, debo pedirle a usted que me prometa guardar secreto, cree que, en los últimos veinte años más o menos esta nación ha empezado a resquebrajarse. El proceso se inició con la Commonwealth, por supuesto, pero ahora se ha extendido a la propia Gran Bretaña. No puede decirlo públicamente, claro... y en privado sólo dentro de la más estricta confianza. No debe involucrarse en la política. Con todo, ella siente... bueno, le gustaría *hacer* algo. Algo para ayudar a sus súbditos; para ayudarlos y unirlos. La principal dificultad, en su posición, es saber cómo.

Seton se puso de pie, tomó la copa de David y se dirigió a la mesa, donde volvió a llenarla. Fuera, el día parecía estar aclarando. Seton regresó al sofá.

–Aquí es donde entra usted, Mr. Colwyn. Su Majestad ha seguido atentamente las actividades de Su Santidad el Papa y ha quedado muy impresionada. Aunque no ha dicho nada públicamente, en privado aplaude su decisión de vender los tesoros del Vaticano para hacer las cosas que ha hecho... y que aún piensa hacer. De hecho, Mr. Colwyn, está tan impresionada que ha pensado vender un poco del arte de la colección real, la colección que le pertenece a ella personalmente, no a la nación, y sacar partido del dinero. –Seton hizo una pausa y levantó los ojos al nivel de los de David–. Debo subrayar aquí que aún no hay nada decidido, Mr. Colwyn. Su Majestad tiene que moverse siempre lentamente. De modo que repito: tiene este plan *in mente*, pero primero debemos tantear las opiniones. Por eso está usted aquí soy. Quisiera saber su reacción.

David no dijo nada. ¿Qué podía decir? La Colección Real Británica de obras de arte –cuadros, dibujos, tapices, muebles, esculturas– era la mejor colección privada del mundo. Mejor aún que las obras maestras del Vaticano, como colección. Tal vez no poseía una *Pietà*, pero eso era lo único que no tenía. La real colección poseía cuadros de Leonardo, Bellini, Holbein, Tiziano, Breughel, Durero, Cranach, Rafael... la lista era inmensa, y la calidad, soberbia.

–Sí –dijo Seton, estudiando la cara de David–. También yo me quedé estupefacto cuando la Reina me lo comunicó. Pero descubrirá usted que se acostumbra a la idea.

–¿Cuántas obras quiere vender?

–Ah, ahí es donde entra usted. Debo decirle, Mr. Colwyn, que yo no apruebo exactamente lo que Su Majestad trata de hacer, pero no son mis cuadros y, aunque tengo cierta influencia, al final hasta yo tengo que hacer lo que me dicen. Y como parte de los necesarios tanteos, a Su Majestad le gustaría que usted y yo le aconsejáramos sobre qué cuadros debería vender y cuánto podría esperar cobrar por ellos. Naturalmente, desea que la colección quede perjudicada lo menos posible, pero tiene pensada una cifra final importante, aproximadamente un centenar de millones, como mínimo. Tenemos que confeccionar una lista. Ya le he dicho a ella que, con estas otras ventas del Vaticano, muchos museos y galerías han superado sus límites de fondos disponibles, de modo que quizá no haya abundancia de dólares durante algún tiempo.

David aún no había conseguido ordenar su reacción a todo esto. Sin embargo, se requería algún tipo de comentario.

–Tendré que consultar con mis colegas –dijo, sintiéndose más bien inadecuado.

–Lo menos posible –replicó Seton–. Y sólo con aquellos en quienes confíe usted completamente. Me gustaría alguna respuesta antes de, digamos, dos semanas. Si la respuesta es positiva, a Su Majestad le gustaría hacer alguna clase de anuncio pronto. Se marcha a una larga gira por Australia y el Caribe en enero, y le gustaría publicar las noticias antes.

David se marchó de Windsor aturdido, apenas dándose cuenta de que la lluvia había cesado y de que un atenuado sol estaba al acecho detrás de las nubes. Mientras Patton conducía hacia el este, de nuevo por la M-4, sumergido en la estela de coches más rápidos, los limpiaparabrisas del Ford golpeaban rítmicamente a un lado y al otro. «Holbein, Cranach, Rembrandt.» Era increíble lo que estaba sucediendo. Primero, el Papa, luego los israelíes, ahora la reina... El coche disminuyó su velocidad al llegar al habitual embotellamiento que se producía cuando los tres carriles de la autopista confluían en dos cerca del paso elevado de Chiswick. Al menos eso le dio tiempo para pensar. Se quedó contemplando los tejados de incontables casas que había debajo de él. Ferozmente ambicioso, independiente hasta la obstinación, nunca se había mostrado propenso a saltar al carro triunfador fuera éste cual fuera. Pero también podía ver que la posición de la reina era más bien diferente después de los éxitos del Papa. No se trataba de algo que ella hubiera podido iniciar por sí misma. Pero como el Papa lo había hecho, como había producido un cambio *sin* insinuaciones políticas de ningún tipo, como su intervención había sido tan popular y triunfante, ella podía actuar sin que le fueran dirigidas acusaciones de interferencia política. El tráfico empezó a moverse rápidamente por Cronwell Road. David hojeó el catálogo de la Real Colección que sir Edgar le había entregado. Su Majestad podía obtener 50 millones, 100 millones, 500 millones, lo que quisiera; sólo dependía de lo que estuviera dispuesta a vender. Los Holbein eran fantásticos, los Hogarth, los Hilliard y los Frans Hals eran todos perfectos, por nombrar sólo unos pocos. Pero, cuanto más pensaba en ello, más se daba cuenta David de que, por alguna inexplicable razón, no tenía la misma reacción favorable a las noticias de sir Edgar que las que tuviera en su primera visita al Vaticano. No podía señalar por qué: quizá porque él era británico, y la reina proponía vender lo que ella consideraba *su* herencia, o quizás era simplemente que sospechaba que otros británicos aceptarían menos gustosamente que él el plan de la reina, y eso se traduciría en problemas para Hamilton's.

El coche llegó a Hyde Park Corner y dobló por Grosvenor Place, pasando por delante del Buckingham Palace. David llegó a su oficina en un estado de ánimo todavía incierto, pero todas las dudas que tuviera —de hecho, todos sus pensamientos— se dispersaron rápidamente cuando leyó el mensaje que Sally le había dejado sobre la mesa. Tenía que llamar a Betsy, a Nueva York. David supuso que la joven tendría algunas noticias sobre los autócratas, los grandes jefes de negocios que le había pedido que buscara. Pero no se trataba de eso.

La voz de Betsy sonó asustada al teléfono.

—Acabamos de tener una visita de un individuo auténticamente espantoso. Bajito y moreno, con las manos peludas. Acento italiano. Entró y preguntó por usted. Le dije que estaba usted en Londres, y dijo que le diera un mensaje. Dijo que cancelara usted la venta de las obras del Vaticano. Que si no lo hacía, lo lamentaría. Y por su aspecto, Mr. Colwyn, supongo que hablaba en serio. Llevaba el nombre de la Mafia escrito en el rostro.

El día de Navidad, la reina rompió la tradición. Su discurso a la Commonwealth, normalmente grabado, fue hecho en vivo, no desde Buckingham Palace, sino desde el castillo de Windsor, donde apareció rodeada de su magnífica colección de arte. Y el discurso, en vez de consistir en la acostumbrada y más bien amable reseña de las giras reales del último año, mezclado con sosas bromas sobre su familia inmediata, contenía una bomba. David la contemplaba, solo, en su casa de Pelham Crescent. Bess se hallaba atareada en Roma, el trabajo retenía a David en Londres, y Ned estaba con su madre.

–La Navidad –dijo Su Majestad– es una época de relajamiento, de mirar atrás y de mirar adelante. Nosotros miramos hacia atrás, a lo que hemos realizado en el pasado, y hacia adelante, a lo que podríamos realizar en el futuro. –Su voz era clara como siempre, aunque se había debilitado con la edad–. Os hablo hoy, no sólo como reina, sino como cabeza de la Iglesia de Inglaterra. Y hoy, en Navidad, miro al jefe de otra Iglesia, al jefe de la Iglesia Católica, el Papa Thomas de Roma. Como muchos de vosotros, he quedado impresionada y conmovida por lo que el Papa ha llevado a cabo este año. Con la venta de sólo tres grandes obras de arte del Vaticano, ha conseguido traer esperanza al pobre y al necesitado en muchas partes del mundo.

»Ahora, tiene pensado una venta más importante. Diecinueve tesoros del Vaticano van a ser subastados en Nueva York, para proporcionar un enorme fondo caritativo destinado al alivio de la pobreza internacional. En Israel, el gobierno está ya planeando algo similar. Cuatro Manuscritos del mar Muerto van a ser vendidos, y también el dinero será usado para ayudar a los pobres.

»Tales ventas son a la vez imaginativas y claramente populares; representan, como el presidente de los Estados Unidos, Mr. Roskill, ha dicho, una maravillosa combinación de compasión y perspicacia comercial.

Hizo una pausa para permitir que la cámara retrocediera, a fin de mostrar una vista más amplia de la galería del castillo de Windsor que tenía detrás de ella.

»Muchos de los cuadros que veis aquí llevan en la colección de la familia real británica cientos de años. La nuestra es una de las mayores colecciones del mundo. He decidido que algunas, un número pequeño, de estas obras de arte deben ser vendidas ahora, y el dinero que proporcionen sea usado en beneficio de los más pobres, de los menos afortunados países de la Commonwealth. Voy a visitar algunos de estos países el año que viene, y discutiré con sus jefes la mejor manera de emplear el dinero. Los cuadros, a fin de cuentas, son en cierto sentido parte de toda nuestra mancomunidad, la vuestra y la mía.

El resto del discurso no importaba. Aquellos pocos párrafos del mensaje de Navidad de Su Majestad ya bastaban. Convirtieron los días siguientes en unos días superocupados para David, lo cual no fue mala cosa. De lo contrario no hubiera tenido nada que hacer. Ned se había ido con su madre y con Greener a esquiar a Suiza, y, en cuanto las funciones oficiales de Navidad de Thomas hubieron terminado, Bess se marchó también a su hogar de Louisiana. Amaba a su familia profundamente, y quería estar con ellos en Año Nuevo, ya que no por Navidad.

La reacción británica al anuncio de la reina, sin embargo, confirmó las dudas iniciales de David. Entre el público en general, su proposición fue acogida con el mismo entusiasmo que los planes de Thomas. Pero el *establishment* artístico de Gran Bretaña, los directores de museos, los marchantes, las organizaciones patrimoniales, se mostraron siniestramente silenciosos. A David no le gustaba aquello. Y le gustó menos aún cuando, durante la primera semana de enero, fue abordado abiertamente en su club.

—¡David! Invítame a una copa. Podrás permitírtelo estos días, con todo ese dinero del Vaticano correteando por Hamilton's.

—¡Paul! ¿No estás demasiado ocupado para frecuentar bares? ¿Y qué estás haciendo aquí? ¿Te aburre Downing Street?

Paul Clegg era un viejo amigo de universidad de David, y ahora desempeñaba un cargo de funcionario en el gabinete del primer ministro.

—Cuando dije que me invitaras a una copa, David, no era una petición. Era una orden.

—¿Ah, sí?

—Estoy aquí semioficialmente. Tomaré una ginebra.

David pidió una ginebra para Clegg y un whisky para él. Paul le arrastró hacia un asiento junto a la ventana.

—Salud —dijo, ingiriendo la mitad de su bebida.

David le devolvió el brindis.

—Ahora, de la manera más suave posible, David: el primer ministro no se siente en absoluto encantado con esa venta real.

—No es el único.

Era cierto. Preparando el anuncio de la reina, David había pasado unos días en Windsor, eligiendo los cuadros con Seton. Eran unos momentos difíciles, y los dos hombres tuvieron una discusión. David perdió.

Clegg saludó con la cabeza a varios miembros del club; luego se volvió hacia David.

—Esto es sólo una amistosa advertencia, David. La Hamilton's está haciendo sólo su trabajo, naturalmente, y no podemos censurároslo. Con quien está verdaderamente irritado el primer ministro es con la reina. Esta proposición suya implica que el enfoque político a nuestros problemas ha fracasado, que el gobierno no hace bien su trabajo.

—Absolutamente falso. El dinero obtenido por la venta será utilizado fuera de la jurisdicción del gobierno.

—No seas ingenuo, David. Ya sabes que eso sólo es camuflaje. Lo que digo, claro como el cristal, es que no podéis esperar ningún apoyo del gobierno en esta venta. No os vamos a hacer las cosas fáciles. Todo lo contrario, en realidad... si algunas de esas obras parece que tienen que salir al extranjero les pondremos todas las restricciones posibles, las retendremos todo el tiempo que podamos.

–¿Podéis hacerlo? ¿No son propiedad personal de Su Majestad?

–Eso nunca ha sido puesto a prueba. Quizás significara llevar a Su Majestad a juicio sobre su derecho a exportar sus cuadros. No es una perspectiva edificante, lo sé, pero el primer ministro está tan lívido en estos momentos que todo es posible.

–¿El primer ministro se enfrentaría con la reina? Sería derrotado, sin duda; Su Majestad es muchísimo más popular.

–Quizás. Pero él la *desafiará*, David, si esta venta sigue adelante.

David vació su copa.

–Realmente no sé por qué me estás contando todo esto, Paul. La Hamilton's no puede volverse atrás ahora. Estamos comprometidos. Y, tal como tú dices, sólo estamos haciendo nuestro trabajo.

–Te lo cuento porque el primer ministro me ha pedido que lo hiciera. Está hablando con la reina a un nivel diferente, claro, pero ella es inflexible a su modo, como él lo es al suyo. De modo que el gobierno ejerce su presión donde puede. De ahí esta charla.

–Pero es sólo una charla, ¿verdad? No tenéis auténticas sanciones que aplicar, al menos hasta que la venta haya tenido lugar y los cuadros parezcan que van a ir al extranjero, ¿verdad?

–Por el momento, tal vez no. Pero las cosas pueden cambiar. Esta charla es sólo para hacerte saber que el gobierno está contra la venta, sobre la base de que algunas, quizá todas, de estas pinturas deberían ser salvadas para la nación. El dinero no lo es todo. Hay también un par de *quid pro quo* que podemos ofrecer y que podrían hacerte daño. Esto es lo que digo.

La sala se iba llenando. Clegg vació su copa.

–La próxima vez, pago yo –dijo, y se dirigió a la puerta, haciendo gestos con la cabeza a los otros mientras andaba.

David se quedó mirando fijamente la fotografía de la reina situada encima de la barra. Con aire ausente, chupó un poco de hielo de su copa. Algo en su interior había estado siempre contra la venta real desde el comienzo. Sentía que, lenta pero inexorablemente, se estaba metiendo en una trampa.

Finalmente, cuando a David le pareció que el Año Nuevo era ya bastante viejo, Ned volvió de esquiar y Bess regresó de los Estados Unidos. Vio primero a Ned, antes de que éste volviera a la escuela. David se enteró por Sarah de que Ned había sido un «pesado» en Suiza: estuvo malhumorado, llevando siempre la contraria, silencioso y distante. Llevó por tanto el chico al teatro, a un espectáculo de Navidad que transcurría en el futuro en otro planeta. Con la pasión del chico por el espacio, David pensó que quizá le animaría.

Durante la primera mitad, observó a su hijo por el rabillo del ojo. Parecía estar disfrutando. En el intermedio, y ante una gaseosa de gengibre en el *foyer*, David le preguntó:

–¿Cómo fue por Suiza?

–Bien.

–Tu madre dice que estuviste muy... callado.

—Michael Greener no es exactamente mi persona favorita.

—¿Qué pasa con él?

Se le recordaba así a David cuán tracionero puede ser el divorcio. No había nada malo en Michael Greener, excepto que era el tercer lado del triángulo. Pero David quería oír, sin embargo, la respuesta de Ned.

—Es como unas trébedes.*

—¿Unas qué?

—Vamos, papá. Eres un experto en arte. Las trébedes son esas cosas metálicas que usaban para estar ante el fuego en Inglaterra en el siglo dieciocho; para calentar las ollas. En Suiza, por las noches, él siempre estaba de pie delante del fuego, calentándose la barriga. Haciendo los mismos ruidos que una olla que hierve. De modo que es como unas trébedes.

Aquellas eran aguas revueltas. La descripción de Ned no encajaba en absoluto con Greener. Pese a todos sus defectos, David le conocía como un hombre elegante, ingenioso, nada presumido... aunque quizás era una pizca vulgar. Por lo tanto, ¿qué tramaba Ned? ¿Trataba de proteger a David fingiendo que no le gustaba Greener? Aguas revueltas, verdaderamente. David cambió de tema.

—¿Qué tal la escuela? ¿Ansiando volver?

—Supongo que sí. Quizás entre en el equipo de rugby este trimestre, si las personas adecuadas la espichan.

—¡Ned!

—Los zapatos del muerto, papá. Así es como se triunfa en la vida.

David trató de no reírse. Lo peor era que Ned tenía razón. Bueno, media razón.

La gente estaba empezando a volver a la sala, pues el intermedio estaba casi terminado. Ya era hora de abordar el otro tema que quería discutir.

—Ned... si... si yo hiciera lo que ha hecho tu madre, es decir, buscar a alguien... ¿te... te inventarías un nombre divertido para ella, también?

—¿Tiene barriga?

—Las mujeres no tienen barriga, Ned.

—¿Es bizca, entonces? ¿O tiene joroba, o dedos palmeados, o barba, o seis dedos en un pie, o...?

—¡Ned! A ver si eres serio.

—Las jorobas son algo serio, papá, para el que las tiene.

David se rió.

—¿Cómo se llama, papá? —preguntó Ned suavemente.

David vaciló.

—Elizabeth Lisle. La llaman Bess. Es católica, y vive en Roma. Es la secretaria de prensa del Papa... la conocí con todo este asunto de las ventas del Vaticano. Es americana.

—¿El Vaticano? Entonces debe de ser religiosa.

—Sí, es religiosa, pero no más que yo.

---

* Aro o triángulo de tres pies, para calentar ollas al fuego. (N. del t.)

—¿De qué parte de EE.UU. es?
—De Louisiana. Cerca de Nueva Orleans.
—¿Vas a casarte con ella?
—No lo sé. No hace mucho que la conozco.
—¿Te irás a vivir a Roma también?
—No he pensado en ello.
—¿La conoce mamá?
—No, la verdad es que no.
—¿Y yo voy a conocerla?
—Si quieres. ¿Quieres?
—Yo soy el que hace las preguntas, papá. ¿Cómo es?
—Aquí tienes una foto.
Ned contempló la fotografía que David le mostraba, sin cogerla.
—Demasiado guapa para ti, papá. No la vas a conservar.
—Gracias.
Volvieron a sus asientos. A David le parecía que la conversación había ido bastante bien. Había introducido la idea de Bess, y su hijo había dado una impresión bastante dócil. ¿Por qué, entonces, cuando transcurría la segunda parte del espectáculo, una segunda parte mucho más divertida que la primera, Ned permaneció sentado muy tieso y sin reír ni sonreír siquiera una vez?

Como David y Bess no se habían visto desde Navidad, decidieron que debían robar el tiempo para tomarse unos días de vacaciones, en Italia, antes de la venta de San Patricio. Ya estaban hechos la mayor parte de los preparativos, pero seguía siendo la mayor venta que jamás manejara David, la mas importante subasta de arte jamás celebrada, de modo que tenía que ir a Manhattan cada dos semanas.

Sin embargo, los dos se las arreglaron para tener una pausa de cuatro días.

Fueron a Lucca, a Génova y luego a Venecia. Era, dijo David, una «gira de la seda», un itinerario que recorría las grandes ciudades-estado italianas fabricantes de seda. Si Bess iba a convertirse en una autoridad mundial sobre la seda, bromeó, tenía que ver las sedas de Lucca en Lucca, y los diseños de Génova en Génova. En Lucca, David le compró un paño del siglo xv que mostraba un ave fénix bajando en picado, el tradicional dibujo de Lucca, y una pieza de terciopelo estampado del siglo xvi, otra especialidad de Lucca. En Génova hallaron un poco de damasco del siglo xvi con su tradicional dibujo de granada. Y en Venecia visitaron las fábricas que aún existen, y aún producen sedas famosas en todo el mundo.

Desde Venecia tomaron el *vaporetto* para Burano. Era un día lluvioso en el que soplaba el viento, de modo que tuvieron que viajar en el interior, contemplando la gris laguna a través de unas empañadas ventanas.

—Imagínate estar aquí en el siglo dieciséis —dijo David—, cuando Venecia estaba en la cúspide de su poder. Pequeños barcos de madera, sin calefacción, sin cristales, epidemias cada diez años, el viento como única energía...

—¡Qué romántico!

—¿Sabes? Las mujeres elegantes solían caminar con zapatos de madera, con suelas de veinticinco o treinta centímetros de grosor... para poder alzarse por encima de la porquería de las calles...

—¡David!

Éste señaló con el dedo por la ventana hacia una pequeña isla con una pared que la rodeaba y unos empapados cipreses doblándose bajo el viento.

—San Erasmo. Durante la plaga, ahí es donde enterraban todos los cuerpos...

—¡Calla! —exclamó ella, pero se estaba riendo. Le puso una mano delante de la boca, y él le besó en la palma.

En Burano contemplaron cómo unas mujeres pequeñas, de oscuro cabello, tejían con ágiles dedos la carmesí tela de damasco. En la sala siguiente vieron tejer a mano un grueso lienzo de seda de color verde oscuro.

—Estos colores no tienen mucha importancia ahora —dijo David—, pero antaño fueron secretos comerciales. El rojo veneciano y el verde de tierra veronés fueron dos de los colores más solicitados del mundo civilizado.

La siguiente sala era la tienda de la fábrica.

—Con esos ojos castaños, creo que el verde es el que te va mejor —le dijo David, y pidió una pieza de verde de tierra. Bess le cogió del brazo.

—¡Oh, David! ¡Qué gran idea! Podré hacerme una blusa, o quizás un vestido. Gracias.

Estaban en público, de modo que no podía besarle. Pero apoyó su cuerpo contra el de él.

Afuera seguía lloviendo, y el viento proyectaba las gotas casi horizontalmente. Corrieron calle abajo, evitando los charcos, hacia el muelle donde se detenía el *vaporetto*. Tuvieron que esperar. Lo hicieron resguardados de la lluvia y del viento por la pared de cristal de la marquesina. Bess sacó un pañuelo y secó la lluvia de la frente y el cabello de David. Él la cogió del brazo y la besó. Desde allí podían ver los grandes buques oceánicos dirigiéndose al Adriático. Un petrolero, esbelto y gracioso pese a su destino industrial, se dirigía a aguas abiertas.

—Nunca he hecho el amor en un barco —dijo Bess—. Me pregunto cómo será.

—Eso puede arreglarse —replicó David—. ¡Aquí! —gritó, haciendo gestos al petrolero—. ¡Aquí! ¡No te vayas sin nosotros!

Ella le retuvo, riendo.

—Me contentaré con una habitación de hotel, sobre el Gran Canal. Cenemos temprano. Necesito un montón de tiempo para darte las gracias por la seda.

Se alojaban en el Gritti Palace, y como era a comienzos de febrero y el hotel no estaba lleno ni mucho menos, pudieron escoger entre las habitaciones que daban al Gran Canal. Aquella noche, después de un

involtini di salmone en Antico Martini, un restaurante situado delante
del teatro de la Ópera, se apoyaron en el alféizar de la ventana del hotel
y se dedicaron a contemplar el tráfico del río, las luces y las superficies
cambiantes. Los ricos olores de la cocina mezclados con los de la des-
composición. Las vastas, oscuras, sombras del Palazzo Venier dei Leoni
y Santa Maria della Salute de la orilla opuesta les devolvían el ronco
rugido de los *vaporetti*, el suave golpeteo del agua y los más fugaces y
discretos sonidos de conversaciones apagadas.

Al día siguiente, se dirigieron en coche a Roma, deteniéndose en
Urbino. David aprovechó la oportunidad para pedir algunas fotocopias
de documentos que necesitaba para su investigación sobre la *Virgen de
las Rocas* de Leonardo. Era mejor si daba la orden en persona.

—¿Cómo va la cosa? —preguntó Bess, después de que David pasó
media hora con la bibliotecaria en el Palazzo Ducale mientras ella visitaba la casa donde se había criado Rafael.

—Para ser franco, lo ignoro. He establecido que Leonardo pasó parte
de su año perdido en Urbino. Urbino fue un estado independiente hasta
1631, cuando pasó al papado. En aquella época, algunos de sus tesoros
fueron a Toscana, donde se había casado la hija del último duque, y
otros a Roma. Ésta es la causa de que los documentos de la familia sean
un pequeño problema. Algunos están aquí y otros pueden estar en
Roma.

—¿Qué te dirán esos documentos?

—No lo sé. Quizás se haga referencia a inventarios en los que se
mencionen obras de Leonardo. No puedo prejuzgarlo, sólo esperar.

Volvieron a Roma a tiempo de que David colgara las sedas de Bess,
antes de ir a cenar a Gina's. El lienzo de Lucca era principalmente
verde y turquesa; el genovés, rojo con manchas amarillas y carmesíes.

—Debo decir, David Colwyn —dijo Bess, apretándole el brazo en un
gesto que se había convertido en habitual—, que has traído el color a mi
vida de varias maneras.

Le llevaron a Gina un trocito de seda veneciana, también, lo que
encantó a la mujer. A cambio, fueron obsequiados con el mejor vino, un
Rosso Tapino. Su suavidad de sabor a fruta hizo relajarse a David durante la cena, estimulando su necesidad de contar sus preocupaciones por
Ned. Le describió a Bess la velada que pasaron juntos en el teatro,
cuando le habló al muchacho de ella.

Bess se rió.

—¿Demasiado guapa para ti? ¡Espero que no lo creas!

Y le tapó la boca con la mano, como hiciera en el *vaporetto* de
Burano. De nuevo, él le besó la palma. Luego le dijo:

—Pero ¿qué piensas *tú*, Bess? Ned es muy inconsistente. Es muy reservado... a veces se limita a desaparecer en viajes internos, en los que
nadie puede acompañarle. Pero lo que me preocupa más es su necesidad de fingir. No puedo esperar que esté totalmente a favor de un hombre que se ha llevado a su madre, pero ¿por qué pretendería Ned que
Michael Greener sea algo que no es?

—Está tratando de protegerte, como tú dijiste.

—Pero eso no es nada característico. En Ned, quiero decir. Es muy realista en todas sus cosas. Brutalmente, a veces. Recuerda aquel comentario sobre «los zapatos del muerto». Tenía razón.

Ella deslizó una mano en la suya. Como en las dos anteriores ocasiones en el Veau d'Or de Nueva York, preferían sentarse uno al lado del otro en los reataurantes.

—Si estás realmente preocupado, David, conozco a alguien en Londres, un psiquiatra americano...

Él la detuvo, brevemente, apretándole la muñeca.

—¡Escúchame! —dijo ella suavemente—. Y no seas tan anticuado. Si Ned está trastornado por tu divorcio con Sarah, eso no es nada de lo que avergonzarse. Puede incluso llevar al camino de una depresión. Tú serías el último en darte cuenta.

Pero David movió negativamente la cabeza.

—Ned puede ser muy alegre. No es posible que esté deprimido al mismo tiempo.

—¡Tonterías! Las bromas pueden ser un mecanismo de defensa como cualquier otro... tú ya lo sabes. ¿Y qué significan todos estos silencios malhumorados?

David no dijo nada. Ella le apretó el brazo.

—Mira, mi amigo se llama Tony Wilde. Es profesor de psiquiatría en el St. Matthews Hospital, y tiene consulta privada en algún lugar de Wimpole Street. No te lo impondré, pero *puedo* recomendártelo. No es un farsante. Le conocí en Columbia, donde, a propósito, sigue enseñando una semana de cada mes, y si *decides* ir a verle, dale mi amor. Y hablando de amor —añadió ella—, volvamos al piso. No te volveré a ver hasta Nueva York. La gran venta.

Pero David no hizo ningún movimiento.

—Bess, después de la encíclica, después de que Thomas lo anuncie públicamente, ¿cuánto tiempo hará falta? ¿Para que pueda divorciarme, quiero decir?

—Bien, tal como lo tengo entendido, a partir de este mes llevas separado oficialmente de Sarah dos años, o sea que, bajo las leyes británicas, puedes divorciarte, ¿no es así?

David asintió.

—Espero tener noticias suyas en cualquier momento.

—De modo que ya has cumplido el primer requisito. Tu caso puede ir directamente al tribunal.

—Pero es probable que haya una gran afluencia de casos. Tal vez lleve meses. Años.

—Umm. —Bess adoptó un aspecto pensativo—. Si eso *ocurre*, tendré que tirar de algunos hilos. No sé tú, pero *yo* seguro que no puedo esperar tanto.

7

José Sandoz no llevaba mucho tiempo de guardia de seguridad en el Museo Getty, y tenía mucho que aprender: no sólo sobre cuestiones de seguridad, sino sobre el trazado de la galería. Eso ya vendría, sin embargo. Aprendía con rapidez. Y era un buen empleo, no demasiado duro físicamente, buena paga y, como compartía su alojamiento con otros seis puertorriqueños todos empleados y que pagaban su habitación, no tenía que gastar mucho para su subsistencia, y siempre tenía dinero en el bolsillo.

El único problema, no obstante, era recordar los nombres de aquellos malditos pintores. ¿Qué clase de nombre era Van Rijn o Breughel? ¿Era exacto siquiera? ¿O Wrewad, o Cuyp? O Caravaggio... ése era uno de los peores. Conocía el cuadro, sí. Era el nuevo, comprado al Papa. Estaba dos salas más allá, el límite de su territorio. Decidió echarle una mirada otra vez, para comprobar que había captado bien el deletreo. Era temprano, y el museo estaba desierto. Caminó lentamente hacia la sala vecina, más allá de los Goya Lucientes... un nombre que *sí* podía pronunciar. Entró en la siguiente galería, más larga y mejor iluminada, que contenía el...

Se detuvo, horrorizado. ¡No! ¡Dulce Jesús, cuando apenas acababa de iniciar su trabajo en el museo! Debía de ser una ilusión óptica... a fin de cuentas nadie en su sano juicio haría semejante cosa.

No era una ilusión. Habían acuchillado salvajemente el Caravaggio. El cuadro mostraba un profundo tajo que afectaba a las tres cuartas partes de la pintura, cruzando el cuerpo de Cristo y las piernas del hombre que le sostenía. Y ya la pintura había empezado a abrirse, dejando al descubierto la pared de detrás.

Sandoz estaba completamente solo. Recordó que había tres hombres en aquella sala aproximadamente un cuarto de hora antes. ¿Podían haber sido ellos? Al menos podría darles su descripción a la policía. Temblando, metió la mano en el bolsillo, sacó el transmisor de radio y llamó a su jefe.

Sandoz dio a la policía la descripción de los tres hombres, pero antes de que la policía pudiera actuar, un artículo aparecido en *Los Angeles Times* del día siguiente señalaba con toda precisión a los responsables del crimen. La redacción de noche del periódico había recibido una información.

El artículo estaba encabezado: «Matones de la Mafia echan a perder un cuadro procedente de la venta del Vaticano»; y debajo se leía: «Una pintura valorada en más de veintidós millones de dólares, del maestro italiano del siglo diecisiete, Caravaggio, expuesto en el Museo Getty de Malibú, fue gravemente dañado ayer con un instrumento cortante que le hizo un tajo de casi ochenta centímetros de longitud.

»Nadie vio el ataque contra la pintura, pero fuentes del mundo del hampa aseguran que habían estado circulando rumores sobre este posible ataque durante los últimos días. Tales fuentes declaran que los responsables son miembros de una pequeña banda de inmigrantes italianos ilegales obligados a huir de Sicilia hace algunos meses, cuando Su Santidad el Papa Thomas vendió el cuadro de Caravaggio, y con el dinero creó un fondo de informadores. Éste se ha demostrado tan eficaz que se han podido efectuar muchos arrestos, y numerosos gángsters tuvieron que abandonar la isla.

»Utilizando los tradicionales vínculos entre la Mafia siciliana y la americana, estos mafiosos italianos han conseguido entrar en EE.UU. y, en la mayoría de los casos, han sido incorporados a cuadrillas de gángsters ya existentes.

»Funcionarios de la patrulla de narcóticos del Departamento de Policía de Los Ángeles dicen que los sicilianos son probablemente responsables del actual incremento del uso de drogas en el estado. Hay informes también sobre la existencia de redes de extorsión en dos aeropuertos de California. Varios funcionarios afirman que la reciente caída durante el despegue de un pequeño *jet* en el aeropuerto de Mendocino fue obra de individuos del hampa siciliana que estaban ejerciendo presiones sobre la dirección del aeropuerto para que aceptara sus condiciones.

»Ahora, sin embargo, fuentes de la Mafia admiten abiertamente su responsabilidad por el ataque contra el Caravaggio. Esta acción tiene como fin protestar contra la inminente venta en Nueva York de tesoros vaticanos, que debe tener lugar pasado mañana. Ya se habían hecho advertencias de su oposición a tales ventas, afirman, y habían sido ignoradas.

»El personal del museo dice que la pintura podrá ser reparada, pero que eso llevará meses.

»Un portavoz de la Santa Sede en Roma expresó su horror ante el ataque, pero dijo que eso no afectaría a la venta. La oficina de prensa de Hamilton's, la casa subastadora que dirige la venta, que también hablaba en nombre del cardenal Rich de Nueva York, en cuya catedral tendrá lugar la venta, declaró que la subasta seguiría adelante tal como estaba planeada.»

Este artículo, que fue difundido por todo el mundo, llenó de alarma a David. La Mafia había sido muy astuta, pensó. Imaginando, con mucha razón, que la seguridad en San Patricio sería muy estricta, habían apuntado a un blanco más fácil... y al hacerlo así había hecho ver a los posibles compradores de los tesoros vaticanos que ningún museo estaba libre de los ataques de la Mafia. El día elegido era diabólicamente perfecto, también.

Era demasiado tarde para publicar palabras tranquilizadoras convincentes, y sin embargo, faltando aún cuarenta y ocho horas había tiempo de que se extendiera la paranoia y la venta quedara por ello seriamente afectada.

Por otra parte, la gente era morbosa y curiosa, de modo que, pese al hecho de que el acuchillado Caravaggio no figuraba entre los cuadros expuestos, centenares de personas que aún no habían ido a ver las obras de arte de San Patricio se apresuraron a hacerlo ahora.

Thomas también mostró su temple una vez más. Cuando se enteró del ataque, declaró: «Mr. Getty no hizo sus millones sin algún que otro contratiempo. Lo mismo se aplica a nuestra aventura.»

Mientras tanto, durante los días que precedieron a la venta, David estuvo frenéticamente ocupado visitando a los últimos «autócratas» de la lista confeccionada por Betsy. Dicha lista constaba de catorce nombres, y abarcaba desde el dueño de una compañía de licores de Canadá hasta una fábrica de material de defensa en Washington, pasando por un conglomerado de compañías navieras de Florida. A dos días de la venta, a David le quedaba sólo una firma por visitar, una gigantesca fábrica de material de defensa instalada en un suburbio de la capital. Como todas las de la lista, se trataba de una orquesta de un solo hombre, en este caso un tal Red Wilkie, un bólido de hombre, ex especialista de Hollywood, convertido en magnate. David había enviado con antelación a Wilkie, como a todos los demás de la lista de Betsy, una descripción general de su propósito. Luego, al visitar personalmente al interesado, emplearía un enfoque más ajustado a su persona.

Un ayudante le introdujo en un despacho y le indicó que tanto Wilkie como su secretaria ún no habían regresado de una demostración de un nuevo equipo de armamento en un terreno de pruebas de Maryland. No tardarían mucho... el helicóptero había despegado ya y tenía previsto volar directamente a la pista de aterrizaje que estaba situada delante de las oficinas. Media hora a lo sumo. El ayudante le trajo a David un poco de café.

Veinticuatro minutos más tarde, se dejó oír el estrépito del helicóptero, y David pudo ver desde la ventana cómo el aparato se acercaba a una gran «H» blasonada en el césped delante de las oficinas de Wilkie.

Al entrar, con grandes zancadas, y seguido ahora por dos secretarias, la voz de Wilkie resonó como un trueno al dirigirse a David:

—Pase, Mr. Colwyn, pase inmediatamente. —Dobló su metro noventa y tres detrás de su mesa y ofreció a David un cigarro, haciéndole un ademán para que se sentara en un sofá de cuero.

—Me gustó su folleto. Decía usted que traería alguna obra de arte. ¿La tiene usted?

David sacó una serie de hojas de papel y fotografías. Los había hecho imprimir, dentro de la más estricta confianza, por uno de los mejores diseñadores gráficos de Londres.

Wilkie encendió un cigarro y examinó los papeles.

—Grande —dijo—. Grande. ¿Y cuánto dice usted que me va a costar a mí?

—Cincuenta millones; lo toma o lo deja.

—Un montón de dinero para perder en un logotipo.

—Excepto que no se va a perder. Probablemente gastará usted la mitad de ese dinero en anuncios cada año. Es más, siempre que lo desee, puede venderlo y recuperar su dinero. Más los intereses.

Wilkie fumó pensativamente su cigarro. Evidentemente estaba encantado con la idea. Era revelador, pensó David, cuántos de estos magnates querían ser algo más que ricos, querían ser tomados seriamente en el mundo de la cultura. Todos los hombres de negocios de la lista de Betsy eran católicos romanos. En cada caso, David había hecho que sus agentes gráficos adaptaran la *Pietà* de Miguel Ángel al logotipo de la compañía. Su idea era explotar algunos de los enormes beneficios que se habían hecho en Wall Street y la City londinense recientemente, convenciendo a las grandes compañías de que pujaran en la venta vaticana. En su gira por las catorce firmas, había señalado tres ventajas. En primer lugar estaba la enorme publicidad relacionada con la compra de alguno de los tesoros vaticanos y la buena causa con que iba asociada. Segundo, el valor publicitario continuado de poseer una gran obra que podía ser expuesta en todas partes como anuncio gratis para la compañía en cuestión. Y, tercero, el prestigio que se derivaba del uso de la imagen en el logotipo de la compañía. Ésta era la obra gráfica que había traído consigo.

Wilkie levantó la mirada.

—Bueno, ¿qué quiere de mí?

—O bien que venga a la venta mañana por la noche, y puje usted mismo, o que me dé usted poderes para hacerlo yo en su nombre. Garantizo que no tendrá que pagar más de lo necesario.

—¿A cuántas personas como yo ha visto usted?

—A algunas. Más o menos, una docena.

—¿A quiénes exactamente?

—Venga mañana por la noche y averígüelo usted mismo. Son todos católicos, todos devotos. Todos dirigen compañías como usted, solos. Por eso les he elegido a cada uno de ustedes. A una junta le llevaría seis meses considerar una idea como ésta. Y luego no lo entendería.

Wilkie soltó una risita.

—Muy acertado. —Dio un golpecito a la ceniza de su cigarro—. Mr. Colwyn, no voy a darle poderes. Parece usted un tipo bastante simpático, pero no le conozco todavía. Pero quizás vaya mañana. No he estado nunca en una de esas grandes subastas. Aunque tengo a algunos amigos en el negocio del arte. ¿Le parece bien que les pregunte a ellos lo que piensan de su plan?

—Claro, pero ellos dirán que sí, piensen lo que piensen.

—¡Ah! ¿Y eso por qué?

—Si no lo compra una compañía, un museo casi con toda seguridad lo hará. A los comerciantes no les gusta eso. Los marchantes se benefician del movimiento de los cuadros y obras de arte. En cambio, cuando una de ellas va a parar a un museo es difícil que salga.

—Me está usted diciendo que tendré que tomar mi propia decisión, ¿eh?

—Estoy diciendo que siempre lo hace usted. Por eso está en mi lista.

—¿Por qué no vino usted antes, dándome la oportunidad de pensarlo un poco?

—Lo hubiera hecho, pero usted estaba siempre ocupado. Éste es uno de los problemas de ser un hombre orquesta. Me ha llevado semanas ver a sólo catorce personas. Alguno tenía que ser el último.

Wilkie dio un puñetazo en la mesa.

—¿Quién más va a pujar? ¡Déme alguna idea, maldita sea!

David no tenía ninguna intención de decirle a Wilkie quiénes eran sus rivales. Le quería *en* la catedral. Una vez allí, David estaba seguro de que algunos de los hombres que había visitado serían incapaces de *no* pujar. Recogió sus cosas, listo para marcharse.

—Digamos, Mr. Wilkie, que si no viene usted mañana por la noche, quizá lo lamente. Ésta es, a fin de cuentas, una oportunidad de abrir un nuevo camino. Piense en ello. Un mecenas de las artes, un poderoso soporte de obras de caridad y el placer y el prestigio de poseer algo que es único e irremplazable. Hay gente que podría decir que hay algo especialmente profundo en el hecho de que una fábrica de armas, cuyo negocio es la destrucción, tenga como marca de fábrica quizás el mayor símbolo de amor que el mundo jamás ha conocido.

Wilkie parecía roer el cigarro.

—Me gusta eso, Mr. Colwyn. Es bueno. —Volvió a mirar los gráficos que David le había entregado, ahora esparcidos por el escritorio ante él. Levantó la cabeza—. Conforme. No digo que puje, pero me ha enganchado usted. Soy lo bastante loco para querer saber a quién más ha fichado usted. Quizá no lleve mi talonario conmigo, pero estaré allí, Mr. Colwyn, estaré allí.

Cuando David llegó a San Patricio la noche siguiente le pareció que la mitad de la población de Nueva York había acudido a la venta. La Quinta Avenida entre las calles 48 y 52 estaba atestada de espectadores, y la policía se las veía y se las deseaba para mantener libre una vía a las personas invitadas para que pudieran bajar de su coche al pie de las escaleras. Éstas estaban también repletas de cuerpos excepto en una zona de unos treinta metros de ancho que, de nuevo, la policía mantenía despejada a duras penas. Había cámaras de televisión, reporteros radiofónicos y luces de arco en abundancia. Era, de hecho, como un estreno en Broadway o una ceremonia de los Oscar en Los Ángeles. La amenaza de la Mafia había hecho el acontecimiento más, no menos, atractivo. La intervención de Massoni había añadido sabor, también. Después de la llegada a Roma de las noticias del ataque contra el Caravaggio en Los Ángeles, el cardenal volvió a publicar un artículo en *Il Messaggero*. Esta vez el titular era: «Los villanos y el Vaticano», y en su artículo Massoni censuraba al Papa por mezclarse con el mundo del hampa siciliano y por arriesgar el prestigio y el poder del papado en una aventura «espectacular» en Nueva York.

David se había pasado todo el día en la catedral, comprobando los nuevos dispositivos de seguridad, introducidos después del ataque en

Los Ángeles. No había leído el artículo, sólo le habían hablado de él. Massoni no era peligroso hoy. Su ataque llegaba demasiado tarde. Pero, más tarde o más temprano, surgiría alguna cuestión más controvertida que encontraría como líder al cardenal. *Entonces* Thomas podría salir perjudicado. Pero éste no era el momento de preocuparse por el futuro. Tenía que volver al hotel para ponerse su esmoquin. Bess estaba en Nueva York pero, como en otras ocasiones, demasiado ocupada para que pudieran verse. Podrían hacer una cena ligera juntos. Más tarde. Mucho más tarde.

A su vuelta del hotel, el coche de David se abría paso lentamente, uno más de una larga fila de limosinas. Finalmente llegó a las escaleras de la catedral, donde algunas personas de la multitud le reconocieron, deseándole suerte. No pudo esquivar a una reportera de la TV por cable situada en la puerta. La mujer le preguntó si estaba nervioso. «Sí», replicó David. «Demasiado nervioso para conceder entrevistas. Pregúnteme después, si sigo vivo.» Eso le ganó una sonrisa de la presentadora, que le dejó marchar. En todo caso, había visto bajar del coche siguiente a una famosa bailarina, y ésta era una pieza mucho más apetecible.

La vasta nave de San Patricio estaba atestada. David no había sabido qué hacer sobre esto al principio: quería un acontecimiento todo lo exclusivo posible, pero limitar la entrada a sólo algunos centenares de personas hubiera dejado la catedral con aspecto vacío, lo cual hubiera ejercido un efecto desanimador sobre todo el acto. Por lo tanto, había enviado invitaciones a aproximadamente mil personas, cuidadosamente elegidas. En primer lugar, invitó a algunos de los más grandes pintores vivos, desde Andrew Wyeth a David Hockney, pasando por Sidney Nolan. Para toda esta gente había tenido lugar una exposición especial de los cuadros a primera hora de aquel día.

Hockney y Nolan eran ya buenos amigos de David, pero éste no conocía a Wyeth. Lo encontró acogedor y astuto, aunque no exactamente fácil. La mayoría de ellos se lo estaba pasando bien, y se mostraban encantados de haber sido invitados.

David tenía puntos de vista tajantes sobre la fama y lo que ésta significaba, o debía significar, de modo que no había invitado a los tipos mundanos, conocidos principalmente por sus antepasados y su sentido de la elegancia, en los que parecía sobrevivir Park Avenue. Pero sí a los escritores, músicos, académicos, políticos, actores y actrices bien conocidos y bien considerados.

Pero ahora los casi incesantes silbidos y vítores del exterior de la catedral demostraban que estaban llegando caras familiares a cada momento: Baryshnikov, Mehta, De Niro, senador Kennedy, Stavros Niarchos, Gordon Getty, Leonard Bernstein. David sonrió cuando, alrededor de las ocho y media, llegó el cardenal Rich, brillando en sus ropas escarlata. Hizo su entrada en la limosina como todos los otros grandes personajes... pese al hecho de que su residencia oficial tenía su propia entrada privada a la catedral. El teatro es consustancial con Nueva York y lo mismo podría decirse de la iglesia. Al acercarse las nueve, David fue a situarse junto a la tribuna. Tanto él como Rich habían decidido que sería un error usar el precioso púlpito como lugar desde el que dirigir la subasta. Por ello se había instalado una tribuna completa con mesa y micrófono en el centro de la nave, en lo alto de la escalera que conducía al coro. A medida que cada obra saliera a la venta, los focos la iluminarían haciéndola resaltar contra las paredes de la iglesia.

La mayor parte de la gente estaba ya en su asiento, y David fue saludando a los muchos que conocía. Había leído, y lo consideraba cierto, que varias galerías nacionales europeas habían solicitado fondos especiales de sus gobiernos para esta venta. Todo el personal de Hamilton's estaba ya en su lugar, los hombres de etiqueta, las mujeres con largos vestidos de noche. Ante semejante concurrencia, se había prestado mucho cuidado al modo de distribuir los asientos. La noche tenía quizás un cierto sabor de noche de estreno, pero lo cierto era que se trataba de una venta seria, y por tanto los compradores serios, no necesariamente las caras o los nombres más conocidos, habían de tener los mejores asientos. Había colocado a los hombres de negocios, a los magnates, donde pudiera verlos, y donde pudieran verse mutuamente, cerca de la nave central. La rivalidad podía producir fuegos artificiales.

Aproximadamente a las nueve y cinco, decentemente tarde, el cardenal Rich subió por la escalera de la tribuna: iba a iniciar el acto. Sus ropas escarlata brillaban bajo la luz como un ladrillo refractario.

—Señoras y caballeros —gritó—. Bienvenidos a San Patricio. No voy a retrasar los actos mucho rato, pero tengo que hacer dos anuncios que tal vez les guste a ustedes oír. —Al igual que David en la última venta vaticana, sostenía una hoja de papel en alto—. Esto es un cheque que me dispongo a enviar a Su Santidad mañana. Representa la recaudación de los visitantes que, en los últimos tres meses, han venido a la catedral para ver estos magníficos tesoros —agitó su purpurado brazo mayestáticamente alrededor de la nave—. Y su importe es... —Deliberadamente sostuvo el cheque con las dos manos como si fuera a leerlo por primera vez, igual que un actor anunciando el ganador en la ceremonia de los Oscar— ...un millón trescientos cincuenta y cinco mil cuatrocientos veintiséis dólares...

Una oleada de aplausos interrumpió sus palabras, ahogando los posibles centavos que estuviera a punto de añadir. El cardenal sonrió a las caras vueltas hacia arriba que tenía ante sí.

—Y ahora, tengo una corta declaración que Su Santidad me mandó, a ustedes, a nosotros, a primera hora de hoy. —Hizo una pausa para buscar en su sotana y sacar una tira de papel amarillo de télex. Todos los sonidos de la catedral se desvanecieron—. «Señoras y caballeros, les envío mi bendición en esta ocasión extraordinariamente trascendental. Las obras de arte que van a venderse esta noche representan los logros artísticos más elevados de la humanidad. Figuran entre ellas algunas de las cosas más hermosas jamás creadas por un hombre. Ayúdennos a transformar esta excelencia en otra forma de belleza, una forma de amor aún más pura, como el cuerpo de nuestro Señor fue transformado después de la Resurrección. Ayúdennos a socorrer a quienes no pueden ayudarse a sí mismos. Thomas.»

Esta vez no hubo aplausos, pero cuando Rich descendía de la tribuna un murmullo de anticipación barrió la catedral. El mensaje del Papa, en su tono y su brevedad, había preparado exactamente la venta, apartando la mente de los asistentes de una atmósfera festiva y conduciéndola al trabajo más serio que se iba a realizar. No por primera vez, David se maravilló de la visión de las cosas que tenía su jefe de Roma. Esperó a que el cardenal se instalara en la silla reservada para él en la primera fila. Miró a Bess. La mujer estaba de pie entre los reporteros, resolviendo todavía sus propios problemas.

El cardenal estaba listo, de modo que David subió al estrado. Su instinto le decía que necesitaba ser tan diferente del cardenal como le fuera posible: directo, práctico, frío, nada rimbombante. Extendió su catálogo en la mesa que tenía ante él y paseó su mirada por la catedral por última vez, para ver si su personal estaba situado donde debía. Las luces principales se oscurecieron.

–Buenas noches en nombre de todo el personal de Hamilton's, señoras y caballeros. El primer lote de esta noche es el *Lamento por la muerte de Cristo*, de Giovanni Bellini. –En aquel momento se encendió la luz sobre el cuadro, llamando la atención hacia él, en una de las naves laterales–. Iniciaré la puja en siete millones de dólares... siete millones... ¿quién da siete millones de dólares...?

Después de la usual pausa capaz de detener los latidos del corazón, un brazo se levantó en la tercera fila, el de sir Denis May, de la Galería Nacional Australiana de Sidney. La puja estaba en marcha.

La venta de aquella noche llegaría a ser legendaria en el mundo del arte. Sólo haber estado allí se convirtió en una de las experiencias de las que más presumir en los siguientes diez años. Al cabo de unos meses, copias del catálogo, que originalmente se habían vendido a 100 dólares, alcanzaban precios de casi 5.000... más aún si llevaban el autógrafo de Wyeth o de Baryshnikov. Todos los objetos se dieron bien, aunque no todo el mundo consiguió lo que había venido a buscar. El Bellini fue a parar a Tokio, el Perugino a Washington, el Poussin aterrizó en el Louvre, la Galería Nacional de Londres consiguió el Cranach. El Getty, sin dejarse intimidar por el asalto contra el Caravaggio, compró el Leonardo, por cuarenta y siete millones de dólares, y la *Confesión* de Galileo. Sidney consiguió hacerse con uno de los cuadros de Rafael tras los que andaba, y el Rijksmuseum de Amsterdam pagó treinta y tres millones de dólares por el Tiziano, un récord, como todos los precios de aquella noche. Pero fueron el Giotto, la bula de excomunión de Martín Lutero y la *Pietà* los que dieron lugar a auténticas contiendas.

David siempre había creído que los grandes museos irían a por el Giotto, pero no se había dado cuenta de lo feroces que las cosas podían ponerse. Shirikin, del Ermitage, dio señales de presencia muy pronto, así como Jakobson, del Metropolitan. Houston lo quería, al igual que Tokio, Berlín e incluso los propios italianos: Pini pujaba en nombre de Turín... con dinero de la Fiat, supuso David. La puja se había iniciado a veinte millones, y rápidamente subió a treinta y cinco, en cuyo momento sólo Tokio, el Ermitage, el Met y el Getty estaban en liza. Tokio abandonó a los treinta y siete millones de dólares, seguido por el Getty a los cuarenta millones... se habían gastado ya una enorme suma con el Leonardo y el Galileo. Dado que el neoyorkino Jakobson «corría» en casa, y que Shirikin era ruso, no era una sorpresa que el auditorio tomara partido. Cuando Shirikin se retiró, a los cuarenta y cinco millones de dólares, una estruendosa ovación resonó en la catedral, y el director del Ermitage, justificadamente irritado, se marchó hecho una furia. David trató de darle las gracias por el micrófono, pero sus observaciones fueron ahogadas por el estrépito general.

La lucha por el manuscrito de Lutero era más predecible, dado que intervenían dos museos alemanes, Dresde y Berlín. Hasta aquella noche, el récord mundial de precio de un manuscrito era de cinco millones y trescientos mil dólares. En San Patricio, David *inició* la puja en cinco millones de dólares. A los doce millones, ambas galerías estaban empezando a hacer agua, y en vez de aumentar en cantidades de 200.000 ó 300.000 dólares, los directores ofrecían pujas de 50.000. David consideró que nada había que objetar, especialmente dado que la puja continuó hasta los trece millones de dólares y luego hasta los 13.500.000. Finalmente, después de la batalla más larga en cuestión de tiempo y de *número* de ofertas, Dresde consiguió llevarse el premio en 13.650.000 dólares. Más del doble del anterior récord.

La *Pietà*, la maravillosa obra maestra blanca de Miguel Ángel, la más valorada de la lista del Papa, fue reservada para el final. Al presentarla, David tuvo su momento más tenso. Algunas de las galerías más importantes, como el Getty, la Nacional de Londres, la Nacional de Sydney, casi con toda seguridad se lo habían gastado todo en sus anteriores compras. David ya no estaba tan seguro de que la *Pietà* despertara más entusiasmo que cualquier otro artículo de la subasta, simplemente porque era el más caro. Por ello había tratado de implicar a gigantes comerciales e industriales: había previsto esta situación. Sin embargo, quedaban algunos museos –Houston, Berlín, Osaka, Turín, Munich, Otawa, Zurich al menos– que anteriormente habían pujado, pero no habían *gastado* todavía nada.

La subasta se inició en la increíble suma de treinta millones de dólares, y en esta ocasión sólo cuatro museos entraron en la liza: Houston, Otawa, Berlín y, un inesperado contendiente, el Louvre, que, con la mejor colección de esculturas del mundo, quería también esta joya.

Estos museos, sin embargo, no eran los únicos en participar en la lucha. En sus visitas a las compañías comerciales, David se había concentrado en la *Pietà*, porque, en términos de publicidad, sólo la estatua de Miguel Ángel era bastante simple, y bastante atrevida, para tener sentido. Y sólo Miguel Ángel, junto con quizás Rafael y Leonardo, era un nombre lo bastante importante para garantizar que cualquier empresa que comprara la obra no tendría que gastarse otra fortuna explicando a todo el mundo quién era su autor. Ahora, David iba a comprobar si sus esfuerzos eran rentables.

Durante la primera parte de la subasta, David había observado con satisfacción que los hombres de negocios asistentes a la venta estaban totalmente presos en el drama que se estaba desarrollando. Estaban sentados, transfigurados, mientras las batallas hacían estragos de un sitio para otro. Algunos de ellos, imaginaba, esperaba David, debían de estar impacientes por intentarlo ellos mismos.

Tenía razón. Apenas hubo empezado la puja, y los cuatro museos anunciaron su intención de ir a por el Miguel Ángel, cuando otras cuatro manos se levantaron desafiantes. Una era la de Bob Ward, dueño de un conglomerado minero canadiense; otra la de Felix Seidl, que dirigía una empresa de transportes de Chicago; la tercera pertenecía a George Nutall, cuya familia había fabricado galletas durante generaciones; y la cuarta era la de Red Wilkie, quien había traído su talonario, a fin de cuentas.

Los cuarenta y cinco millones se alcanzaron bastante pronto, pero a partir de ahí las pujas fueron amainando, y los canadienses, alemanes, Seidl y Nutall abandonaron todos antes de llegar a los cincuenta millones. Eso dejaba a Houston, al Louvre, a Hard y a Wilkie. Wilkie renunció a los cincuenta y uno, y el Louvre un millón más tarde. David apostaba por Houston pero se equivocó. A los cincuenta y tres millones hizo su entrada un nuevo contendiente: Carl Malinkrodt, a quien le gustaba decir que su empresa de biotecnología le había hecho multimillonario, no de la noche a la mañana pero sí en un fin de semana. Estaba en la lista de Betsy, pero cuando David le visitó demostró un interés nulo por el arte. La tradicional cara de póker, supuso David. La empresa de Malinkrodt tenía también intereses en los negocios de la defensa, y eso le convertía en una especie de rival para Wilkie.

La intervención de Malinkrodt estuvo soberbiamente calculada. Houston y Ward estaban un poco asustados por los niveles a que iba llegando la puja, y el nuevo competidor surgió con tanta fuerza que ambos buscaron una escapatoria lo más de prisa posible.

Pero ahora, espoleado por la intervención en el último momento de Malinkrodt, ¡Wilkie *reapareció*! La puja aumentó: cincuenta y tres millones de dólares... cincuenta y cuatro... cincuenta y cinco... cincuenta y seis millones de dólares. No se oía un suspiro en la catedral entera, excepto a David cantando las cifras.

En aquel momento estaba mirando a Malinkrodt... Le tocaba a éste pujar.

Malinkrodt miró a la *Pietà*, luego a David. Volvió a mirar el fantástico mármol de Miguel Ángel.

Y movió negativamente la cabeza.

Al cabo de unos momentos David descargó su martillo, y la *Pietà* fue vendida... en cincuenta y seis millones de dólares. Los aplausos y los vítores duraron más de tres minutos.

Aquello era el final de la venta, y las ordenadas filas del auditorio se convirtieron rápidamente en una jungla cuando todo el mundo se puso a comentar con su vecino lo que acababa de ver. David estaba exhausto, pero sabía que la noche aún no había acabado. Estaban las entrevistas por la televisión, la triple comprobación de la seguridad dado que la amenaza de la Mafia pendía aún sobre ellos, y el traslado de las obras no tendría lugar hasta el día siguiente como muy pronto, y había muchas otras cosas que ordenar. Y después de todo aquello, una fiesta en la residencia del cardenal.

Allí fue donde David finalmente se encontró con Bess.

—El Veau d'Or está cerrado a esta hora. Creo que sería mejor probar en la parte alta de la ciudad. ¿Qué pasa...? ¿No estás hambrienta? Ella parecía tener los nervios de punta.

—Más o menos —susurró—. Volvamos al hotel en cuanto podamos hacerlo de una manera decente. Hay algo que no puedo decírtelo más que en la cama.

Pero pasó casi una hora antes de que los equipos de TV, las emisoras de radio de veinticuatro horas y los reporteros de los periódicos les dejaran marchar.

Más tarde, David dijo:

—¿Bien, qué pasa? ¿Qué es lo que no puedes decirme más que en la cama?

Ella se echó hacia atrás, golpeándole la parte interior de la pierna.

—Oh, eso —dijo sonriendo—. Mentí... Sólo quería tenerte aquí otra vez. Hace siglos desde Roma.

—¿Así que no hay nada que tengas que decirme? ¡Bah!

—Oh, sí. Tengo algo que decirte. —Le puso la mano sobre la boca, para que no pudiera interrumpirla—. Pero no hace falta una almohada para decirlo. No es tan íntimo... todo el mundo estará enterado pronto... Thomas está tan encantado de la forma en que has dirigido las ventas, que ha decidido que te corresponde una recompensa. —Le besó en la boca—. Vas a recibir una condecoración papal.

La admiración que David sentía por el Papa Thomas, ya muy alta, no hizo más que aumentar después de la subasta de San Patricio. Su Santidad tenía evidentemente un plan más amplio, y ahora empezaba a emerger. Dejó transcurrir un par de semanas, para permitir que la discusión de la venta de San Patricio se agotara por sí sola. Durante este período, proliferaron los artículos de prensa en todo el mundo a medida que las obras que habían cambiado de dueño iban llegando a California, Londres, Tokio, Sidney, París, Dresde, etcétera. Red Wilkie, utilizando los gráficos que David le había proporcionado antes de la venta, anunció que el logotipo de su compañía consistiría ahora en una simple silueta de la *Pietà*, y que la propia estatua estaría expuesta en el cuartel general de la firma en Washington. En Moscú, *Pravda*, en nombre de un decepcionado Shirikin, atacó el comercialismo de la venta, y todo el mundo no perteneciente al bloque comunista soltó una carcajada al enterarse.

En Occidente, sólo Italia continuaba sintiéndose algo afrentada por todo el asunto.

Como el *New York Times* informó a sus lectores en una edición especial el día después de la venta, las pinturas habían alcanzado un total de 510.000.000 de dólares, y el gobierno italiano pareció pensar que aquella suma le había sido más o menos robada. Entre los cáusticos comentarios del portavoz del gobierno a continuación de la venta estaba la queja de que, como resultado de la subasta, una obra crucial de la historia —el manuscrito de Lutero— había ido a parar al otro lado del Telón de Acero, para siempre. Pero, aparte del ataque de Massoni previo a la venta, la postura anti-Papa del gobierno italiano fue la única nota amarga que sonó.

Luego, cuando el interés por la venta empezó a decaer, Thomas anunció sus planes para usar el dinero. En una conferencia de prensa especial, celebrada en el auditorio Nervi, el propio Santo Padre describió lo que tenía pensado. De los 510 millones, aproximadamente cuarenta, un ocho por ciento, tenía que pagarse a la Hamilton's de comisión. Eso dejaba 470 millones más el millón trescientos cincuenta y cinco mil recaudados en la exposición de San Patricio, menos 100.000 pagados por las copias de las obras, lo que dejaba un total de 471.255.000 dólares. La mayor parte del dinero —400 millones—, dijo, sería invertido, y los intereses, estimados entre treinta y siete y cincuenta millones de dólares al año, serían empleados para continuar con la clase de obra iniciada ya en Foligno, Sicilia y las islas Marquesas. En honor de la venta, y del papel jugado en ella por la población de Nueva York, la fundación iba a ser conocida como Fundación de San Patricio. Una comisión administraría el dinero bajo la dirección del cardenal Rich, el cual iba a ser nombrado presidente adjunto de Cor Unum y residiría en Roma. Su lugar como cardenal arzobispo de Nueva York iba a ser ocupado por Martin Naughton, un jesuita de Idaho. Thomas anunció también que varias personas distinguidas habían aceptado participar en la comisión. Entre ellas estaba Sandro Sirianni, el alcalde de Foligno, el cardenal arzobispo de Palermo, el secretario general de las Naciones Unidas, el presidente del Instituto de Obras Religiosas, el Banco Vaticano, representantes de dos Bancos Católico-romanos de Suiza, el Crédit Lausanne y el Banco Lemann... y, finalmente, Mr. David Colwyn, jefe ejecutivo de Hamilton's en Londres. Asimismo, Mr. Colwyn, en reconocimiento de su obra al organizar las magníficas ventas que habían dado como resultado todos aquellos fondos, iba a recibir un título papal de caballero, el de la Orden de San Silvestre.

En cuanto a los restantes setenta y un millones de dólares, dijo Thomas, iban a ser usados inmediatamente en proyectos urgentes todavía por determinar. Invitaba a los obispos de todo el mundo a hacer sugerencias.

La división del dinero en un fondo inmediato y en uno futuro fue bien recibida en general. Muchos estuvieron de acuerdo con el Santo Padre en que algunos problemas eran tan urgentes que no se podía esperar un año a cobrar los primeros dividendos.

De vuelta en Londres, tras toda aquella excitación, una de las primeras tareas de David fue visitar a Seton en Windsor. La reina estaba encantada con el éxito de la subasta vaticana, le dijo a David, y más decidida que nunca a seguir adelante con su venta, a pesar de «alguna que otra dificultad» de las que quizás David había tenido noticia. David reconoció que estaba perfectamente al corriente de la oposición al plan de la reina.

Él mismo seguía teniendo sentimientos encontrados sobre la venta real, aunque ahora no iba a volverse atrás. Con un triunfo como el de la venta vaticana, la junta de Hamilton's le consideraría un loco si no la capitalizaba. Aun así, a David no le gustó mucho la elección de los cuadros para la venta, hecha por Seton. David había insistido desde el comienzo en que entre los cuadros de la reina no debían figurar artistas que ya hubieran estado en la venta del Vaticano. Así, los Bellini, Leonardo, Cranach y Miguel Ángel de Su Majestad debían quedar fuera de la lista. Seton, en cambio, opinaba que éstos eran los nombres más importantes, y que alcanzarían los mayores precios. David también había aconsejado no incluir cuadros de Hilliard, Lely o Holbein. Sus argumentos eran aquí algo distintos. Hilliard era inglés, y Lely y Holbein, aunque extranjeros, habían pasado parte importante de su vida en Inglaterra, produciendo parte de su mejor trabajo aquí. Esto le sugería a David que dicho arte tenía especiales asociaciones con Gran Bretaña, y debía quedarse. El punto de vista de Seton era que la Colección Real era especialmente abundante en tales artistas, y podía muy bien permitirse perder algunos ejemplares de su obra.

Como resultado, la lista que confeccionó era, para David, completamente errónea.

David seguía considerando las implicaciones de dicha lista mientras se dirigía en coche a Hamble el domingo siguiente para ver a Ned jugar al rubgy. Evidentemente la persona adecuada la había «espichado» al final, y Ned había sido seleccionado en su lugar. Era un día triste, húmedo y ventoso, y las frías ramas de los árboles que rodeaban el campo de juego eran como finas rendijas en las nubes.

Con aquel tiempo, no había una gran multitud contemplando el partido... quizás un centenar de chicos y chicas de la escuela, y una docena de padres, a algunos de los cuales David conocía vagamente. Llegó unos diez minutos antes de empezar el juego, por lo que no tuvo tiempo de hablar con Ned antes de la patada inaugural. Se hicieron gestos con la mano mutuamente.

David no se concentraba realmente en el juego; estaba más enfrascado en la lista de la reina, de modo que le pilló por sorpresa cuando, después de que Hamble hubiera marcado, alguien le llamó repentinamente por su nombre. Se dio la vuelta encontrándose con un hombre de chaqueta deportiva color arena que se acercaba hacia él siguiendo la línea de banda. Era Kenneth Yates, el director del colegio mayor de Ned.

Se estrecharon las manos.

–Va bien, ¿eh? –dijo Yates–. Tres a cero, y sólo han transcurrido quince minutos. –Como muchos maestros de escuela, trataba a los adultos del mismo modo que a sus pupilos, y bramaba como si estuviera en clase.

David golpeó el suelo con los pies, tratando de mantener algo de calor. Prestó más atención al juego.

—Ned juega bien —dijo Yates—. Y tampoco va mal en clase.

David asintió pero no dijo nada. Sabía que Ned era brillante, y no le importaba mucho lo bien que jugara al rugby, con tal de que estuviera disfrutando.

—Sin embargo, me preocupa.

David se volvió y le miró fijamente.

—Lo digo en serio.

—¿Pero cómo puede ser? Usted mismo acaba de decir que no lo hace mal...

—Esto es una escuela, Mr. Colwyn, no es una fábrica de producir Einsteins. El hecho es que su hijo no tiene amigos.

El juego transcurría en el otro lado del campo, y el ruido había cedido un poco.

—Eso no puede ser verdad, Mr. Yates. Un muchacho tan entusiasta... No puede ser *tan* impopular.

—No es impopular. Podría tener los amigos que quisiera, pero no quiere. Y por eso estoy preocupado. Desempeñó un papel en el teatro de la escuela en Navidad, pero no forma parte del «grupo» teatral. Juega bien al rugby, pero no se mezcla con los *jocks*. Le vuelven loco los ordenadores, pero al parecer no se encuentra más que con compañeros pelmazos.

—¿Es tan insólito eso?

—Francamente, a su edad, sí. Muy insólito. Nosotros, los maestros, vemos mucho más de lo que la gente se piensa, Mr. Colwyn, y en mi opinión su hijo está deprimido.

—¡Qué! ¿Quiere decir...?

—Me refiero a clínicamente deprimido, Mr. Colwyn. Tan mal como para necesitar tratamiento de un psiquiatra.

—¡No! ¡Eso es estúpido, Mr. Yates, seguramente! No quisiera ser brusco, pero ¿no podría tratarse simplemente de una naturaleza solitaria?

¿Por qué se mostraba tan ardiente?, se preguntó el propio David. A fin de cuentas, aquel hombre no hacía más que repetir lo que Bess dijera. Quizás porque no deseaba oírlo.

—No es el único síntoma. Come excesivas cantidades de chocolate; no puede levantarse por la mañana.

—¿Son síntomas de depresión, eso?

—Puedo asegurarle que sí. Los depresivos a menudo toman lo que los psiquiatras llaman «comidas de consuelo». Y seguir en la cama por la mañana es generalmente interpretado como un mecanismo de escape. No quieren enfrentarse con el día.

—Pero usted acaba de decir que no le va mal en la clase. Forma parte del equipo de rugby. Ése no es el comportamiento de alguien que está enfermo.

—No soy médico, Mr. Colwyn, de modo que quizás a usted le resulte difícil aceptar que hablo con autoridad. Pero he visto a muchos chicos en mi vida. Y puedo decirle una cosa: curiosamente, el hecho de que a Ned le vaya bien en clase es un signo negativo. Significa que se está esforzando por mantener las apariencias, a toda costa. Es como si estuviera construyendo una presa contra sus sentimientos. Huye de la gente, de las emociones, y se refugia en su trabajo.

David estaba aturdido.

—¿Ha visto eso en alguna otra ocasión?

—No a menudo... pero, sí, una o dos veces.

—¿Y? Quiero decir, ¿cómo acabó? ¿Qué sucedió?

—En dos casos, los padres siguieron mi consejo, fueron a un médico especialista, y los chicos se recuperaron. En otro caso, no se hizo nada, y nada malo sucedió. Y en un cuarto caso, no se hizo nada... —Hizo una pausa y miró a Ned en el campo—. El muchacho se suicidó. —Los dos hombres contemplaron el juego en silencio durante varios minutos. Luego Yates alargó su mano—. Tengo que ver a otro padre, así que debo irme. Me alegro de haber tenido esta charla. Sé que está usted ocupado, pero espero que tomará lo que le digo en serio. Adiós, por el momento.

David contempló el resto del juego, aturdido. Hamble iba por delante hasta que, poco después del descanso, la lluvia empezó a caer con más insistencia. Eso favoreció al otro bando, que eran muchachos más corpulentos, y antes del silbido final, empataron. Ned había jugado bien, y David felicitó al muchacho antes de regresar a Londres. No le mencionó su conversación con el director: no estaba seguro de sus sentimientos. Se había olvidado de la lista de la reina.

Al día siguiente, David tuvo que viajar a Roma para la primera reunión de la Comisión de la Fundación de San Patricio. Ésta iba a celebrarse a primera hora del lunes en la Secretaría de Estado, en el segundo piso del palacio apostólico... en una habitación grande y cuadrada con frescos que empezaban en la parte superior de las paredes y se extendían por el techo. A estas alturas ya le conocían algunos de los guardias suizos, vestidos con sus azules uniformes, e incluso mereció un saludo al entrar en la ciudad-estado por la puerta de Santa Anna.

Fue agradable volver a ver a Rich, y aquella mañana los banqueros, algunos de los cuales había conocido en la anterior reunión, el día en que Massoni dimitió, desecharon sus reservas y le hicieron sentirse mejor acogido. David estaba agradecido, pero ello no le impidió hacer críticas al plan de inversiones presentado por ellos. En particular, consideró que los fondos estaban expuestos peligrosamente en transporte marítimo, y su consejo fue que deberían reducir sus compromisos en aquel sector al menos a la mitad. Y, en su lugar, recomendó inversión en la industria australiana de comunicaciones, en rápida expansión.

Rich le agradeció el consejo, pero David no estaba muy seguro de que fuera a tenerlo en cuenta. Ciertamente, los banqueros tenían mucha más experiencia que él en los modos y en la política del Vaticano. No estaba muy seguro de en qué medida la comisión para la que había sido nombrado tenía verdadera autoridad, o era simplemente un organismo de aprobación automática de los que decidieran los banqueros.

Aquel mismo día, más tarde, Thomas anunció su decisión relativa a las sugerencias para destinar los fondos de ayuda que había solicitado en todo el mundo.

Por consejo de Rich, había pensado que, más que desperdigar el dinero en un centenar de pequeños proyectos, lo gastaría en seis zonas solamente, donde unas cantidades importantes podían producir auténticas y duraderas mejoras.

David leyó el comunicado de prensa en la oficina de Bess aquella misma tarde. Fue allí, detrás de San Pedro, porque ella había estado demasiado ocupada para verle la noche anterior. David estudió el comunicado de prensa mientras Bess recibía llamadas de diversas organizaciones de todo el mundo. Los seis proyectos, y las cantidades implicadas en ellos, eran:

«15 millones para el alivio de la pobreza y el mejoramiento de barrios de chabolas en Sudamérica: Brasil, Perú, Ecuador.

»10 millones para el alivio de la pobreza y demás apoyo material para los católicos romanos del Norte de Irlanda.

»10 millones para alivio del sufrimiento y demás apoyo material para los sin hogar (no sólo católicos romanos) en el Líbano.

»10 millones para el alivio de la pobreza y demás apoyo material a nicaragüenses obligados a vivir en Honduras como exiliados del gobierno marxista sandinista.

»10 millones para el alivio de la pobreza, provisión de albergue y demás apoyo material a los exiliados cubanos que vivían en duras condiciones en Florida.

»10 millones para ser utilizados en la ayuda de los católicos y otros creyentes cristianos que estaban sufriendo persecución en países del bloque comunista.»

Al mismo tiempo, Thomas anunció el nombramiento de una serie de nuevos cardenales en cada una de las seis zonas que iban a recibir fondos: su trabajo sería supervisar el gasto del dinero y asegurarse de que realmente éste iba a parar a la construcción de casas, compra de comida, construcción de alcantarillas, libros, suministro de agua... lo que hiciera falta.

Y, finalmente, en un movimiento sorpresa, el Santo Padre anunció también que iba a delegar algo del poder de la Iglesia de Roma. Dijo que iba a instituir una Comisión Pontificia para las Américas. Ésta tendría la responsabilidad de las actividades financiadas por la Fundación de San Patricio en América del Sur, Central y del Norte. Valoraría también las implicaciones para las Américas de su próxima encíclica *Humanae Dignitae* que iba a publicarse en breve. La jefatura de esta comisión estaría en Río de Janeiro, que se convertiría también en la sede de la Comisión Pontificia Cor Unum, la Comisión para Latinoamérica y de aquellas grandes comisiones que no necesitaban estar en Roma... por ejemplo, el Consejo Pontificio para la Familia, la Comisión para el Laicado y la Congregación para las Causas de los Santos. Era intención suya, dijo Thomas, hacer de Río de Janeiro el segundo hogar de la Iglesia, una decisión que no hacía más que reflejar los cambios que había afectado al Catolicismo Romano en años recientes. El cardenal arzobispo de Río sería en adelante conocido como el Patriarca de las Américas. El propio Thomas visitaría Sudamérica para inaugurar esta segunda sede.

David tuvo que esperar bastante rato en la oficina de Bess. En un asunto tan importante como éste todos los que llamaban querían hablar directamente con ella en vez de con uno de sus ayudantes. Bess se tomó un breve descanso alrededor de las siete, cuando trajeron café.

—¿Cómo lo acogen? —quiso saber David.

Ella hizo una mueca.

—Es difícil de decir. Reporteros que hacen preguntas difíciles con frecuencia están de tu parte en las cuestiones principales, en tanto que otros que te lo ponen muy fácil por teléfono se te echan encima más tarde en el periódico.

—Pero tú seguro que habrás captado *algo* por el tono de sus reacciones.

—Un poco. Thomas es muy popular en Sudamérica... imagino que eso ya te lo esperabas. Y en Beirut también. Evidentemente, no hay ninguna reacción de los países del Este. Las dos zonas de las que, curiosamente, no estoy muy segura son Florida e Irlanda del Norte. —Se desperezó—. Sin embargo, pronto sabremos algo.

Las llamadas telefónicas siguieron toda la noche, pero a las diez, Bess de repente dio por acabado el día. Llevaba en su trabajo el tiempo suficiente para saber que si no se aplica alguna clase de guillotina, ser la confidente y secretaria de prensa del Papa podía acabar con uno completamente.

David había conseguido convencerla de que le acompañara a L'Eau Vive, y ambos se metieron en un taxi, pues era tarde y los dos estaban demasiado cansados para andar. El restaurante estaba muy lleno, y la primera persona que vieron al instalarse en la mesa fue el delegado apostólico británico, Jasper Hale. El hombre vino a saludarlos.

—¿Qué piensa de las noticias de hoy? —preguntó David—. Bess lleva hablando con el mundo entero durante todo el día, y aún no está muy segura.

—Ésta es una de las razones por las que estoy aquí —dijo Hale—. Para darle al Santo Padre una idea de lo que creo que será la reacción a sus planes en Gran Bretaña.

—¿Ah, sí? ¿Qué le ha dicho usted? —dijo David mientras pescaba unos menús de la camarera que pasaba.

—Puede esperar cierta oposición de los británicos. Irlanda del Norte es muy inflamable... aunque a él no le hace falta que se lo diga. Otro cardenal irlandés *no* es una buena idea, desde mi punto de vista. No hace más que llamar la atención hacia la presencia católica.

—¿Y por qué más está usted aquí? —preguntó David—. Dijo que tenía otra razón para estar en Roma.

—Ah, sí. Más consejo para el Papa, me temo. Quizás sepa usted que está revisando la actitud de la Iglesia hacia el divorcio. Cualquier liberalización sería muy popular en Gran Bretaña e Irlanda... y en Europa y

América, si vamos al caso. Pero corre el rumor de que un grupo de obispos quiere detenerle. Están ganando terreno, de modo que algunos de nosotros estamos aquí para asegurarnos de que el Santo Padre no se pone nervioso.

Después de la bomba de Hale, Bess y David pasaron una noche muy turbada. A David le hubiera gustado quedarse en Roma unos días mientras Bess averiguaba qué había de cierto en el rumor, pero tenía que regresar a Londres. La venta real precisaba atención, así como la subasta de los Manuscritos del mar Muerto israelíes, que ahora estaba previsto efectuar en Nueva York. La venta de Argyle iba a tener lugar pronto, y estaban también los asuntos rutinarios, cotidianos, de Hamilton's, que seguían siendo responsabilidad de David. Parecía incluso como si estuviera haciendo progresos otra vez en su intento de resolver el misterio que rodeaba las dos *Virgen de las Rocas* de Leonardo. Los documentos de Urbino, que había pedido cuando él y Bess visitaron la ciudad, habían llegado. Estaban constituidos por una hasta ahora desconocida carta de 1489 de Isabella d'Este, de Mantua, que hablaba del matrimonio de su cuñada, Elisabetta Gonzaga, con Guidobaldo, duque de Urbino. La carta rezaba: «Por favor, acepta este hermoso cuadro con ocasión de tu matrimonio con el estimado Guidobaldo. Tengo dos cuadros de Leonardo, uno al pastel, el otro un óleo, y no podía decidirme cuál darte. El óleo creo que es el mejor, y ahora es tuyo. Espero que te proporcione tanto placer como tu matrimonio con el duque.»

David sabía que cuando se dispersó la colección de Urbino, en el siglo diecisiete, ningún cuadro de Leonardo fue a parar ni a Roma ni a Florencia, donde habían ido todos los demás. Varios se perdieron... eso era sabido. Ahora, al parecer, había un Leonardo entre ellos. Iba a celebrarse pronto una reunión de la Sociedad del Renacimiento; podría presentar otro documento.

Sin embargo, por más que disfrutara en el mundo privado de la erudición, las ventas vaticanas y reales y el papel desempeñado ahora por la Fundación de San Patricio, significaba que David se estaba convirtiendo en propiedad pública. Leer los periódicos, otrora un placer, se convertía ahora en una tarea penosa. Tenía que saber cómo eran considerados Thomas y sus planes. En general, la decisión del Santo Padre sobre la manera de emplear el dinero había sido bien recibida. Probablemente la objeción más importante había surgido nada menos que de Michael Greener, que era por supuesto el ministro de Estado de Irlanda del Norte. El divorcio civil de Sarah se había concretado –sobre la base de que la ruptura de su matrimonio era irremediable–, y Greener y ella iban a casarse muy pronto. Tras el anuncio del Santo Padre, Greener había hecho una declaración en la Cámara de los Comunes. Dijo: «Naturalmente, el gobierno de Su Majestad recibe con agrado cualquier ayuda, material o del tipo que sea, venga de donde venga. Nos vemos obligados a señalar, sin embargo, que como en general los planes del Santo Padre están concebidos para ayudar a todos los cristianos y no sólo a los católicos, las disposiciones de Su Santidad en el plan de Irlanda del Norte, por las que sólo se van a beneficiar los católicos, son provocativas, por no decir otra cosa.

»Éste es, sin embargo, solamente un comentario del gobierno de Su Majestad. No hemos hecho ninguna propuesta formal a la Santa Sede ya que, como he dicho al comienzo de esta declaración, en conjunto agradecemos la ayuda.»

Otras reservas habían surgido en el gobierno norteamericano como respuesta a la ayuda del Papa a los exiliados nicaragüenses de Honduras. Aunque ni Nicaragua ni Honduras formaban parte de los Estados Unidos, el Departamento de Estado consideraba aquella parte del mundo como el patio trasero de su casa. El secretario de Estado, Erwin Friedlander, y Roskill, el presidente, acogían bien la ayuda, especialmente dado que Thomas, por sus diversas formas de ayuda, se había demostrado implacablemente opuesto al marxismo practicado por los sandinistas de Nicaragua. Sin embargo, su declaración, hecha como respuesta a los planes de Thomas, concluía con las palabras: «Observaremos la situación con interés.»

Los italianos, por supuesto, estaban en contra de los planes de Thomas, principalmente —en esta ocasión— porque no deseaban que la política del Papa se confundiera con la suya, o, más probablemente, la eclipsara. Pero, a estas alturas, el gobierno italiano estaba tan desacreditado en términos de programas de ayuda que no se prestó mucha atención a estos gruñones.

Entre la prensa británica, David observó con interés que *The Economist* adoptaba un punto de vista independiente. El periódico acogía bien el traslado de ciertos departamentos vaticanos a Río. Coincidía con el Santo Padre en que esto no hacía más que reflejar unos cambios en la Iglesia que ya habían tenido lugar. Pero se mostraba más cauteloso en lo tocante a la Fundación de San Patricio. Señalaba que, durante el decenio de los 70, las transacciones financieras de la Iglesia católica habían sido desastrosas. Sus inversiones fueron inadecuadas, la corrupción demasiado frecuente. El alivio de la pobreza era un objetivo admirable, decía el periódico, pero un líder mundial como Thomas tenía que ejercer la cautela y demostrar un sentido de la responsabilidad de gran amplitud. Aquí David observó con interés que el periódico le daba la razón al afirmar que la línea de inversión de la Fundación de San Patricio estaba lejos de ser la ideal. El artículo concluía afirmando que el Papa quizás descubriera, dentro de un año, que no tenía los fondos para continuar lo que había empezado y que quizás debiera aguardar un año para asegurarse de que la rentabilidad de la inversión era la esperada.

Era una buena muestra de periodismo, se dijo David. Cuidadosa, nada sensacionalista, útil. Rara.

Las noticias de Bess desde Roma eran vagas. O lo que Hale les había dicho era exagerado porque quería detener lo que estaba en marcha, o la oposición contra Thomas se mantenía de momento dentro de unos límites discretos. El propio Santo Padre le había dicho a Bess que aunque algunos obispos le *habían* formulado efectivamente peticiones, seguía siendo su intención llevar adelante la encíclica.

La reunión de la Sociedad del Renacimiento llegó y pasó. Afortunadamente, tuvo lugar en Pisa el fin de semana en que Sarah y Greener se casaban. David se sintió feliz de quedar al margen. Su conferencia fue un éxito: la tituló «¿El Leonardo perdido?» Bess le acompañó en Pisa una sola noche y tuvieron que cenar con los habituales miembros de la Sociedad: Townshend del Fogg, Shirikin del Ermitage, etcétera. Bess pareció disfrutar de la compañía de los eruditos, y éstos apreciaron los pequeños fragmentos de cotilleo vaticano que ella pudo intercalar en la conversación.

La pausa sirvió a David para prepararse mejor para la exposición de cuadros reales, celebrada en la Galería de la Reina de la calle de Buckingham Palace, que precedería a la venta real. Inaugurada por Su Majestad, resultó un verdadero acontecimiento.

El *establishment* del arte estaba allí, dirigido por sir Christopher Bentham, director del Museo Británico, y Madeleine Hall, la pequeña y extraña mujer que dirigía el Victoria & Albert. Las artes en general estuvieron representadas por David Sloane, el obstinado director del Covent Garden; Ian Coleridge, director general de la BBC; Richard Amery, el elegante editor. Cultos hombres de negocios, banqueros inversionistas y directores de compañías tenían un aspecto más elegante que los demás, con esposas más jóvenes, más rubias. No eran los caballeros quienes las preferían rubias, reflexionó David, sino los ricos.

David estudió los cuadros. Aunque no le gustaba la elección que Seton había hecho de las pinturas que se habían de vender, no por ello dejaba de admirarlas como obras de arte. Su favorito, pensó, era el pequeño dibujo de Cranach mostrando a san Jorge y el dragón.

—Buen golpe —ladró una voz, interrumpiendo su ensueño.

David se volvió encontrándose con Edward Lister, el nuevo director del Fondo de Preservación del Patrimonio británico, un hombre a quien no conocía muy bien.

—Gracias —dijo—. Deje que le pida una copa. —Hizo un gesto al camarero para que le trajera champagne—. Algunas pinturas estupendas... ¿eh? —dijo David en general.

Lister le miró por encima de la copa y no replicó.

—¿Qué pasa?

—No lo sé —repuso Lister. —Sólo pensé que deberíamos tener unas palabras. No nos conocemos muy bien... yo soy nuevo en este empleo, a fin de cuentas. —Hizo una pausa—. Mire, he sido un gran admirador de lo que el Papa ha estado haciendo... y del papel que usted ha desempeñado en ello. Muy bueno para la Gran Bretaña, todo este negocio. Y yo soy banquero, como quizás usted sabrá. Pero...

—¿Pero...? —David le miró ásperamente.

—...es justo decir que algunos de nuestros miembros no se sienten tan felices...

—¿Quiere decir?

Lister bajó la mirada torpemente hacia su copa.

—Bien, la venta del Papa era una cosa. Ese terremoto fue una tragedia tan grande... fue un golpe maestro vender el Rafael. Y las otras ventas, también... Brillante... Pero, sabe, el Papa es ley por sí mismo, literalmente, ¿no? Tiene su propio estado, de modo que es el dueño de todo el arte. Pero esta venta, la venta de la reina, es algo diferente...

—¿De veras? —interpuso David ásperamente—. ¿Y cómo es eso? ¿En qué sentido? La colección de Su Majestad es una colección privada...

—Sí, sí. —Lister parecía sentirse incómodo—. Pero... algunos de nuestros miembros creen que la reina no tiene verdaderamente el derecho a vender tales pinturas. Fueron adquiridas por varios monarcas, todos los cuales recibieron sustanciales fondos del Estado. Y aun cuando los cuadros no hubieran sido realmente comprados con dinero del Estado, sino con los propios ingresos privados de la familia real, el Estado sin duda ayudó a mantener a los coleccionistas reales de modo que hizo posible su capacidad de conocimiento en el arte.

David miró duramente a Lister, tratando de imaginar qué estaba pasando detrás de aquellos grises e inexpresivos ojos de banquero.

—¿Es... es esto una advertencia?

—Advertencia es una palabra demasiado fuerte. Estoy diciendo simplemente, del modo más cortés que puedo, dado que es usted uno de mis huéspedes hoy, que hay algunos, *algunos*, miembros del Fondo de Preservación del Patrimonio británico que quizás traten de desbaratar esta venta. Dicho brutalmente, ellos piensan que el Tercer Mundo debería cuidar de sí mismo y que nosotros deberíamos aferrarnos a lo que es nuestro. —Puso una mano sobre el brazo de David y prosiguió rápidamente—: Éstas son voces minoritarias por el momento, y se alzan sólo en discusiones privadas. No puedo pretender, sin embargo, que no vayan a hacerse más fuertes, más insistentes. ¿Por qué le estoy diciendo esto? Para que pueda usted preparar su defensa, y Su Majestad no se vea en un aprieto. No me gustaría ver una batalla entre nuestro Fondo y Buckingham Palace. Nadie saldría vencedor. —Hizo un movimiento para marcharse—. Así que fíjese en lo que le estoy diciendo, Mr. Colwyn. No es una advertencia; sólo le estoy describiendo una situación. Espero que no me considere descortés. —Y se marchó discretamente, para mezclarse nuevamente en la confusión.

David no le detuvo. Estaba preocupado y deseaba pensar. Primero, la advertencia de Paul Clegg en nombre del gobierno, y ahora esto. Si el FPPB averiguaba que el primer ministro estaba en contra de la venta, la Hamilton's se vería arrastrada a la mayor controversia del mundo del arte en muchos años. Se había mostrado áspero con Lister porque más o menos se esperaba esta clase de reacción constantemente. Maldita sea. Tampoco era eso todo. Mientras en Londres amenazaba un jaleo en el que se vería involucrada la reina, un tipo diferente de problema se perfilaba en Nueva York. David recibió también una nota de su oficina de Jerusalén según la cual algunos judíos ortodoxos de Israel amenazaban con desbaratar la venta de los Manuscritos del mar Muerto autorizada por la Knesset. No se presentaban muy bien las cosas.

Las noticias del viaje de Thomas a Beirut le golpearon a David como si se hubiera tratado de una emboscada. Despertó una mañana para descubrir que los corresponsales de radio y de prensa estaban tan atónitos como él. No había recibido ningún aviso de Bess, aunque ésta acompañaba a Thomas en su viaje. Se trataba de una visita breve –dos días–, pero en ese tiempo el Papa se entrevistaría con todo aquel que era alguien en el bando cristiano. Salió de viaje a última hora de la noche, llegando al Líbano justo al romper el alba. Sólo después de que hubo aterrizado sano y salvo, fue avisada la prensa del mundo por el número dos de Bess en Roma. Al principio nadie podía asegurar si Thomas era un loco o un valiente. Pero, para cuando la prensa se puso al corriente, la fabricación del mito estaba ya en marcha.

El Santo Padre había venido a ver por sí mismo cómo se gastaban los diez millones de dólares en esta zona de guerra, la más castigada de todas. Como aquel otro líder religioso que había visitado zonas bélicas, el cardenal Spellman, no llegó con ropas de mucho vuelo, sino con ropa de combate: al menos ésa fue una fotografía que mereció la portada de algunas revistas. Vio los escombros por sí mismo, visitó las fortalezas cristianas, se entrevistó con los líderes de las diversas facciones y discutió sus objetivos y necesidades. Bautizó bebés nacidos en refugios contra las bombas, bendijo a otros, huérfanos de las matanzas, acudió a hospitales y clínicas para consolar a los heridos. Visitó incluso un bloque de apartamentos que había sido bombardeado por los musulmanes una hora antes, y estuvo presente cuando fueron extraídos los cuerpos. Viendo que uno de los obreros de rescate se tambaleaba, Thomas acudió a ayudarlo, tirando del cuerpo para sacarlo de las ruinas. Luego, cuando un grito delató la presencia de alguien bajo los escombros, el mismo Thomas organizó la excavación. Les llevó una hora, pero cuando un muchacho de diecisiete años, asustado y lloroso aunque indemne, fue sacado de las ruinas, la foto de Su Santidad, posando sonriente con el equipo de rescate y disfrutando de un cigarrillo de celebración, dominó todos los noticiarios. La seguridad era estrecha. Los musulmanes no permitirían que semejante propaganda para los cristianos pasara sin desquite. El bombardeo de las zonas cristianas durante la noche que Thomas pasó en Beirut fue especialmente intenso.

Era muy avanzada la noche cuando Bess llamó a David.

–Lo siento. No pude decirte nada. Era demasiado arriesgado... nos podían haber oído por teléfono.

David estaba tan encantado de oír su voz, y también demasiado aliviado, para refunfuñar por el hecho de que fuera la una de la mañana, las cuatro de la mañana en Beirut.

–¿Están tan mal las cosas como dice la prensa?

–Peor aún. Estoy aterrorizada, y creo que fue un error venir... y meter dinero en este lugar. Es el caos.

–Pero Thomas tiene mucho éxito. Este viaje fue una empresa extraordinariamente valiente. Algunas personas dicen que debería ganar el Premio Nobel de la Paz este año.

—Tal vez lo creas tú; el mundo tal vez lo crea. Oficialmente, *yo* lo creo. Estamos todos locos...

La línea se cortó, y Bess no pudo volver a llamar. David permaneció despierto durante otra hora, pero el teléfono no sonó.

Bess estaba equivocada sobre lo de que el viaje de Thomas había sido un error. Hay pocas cosas que le gusten más al mundo que un hombre de paz vestido de guerrero. *Hay* una especie de contento en la acción, especialmente si dicha acción es hecha por otro. El Papa fue elogiado por su valentía, y el Occidente, que durante años había soportado de mala gana la rectitud moral islámica, se mostró encantado de su acción directa. Su marcha de Beirut fue un secreto como lo había sido su llegada y, tras su regreso a Roma, Thomas anunció detalles de cómo se gastarían los diez millones de dólares. Esencialmente, tenía pensado para Beirut un fondo nada distinto del de Sicilia, un fondo de informadores, pero esta vez el dinero sería pagado a personas que aportaran información útil sobre terroristas musulmanes. Thomas había llegado a la conclusión, declaró él mismo, de que la información era la mercancía más importante de Beirut, y el mejor apoyo que podía ofrecer a los cristianos del Líbano era ayudarles con información. Eso ofrecía las mejores perspectivas para un justo y duradero arreglo.

Bess llamó a David tan pronto como regresó a Roma.

—Gracias a Dios que estás bien —exclamó David—. Estuve esperando la otra noche, pero evidentemente no pudiste volver a llamar. Y no sabía cómo hacerlo yo.

—¡Nos bombardearon! David, fue realmente espantoso...

—Pobre Bess, me sentía tan terriblemente inútil tratando de darte consuelo por teléfono, a miles de millas de distancia...

—Pero yo no llamé en busca de consuelo, David. Llamé para decirte algo muy importante, pero nos cortaron antes de que pudiera decirlo.

Algo en la voz de la mujer le dijo que estuviera preparado para malas noticias.

—Hablé con Thomas durante el viaje de regreso de Beirut. Tuvimos una larga charla. Hale tenía razón, David. Thomas *ha* cambiado de opinión sobre el divorcio. Ha decidido no permitirlo. ¡Oh, David! ¡Qué complicación! ¿Dónde nos deja eso a *nosotros*?

8

Los dos hermanos estaban sentados tranquilamente, fumando y contemplando el mar. Como no había luna, apenas podían verse las olas rompiendo en el arrecife, pero, pese al viento, podía oírselas: un rugido incorpóreo, aparentemente más irritado de lo que en realidad estaba. Se había convertido en un hábito para José y Sandoz Portillo sentarse allí, a última hora de la noche, después de cerrar el bar. Poseían el más próspero establecimiento de bebidas de la bahía de Guadiana, cerca del extremo occidental de Cuba, el único lugar en muchas millas a la redonda donde los barcos de todos los calados podían cruzar el arrecife. Incluso barcos de vela llegaban durante el día para almorzar, y probar el famoso cóctel de ron de los hermanos, irónicamente bautizado «Batista» porque, como el conocido dictador de la isla, su mezcla «destruye a cualquiera en treinta días».

Los dos hermanos dirigían juntos el bar. Esta noche habían estado muy ocupados, con muchas personas en la zona, debido a que el presidente Castro iba a visitar la población el día siguiente a fin de inaugurar una nueva granja de investigación agrícola. Sólo ahora, a las dos y media de la madrugada, habían abandonado el bar los últimos clientes. José y Sandoz habían contado el dinero recaudado aquella noche, pagado al personal y satisfechos, estaban disfrutando de cigarros locales y brandy importado.

Los hermanos no estaban interesados en Castro ni en la política. Aparte del bar, el fútbol y la pesca eran sus principales amores. Estaban discutiendo su plan de ir a pescar la barracuda más avanzada la semana cuando de pronto Sandoz, el mayor de los dos, un hombre huesudo, de lentos movimientos y cabello gris, levantó la cabeza.

–¿Es una barca?

José, más joven, más moreno, más gordo, sacudió la ceniza de su cigarro en una taza vacía de café.

–A esta hora no, desde luego.

Los dos hombres escucharon ansiosamente. El arrecife aquí era traidor, y ambos aborrecían los naufragios: los náufragos eran malos para el negocio. No pudieron oír nada, sólo el susurro del viento que espesaba el rugido del arrecife. El viento arreció durante un momento, luego se detuvo, y en aquella pausa pudieron oírlo: el profundo resoplido de un motor fueraborda.

–No parecen estar muy lejos, ¿verdad? –dijo Sandoz–. Deben de estar cerca del arrecife.

El canal que cruzaba el arrecife era ancho y podía ser visto claramente durante el día. Por la noche, sin embargo, cruzarlo ya era otra cuestión... a menos, por supuesto, que uno dispusiera de sonar, cosa que muy pocos propietarios de barcos pequeños podían permitirse.

Los hermanos siguieron fumando, esperando que el ruido del motor se desvaneciera. Pero no fue así.

–¿Sabes?, creo que está entrando –dijo Sandoz. Esto era extraño, porque, aparte del peligro, su bar era el único edificio de la bahía, y sus luces habían sido apagadas hacía horas. Además, había un puerto pesquero sólo a cuatro kilómetros siguiendo la costa donde podían encontrarse combustible y provisiones.

Mientras los dos hombres miraban fijamente a la oscuridad tratando de localizar el barco, una luz centelleó de pronto y barrió la playa. Al apagarse, se paró también el motor de la barca. Sandoz se puso de pie.

–Vamos. Tuvieron suerte de poder cruzar el acantilado. Pero tal vez necesiten ayuda.

José se levantó también, pero se hizo un poco el remolón.

–¿Por qué no mantuvieron encendida la luz? Si tienen problemas, eso les hubiera ayudado a atracar.

–Quizás no les funcione la batería. Pronto lo averiguaremos. Pero eso me recuerda una cosa: deberíamos coger una luz.

Se fue al bar y volvió con una brillante linterna roja.

Llegaron a la playa y, para caminar más fácilmente por la arena, se quitaron los zapatos. Mientras se dirigían dificultosamente a la parte de la playa en que la barca había hecho centellear sus luces, el viento les arrojaba a la cara pequeñas partículas de arena. La barca, cuando se acercaron a ella, era visible a la luz de la luna y reposaba anclada a unos treinta metros de la orilla. Tendría unos diez metros de eslora, y parecía el bote salvavidas de un gran barco de línea. Evidentemente poseía un motor poderoso.

Los hermanos se quedaron junto a un botecito de goma amarrado casi fuera del agua, a partir del cual un pequeño sendero formado por tierra removida mostraba el camino que habían seguido sus ocupantes en dirección a la parte trasera de la playa.

Sandoz encendió y apagó la linterna. «¡Hola!», gritó. «¿Hay alguien aquí? ¿Necesita ayuda? ¿Hola?». Se movió en dirección a los árboles manteniendo encendida la linterna. José le seguía unos pasos detrás. Cuando llegaron a los árboles, Sandoz volvió a gritar. Podía ver una especie de sendero ante él. ¡Hola! Si quieren ir a nuestro bar, van en la dirección equivocada. ¿Me oyen? Es el camino equivocado...

Antes de que pudiera terminar, le quitaron de un golpe la linterna de la mano, le sujetaron los brazos a los costados y el duro cañón de metal de un arma se apoyó contra su cuello.

–¿Puedes oírme tú a mí? –dijo una áspera voz–. Si te atreves siquiera a sudar, te vuelo la tapa de los sesos.

Luis disfrutaba con la carretera que conducía a Guane. En su trabajo no tenía con frecuencia la oportunidad de darle al pedal. Ser el chófer del presidente significaba como máximo conducir perezosamente el coche en algún desfile o algo parecido donde el riesgo principal era pisarles los pies a la guardia de honor. Pero esto era diferente; esto era automovilismo.

La carretera que iba de La Habana al extremo occidental de Cuba era una de las mejores de la isla, y, en una temprana mañana de domingo, estaba lo bastante vacía para permitir a la caravana de vehículos circular a más de cien kilómetros por hora. Eran cinco coches, con Luis y el presidente en el segundo. Luis, Ramón −su sustituto, que viajaba en el coche delantero− y Lorenzo, que cerraba la marcha, habían asistido todos a lo que se llamaba un curso de conducción defensiva en Moscú. ¡Vaya semana! ¡A Luis jamás se le hubiera ocurrido que los rusos podían beber así! Eran peor incluso que los españoles.

El sol brillaba esplendorosamente sobre su hombro izquierdo. Como de costumbre, habían salido temprano, y estarían en Guane a las nueve y media a desayunar con el alcalde. La última señal de tráfico que habían visto señalaba que la ciudad estaba a unos treinta y cinco kilómetros de distancia. Después de desayunar, el presidente se dedicaría a lo que más le gustaba: inaugurar alguna instalación tecnológica. Luis conocía bien a su jefe. Castro estaba especialmente orgulloso de una medicina cubana que había conseguido milagros en la reducción de la mortalidad infantil, en odontología y en cirugía básica. Se habían exportado médicos cubanos a Jamaica, Angola y Nicaragua. Pero el presidente estaba orgulloso también de la forma en que estaba progresando la agricultura cubana, y eso se refería no sólo al cultivo del tabaco. Desde el colapso de la industria del azúcar tras la toma del poder por el presidente, parte de ella había sido reconstruida, y el resto de la tierra fue utilizado para criar ganado, naranjales o, más recientemente, para cultivar arroz. Los científicos cubanos se habían mostrado particularmente expertos en desarrollar nuevas variedades de arroz que encajaran con las condiciones de la isla. Era una granja de investigación agrícola lo que el presidente iba a inaugurar aquella mañana, de modo que estaba de buen humor, anhelando la ceremonia.

La caravana se introdujo en una garganta. Aquélla no era la parte de la isla que Luis conocía, pero supuso que debían de estar ahora cerca del río Martínez, con las larguiruchas montañas de Pinar del Río más allá de la garganta. Ramón, en el coche de cabeza, redujo la velocidad a medida que la carretera que corría por la garganta empezaba a serpentear. Luis reflexionó que, en su trabajo, los escenarios hermosos casi siempre representaban un riesgo de seguridad. Miró por el espejo retrovisor. El presidente estaba hablando con su secretario más antiguo, Pino. El guardia de corps estaba sentado en el traspontín leyendo el periódico.

Llegaron al final de la garganta, una zona donde la espuma de una cascada empapaba de humedad la carretera. Los coches redujeron aún más la velocidad. Luis volvió la cabeza para admirar las cascadas; y se perdió la explosión. Sintió la onda de choque un instante antes de oírla, y para entonces sus ojos estaban ya volviéndose otra vez hacia delante.

Ramón había chocado con una mina. Luis vio levantarse el coche del suelo, horriblemente deformado entre el humo pardo que casi lo engullía.

—¡Muévase! —gritó el guardaespaldas—. ¡Muévase!

Más fácil decirlo que hacerlo. El coche de delante había salido de la carretera tras dar una vuelta de campana, pero luego había vuelto a caer en ella, de costado, y estaba bloqueando el camino. Luis volvió a mirar por el espejo retrovisor. No parecía haber nadie detrás de él en el coche: el presidente y Pino estaban en el suelo, con el guardaespaldas encima de ellos. Los otros cohes de la caravana impedían una fuga en aquella dirección.

Volvió a mirar al frente. Podía rodear el coche de delante si salía de la carretera y se metía en el barro. Pero quizás eso era lo que querían los emboscados. Sin embargo, no había tiempo de reflexionar. En Moscú le habían enseñado a acelerar cuando la reacción natural era frenar, y la verdad es que estaba ya cobrando velocidad. El lado izquierdo del coche se deslizó fuera de la carretera, y Luis sintió que empezaba a perder el control. Casi sin pensarlo, su mano agarró la palanca que hacía funcionar la tracción de las cuatro ruedas, exactamente en el mismo momento en que las ametralladoras empezaban a disparar, una tos espeluznante que sonaba desde algún lugar detrás de su cabeza. En teoría el coche estaba blindado. Las balas golpearon la carrocería, y por un momento Luis sintió pánico mientras sentía que las ruedas resbalaban en el barro. Si se detenía ahora, todos estaban muertos. Pero su entrenamiento superó la situación, y el coche salió lanzado hacia delante. La parte trasera del coche derrapó al salvar el coche tumbado, pero Luis pudo rectificar y tomar la carretera. Por un momento, todo el costado izquierdo quedó expuesto a los atacantes. Otra tormenta de balas se abatió sobre el vehículo. Luis hizo girar el volante. Milagrosamente ninguno de los neumáticos había sido tocado, y la respuesta del coche fue buena. Luis volvió a coger velocidad. De reojo, vio por una señal indicadora que Cortez se encontraba a unos quince kilómetros de distancia.

Echó mano de su radioteléfono y accionó el interruptor que le conectaba con la frecuencia de emergencia. El ejército mandaría un helicóptero al escenario inmediatamente. Evidentemente había sido un error no contar con uno desde el principio. Ahora, de nuevo a 100 kilómetros por hora, se permitió echar una ojeada por el espejo retrovisor. Pero éste se había roto el recibir el impacto de alguna bala de ametralladora, y el costado izquierdo del vehículo estaba también abollado por la fuerza del ataque. Luis apretó el botón que bajaba el cristal de separación entre él y los pasajeros. Afortunadamente, aún funcionaba.

—¿Todo el mundo está bien? —preguntó—. ¿O debo pedir una ambulancia?

Hubo una pausa, y después el presidente dijo:

—De nada serviría. Yo estoy ileso. Y el pobre Pino está muerto.

David llegó junto a Ned en el hospital de Southampton a última hora del domingo por la noche, y antes que Sarah. Ella venía de Irlanda del Norte, donde había estado con su nuevo marido.

Para cuando ella llegó, Ned estaba dormido, profundamente sedado.

—Tuvo mucha suerte —dijo el médico que había recibido primero a David y le había acompañado a la sala—. Le vieron dos jóvenes científicos de la Universidad de Reading que están estudiando la ecología de las presas. Estaban en una barca junto a la orilla, bajo la presa, recogiendo rutinarias muestras de agua. Aun así, no le hubieran visto de no haber cometido el chico un error, o haber pasado algo por alto. Tenía los pantalones firmemente embutidos en las botas, y sujetos por un montón de piedras, puestas con intención de hundirse. Pero el aire le quedó atrapado en los pantalones, y eso fue lo que le impidió ahogarse. Creemos que su hijo saltó de uno de los puentes pero se golpeó la cabeza contra la presa mientras bajaba... Tiene una fea magulladura detrás de la oreja. Muy impresionantes, esos zoólogos —continuó el médico—. Uno de ellos corrió en busca de ayuda, mientras el otro se dedicaba a sacarle el agua de los pulmones. Entre los dos salvaron la vida de su hijo.

David se quedó mirando a Ned. ¡Parecía tan desvalido allí en la cama del hospital, su vendada cabeza era tan pequeña entre las almohadas!

—¿Está fuera de peligro?

—Físicamente, sí,... Oh, claro. No había tragado mucha agua. Los he visto peores. Pero cómo estará psicológicamente, eso no puedo decirlo. Claro que puede haber sido un accidente, sabe.

—Lo sé —repuso David tranquilamente—. El maestro me dijo que estaba deprimido, pero yo no le creí. Parecía tan... bueno, tan alegre cuando estaba conmigo...

—Los niños de los matrimonios rotos a menudo hacen eso, para proteger a los padres —dijo el médico—. No soy psiquiatra, pero en cuanto acabe mi preparación pediátrica general, me voy a dedicar a esa especialidad.

Con mucho tacto, dejó a David junto a la cama del chico. Cuando llegó Sarah, ésta llevaba a su nuevo marido con ella. David la besó en la mejilla y le estrechó la mano a él.

—¿Preferiríais que esperara fuera? —preguntó Greener.

Sarah respondió inmediatamente:

—Sólo por un momento, Michael, por favor. Sí.

—Es muy delicado de su parte —dijo David, después de que Greener se hubo ido.

—No todos los políticos son unos ogros, ¿sabes? —Se quedó junto a la cama un momento. En su cara, la expresión era suave y triste. Bajo sus ojos, las sombras se hacían más grandes. David le observó una palpitación en la sien—. Pobre chico. ¿Qué supones que tenía en la cabeza que le obligó a hacer esto?

—Jamás nos lo dirá. Pero evidentemente los signos estaban ahí. Tú misma dijiste que había sido un «pesado» en Suiza. Yo me censuro a mí mismo. Vi a uno de sus maestros en el campo de fútbol: me dijo que Ned necesitaba tratamiento. Me moví demasiado lentamente. Mejor dicho, no me moví en absoluto. ¿Sabes?... incluso se lastró... se puso piedras en los bolsillos antes de saltar.

La mujer suspiró.

—Supongo que tienes razón. Los signos estaban ahí. Pero montones de padres se divorcian, David, y aunque a sus hijos no les gusta, no tratan de matarse. ¿Por qué nosotros? ¿Por qué Ned?

—Yo *tengo* el nombre de un psiquiatra que podría tratarlo. Hasta ahí llegué.

—¿Es necesario?

—Bueno, no podemos ignorar lo que ha hecho Ned. Es brillante, es sensible, debe de haberse sentido muy solo, haciendo de lanzadera entre tú y yo.

—Eso ya lo sé. Lo que no sé es si creerme toda esta jerga psiquiátrica. ¿Y quién es ese psiquiatra? ¿Quién lo recomendó?

David le dijo que lo había hecho Bess.

—Háblame de ella. Ned la mencionó un par de veces. ¿No es un poco difícil lo vuestro? Tú divorciado legalmente, pero no a los ojos de la Iglesia. ¿Qué vais a hacer?

—La verdad es que no lo sé. Bess es una chica americana moderna, y católica... por eso es tan buena en su trabajo. Pero también eso convierte su posición en... delicada.

—¿Puedes conseguir que tu matrimonio, que nuestro matrimonio, sea disuelto de alguna manera?

David la miró fijamente, encantado de que la mujer se mostrara tan comprensiva.

—He pensado en ello, ¿pero cómo? No hay duda de que tú y yo *estuvimos* casados. —Miró a Ned, que todavía dormía—. Fue consumado. Eso es todo.

—¿Lo es? Yo creía que había modos, si conocías a las personas adecuadas. En su posición, Bess debe de conocer a las personas adecuadas. Habla con el propio Papa, ¡por el amor de Dios, David! Esto no es propio de ti. Normalmente, tú agotas todas las posibilidades para conseguir lo que quieres. Así es como encontraste el Bernini, ¿recuerdas? Y el Rafael. Si la quieres, y parece que es así, encontrarás una manera. ¿Qué dice ella?

—Por el momento, nos evitamos. Es demasiado doloroso.

—Bueno, mi consejo es éste: consigue una cita para Ned con el psiquiatra que Bess ha sugerido. Luego busca a alguien con autoridad aquí, un cardenal digamos, y trata de lograr que se disuelva tu matrimonio. Estoy segura de que puedes hacerlo. Necesitas un puntapié en el trasero. Ahora, ¿traemos a Michael aquí?

—¿Por qué no hablamos en el corredor? Por si Ned se despierta.

Greener estaba sentado en un banco, estudiando tranquilamente un montón de papeles oficiales. En el corredor, su guarda de corps ministerial estaba alerta.

—Si puedo servir de alguna ayuda... —dijo Greener.

—No —replicó Sarah—. David piensa que deberíamos enviar a Ned a un psiquiatra, cuando se haya recuperado físicamente, y me parece que estoy de acuerdo. Nos quedaremos unas horas, Michael, para estar los dos cuando se despierte. No hace falta que esperes tú, sin embargo, si quieres volver a Londres. Tienes una semana ajetreada por delante.

Greener estaba relajado, y David podía ver lo que le gustaba a Sarah de él. Estaba de su parte, y eso resultaba muy consolador.

—No hay prisa —dijo Greener—, pero sí hay una cafetería en el corredor. Apuesto a que los dos estáis tan hambrientos como yo. La enfermera me dijo que Ned no se va a despertar al menos durante un par de horas. ¿Por qué no nos tomamos un sandwich y una bebida caliente, y luego yo me vuelvo a la ciudad y os dejo a los dos?

Era una idea acertada, y los tres estuvieron pronto instalados en la cafetería del hospital con unas tostadas y café delante de ellos. El guardaespaldas estaba sentado a la mesa de al lado. David descubrió que le agradaba Greener cada vez más.

—¿Disfrutas con tu nuevo empleo? —preguntó David.

—Nadie *disfruta* en Irlanda del Norte —repuso sonriendo Greener—. Es peligroso y muy duro tratar con dos bandos tan bien atrincherados como los protestantes del Ulster y el IRA. Pero alguien tiene que hacerlo, y espero que eso significará cosas más grandes más tarde. —Mordisqueó un poco de tostada—. El dinero de tu Papá no va a ser de mucha ayuda, la verdad.

—Sí, ya he leído lo que dijiste en la Cámara al respecto. ¿No fuiste un poco ingrato? Los católicos *han* sido tratados mal a lo largo de los años. No es mala cosa restablecer un poco el equilibrio, ¿verdad?

—Admito que pude haber parecido grosero —dijo Greener—. Pero una fundación como ésa, en la atmósfera de Irlanda del Norte, se convierte en otro palo con el que uno de los bandos golpeará al otro. Acabará mal, David. Lo presiento.

—¿Y qué piensas sobre lo de la venta de la reina? Ya me ha advertido Paul Clegg que al primer ministro no le gusta. ¿Cuál es tu punto de vista?

Greener le miró.

—Sí... y la única razón por la que el primer ministro no ha armado un escándalo mayor es porque vamos detrás en los sondeos de opinión. Tenérselas con la reina *y* con la oposición al mismo tiempo es demasiado, incluso para él. Pero si no puede llegar a Su Majestad, David, es bastante capaz de herirte a ti, en cambio.

—¿Ah, sí? ¿Qué quieres decir?

—La venta de Argyle, por ejemplo. El joven Argyle quiere un escaño en los Comunes. El primer ministro se lo ha prometido para la próxima legislatura... con tal que traslade la venta a la Steele's.

Greener tenía razón. David se enteró oficialmente al día siguiente de que la familia Argyle retiraba su encargo a Hamilton's y lo transfería a

Steele's. Estaba muy irritado. Aparte del tiempo y de los gastos que él y su personal habían tenido, lo que incluía la identificación del Salvatore Rosa, la salida al mercado de las obras de arte de este tipo de mansiones era la principal fuente de beneficios de Hamilton's en los años normales. Perder una de esta manera resultaba muy perjudicial.

En medio de todo aquel jaleo, sin embargo, y de las sensacionales noticias sobre el atentado contra la vida del presidente Castro, David aún encontró tiempo para hacer dos llamadas telefónicas personales. Una, a Anthony Wilde, el psiquiatra que Bess había recomendado, para fijar una cita.

Ned se había mostrado muy débil y asustado al despertar, lleno de ansiedad y de remordimientos. Sarah se quedó toda la noche en el hospital, y luego se lo llevó consigo unos días.

La segunda llamada de David fue a Jasper Hale. El delegado apostólico se mostró encantado de oír su voz, y, en respuesta a la petición de David, le invitó aquella noche. Le llevó a David un par de gin-tonics para poder traer la conversación a donde deseaba, pero finalmente tuvo ocasión de decir:

—Monseñor Hale, Jasper. Me gustaría que me ayudara.

Inmediatamente, Hale quedó en silencio, dispuesto a escuchar.

David le explicó su relación con Bess, y cómo el cambio de opinión del Papa les había puesto en un dilema. Descubrió que con Hale podía discutir no sólo de los hechos, sino también de los sentimientos. El delegado apostólico, que había empezado simplemente escuchando, más tarde comenzó a garabatear algunas notas en un bloc que tenía ante sí.

—De modo que así están las cosas —concluyó David—. A menos que podamos encontrar alguna escapatoria en la ley canónica, no sabemos qué hacer. Me han dicho que usted es, o era, abogado canónico. No sé si podría ayudarme.

Por un momento Hale no dijo nada; luego habló.

—¿Cuánta ley canónica conoce, David?

—Muy poca. Ninguna.

Hale dio unos golpecitos con el lápiz sobre el bloc.

—Esencialmente, hay dos tipos de casos en los que puede ser finalizado un matrimonio. Y he usado la palabra «finalizado» deliberadamente. No existe el divorcio en la Iglesia católica... y no hay «escapatorias», como señaló usted, en la ley canónica. O bien el matrimonio puede ser anulado, porque de entrada no es válido, o puede ser disuelto por el Santo Padre por algunas, muy escasas, razones. No parece haber motivo para dudar de que vuestro matrimonio fuera perfectamente válido. Imagino que el cura era un cura de verdad, que hubo dos testigos, que tanto tú como Sarah fuisteis libremente al matrimonio y comprendisteis todo lo que significaba, ¿verdad?

—Sí.

—¿Y tenéis un hijo?

—Un chico.

—Ummm. La anulación queda, pues, descartada. —Garabateó un

poco más en el bloc–. Dame los nombres completos: el de Sarah y el tuyo. Y las fechas y lugares de nacimiento.

David se los dio.

Hale terminó de escribir.

–Seré franco. No tiene buena pinta. Como tú mismo has dicho, os casasteis adecuadamente, fuisteis felices y consumasteis el matrimonio. Ninguno de vosotros está, o ha estado, loco. Me temo que si no puede aplicarse una o dos circunstancias muy poco corrientes, no hay absolutamente ninguna forma de que, a los ojos de la Iglesia, tu matrimonio con Sarah pueda ser disuelto.

–¿De qué especiales circunstancias está usted hablando?

–No tiene sentido que te lo diga, porque podría despertar tus esperanzas, y de hecho son tan raras que casi no existen. Pero déjame un tiempo con esto. Te diré algo en cuanto pueda.

Mientras le acompañaba a la puerta, Hale de dijo a David:

»Imagino que Elizabeth estará tan preocupada como tú, ¿no? Y ahora que tiene el asunto de Castro para colmo. Terrible. Transmítele mi afecto cuando hables con ella... pero no alimentéis ninguna esperanza de que pueda ayudaros. Haré lo que pueda, pero no prometo nada.

En el camino de vuelta a su casa, David compró un periódico de la noche. Hale tenía razón, el asunto Castro se *había* convertido en una carga adicional para Bess. El arresto de los ocho supuestos asesinos, acusados del asesinato del secretario de Castro y del intento de asesinato del propio presidente, había sido informado el día antes. Ahora David leyó que los ocho habían sido acusados también de matar a dos hermanos que dirigían un bar de la playa situado cerca del lugar donde había tenido lugar el atentado. Los dos hombres evidentemente habían perturbado su clandestina llegada. Inevitablemente, Castro utilizaba la ocasión para hacer propaganda anti-USA, especialmente dado que resultaba que los ocho habían salido de Florida. Pero, de todos modos, la gente no esperaba otra cosa del dictador.

Ahora, sin embargo, el *Miami Tribune* publicaba los resultados de su investigación sobre el asunto.

El periódico tenía buenos contactos entre los exiliados cubanos de Florida, y su informe se centraba en las actividades de una compañía de construcción, Matahambre, que había sido subcontratada para construir veintisiete casas con el dinero de la Fundación de San Patricio. El proyecto había marchado suavemente y según los plazos previstos. Se ponían de manifiesto ahora, sin embargo, que había habido pequeñas modificaciones: las paredes eran más delgadas de lo que deberían haber sido, y los patios e incluso los depósitos de agua caliente, más pequeños que las especificaciones oficiales. El resultado era que la compañía había podido rebañar un diez por ciento de los costos. Una tajada de la cual había ido a parar al inspector cuya tarea era precisamente asegurarse de que no sucediera esta clase de cosas.

Posteriores investigaciones llevadas a cabo por el periódico demostraban que eran los directores de Matahambre quienes habían pagado la embarcación usada por los supuestos asesinos de Castro.

171

Pero la prueba más condenatoria, sin embargo, era el dinero encontrado en los bolsillos de los cautivos. Los números de los billetes de banco coincidían exactamente con los números de los billetes entregados al director de Matahambre por dos bancos de Orlando diez días antes de la noche de la invasión. Como el propio *Tribune* fue el primero en señalar, el dinero podía haber pasado por una docena de manos entre el momento en que fue retirado del banco y aquel en que llegó a los bolsillos de los cautivos de Cuba, pero nadie creía que fuera así. El público lector, y eso incluía a políticos de todo el mundo, sabía lo que el *Tribune* sabía: el vínculo estaba ahí, era directo y real, hiciera lo que hiciera con ello un abogado inteligente.

Para empezar, Bess consiguió mantener la tapadera sobre las cosas en lo que al Santo Padre concernía. Evidentemente, Su Santidad nada sabía de los planes de invasión, les dijo a cada uno de los periodistas que comparecieron tras el artículo del *Tribune*. Los fondos locales estaban a cargo del cardenal nombrado por Thomas, el cual tenía su propio consejo asesor constituido por dignatarios de la Iglesia locales. En el Vaticano, el cardenal Rich era quien tenía la responsabilidad de todos los fondos, y tampoco él sabía nada del asunto. Bess adoptó la postura de que lo que había ocurrido era una lamentable pero clara estafa criminal. Había insinuaciones políticas, cierto, pero ninguna prueba de que ni siquiera el cardenal local supiera nada de la «aventura». El que el buen hombre fuera llamado a Roma era simplemente una señal de que Su Santidad estaba ansioso de enterarse por sí mismo de lo que había sucedido.

Bess anunció también el punto de vista del Papa, de que *si* se demostraba a satisfacción de la Santa Sede que los fondos de la Iglesia habían sido malversados, entonces, aunque los culpables serían buscados, y perseguidos, sin embargo la principal preocupación de Su Santidad era hacia los pobres, y el déficit financiero, caso de haberlo, sería cubierto por los fondos de emergencia del Vaticano.

Fue un hábil movimiento. Venía a decir: el Santo Padre es lo bastante fuerte para encajar golpes sin ser apartado de sus objetivos principales.

Y hubiera funcionado de no haber decidido el propio Castro ir a Nueva York para dirigirse a las Naciones Unidas.

La sala de la Asamblea General estaba llena para el acontecimiento, y el presidente cubano no les decepcionó. Se dirigió a grandes zancadas a la tribuna, ataviado con su familiar traje de faena, como si acabara de apagar un fuego de arbustos. Hacía algún tiempo que nadie le veía... apenas había viajado aquellos días. Tenía la barba más gris, pero tan espesa como todos la recordaban. Toda su virilidad estaba intacta.

Se mantuvo de pie, mientras duraban los aplausos, sin sonreír ni dar las gracias a los reunidos. Cuando los aplausos murieron, esperó como un buen actor a que se impusiera el silencio. Todo el mundo le prestaba atención.

Lenta, deliberadamente, levantó el brazo derecho. En la mano sostenía un abultado fajo de blanco papel. El embajador de los Estados Unidos en las Naciones Unidas se volvió hacia su ayudante y susurró:

—Si eso es lo que pienso, que Dios nos asista.

—Esto —tronó Castro, su español ampuloso y bucanero— es un contrato. —Hizo una pausa, azotando con los papeles la tribuna que tenía ante sí—. Un contrato entre Cuba y los Estados Unidos de América.

—¡No! —suspiró el embajador americano—. Por favor, no.

—Este contrato —continuó Castro— es un nuevo acuerdo entre nuestros dos países. Pese a nuestras diferencias, Cuba siempre ha permitido a los Estados Unidos mantener sus bases navales militares en la bahía de Guantánamo. A cambio de ayuda, por supuesto. —Puso su mano sobre los papeles, con la palma hacia abajo—. El viejo contrato, el que ya existe, expira a finales del próximo año, a medianoche del 31 de diciembre. Y durante los últimos seis meses, americanos y cubanos han estado negociando un nuevo acuerdo. —Dio unos golpecitos al contrato—. De una duración de diez años. Según este contrato, América mantendrá su base, y a cambio Cuba recibirá... —y, con un ademán totalmente innecesario, sacó las gafas de su bolsillo y abrió el contrato como para leerlo—. ... Dos millones cuatrocientos mil dólares.

Levantó los ojos y miró por encima de las gafas. De repente golpeó la tribuna con la palma abierta de su mano.

»¡Ahora no! —bramó—. ¡Ahora no! Este contrato está sin firmar.

Dramáticamente, empujó los papeles a un lado de modo que se cayeron de la tribuna al suelo. Los fotógrafos de prensa accionaron sus cámaras para captar este teatral gesto. Los más emprendedores enfocaron también al embajador americano. Éste parecía furioso y embarazado.

»Cuba quizás sea un país pobre según los patrones americanos, occidentales. Pero somos un país honrado. —Castro volvió a golpear la tribuna—. No negociaremos con mentirosos, con matarifes, con asesinos. Con personas que dan dinero y asilo a bandidos, exiliados de oropel que no disfrutan más que con aventuras de medianoche con armas y botes, y el dinero de otras personas. —Paseó airadamente la mirada por la sala—. Voy a volver a Cuba esta noche. Directamente. No deseo dormir en un país donde los asesinos se crían tan fácilmente, donde líderes supuestamente religiosos mezclan la política con el culto. Pero vine aquí hoy para decir a los americanos, a los occidentales, tres cosas.

Nuevamente hizo una pausa, alargando la mano en busca de un vaso de agua, mientras mantenía la otra levantada con el dedo extendido.

—¡Una! —vociferó—. Los Estados Unidos quedan advertidos, a partir de hoy, de que abandonen Guantánamo el 31 de diciembre del año próximo. ¡Queremos que se marchen, que se MARCHEN, cada barco, cada marine, cada hamburguesa, cada copo de avena americano!

»¡Dos! El representante cubano en la Santa Sede es retirado. El nuncio católico en La Habana es expulsado.

»¡Tres! Las relaciones diplomáticas de Cuba con Italia quedan rotas desde este momento. No podemos, no lo haremos, hacer negocios con un gobierno que alberga y alimenta tales fuerzas reaccionarias en su suelo.

Las gafas volvieron al bolsillo, y ahora dijo más calmosamente:

—Mi secretario murió en el intento de asesinato contra mí. Ustedes no lo conocían como yo, de modo que no lo echarán en falta tanto como yo. Pero les voy a contar un secreto. Pino iba a dejar su empleo conmigo. Yo había tratado de disuadirlo, pero él estaba decidido. Tenía la intención de hacerse sacerdote.

Al comienzo de su presidencia, James Roskill no había disfrutado mucho en sus conferencias de prensa de los jueves en la Casa Blanca. Muchos periodistas estaban tremendamente bien informados. Asimismo, tenían una forma de hacer preguntas que le irritaban... y ellos parecían disfrutar con la cosa. Sin embargo, el equilibrio de las reuniones había variado ahora, a medida que el presidente iba ganando experiencia y sus éxitos políticos le permitían relajarse más. También conocía mejor a los periodistas, podía bromear con ellos y era consciente del sencillo poder de dirigirse a un presuntuoso hombre de la prensa por su nombre de pila.

El jueves siguiente a la representación de Castro en las Naciones Unidas era un día claro aunque no demasiado cálido, pero a Roskill le gustaba eso. Mientras se dirigía hacia la conferencia de prensa se sentía confiado y no poco agresivo. Sabía que su aspecto era, también, el de un joven de sesenta y tres años, enérgico pero experimentado.

Al entrar en la sala, todos los periodistas se levantaron, por el cargo si no por el hombre. Roskill llevaba traje azul oscuro y corbata de lana, y en la mano varias hojas de papel.

Mientras se sentaban, los periodistas murmuraron expectantes entre sí. Conocían el significado de aquellos papeles en las manos de Roskill. No se trataba de una conferencia de rutina. El presidente iba a hacer una declaración formal.

Roskill depositó los papeles sobre el atril, levantó la mirada y sonrió a su auditorio, haciendo un gesto de reconocimiento a un par de personas en particular. Aquel viejo truco de *vaudeville* nunca fallaba.

—Señoras y caballeros —dijo, y, al hacerlo, levantó los papeles y los sostuvo por encima de su cabeza, igual que Castro hiciera en las Naciones Unidas—. Señoras y caballeros —repitió—. Éste es *el* contrato. Ayer, el presidente Castro de Cuba, que no es un líder elegido democráticamente, arrojó este contrato al suelo americano, suelo que nosotros cedemos a las Naciones Unidas con la esperanza de que contribuya a la paz. —Tomó las hojas de papel, les dio la vuelta e hizo como si fuera a rasgarlas—. No —dijo—. No. Hasta el intento contra la vida del presidente Castro, todo lo que se necesitaba para que este contrato fuera vigente era su firma y la mía. Era un contrato importante para ambos países. Para el Occidente y para la paz. Y sigue siéndolo. A Cuba le proporciona ayuda: escuelas, hospitales, carreteras, granjas, casas. Hay una cláusula que garantiza que los Estados Unidos comprarán cada año varios millones de cigarros habanos, una causa muy querida para mí. —Dio unos golpecitos a su bolsillo superior del que asomaban la punta de dos cigarros—. Para los Estados Unidos, es una garantía de que mantendremos nuestras bases en la bahía de Guantánamo hasta bien entrado el siglo veintiuno.

»El presidente Castro arrojó al suelo su copia, o quizás se trataba de una fotocopia, porque creía que el gobierno de los Estados Unidos, conchabado con un grupo de bandidos financiados por el Vaticano, habían intentado matarle. Esto no es cierto. El gobierno de los Estados Unidos no tomó parte, ni tuvo conocimiento, de esta loca aventura, y deploramos absolutamente semejantes acciones.

»Me han asegurado también que el Santo Padre de Roma tampoco tomó parte en ello, ni conocía, esta operación tan desgraciada. Puedo decir que personalmente lamento que estos fondos vaticanos, tan dignos de consideración en su objetivo y tan imaginativamente recaudados, fueran tan malamente administrados que puedan ser denigrados de esta manera. ¿Pero quién puede dudar de la palabra del Papa Thomas? Es una vergüenza que el presidente Castro le acuse de esta manera.

Su tono se tornó más íntimo.

»Los Papas, y ahora hablo como católico, están en una difícil posición, creo que debemos reconocerles eso. Son líderes elegidos democráticamente sólo en el sentido más restringido de la palabra: el Sacro Colegio de cardenales apenas tiene un centenar de miembros, y sin embargo los electores de Su Santidad ascienden a cincuenta millones sólo en los Estados Unidos. Su liderato moral traspasa fronteras nacionales... lo que le da acceso a los países del este de Europa que no tienen el privilegio de unas elecciones libres, ni de unas iglesias libres. De modo que su jefatura moral es muy necesaria, tanto como los fondos que tan espectacularmente ha recaudado. Pero el dinero, como su autoridad, no debe ser denigrado. El dinero, como la autoridad del Papa, son para la caridad, no para la política.

Terminada su homilía, Roskill volvió a asumir un tono más brusco y levantó nuevamente los papeles.

»No los voy a rasgar. El hecho de que el gobierno cubano y el gobierno americano hayan llegado hasta aquí demuestra que hace falta una cooperación. Y, por último, aunque no lo menos importante, voy a confesarles un secreto. —Roskill golpeó ahora el atril exactamente como hiciera Castro el día antes en las Naciones Unidas, con la palma de su mano—. ¡Con contrato o sin contrato, los Estados Unidos no van a abandonar la bahía de Guantánamo!

A la prensa le encantó. «Roskill ve el farol de Castro», anunciaba *Los Angeles Times*; «El presidente desafía a los cubanos», estallaba el *New York Post*; «En Cuba, les guste o no», gritaba el *Miami Herald*. Pero fue quizás *The Observer* de Londres el que valoraba el discurso más cuidadosamente el domingo siguiente. Bajo el titular «Piedras para Castro, un sermón para el Papa», el columnista irlandés del periódico, Slattery Doyle, escribía: «Entre el alboroto que ha seguido al duro discurso del presidente Roskill de la semana pasada, cuando recordó al presidente cubano, Fidel Castro, algunos hechos de la vida política tal como se ven desde Washington, se ha pasado por alto un importante factor. Y es el hecho de que el presidente considerara necesario dedicar un sector completo de su discurso al Papa Thomas. Realmente, tan distinto era el tono del presidente cuando se refería al Papa, que casi constituye un discurso dentro de un discurso. En sus observaciones iniciales, Roskill dejó bien clara la idea de que, como todos sabemos, ni el gobierno de los Estados Unidos, ni el Vaticano, estaban involucrados en la malhadada aventura de asesinar a Castro. Ésta fue una operación independiente... las ha habido antes y probablemente volverá a haberlas. Los cubanos de Florida, francamente, son un grupo desgraciado. Lo que hizo de esta operación algo diferente fue su presunta relación con la Fundación de San Patricio, creada por el Papa para ayudar a los pobres con los beneficios de la venta de tesoros de arte vaticanos.

»¿Por qué, pues, consideró Roskill necesario ir y, de la manera más elegante posible, portando el más caro par de guantes de cabritilla, advertir a Su Santidad de que sus tan populares métodos de tratar con la pobreza no deben volver a salir mal? ¿Es quizás porque está celoso del éxito del Papa, que ha convertido a Roskill en sólo el segundo católico más influyente del mundo de hoy?

»¿O es algo más... una sensación, compartida por algunos políticos del mundo, de que un Papa activo, con fondos y con esa autoridad moral a la que Roskill da tanta importancia, podría con el tiempo cambiar el mapa político haciendo un poco más difícil, y un poco menos confortable, la vida a las redes antiguas? ¿Quizás a Roskill le gustaría que considéraramos al Papa Thomas como un simple entrometido? Porque ciertamente el Papa está ahora en situación de trastornar los mejores planes de políticos míseros y mendaces.

»Es tarea de esta columna hacer las preguntas adecuadas, invitar a nuestros lectores a pensar por sí mismos, no proporcionar fáciles respuestas. De modo que aquí viene una pregunta más: ¿Cuál hubiera sido la actitud de Roskill hacia Thomas, y su dinero, si los asesinos hubieran triunfado y Castro, no su secretario, hubiera muerto?»

David consideró tan interesante el artículo de Doyle que llamó a Bess a Roma para leérselo. Ambos tenían, como decía Bess, relaciones diplomáticas renovadas, aunque éstas seguían siendo tensas. David le había hablado de su visita a Hale, y de la respuesta de éste, y aquel débil rayo de esperanza era todo lo que tenían. Pero, mientras siguieran en semejante torbellino emocional, y moral, ella creía que era mejor que no se viesen. Bess pareció preocupada por el artículo de Doyle.

—Lo que realmente me preocupa es que tanto Roskill como ese tal Doyle saben que las tareas de ayuda, si se hacen a una escala lo bastante amplia para tener efecto, no pueden pasar por alto completamente la política. La pobreza es, a fin de cuentas, a veces un *resultado* de posturas políticas. Thomas también lo sabe. Y es consciente de los peligros. Pero ¿no puede ver Roskill que si él deja que le afecten acabará por no hacer nada?

—¿Cómo se tomó Thomas el discurso de Roskill?

—Básicamente, tiene otras cosas en la mente. Cosas más importantes. La encíclica se publica la semana que viene. Eso pondrá de manifiesto cuáles son las principales preocupaciones de Thomas.

Titulada *Humanae Dignitae*, la encíclica apareció tal como estaba previsto. Era un largo y cuidadosamente razonado documento que decidía, como Bess y David sabían muy bien, que el control de natalidad mediante métodos artificiales era permisible ahora en la Iglesia católica, aunque el divorcio, no. Thomas, que escribió por sí mismo la encíclica, razonaba que aunque no había ninguna aprobación para el control de natalidad en los Evangelios, tampoco había nada que lo prohibiese.

Señalaba las evidentes dificultades provocadas por el exceso de población y argumentaba que la ausencia de anticoncepción era uno de los factores que mantenía al pobre en su pobreza. Reiteró que era deber de las familias católicas tener hijos. No había *necesidad* de limitación, pero el camino estaba ahora abierto para que hombres y mujeres siguieran su propia conciencia y se detuvieran cuando consideraran que bastaba y sobraba.

Proseguía diciendo que, si autorizar la contracepción permitía a los padres decidir el número de hijos que tenían, entonces eso debería significar que el amor que los padres sentían por sus hijos no se diluiría por las preocupaciones de si éstos podrían ser alimentados y educados. Tras larga y penosa consideración de la cuestión, después de interminables discusiones en todo el mundo, había llegado a la conclusión de que la mejor manera de asegurar el mayor bien para el mayor número de niños era mantener la tradicional prohibición del divorcio. Cualquier debilitamiento del compromiso entre un hombre y una mujer, cualquier cosa que hiciera más posible la separación perjudicaba la vida familiar y era un riesgo psicológico para los niños criados en dicho matrimonio. El divorcio, dijo, era en muchos casos sólo una satisfacción egoísta por parte de los padres, que necesitaban que se les recordara que su matrimonio era un sacramento y que su primer deber era educar a sus hijos en Dios.

Las reacciones en todo el mundo difirieron enormemente, pero de nuevo, curiosamente, fue Slattery Doyle, del *Observer*, aquel cuyos comentarios le parecieron más perspicaces a David. Esta vez el artículo de Doyle estaba titulado: «El Papa, la píldora y la política.» Y rezaba así: «¿Estamos entrando en una era del Papa político, y, en tal caso, es eso bueno? En otro tiempo, por supuesto, tales preguntas hubieran sido irrelevantes. Hasta el siglo diecinueve, los papas eran gobernantes temporales además de espirituales, y ejercían sus poderes terrenales con el mismo coraje e implacabilidad que cualquier otro humano.

»Pero la situación es ahora bastante diferente. Tenemos, o parecemos tener, a un hombre que está deseoso de usar su poder espiritual por caminos políticos. Y no me estoy refiriendo en esta ocasión a la venta de tesoros vaticanos del Santo Padre para pagar obras de caridad, sino a su nueva encíclica, *Humanae Dignitae.*

»Esta encíclica lleva en el pensamiento papal algún tiempo. Según tengo entendido, fue escrita por el propio Papa, pero ha tenido varias versiones: los puntos de vista del Santo Padre han estado cambiando. »Muy bien. Pero lo que me preocupa a mí, tanto como el contenido de *Humanae Dignitae*, es la forma de su publicación. Es difícil evitar la impresión de que la encíclica fue publicada la semana pasada a fin de desviar las críticas que de Su Santidad había hecho James Roskill la semana anterior. No sugiero ni por un momento que haya algo malo en esto, pero innegablemente la encíclica representa a una institución que piensa en siglos. De repente tenemos un Papa que calcula sus anuncios espirituales como cualquier otro político, para obtener la mejor prensa.

»¿Y qué hay de este último anuncio espiritual? El momento de su publicación, como hemos razonado antes, sugiere claramente que el Santo Padre espera que la liberalización de la contracepción sea un mensaje popular. Es posible, no obstante, que el Santo Padre divida a la Iglesia con este encíclica... y no de la manera que cabría esperar. No se trata de un documento que a algunos les guste, y otros lo aborrezcan. Más bien, y más insidiosamente, es un documento que tendrá un diferente atractivo para las distintas partes del mundo.

»Dado que el control de natalidad es una cuestión que afecta primariamente a todo el Tercer Mundo, la encíclica será por ello bien recibida en África, Sudamérica y algunas partes de Asia. El divorcio, por otra parte, es una cuestión que concierne principalmente a las gentes del desarrollado Occidente. Muchas de estas personas practican ya el control de natalidad, de modo que parte de la encíclica no tendrá ningún efecto en ellos, salvo por el hecho de que les eliminará un poco de culpa. Pero las mismas personas se mostrarán poco dispuestas a aceptar la continuación de la prohibición del Papa contra el divorcio, de modo que se apartarán más y más de Roma.

»El resultado final, entonces, bien puede ser que *Humanae Dignitae* sea mucho más popular en el Tercer Mundo que en Europa o Norteamérica, y que, en general, haga del catolicismo una religión de los pobres del Tercer Mundo, más que de los ricos, estén éstos donde estén.»

—¿Qué número dijo, señor?

David consultó la nota que tenía en su diario.

—El cincuenta y tres, por favor.

El Ford se detuvo.

—No sé cuánto tiempo estaré, Pat. Pero, por favor, espéreme.

Patton sonrió. Eran las seis y cuarto, y el tiempo trabajado después de las seis y media era considerado horas extraordinarias y se cobraba doble. Apagó el motor y sacó un librito de crucigramas.

David se bajó. Llegaba tarde a su cita con Wilde. Se había enterado aquella tarde de que las obras de arte de otra gran mansión iba a salir al mercado —la Duffield Manor, de Somerset—, y la subasta había sido encargada a Steele's. ¿Era una casualidad... o también tenía algo que ver en ello el primer ministro? La familia Chorlton, que vivía en Duffield, eran fieles seguidores del partido del primer ministro, de modo que era perfectamente posible. Averne había convocado una reunión de emergencia de la junta para la semana siguiente. Pulsó el timbre. Fue el propio Wilde quien vino a abrir. Era un hombre bajito, de cabello oscuro y ojos muy azules.

—Le vi en la tele la otra noche —dijo, ofreciendo a David un asiento en su estudio—. Le estrechaba usted la mano a la reina. Y en todos los periódicos. Es usted casi tan famoso como el propio Papa. ¿Quiere tomar algo?

—Whisky, por favor —dijo David.

Wilde sirvió dos. Añadió hielo y agua y le tendió uno a David.

—Pruébelo. Luego podrá decirme por qué está usted aquí.

Wilde estaba sentado en el borde de su mesa mientras David le hablaba del intento de suicidio de Ned y de la conversación que sostuviera con el director de la escuela durante el partido de rugby.

Wilde se quedó pensativo durante un momento después de que David terminara. Se tocó la corbata, de pálida seda rosa. Finalmente dijo:

—Mi primera pregunta es: ¿va a enviarme a Ned?

—No... no estoy seguro.

—Lo que quiere decir es que hacerlo así sería reconocer el problema, tal como es, para Ned y sus compañeros de la escuela, ¿no es así?

—Más o menos.

—¿Y que lo que preferiría usted es un buen consejo de mi parte, y algunas palabras tranquilizadoras tal vez, en función de lo cual pueda usted mismo ayudar al chico sin que él tenga necesidad de ir a ver a un psiquiatra?

—Supongo que sí.

—¿Le pediría usted a un cirujano que interviniera a Ned sin verle?

—La psiquiatría no es la cirugía.

—Pero usted ve lo que quiero decir. Mire, Mr. Colwyn. Soy un hombre ocupado, y usted es un hombre ocupado. Sé que la gente tiene toda clase de estúpidas ideas sobre la psiquiatría, sobre si funciona o no, sobre si nosotros los médicos de la cabeza estamos más locos que nuestros pacientes, y así sucesivamente. No sé cuál es su punto de vista o cuál pueda ser el de la madre de Ned, pero no voy a perder el tiempo averiguándolo. Ni tampoco voy a estar en connivencia con usted tomando medidas semicocinadas que mantengan su autoestima pero no redunden en el mejor interés para Ned. Hay un simple hecho del que es preciso que se haga usted idea... y es éste: es muy posible que su hijo vuelva a intentar matarse dentro de, digamos, unos dos años. Si lo prueba otra vez, lo más probable que es que no fracase. Ahora bien, no hace falta que me lo envíe usted a mí. Hay montones de médicos sólo en esta misma calle. Pero tiene usted que hacer *algo*. Puede decidirlo ahora, aunque me gustaría que lo hablara primero con Ned; me gustaría que fuera *él* quien quisiera venir, si eso es lo que decide usted hacer. Pero así está la situación, tal como yo la veo.

Más tarde, David decidió que los modales de Wilde, aunque ciertamente bruscos, le calificaban como un médico capaz. En unas pocas frases bien elegidas había convencido a David de que era el hombre adecuado para tratar a su hijo. David tendría que ver a Ned, y discutirlo. Pero sus propias vacilaciones habían desaparecido: sin duda trataría de convencer al muchacho de que fuera a ver a Wilde.

No volvió a casa directamente. Se hizo conducir por Patton al Museo Británico donde tenía lugar una celebración de despedida del conservador de dibujos, el cual se retiraba, a la vez que se festejaban las últimas adquisiciones de éste. David fue presentado al nuevo conservador, en este caso una mujer llamada Jeanette Soane. Una mujer algo lúgubre, de intensos ojos verdes y cabello rojo. Tenía una impresionante voz de barítono. Después de saludar a David, dijo:

—Usted no se acordará, pero realmente nos hemos conocido antes. Fue en la reunión de la Sociedad del Renacimiento, en Pisa. Disfruté mucho con su conferencia... Y en realidad tengo un poco de información para usted.

—¿Ah, sí?

—Sí. Dijo usted en aquella charla que Isbella d'Este regaló a Elisabetta Gonzaga «un Leonardo» por su matrimonio. ¿Ha descubierto algo más desde entonces?

—No. Nada.

—Bueno, tal vez le agrade saber que hay algunas cartas de Elisabetta Gonzaga en el Archivo del Vaticano. Me tropecé con ellas hará una semana. No las he leído, pero tengo el número del archivo. Si tiene usted interés, puedo dárselo.

—¿Interés? Más bien diría que sí. ¿No ha empezado usted aquí todavía? ¿Es aquí donde la encontraré?

Ella asintió, pero antes de poder decir nada más, fue arrastrada por el funcionario de prensa del museo para ser presentada a alguien más. David miró a su alrededor en busca de una bebida, pero con quien se encontró fue con el mismísimo Jasper Hale.

—¿Qué está *usted* haciendo aquí? —preguntó David, estrechando la mano de Hale—. Ah, sí, lo olvidé. Es usted administrador de un museo ahora. A propósito, ¿hay noticias?...

—Sí, las hay. No lo he descubierto hasta hoy, y he estado demasiado ocupado para tener la oportunidad de hacértelo saber.

—¿Y?

—Bueno —los ojos de monseñor brillaron—. No estoy absolutamente seguro... pero creo que este pequeño misterio puede tener un final feliz también.

David siguió el viaje del Santo Padre a América del Sur muy atentamente a través de los periódicos y la televisión. Thomas era recibido entusiásticamente dondequiera que iba; miles de personas le esperaban en cada rincón para verle y ser bendecidos por él. El centro de las funciones vaticanas delegadas estaba localizado en la residencia oficial y oficinas del cardenal arzobispo de Río, y se especulaba bastante en la prensa sobre cómo debería llamarse a esta nueva organización. Vaticano II estaba fuera de cuestión por las resonancias que tenía del Segundo Concilio Vaticano. Y el «Pequeño Vaticano» no parecía muy respetuoso. Entonces Bess sorprendió a todo el mundo anunciando que, en agradecimiento por la obra que Thomas había hecho al poner orden en las ciudades de barracas y al transferir aquellas funciones del Vaticano que podían ser transferidas, el gobierno brasileño había cedido a la Iglesia los terrenos en los que se levantaban la catedral y la residencia del arzobispo. Además, reconocía esta nueva extensión del Vaticano como una ciudad-estado separada, igual que el otro Vaticano era reconocido en Italia. Y, como la catedral y la residencia estaban localizadas en la zona Prato de Río, la nueva base de la Iglesia Romana sería conocida como la Ciudad-Estado de Prato. Los sellos, impuestos y otros privilegios diplomáticos del Vaticano serían todos reconocidos en Prato.

En tanto que la prensa europea parecía perpleja por este plan, los periódicos del Tercer Mundo se mostraron extasiados. Aquella realización mostraba bien a las claras la dirección en que se movía la Iglesia. Concedía un reconocimiento a sus problemas y, más aún, demostraba que éstos eran considerados muy arriba en la lista de las prioridades de la Iglesia. Los americanos, en general, consideraron a la nueva ciudad-estado como un gesto imaginativo; eran menos conservadores que los europeos y se sentían inclinados a observar cómo funcionaban las nuevas disposiciones en la práctica, antes de condenarlas. Los italianos, por supuesto, se sentían ultrajados, dado que lo sucedido en Río significaba que había ahora allí un rival potencial de Roma como centro religioso.

Para David y Bess, la visita a Sudamérica del Papa llegó en un momento difícil. Como resultado de las investigaciones de Hale, David iba a enfrentarse con un tribunal en Londres, pues el delegado apostólico había hallado motivos para creer que su matrimonio podía realmente ser disuelto. Pero a Bess le era imposible escapar a los acontecimientos de Río; de lo contrario, también ella hubiera estado presente en la reunión.

Los focos fueron momentáneamente apartados de los anuncios de Río cuando, la misma semana, los ochos presuntos asesinos de Castro fueron sometidos a juicio en La Habana. El caso fue cubierto por todos los medios de comunicación. Por una vez, a los periodistas de todo el mundo les fue fácil obtener visados para Cuba. Las fotografías de los acusados en el banquillo los mostraban bien alimentados, bien vestidos, y al parecer no tenían quejas sobre el tratamiento que habían recibido en cautividad.

Mientras tanto, en Londres, sin embargo, antes de su confrontación con el tribunal, David tuvo que enfrentarse también con Ned. David era perfectamente consciente de que necesitaba convencer a su hijo de que fuera a ver a Wilde, porque faltaba poco para la venta de los Manuscritos del mar Muerto en Nueva York, y tendría que pasar mucho tiempo fuera durante las próximas semanas.

A su vuelta del hospital, a Ned le había sido muy útil la escuela. Al principio, David pensó que quizá se negaran a recibir a Ned, por el riesgo que involucraba. Pero el director se mostró comprensivo; tenía sus propios planes para tratar con Ned. Pese al hecho de que era lo bastante mayor para tener derecho a habitación individual, le hicieron compartir su cuarto con otro muchacho, al cual se le encargó que no le perdiera de vista. No había ningún secreto en ello, sin embargo. Todo se discutió abiertamente.

No obstante, Sarah se había mostrado de acuerdo con David en que se necesitaba un tratamiento psiquiátrico experto, y David dijo que él se encargaría de suscitar el tema con Ned.

De modo que, mientras Thomas y Bess se hallaban en Río, David viajó a Hamble un fin de semana. Ned vino a recibirle al coche, y quiso ir a dar un paseo. Fueron en dirección opuesta a la presa, y anduvieron pesadamente por lo que Ned dijo que era la pista de carreras de campo a través. Discurría a través de algunos bosques, en los que pudieron descubrir a un par de ciervos.

—¿Cómo funciona el nuevo arreglo? ¿Es simpático el chico con quien compartes la habitación?

—Claro.

—Y la escuela en general, ¿cómo va?

—Estupendamente.

Ned, evidentemente, no se sentía muy charlatán.

—¿Y cómo te sientes tú? Quiero decir desde que saliste del hospital.

—Me siento muy bien, papá.

Pasaron por encima de una cerca.

—Ese maestro tuyo... Yates. Dijo que tenías depresiones. ¿Es cierto?

—Supongo que sí.

—¿Qué se siente?

—Te olvidas de respirar.

—¿Qué?

—Tu mente anda vagando, no tienes control sobre ella, y tienes que prestar tanta atención que te olvidas de respirar. Sueltas pequeños gruñidos. Es agotador.

—Y... desde el hospital... ¿no ha mejorado esto?

—Sí. Un poco. No.

Estaban llegando al final del bosque. Hacía más viento ahora. La pista que seguían empezó a torcer a la derecha. David caminó un rato en silencio. Luego dijo:

—Ned, estoy preocupado por todo esto. Hay un amigo mío en Londres. Un médico. ¿Te importaría ir a verle?

Ned bajó la cabeza.

—¿Qué clase de médico?

—Un psiquiatra.

—Tú crees que estoy loco.

—No, claro que no. Pero... estas depresiones... tenemos que hacer algo con ellas.

David no podía mirar a su hijo, pero sintió el modo en que Ned hizo crujir su esqueleto, encogiendo los hombros. Siguieron caminando, sus zancadas encajando exactamente, subrayando cuán parecidos eran. En algunos aspectos.

Llegaron a una puerta que daba al sendero de detrás de la escuela. Ned se detuvo. Bajó la mirada.

—Si me niego a ver a ese... doctor... ¿qué pasa entonces?

—No lo sé. Tu madre y yo esperamos que no rehúses. Pero no vamos a obligarte, si eso es lo que quieres decir.

Caminaron. A David las nubes le recordaron las de aquel día en Windsor, el día en que conoció a Seton. Siniestro.

—¿Estoy loco?

—No seas tonto, Ned. Pero debes de haberte sentido muy desgraciado para hacer lo que hiciste. Tengo la impresión de que no querrás contarme nada a mí, ni a tu madre. Quizá no lo pienses conscientemente, pero en cierto modo probablemente nos acusas. Podrías hablar con este hombre, Wilde.

—¿Así se llama, Wilde? Gran nombre para un psiquiatra.

David le miró. Era una típica observación de Ned, ver el aspecto humorístico en el nombre.

Pero ninguno de los dos sonreía.

Llegaron al límite del terreno de la escuela. Había gente por allí.

—¿Bien?

Ned miró a la escuela.

—Conforme. Le veré. Lo que sea para manteneros cuerdos a mamá y a ti.

9

David subió corriendo por las escaleras de la casa del arzobispo de Westminster y tocó el timbre. Marzo estaba ofreciendo unos de sus días veraniegos. La puerta la abrió un camarero que le hizo pasar a una salita de espera. «El tribunal se ha retrasado un poco, Mr. Colwyn —dijo—. Pero no le harán esperar mucho.»

David se sentó. Como de costumbre se había traído un poco de trabajo, de modo que no perdería el tiempo. Tomó un informe de la cartera y lo leyó. Le había echado ya una breve ojeada en la oficina, y no constituyó un placer para él leerlo. Una muy rara colección de armas antiguas, conocida como el Arsenal Rookwood, iba a salir a la venta... pero la colección no iría a parar a Hamilton's. Una vez más era Steele's quien se había hecho con ella, y una vez más se veía en ello la mano del primer ministro. El informe que tenía en las manos David estaba escrito por el director del departamento de armas de la Hamilton's, y explicaba por qué, como en un número de casos cada vez mayor, la Hamilton's había perdido la jugada en favor de Steele's. En esta ocasión, al parecer, le habían dicho a Rookwood —discretamente, por supuesto— que el gobierno no pondría objeciones a la exportación de su arsenal, con tal que la venta fuera encargada a Steele's. Esto hacía la subasta particularmente atractiva para los compradores extranjeros, e incrementaba por tanto el monto de dinero que Rookwood podía esperar de la venta. Todo esto eran rumores y conjeturas, naturalmente, pero a David le quedaban pocas dudas de que era cierto. Era otro *quid pro quo* sobre el que Paul Clegg había advertido a David cuando se encontraron en el club.

El primer ministro sabía cómo guardar un resentimiento, y, al parecer, estaba decidido a perjudicar a la Hamilton's hasta el punto en que ésta se viera forzada a renunciar a la venta real. La reunión de la junta convocada por Averne, después del asunto de la Duffield Manor, había sido tempestuosa. Aunque americano, Averne no abogó por la familia real británica. Creía que la *vendetta* del primer ministro podía perjudicar seriamente a la Hamilton's a la larga, y compensar negativamente los beneficios que la venta real aportaría a la casa. Se mostraba partidario de renunciar.

David, apoyado a gritos por lord Afton, se mostró en desacuerdo. Contraatacó diciendo que la publicidad que desencadenaría semejante cambio sería demasiado dañina. Admitió que las ventas de Argyle y Duffield representaban serias pérdidas para los negocios tradicionales de Hamilton's; pero una vez que la venta real hubiera terminado, dijo, todo volvería a su situación anterior.

Averne había insistido en poner la cuestión a votación, perdiendo por 8 a 7. David volvía a ganar, pero los ataques de Averne se iban haciendo cada vez más fuertes, y ahora, después de este último informe, David no estaba seguro de poder mantener el actual curso de la empresa.

El camarero volvió a la salita de espera. «El tribunal le recibirá ahora, Mr. Colwyn. Por favor, sígame.» Le acompañó por el corredor y subieron por un tramo de escaleras que rodeaba la caja de un viejo ascensor. Llegaron a un largo y deslustrado pasillo con puertas de caoba a ambos lados. El camarero llamó a una de ellas y entró. Sostuvo la puerta abierta para que entrara David.

Dentro, la luz del sol que entraba por la ventana era tan radiante que hirió los ojos de David por unos momentos. Dio las gracias al camarero, que le ofreció un asiento y luego salió de la habitación. Delante de David había cinco hombres, a ninguno de los cuales reconoció.

—Buenos días, Mr. Colwyn —dijo el hombre del centro—. Soy monseñor Desmond Waterford, presidente de este tribunal. Como usted bien sabrá, éste es un caso en cierto modo insólito, tanto en la forma en que ha sido sometido a nosotros, a través del delegado apostólico, quien, naturalmente, no tiene jurisdicción en asuntos matrimoniales, como, por supuesto, en las personas involucradas.

David paseó su mirada por el tribunal. No se le había ocurrido la posibilidad de que este organismo pudiera no ser amistoso. Después de que Jasper Hale le diera sus trascendentales noticias aquella noche en el Museo Británico, David se había imaginado que aquella reunión sería una formalidad. Ahora se daba cuenta de que no iba a ser así, que la estrecha relación de Bess con el Santo Padre tanto podía ser un obstáculo como una ayuda. Había muchos conservadores católicos a quienes no gustaba que Su Santidad tuviera mujeres tan cerca del trono de San Pedro, y había aún más personas, incluido el propio David, a las que no les gustaba de ningún modo tirar de hilos.

Bess, sin embargo, no tenía tantos escrúpulos. Se había mostrado tan contenta como David cuando éste le contó las noticias de Hale en una de sus llamadas trascontinentales a Río. Como muchos americanos, no consideraba el tirar de hilos como un ejercicio de privilegio, sino como una de las maneras en que se jugaba el juego.

El presidente prosiguió:

—Monseñor Hale me contó la esencia de su caso, Mr. Colwyn, y mis colegas han visto ya su expediente, con los detalles personales que usted envió. Quizá sería usted tan amable de explicarnos ahora, con sus propias palabras, en qué basa usted su petición de que su matrimonio sea disuelto.

—Sin duda. —David tomó su cartera del regazo y la colocó a un lado de la silla—. Empezaré diciendo que la información que voy a dar ha sido obtenida por monseñor Hale, el cual es amigo mío. Soy consciente, sin embargo, de que quizás ustedes tengan que verificarla.

»Yo soy católico, pero mi mujer, Sarah, de la que me divorcié civilmente a comienzos de este año, es protestante. Sarah nació en Hawsker, Yorkshire del norte. Fue un nacimiento difícil, y nació prematuramente de un mes. Era una niña muy pequeña, pesaba cuatro libras, y no se confiaba en que viviera. Un nacimiento invernal, febrero, en un año en que hubo epidemia de gripe, muriendo muchos niños y gente mayor. Como era muy pequeña, y su salud peligraba, fue bautizada inmediatamente. Y aquí está el punto crucial. Monseñor Hale ha descubierto que debido a estas circunstancias el párroco de la Iglesia de Inglaterra que la bautizó decidió que era demasiado arriesgado verter agua fría en su frente. En vez de ello, hizo simplemente la señal de la cruz con el agua bendita.

David volvió a estudiar al tribunal.

»Monseñor Hale me dijo que la práctica de aplicar solamente el signo de la cruz no es nada infrecuente en los bautizos de la Iglesia de Inglaterra, en años en que la gripe es particularmente fuerte, pero tengo entendido que a los ojos de la religión católica un bautismo no es válido a menos que el agua se haya vertido realmente sobre la cabeza del niño. Ahora bien, durante las investigaciones que en mi nombre ha efectuado, monseñor Hale hizo comprobaciones en Hawkser. El párroco ha muerto, pero aún vive allí el ayudante del organista. Recordaba a Sarah porque era una niña tan diminuta y frágil que el pueblo entero se sorprendió de que sobreviviera. Fue él quien dijo a monseñor Hale que el párroco estaba tan preocupado por la salud de la pequeña que no llevó a cabo un bautismo completo.

David se restregó las manos. Estaba más nervioso de lo que parecía. Como en la tribuna.

»Mi caso ante ustedes es, por lo tanto, poco corriente, pero, espero, sencillo. Como mi mujer no fue adecuadamente bautizada, nuestro matrimonio no fue sacramental. Como matrimonio no-sacramental, tiene derecho a ser disuelto por el propio Papa en ejercicio de lo que creo que se conoce como el privilegio petrino.

Diez ojos reflexivos le miraban fijamente. Eran hombres que manejaban casos difíciles cada semana, en los que fieles católicos querían liberarse de matrimonios que hacía tiempo que no funcionaban. Con bastante frecuencia, tenían que desanimar a tales personas. Los tribunales aún no habían empezado a denigrar la ley canónica, como los americanos, aceptando peticiones de gente que había sido psicológicamente inmadura al casarse –incluso de 27 o 29 años–, y por tanto no habían hecho «en serio» sus votos.

El presidente estaba garabateando unas notas. Terminó y levantó la mirada.

–Gracias, Mr. Colwyn. Expuesto muy claramente. Déjeme que le explique lo que va a ocurrir ahora. Verificaremos su historia, y si los testigos confirman lo que dice usted, le volveremos a pedir que venga y aporte sus pruebas de nuevo, pero esta vez bajo juramento. Luego, sus pruebas y las de los testigos son puestas por escrito en forma de petición por este tribunal. La petición es enviada a alguien llamado «defensor del vínculo», generalmente un abogado canónico de otra diócesis. Si él está satisfecho con la forma como se ha seguido el procedimiento, y considera válido el caso del peticionario, la solicitud vuelve al obispo de la diócesis, junto con los comentarios del «defensor». El obispo lee ambos documentos, y si *él* se considera satisfecho de que se ha hecho todo como se debía, envía el caso a Roma, a la Congregación de la Doctrina de la Fe, el Santo Oficio como se llamaba antes. Allí el procedimiento se repite. Los miembros de la comisión y otro «defensor del vínculo» examinan el caso. Si deciden que los méritos del peticionario son suficientes, recomiendan la disolución al Santo Padre. Y el Santo Padre *personalmente* otorga la disolución... y aquí debo subrayar que se trata de un favor, no de un derecho. El Santo Padre no da razones para su decisión, y por supuesto no hay apelación. ¿Está todo claro?

David asintió.

—Entonces, a menos que tenga usted alguna pregunta, no creemos necesario retenerle por más tiempo.

—Sólo una —dijo David—. ¿Cuánto tiempo lleva todo esto?

—Ah, sí. Normalmente, nos llevaría de tres a cinco meses llegar a nuestro veredicto. Si va a Roma, súmele otro año. El Santo Padre normalmente se toma seis meses para decidir. En este caso, sin embargo, monseñor Hale es un buen amigo de varios miembros de este tribunal, Mr. Colwyn, de modo que tiene usted suerte. Puede esperar nuestra respuesta dentro de un mes. Después, ya está fuera de nuestras manos.

David salió de la casa del arzobispo bastante satisfecho. Jasper Hale era un aliado importante. Tenía buenas relaciones en Roma, y sin duda era capaz de formular peticiones útiles en nombre de la jerarquía católica de Gran Bretaña. Si este asunto salía bien, se dijo, le debía al delegado apostólico un favor.

Cuando volvió a casa, Bess se encontraba aún en el aire, de vuelta de Río, de modo que David no pudo llamarla con las noticias del tribunal. Pero a la mañana siguiente, antes de que tuviera oportunidad de hacer su llamada a Roma, Sally hizo sonar el interfono y le dijo «Michael Callaghan en la dos». David enarcó las cejas. Callaghan era el secretario de prensa de Buckingham Palace.

Levantó el auricular.

—Colwyn.

—Ah, bien. Me alegro de oírle.

—¿Qué puedo hacer por usted?

David no conocía bien a Callaghan. Se habían conocido, por supuesto, mientras se arreglaba la exposición de cuadros que la reina tenía pensado vender. David le encontraba algo distante y evidentemente capaz.

—Me perdonará usted por ser un poco brusco, Mr. Colwyn, pero la respuesta a su pregunta es: «Mantenga la boca cerrada.»

—¿Eh?

—Acabo de recibir una llamada del director del *Times*. Probablemente recibirá usted otra dentro de un momento. Al parecer van a publicar mañana una carta de tres profesores de arte. La carta se muestra muy crítica con la decisión de Su Majestad de vender algunos de sus cuadros.

—¡Oh, no! —A David se le cayó el alma a los pies. Lister debía de haber perdido su batalla—. ¿Son gente del Fondo de Preservación?

—Sí... y es parte de la razón por la que le llamo. El director del *Times* se mostró muy cortés. Al parecer va a publicar una noticia de primera plana sobre los antecedentes de la carta. Ha habido mucho alboroto en el Fondo de Preservación del Patrimonio Británico entre los que se oponen a la venta y los que piensan que el fondo perderá mucho apoyo financiero si atacan a Su Majestad. De momento, según el director de *The Times*, los activistas han perdido... pero tres de ellos han decidido seguir adelante por su cuenta, como individuos.

—¿Qué desea usted de mí?

—Llego a eso dentro de un momento. Primero quiero explicarle lo que pensamos.

—Conforme, adelante.

—Bien. Su Majestad está naturalmente trastornada al ver criticada su decisión. Aunque está acostumbrada a ello, nunca llega a acostumbrarse, si me entiende lo que quiero decir. Pero está decidida a seguir adelante con la venta. Hemos discutido la cuestión con sir Edgar Seton, el cual conoce a las personas que han escrito la carta, y han decidido que nuestro mejor plan es no hacer ningún comentario por el momento. La carta de *The Times* probablemente suscitará otras, y nos gustaría calibrar bien todo el panorama antes de decir nada. Su Majestad preferiría que la Hamilton's renunciara también a hacer ningún comentario. ¿Qué dice usted?

—Naturalmente, estamos deseosos de cooperar en lo que sea. Pero, en parte, depende de lo que diga la carta. Si ataca a la Hamilton's además de a la reina, la junta quizá se sienta obligada a defenderse. —Y ésa sería otra oportunidad para Averne de causar problemas, pensó David.

—Me he hecho leer la carta. No menciona a Hamilton's, y ni siquiera se refiere a ustedes por alusión. La redacción es clara: enérgica sin ser ofensiva, pero el mensaje es inconfundible.

—Muy bien —dijo David—. Si ése es el caso, no veo problema. Esperaré a que *The Times* llame, y si hay algún problema, le llamaré a usted.

—Bien. Gracias. De lo contrario, volveremos a hablar mañana, después de que la carta haya sido publicada.

Efectivamente, en cuanto colgó, el aparato volvió a zumbar. Pero al parecer, David no se merecía al propio director del periódico, sino simplemente a un reportero. En todo caso, la conversación no duró mucho. El reportero no fue insistente, y David no necesitó volver a llamar a Callaghan.

Hizo su llamada a Bess, pero ésta había salido de Roma nuevamente, le dijeron, en una visita rápida a Sicilia con el Santo Padre. Habían ido en el helicóptero papal, y volverían aquella noche, aunque muy tarde. David dejó el mensaje de que la llamaría al día siguiente. Luego llamó a Anthony Wilde y le comunicó que Ned había aceptado el tratamiento. Fijaron la primera cita para una semana más tarde.

A la mañana siguiente, cuando David recogió *The Times* vio que el artículo de la primera plana estaba titulado «Expertos en Arte atacan la

Venta Real». La carta era un relato bastante exacto de lo que él ya sabía por su conversación con Callaghan. David era citado, aunque sólo de pasada, diciendo que la venta seguiría tal como estaba proyectada. El descubrimiento interesante no venía en *The Times* sino en otros periódicos. Inevitablemente, el resto de Fleet Street había recogido la historia del *Times*, y la reacción que más le gustó a David era la que figuraba en primera página del *Daily Express*.

¡CÓMO SE ATREVEN! rezaba el titular en grandes letras, y debajo decía: «¡Tres intelectuales atacan escandalosamente a la reina!»

A David no le importaba mucho el lenguaje utilizado por los periódicos populares, pero esperaba que su sentido del ultraje fuera ampliamente compartido.

Tenía una reunión aquella mañana en el Museo Británico —iba a ver a Jeanette Soane sobre el asunto de las cartas de Elisabetta Gonzaga del Vaticano—, pero en cuanto volvió a la oficina después del almuerzo llamó a Callaghan. El secretario de prensa se mostró flemático.

—Mi instinto me sigue diciendo que haga muy poco. Hay mucha gente que apoya a Su Majestad en este asunto, y probablemente algunos de ellos están escribiendo al *Times* incluso mientras hablamos. Si esta controversia se queda simplemente en una disputa epistolar en el *Times*, con el tiempo acabará por hacer aguas. Lo principal es no empeorar las cosas reaccionando en exceso. ¿Conforme?

—Ssssí —repuso David con indecisión—. No puedo garantizar nada si alguien ataca a la Hamilton's. A fin de cuentas, el grupo del patrimonio se ha estado construyendo a lo largo de años. Éste podría ser el momento que los activistas han estado esperando. Especialmente cuando deben de saber que el gobierno no es exactamente nuestro aliado. De todas maneras, evidentemente podríamos mantenernos en contacto.

Casi inmediatamente de colgar, el teléfono volvió a zumbar.

—¡Bess! ¡Me alegro de oírte! ¿Cómo fue por Sicilia? Y si vamos al caso, ¿cómo fue por Río?

—Río fue fantástico, Sicilia fue fantástica; conseguí incluso hallar el más fantástico trozo de terciopelo negro estampado. Pero aún es más fantástico estar de vuelta aquí en mi pequeño apartamento.

—Sé lo que quieres decir.

—Cuéntame las nuevas.

Al fin, pudo explicarle David el descubrimiento de Hale y lo del tribunal.

—¡Oh, David! Eso es maravilloso. Me siento tres metros más alta. ¿Vas a volver a Roma para que podamos celebrarlo?

—Pronto... pero no sé cuando. Hoy estamos un poquito preocupados con la venta de la reina. Tres profesores la han atacado en la prensa.

—Sí, lo sé. Algunos periódicos italianos ya han venido a conocer nuestra reacción.

—Qué rápidos. ¿Qué les decís?

—Nada. Sin comentarios. Que nos halaga que vuestra reina esté emulando a Thomas, y que esperamos que la venta vaya bien. Pero no deseamos vernos involucrados en una cuestión interna británica.

—He tenido una mala sensación sobre esta venta desde el comienzo. Nunca sentí lo mismo con las ideas de Thomas.

—Un consejo, David querido. No te limites a sentarte y a esperar que la historia vaya cobrando dimensión. Mira si puedes adelantarte a los acontecimientos, con un nuevo enfoque. Si consigues mantener a la prensa informando, retrasas su pensamiento. Si lo retrasas bastante, siempre acaba por ocurrir algo que les distrae completamente.

—Gracias por el consejo... pero basta de mí. ¿Cuándo me voy a enterar de todo lo de Río?

—En cuanto plantes aquí tu cuerpecito serrano. Pasaron tantas cosas que van a hacer falta varios platos de pasta de Gina. Pero de momento, estamos algo preocupados por lo que pueda salir del juicio de Cuba. No pinta bien, y si tienes dificultades en comunicar conmigo será porque yo estoy tratando de encontrar a nuestros contactos en La Habana.

Después de colgar, David pensó en lo que Bess le había dicho, sobre no limitarse a esperar que el ataque contra la reina se fuera agrandando por sí solo. ¿Qué podía hacer?

Se fue a la ventana y contempló la plaza. En las escaleras de la Biblioteca de Londres reconoció a dos autores famosos charlando juntos. Observó que uno de ellos daba al otro un poco de calderilla que el segundo metió en un parquímetro. Aquella simple acción le dio una idea a David. ¡Eso era! Sí, podía funcionar. De otro modo las cosas podían escapársele de las manos. Se dirigió al teléfono.

—Callaghan.

—David Colwyn, de Hamilton's.

—Ah, sí. ¿Problemas?

—No. Realmente, no. Me preguntaba si estaría usted libre para tomar una copa esta noche. He tenido una idea.

—Veamos, No, no hay nada de lo que no pueda pasar. ¿No puede resolverse esto por teléfono?

—No.

—Muy bien entonces, a partir de las seis y media, cuando quiera.

—Bien, digamos en Booth a las seis cuarenta y cinco.

Liam O'Donell estaba irritado. Era un tipo del Ulster alto, rudo y fogoso. Su cabello rojo parecía salirle disparado de la cabeza, y las venillas de las mejillas le daban un aspecto como si le hubieran pulido con barniz rojo. Aquella mañana estaba realmente más que irritado; estaba a punto de llorar de rabia.

Aparcó su gran Ford negro en el hueco reservado para él y, aunque llovía, bajó del coche sin preocuparse del impermeable que tenía en el asiento trasero; inmediatamente se puso a caminar por el patio hacia una blanca puerta doble sobre la que un rótulo anunciaba: «Construcciones O'Donell.»

—¡May! —gritó a su sorprendida secretaria—. Dígale a Michael Kennedy que quiero verle.

Kennedy era el encargado de la empresa de O'Donell, que, cuando llegó apresuradamente a donde se encontraba su jefe, descubrió, para gran sorpresa suya, que el hombre tenía un vaso de whisky en la mano.

—Siéntese, Michael. Tome una copa.

A Kennedy no le gustaba el aspecto de aquello. O'Donell era un patrón recto, y nunca tomaba whisky antes de las siete de la tarde. Así había hecho prosperar a la empresa. O'Donell construía casas, carreteras, incluso puentes y hospitales, y siempre entregaba el pedido a tiempo y dentro del presupuesto. Kennedy se sirvió un poco de whisky y se sentó. Miró a su alrededor. El despacho era como el hombre: sólido y nada ostentoso. Una mesa moderna, otra para reuniones, una foto de su mujer, ahora muerta, y de su hijo, también muerto, por el IRA, estúpidos bastardos, cuando volaron un restaurante. La oficina de un hombre que no tenía vida hogareña, que vivía para su trabajo y que se pasaba la mayor parte del tiempo alejado de ella en solares por todos los seis condados.

O'Donell le miró. Un teléfono sonó en la oficina exterior. Mientras O'Donell empezaba a hablar, Kennedy supo lo que venía y cerró los ojos.

—Hemos perdido otro encargo. El puente, el nuevo que cruza el Bann en Coleraine —dijo O'Donell—. Esto hace cuatro, en siete semanas.

—¿Quién... quién se lo llevó esta vez?

—Foley's —repuso O'Donell, airado—. Otra vez. —Foley era una empresa relativamente nueva. Una empresa católica—. Y por la misma razón.

—¿Dinero?

El jefe asintió.

—Me han dicho que su oferta era inferior a la nuestra en un *trece* por ciento. Los materiales tienen que ser iguales. El trabajo, dudo que los costos de administración, o el transporte sean tan buenos como los nuestros. —Se vertió un poco más de whisky en la garganta—. Pero desde que existe esta maldita fundación del Papa, pueden conseguir dinero más barato. Eso es lo que nos jode. Es injusto.

Los dos hombres estaban sentados uno ante el otro, mirando pesimistamente la lluvia que golpeaba la ventana de la oficina de O'Donell. El jefe estaba cada vez de peor humor últimamente, y Kennedy se había acostumbrado a sentarse con él, hasta que lo soltaba todo. Pero nunca le había visto así a una hora tan temprana.

—Hubo una época, Michael, en que una empresa protestante se hubiera llevado estos contratos, fuera cual fuera la cifra de su oferta. Eso era injusto, también... tú sabes que yo pienso así. Pero nos vamos al otro extremo. Son los católicos los que se hacen con todo.

Kennedy asintió. El jefe no tenía necesidad de convencerle.

O'Donell respiró ruidosamente y se levantó. Se dirigió pesadamente a la ventana y miró abajo, a través de la lluvia: la maquinaria, el material diverso, el despacho del aparejador, todo aquello de que tan orgulloso estaba. Fue a servirse otro whisky, pero se lo pensó mejor. Se dio la vuelta y apuntó con la botella a Kennedy.

—Cuatro pedidos, Michael, perdidos en siete semanas. Eso nos deja sólo uno al que optar. El cine de Larne. Sale a subasta la semana que viene. —Dejó la botella en la estantería—. Si no conseguimos eso, voy a tener que empezar a despedir gente.

Fueran como les fueran al Santo Padre y a Bess las cosas en Cuba, en Beirut empalmaban los éxitos. Las fuerzas de seguridad cristianas de aquella ciudad descubrieron que, como resultado de la Fundación de San Patricio, la calidad de su información empezaba a mejorar espectacularmente. Se efectuaron varios arrestos contundentes, y tres enormes descubrimientos de armas y municiones, obligando a las fuerzas paramilitares musulmanas a volverse atrás.

David ordenó a su secretaria que recortara todo lo que se publicara en los periódicos sobre las actividades de la fundación. Él no era en absoluto responsable del uso que se diera al dinero, pero pronto se anunciarían los primeros dividendos del fondo que él había contribuido a crear, y necesitaba estar al corriente.

En general, David se sentía muy optimista. Ned visitaba a Wilde; él iba a recibir pronto su condecoración papal, y cuando fuera a Roma para ello se llevaría a Ned, de modo que finalmente tendría lugar la gran reunión entre su hijo y Bess; había vuelto a ver al tribunal... Pensaban que había caso y le tomaron las pruebas bajo juramento. Igualmente, la idea de David de desviar las críticas de la venta de la reina parecía estar funcionando.

Todo se había planeado durante la copa que tomó con Callaghan. Juntos, David y el secretario de prensa de la reina, constituían una formidable pareja, perfectamente capaz de retorcer algunos aristocráticos brazos, y una semana después David estaba listo para hacer una declaración. Ésta constituía la primera plana de los periódicos serios, y demostraba que Bess había tenido razón: concibiendo un plan que hiciera circular la historia, los periódicos se veían obligados a informar sobre hechos, en vez de limitarse a criticar.

«Otros coleccionistas —rezaba el subtitular del *The Daily Telegraph*— siguen el ejemplo de la reina y venden arte para ayudar a los pobres.» El texto continuaba: «Hamilton's, la casa subastadora de Bellas Artes, anunció anoche que algunos coleccionistas británicos, impresionados por la decisión de la reina de vender parte de la colección real para recaudar fondos destinados a la ayuda internacional, han prestado su apoyo donando pinturas de su propiedad que se añadirán a la venta.»

Entre los coleccionistas figuraban lord Haddon, quien vendía su cuadro de Breughel *Campesinos patinando*; Mr. David Berry, presidente del IMI, que aportaba su *Torcello* de Canaletto, propiedad de la familia durante generaciones; sir Frank Richter, el editor, que enviaba su pequeño aguafuerte de Rembrandt, *La lección*, y el conde de Stow, que vendía su famosa *Corrida de toros*, de Goya, actualmente prestado a la Galería Nacional de Gales.

«Esta notable muestra de apoyo a la oferta de la reina tiene lugar sólo algunos días después del ataque de los tres profesores de arte contra la venta de Su Majestad, considerándola como contraria a los intereses nacionales. Mr. Michael Callaghan, el secretario de prensa de la Reina, acogió anoche favorablemente la noticia. Dijo: "Estos donativos demuestran, creo, el apoyo que Su Majestad tiene en el país."»

David tenía razones personales para estar satisfecho con la historia. Sabía que había impresionado a Callaghan tanto con la idea en sí como con la manera en que posteriormente la había llevado a cabo.

En *The Times* seguían apareciendo cartas sobre la venta pero desde el anuncio de Hamilton's, las críticas contra la reina habían perdido mucha de su fuerza. O al menos, así lo parecía.

Charlie Winter, sentado en su Pontiac azul pálido en una calle de Nueva York, se tocó ligeramente la pistola que llevaba bajo la chaqueta. Estaba decididamente nervioso. Lo estaba a menudo en esta fase de una operación. Su compañero, Harry Weizack, sentado a su lado, guardaba silencio. Durante los últimos tres días, siguiendo una información por la que habían pagado buen dinero, y aún tendrían que aflojar mucho más si esta vigilancia daba su fruto, había estado siguiendo a tres hombres. La información decía que aquellos hombres eran traficantes de heroína e iban a recibir un cargamento con un valor en la calle de siete millones de dólares. Charlie y Harry, investigadores especiales del Departamento de Aduanas de los Estados Unidos, habían descubierto a los tipos en cuestión tres días antes en el Aeropuerto Kennedy, donde dos de ellos habían ido a recibir al tercero que llegaba en vuelo de la Lufthansa procedente de Frankfurt.

El informador había identificado al pasajero del avión desde una cabina de observación de cristal del vestíbulo de llegadas (lugar donde había recibido el primer plazo de su dinero). Los otros dos acompañaron al recién llegado a una furgoneta, y antes de que el vehículo entrara en el túnel del centro de la ciudad, el computador del Departamento de Aduanas situado en el World Trade Center en el Bajo Manhattan lo había identificado: estaba registrado a nombre de una empresa de carnes de New Jersey que, según se sospechaba, era en parte propiedad de la familia Cicognani, una de las cinco familias de gángsters de Nueva York. Cuando la furgoneta doblaba hacia el sur en Lexington Avenue, Charlie disponía ya de otros tres coches de apoyo: sólo con un *box* de cuatro coches podía Aduanas estar segura de que la furgoneta sería seguida sin que lo descubrieran.

Y así se hizo durante setenta y dos horas, discretamente. Era posible que el recién llegado fuera el suministrador. Había sido identificado por los funcionarios de aduanas en el Kennedy como Hellmut Ewald, de nacionalidad alemana, pero no era conocido de la Interpol o la policía alemana, ni sus datos figuraban en el ordenador de Aduanas. A primera vista, había llegado «limpio»: su «mercancía» probablemente había sido introducida de contrabando algunos días antes, procedente de un país diferente, y ahora estaría siendo almacenada secretamente. Los hombres que habían ido a esperarle eran sin duda simples enlaces, intermediarios que corrían los riesgos en nombre de la familia Cicognani.

Charlie y Harry se habían instalado para una larga espera. Sabían, por anteriores experiencias, que el alemán querría asegurarse de que no le seguían, o de que no le habían atraído a una trampa. Querría ver el color del dinero Cicognani. Querría estar seguro.

Se había alojado en el Grammercy Square Hotel, con el nombre del pasaporte que usaba. Había ido al cine y comido en una *brasserie* de la parte alta de la ciudad, en la calle 54. Dos veces le había recogido la furgoneta, llevándole a dos direcciones separadas, una en Mercer Street en el Soho, y otra a la calle 18 justo a la altura de Broadway. Después, aquel domingo por la mañana, le habían recogido por tercera vez, muy temprano, y llevado a Rotier Street en el Queen's. Charlie esperaba que por fin iba a ocurrir algo. Se estaba impacientando.

La furgoneta estaba aparcada ahora delante de una tienda de juguetes. Como era domingo, la tienda estaba cerrada. Uno de los gángsters esperaba en la furgoneta mientras el otro había ido adentro con Ewald.

De repente, mientras Charlie se dedicaba a imaginar el desayuno que se estaba perdiendo en casa, la puerta de la tienda se abrió y el otro gángster salió a la calle. Sujetó la puerta para que se mantuviera abierta y luego fue a abrir la puerta trasera de la furgoneta.

—Parece como si se movieran —dijo Harry.

—Preparados —susurró Charlie por su micrófono—. Los sospechosos quizás estén cargando lo que esperamos en su furgoneta.

El hombre reapareció en la puerta, esta vez llevando dos cajas de cartón. El otro bajó del asiento del conductor, rodeó el vehículo hasta la parte trasera y se encaramó a él para poder coger las cajas. Luego el primero regresó al interior de la tienda mientras el conductor encendía un cigarrillo.

Charlie echó mano a los prismáticos que llevaba en la guantera. Cuando el primer hombre volvió a salir pudo ver que había unos rótulos en rojo sobre las cajas de cartón, aunque el brazo del individuo le impedía leer lo que decían.

Esperó a que el hombre saliera por tercera vez. Respiró pesadamente.

—Mierda, Harry, podría ser esto. ¿Sabes lo que debería haber en aquellas cajas de cartón? Aceite de oliva. ¿Desde cuándo las jugueterías venden aceite de oliva?

Cogió su radio.

—Conforme, chicos, vamos a entrar en acción. Están cargando algunas cajas de cartón que parecen demasiado jugosas para dejarlas pasar. Pete, ¿estás ahí?

—¡Charlie!

—Dirígete a Shilton Street y bloquéales la salida... pero espera a que te avise.

—Conforme.

—¿Jimmy?

—Aquí estoy.

—Debe de haber una entrada trasera de esta tienda en alguna parte, probablemente un callejón a la altura de Old Street. Ve y encuéntrala.

—Eso está hecho.

—¡Rocco!

—¿Sí?

—Cúbrenos, por si la cosa se complica.

—Ahí estaré. Puedo veros desde aquí.

—De acuerdo entonces. ¿Hay alguien que no esté preparado o no tenga claro lo que debe hacer?

Silencio.

—Buena suerte, entonces. ¡Adelante!

Charlie y Harry subieron discretamente por Rotier Street, llegando ante la tienda justo en el momento en que uno de los dos hombres desaparecía nuevamente en su interior. Mientras Charlie frenaba y colocaba el Pontiac de modo que bloqueara la marcha de la furgoneta, Harry —que ya había bajado su ventanilla— apuntó con su arma al conductor.

Le llevó a éste un par de segundos darse cuenta de lo que estaba sucediendo, pero fue suficiente. A estas alturas, Rocco era ya visible a unos veinte metros calle abajo, y Charlie había bajado del coche y apuntaba al conductor también. El hombre no ofreció ninguna resistencia.

Pero entonces la puerta de la juguetería se cerró de golpe, y pudo oírse cómo corrían los cerrojos. Los hombres de dentro les habían visto. Mierda, pensó Charlie, ahora las cosas pueden ir francamente mal. No quería una salva de disparos sin haber avisado a la vecindad, no era una buena publicidad para el Departamento de Aduanas. Sin embargo, no parecía haber elección.

—¡Harry! —gritó, y los agarró a él y al conductor de la furgoneta empujándoles detrás del vehículo, fuera de la vista por si empezaban los disparos. Eso también le dio una oportunidad de registrar al conductor. Sorprendentemente, no iba armado... descubrieron más tarde la pistola bajo su asiento en la furgoneta. Harry lo esposó al volante de modo que él y Charlie estuvieran libres para perseguir a los otros.

Pero, tal como fueron las cosas, los disparos no empezaron en Rotier Street. Antes de que Charlie y Harry tuvieran oportunidad de decidir cómo abordar la parte delantera de la tienda, se oyeron tiros en la parte trasera.

Charlie se movió por la calle para que Rocco se hiciera cargo de la situación mientras él y Harry avanzaban hacia la parte delantera de la tienda. Miró al interior por la ventana, más allá de las estanterías de muñecas y aviones de plástico. La tienda parecía vacía. Utilizando el cañón de su arma rompió el cristal de la ventana mientras Harry se aplastaba contra la pared de ladrillos.

Nada. Charlie metió el brazo y abrió el cerrojo, cuidando de no desgarrarse la piel con los cristales rotos. Abrió la puerta.

Nada todavía.

Harry se puso de pie y juntos entraron en la tienda. La primera habitación, la tienda propiamente dicha, parecía estar bien surtida de mercancía, pero estaba llena de polvo, como si llevara cerrada algún tiempo. Probablemente era así. Charlie se metió a continuación en un estrecho pasadizo que daba a una pequeña trastienda. Allí se quedó inmóvil al ver movimiento detrás de la ventana.

—Harry —susurró y señaló con la mano.

—Delante mismo de ti.

Harry se aplastó contra la pared donde se abría la puerta, su arma apuntando a la altura de la cabeza hacia quien pudiera cruzar la puerta trasera.

Se quedaron de pie a cada lado, y Charlie hizo una seña al otro para que la abriera. Afuera hacía un día soleado. No había absolutamente nadie. Charlie empezó a sudar: se habían enredado mucho durante meses, y no le gustaba el aspecto de aquello. Tenía que moverse, no obstante. Aquellos primeros disparos debían de haber llevado gente a la calle, y todos estaban ahora expuestos al riesgo.

Atravesó el vano de la puerta centímetro a centímetro. Mientras lo hacía, observó una sombra a la izquierda detrás del entibado de madera que rodeaba unos tubos. Decidió que el sentido común era la mejor parte del valor.

—Somos dos —dijo en voz alta—. Sabemos que estáis detrás de aquellos tubos. Quizás os carguéis a uno de nosotros, pero no a los dos. Y vuestro compadre está esposado a la furgoneta. No podéis escapar.

Estaba sudando nuevamente. Había imprimido a su voz más confianza de la que en realidad sentía.

—¿Señor?

Al principio Charlie pensó que la voz era la de Harry. Luego se dio cuenta de que venía del exterior. De detrás de los tubos.

—¿Jimmy?

—Sí, señor, soy yo.

—Cristo, casi te mato.

—Pues a usted le fue de poco.

—¿Qué ha pasado?

—Los cogimos. Uno está herido, en el brazo y el pecho, y el alemán se entregó.

—Santo cielo. No me digas. ¡Diablos!

—Por aquí...

Y Jimmy encabezó la marcha a través de un pequeño patio, hasta un callejón. Allí, el compañero más joven de Jimmy vigilaba a Ewald y al gángster herido.

Al mismo tiempo, y tal como temía Charlie, un grupo de vecinos permanecía observando al otro extremo del callejón.

—¿Habéis llamado una ambulancia?

—Sí, señor.

La operación fue liquidada rápidamente. Llegó la ambulancia, se dispersó la multitud, y Charlie y Walter se marcharon con Ewald en el coche, en tanto que el conductor de la furgoneta se iba con Jimmy. Pero no antes de que abrieran las cajas de cartón. Por un momento, Charlie pensó que había cometido un espantoso error... cada caja contenía realmente botellas de aceite de oliva. Sólo cuando se quitaron las botellas y las cajas conservaron curiosamente bastante de su peso, se dieron cuenta de que debían de tener un doble fondo. Rasgando la caja con el cuchillo, Charlie descubrió lo que habían estado buscando: un kilo bien pesado de blanco polvo cayó al suelo cuando dieron la vuelta a la caja. Y había treinta cajas.

Aquella misma noche, más tarde, Charlie efectuó su último pago al informador, y empezaron los interrogatorios. Rápidamente se hizo un interesante descubrimiento. Los dos hombres de Nueva York eran inmigrantes ilegales. Ambos de Sicilia.

—¿Cuántos antipapas han existido?

—¡Ned! No me parece que ésta sea una pregunta muy adecuada. En este momento.

Se produjo un divertido silencio en torno a la mesa de Gina's. Todos se habían sentido muy nerviosos con esta reunión: David, Bess y Ned. David sabía que las numerosas preguntas de Ned eran un signo de nerviosismo, y también sabía que, si a Ned no le hubiera gustado Bess, se hubiera quedado callado.

Estaban celebrando la investidura de David de la Orden de San Silvestre, que había tenido lugar aquella misma mañana. Era la primera vez que David y Bess se encontraban desde que Thomas hubiera cambiado de opinión sobre el divorcio. Las noticias eran mejores ahora, sin embargo: el tribunal de Londres había considerado las pruebas, el «Defensor del Vínculo» las había valorado, y la petición, favorable, relativa al caso de David estaba ahora con el obispo. Si éste se mostraba de acuerdo, la siguiente fase era mandarla a Roma.

—¿Cuándo fue el Gran Cisma, entonces? —insistió Ned—. ¿No gobernaron algunos papas desde Avignon y otros desde Roma?

Fue Bess la que respondió:

—No tengo ni idea, Ned. La historia nunca fue mi fuerte. Yo trato con el presente. Ahora bien, si mañana quieres echar una mirada al ordenador papal, *eso* es algo que *sí* conozco.

—¿Qué puede hacer?

—La pregunta es qué *no* puede hacer. Puede facilitarte los números de teléfono de todos los obispos del mundo, la naturaleza y localización de todos los milagros modernos... con nuestra valoración de ellos, una lista de todos los católicos del mundo que nos han dicho que, cuando mueran, donarán sus propiedades a la Iglesia, cálculos de quién escucha la radio del Vaticano, valoraciones de las creencias religiosas de líderes mundiales, cada lugar donde se dice que hay un trozo de la Santa Cruz y otras reliquias...

—¿Hay milagros todavía?

—Oh, sí. Te sorprenderías. Ven mañana y averígualo.

Ned miró a su padre.

David sonrió y dijo:

—Por mí, estupendo. Pero tendréis que ir solos. Yo he de pasar la mañana en el Archivo, persiguiendo a Leonardo.

—¿Quedamos así, entonces? —preguntó Bess. Ned asintió inmediatamente.

David se relajó. Ned no hubiera aceptado acompañar a Bess, por su cuenta, de no haber estado dispuesto. Era una buena señal. David se sentía optimista, también, por la conversación que había tenido con Wilde el día antes de que él y Ned volaran a Roma para la investidura.

—Estoy consiguiendo algo de material bueno —dijo Wilde cuando David llamó para saber cómo iban los progresos.

—¿Material bueno? ¿Qué quiere usted decir?

—Lo siento. Quiero decir que Ned está empezando a hablar mucho más libremente en nuestras sesiones. No tengo intención de ser concreto, el chico ha de poder confiar en mi discreción, pero *puedo* decirle a usted que él habla más, dice más cosas, y con más sentimiento.

—¿Puedo saber, de una forma general, de qué están ustedes hablando?

—Del futuro.

—¿No es un poco insólito eso?

—Mucho. La mayor parte de los psiquiatras se concentran en el pasado, en las circunstancias que han llevado al paciente a su cuidado. Yo prefiero que mis pacientes piensen en el futuro, sus placeres, sus posibilidades, en cuanto puedo. La técnica tiene sus riesgos: si la gente ve su futuro negro, el efecto puede ser deprimente. Pero si funciona, la recuperación puede ser bastante rápida.

—¿Y con Ned?

—Dos cosas. Parece que se ha asustado con su intento de suicidio. Eso ocurre algunas veces. El principal efecto, clínicamente, es que eso le trastorna el sueño. Los miedos siempre salen a la superficie en la oscuridad, en la cama. He recetado, por lo tanto, un sedante ligero y se lo he comunicado a la escuela: naturalmente, será su director quien tenga las tabletas, no Ned. Usted debería guardar también algunas en casa, para cuando esté con usted.

—¿Cuánto tiempo va a necesitarlas?

—No demasiado. Las tabletas son tan suaves como he podido, y Ned no debe usarlas como una excusa para quedarse en cama por las mañanas. Se lo he dicho al director de la escuela y se lo digo a usted. El dormir en exceso es un signo malo, y no debe permitírsele.

—Lo que usted diga. Pero ha mencionado usted dos cosas.

—Sí. En nuestras charlas sobre el futuro, he descubierto que Ned tiene una pasión secreta. No se lo ha dicho a usted ni a su madre porque cree que lo desaprobarían.

—¡No! No somos del tipo que desaprueban... seguramente.

—Los dos tienen ambiciones sobre Ned. Usted quiere que vaya a la universidad, por ejemplo.

—¿Es tan raro eso... o tan malo?

—Quizás no, pero Ned no lo ve así.

—¿Me está usted diciendo que no quiere ir a la universidad? De pequeño, sin embargo, no pensaba en otra cosa. ¿Quiere hacer algo diferente? ¿Le ha dicho eso?

—Francamente, sí. Y tengo la impresión de que desea que se lo haga saber. Aunque está auténticamente interesado en las falsificaciones, su verdadero interés es el oro. Adora las cosas doradas, la joyería de oro, los objetos de oro de la historia, aquellas maravillosas pinturas de Siena con fondos dorados, las encuadernaciones de oro, el oro molido. Se sorprendería usted de lo mucho que ha leído al respecto, de lo mucho que sabe. De todos modos, más que ir a la universidad y estudiar un curso académico, lo que quiere es ser artífice. Quiere ser aprendiz de orfebre.

David estaba sorprendido y desconcertado. Nunca se le había cruzado por la mente la idea de que Ned pudiera no desear ir a la universidad. Examinó sus sentimientos. ¿Estaba decepcionado? Para ser sinceros, suponía que sí. Siempre había imaginado a su hijo en la universidad. Se daba cuenta de que parte de sus sentimientos tenía su origen en el hecho de que, al parecer, los hijos de sus amigos iban todos a la universidad actualmente. Él había supuesto que Ned querría hacer lo mismo. Por otra parte, ¿era tan terrible que Ned quisiera ser un orfebre? A fin de cuentas, David conocía a muchos restauradores de pintura, esmaltadores, joyeros y, sí, orfebres de oro y plata... y los encontraba una especie pacífica, hombres y mujeres que obtenían una tranquila pero muy positiva satisfacción de su trabajo. Cuanto más pensaba en ello, más cuenta se daba de que una carrera así encajaba con la personalidad de Ned. Y su hijo le seguiría en las artes... siempre había deseado eso.

—¿Qué debería hacer? —preguntó a Wilde.

—Enfrentar el hecho. Discutirlo con él. Decirle lo que siente usted. *¿Cómo* se siente?

—Sorprendido. Parte de mí, decepcionado, pero puedo ver que tiene cierto sentido para Ned.

—Bien. Estamos haciendo realmente progresos ahora. Hágame saber cómo ha ido la charla con él. Él me dará su versión, pero me gustaría también oír la suya.

Ahora, en el almuerzo en Gina's, David aún tenía que suscitar el tema con Ned. Quería hacerlo de la manera más natural posible, y aún no había conseguido imaginar cómo. En aquel momento Gina se acercó a la mesa y habló con Bess. Llamaban a la *signorina* por teléfono. Bess se levantó y se fue al extremo del bar, donde estaba el teléfono. Estuvo un buen rato. Al volver se sentó, hurgó en su bolso y luego llamó a David aparte.

—Aquí están las llaves del piso. Lleva a Ned allí después del almuerzo, y nos veremos más tarde. Simplemente voy a desaparecer, no quiero estropear la fiesta.

—¿Qué pasa? ¿Por qué te vas? *¿Adónde* vas?

—A la oficina, ¿adónde, si no?

—¿Cuánto rato estarás? Ned se decepcionará. Yo estoy decepcionado.

—No sé cuánto tiempo. Quizás bastante. Por favor, excúsame con Ned. Pero debo irme.

Rápidamente le puso la palma de la mano sobre la boca a David para que pudiera besarla.

—No has dicho lo que pasa. ¿Es malo? Pareces preocupada.

—*Estoy* preocupada. Por Thomas. Acabamos de recibir noticias del arzobispo de La Habana. A pesar de la intercesión de Thomas, los ocho asesinos fueron ejecutados esta mañana.

Cuando Jack Silver, el alcalde de Nueva York, se enteró del asunto de la heroína de Charlie Winter, su primera reacción fue ir a visitar al hombre de las Aduanas en el World Trade Center. Luego convocó una conferencia de prensa en el Ayuntamiento. Entró a grandes zancadas en la sala y empezó a hablar casi antes de haber llegado junto al micrófono. Era un hombre bajito, de abundante cabello negro, ojos anchos y una boca grande en todos los sentidos. Su familia poseía negocios de confección, pero eso nadie lo hubiera imaginado a juzgar por su descuidada manera de vestir.

Habló rápidamente:

—Lamento convocarles a ustedes, muchachos, con tanta precipitación. Sé que a ustedes les gusta un poco de descanso después del fin de semana. —Los reporteros que esperaban se rieron cortésmente... era un chiste que habían oído más de dos veces anteriormente—. Pero estoy encantado con algo y molesto con algo. Me imagino que también estoy un poco frenético. Podrían ustedes describirme incluso como furioso. Y ustedes, chicos, saben cómo me gusta «soltar».

Lo sabían, sí. Silver había llegado a donde estaba, «soltando». Era un profesional de la indignación, un maestro en el arte de sentirse la víctima inocente y ultrajada. A su modo, tampoco era mala cosa. En realidad, era una astuta habilidad política. La gente —los votantes— tienen sentimientos. Algunas veces tienen poderosos sentimientos. No siempre *quieren* que sus representantes políticos vean los dos aspectos de una cuestión. En ocasiones quieren que se les demuestre que sus prejuicios son compartidos y que son tan respetables que pueden ser dichos en voz alta. Así era como Silver se veía a sí mismo: como un altavoz.

—¿Por qué estoy encantado? Voy a decíroslo. ¿Qué es lo que me enciende? Llegaremos a eso más tarde. Estoy encantado, muy encantado, con nuestros chicos de Aduanas. Once millones de dólares en heroína no es una bagatela. Quizás signifique que unos quinientos chicos de aquí, de Nueva York, no van a terminar como trastos viejos. Tal vez más. Esos muchachos de Aduanas, Charlie Winter y sus camaradas, se merecen una palmada en la espalda. Corrieron algunos riesgos, pero la cosa funcionó. He escrito a su jefe, el secretario del Presupuesto, y he aconsejado una gratificación. Tengo aquí una copia de la carta. La ciudad va a honrarles también, y quiero que ustedes, los chicos de la prensa, lo apoyen. Ya hay bastantes malas noticias en vuestros condenados periódicos, como fotografías de mi fea cara, y conviene que demos aquí algunas buenas noticias, para variar.

»Y ahora, ¿por qué estoy tan furioso? Bueno, llevará un poquito más de tiempo explicarlo, así que si necesitan cambiar la cinta de su grabadora, o quieren ir al retrete, háganlo ahora.

Silver hizo una pausa y sonrió. Sabía que él era un buen asunto para los reporteros. Era la mejor forma de que su mensaje llegara a los condenados periódicos sin desnaturalizar.

»Estoy furioso porque dos de esos malditos traficantes de heroína resultaron ser inmigrantes ilegales. Pagamos suficientes impuestos para detener esta clase de cosas, pero sigue existiendo. Y estoy loco, estoy furioso porque esos dos tipejos son inmigrantes sicilianos ilegales. Déjenme que les recuerde la última vez que unos inmigrantes sicilianos ilegales fueron titulares de periódico en este país. Unos días antes de la gran venta de los tesoros vaticanos, en la catedral de San Patricio, aquí en Nueva York, un cuadro, una inapreciable obra maestra como ustedes recordarán, fue acuchillado en el Museo Getty de California. La Mafia lo hizo porque quería desquitarse del Papa, quería venganza porque su Fundación en Sicilia se había demostrado tan eficaz. Estuvo luego aquel asunto del aeropuerto de Oakland. Lo que parecía un incendio accidental en un almacén y un fallo en las luces de la pista, justo cuando estaba aterrizando un 727, resultó que formaba parte de un chantaje de protección. El 727 consiguió evitar la colisión y nadie se hizo daño. Pero corrió el rumor de que inmigrantes sicilianos, inmigrantes sicilianos ilegales que habían huido de Italia a causa a la Fundación del Papa, eran responsables de eso también y consiguieron sustanciales pagos de las autoridades del aeropuerto de Oakland.

»Bien, siempre he sido un gran admirador del Papa Thomas, y no sólo porque sea americano. Lo que ha hecho, vender aquellos cuadros y dedicar el dinero a obras de caridad, es realmente bonito. —Silver extendió los brazos—. Oh, era un gran admirador. Hasta anoche. Esta mañana *sigo* siendo un admirador... pero parte de mí está bufando de cólera. Y de eso quiero hablarles. Anoche, muy tarde, fui a Aduanas a felicitar a aquellos muchachos. ¿Y qué descubro? Descubro que estos dos sicilianos, uno de los cuales está en el hospital a vuestra costa y a la mía, uno de los cuales está en prisión a vuestra costa y a la mía, se han visto obligados a abandonar también Sicilia a causa de la fundación del Papa. —Los reporteros se sentaron. Hasta ahora había sido divertido, un típico discurso del pintoresco Silver. Ahora llegaba al meollo.

»Como he dicho, creo que el Santo Padre es un hombre estupendo. Soy judío, y los judíos y los católicos han tenido sus diferencias en el pasado. Pero esta cuestión nada tiene que ver con ello. Lo que me enfurece es que, si uno se fija bien, como resultado de la fundación del Papa en Sicilia, un puñado de gángsters sicilianos, una banda, o probablemente dos, han venido a América. Ilegalmente. Y aquí se han entregado a lo que mejor conocen: el crimen.

Dio un puñetazo en la mesa.

»¡Y eso no basta! Tenemos demasiada variedad de esa especie criada en casa para necesitar ayuda del exterior. —Bajó la voz—. Naturalmente, no estoy diciendo que haya que acusar a Su Santidad. Pero acusar no es la cuestión. El Santo Padre no tenía intención de que la pintura de Caravaggio fuera acuchillada en Los Ángeles. Pero lo fue. Jamás tuvo intención de que Fidel Castro fuera atacado. Pero lo fue. Nunca pensó en que aquellos tipos de Florida invadieran Cuba. Pero lo hicieron. Jamás imaginó que serían ejecutados. Pero lo fueron. Nunca supuso que los aviones que aterrizaban en Oakland corrieran tales riesgos. Pero los corrieron. Y estoy seguro de que jamás tuvo el propósito de que su fundación siciliana ayudara a fomentar el contrabando de heroína en Nueva York. —Con todo esto, su voz se había ido animando. Ahora ya volvía a gritar—. ¡Pero así fue!

Ahora Silver volvió a cambiar de táctica. Sonrió.

»Ustedes, chicos y chicas de los medios de difusión, siempre nos están diciendo que vivimos en una ciudad global, en un mundo cada vez más pequeño donde todo está relacionado, donde lo que sucede en una parte produce sus efectos en algún otro lugar. Bien, por una vez quizás ustedes y yo veamos las cosas igual. Los políticos lo saben. Ésa es una de las razones por la que nos movemos lentamente cuando ustedes siempre nos están apremiando para ir más de prisa. En cualquier cambio hay efectos que nadie puede prever. Para que nadie salga dañado, ¡a menudo gente totalmente inocente! —Apuntó a los periodistas con un dedo rechoncho—. Creo que lo que está sucediendo aquí... creo que el Papa, pese a toda su bondad, pese a toda su imaginación, pese a toda su compasión, es un ingenuo.

Levantó ocho dedos, sabiendo que eso constituiría una buena foto para las ediciones del día siguiente.

»Hasta el momento los planes del Papa han tenido éxito, o parecen haber tenido éxito, en ocho lugares. En Sicilia, en Foligno, en las islas Marquesas, en Sudamérica y en Nicaragua, en Beirut y en Irlanda del Norte, y, por lo que sabemos, detrás del Telón de Acero. —Hizo desaparecer una mano—. Pero ha habido tres problemas también. Efectos imprevistos, hasta el momento, supongo, eso es claro. Pero si algo más va a ir mal... bueno, estamos todos vigilando. No se puede simplemente inyectar dinero, del que el Papa tiene ahora a su disposición, en el mundo y *no* causar efectos secundarios. Así es el mundo. Los políticos electos lo saben.

»Ahora, vamos a tener que pagar, vosotros y yo, por esos sicilianos capturados el domingo. Tendremos que pagar mientras están en custodia. Tendremos que pagar por el juicio y, si son condenados, tendremos que pagar por mantenerles en prisión hasta que sean deportados. ¿Y podemos arriesgarnos a deportarlos? Si lo que oímos es cierto, no pasarían mucho tiempo en Italia. Inmigraron una vez ilegalmente... ¿qué les va a impedir hacerlo de nuevo? —Paseó su mirada por la sala—. Lamento haberme extendido tanto. Pero quería que todos ustedes supieran cómo me siento. Porque supongo que un montón de personas en toda la ciudad están sintiendo lo mismo.

En sí mismo, el discurso de Silver ya era bastante malo. Pero las ejecuciones de Cuba, a las que Silver se había referido, complicaban aún más la situación al Papa. Aquella noche Bess fue llamada a los apartamentos papales para una cena de emergencia con Thomas. Era una comida tranquila, íntima: los únicos invitados, además de Bess, eran los dos secretarios del Papa y el cardenal Rich.

Bess encontró a Thomas perplejo por el ataque de Silver. El Santo Padre jugueteaba con su sopa, un consomé de pollo.

—Seguramente un político como Silver, un hombre experimentado, sabe que tenemos que correr riesgos en lo que hacemos, ¿no?

—Sí —dijo Rich—. Sin duda. Pero Silver no es de los que les gusta hacer movimientos diplomáticos, considerados. Es un americano, un neoyorkino. Éstos se enorgullecen de decir lo que piensan, aunque eso que piensan pueda variar en el plazo de diez minutos. Debería usted saber eso, señor, siendo como es americano.

Thomas tenía aspecto pensativo.

—Quizás he estado en Europa demasiado tiempo. —Se volvió hacia Rich—. ¿Y la Fundación? ¿Está usted satisfecho de cómo van las cosas?

Rich se mostró firme.

—Oh, sí. No es tiempo de ponernos nerviosos. Silver tenía razón cuando dijo que no puede usted administrar el dinero que ahora tenemos sin enfrentarnos con problemas. Las obras de caridad de la magnitud que sean tienden a ser consideradas políticas. David Colwyn me dijo en su investidura que el gobierno británico está lejos de sentirse feliz con su reina, quien, como usted sabe, está siguiendo su ejemplo. Consideran su acción como una crítica implícita de su política. De modo que siempre habrá esa clase de riesgo. Más serio, creo, es el peligro de que donde corre tanto dinero se tiende a crear corrupción. Ésta no es una cuestión política, es una cuestión moral, y, desde mi punto de vista, mucho más perjudicial. La corrupción que había tras el atentado cubano, por ejemplo, nos hizo mucho más daño que el atentado mismo.

Thomas había estado escuchando atentamente. Ahora se volvió hacia Bess.

—Elizabeth, ¿qué piensa usted? ¿Debería replicar a Silver?

El vino era escaso en las comidas papales, y Bess estaba haciendo durar el suyo.

—Creo que deberíamos replicar... pero discreta e inteligentemente. Creo que deberíamos tener en cuenta lo que Silver dice sin armar un escándalo con ello. No estoy segura de estar totalmente de acuerdo con su Eminencia. Me parece que las ejecuciones de Cuba nos han hecho mucho daño, especialmente al combinarse con los arrestos de los sicilianos allí en Nueva York. No podíamos prever que esta especial coincidencia fuera a producirse, pero sospecho que, en política, suceden continuamente.

Llegó una pareja de monjas para llevarse los platos de sopa. Un cuenco de *spaghetti* fue colocado en el centro de la mesa, y fueron llenados de nuevo los vasos de agua y de vino.

—Siga, querida. ¿Cómo respondería discreta e inteligentemente?

Thomas siempre parecía mucho más alto cuando estaba sentado. Tenía un cuerpo muy largo.

—A eso voy, pero primero déjeme hacer otro comentario. La elección presidencial americana va a tener lugar en noviembre. Roskill, un católico romano, va en busca de su segundo mandato, y su oponente demócrata, el senador negro de Louisiana, Oliver Fairbrother, es baptista. De modo que lo primero que hay que tener en cuenta es que el catolicismo constituye ya un tema en la campaña. Por eso creo que deberíamos responder a Silver... porque las dificultades no van a desaparecer y no creo que debamos dar la impresión de que las evitamos. Nuestra respuesta, sin embargo, es nuevamente algo diferente.

Bess gozaba de la total atención de los otros. Los *spaghetti* se iban enfriando en la mesa ante ellos.

»Primero, deberíamos aprovecharnos del hecho que el Vaticano y los Estados Unidos tienen ciertas cosas en común, la más poderosa de las cuales es el odio contra el comunismo. La Santa Sede lleva muchos años opinando que la Iglesia, en el bloque oriental, está llena de agentes de la KGB disfrazados de sacerdotes. Tenemos pruebas de ello y en consecuencia casi durante el mismo tiempo hemos financiado la observación religiosa privada. Con el dinero de San Patricio hemos podido aumentar nuestro apoyo, que es actualmente sustancial, especialmente en Checoslovaquia, Hungría y Rumania. Sin embargo, hasta el momento hemos publicado muy poco sobre nuestros logros. ¿Hemos de sacarlos ahora a la luz? Algunos éxitos serían muy bien acogidos en los Estados Unidos.

Thomas estaba asintiendo aprobadoramente. Se volvió hacia Rich.

—Bien, Eminencia. ¿Qué piensa usted?

—Junto con un plato de pasta, creo que la de miss Lisle es la más nutritiva sugerencia de toda la noche.

Todos sonrieron y el *spaghetti* fue finalmente servido.

Rich habló mientras se servían.

—Nuestras investigaciones ya están casi completas, Santidad. Estamos casi dispuestos, en Hungría y en Rumania, para nombrar dos cardenales *in petto*, en secreto. Como primera medida, debería usted anunciar este hecho, que tenemos a dos hombres en su puesto, aunque no podemos nombrarlos. Eso demostraría que estamos haciendo progresos y subrayaría cuán difícil es trabajar en los países comunistas.

—Bien, eso es ya un comienzo —dijo Thomas—. Quizás debiéramos discutir el asunto de los cardenales mañana. Necesitamos estar seguros de que admitir su presencia no va a poner en peligro su trabajo, naturalmente.

Rich asintió.

Thomas se volvió otra vez hacia Bess.

—Una excelente sugerencia, querida. ¿Algo más?

—Sí —dijo la mujer—. Oh, sí. No lo he mencionado antes porque estaba esperando el momento oportuno. Pero me parece que ahora lo es. Creo que debería usted visitar América.

10

Michael Kennedy se quedó mirando fijamente a su jefe. O'Donell le había mandado llamar, en un solar del suburbio de Dundonald de Belfast donde estaban terminando la renovación de un cine. O'Donell se había quitado la corbata y la sostenía en la mano. El chaleco, bajo la chaqueta, estaba desabrochado. El cuello abierto de su camisa revelaba unos pocos mechones de pelo gris rojizo. Kennedy frunció el ceño.

–Dígamelo otra vez, Liam. No lo creo.

O'Donell agitó la corbata en un ademán de agotamiento.

–Hemos sido derrotados. Por Foley's, otra vez. Recorté todo lo que pude. Incluso me puse por debajo del costo en algunas cosas... Estaba decidido a ganar esta vez. ¡Pero es el dinero barato que están consiguiendo! Siendo católicos pueden hacerlo, con estos nuevos fondos del Papa. En un contrato de un millón de libras pueden ponerse por debajo de nosotros en 100.000. Eso es mucho dinero.

–¿Trató usted de invitar a alguien a una copa?

O'Donell se embutió la corbata en el bolsillo de la chaqueta.

–¡Naturalmente! Soy uno de los magnates del soborno de Belfast, Michael, usted ya lo sabe. Pero Foley's lo hizo también... y tienen cien mil libras más para jugar con ellas.

Los dos hombres se quedaron mirando el suelo que había entre ellos.

–Liam.

–Michael.

–Recuerdo lo que dijo usted la última vez.

–Umm.

–Dijo usted que si no conseguíamos esto, tendríamos que empezar a despedir hombres.

–Sí –repuso O'Donell, suspirando–. Eso es lo que dije.

–¿Aún es verdad?

Una larga pausa.

–Aún es verdad, Michael. Lo siento.

Otra pausa, esta vez de mayor duración. Luego Kennedy dijo:

–¿Cuántos?

Liam miró a su viejo amigo a los ojos. Sus azules ojos estaban tristes.

–Cincuenta, Michael. Cincuenta hombres. Quizás más.

Kennedy se balanceó ligeramente. Cincuenta hombres significaba cincuenta familias afectadas, quizás un centenar de niños. Los empleos no eran fáciles de conseguir en el Ulster. Trasladarse tampoco era fácil; nadie quería vivir aquí, de modo que uno no podía vender la casa, si es que tenía una. El encargado, que era también el delegado del sindicato, se enfureció de repente. Dio un golpecito al pecho de su jefe con el nudillo de su dedo índice.

—No voy a permitir esto, Liam. No voy a permitirlo, se lo aseguro. Déjemelo a mí.

La gira americana de Thomas, cuando fue anunciada, constituyó un éxito inmediato. El simultáneo anuncio del nombramiento de dos cardenales *in petto* (terminología vaticana para indicar «en secreto») tras el Telón de Acero cayó muy bien en Occidente. Igualmente, Bess tuvo un golpe de suerte. Inesperadamente, el gobierno chino reconoció finalmente la elección de Thomas del obispo de Pekín. Los tres millones de católicos de China tenían a menudo sus propios jefes, hasta el momento aprobados por el gobierno pero no por el Vaticano. Thomas, de este modo, había conseguido triunfar donde otros habían fracasado. En realidad, ésta era una obra clásica de *realpolitik* entre bastidores, porque los jesuitas se habían ofrecido a extender su enseñanza en el país *sin* incluir en ella la instrucción religiosa, al menos hasta que los alumnos tuvieran dieciséis años y fueran los bastante mayores para decidir por sí solos. La oferta era un simple *quid pro quo* que Thomas pensó que valía la pena. El dinero para estas nuevas escuelas iba a salir de las rentas del próximo año de la Fundación de San Patricio, que serían administradas localmente por el cardenal arzobispo de Hong Kong. Ni siquiera Jack Silver podía discutir el mérito de proporcionar educación a zonas rurales pobres.

Otra razón por la que la visita de Thomas captó la imaginación del pueblo americano fue la idea de Bess de que Thomas debería visitar su ciudad natal de Fort Wingate, Nebraska, antes de ir a Washington o a otra de las grandes ciudades. Eso dejaba a los políticos en el lugar que les pertenecía, al final de la cola. Aunque no por mucho tiempo, evidentemente. Estaba previsto que Thomas se entrevistara con ambos candidatos presidenciales, Roskill y Fairbrother, y con el alcalde Silver, puestos a ello.

Bess iba por tanto a zambullirse en uno de sus momentos especialmente ocupados, y la vida de David también iba a ser bastante ajetreada. La venta de los Manuscritos del mar Muerto estaba próxima, y, de hecho, descubrieron que ambos estarían en Nueva York al mismo tiempo.

Aunque probablemente estarían demasiado ocupados para verse. Por lo tanto, se escaparon tantos fines de semana como pudieron, bien a Roma o a Londres. En una de estas raras escapadas de Bess a Inglaterra, fue cuando le llevó a David las mejores noticias de todas. El Santo Oficio había recibido la petición del arzobispo de Wensminster. Habían superado dos obstáculos; les quedaban otros dos.

El coche salió de Llandovery, y tuvieron su primera visión del río Towy. Aquella parte de Gales, todo recto hacia el norte de Swansea, empezaba a estar muy cubierta de brezos. Por enésima vez, Ned se agitó en su asiento.

—¿Podéis decirme ya adónde vamos?

—No —dijo David—. Quiero que sea una sorpresa.

Habían transcurrido dos fines de semana desde la visita de Bess a Londres, que había ido muy bien, al menos en lo que a arreglos domésticos de David se refería. Bess y Ned habían disfrutado mutuamente mucho. Pero David estaba en un dilema en lo que a la investigación de Leonardo se refería. Había tenido un chasco en los Archivos Vaticanos: las cartas de Elisabetta Gonzaga no contenían ninguna referencia a Leonardo, ni como pintor, ni como ingeniero, ni como inventor. Sin embargo, el bienestar de Ned era mucho más importante que resolver el misterio de Leonardo, y por eso estaban en Gales ahora.

En Llanwarda torcieron a la derecha, y estuvieron subiendo sin parar hasta más allá de Talley. Pudieron ver un pueblo delante, tejados de pizarra gris con blancas chimeneas.

—Creo que hemos llegado —dijo David.

Ned siguió sentado, pero parecía desconcertado.

—¿Dónde estamos?

—Dos minutos más, y todo será revelado.

David había traído consigo un pequeño mapa con direcciones en él, que ahora volvió a consultar. Antes de entrar en el pueblo, torcieron a la derecha, hacia Cilycwm, y luego, después de un centenar de metros, a la izquierda, para torcer nuevamente a la derecha casi inmediatamente enfilando por una carretera que conducía a unas colinas. Al cabo de unos cuatrocientos metros, la carretera terminaba en una verja de la que colgaba un letrero nuevo que rezaba: MINA DE ORO DE PUMPSAINT. Ned miró el rótulo, y luego a su padre. Éste sonrió.

—El doctor Wilde dijo que estabas interesado en estas cosas. Es la única mina de oro comercial que opera en la Gran Bretaña. Fue reabierta este año, por primera vez desde el decenio de los treinta. Los encargados del departamento de oro y plata de la Hamilton's arreglaron esta visita. Nos esperan.

Los ojos de Ned se abrieron tanto como su boca. Pero todo lo que dijo fue: «¡Fantástico!»

Las siguientes tres horas fueron un sueño para Ned. Aunque David lo encontró fascinante también. Les mostraron todas las tareas de la mina: el perforado, la purificación del mineral, los dispositivos de seguridad, el producto acabado, suave, radiante, de un amarillo brillante. Posteriormente, sin embargo, ambos sabían que en el camino de regreso tendrían que hablar seriamente.

David esperó hasta que estuvieron en la carretera de Brecon y Abergavenny, que partía de Llandovery. Entonces dijo:

—¿Qué es lo que te hizo interesarte tanto por el oro, veamos?

—Fuiste tú, papá.

—¿Qué?

—Sí. Probablemente no te acuerdes, pero hará unos ocho meses me llevaste a la Worshipful Company de Artífices, de Londres.

David se acordaba.

—Me llevaste porque tienen allí una colección de sellos falsificados: punzones falsificados, moldes falsificados, ¿recuerdas?

Su padre recordaba perfectamente.

—Tenías razón, era muy interesante. Sabes que siempre me han gustado las falsificaciones. Pero descubrí que el oro era aún más interesante.

—¿Por qué?

No era una pregunta agresiva.

David no quería otra cosa que saber.

—Las falsificaciones, supongo, son interesantes a causa de sus imperfecciones. Son las cosas pequeñas las que descubren el juego. Por otra parte, ¡el oro es tan perfecto! Uno puede comprender por qué los antiguos lo adoraban. ¡Y tiene un *aspecto* tan maravilloso! Pero no estoy intresado en el oro por su valor, papá, sino en lo que puedes hacer con él, en sacar cosas hermosas de él. Sé que quieres que vaya a alguna universidad científica, pero, honradamente, me gustaría mucho más convertirme en aprendiz de orfebre.

—¿Pero estás seguro de que quieres empezar tan pronto?

—Sí. Hay que echarle muchos años de trabajo antes de poder hacer algo bueno. He leído en un libro que Benvenuto Cellini creó su famoso salero cuando tenía cuarenta y tres años, pero llevaba trabajando en el oro desde los diecinueve.

David estaba impresionado. Ned había hecho sus deberes.

—Parece como si supieras ya mucho.

—Un poco. Pero hay muchos más libros que quiero conseguir, exposiciones que quiero ver: monedas de oro, objetos de oro sudamericanos hechos por los incas, iconos, pintura de Siena, muebles franceses del siglo dieciocho.

—¿Y dónde aprende uno a ser orfebre?

Ned miró esperanzadamente a su padre.

—Hay escuelas en Londres; luego vas a trabajar con uno de los joyeros de Londres, Amsterdam, París o Nueva York. Un buen orfebre tiene que dominar docenas de técnicas. Pero no se puede ser bueno sin un poco de talento para el dibujo, también.

Su padre le miró de hito en hito.

—¿Y?

—¿Quién sabe, papá? He hecho algunos dibujos en la escuela, pero... bueno, nunca se los he enseñado a nadie.

—Umm. Será mejor que les eche una mirada, cuando volvamos a Hamble.

Lo dejaron sin más, por el momento. Siguieron viaje y cruzaron el puente Severn que conducía a la M-4. Cuando empezaron a circular por la suave calzada de la autopista, Ned cayó dormido. David siguió dándole vueltas al asunto en su cabeza. A medida que transcurría el tiempo y pasaban las millas, y él empezaba a acostumbrarse a la idea de Ned convertido en orfebre, otra idea que se le ocurriera al comienzo del día empezó a deslizarse en su mente.

El director de la mina de oro había descrito, de pasada, el modo en que el dorado y algunos otros colores habían sido distinguidos en los contratos de los viejos maestros como grandes partidas de gastos cuando fueron hechos los encargos. David sabía que los pintores de la época del Renacimiento compraban sus pigmentos ya acabados a drogueros conocidos, en Italia, como *speziali*. Éstos tenían su propio gremio. Los gremios poseían sus registros escritos, minutas, etc. Era posible que, ya que se había llevado un chasco con la correspondencia de Elisabetta Gonzaga, los registros del Gremio de *speziali* de Urbino pudieran contener alguna mención de Leonardo, al encargar éste oro o algún otro pigmento precioso. Era una débil posibilidad pero, por lo que él sabía, aquél era territorio virgen y merecía, por tanto, un intento.

El helicóptero volaba a unos cien metros de altura. El cardenal Mario Pimental podía ver su sombra recorriendo la maleza de Yuscarán. Echó otra mirada a los árboles de juguete y a las ocasionales vacas y trató de averiguar una vez más si encontraba a Honduras bella, estéril o ambas cosas a la vez. Tegucigalpa, no precisamente la capital más fácil de pronunciar del mundo, era un poblacho, apenas una ciudad en el sentido europeo de la palabra, y Pimental era un buen portugués, educado en la Universidad Lateranense de Roma. A él lo que le gustaba era una ciudad, cualquiera, mediterránea: Barcelona, Nápoles, Génova. Sin embargo, como cardenal nombrado para el sacro colegio por el Papa Thomas, no había podido rechazar la designación como el hombre encargado de la Fundación de San Patricio en aquella zona. Había conocido a Thomas en la Argentina y compartía su idealismo. Habían pasado muchas aventuras juntos en el Tercer Mundo cuando eran más jóvenes, y el Santo Padre probablemente pensaba que seguía conservando su apetito por lo remoto, como él mismo hacía. Y Pimental era bueno en su trabajo, también, aunque más le hubiera gustado estar en Europa. Después del fiasco cubano, Thomas se había vuelto más riguroso con toda la operación, y todos los gastos debían ser personalmente sancionados por el cardenal pertinente. Y los posteriores proyectos sólo podían ser ejecutados por fases, mediando una visita de aprobación del cardenal en cada ocasión.

Por eso estaba Pimental en Honduras ahora. Iba a construirse una pequeña ciudad cerca de la frontera con Nicaragua, para albergar a exiliados procedentes de aquel perturbado país. Thomas era consciente de que dichas personas montaban de vez en cuando incursiones contra Nicaragua y se mostraba inflexible respecto a que los fondos del Vaticano fueran usados sólo para fines pacíficos: y el trabajo de Pimental era garantizar que el costo de lo construido equivalía exactamente a lo pagado. Nicaragua era un estado marxista, ateo pese a la presencia de un par de sacerdotes renegados en el gobierno, y el Vaticano podía por tanto apoyar con la conciencia limpia a los exiliados, mientras su apoyo no se extendiera a la provisión de armas.

Hasta el momento, el dinero aportado había sido gastado en una carretera de tierra, que el helicóptero estaba sobrevolando ahora, una planta de energía eléctrica, una gran bomba de agua, algunos camiones y líneas telefónicas. Los exiliados seguían viviendo en tiendas de campaña, pero si, como resultado de la visita de Pimental, resultaba que todas sus cifras tenían sentido, entonces se daría el visto bueno para la construcción de casas prefabricadas. Ésta era, por tanto, una visita importante del cardenal.

—¿Cuánto falta? —le gritó al piloto, por encima del ruido de las palas.

El piloto consultó su reloj.

—Unos trece minutos. Seguimos esta carretera hasta el río, luego saltamos por encima de aquellas montañas que la carretera no tiene más remedio que rodear, volvemos a encontrar la pista y ya estamos.

Pimental miró adelante. La franja amarilla de carretera se iba desenredando ante ellos como un largo y delgado cordón de zapato. Allí al fondo se podía ver el río. No era un curso real de agua, sino un lecho seco y pedregoso que aguardaba la ocasional riada momentánea. Mientras miraba, sin embargo, vio que algo destellaba. No parecía agua.

—¿Qué es aquello? —gritó, señalando.

El piloto se inclinó hacia delante, y luego levantó los prismáticos.

—Parece como si hubiera ocurrido un accidente en el río.

—¿Podemos ayudarles?

El piloto miró su reloj, indeciso.

—Llegaremos tarde.

Pimental dio un golpecito en el brazo al piloto.

—Echemos una mirada más de cerca. Si llegamos media hora tarde, no es el fin del mundo.

Mientras bajaban y se acercaban al lugar, pudieron ver que había volcado un camión, la mitad del cual estaba metido en el lecho del río. Un coche, un enorme y abollado modelo americano había chocado contra él y, sorprendentemente, el camión se había llevado la peor parte. El sol brillaba en los metales y el parabrisas. Había habido un incendio, y la ennegrecida mancha sobre el capó del coche era claramente visible desde el aire. Dos hombres estaban arrodillados sobre un tercero, que yacía en el suelo. Un cuarto hombre estaba agitando una camisa amarilla frenéticamente, tratando de llamar la atención del helicóptero.

El propio lecho del río era el terreno más llano, de modo que el piloto aterrizó allí con el helicóptero. Pimental bajó e hizo un ademán al piloto para que le siguiera. «¿Sabe algo de primeros auxilios?».

El piloto asintió con la cabeza, recogió una caja de la parte trasera de la carlinga y siguió al cardenal.

El hombre que había estado haciendo señas se acercó a ellos, señalando un sendero seco a través del barro del lecho del río. Al ver los ribetes rojos de cardenal en la sotana de Pimental, dobló una rodilla. Pimental automáticamente levantó el anillo para que lo besaran, pero al mismo tiempo miraba al hombre que yacía cerca del camión volcado.

—¿Está vivo? —preguntó.

—Vivo, Eminencia —dijo el hombre. Luego, en lugar de besar el anillo, de repente agarró la mano de Pimental y, levantándose rápidamente, retorció el brazo del cardenal a su espalda—. Vivo, Eminencia —repitió, hundiéndole una pistola en la espalda—. ¡Y si usted quiere seguir vivo también, hará exactamente lo que le diga!

Pimental, con su brazo espantosamente retorcido entre los hombros, observó cómo el hombre aparentemente herido se ponía de pie de un salto, y los otros dos que estaban con él agarraban paqueñas metralletas del coche y apuntaban con ellas al piloto.

Por un momento, la escena entera quedó congelada. Luego el hombre que estaba detrás de Pimental gritó:

—¡Césare! ¡El helicóptero!

El tercer hombre corrió hacia la máquina. Se detuvo, hurgó en su camisa y sacó una granada negro-verdosa del tamaño de un aguacate. Quitó el pasado e hizo rodar la granada debajo del helicóptero, detrás de la carlinga, donde estaban los depósitos de combustible. Echó a correr, y estaba ya en lugar seguro cuando, segundos más tarde, el helicóptero voló por los aires, primero en una violenta explosión de vidrio y metal, y luego con una oleada más blanda cuando se formó una bola de llamas roja y amarilla, a la que le siguió un caliginoso penacho de humo negro.

Pimental sintió que le empujaban. «¡Al jeep!», gritó la voz que tenía a su espalda.

Le obligaron a empujones a volver a la carretera pasando por delante del «accidente». Al cabo de un centenar de metros dejaron la carretera para adentrarse en una pista forestal. Al piloto le empujaban igual que a él. Los otros dos hombres seguían a cierta distancia, cubriendo a todo el mundo con las metralletas, por si acaso.

Al cabo de cuatrocientos metros de pista, llegaron a un par de jeeps hábilmente escondidos en la maleza, y guardados por un quinto individuo. Pimental fue atado al asiento delantero de uno de los jeeps, el piloto al otro. Ambos tenían metralletas apuntando a su cuello.

Los jeeps volvieron por la pista a la carretera, y corrieron por ella hacia el río. No vieron a nadie. La inactividad no duraría, sin embargo. Al cardenal pronto le echarían de menos en su destino, y el penacho de negro humo alzándose de lo que quedaba del helicóptero llegaba quizás a unos treinta metros de altura.

Cuando los jeeps llegaron al río, enfilaron corriente arriba, se trasladaron a la arena y cobraron velocidad. Nadie habló durante unos quince minutos. Luego, cuando el lecho del río se fue haciendo más estrecho y rocoso, los jeeps se dirigieron a la orilla donde se iniciaba una pista de tierra. Ésta conducía a lo alto de la colina a través de una densa arboleda. Hubo una pequeña discusión sobre qué camino seguir al llegar a una bifurcación, pero el hombre que le había retorcido el brazo a Pimental era evidentemente el jefe, y su opinión prevaleció. Tomaron la ruta más meridional y finalmente empezaron a descender por una larga vertiente hacia un bosque. El conductor paró el motor y se deslizó cuesta abajo. En el silencio podían oír si les seguían. Tras ellos todo estaba quieto. El descenso, pensó Pimental, era como hundirse con un submarino en un verde mar de hojas.

Entonces llegaron a una loma donde los árboles disminuían de número, y, a unos doscientos metros bajo ellos, el cardenal pudo ver un verde y fértil valle con las siluetas blancas y pardas de una pequeña población.

El jefe del grupo se dirigió a Pimental:

—Jalapa —dijo—. Bienvenido a Nicaragua, Eminencia.

Bess estaba sentada a su mesa y rezando para que el teléfono no sonara al menos durante cinco minutos. No había parado en todo el día, y necesitaba desesperadamente un descanso. Eran ya las once y media, y aún no había esperanza de irse a la cama.

No estaba en su propia oficina, sino en la sala especial de operaciones, instalada en el palacio apostólico para manejar el secuestro de Pimental. La sala estaba en el primer piso, en la Secretaría de Estado. Desde la dimisión de Massoni, Thomas había actuado como su propio secretario de Estado. La habitación era pequeña pero de techo alto, alargadas ventanas con cortinas de encaje y de sus paredes colgaban mapas antiguos. Alquien había coleccionado otrora curiosidades cartográficas: mapas de lugares como Frisia y la isla de California, que jamás existieron.

Uno de los ayudantes de Bess estaba con ella, además del secretario de Rich, ya que la fundación estaba evidentemente implicada, y Ramón Lucientes, el secretario mexicano del Santo Padre, que estaba al frente de esta emergencia. De vez en cuando el propio Thomas había hecho una visita rápida. Bess tenía instrucciones de informarle en cuanto hubiera alguna novedad. Estaban esperando ahora las últimas demandas de los nicaragüenses.

Los sandinistas habían sido inteligentes. Durante un día entero después de que fueran encontrados los restos calcinados del helicóptero, dejaron que todo el mundo pensara que el cardenal y el piloto habían muerto en un accidente. El Vaticano recibió muchas expresiones de condolencia, y Su Santidad, a través de Bess, anunció que se celebraría una misa conmemorativa en San Pedro. Pimental había sido un amigo íntimo, y Thomas estaba profundamente trastornado.

Luego, en un gesto dramático, en Managua, la capital de Nicaragua, los sandinistas convocaron a los corresponsales extranjeros a una conferencia de prensa en el hotel Camino Real. Allí, para asombro de todo el mundo, sacaron a Pimental, vivo, aparentemente bien de salud, pero bajo guardia armada.

El cardenal hizo un corto discurso, diciendo que le cuidaban bien, aunque estaba algo cansado. Nadie del gobierno de Nicaragua había hablado con él, y, en lo que a él se refería, no se habían hecho peticiones de rescate. Parecía auténticamente desconcertado. Entonces hizo su entrada el ministro de Asuntos Exteriores de Nicaragua.

Miguel Almirante era un hombre bajito de piel pálida, cabello oscuro y ojos agudos que se movían espasmódicamente. Hablando con rapidez, anunció que cuarenta y tres personas habían muerto en los últimos años a manos de francotiradores e incursores nocturnos. La mayor parte de estos atacantes, dijo, procedían de un asentamiento conocido localmente como Nueva Managua —sus soldados se rieron torvamente—, localidad que estaba siendo apoyada por fondos vaticanos y que iba a recibir la visita del cardenal Pimental. Aquel asentamiento era anatema para el gobierno nicaragüense, dijo Almirante. No estaba en suelo nicaragüense pero era utilizado como una base desde la que las guerrillas podían atacar a través de la frontera. Almirante dijo que confiaba en que el cardenal se pondría en contacto con el Papa mientras estaba en Nicaragua y discutiría qué podía hacer para impedir la financiación de tales ataques.

Esta táctica estaba concebida, desde luego, para llamar la atención del mundo. Y realmente, el gambito nicaragüense dio un resultado espectacular: la cobertura desarrollada por la prensa mundial fue fenomenal.

Thomas, cuyo instinto seguía funcionando, respondió pronta y enérgicamente. Condenó a los sandinistas, elogió el coraje de Pimental y del piloto y rehusó negociar con Managua mientras siguieran reteniendo a los rehenes. Hizo el discurso personalmente, en una reunión que hubo de ser trasladada de la sala de prensa del Vaticano a la gran sala de audiencias, dado que querían estar presentes tantos representantes de los medios de difusión, y su firme postura le ganó muchos admiradores.

La respuesta de los sandinistas, cuidadosamente calculada, fue brutal. El Vaticano tenía hasta medianoche (hora de Nicaragua) para aceptar la dispersión del asentamiento de Nueva Managua. Si Thomas no respondía, Pimental sería ejecutado como un *quid pro quo* por los cuarenta y tres nicaragüenses muertos en los alrededores de Jalapa por francotiradores e incursores. Thomas había prometido no tratar. Managua llevaba un retraso de ocho horas respecto de Roma: quedaban, pues, ocho horas y media.

Bess estaba exhausta, pero tuvo al menos fuerzas para llamar a David.

—Hoy ha sido sangriento, David, pero lo peor aún ha de venir, estoy segura. A veces desearía haberte dejado detener aquel petrolero de Venecia... y que hubiéramos podido marcharnos en él.

—Pronto te hubieses aburrido.

—Sí, lo sé. No puedo renunciar a todo esto, realmente. ¿Cómo está Ned?

—Mejor que nunca. Haciendo amigos, finalmente. El psiquiatra se muestra más optimista a cada semana. Siempre pregunta por ti... Ned, quiero decir.

—Bien, cuando todo se haya tranquilizado, debemos pasar unas vacaciones juntos. ¿Qué dices a eso?

—Que, en lo que a mí concierne, nunca será demasiado pronto.

Colgaron, cada uno sintiéndose espantosamente alejado del otro, y conscientes del trágico telón de fondo de su conversación.

En Roma la noche avanzaba lentamente. La una, las dos, las tres, las tres y media. Las siete y media en América Central. Una monja de blanco trajo sopa, bocadillos, café y vino. El secretario de Rich se puso en pie y se desperezó. «¿Por qué no llaman?», murmuró.

Como para responder a su pregunta, el teléfono sonó. Lucientes tomó la llamada. Pero era el propio Thomas, por la línea interna, llamando desde sus apartamentos privados del piso de arriba, para comprobar que todos habían comido bien y que estaban en un estado de ánimo razonable. Dijo que iba a tratar de dormir una hora. Todo el mundo volvió a instalarse.

Las cuatro de la mañana. Las cuatro y media, las cinco menos cuarto. Los bocadillos se habían acabado, la jarra de café estaba vacía. Nadie quería el vino que quedaba. Eran cerca de las nueve en América Central.

Finalmente, unos minutos después de las cinco, sonó el teléfono. Pero sólo un poco antes de que Lucientes levantara el auricular, se oyó un silbido en la línea: era una llamada internacional.

—Aquí Managua —dijo una voz en español.

—Le oigo bien.

—¿Con quién hablo?

Lucientes dio su nombre.

—¿Está el Santo Padre con usted?

—No, está arriba durmiendo. Déme el mensaje. Se lo pasaré inmediatamente.

—El precio son diez millones de dólares.

—¿Qué?

—Diez millones de dólares. Tienen ustedes fondos, sí, unos fondos especiales. Envían ustedes parte de ellos a Honduras, diez millones, para construir casas. Queremos lo mismo para Nicaragua. Para construir casas, también, equipo para fábricas, para granjas. Dígale al Santo Padre que no haremos daño a su amigo el cardenal si acepta enviarnos el dinero dentro de una semana. Volveré a llamar dentro de una hora. Deben darnos ustedes su respuesta entonces.

Thomas fue despertado y bajó a la sala de operaciones antes de quince minutos. Llevaba camisa blanca, pantalones negros, zapatillas, pero iba sin solideo. Estaba tan impresionante como siempre, pensó Bess, aunque su cojera, en este momento de crisis, era especialmente pronunciada. Fumaba. Las monjas, típicamente tranquilas e inmaculadas, trajeron café y panecillos calientes.

—Supongo que son buenas noticias que hayan cambiado sus exigencias —dijo el secretario de Rich—. Quizás eso indique que jamás tuvieron intención de matar...

Thomas le cortó en seco.

—Nos han engañado.

—¿Qué quiere usted decir?

Bess estaba atónita también.

Thomas se tragó el café de golpe.

—He tenido la astuta idea de que nuestros amigos sandinistas tuvieron esta intención desde el principio. Deben de haber supuesto que no negociaríamos mientras retenían un rehén. También sabían que si *empezaban* pidiéndonos dinero, no hubieran quedado muy bien. De esta forma, han sido mucho más inteligentes. —Cojeó hasta la ventana y echó una mirada a la desierta plaza de San Pedro—. Después de plantear una serie de exigencias psicológicas, que no hemos atendido, las reducen ahora a algo meramente económico. La gente se toma las ideologías más seriamente que el dinero, y por tanto, si continuamos resistiendo, seríamos *nosotros* los que daríamos una pobre impresión... Saben, tengo que admirar su inteligencia. La forma en que han fijado su exigencia, exactamente en la cantidad que concedemos a Honduras, ofrece una aparente simetría, una justicia interna que nos lo pone muy difícil.

—¿No estará usted pensando en pagarles, verdad? —El que hablaba era el secretario de Rich, que estaba mirando fijamente al Papa.

—Sí, hemos de hacerlo. No son secuestradores corrientes. Se consideran a sí mismos como soldados, como idealistas, que tratan de conseguir dinero para su país. Lo que dicen lo piensan. Quizás no nos guste su política, pero ahí está. No van a regatear con el dinero: quieren lo mismo que dimos a Honduras.

Consultó su reloj y luego miró a Lucientes.

—Volverán a llamar dentro de... treinta minutos. Voy a dormir un poco más. Cuando llamen, dígales que aceptamos.

El trato del Vaticano con los sandinistas provocó reacciones contradictorias en todo el mundo. Los intransigentes desaprobaron cualquier acción que representara una ayuda a los secuestradores, fueran quienes fueran. Por otra parte, aunque Nicaragua era oficialmente marxista, muchos de sus ciudadanos seguían siendo profundamente religiosos. La forma de manejar todo aquel asunto por parte del gobierno nicaragüense resultó extremadamente desagradable para dicha gente, y tuvieron lugar manifestaciones en Managua, y se celebró una misa en honor del cardenal Pimental.

En cuanto el cardenal estuvo a salvo en Roma, Thomas anunció que el proyecto de la nueva ciudad en la frontera Honduras-Nicaragua continuaría tal como estaba proyectado, pero esa ciudad tenía ahora un nombre. Se llamaría Pimental.

En alguna parte un reloj dio la hora. Era demasiado oscuro para que Michael Kennedy pudiera ver el suyo. Contó las campanadas: las tres en punto. Los otros llegarían en cualquier momento. Deseaba ardientemente un cigarrillo, pero era muy peligroso. No podía arriesgarse a que le vieran. Un ligera brisa le agitó el cabello; el único sonido, además de su respiración, que se percibía. Como jefe, tenía que ser el primero, pero estaba muy nervioso, y, si vamos al caso, bastante asustado.

Oyó unos pasos que se acercaban por el pavimento, y se aplastó contra la pared. Pero los pasos eran de una persona sola, y pasaron de largo, por la carretera. No, cuando ellos vinieran lo harían a pares. Era una lástima que en la operación tuvieran que intervenir tantos hombres... tres parejas, además de él, es decir siete en total. Pero no debían pillarles, y era más seguro así. Había un grupo de viviendas protegidas allí cerca; cualquier ruido que hicieran podía llegar a ellas. Dios, cuánto deseaba un cigarrillo. Pero no se atrevió a correr el riesgo. En vez de ello, metió la mano en el bolsillo y sacó un poco de chocolate, mordiendo un trozo. Era sorprendente cuánto le calentó las tripas.

Más pasos. Seguramente se trataba de los dos primeros hombres. No podía haber *tanta* gente paseando por Belfast a las tres de la madrugada. Se esforzó por oír por encima del viento: ¿eran dos pares de pies?

Sí.

A una señal convenida el sonido de los pasos se detuvo, y, al cabo de unos momentos, pudo oírse un pequeño chapoteo cuando salieron del pavimento y penetraron en la húmeda hierba. Aún no se movió; ellos sabían adónde tenían que ir. Eran guardianes. Vislumbró unas caras cuando, más cerca ahora, se separaron y movieron en diferentes direcciones.

Otros tres minutos, y luego más pasos, dos figuras más que se separaban en la oscuridad.

Sólo faltaban dos... pero éstos eran los que llevaban el equipo. Mordió el último trozo de chocolate. El viento silbaba en sus oídos... ¿qué fue eso? Sí, dos series de pasos. Más lentos, más deliberados que los otros. Como debía ser. Más irregulares. Nuevamente los pasos se detuvieron. Otra pausa. Esta vez salió de detrás de la pared y susurró: «¡Por aquí!»

Le siguieron. Diez metros. Veinte. Encontró la puerta. Pero siguió sin hablar mientras los dos hombres que habían llegado en último lugar dejaban los bidones que llevaban y entre ambos le hacían de soporte. Para ser tan corpulento, Kennedy era un hombre sorprendentemente ligero con sus pies. Se apoyó en una rodilla, luego subió a un hombro. Permaneció así de modo que su cabeza sobresalía por encima del borde de la pared. Hacía algo más brisa aquí, unas condiciones perfectas. Y había más luz: podía captar el resplandor de la ciudad hacia el este. Rápidamente, se izó a lo alto de la pared y se sentó. Ésta era la parte delicada... dejarse caer al otro lado sin hacer ruido.

Saltó.

¡Jeeesús! Había un profundo charco, y un claro ruido de chapoteo rompió el silencio cuando aterrizó. Se puso de pie en el barro, escuchando.

Nada.

Dejó transcurrir otro minuto y luego fue a descorrer los cerrojos de la verja, abriendo la puerta hacia dentro. Los dos hombres de fuera maniobraron con los bidones. Un cuarto hombre salió de la oscuridad y se unió a ellos. Era el guardián de la verja. Un quinto hombre estaría vigilando la verja desde fuera. Los otros dos vigilarían desde más lejos, por si la policía escogía aquella noche para hacer una de sus visitas. No había vigilancia nocturna en aquel depósito, y la policía, Kennedy lo sabía, hacía la ronda cada pocos días.

Dentro, el suelo del depósito de madera era de cemento en su mayor parte, de manera que para mantener el silencio se pusieron unos largos calcetines de lana sobre los zapatos. Los ruidos viajan con el viento. Kennedy les recordó a sus hombres que la urbanización no estaba lejos. Tomando uno de los bidones, susurró: «Yo me ocuparé de las oficinas, tal como estaba previsto; vosotros, de la madera.»

El depósito estaba convenientemente dispuesto para lo que tenían pensado. Las oficinas y el almacén, en donde se contenían los materiales más valiosos, estaban en medio, enteramente rodeados por montones de madera verde, puertas medio montadas, tramos de escaleras, unidades de cocina, marcos de ventanas, etcétera. Incluso las mismas oficinas estaban en gran parte hechas de madera.

Pero no era fácil verter petróleo sobre las paredes y la madera sin hacer ruido, y el trabajo llevó más tiempo del previsto. Los dos ayudantes de Kennedy fueron directamente al borde del depósito, empapando más concienzudamente el sector situado cerca de la verja, donde el fuego se iniciaría. El propio Kennedy se encargó de mojar las paredes de la oficina. Le llevó unos quince minutos, aunque él tuvo la impresión de que duraba más, muchísimo más. Luego los tres hombres regresaron a la verja, donde el guardián se les unió. Volvieron a correr los cerrojos, y todos, excepto Kennedy y el otro hombre, se fundieron silenciosamente con la oscuridad de la noche.

«¿Listos?», susurró Kennedy. Como réplica, le tendieron un bastón, con un extremo envuelto en trapos. El olor que despedían dichos trapos demostraba que estaban empapados en petróleo. Tenían que moverse rápidamente ahora, antes de que su trabajo pudiera evaporarse en el cielo nocturno.

Corrió nuevamente hacia el edificio de oficinas, sosteniendo el bastón. Tomó un encendedor de su bolsillo y lo hizo chasquear. Se encendió, pero se apagó con la brisa. Maldita sea. Volvió a probar. El encendedor funcionó otra vez, pero se apagó nuevamente. Lo probó por tercera vez, más nervioso ahora. Finalmente, la pelota de trapos se inflamó. Rápidamente Kennedy la dejó caer contra una pared de madera que acababa de empapar de petróleo y que todavía rezumaba líquido. Luego echó a correr.

El otro hombre estaba esperando. En cuanto vio el palo de Kennedy en llamas, él encendió el suyo. Esperó a que Kennedy pasara por su lado y luego arrojó la antorcha a una pila de estrechas maderas que también habían sido empapadas de petróleo. Después echó a correr también.

Una vez fuera de la verja, se quitaron los calcetines de los zapatos. Y desaparecieron, como habían hecho los otros.

Las llamas prendieron rápidamente en la madera. Las oficinas, que estaban hechas de madera más dura, tardaron un poco más en prender. La pintura agarró primero, luego la madera de debajo empezó a humear. Al cabo de tres minutos el fuego había prendido, y los primeros dedos blanco-anaranjados de las llamas empezaron a sobresalir de las paredes del depósito. Al cabo de seis minutos, el fuego estaba fuera de control. Transcurrieron otros tres minutos antes de que un lechero que se dirigía a su trabajo descubriera el resplandor. Al lechero le llevó un par de minutos más encontrar un teléfono, y otros seis al primer coche de bomberos llegar al lugar.

Para entonces, ya era demasiado tarde para salvar nada. Y para entonces, Michael Kennedy y los otros estaban ya muy lejos de Foley's.

«... Hans Holbein hizo obras de caridad. Lorenzo Lotto y Vincenzo Catena dejaron dinero en su testamento a los hijos de pintores pobres. Veronese ayudó a su amigo Schiavone, incluso el mismo gran Tiziano trató de conseguir trabajo con la excusa de su pintura, para *su* amigo, el arquitecto Sansovino. Hogarth fue administrador del Hospital Foundling de Londres. Por lo tanto, llego a la conclusión, señor presidente, de que los pintores y otros artistas se han preocupado históricamente del alivio del sufrimiento y de la pobreza como cualquier otro grupo de personas. Por ello no puedo ver nada extraño, nada insólito, nada desagradable en el deseo de Su Majestad de vender parte de su colección para ayudar a los pobres del mundo. En realidad, totalmente lo contrario. Creo que esto es un objetivo tan noble para el arte como el impulso original que creó estas obras. Señor presidente, me opongo a la moción.»

Con un floreo, David recogió sus notas de la caja de madera situada ante él, recogió también los faldones de su frac, y se dejó caer pesadamente en el banco que tenía detrás. Fuertes aplausos resonaron por toda la sala, aunque salpicados con gritos de «¡Vergüenza!»

Había tenido sus dudas de si aceptar o no el tomar parte en este debate. Desde el decenio de 1930 cuando los estudiantes votaron *no* a luchar por el rey y la nación, la Oxford Union Debating Society había atraído más atención de la que realmente se merecía. Era, sin la menor duda, una curiosa institución. Una pequeña sala atestada de jóvenes de ambos sexos, más inteligentes que el promedio de la juventud, todos embutidos en sus fracs y corbatas blancas que –cuando tenían la palabra– eran tan pomposos como seguros de sí mismos, a la vez que muy ingeniosos. Y sin embargo, era innegable que, a lo largo de los años, los estudiantes que ocupaban un cargo en la Unión con mucha frecuencia acababan convirtiéndose en prominentes políticos o funcionarios del gobierno. La Unión, pese a sus anacronismos, pese a sus ridículos rituales, o quizás gracias a ellos, seguía conservando su atractivo.

La moción de esta noche era: «Esta Casa cree que la Colección Real debe seguir siendo Real.» Cuando la invitación le llegó, David se encontró en un dilema, y también bastante irritado. Por un lado le atraía el debate. Pero estaba irritado porque la elección de la moción del debate demostraba que, tal como él se temiera, la indignación sentida por algunas personas ante la venta de la reina no se disipaba.

David se oponía a la moción, naturalmente, junto con sir Edgar Seton. Los proponentes eran Walter Haffner, de Cambridge, uno de los tres profesores que habían escrito al *Times*, y Euan Metcalfe, un miembro *tory* poco importante del Parlamento que estaba considerado en todos los círculos como un portavoz de los puntos de vista del primer ministro. Metcalfe era también marchante de arte, así como M. P.*

El profesor había iniciado el debate y, aunque era un universitario, evidentemente carecía de experiencia de la Oxford Union, porque su contribución fue demasiado seria, demasiado precisa, demasiado moral en su tono. Oxford deseaba que su erudición estuviera bien aderezada de ingenio. Por otra parte, Seton había sido un desastre aún peor. Sus chistes habían sido poco convincentes y había tratado de intimidar al auditorio afirmando rotundamente que la reina podía hacer lo que quisiera, y que la venta no era asunto de nadie más. No había aportado argumentos intelectuales, no había tratado de la cuestión del patrimonio nacional y no había hecho reír a nadie.

Metcalfe fue diferente, sin embargo; y un gran éxito. Era evidentemente un profesional. Contó un montón de historias, en gran parte que nada tenían que ver con el debate, pero que eran muy divertidas, e incluso David en una ocasión no pudo evitar reír. Metcalfe tenía también ideas muy fijas sobre el tema y esto fue muy apreciado. Había tenido el buen sentido, sin embargo, de presentar sus sentimientos en forma de un simple –pero contundente– argumento, concentrándose para demostrarlo en uno solo de los cuadros de la venta real, un Claude que había llegado a Gran Bretaña después de ser capturado cuando un barco de guerra francés del siglo dieciocho que navegaba de Italia a Francia fue interceptado y hecho prisionero. El capitán del navío vencedor cedió el Claude a la corona. Metcalfe dijo: «Pero no deberíamos olvidar que el capitán en cuestión era pagado con parte de nuestros impuestos públicos.» Y prosiguió: «Fueron los impuestos los que permitieron capturar el Claude, de modo que todos somos propietarios de una pequeña parte de él. Realmente –dijo Metcalfe–, si el Claude llegara a alcanzar la cifra, digamos, de cinco millones de libras en la venta, lo que no tendría nada de extraño en estos tiempos, entonces sugiero que, dado que hay cincuenta y siete millones de personas en Gran Bretaña hoy, cada uno recibamos la parte de nueve peniques que nos corresponde del Claude. Y puedo decir a esta casa –terminó entre sonrisas– que quiero que mis nueve peniques se queden aquí en Gran Bretaña.»

Era difícil de emular una representación como aquella, pero David tenía cierta experiencia de aparecer en público. Era un subastador, a fin de cuentas, y fue como una subasta la forma en que trató el debate. Metcalfe se había dejado sus notas en la caja que hacía de atril en la Unión. David las recogió y las sostuvo en alto. Metió su otra mano en el bolsillo de los pantalones, y, con un deliberado floreo, sacó su martillo. Estalló una ovación.

* Master of Painting. Maestro en pintura. *(N. del t.)*

—¿Que cuánto? —gritó por encima de los aplausos—. *¿Cuánto* doy por este manuscrito? No puedo afirmar que esté en buenas condiciones. Los chistes son medievales, los sentimientos, victorianos, el papel es barato, pero no se podía esperar otrar cosa de su anterior propietario. —Al menos, se estaban riendo, Metcalfe incluido—. ¿He oído un *sou*? ¿Un *cequí*, un *ecu*, un *escudo*?

—¿Qué me dice de un soberano?

Era Metcalfe, y su rapidez le hizo merecedor de más aplausos.

—¡Adjudicado! —gritó David por encima de las risas, soltando los papeles sobre el atril que tenía delante. Al menos había demostrado que su bando poseía sentido del humor. A partir de aquel momento disfrutó de la atención del público. No hizo ningún otro intento de ser tan divertido como Metcalfe, sino que mantuvo su discusión en un tono ligero. Sus principales tesis habían sido proporcionadas por Bess, ejemplos de intentos en el pasado de anteriores papas de vender los tesoros del Vaticano, y por qué no habían tenido éxito. Su objetivo era demostrar que a través de la historia las fuerzas conservadoras en cuestiones de arte eran mentalidades tan estrechas como las de los críticos que se estaban ahora ensañando con la reina.

Fue distraído. El discurso fue bien acogido, y él finalmente se sentó, charlando con Metcalfe, mientras se contabilizaban los votos. David quería ganar esta votación. Sabía que la Unión era un lugar pequeño y poco importante. Sabía que el debate se juzgaba estrictamente sobre los méritos de los argumentos, no en función de las propias convicciones del auditorio, de modo que el resultado no podía servir para calibrar la reacción del público. Aun así, quería ganar. Su atención se desvió de lo que Metcalfe estaba diciendo. Jamás se hubiera imaginado que Seton hablara tan mal. Qué extraño.

El presidente de la Unión se puso de pie. Era un joven bajito, más bien algo rechoncho, que se estaba ya volviendo calvo a pesar de sus escasos veintidós años. Pero tenía una fuerte voz, cuyo sonido evidentemente le gustaba.

—Señoras y caballeros —ladró—. Les recordaré la moción: que esta Casa cree que la Colección Real debe seguir siendo Real. Y el resultado es: A favor: 112; En contra: 103.

A David se le cayó el alma a los pies.

Habían perdido.

La primera sospecha que tuvo David de que la venta de los Manuscritos del mar Muerto podía presentar problemas reales surgió al recibir una visita, en Londres, de un funcionario de la CIA agregado a la Embajada Americana en Grosvenor Square. Para empezar, el hombre parecía interesado en la ruta exacta que los manuscritos seguirían en su viaje de Jerusalén a Nueva York. Dada la importancia religiosa de los manuscritos, la CIA consideraba posible que algún grupo terrorista tratara de robarlos. Pero la conversación derivó luego hacia los tres empleados de la Hamilton's que el hombre consideraba evidentemente como riesgos de seguridad. Una era un iraniano, otra, una joven francesa que había nacido en el Líbano, y la tercera era una muchacha americana que tenía un novio egipcio. David sabía poco de la vida privada de los miembros de su personal, pero se resistió a la sugerencia del hombre de la CIA de que aquellas tres personas fueran destinadas a otros trabajos, lejos de las oficinas de Manhattan, hasta que la venta hubiera terminado. Aparte del hecho de que realmente no había ningún lugar a donde mandarlos, se negaba a creer que ninguno de ellos fuera un riesgo de seguridad.

–Pero esto no tiene sentido, Mr. Colwyn. Si las personas aparentemente inocentes no fueran de vez en cuando algo más de lo que parecen, no existiría nada parecido al terrorismo.

–Sí, lo comprendo. Pero son personas que llevan años trabajando aquí. Se ha confiado en ellas antes, y se puede confiar ahora.

–¿Se puede? ¿Han vendido ustedes algo de esta importancia religiosa antes?

–No, pero...

–Eso es lo que quiero decir. Estos manuscritos son tan importantes, olvídese de su valor económico por un momento, que la situación es única. Si un grupo terrorista les echara mano, su poder de trueque, de negociación, sería también único.

David vio lo que quería decir el americano. Le prometió que reflexionaría cuidadosamente sobre las personas afectadas, pero dijo que le gustaría unas pruebas más firmes de que, además de tener relaciones con el Oriente Medio, estaban realmente mezclados en grupos ilegales. Les debía eso, al menos.

El hombre de la CIA le prometió que en cuanto descubriera algo concreto, David sería el primero en saberlo.

Después de irse el hombre, David se sintió incómodo. Podía seguir sin problema esta subasta israelí. La venta real era la que estaba resultando bastante difícil. El debate de la Oxford Union había tenido más publicidad de la esperada, y Haffner, el catedrático de Cambridge, había escrito otra vez a *The Times*. El asunto simplemente se negaba a esfumarse.

El gobierno, por su parte, seguía presionando a la Hamilton's. Cuando en un gesto sin precedentes, el Victoria & Albert Museum decidió «dar salida» –es decir, vender– algunas de sus obras menos distinguidas que guardaba, fuera de la vista, en sus sótanos, una vez más el negocio fue a parar a Steele's. Aun cuando dichas obras eran menos distinguidas en un sentido museístico, no obstante estaban formadas por algunas excelentes obras de arte: cuadros, muebles, joyas y esculturas del lejano Oriente. Era un golpe para el prestigio de Hamilton's que la firma no podía permitirse.

Por otra parte, las largas colas que se formaban ante la galería de la reina en Buckingham Palace Road daban testimonio de la popularidad, entre las gentes corrientes, de la decisión de Su Majestad. Miles de personas iban a la galería a diario y pagaban dos libras por ver las obras exhibidas. No se habían dado cifras hasta el momento, pero David suponía que la cantidad de dinero recaudado tenía que ser importante. Esperaba que el palacio publicara pronto las cifras: en su opinión, la venta se podía beneficiar de cierta publicidad.

Mientras tanto, Ned, a Dios gracias, parecía estar recuperándose bastante bien. Sus diseños de metalistería eran muy prometedores. David les había echado una ojeada al volver de la excursión de la mina de oro de Gales. Había jarros y medallas, gemelos y broches, cascanueces y campanas, y entre ellos figuraba un broche basado en el nombre de Bess de retorcida filigrana. Debido al coste de trabajar con oro sólido, David aconsejó a Ned que empezara a aprender las técnicas de aplicar hojas de oro. En todo caso, eso era algo que podía hacerse en la escuela: podía decorar objetos de artesanía en madera, en piel y alfarería producida en los talleres de la escuela. Ned se mostró encantado, y la pareja concertó una cita para visitar juntos una próxima exposición de encuadernaciones en oro en el Museo Británico. Y, por añadidura, Tony Wilde hablaba de terminar el tratamiento de Ned.

La reunión de David con la CIA fue seguida al cabo de una semana de otra con un hombre que dijo pertenecer a la Embajada israelí de Londres, aunque David sospechó que era del Mossad, el Servicio de Seguridad de Israel.

—Veo por su informe confidencial a nuestro gobierno —dijo el israelí— que espera usted que la venta de los Manuscritos alcance una cifra entre los diez y los cincuenta millones de dólares. ¿No puede ser más concreto?

—No, lo siento. Incluso tales cifras son suposiciones. Con los cuadros de Rafael y Tiziano que vendimos para Su Santidad, teníamos al menos algo en que basarnos: obras maestras que habíamos vendido. Pero nada de esta antigüedad y este valor religioso ha salido al mercado antes de ahora.

El israelí se encogió de hombros.

—La CIA, como me prece que ya sabe usted, está preocupada porque uno u otro grupo de terroristas pueda tratar de robar estos manuscritos. No es eso lo que nos preocupa a nosotros. Lo que nos preocupa es que algunos ortodoxos judíos, militantes del ala derecha, intervengan en la subasta. Se oponen a la venta de cualquier parte del patrimonio israelí. Dicen que no lucharon durante 2.000 años para conseguir crear otra vez Israel, sólo para que ahora éste se venda a trocitos. Y hay muchos judíos en Nueva York, Mr. Colwyn. Muchos de ellos son ortodoxos, y algunos pueden ser muy duros. Estoy aquí para decirle que creo que podemos contenerlos. Pero, y éste es un «pero» importante, sería de gran ayuda para el gobierno israelí si pudiéramos anunciar muy pronto lo que vamos a hacer con el dinero. Eso apartará el viento de las velas ortodoxas, por así decirlo. Ahora, si pudiera usted, como hizo con Su Santidad el Papa, adelantarnos un poco de dinero, nos haría a todos un gran favor.

David lo había previsto. De hecho, estaba algo sorprendido de que los israelíes no le hubieran pedido ya antes efectivo.

—Haré lo que pueda —dijo—. Pero francamente, este particular mercado es tan inseguro que una de las posibilidades que tenemos que considerar es la de que la subasta no tenga ninguna puja en absoluto. Personalmente, no creo ni por un momento que eso suceda. No obstante, las ventas del Papa estaban relacionadas con una mercancía a la que se le conocía demanda. La venta de los Manuscritos del mar Muerto no tiene nada de eso. Aunque pudiera conseguir un anticipo de mi junta, dudo de que se tratara de una cantidad superior a los cinco millones de dólares. Esto es mucho dinero para un manuscrito, pero no mucho en términos políticos. No sé si los programas sociales que pusieran en marcha ustedes con esa cantidad de dinero le quitarían el éxito a determinados judíos ortodoxos.

–Expresado con mucha claridad –dijo el hombre de la embajada–. Pero las instrucciones de mi gobierno son muy claras, también. Debemos pedir un anticipo antes de la venta. Repito: nuestro principal problema viene de los judíos ortodoxos, y, en opinión de mi gobierno, un anticipo de dinero ayudaría a desactivar dicha oposición.

La reunión de la junta que estudió la petición israelí fue muy tormentosa. Probablemente, reflexionó David más tarde, había sido mal manejada. Él mismo inició la discusión, describiendo las visitas de la CIA y de la embajada israelí. Expuso los argumentos del gobierno israelí y explicó sus propios puntos de vista. En cuanto hubo terminado, intervino Sam Averne. Éste se mostró ferozmente *en contra* de dar a los israelíes cualquier clase de anticipo en dinero. Utilizó los propios argumentos de David, y, basándose en lo que éste dijera en anteriores reuniones de la junta, aportó el argumento final: «En todo caso, somos anticuados subastadores, no banqueros.»

David tenía la astuta idea de que Averne estaba motivado, entre otras cosas, por un anticuado antisemitismo, pero no podía decirlo.

Lo que consiguió el feroz ataque de Averne, sin embargo, fue hacer que Averne y David aparecieran en campos distintos. De hecho, simplemente David había expuesto con imparcialidad ambos aspectos de la cuestión a la junta, pero, al oponerse con tanta fuerza al anticipo pedido por los israelíes, Averne había hecho parecer como si David estuviera con la misma fuerza, a favor de él. De modo que, cuando al final de la discusión, se llegó a la votación, y la junta decidió que no adelantaría dinero alguno al gobierno israelí, la impresión de todos los presentes fue que, por primera vez, David Colwyn había perdido una votación ante Sam Averne.

El israelí de la embajada se mostró flemático cuando David le llamó para contarle las malas nuevas.

–Bien, Mr. Colwyn, tendremos que hacer lo que podamos para asegurarnos de que la venta va bien. Todo lo que puedo decir es que con esa decisión su gente ha hecho mi trabajo más difícil. Mucho más difícil.

El coche negro avanzaba lentamente por Crumlin Road, mientras caía una gris llovizna. Las flores constituían la única mancha de color: casi sumergían al coche, tantas había. El chófer era el único que tenía una idea exacta de la intensidad del incendio de Foley's. Los restos de Donny Kelleher, el nuevo vigilante que había ardido hasta morir, pesaban sólo unas pocas libras, tan poco había quedado del pobre hombre. El ataúd que reposaba en la parte trasera del coche era en gran parte sólo para exhibir, porque estaba casi vacío. Un espantoso pensamiento. El conductor podía sentir la diferencia por el modo como obedecía el volante del coche fúnebre.

Tras el coche caminaban lentamente varios centenares de acompañantes, su número aumentado por el sentido del ultraje encendido la noche anterior gracias a un artículo del *Telegraph* de Belfast. El artículo afirmaba que la muerte de Kelleher no había sido accidental. Según un informe confidencial preparado por el cuerpo de bomberos, el incendio de Foley's había sido premeditado. Peor aún, siempre según el *Telegraph*: se rumoreaba que el fuego había sido iniciado por rivales protestantes de Foley's en el ramo de la construcción. No habían tenido intención de matar a Kelleher, se decía, porque ignoraban que estuviera allí. Pero, con todo, el hombre había muerto. Las empresas católicas del Ulster habían prosperado últimamente, gracias a los préstamos con bajo interés de que disfrutaban como resultado del dinero de la Fundación de San Patricio, y las empresas protestantes evidentemente sufrían los perjuicios.

El chófer giró el volante y el coche torció para meterse en el cementerio de St. Brendan. La viuda de Kelleher y sus parientes no habían oído hablar de la teoría del incendio premeditado hasta el día anterior, de modo que no habían tenido posibilidad de cambiar de iglesia, la cual evidentemente iba a quedar demasiado pequeña para la multitud que había acudido. En un momento se llenó, y un centenar de personas quedaron en el exterior.

El servicio fue corto y el sermón no particularmente encendido o sentimental, al menos según los patrones de Belfast. Tampoco se mostró el sacerdote especialmente político. Posteriormente, sin embargo, cuando el ataúd era conducido a la tumba, los acompañantes observaron cómo seis hombres de largo impermeable y gafas oscuras se deslizaban a través de la masa de personas y se situaban a cada lado del hoyo excavado en la tierra. La viuda de Kelleher, una mujer bajita, morena, con expresión de furia en el rostro, se encontraba en un extremo de la tumba, flanqueada por sus hijos adultos. Cuando el ataúd era bajado al hoyo y el único sonido que se oía era el de la voz del sacerdote, cada uno de los hombres del impermeable se tocó con una boina verde. El ataúd llegó al fondo de la tumba y fue depositado suavemente en el suelo. De debajo de sus impermeables los seis hombres sacaron fusiles. Kelleher, en vista de los recientes acontecimientos, iba ser premiado con un funeral militar. Al estilo del IRA.

No se oía más que el bajo murmullo de la voz del sacerdote. Momentos después terminó, retrocedió y levantó la cabeza. Quizás no tuviera tendencias políticas, pero era irlandés y sabía lo que venía.

Los seis fusiles fueron alzados y apuntados solemnemente al cielo.

La enfurecida viuda se hinchó de amargo orgullo cuando seis disparos sonaron al unísono tres veces a través de las tumbas del cementerio y resonaron en las paredes de las viviendas protegidas levantadas allí cerca.

–María, madre de Jesús –susurró el conductor, que se encontraba de pie junto al coche fúnebre, compartiendo un cigarrillo con uno de los hombres que iba a cubrir la tumba cuando todo el mundo se hubiera ido–. Va a haber problemas ahora.

–Es una encuadernación Maioli, papá.

David se inclinó sobre la vitrina del Museo Británico.

–¿Y qué demonios significa Maioli?

–Es la versión latina de Mathieu. Tomas Mathieu fue secretario de Catalina de Medici en el siglo dieciséis. Poseía una gran biblioteca, y sus libros son famosos por sus encuadernaciones. Estaban salpicados de oro por todas partes. ¿Lo ves?

David estaba impresionado por los conocimientos de Ned. El muchacho llevó a su padre por la sala.

–Mira esta encuadernación fanfarria, papá. El oro está estampado en dibujos basados en la cifra «8», con un espacio en blanco en el medio para el escudo de armas de la familia. Son franceses, de los siglos dieciséis y diecisiete.

–No me gustan mucho.

–No, a mí tampoco.

David miró a su hijo.

–¿Cuándo voy a ver algo que *tú* hayas hecho?

–Pronto. Pero echa una mirada aquí. Es una encuadernación inglesa, de Edwards de Halifax. Mira lo que han hecho aquí... hay dos libros. Uno está bien cerrado, y todo lo que puedes ver en el canto del libro es una masa sólida de hojas de oro. Ahora bien, el siguiente libro tiene las hojas extendidas...

David miró y quedó encantado. En los cantos de las hojas de aquel otro libro podía verse una ilustración coloreada que estaba pintada como debajo del oro.

–¿Limpio, eh? Sólo puedes ver la ilustración cuando los bordes están extendidos. De lo contrario, queda oculto. En aquellos tiempos tenían una pasión por lo oculto.

–Cierto que sí. Yo mismo me he topado con algunos secretos en estos últimos días.

–¿Qué quieres decir?

–Con mi investigación de Leonardo. He estado mirando los registros gremiales en busca de *speziali* y de boticarios de Urbino, para ver si aparecía alguna mención de Leonardo comprando colores allí.

–¿No hubo suerte?

–No. El Vaticano me envió una microficha completa de los documentos, pero, hasta el momento, nada. ¿Tienes alguna idea?

–¿Dónde murió Leonardo?

—En Cloux, cerca de Amboise, en Francia. ¿Por qué?

—Es sólo que cuando las personas mueren, las cosas se anotan. Tú mismo me lo dijiste. Después de que la gente muere, dijiste, las casas subastadoras se ponen en contacto con sus herederos, para ver si hay algo que se vaya a vender. Quizás ocurrió lo mismo con Leonardo. Si existen documentos perdidos, quizás no estén en Urbino, o en Roma, sino en Francia.

—Ummm. Interesante, pero dudoso. Bueno, ahora que recuerdo, me voy a Nueva York por unas semanas. Quiero compensarte cuando vuelva. ¿Hay alguna cosa que te gustaría hacer, cualquier otra exposición que quisieras ver, en mayo o en junio?

Ned estaba contemplando otra encuadernación.

—Bueno, hay una exposición que me gustaría ver, pero es durante el curso, y hay que ir a París. Por otra parte, si tú vas a ir a Amboise, podrías llevarme contigo y detenernos en el camino.

—¿Cuál es esa exposición?

—Iconos rusos, en el Louvre. Dentro de un mes.

—¿Y qué tienen que ver con el oro?

—¡Papá! Tienen halos de oro y fondos de oro, con dibujos poco corrientes estampados en ellos. Las estampaciones son diferentes de todas las demás que existen, y me gustaría copiarlas. ¿Qué te parece?

—Parece una buena excursión *si* tuviera necesidad de ir a Amboise, de lo cual dudo mucho.

David se equivocaba, sin embargo. Cuanto más pensaba en el comentario de Ned sobre Leonardo, más le parecía que el destino de los papeles del gran hombre después de su muerte era una posible pista para seguir. Por los libros, David había descubierto que la mayoría de las pertenencias de Leonardo, cuando éste murió en 1519, habían pasado a un amigo, Francesco Melzi, el cual se las había llevado todas consigo a su nativa Milán. Melzi había hecho un intento de catalogarlas, pero, al morir, su hijo Orazio las arrumbó en un desván, considerándolas simplemente chucherías. Más tarde fueron encontradas, y, tras una serie de aventuras, se dispersaron por Europa. Muchas se habían perdido y las que quedaban estaban esparcidas entre Milán, Madrid, París y Londres.

Aunque había muchos escritos originales de Leonardo en varios museos de estas ciudades, David suponía que todo debía de haber sido ya investigado por los eruditos. Decidió, por lo tanto, empezar con la casa en que había muerto Leonardo. Era actualmente un museo, y quizás hubiera allí alguna pista que le guiara hacia una línea de investigación. Si las fechas encajaban, y él estaba de vuelta de Nueva York a tiempo, entonces él y Ned podían matar dos pájaros de un tiro y visitar Amboise *y* la exposición de iconos en el mismo viaje.

Pero lo primero era terminar con la venta de los Manuscritos del mar Muerto. Sam Averne había estado dándose importancia desde que ganara la votación, y en la última reunión de la junta celebrada antes de que David saliera para Nueva York, lanzó otro ataque contra los israelíes, preguntando si aquél era realmente la clase de negocio que Hamilton's necesitaba. Sus contactos en Nueva York le habían advertido de que podría haber «graves problemas», y ahora se preguntaba en voz alta si la firma no debería, aun en fecha tan avanzada, renunciar a la venta. También sacó algunas cifras de la propia Hamilton's que confirmaban lo que David llevaba sabiendo hacía algún tiempo: que los negocios en Italia habían sufrido una disminución del veinte por ciento como resultado negativo de la oposición del gobierno italiano. Averne dijo:

–Me he enterado también de que el gobierno británico está considerando la posibilidad de enmendar la ley sobre la exportación de obras de arte. Actualmente, como todos sabemos, si alguien quiere exportar un cuadro o una obra de escultura, o cualquier cosa que esté considerada como de interés nacional, el objeto puede ser retenido durante varios meses, para dar a la nación tiempo de conseguir dinero para comprarlo. Mi información es que el gobierno está pensando extender este lapso de tiempo a dos años.

–Pero... –interrumpió el conde de Afton, mas Averne prosiguió impetuosamente:

–Ya lo sé. Quizás no sea aprobado por el Parlamento. Pero si lo es, ejercerá un efecto deprimente sobre el mercado de subastas de aquí. Los compradores extranjeros tal vez no se molesten ya en pujar por los artículos si saben que cualquier cosa que merezca la pena va a ser retenida tanto tiempo. El gobierno quizás está considerando esta medida como una forma de impedir la venta de la Colección Real, pero debe ser consciente de que tendrá un impacto mucho más amplio. La Hamilton's no se volverá muy popular... que digamos.

–Pero va contra sus propios intereses perjudicar al negocio de la subasta. Nosotros somos una fuente de divisas. –Afton consiguió hablar finalmente.

–Cierto. Pero el primer ministro guarda rencores. Quiere atacar a la reina a través de nosotros. No hay ningún secreto ahí.

Era la primera vez que David sentía que el apoyo del conde empezaba a fallarle.

Si el gobierno *tomaba* la medida que estaba describiendo Averne –y él, David, no había oído nada al respecto–, entonces la situación era ciertamente grave. Pero, con todo, al diablo con Averne.

El conde volvió a hablar:

–Sam, no creo que podamos retirarnos de la venta de los Manuscritos del mar Muerto. Podría parecer discriminación antisemítica por nuestra parte, y eso no lo quiero de ningún modo. Tampoco, como he dicho en innumerables ocasiones, podemos renunciar a la venta de la reina. Sería un suicidio profesional. Hemos de tener en cuenta el profundo afecto que despierta la reina en este país. El primer ministro representa un punto de vista, y tiene más sanciones a su disposición que cualquier otro, pero las masas de la gente en todo el país prefieren sin duda a Su Majestad al Gobierno de Su Majestad. Si llegara a hacerse público que hemos renunciado por razones políticas o simplemente comerciales, podríamos sufrir graves consecuencias. Tampoco debemos olvidar que la gestión de David ha hecho ganar a la compañía enormes sumas en comisiones. Hemos tenido el mejor año de nuestra historia.

Era un discurso largo para tratarse del conde, y tuvo que beber un poco de agua.

—Por otra parte, no deseamos provocar al primer ministro innecesariamente. En mi opinión, eso quiere decir que deberíamos acabar estas ventas y luego olvidarnos del asunto. En caso de que otra institución importante nos ofrezca la venta de arte con fines caritativos, deberíamos, pienso, declinar graciosamente. No he estado de acuerdo con Sam antes, pero lo estoy ahora; ha llegado el momento de renunciar a una actitud agresiva.

No hubo votación aquel día. Pero el resultado fue que las dos ventas importantes seguían adelante. Seguían la orientación dada por David. Pero, al mismo tiempo, éste no se hacía ninguna ilusión. Averne, de repente, estaba cobrando importancia. No era un secreto que deseaba el puesto de David, e, igualmente importante, quería trasladar el centro nervioso de Hamilton's a Nueva York. Lo peor de todo era que David no podía hacer gran cosa para detener a Averne por el momento... Tenía que dedicar todas sus energías a Nueva York. Si eso fracasaba, su posición en la compañía estaría seriamente amenazada. Cuán rápidamente cambian las circunstancias, pensó. Tan sólo unas pocas semanas atrás había recibido la condecoración papal por su éxito en organizar subastas importantes... y ahora esto.

Era un consuelo saber que tenía a Bess para charlar en tales ocasiones, aunque estuviera a miles de kilómetros. Cuando la llamó esta vez, sin embargo, para contarle la última arremetida de Averne y discutir sobre cuándo podían encontrarse en América, sintió que la mujer estaba nerviosa, impaciente.

—¡Bess! No me escuchas. Estoy aquí, llorando sobre tu hombro, contándote mis penas, y tu mente está en otra parte. ¿No es así?

—No es eso —rehusó ella bufando—. Tienes *todas* mis simpatías. Me imagino que te sientes con ese Averne como yo con Massoni. Es... es sólo que pienso que mis buenas noticias superan a tus malas noticias, y no puedo esperar más para contártelo... ¡Oh, David! ¡El Santo Oficio ha aprobado tu caso! Te lo van a comunicar oficialmente dentro de un par de días. ¿No es maravilloso? ¡Sólo falta el sí de Thomas, y podremos casarnos!

TERCERA PARTE

11

La niñita, toda de amarillo, esperaba sola al pie de la escalerilla del avión. En sus manos sostenía un ramo de flores que hacía juego con su vestido. Nerviosamente, se dio la vuelta y miró a su madre, que formaba parte del comité de recepción que se hallaba de pie en la pista, delante de los hangares, tras ella. Pero su madre le hizo un gesto para que se volviera y se quedara quieta. Aquél era un honor que se produciría una sola vez en la vida de una niña.

Los motores del aparato se habían detenido antes de que la escalerilla fuera colocada en posición. Ahora se abrió una puerta en lo alto de la escalera y, tras una corta demora, apareció Thomas. Agitó la mano saludando a la multitud que le daba la bienvenida y bajó por los escalones hasta la niñita. Esto había sido idea de Bess; en su primera visita a su nativa América como Papa, eran tantas las personas que deseaban darle la bienvenida —el alcalde de Fort Wingate, su ciudad natal, el cardenal local, los senadores de Oklahoma locales, el delegado apostólico en Washington— que finalmente se decidió que no lo haría ninguna de ellas. En su lugar, ¿qué mejor símbolo del país que una persona corriente, un desconocido, y además un niño?

Todos los ojos se concentraron en la niña que en aquel momento hacía una reverencia a Thomas y rígidamente levantaba su brazo tendiendo las flores. Un centenar de fotógrafos de prensa hicieron funcionar sus cámaras. Thomas sonrió y, mientras tomaba las flores, besó a la niñita en la cabeza. Aliviada finalmente de su honor, la pequeña se dio la vuelta y corrió hacia su madre. Como todo el mundo, Thomas se rió de aquello y las cámaras volvieron a dispararse. Se volvió hacia Bess, que estaba de pie a su lado, pasándole las flores, y le hizo un gran guiño. Era un buen comienzo.

La idea de que el Papa iniciara su visita por una pequeña ciudad de América pudo parecer extraña al principio, pero los americanos son a la vez profundamente democráticos y sentimentales, y la historia del muchacho local que había llegado a la cumbre en el mundo espiritual era tan romántica como cualquier fábula de Broadway. Durante los próximos días, ningún americano podría comprar un periódico, o encender la televisión, sin ver a Thomas pescando en el río en que había pescado de niño, comiendo chocolate en la tienda de Mainstreet, celebrando misa en la diminuta iglesia local católica, almorzando en el orfanato donde se había criado, asistiendo a un baile de granero por la noche, o inaugurando una clínica bautizada con su nombre. Estrechó las manos de todos los habitantes de la población, y a todos les dio un recuerdo. De niño, Thomas había dibujado la ciudad y aún conservaba el dibujo. Bess había hecho sacar copias, y Thomas firmaba cada una de ellas. Constituyeron un gran éxito. A su llegada a Washington, Thomas era ya una superestrella. Esto era América y no había ninguna otra palabra para él. El viaje a Fort Wingate le había convertido en algo mucho más grande que un líder mundial o un símbolo religioso. Le había convertido en leyenda. No sólo su presencia en suelo americano, sino su vuelta a las raíces, había despertado algo en los americanos que ninguna publicidad de Roma, o actividad política, o promulgación religiosa podía hacer: *era uno de ellos*. Le gustaba pescar, y el béisbol y el chocolate. Jefferson era su presidente favorito. Tenía una debilidad por los Miami Dolphins. Le dijo a un reportero que lo que más echaba de menos en Roma eran los panecillos de arándano. Los americanos habían oído con bastante frecuencia que uno de ellos podía llegar a ser presidente. Ahora, viendo a Thomas vadear el río Battle, pescar instintivamente donde estaban los mejores remansos, la nación se daba cuenta de que cualquier americano podía convertirse en Papa también. No era Dios, como un reportero humorista señaló en su columna, pero se acercaba mucho.

Roskill y sus consejeros se dieron cuenta de lo bien que estaba resultando la visita del Santo Padre, y en consecuencia el presidente insistió en ir en helicóptero a la base de las fuerzas aéreas de Andrews para recibir a Thomas cuando llegara a Washington. Al principio el plan había sido que Roskill recibiera al Papa en el césped de la Casa Blanca tal como hacía con muchos jefes de Estado. Pero el Papa ahora exigía algo menos rutinario.

Cuando el reactor rojo y verde de Alitalia de Thomas se detuvo ante él, Roskill, sin sombrero, encabezaba una impresionante lista de dignatarios: el secretario de Estado, el cardenal de Washington, el *speaker* del Congreso, el presidente del Tribunal Supremo, el delegado apostólico y Oliver Fairbrother, el candidato demócrata en las próximas elecciones.

El grupo parecía bastante ordenado, pero pocos eran los que sabían que entre bastidores se había librado una imponente batalla de protocolo. Thomas y Roskill, ambos jefes de Estado, deberían encontrarse en pie de igualdad. Pero Roskill era también católico, lo cual convertía a Thomas, al menos en teoría, en el superior del presidente. Éste, como obediente católico, debía arrodillarse y besar el anillo papal. El propio Roskill no estaba seguro de qué hacer al respecto. La campaña de elecciones estaba al caer, y si *besaba* el anillo se enajenaría todos los votos no-católicos de América, entre los cuales había muchos críticos al acecho de una conspiración papal. Si *no* besaba el anillo, por otra parte, irritaría a todos los católicos que le habían ayudado a ocupar el cargo y cuyo inquebrantable apoyo necesitaría pronto en su lucha por ganar su segundo mandato.

Fue el propio Thomas quien sugirió una solución al dilema del presidente. Al pisar la tierra, el Papa revivió una antigua costumbre papal. Se arrodilló, se inclinó hacia delante, puso sus manos sobre la superficie alquitranada de la pista de despegue y, en esta su primera etapa de la visita oficial a América, besó el suelo. Al hacerlo se inclinaba ante todos los americanos, no sólo ante el presidente, y un apreciativo clamor brotó de la multitud que observaba. Luego, después de que Thomas hubiera sido ayudado a ponerse de pie, Roskill se acercó e, inclinándose, pero no arrodillándose, le besó el anillo... y el momento potencialmente difícil pasó sin ningún tropiezo.

Thomas y Roskill pasaron unos momentos en conversación privada mientras la prensa tomaba fotografías. La mayoría de la gente se sorprendió de cuán alto era Thomas, que sobrepasaba al presidente en sus buenos siete centímetros. Era también más moreno. Entonces Roskill se dio la vuelta y acompañó a Su Santidad, quien cojeaba notablemente, hasta la fila de dignatarios que aguardaban.

La visita de Thomas a Washington fue completamente diferente de su estancia en Fort Wingate, pero tampoco fue eso mala cosa. Hubo una recepción en la Casa Blanca, una visita al Congreso, inauguró un hospital y dos escuelas, visitó la Universidad de Georgetown y el Pentágono y también tomó parte en un programa radiofónico durante el cual americanos de la calle, no todos católicos, pudieron hacerle preguntas directamente de una manera jamás imaginada anteriormente.

Si bien la planificación de esta visita había sido en gran parte obra de Bess, Thomas ejecutaba su papel con la misma brillantez. Bien fuera en el edificio del Capitolio, en un hospital de una zona pobre, o por la radio, siempre demostraba el feliz don de animar a todo el mundo y no ofender a nadie. Cuando en una entrevista radiofónica le preguntaron qué era lo que menos le gustaba de América, replicó rápidamente: «Está demasiado lejos de Roma.» Pero cuando alguien le preguntó si no echaba de menos a una esposa, su réplica fue a la vez seria y franca. «Soy huérfano, de modo que jamás he tenido lo que la mayoría de ustedes llaman una vida familiar. Algunas personas considerarían a la Iglesia como una familia, pero eso no es lo que el preguntador quiere decir. Me *siento* solo de vez en cuando, o quizá solitario fuera una palabra más adecuada. Echo de menos la compañía que una mujer amante proporcionaría. Pero toda vida es una transacción. No se puede tener todo, y uno nunca será feliz si cree que puede. Saber contentarse es el gran secreto.»

Era sentido común, y algo más, y venía del Papa. A la gente le encantó.

Habiendo trabajado tan duramente en montar la gira, Bess descubrió que, gracias a las representaciones de virtuoso de Thomas, poco era lo que le quedaba por hacer. Y a la primera oportunidad que tuvo hizo una llamada a David, que ahora se encontraba en Nueva York. David parecía cansado.

—Parece como si fuera a montarse una gran manifestación para tratar de impedir la venta. Las cosas pueden ponerse feas.

—¿Por qué? ¿Qué sucede?

—¿Qué *no* sucede? Durante todo el día hay delante del edificio una veintena de personas, con banderas y carteles que dicen cosas como

«Salvad nuestros Manuscritos». Gritan insultos a todo el mundo que entra y sale. Dos asociaciones judías de Nueva York han llamado ya pidiendo que la venta sea cancelada.

–¿No quieren apoyar las obras de ayuda?

–Sí. Pero quieren que el gobierno israelí encuentre alguna otra manera. Dicen que con esta venta se corre el riesgo de que los manuscritos salgan de manos judías, lo cual sería escandaloso.

–¿Y qué pasará?

–Los manuscritos llegan realmente mañana. Evidentemente no los expondremos. De modo que hemos tenido contactos con todos los compradores potenciales individualmente, y dispuesto las cosas para que vengan de uno en uno. La seguridad ha sido también un problema, pero creo que lo hemos solucionado.

–¿Qué vas a hacer?

–Espero que este teléfono no esté intervenido... Lo que he hecho es cobrarme un favor que el cardenal Rich me debía. Aunque ya no está aquí en Nueva York, sigue teniendo peso. Vamos a guardar los manuscritos en la catedral de San Patricio.

–¿Es una buena idea? No me parece a mí un lugar muy seguro.

–Normalmente, no. Pero no creo que los judíos ultra-ortodoxos vayan a irrumpir en una iglesia, ¿no crees? Y hay una cripta que resulta un lugar ideal para guardarlos.

–¿Cuándo nos veremos?

–Tal como van las cosas, cualquier día de la semana, mientras sea entre la una de la madrugada, en que termino mi trabajo, y la una y cuarto, en que me caigo dormido en la cama.

Colgaron. David se aflojó la corbata. Había sido bueno hablar con Bess. Hasta sus simples llamadas telefónicas le relajaban. Aquella venta de los Manuscritos del mar Muerto era un auténtico sufrimiento. Hubiera sido mucho mejor vender los malditos manuscritos en Londres.

El Despacho Oval era más pequeño de lo que Bess se había imaginado. Era la primera vez que estaba en la famosa habitación, y ahora, mientras los fotógrafos de prensa terminaban su trabajo, tomando fotos del Papa y el presidente juntos antes de iniciar una conversación privada, miró a su alrededor. El jardín que se veía por la ventana era soberbio. Aquel lujuriante verde de abril le recordó lo que ella siempre olvidaba: Washington formaba parte del Sur.

Era el día siguiente de la triunfal llegada de Thomas a Washington. La cena, la noche anterior, había sido una celebración apagada, aunque agradable. No se había invitado a ninguno de los hombres de negocios amigos del presidente para entretener a los invitados: el jefe de protocolo de la Casa Blanca había decidido que no era conveniente para un líder religioso. En su lugar, una pequeña orquesta tocó Vivaldi y Mozart. Bess sabía que la verdadera preferencia de Thomas era el jazz.

Pero hoy empezaba el trabajo propiamente dicho. El último de los chicos de la prensa estaba siendo acompañado a la salida por dos jóvenes vestidos con uniformes militares, y Roskill se volvió hacia el Papa y le hizo un ademán para que se sentara a un extremo de la mesa. Mientras Thomas se desplazaba, Roskill añadió:

—Su gira parece que va muy bien. Debe de estar usted encantado.

—¡Oh, lo estoy! —gritó Thomas—. Muy satisfecho. Y en su mayor parte se debe a miss Elizabeth Lisle. Es una gran organizadora.

Se sentaron. Había cuatro personas a cada lado de la mesa. Con Thomas y Bess estaban Annibale Sarni, el delegado apostólico en Washington, y John Rich. Roskill tenía a Charles Wood, *su* secretario de Estado, a Lowell Wade, el embajador americano en Roma, y a Cranham Hope, consejero político y escritor de discursos. Por lo que Bess podía recordar, era también un especialista en cuestiones del Pacífico. Se preguntó por qué sería necesaria su presencia.

Pronto lo descubrió. En cuanto el Despacho Oval fue despejado de todo el mundo menos de aquellos ocho consejeros de la máxima confianza, los modales del presidente cambiaron. Había obtenido su capital político de la bienvenida al Papa, se había alineado con una gira llena de éxito, y eso era suficiente. Ahora empezaba la política propiamente dicha.

—Santidad, no siempre hemos visto las cosas con los mismos ojos en el pasado, usted y yo, y espero que nuestra conversación de hoy garantice que tal incompresión no vuelva a ocurrir.

El tono era tan brusco que la cabeza de Thomas dio una sacudida y se levantó cautelosamente. Roskill no lo observó, o, si lo hizo, aquello no estableció ninguna diferencia para él.

—Ve usted al señor Cranham Hope a mi lado. Cran acaba de volver de una misión de indagación para mí en las islas Filipinas, al sudeste de Asia.

Bess se puso rígida en su asiento. ¿Qué venía a continuación?

El presidente se sirvió un poco de agua.

—Ahora bien, las Filipinas van a plantearnos algunos problemas en los próximos meses. Ellos, como nosotros, tienen elecciones. Mi problema es éste: por el momento las islas están gobernadas por ese hombre, Sebbio, que no es del agrado de todo el mundo pero que ha estado a nuestro lado desde que Cory Aquino perdió la votación, y permiten que los Estados Unidos mantengan sus bases navales y aéreas en su país, bases que nosotros consideramos vitales. Al mismo tiempo, su oponente en las elecciones es un individuo tan izquierdista que, si ganara, llevaría una política casi con toda seguridad contraria a los intereses de los Estados Unidos. Probablemente dentro de unos meses, las Filipinas nos pidan que eliminemos nuestras bases. No puedo permitir que eso suceda.

Thomas parecía dispuesto a interrumpir, pero Roskill prosiguió impetuosamente.

—Ahora bien, Cran me dice que el voto local está muy igualmente repartido. Actualmente, nuestros cálculos estiman que un simple tres por ciento de votantes es lo que va a establecer la diferencia. Como sabe usted perfectamente, Santidad, las Filipinas son abrumadoramente católicas. Su cardenal y los obispos tienen mucho poder. Los dos bandos de las elecciones necesitan desesperadamente su apoyo, su aprobación. Cran me dice que los obispos se están ya reuniendo, sondeándose la opinión entre ellos y que van a hacer una declaración conjunta unas tres semanas antes de las elecciones. Y el informe que me pasa Cran es que la Iglesia va a apoyar a la oposición izquierdista.

Roskill golpeó la mesa con la palma de su mano.

—¡Dios los confunda! ¿No se dan cuenta de que las islas más remotas están atestadas de guerrillas izquierdistas? ¡La gente no espera más que un aliento! Si dejamos que se instale un régimen que probablemente será antiamericano, será un desastre. ¡Quiero que usted lo detenga!

Cayó el silencio sobre la habitación. Bess podía ver lo que estaba sucediendo. Aquella actitud estaba planeada. Después del calor y del brillo del día anterior, aquella táctica dura, de choque, estaba calculada para hacer perder el equilibrio a Thomas. Su Santidad se dirigió al presidente:

—Mr. Roskill, la Santa Sede no tiene mucho en cuanto a tierra o materias primas. No somos un gran Estado en el sentido convencional de la palabra. De hecho, en extensión, somos el Estado más pequeño del mundo. Ustedes, por otra parte, son uno de los mayores, en ciertos sentidos el mayor. Nadie, por lo tanto, y yo menos que nadie, puede impedirle que flexione los músculos si usted lo desea. Su presidencia no ha sido diferente de las de sus predecesores en este terreno.

Ahora le tocó el turno a Roskill de refrenarse. La reunión se estaba calentando.

—Pero un Papa, cualquier Papa, continuó Thomas—, tiene dos ventajas sobre ustedes. Primera, y evidente, tiene dos mil años de historia que recordar. Dos mil años de *venturoso* gobierno. Por lo que a un Papa no siempre le impresionan los problemas diarios que tanto parecen preocupar a otros líderes. Visto desde la perspectiva de la historia, a menudo parecen pequeñeces. En segundo lugar, y tal vez menos evidente, los Papas del mundo moderno son los únicos líderes cuya autoridad *traspasa* fronteras. Las Filipinas son un excelente ejemplo de lo que acabo de decir. Yo podría, como dice usted, dar instrucciones a los obispos de que apoyen al presidente Sebbio. No hay la garantía de que me obedezcan completamente, o de que la gente vote lo que sus obispos les dicen. Pero en este caso probablemente les harían el caso suficiente para que Sebbio ganara. La cuestión es: ¿se trata de un uso digno del poder de la Iglesia? Señor presidente, ¿no está usted cayendo en la misma trampa en que todas las potencias europeas, británicos, holandeses, franceses, cayeron en años recientes? En Egipto, en Nigeria, en Uganda, en Zimbabwe, en Mozambique incluso. En cada caso se levantó el espectro comunista cuando lo que realmente sucedía era que esos países se convertían, no en comunistas, sino en nacionalistas, no-alineados. Angola, Aden y Nicaragua fueron diferentes. Éstos *sí* se volvieron marxistas, pero, al igual que Vietnam, se volvieron más virulentos porque las potencias occidentales lucharon con dureza por impedirlo. La mayor parte de los países sólo quieren que les dejen tranquilos, señor presidente. Las Filipinas bien podría ser uno de ellos.

Esta vez fue Roskill el que trató de interrumpir, pero Thomas lo detuvo con un gesto.

—Si yo fuera el líder de un gran Estado, señor presidente, un rival económico o un aliado militar, no me habría hablado usted como acaba de hacerlo. Oh, hubiera dejado bien claro sus planes, sin duda. Pero jamás me hubiera pedido algo sin ofrecerme nada a cambio.

Thomas hizo una pausa, pero nadie más parecía dispuesto a hablar ahora. Bess se maravilló de la actuación del Santo Padre. Su mención de los 2.000 años de historia que recordar había puesto en su lugar al presidente que llevaba en el poder sólo algo más de tres años y al que quizá no le quedaran más que unas semanas.

Pero Thomas no había acabado. Era americano y por tanto capaz de sacar todo el fruto de una ventaja.

—Haré lo que me pide, señor presidente. Llevo semanas pensando en ejercer toda la influencia posible en los obispos de Filipinas. No le pediré nada a cambio... de momento. Pero más adelante... sin duda se lo pediré. Tan seguro como que las elecciones están perdidas, no ganadas, llegará un momento en que usted podrá realizar un servicio similar para mí. Bien, ¿qué es lo que tiene previsto en su agenda?

Nada más ocurrió aquella mañana que se acercara siquiera a aquel encuentro en términos de excitación para los ayudantes que estaban en torno a la mesa. Roskill quizás había conseguido lo que quería, pero, sin la menor duda, el presidente había sido derrotado por el pontífice.

Todo eran sonrisas nuevamente cuando la reunión terminó, hora y media más tarde. Pero la expresión del presidente, para quienes le conocían, era forzada. El que Thomas le hubiera puesto en evidencia delante de sus ayudantes le hacía hervir de cólera en su interior. Y, como muchos políticos triunfadores, Roskill sabía guardar rencor. Algún día, tan seguro como que las elecciones estaban perdidas, no ganadas, el Papa tendría que pagar por lo que le había hecho aquella mañana.

El coche de David se desvió de Park Avenue para meterse en la calle 71... y se detuvo. No había forma de que el coche pudiera llegar a las oficinas de la Hamilton's. Una barrera de policías azules bloqueaba la calle. Manzana abajo, David pudo ver una masa de gente, sobre todo vestida de negro, y que llevaba carteles o banderas. Salió del coche, rodeó la barrera y se dirigió hacia la multitud. Tal como suponía, los negros abrigos pertenecían a judíos ortodoxos. Nadie pareció reconocerle mientras se abría paso a través de la gente, pero al ir a entrar en el edificio, algunas voces gritaron consignas contra la Hamilton's.

El portero saludó: «¡Buenos días, señor!» A su lado había un policía.

—¿Tenemos problemas? —preguntó David.

—Hasta el momento, no, señor —repuso el portero—. No han intentado entrar en el edificio. Pero hay cuatro guardias de seguridad vigilando, por si acaso. Este oficial está aquí más como testigo que como otra cosa.

David asintió al policía y sonrió.

—Hágamelo saber inmediatamente, si hay algún cambio.

—Sí, señor —dijo el portero elegantemente, disfrutando sin duda con el drama.

En cuanto llegó a su despacho, David le dijo a Betsy:

—Encuéntreme a Eldon. Quiero que venga aquí lo más de prisa posible.

Eldon Fitzpatrick era el director del departamento de antigüedades de Hamilton's en Nueva York. Cuando llegó, David fue directamente al asunto:

—Esta manifestación contra los manuscritos podría fracasar. E incluso si va a más y la prensa lo recoge, lo cual estoy seguro de que hará, la publicidad despertada podría funcionar en ambos sentidos. Podría ayudar a la venta, pero también podría perjudicarla. Ahora bien, ¿cuántas personas cree usted que hay en el mercado capaces de comprar los manuscritos?

—Me imaginé que me preguntaría eso —dijo Fitzpatrick, sacándose una carpeta de debajo del brazo—. Según mis cálculos, no más de unos veintidós en todo el mundo. Eso incluye instituciones como Harvard, que quieren uno para su Museo Semítico; el Museo Británico, la Universidad de Texas, el Museo de Tokio, y seis coleccionistas privados cuyos nombres usted ya conoce. Y luego, por supuesto, está el Vaticano, que, por una vez, bien podría *comprarnos* a nosotros.

David asintió.

—¿Van a venir los veintidós a la venta?

—Cinco de ellos, no. Shrive y Kappier han contratado a marchantes para que pujen. No estoy seguro de quiénes serán, pero me imagino que serán probablemente Fine y Loewe. Johnson y Tribe van a pujar por teléfono. De Cressey no puedo decir nada... ya sabe usted cuán reservado es. Igualmente, he oído decir que no se encuentra bien.

—De modo que estaremos bien cubiertos.

Fitzpatrick asintió.

—Sí, y no creo que les desanime la publicidad adversa. Se habla mucho hoy en día sobre la preservación de los patrimonios nacionales. Esta gente está acostumbrada a oír los argumentos. O están de acuerdo con ellos, en cuyo caso no comprarán, o no lo están, en cuyo caso ninguna manifestación les apartará de su objetivo. Las entradas para la venta están todas vendidas, naturalmente, así que no deberíamos tener demasiados problemas.

Apaciguado, aunque todavía algo aprensivo, David dejó que Fitzpatrick volviera a su trabajo. Lo más probable es que la venta fuera bien y que los protestantes se fueran desvaneciendo después. Pero todas las precauciones eran pocas. Una lucecita centelleó en su aparato. Una llamada.

—¿Sí?

—Es lord Afton desde Londres —informó Betsy.

David consultó su reloj: las 8.45 de la mañana en Nueva York significaba la 1.45 de la tarde en Londres. El noble lord debía de haber acabado de almorzar.

—Debe de ser importante, señor, para apartarle de su club.

—¡Estoy *en* mi club, maldita sea! Malas noticias, me temo. No es que pueda hacer usted mucho al respecto, David, muchacho, pero pensé que era mejor que se enterara por nosotros, más que por otra persona.

—¿Enterarme de qué? ¿Qué ha sucedido ahora?

—Los cabrones que quieren detener la venta de la reina. Durante la noche pintarrajearon enormes slogans en todas las paredes del Jardín de Buckingham Palace, en Constitution Hill. Enormes letras de pintura anaranjada que dicen cosas como «No os carguéis los Fragonards», y «Cranachs, no Corgies». Había uno incluso que decía: «Durero antes que Diana.» La policía está haciendo lo que puede para borrar la pintura, pero realmente es demasiado tarde. Me temo que todo va a salir en los periódicos de la noche. Por no mencionar la maldita tele.

Tantas personas de Nueva York querían que el Santo Padre visitara su escuela, inaugurara su hospital, bendijera la terminación de algún proyecto, dirigiera la palabra a éste o aquel auditorio, como las Naciones Unidas, que quedaba muy poco tiempo para los actos del culto. Para satisfacer esta clase de demanda, el Santo Padre dio con la idea de celebrar la primera misa del día en San Patricio, a las 5.30 de la mañana. Era un arreglo que ni la mismísima Bess hubiera podido superar.

En primer lugar, no había otras citas fijadas para dicha hora. Segundo, América es un país tan trabajador y puritano que las reuniones a una hora temprana del tipo que fueran eran consideradas una virtud, y la idea de semejante misa a una hora tan temprana de la mañana despertó todavía más interés por un Papa tan trabajador y devoto.

Hacía una maravillosa mañana cuando el Papa encabezó la comitiva en el corto paseo que había desde la residencia del cardenal, donde Su Santidad se alojaba ahora, hasta San Patricio. Las calles estaban desiertas, el aire era frío y claro y el sol casi se había apoderado de la ciudad. Barría las calles estrechas y se derramaba sobre las amplias avenidas con una fuerza sensual que resultaba cegadora. Thomas podría haber usado el corredor que unía la residencia del cardenal con San Patricio, pero, con semejante mañana, prefirió la ruta al aire libre.

Pese a la hora, alrededor de San Patricio había una multitud de dos o tres mil personas. Era, a fin de cuentas, la única oportunidad que los neoyorquinos católico-romanos tendrían de practicar el culto junto con Su Santidad. Hubo vítores y gritos cuando Thomas se acercó a las escaleras de la catedral. John Rich estaba entre el séquito papal, pero su sucesor como arzobispo de Nueva York, el cardenal Houghton, esperaba ante las grandes puertas de bronce para dar la bienvenida a todo el mundo. Había filas de cámaras de televisión y de fotógrafos de prensa, todos impresionados con el Santo Padre, y consigo mismos, por levantarse a una hora tan temprana. Thomas saludó con la mano y lentamente comenzó a subir por las escaleras. Las cámaras le siguieron: otra ventaja de la misa temprana sería que constituiría el tema principal de todas las noticias de TV en América.

Dentro de la atestada catedral, Thomas se detuvo un momento mientras el cardenal Houghton le señalaba varias características del edificio, el tamaño, su grandeza y majestad. Luego los dos hombres emprendieron nuevamente el camino hacia el altar.

Para los devotos, el momento culminante del servicio era la oportunidad que les ofrecía a algunos de recibir los sacramentos de Su Santidad mismo. Con tan grande concentración de personas, se necesitarían varios sacerdotes para administrar la eucaristía. Pero Thomas desempeñó su papel, en el centro de la catedral, y los afortunados lo recordarían toda su vida.

Pero no fue eso lo que constituyó los titulares de los periódicos más tarde; sino el sermón de Thomas. San Patricio tenía un magnífico púlpito de piedra blanca labrada. Era el marco perfecto para el anuncio.

—Amigos —empezó Thomas después de subir por el corto tramo de escaleras en espiral y de echar una mirada a las caras que le rodeaban—. Nos hallamos hoy en una magnífica catedral. Podemos estar agradecidos y dar las gracias a Dios de que la catedral de San Patricio sea sin duda el más hermoso edificio en lo que, sin duda también, es la más impresionante vía pública del mundo. Me refiero, claro, a la Quinta Avenida. Podemos dar las gracias por el maravilloso rosetón que hay detrás de vosotros. Podemos dar las gracias por el excepcional órgano que nos proporciona música eterna de los siglos, haciendo de este lugar un refugio del ruido y del caos que nos amenaza a todos. Pero estos atractivos, por maravillosos que sean, no son los rasgos que hacen de esta gran Casa de Dios algo aparte de las otras de los Estados Unidos. —Thomas señaló a su izquierda y levantó la voz—. Aquí en San Patricio se encuentran los benditos altares de *dos* santos. A nuestra izquierda, el altar de san John Neumann. —Thomas describió ahora un gran arco con su brazo extendido hacia el otro lado de la inmensa nave—. Y aquí, el altar de santa Elizabeth Ann Seton, la primera santa nacida en América.

Hizo una pausa y miró sonriente a las caras de los fieles reunidos.

»Amigos, tengo algunas buenas noticias para vosotros esta mañana. Noticias cristianas que os causarán gran regocijo.

Los congregados se agitaron, sin saber qué suponer. Aún no eran las 6.30.

»En Roma, aunque pronto se trasladará a Río, hay una parte del Vaticano conocida como la Congregación para las Causas de los Santos, cuya tarea es examinar las pruebas en aquellos casos en que se considera la posibilidad de canonización de una persona; es decir, si deben o no ser considerados santos. Es un trabajo muy serio y puede llevar mucho tiempo... años, y en algunos casos, siglos. —Hizo una pausa, disfrutando de la situación—. Pero de vez en cuando, la Congregación llega a una conclusión, y puedo revelaros hoy que la Congregación *ha* llegado recientemente a una conclusión. He considerado la recomendación de la Congregación y la he aprobado. Y, por lo tanto, vosotros que habéis venido a celebrar la misa aquí esta mañana seréis los primeros en saber que tenemos un nuevo santo, que es americano y que es... —Hizo otra pausa buscando el efecto. Por encima de las cabezas se oyó el ruido de un temprano reactor que salía de La Guardia— ...Peter Knaths, el cual, como algunos de vosotros recordaréis, era un misionero en el viejo Oeste, el salvaje Oeste. Salvó a una serie de proscritos, convirtió a indios nativos al cristianismo y realizó dos milagros de los que se tiene conocimiento. En uno de ellos hizo que la Santísima Virgen se apareciera ante un asesino que en aquel momento estaba libre, mientras otro hombre era condenado por error. El asesino se entregó más tarde, salvando la vida del otro hombre. En el segundo milagro, un sheriff que estaba mortalmente herido fue salvado de morir por otra aparición similar. San Peter Knaths se convierte así, hoy, en el tercer santo americano. Sus reliquias están en Nuevo México, y allí es donde se levantará su altar.

Cuando Thomas terminó, y antes de que pudiera bendecir a los fieles congregados, se produjo una instintiva reacción por parte de muchos: la de aplaudir. Pero la mayoría de los presentes no sabía si una iglesia era un lugar apropiado para aplaudir. El resultado fue que algunos aplaudieron, y una o dos personas lanzaron gritos estentóreos, pero pronto reinó el silencio de nuevo.

Thomas se rió ante su confusión.

—Son buenas noticias. Creo que, sólo por esta vez, *deberíamos* aplaudir.

Y *eso* fue lo que los boletines de noticias proyectaron durante todo el día: Thomas riéndose, mientras encabezaba a los reunidos en los aplausos. Si algo podía aumentar la elevada estima de que gozaba entre los americanos, era esto. En Nueva York, aquella noticia eclipsó completamente a todas las demás del día. Eclipsó las pintadas de las paredes de Buckingham Palace, eclipsó las noticias del creciente encarnizamiento de Irlanda del Norte y eclipsó completamente un artículo aparecido en la página de opinión del *New York Times* firmado por un destacado erudito judío.

Pero a David no le pasó por alto el artículo. Y lanzó un gemido al abrir el *Times* aquella mañana. Estaba desayunando solo en el hotel, de modo que se permitió lanzar un juramento. El artículo se titulaba: «Por qué vamos a oponernos a la venta de los Manuscritos», y estaba escrito por un rabino que aparentemente vivía en Jerusalén, inmigrado reciente a Israel desde Nueva York. El artículo seguía lo que para David constituía ya una línea de razonamiento familiar: es decir, que los manuscritos no pertenecían al gobierno de Israel y que por lo tanto no podían ser vendidos por éste. Los manuscritos databan de una época anterior a la fundación del Estado de Israel, una época en que éste aún no existía como tal. Si tenían que estar en algún lugar, argumentaba el rabino, en todo caso sería bajo la custodia del *establishment* religioso judío. Pero tales objetos, concluía, no podían ser «poseídos» por nadie, sólo «guardados» por alguien... no sólo por los judíos, sino también por personas de todas las religiones.

David observó que el rabino adoptaba un tono muy moral en todo su artículo, aunque no hacía ninguna referencia al objeto de la venta, al moralísimo propósito al cual estaba destinado el dinero recaudado. Pero era el párrafo final del artículo lo que le hizo dirigirse apresuradamente al teléfono. El párrafo en cuestión rezaba: «Estos argumentos nos parecen persuasivos. Tan persuasivos que hoy, en nombre de la Sociedad de Arqueología Bíblica Hasídica, estoy preparado para solicitar al Tribunal Federal de Nueva York que detenga la venta y haga retirar dichos artículos. Estoy convencido de que puedo impedir que tenga lugar esta bárbara acción.»

David hizo tres llamadas. La primera, a Norman Praeger, el abogado de Hamilton's. ¿Había visto el periódico de la mañana? Sí, dijo Praeger, y estaba ya en contacto con el tribunal, para averiguar dónde exactamente tendría lugar la audiencia, y a qué hora.

−¿Por qué no tuvieron la decencia de advertirnos con la antelación suficiente? Apenas nos queda tiempo para preparar la defensa.

−Esto es Nueva York, David. No tienen por qué hacérnoslo saber... eso corresponde al tribunal. Probablemente presentaron su caso a la hora del cierre de los negocios ayer, alegando urgencia en vista de que la venta estaba tan próxima. En tales circunstancias, su artículo del periódico *ya era* un temprano aviso.

A continuación, David llamó al cónsul israelí para averiguar qué actitud iba a tomar su gobierno. El agregado se mostró flemático. Los argumentos eran familiares, dijo, la organización pertenecía a la extrema derecha, si es que podía considerársela una organización, ya que estaba formado sólo por el rabino y una o dos personas más. Ciertamente no representaba a la opinión pública israelí o al punto de vista legal general de Jerusalén. Estaba recibiendo por télex desde Jerusalén los resultados de un reciente sondeo de opinión que mostraba que la mayor parte de los israelíes creían que la venta era algo bueno. Estaría en el tribunal con su propio asesor legal.

Algo más aliviado, David hizo su tercera llamada: a Eldon Fitzpatrick, en su casa. También había leído el artículo.

−Sé lo que vas a pedirme que haga −le dijo en cuanto reconoció la voz de David−. Veintidós llamadas telefónicas, ¿no?

−Correcto. −dijo David−. Tranquiliza a todo el que pueda ser un comprador, informándole de que la venta seguirá adelante, que vamos a oponernos a la demanda, que el gobierno israelí está a nuestro lado, y que la Arqueología Hasídica o lo que sea no es más que una operación extremista de un par de hombres. Y asegúrate de que los que no han visto todavía los manuscritos, lo hagan hoy. ¿Conforme?

David se marchó a su oficina... Había más manifestantes aquel día, sin duda como resultado del artículo del *Times*, pero eran más tranquilos, se comportaban mejor, ya que el foco de la atención, temporalmente, se había trasladado a los tribunales. Praeger llegó una hora más tarde para informar de que el caso se había fijado para las once treinta de la mañana, ante el juez Fielding, el cual tenía una reputación de ser más bien anti-*establishment*, y que era judío ortodoxo.

Praeger no sabía qué opinión tener de él.

David habló con Londres. Las pintadas de Buckingham Palace estaban constituyendo noticia. Y algo peor aún, se habían nombrado nuevos miembros para la administración de la Galería Nacional y las Galerías Nacionales de Escocia. De ellos formaban parte dos miembros de Steele's, pero ninguno de Hamilton's.

A las once llegó Praeger a la oficina de David, y ambos se encaminaron juntos al tribunal del Bajo Manhattan. Tal como esperaba David, la prensa, alertada por el artículo del *Times*, estaba presente. El agregado, un hombre bajito, rechoncho, de frente alargada, parecía muy relajado, sonreía mucho y le estrechó la mano a David. «Fue buena idea de su parte venir, Mr. Colwyn. Pero estoy seguro de que no hay motivo de preocupación.»

A David le hubiera gustado estar tan seguro.

El rabino que había escrito el artículo del *Times* era un hombre fornido de nariz aguileña y un par de ojos penetrantes. Reconociendo a David, le saludó con la cabeza nada cortésmente. Su abogado conocía a Praeger, y ambos leguleyos intercambiaron saludos formales.

El juicio se inició con diez minutos de retraso, y David estaba ya muy nervioso al empezar. La sala del tribunal era una habitación sin pretensiones, y carecía de la pomposidad de las salas británicas. David y Praeger no eran parte del caso, ya que su papel era simplemente el de agentes de la venta, de modo que David se sentó en un lugar neutral de la sala, entre el público en general.

El juez, sorprendentemente joven según los patrones británicos, tenía los ojos azules, rápidos, y la boca ancha. Tenía un ejemplar del *New York Times* abierto por la página del artículo. Sacó un gran libro y su pluma, y dijo: «Conforme, ¿quién empezará?»

Mordechai Sheinman, el abogado del rabino, se levantó y presentó sus argumentos. Eran, en esencia, los mismos que había expuesto en el *Times*. Sostuvo que las antigüedades descubiertas en el terreno pertenecían, no a un individuo, sino al Estado... y eso significaba a todo ciudadano, no simplemente al gobierno del momento. Siguió exponiendo que esto era todavía más cierto en el caso de los manuscritos, dado que, como se trataba de documentos de importancia puramente religiosa, si pertenecían a alguien de Israel, no era al gobierno sino al rabino superior. Aunque Sheinman terminó sin haber expuesto nuevos puntos de vista, hizo parecer el caso más razonable de lo que el rabino había hecho en el periódico, y David se sintió muy aprensivo. Entonces se levantó el abogado del gobierno israelí. Kohler era un hombre alto de desmadejado cabello plateado y una voz llena de cálidas, generosas vocales.

—Voy a exponer sólo tres puntos, señor juez, y no me llevará demasiado tiempo hacerlo. —Sonrió—. Primero, trataré de demostrar que la Sociedad de Arqueología Bíblica Hasídica no representa a la opinión pública israelí en esta cuestión... y, por lo tanto, carecen de la autoridad moral que pretenden. Segundo, trataré de demostrar que el gobierno israelí *sí* es el propietario de los documentos, y por lo tanto puede venderlos si lo desea. Y, tercero, trataré de probar, aunque pueda considerarse inadecuado, que las autoridades religiosas de Israel no ponen ninguna objeción a la venta.

»Ahora, vamos a los detalles de mi primer punto. –Kohler levantó un télex–. Esto procede de Israel, Señoría; llegó de Jerusalén esta mañana a primera hora. –Hubo un movimiento de interés de una parte del público que llenaba la sala–. Aporta los resultados de una encuesta de opinión llevada a cabo los últimos días por una organización muy acreditada, totalmente independiente, podría decir, del gobierno. La encuesta proporciona los resultados de dos preguntas hechas al pueblo israelí. –El abogado se sacó las gafas del bolsillo y se las puso–. La primera de las preguntas era: "¿Aprueba usted la venta de algunos de los Manuscritos del mar Muerto para proporcionar fondos destinados a los proyectos de construcción en Gaza, Galilea, la orilla occidental y Sudáfrica?" El setenta y ocho por ciento de los encuestados dijo que sí la aprobaba, el diez por ciento dijo que no, y el doce por ciento que no lo sabía. En otras palabras, Señoría, lejos de sentirse ultrajada, como pretendía esta mañana el *New York Times*, y como mi ilustre colega acaba de razonar en este tribunal, la opinión pública israelí apoya de forma abrumadora esta venta.

»Ahora, la segunda pregunta. Esta vez se preguntó a la gente: "¿Considera usted la venta de algunos de los Manuscritos del mar Muerto una pérdida importante para el patrimonio religioso y arqueológico de este país?" A esta pregunta, el diecisiete por ciento respondió que *sí* era una pérdida, el sesenta y siete por ciento lo negó, y un dieciséis por ciento declaró no tener opinión al respecto. –Kohler se limpió las gafas con un pañuelo–. Evidentemente, Señoría, el que estas reliquias se vendan no produce ningún profundo sentido de pérdida en Israel. La gente sabe que hay muchos pergaminos, y que por ningún motivo se van a vender todos ellos...

»Veamos ahora otro papel. –Levantó lo que parecía otro télex por encima de su cabeza–. Esto llegó también esta mañana de Israel. Es una declaración conjunta del Ministerio del Interior y del Ministerio encargado de los trabajo arqueológicos en Israel. La declaración dice: "Bajo la ley israelí, todo hallazgo arqueológico, sea o no de importancia religiosa, es propiedad, primero, del Estado de Israel, y, segundo, si el Estado no está interesado, del propietario de la tierra en donde fue hecho el descubrimiento, con tal que sea ciudadano israelí y residente." El ministro del Interior añade una postdata por su cuenta, Señoría. Dice así: "El permiso para excavar o tapar cualquier excavación debe ser obtenido de mí. Aunque consulto con las autoridades religiosas pertinentes cuando ello es apropiado, conservo toda la autoridad en tales materias."

Kohler tendió ambos télex al juez. Después levantó una tercera hoja de papel.

»Finalmente, Señoría, tengo una declaración más para el tribunal, esta vez procedente de la oficina del rabino superior de Jerusalén.

David miró al cónsul israelí con admiración. O bien había previsto todos los problemas, o había trabajado condenadamente duro aquella mañana. El abogado continuó:

»El rabino superior dice: "Agradezco la oportunidad de comentar la venta en Nueva York del material arqueológico hallado en las cuevas de Qumran, conocido popularmente como los Manuscritos del mar Muerto. Estos materiales son sin duda de gran importancia en la historia de Israel, y, también con toda claridad, sería un error desprenderse de la mayoría. Pero eso no es lo previsto. Deberíamos recordar también que la importancia de los documentos de esta clase reside menos en los objetos en sí mismos que en la información que contienen. Como estos documentos en particular llevan siendo estudiados bastantes años, y su contenido publicado y por tanto preservado para siempre, no vemos razón para que no se proceda a su venta. Realmente, hay que aplaudir el hecho de que unas reliquias religiosas vayan a realizar tan excelente servicio."

Kohler dejó el papel y se tomó tiempo para quitarse las gafas. No se oía una mosca en la sala.

»Es mi opinión, Señoría, que la Sociedad de Arqueología Bíblica Hasídica vino aquí esta mañana más por la publicidad que por alguna esperanza real de que la venta pudiera ser detenida. Y confío en haber demostrado que la venta es legal. La SABH *no* representa ningún cuerpo real de opinión, y se equivoca en cuestiones relativas a la ley. Por lo tanto, sostengo que debe permitirse que la venta siga su curso. Y pido que en la sentencia se condene también a la Sociedad de Arqueología Bíblica Hasídica al pago de todas las costas.

David se puso tenso. Kohler parecía haber olvidado que el juez era un hombre conservador y que no recibiría bien un ataque contra la SABH. Como para confirmar sus temores, vio que el juez fruncía el ceño mientras terminaba de tomar sus notas. Finalmente, el magistrado levantó la mirada e hizo un gesto con la cabeza al abogado rival.

—¿Desea usted responder a alguna de estas afirmaciones, Mr. Sheinman?

Sheinman se puso de pie.

—No buscamos publicidad, Señoría, como estoy seguro de que se dará usted cuenta. Tratamos sólo de conseguir que se detenga la venta. Y añadiré esto: la venta, por legal que pueda parecer a los ojos de mi docto colega, establece un peligroso precedente. El mundo, si es que tiene alguna pretensión de ser civilizado, no debería ser cegado por estadísticas y sondeos de opinión. El lugar adecuado para los bienes del patrimonio cultural de una nación es dicha nación. De este modo pueden inspirar a futuras generaciones. Sin un sentido de continuidad histórica, la palabra civilización nada significa.

Inteligente, pensó David mientras Sheinman se sentaba. Mientras su bando bombardeaba al juez con hechos, del otro lado hacían un llamamiento a sus emociones y sentido del orgullo en sus sentimientos religiosos.

—Me retiraré a considerar mi sentencia.

Todo el mundo se levantó.

Fuera de la sala nadie habló mucho. El cónsul israelí seguía teniendo aspecto relajado. Kohler estaba ya leyendo los papeles de otro juicio. Pero David estaba nervioso.

Un ujier les hizo señas de que volvieran a entrar, y el juez reapareció. Los dos abogados se pusieron de pie y se acercaron al estrado.

—Caballeros —dijo el juez—, no puedo ver ninguna razón por la que deba detenerse la venta. Si las acciones del gobierno israelí son populares o no, no es de la incumbencia de este tribunal. Sólo a mí me concierne decidir si los vendedores tienen el derecho legal de vender lo que están ofreciendo. No veo razón para no creer a un ministro del gobierno israelí cuando éste se toma la molestia de ponerse en comunicación con el tribunal desde tantos miles de kilómetros de distancia. La petición de que se detenga la venta es, por tanto, rechazada, y todas las costas irán a cargo del demandante.

Inmediatamente, y antes de que nadie pudiera decir nada, se levantó y se marchó a grandes zancadas por su puerta privada.

David se dirigió a estrechar la mano del abogado. Ahora que habían ganado, el cónsul israelí no parecía más relajado de lo que había estado durante todo el juicio. Estaba encantado, dijo, de no tener que afrontar ninguna costa. David sonrió. Cuando salían de la sala del tribunal, sin embargo, el rabino erudito, el hombre que había escrito el artículo del *Times*, abordó a David.

—Todo son sonrisas... ¿eh, Mr. Colwyn? Bien, deje que le diga una cosa: aún no hemos acabado. Esto ha sido un intento pacífico de hacer que la venta se detuviera. Como el tribunal no ha querido escucharnos, tendremos que probar algo más. Esto quiere decir que será la propia Hamilton's la que va a recibir los ataques. Créame, señor, cuando hayamos terminado con ustedes, esto les habrá costado mucho más de lo que nos cuesta a nosotros hoy.

Una cosa había que reconocer a Quentin's, el restaurante del Upper West Side donde Bess y David finalmente consiguieron cenar aquella noche: que si vuestra reserva era para las nueve en punto de la noche, ésa era exactamente la hora en que os acompañaban a la mesa. Era uno de los pocos lugares de Manhattan donde el *maître de table* no abusaba de su posición.

David no había tenido un buen día. Tras las tribulaciones del juicio, había tenido que enfrentarse con los corresponsales británicos que querían conocer sus reacciones a los *graffiti* de Buckingham Palace. Luego estaba la amenaza de que la SABH atacaría ahora a la Hamilton's. Todo esto, se dijo, no guardaba mucha relación de la normal vida protegida de un entusiasta de las bellas artes.

Pero si él estaba exhausto, Bess tenía un aspecto imponente. Llevaba un vestido de seda negro, con ribetes púrpura, como una sotana de cardenal.

—No sé qué admirar más, si la gira del Papa o tu vestido... ¿Cómo fue por la Casa Blanca?

—Maravilloso. Me gustaría vivir allí. —Bess se rió, pero luego se tornó seria—. Pero fácilmente podía haber sido un desastre. —Le contó el intento de Roskill de intimidar a Thomas, y cómo Su Santidad le había vuelto las tornas—. Imagina, cuán asombroso... todos estos países que tienen ministros de asuntos exteriores y cosas así, con centenares de personas elaborando opciones políticas, y no obstante un tipo como Roskill tiene que acudir a nosotros para que le ayudemos. A nosotros, pobrecitos, con apenas una docena de diplomáticos extranjeros. La Iglesia Católica realmente es el único país verdaderamente internacional, si me entiendes lo que quiero decir.

Un camarero trajo el menú.

—¿Os vais todos de Nueva York mañana?

Ella asintió con la cabeza.

—Cuarenta y ocho horas en Chicago, luego Boston durante dos noches. Y de allí, vuelta a Roma. ¿Y tú?

—La venta de los manuscritos es pasado mañana. Un día para ordenar las cosas, y luego vuelta a Londres. A propósito, ¿noticias de Thomas... sobre la disolución del matrimonio, quiero decir?

—No.

—Si al menos hiciera algún movimiento... ¿No se da cuenta de que quieres tener niños?

—¿Sabes?, no estoy tan segura de ello.

—¿Qué?

—Es verdad. Sé que es deber mío, como católica... pero hay otros deberes, también. Thomas y yo somos ambos norteamericanos, y tú debes de haber observado algo en los americanos, David. Tenemos grandes apetitos, de todo. Fingimos estar de acuerdo con la vida familiar, pero realmente para la mayoría de nosotros ésta desempeña un papel secundario con relación a nuestro trabajo. Un buen compañero... amante, esposa, además de un buen trabajo. Pero el trabajo viene primero. Éste es el camino americano a la felicidad en estos tiempos. Y yo no discrepo. Estoy haciendo un trabajo que creo que es importante. Pienso que Thomas no es un Papa corriente, que lo que está tratando de hacer con la Fundación de San Patricio será recordado especialmente y quizás ayude a cambiar el mundo un poquito. No quiero parecer pedante, pero considero que el trabajo que hago es más importante que tener críos. ¿Has pensado, David querido, que quizás sea ésta la forma que tiene Dios de decirme lo que debo hacer?

»Lo cual suscita otra cuestión molesta. Cuando Thomas nos dé el visto bueno y nos casemos, ¿qué pasa? Yo disfruto con mi trabajo, de modo que no podría abandonarlo y vivir en Londres, y tú no abandonarías el que tienes, ¿verdad? De modo que tendremos que llevar el mismo tipo de vida que llevamos ahora, sólo que estaremos casados.

El camarero les tomó el pedido. David se volvió hacia ella.

—Parece como si ya no te encantara mucho la idea del matrimonio.

—¡Bah! ¡Hombres! Siempre tan apocalípticos. Estoy sólo planteando los problemas. Alguien tiene que hacerlo. —Alargó la mano por encima de la mesa y la puso sobre la boca de David, para que éste pudiera besarla–. Te quiero mucho, tontito. Pero mírame; no estoy hecha del material del ama de casa clásica, ¿verdad? Debemos pensar en el futuro, David, es todo lo que digo, no sólo esperar la palabra de Thomas. Piensa en ello, tú en Londres durante la semana; yo en Roma. Luego largos fines de semana en alguna de las dos ciudades, juntos. A mí no me parece mal, y probablemente ayudará a mantener el matrimonio más fresco que muchos otros. Podemos trabajar con dureza durante la semana, y luego amarnos con dureza en los fines.

–Estoy empezando a hacerme a la idea.

–Hay que reconocerte algo: eres flexible. –Le acarició la mejilla. Luego su cara se oscureció–. Sólo quisiera que fueran como tú en Irlanda del Norte.

–¿Por qué? ¿Qué quieres decir?

–Hemos recibido un informe espantoso de nuestro delegado apostólico en Dublín. Parece que el IRA está planeando una ofensiva importante en el norte.

–Aborrezco parecer cínico, Bess, pero ¿qué hay de nuevo en ello?

–Pues esto lo es. No se trataría sólo de otro ataque sectario. No sé si has seguido la historia, pero un vigilante nocturno murió abrasado en el Ulster hace unas semanas, después de que el almacén que vigilaba fuera incendiado. La empresa del vigilante era católica, y corre el rumor de que los incendiarios pertenecían a otra empresa protestante rival. Pero la Policía Real del Ulster no ha efectuado arrestos, aun cuando parece bastante claro quién lo hizo. De manera que, inevitablemente, el IRA inventará un poco de «justicia» por su cuenta.

–Espantoso, estoy de acuerdo. Pero, repito, no veo nada nuevo en ello.

–Excepto que el ataque tuvo lugar, primero, porque la empresa católica estaba recibiendo apoyo de la Fundación de San Patricio. Los católicos, Dios lo sabe, han recibido un trato muy duro en Irlanda del Norte, y la Fundación parecía una forma magnífica de ayudarles. Pero ahora supongo que lo que pasa es que las empresas protestantes están siendo muy perjudicadas. Parece como si fuera la tercera vez que a la Fundación de San Patricio le sale el tiro por la culata. Pero si se produce una venganza sectaria de esta magnitud en Belfast las cosas pueden cambiar muy rápidamente.

Sí, pensó David, reflexionando también en su propia posición precaria en Hamilton's, ciertamente que sí. Pero lo que dijo fue:

–¿No has estado aún en el Metropolitan Museum? El Giotto que compraron tiene una sala para él solo.

–No, no he estado –replicó Bess–. Pero cuando fuimos a Washington vimos el helicóptero de Red Wilkie en la Base de las Fuerzas Aéreas de Andrews. Tiene dibujada una silueta de la *Pietà* en cada costado. Parecía un poco incongruente, por no decir otra cosa. Tengo entendido que va a instalar la escultura original en el atrio de su nuevo cuartel general en el centro de Washington. Sería un artículo de reclamo. También nos han dicho que tiene intención de rebautizar la compañía, en lugar de «Wilkie Defence», piensa llamarla «Productos Pietà». No puedo decir que me guste, pero al menos demuestra que el enfoque del Santo Padre está funcionando mejor aquí que en Italia.

—¿Problemas aún con los romanos? ¿Qué noticias hay de Massoni?

—Sigue escribiendo su columna en *Il Messaggero*. No siempre constituye una noticia de alcance mundial, pero a los romanos les encanta. Se limita a protestar contra todo lo que hace Thomas.

—¿Qué cosas dice?

—Su último ataque fue contra la canonización de Peter Knaths. Mira, Thomas no lo ve como un problema, pero yo creo que Massoni está adquiriendo poder merced a su columna. Nunca tendrán líderes religiosos de los *media* en Italia como tenemos aquí en América, pero Massoni se está convirtiendo en una especie de equivalente romano. La circulación de *Il Messaggero* no cesa de aumentar, y parece que se debe casi totalmente a Massoni.

—¿Y sólo los romanos están a su favor? ¿Qué hay de los sicilianos, por ejemplo?

—Oh, éstos están de nuestra parte, claro. Pero en el resto de Italia, no lo sé, David; siempre habrá personas a las que les gusta meterse con los que están arriba. —La comida llegó. Bess se sirvió un poco más de vino—. Mira, ¿vamos a echar a perder nuestra cena? ¿No hay algo bonito de que podamos hablar? ¿Qué noticias hay de Ned?

—¡Ah! —gritó David—. Casi me olvido. Tengo algo para ti. —Metió la mano en el bolsillo y sacó una cajita—. Es un regalo... pero no mío. Ned me lo dio para ti, antes de venir.

Bess dejó a un lado el tenedor y tomó la caja de David. Dentro había un paquetito envuelto en crujiente papel de seda blanco. Lo desenvolvió. Era un broche, una masa de hilo de oro, entrelazado en complicados arabescos.

—El primer intento de Ned como orfebre —dijo David. Alargó la mano, lo cogió y lo depositó sobre el mantel. Ambos pudieron ver, entrelazado en la masa de espiras y anillos, el nombre de «BESS» débilmente distinguible.

La limosina se abrió camino a través de una espesura de cuerpos. Un pelotón de policías de chaqueta azul obligó a retroceder a la enfurecida multitud. El coche se encontraba a unos treinta metros de la entrada principal de Hamilton's en la calle 71, pero lo mismo podían haber sido treinta kilómetros. Un huevo, y no el primero, se estrelló contra el parabrisas, y algunos vítores apagados brotaron de la gente que estaba en la acera.

—¿Todo bien, Mike? —preguntó David, ansiosamente.

—Ya —gruñó el conductor—. Hace falta algo más que eso para detenerme, Mr. Colwyn. Estuve en Vietnam.

David volvió a mirar por las ventanillas del coche a las distorsionadas caras que le gritaban y escupían. Un gran contraste con las sonrisas de los espectadores de la primera venta vaticana, cuando se ofreció la *Madonna de Foligno*. Cierto es que David había esperado problemas después del juicio y de la advertencia que había recibido, pero nada tan malo como esto. Se había pasado todo el día comprobando con la policía y su personal de seguridad que habría adecuada protección para todos los que desearan asistir a la venta, y había podido volver precipitadamente al hotel para cambiarse sólo una hora antes del momento en que debía caer el martillo. Ahora parecía como si *él* fuera a llegar tarde, la primera vez que eso hubiera ocurrido en todos sus años sobre la tribuna.

Pero el coche finalmente llegó a la puerta principal. Aquí la policía podía mantener a raya a los manifestantes. David había aconsejado a todos los compradores potenciales que entraran por la puerta lateral, pero pensó que parecería una cobardía si él, como jefe ejecutivo, no se atrevía a enfrentarse con las multitudes. El cónsul israelí había tenido la misma sensación. David confiaba en que ya estuviera dentro sano y salvo.

Dos de los hombres de seguridad de Hamilton's se acercaron al coche y le abrieron la puerta. Mientras él ponía los pies en el bordillo, los hombres se situaron a cada lado. Un rugido brotó de la multitud, se agitaron banderas ante su rostro, y se lanzaron gritos en su dirección. Las luces centellearon en una minitormenta eléctrica cuando los fotógrafos de prensa registraron el momento.

Pero David consiguió llegar sano y salvo al interior. Dio las gracias a los hombres de seguridad mientras la segunda serie de dobles puertas que conducían a la Hamilton's se cerraban detrás de él, apagando la mayor parte del ruido. Eran exactamente las ocho. Corrió a su despacho para peinarse y recoger su catálogo marcado, y luego se dirigió apresuradamente a la sala de subastas, situada en el entresuelo.

Cuando llegó se quedó sorprendido, pero encantado, de ver que la sala estaba llena a rebosar. Evidentemente, a algunas personas les *gustaba* un poquito de peligro; la borrascosa publicidad no había perjudicado en absoluto, al menos a la asistencia.

David subió a la tribuna y sonrió a las muchas caras que conocía. Abrió su catálogo y dejó a un lado el martillo. «Buenas noches a todo el mundo. Bienvenidos a nuestra venta.» En adelante, su intención era proceder como si todo fuera absolutamente normal. Paseó su mirada por la sala a fin de comprobar si sus ayudantes estaban todos en su lugar. Se volvió hacia el ujier, el cual asintió gravemente: los lotes estaban disponibles para ser exhibidos.

—Como ustedes saben, señoras y caballeros, hay cuatro lotes para su consideración esta noche, cuatro de los Manuscritos del mar Muerto hallados en las cuevas de Qumran, todos de inmensa importancia histórica y religiosa, y puestos a la venta por el gobierno israelí, el cual tiene intención de hacer un uso caritativo de los fondos recaudados. Una vez más, por lo tanto, lo de esta noche no es una simple transacción comercial. Es algo mucho más importante, y espero que eso se reflejará... en la energía de sus ofertas.

Alisó las páginas de su catálogo.

—El lote número uno es el Manuscrito de Hodayoth, conocido como QH1, y que consiste en dieciocho columnas que datan del siglo primero de nuestra era. —David consultó sus notas, aunque esto era más por el efecto, ya que sabía perfectamente lo que iba a decir—. La cifra de salida son seis millones. Seis millones de dólares... ¿alguien da más, alguien da más?

De nuevo los segundos terriblemente mortales mientras él se esforzaba por aparentar una relajada confianza en su cara. Finalmente un marchante, Muffy Ward, situado juno al teléfono y en contacto con David Tribe, un coleccionista privado de Texas, levantó la mano. La noche estaba en marcha.

Para empezar, la venta fue maravillosamente bien. El Manuscrito de Hodayoth alcanzó la cifra de diecisiete millones de dólares, y lo compró David Tribe; los Salmos Apócrifos, lote número dos, también fueron a parar a Texas, a la Universidad de Austin, por diecinueve millones de dólares; y las Reglas de la Guerra, diecinueve columnas que describían la perpetua lucha entre el bien y el mal, alcanzó los diecinueve millones de dólares, pero fue a parar al Museo de Tokio.

David se volvió ahora hacia el cuarto lote.

—El último lote, señoras y caballeros, es el Génesis Apócrifo, conocido técnicamente como QapGen1, una paráfrasis aramea de la historia del Génesis con muchos adornos suplementarios. El manuscrito data del siglo primero antes de Cristo, pero la composición quizás se remonta al siglo segundo antes de Cristo. Iniciaré la puja en 10 millones.

En un momento se alcanzó la cifra de dieciocho millones, con tres personas en la lucha: Michael Manasseh, un coleccionista privado de Los Ángeles, Leonard Mayer del Museo Semítico de Harvard, y Raymond Snowden, un comerciante privado de antigüedades de Nueva York.

En aquel momento, sin embargo, David observó una conmoción en la puerta de la parte trasera de la sala, y el capitán de los guardias de seguridad, que debía estar de servicio en la entrada principal, se abrió camino por entre el público y avanzó por el centro de la nave hacia la tribuna. Su aspecto era de gravedad.

David detuvo la subasta y se inclinó hacia delante. La sala se llenó de cuchicheos mientras los dos hombres intercambiaban sus susurros. David enderezó la espalda.

—Señoras y caballeros: era quizás inevitable que no pudiera transcurrir la noche sin *alguna* pequeña complicación. Me acaba de informar mi jefe de seguridad de que la Sociedad de Arqueología Bíblica Hasídica que, como ustedes saben, se ha estado manifestando delante del edificio, ha incendiado una parte del piso bajo... aunque no tienen por qué asustarse —tranquilizó inmediatamente a la gente que ya había empezado a ponerse de pie—. Tengo entendido que el peligro no es grave y que la brigada de incendios *ya ha sido* avisada. —Levantó un poco más la voz—. Debo decir que ya habíamos imaginado la posibilidad de algo así, y hemos reservado una sala en el Westbury Hotel, situado en la esquina de la Madison Avenue con la calle 68. Se servirá allí champagne y canapés, señoras y caballeros, y la venta proseguirá dentro de una hora. Por favor, salgan tranquilamente por la puerta que hay a su izquierda, donde ven a un ujier de Hamilton's de uniforme azul oscuro. Él les conducirá al Westbury por una ruta lateral. Repito, el peligro no es grave, no hay necesidad de pánico, y la venta continuará en el Westbury Hotel dentro de una hora.

Aunque su voz sonaba calmosa, David estaba furioso. Había suplicado a la policía que mantuviera a los manifestantes al otro lado de la calle. Sin embargo, la situación podía haber sido peor. Descubrió, al ir a investigar, que alguien había arrojado una pequeña bomba incendiaria a través de una ventana en la habitación de la planta baja donde se guardaban ejemplares atrasados de catálogos de subastas. De modo que había gran cantidad de papel que quemó lenta e inofensivamente, pero con mucho humo, lo cual había hecho disparar el sistema de alarma inmediatamente.

Pero la publicidad que el fuego provocó, para la Hamilton's y para la SABH, y el peligro provocado en la gente rica de la subasta estaban lejos de ser inofensivos. Sin embargo, David apartó todo esto firmemente de su mente. La noche no había terminado; aún quedaba un manuscrito por vender. Dejó al jefe de seguridad y al capitán de la brigada de incendios a cargo del edificio de la Hamilton's, satisfecho de que todo iba lo mejor que se podía esperar, y luego se dirigió con rapidez a la calle 68.

Al llegar al hotel se sintió aliviado al ver que la mayor parte de la gente del otro edificio había venido. No parecían demasiado afectados por lo sucedido: de hecho, tenían un aspecto bastante animado. Se servían champagne y canapés, tal como se había dicho, y, cuando llegó David, alguien gritó: «¡Aquí está! Vamos, Colwyn, sigamos. Hace frío aquí sin un buen fuego.» Pero el hombre se reía, disfrutando con aquella inesperada situación.

No había tribuna en el Westbury, sólo una plataforma ligeramente elevada y un atril. No importaba. Las sillas de los clientes eran mucho más confortables que las de Hamilton's. David subió a la plataforma, alargó la mano y tomó una copa de champagne de un camarero del hotel que sostenía una bandeja. Al echar la cabeza atrás para beberlo, unos irónicos vítores brotaron de algunas personas de la sala. David miró a su izquierda: allí estaba el ujier sosteniendo el Génesis Apócrifo como si nada hubiera pasado. Los otros manuscritos estaban sanos y salvos a su lado, también. David le guiñó el ojo, y ambos se sonrieron. Abrió el catálogo y un silencio se abatió sobre la habitación.

—El Génesis Apócrifo, entonces. La puja se eleva a dieciocho millones de dólares... con usted, señor. —Hizo un gesto en dirección a Leonard Mayer, y luego suavemente escrutó la habitación—. ¿Alguien da más?

Y con aquella poco rimbombante observación la subasta se reanudó. Y, quizá porque el público de la sala compartía ahora una especial camaradería, no parecían muy afectados por todo lo sucedido. Manasseh abandonó a los veintidós millones de dólares, y a los veinticinco,

Mayer, de muy mala gana, abandonó también. Raymond Snowden se llevó el manuscrito por veintiséis millones de dólares.

El marchante de Nueva York se acercó a David. Brevemente, intercambiaron unas palabras, y luego David se dirigió a la sala.

—Señoras y caballeros: antes de que se vayan, el señor Snowden me acaba de pedir que anuncie que ha estado pujando en nombre del Archivo Secreto Vaticano, el cual por lo tanto es el que ha adquirido el más antiguo manuscrito relativo a la Biblia.

12

David regresó a Londres completamente exhausto. En el sentido de que había recaudado ochenta y un millones de dólares, y eso significaba una comisión para Hamilton's de dieciséis millones doscientos mil dólares, la venta de los Manuscritos del mar Muerto había sido un éxito. Pero el efecto acumulado del juicio, las manifestaciones y el incendio le habían agotado. Y, produciéndose todo al mismo tiempo que las pintadas de Buckingham Palace, significaba que la Hamilton's tendría que sufrir algunos duros ataques de la prensa en ambos lados del Atlántico.

En la junta ordinaria que tuvo lugar pocos días después del regreso de David, el conde de Afton le felicitó por haber proporcionado tan sustanciosa comisión a la Hamilton's. Pero el conde parecía apagado. Averne propuso ahora abiertamente que la firma se retirara de la venta de la reina, dando como razón la mala publicidad que había alcanzado la venta de los manuscritos y la feroz oposición que seguía en la isla contra la venta de las pinturas reales. El conde seguía manteniendo que la Hamilton's no se retiraría, pero, según le pareció a David, cada vez con menos convicción.

Con cierto alivio, por tanto, David viajó a París con Ned a mitad del trimestre para el fin de semana juntos en el Loira y en el Louvre.

En el aeropuerto de París alquilaron un coche. El plan era pasar el sábado en el Loire, en Cloux y Amboise, para los asuntos de David, y luego viajar a París el domingo y visitar el Louvre el lunes, para Ned.

El castillo de Leonardo en Cloux les pareció un edificio más bien sombrío. No le dio a David ideas nuevas de dónde buscar documentos de Leonardo, en ninguna parte donde no hubiera sido registrado por innumerables eruditos anteriormente. Desanimado, aunque tratando de disimular, por Ned, se dirigió a París.

La visita del Louvre fue mucho más satisfactoria. En primer lugar, casi inmediatamente se toparon con Ed Townshend, amigo de David y compañero de la Sociedad del Renacimiento, un americano que era conservador del Museo Fogg de Harvard.

—¡Ed! Hubiera esperado ver a Daniel Sapper aquí, ya que es el conservador, o a Ivan Shirikin, dado que su museo tiene la mejor colección de iconos del mundo, pero ¿por qué estás aquí tú? No es tu especialidad, ¿verdad?

Townshend le estrechó la mano.

—No, no es mi especialidad, pero soy un toxicómano de las exposiciones. —Se dio la vuelta y señaló con el dedo—. Ahí está Daniel, hablando con el calvo de la doble barbilla. A propósito, éste es el motivo por el que ya no vamos a ver mucho a Shirikin. Al querido y viejo Ivan le han dado un puntapié escaleras arriba, ha sido «ascendido» a dirigir la giras artísticas en la madre patria. El calvo es quien ha conseguido su empleo en el Ermitage. Se llama Dorzhiev.

A David le hubiera gustado presentar a Ned a Daniel Sapper, pero el conservador estaba evidentemente ocupado con el sucesor de Shirikin. De modo que David, Ned y Townshend hicieron la visita de los iconos juntos.

—Esta materia tampoco es tu esfera, ¿verdad? —preguntó el americano a David.

—No. Ned, mi hijo, está interesado en el oro, en lo que puede hacerse con él, en cómo varía su aspecto según el artífice que lo trabaja. Quiere ser orfebre. No hay muchos iconos en Gran Bretaña, y realmente tampoco son buenos. Así que estamos aquí para ver un tipo de trabajo en oro que no podemos ver en nuestro país. Ahora, vamos, Ed. Los Colwyn te superamos en número... ¿por qué estás tú aquí, en París, quiero decir?

—Para visitar la Biblioteca Nacional, ¿para qué, si no? Estoy trabajando en un libro sobre los grandes rivales en el arte, para ver qué efecto ha ejercido la rivalidad en su obra. Ya sabes, gente como Domenichino y Lanfranco, Algardi y Bernini, Leonardo y Miguel Ángel. Personas que fueron contemporáneas pero que no se podían soportar mutuamente. La Biblioteca Nacional tiene documentos importantes que necesito.

—¿Estás consiguiendo mucho?

—Es pronto todavía, pero hay mucho material. Necesito investigar quiénes fueron los amigos de los artistas, también. En los documentos de Bernini, por ejemplo, no se habla mucho de Algardi. Pero en los documentos de los amigos de Bernini se dice mucho de lo que él sentía sobre su rival. Y viceversa, con Algardi. Espero que causará gran sensación.

Antes de que pudiera decir más, se les acercó una figura. Era Jean-Claude Sapper.

—¡Edward! ¡David! Qué maravilloso veros a los dos. ¿Por qué no me hicisteis saber que veníais? ¿Y qué estáis haciendo aquí? Ninguno de vosotros dos me había mencionado nada de iconos hasta ahora.

Townshend explicó por qué estaban todos allí, y presentó a Ned a Sapper. Luego Townshend dijo:

—¿Qué le ha ocurrido a Dorzhiev?

Sapper sonrió.

—*Et bien!* Se ha ido a lavar las manos. Tengo que llevármelo a almorzar. Debo decir que nuestras pequeñas cenas en la Sociedad del Renacimiento ya no van a ser tan acogedoras. No es ni mucho menos tan *sympathique* como Shirikin. Conoce su negocio, no obstante, así que supongo que no debería quejarme. Os invitaría a vosotros, pero espero a la prensa y al presidente de los administradores así que ya veis mi problema. —Hizo un ademán de marcharse—. Lamento que esto haya sido tan breve. Espero con ansia nuestra próxima cena de la Sociedad del Renacimiento. Oh, sí, antes de irme: acabamos de hacer la más maravillosa adquisición; si tenéis tiempo, debéis verla. Es un Tiziano que ha salido de no se sabe dónde. No hay duda de que es auténtico, pero no hemos podido seguir su pista más allá del siglo dieciocho. Lo hemos puesto con los otros pintores italianos... echadle una mirada. –Y se marchó apresuradamente.

Los tres discutieron si seguir el consejo de Sapper o irse directamente a almorzar. El Louvre es muy grande, y había un largo paseo desde la exposición de iconos a las salas italianas. Pero al final, Ned inclinó la balanza, y fueron a ver el cuadro.

El Tiziano era soberbio, y mostraba a Hércules en la encrucijada. El cuadro había sido limpiado y sus rojos y escarlatas brillaban como el fuego; las tonalidades de su piel, una misteriosa mezcla de crema, rosa y pardo, conferían una sombra de mortalidad al divino guerrero.

David paseó por delante del nuevo Tiziano, de los enormes Veronese, de la propia versión del Louvre de la *Virgen de las Rocas*, y se quedó quieto ante un cuadro con el que no estaba familiarizado. Se trataba de un retrato de *Juan el Bautista*, de Giovanni Antonio Boltraffio, un pintor milanés no muy bueno, seguidor de Leonardo. De pronto, mientras contemplaba el cuadro, se le ocurrió una idea. Boltraffio era un seguidor de Leonardo. Recordó haber visto en Cloux una copia de un retrato del mismo artista, un retrato de Francesco Melzi, el hombre que había heredado los documentos de Leonardo. El original, si recordaba correctamente, se hallaba en Berna. Pero eso no tenía importancia. Lo que contaba era que Boltraffio era un amigo tanto de Leonardo como de Melzi. Si Townshend tenía razón, entonces bien podría resultarle rentable a David echar una mirada a los papeles de Boltraffio, si es que había tales papeles, para descubrir cualquier posible referencia a Leonardo. Quizá Boltraffio tomó realmente posesión de los papeles de Da Vinci.

Era una remota posibilidad, pero si fracasaba con Boltraffio, había otros amigos de Leonardo a los que podía investigar. Era una línea de búsqueda muy prometedora. Muy animado, invitó a Townshend y a Ned a almorzar.

Al cabo de una semana de su regreso a Roma desde América, Su Santidad anunció en una de sus audiencias regulares que había recomendado a los obispos de las islas Filipinas del Pacífico que apoyaran al presidente Sebbio en las próximas elecciones. Esto levantó algunas ampollas, pero fue rápidamente bien acogido por el presidente Roskill. Otros líderes occidentales no dijeron nada públicamente pero su silencio fue tomado como signo de aprobación.

Pocos eran los que sabían que, en el mismo momento en que el Santo Padre estaba haciendo su discurso sobre las islas Filipinas, las tropas nicaragüenses estaban moviendo secretamente artillería ligera y equipos lanzallamas cerca de la frontera con Honduras, al oeste de Jalapa. Cansado del constante hostigamiento de sus municipios al alcance de Pimental, el gobierno nicaragüense había decidido borrar del mapa a la nueva ciudad de una vez por todas.

Dos días más tarde, empezó el ataque, a medianoche. Dos mil soldados de infantería se desplazaron durante la tarde, utilizando las corrientes de agua disponibles. Se aprestó artillería más pesada al norte de Ocotal y al oeste de El Jícaro desde donde Pimental estaba justo al alcance. La hora del ataque había sido elegida con bastante astucia: las dos de la madrugada, hora de Washington, cuando la reacción del gobierno en la capital sería más lenta. Primero abrió el fuego la artillería pesada, bombardeando la zona durante treinta minutos. Le siguió inmediatamente un ataque con helicópteros: seis aparatos, volando bajo, descargaron bombas incendiarias en la ciudad, concentrándose en las zonas no destruidas por el bombardeo. Aproximadamente a la una y media, hora local, atacó la infantería, con órdenes de no hacer prisioneros, pero sí de confiscar todas las armas y municiones encontradas. Tres horas más tarde, algunos soldados de infantería fueron vistos aún por los primeros aparatos de las fuerzas aéreas hondureñas apoyados por los americanos, pero al hacerse de día la gran mayoría de soldados nicaragüenses se había deslizado de nuevo por la frontera. Aunque algunos aviones consiguieron acciones individuales afortunadas, los nicaragüenses tuvieron muy pocas bajas y consiguieron derribar un aparato hondureño. En la conferencia de prensa convocada a la mañana siguiente, el gobierno nicaragüense mostró un cargamento de armas traídas de Pimental de no menos de 2.750 fusiles, 5.000 granadas, tres millones de cartuchos, 50 morteros, 200 minas terrestres y 200 pistolas. No había duda de que el descubrimiento era auténtico; parte del armamento se encontraba todavía en sus cajas de embalaje, con la etiqueta de «Baltimore». Demostraba convincentemente que Pimental no era el pacífico asentamiento que debía ser.

En la conferencia, el ministro de Asuntos Exteriores nicaragüense hizo la siguiente declaración: «Esto prueba concluyentemente que las fuerzas reaccionarias del capitalismo americano, occidental, combinándose con el catolicismo romano, tratan de destruir Nicaragua. Siempre hemos sostenido que Pimental, construido con dinero del Vaticano, no era el lugar de refugio que se pintaba, sino más bien un arma cargada apuntada al corazón de esta pequeña nación. Hoy el mundo puede ver que en Nicaragua no exageramos. Pero ahora tenemos esas armas. Tenemos los fusiles y las municiones, las granadas y los morteros. Y Pimental ha sido reducido a escombros. No me regocijo con la pérdida de vidas. Pero hoy hemos demostrado que haremos lo que haga falta para protegernos, tanto si nuestros enemigos son capitalistas como católicos, como ambas cosas.»

A Roskill le habían sacado aquella mañana de la cama a las tres y cinco. Estaba muy irritado. Entrando en la sala de mando, disparó una serie de órdenes, enviando apoyo militar americano a la zona, situando barcos frente a la costa, movilizando cada pieza de músculo americano que tenía a su disposición para semejante emergencia. Estuvo observando los acontecimientos durante una hora y media, momento en que se dio cuenta de que no había nada que hacer: los nicaragüenses habían entrado, golpeando duramente a Pimental, y luego se habían marchado. No se atrevió a ordenar a las fuerzas americanas que los siguieran. Se sirvió café, pero no era suficiente. Se trajo whisky. Roskill se calmó un poco.

—¡Cran! Cran... ¿dónde está usted?

—Aquí —dijo Cranham Hope calmosamente.

Roskill le miró pensativo.

—Bien, Cran... ¿qué demonios vamos a hacer con este Thomas? Supongo que no tenía intención de que pasara, pero sin duda nos ha metido en esto.

—De momento —dijo Hope—, no vamos a hacer nada.

—No me diga eso, Cran. Esta Fundación suya... es como un chico con un juguete nuevo. Entre usted y yo, Cran, necesita que le den una lección.

—No, señor.

—¡Cran! ¿Por qué no, maldita sea?

—Piense usted, señor presidente. —Cran levantó las manos, con tres de sus dedos extendidos—. Primero, es la persona más popular del planeta, sin excluirle a usted. Segundo, se puso de su parte en el asunto de las Filipinas... y usted aceptó su apoyo. Si se vuelve usted ahora en contra de él no sólo parecerá usted inconsecuente, sino también de espíritu mezquino y desleal. —Bajó la voz—. Y hay una tercera razón para que no retire usted su apoyo al Papa. La mejor.

Roskill se quedó mirando fijamente a Hope.

—No me gusta su tono. Hay algo que no me han dicho.

—Sí, lo hay. Tiene usted razón al decir que toda esta ferretería que los nicaragüenses encontraron en Pimental no era obra del Papa. No fue pagado con su dinero... el dinero fue a parar todo realmente a la construcción.

Roskill se quedó mirando a Hope. Su mano agarró con fuerza el vaso de whisky. Esperó, contemplando con fijeza la cara de Hope.

—Ya se lo imagina usted, jefe. Nosotros pusimos las armas allí. Cada una de ellas fue pagada con fondos de la CIA.

El domingo siguiente David fue a despedir a Ned al avión que salía de Heathrow con destino a Belfast. El chico iba a pasar el fin de semana con su madre y su padrastro en el Ulster. Luego David tomó un avión para Roma. Iba a celebrarse una reunión de la Fundación de San Patricio el lunes siguiente, y desde hacía algún tiempo sería su primer fin de semana normal con Bess. Estaba deseándolo ansiosamente.

Fue directamente del aeropuerto a Gina's, donde le esperaba Bess, para un almuerzo tardío. La mujer parecía cansada, y el Campari que tenía sobre la mesa estaba intacto. David la besó, hizo un ademán a Gina y se instaló en una silla. El sol caía con fuerza, y la sombra ofrecida por la sombrilla no era realmente fresca. Le había traído un regalo, un trozo de seda de Lyon, pero ahora no era el momento adecuado para dárselo.

—¿Qué pasa? —dijo—. ¿Qué sucede?

—¿Que qué sucede? Todo... O siento como si fuera todo.

Gina trajo la cerveza favorita de David. Intercambiaron saludos, pero Gina, captando el frágil humor de Bess, se marchó en seguida al interior del café.

—Vamos —apremió David—. Cuéntame. Estás trastornada.

Ella asintió.

—Todo empezó con este maldito asunto nicaragüense. Evidentemente no fueron los fondos de San Patricio los que pagaron esas armas. Según nuestras fuentes, fue la CIA... Roskill, o su gente. No podemos probarlo, por supuesto, pero Thomas está convencido de ello. Y todo ocurrió tan sólo el día siguiente de que él hiciera público lo de las Filipinas. Le hace parecer no sólo comprometido políticamente, sino un lacayo de Roskill.

—No te preocupes —dijo David—. Todo se olvidará. Thomas es muy popular.

—Tal vez... si eso fuera todo.

—¿Qué quieres decir? ¿Qué más hay?

—¿Qué más *no* hay? ¿Por qué te crees que tengo un aspecto tan cansado?

—Cuéntamelo.

Como réplica, Bess situó dos tenedores y un cuchillo en una fila ante ella. Y jugó con el primer tenedor.

—Los sirios están concentrando sus tropas en el valle de la Bekaa, listos para descargar un golpe en Beirut. Nuestros contactos allí nos informan de que tienen intención de atacar particularmente los proyectos de la Fundación de San Patricio, como represalia por lo que la Fundación ha hecho con sus informadores. Pase lo que pase, nos echarán la culpa. Thomas sabía que la Fundación allí sería un riesgo, fue el mayor riesgo que corrió, pero esperaba ganar tiempo para un arreglo negociado.

David iba a interrumpirla, pero Bess cogió el segundo tenedor y lo agitó.

—*La Reppública*, uno de los periódicos de Roma, ha obtenido una copia de un informe confidencial vaticano que revela que los visitantes de la ciudad-estado han bajado en un diecisiete por ciento en los últimos meses... desde que fueron vendidos los tesoros. La disminución afecta también a Roma en general. *Hay* otras explicaciones: la huelga de Alitalia significó que pocas personas pasaron sus vacaciones en Italia, y el tiempo fue malo. Pero las cifras les van muy bien a los críticos de Thomas, especialmente a los del gobierno italiano y a Massoni. Y, por supuesto, los italianos corrientes se benefician mucho de tener la Iglesia aquí. Quieren que el Vaticano siga creciendo en popularidad, de modo que esas cifras perjudicarán al pontífice no sólo en Roma sino en toda Italia.

Levantó la tercera pieza de cubertería.

—Tercero: lo averiguarás oficialmente el lunes, en la reunión de la Fundación, pero puedo decírtelo ahora. Los intereses del primer año de los fondos de la Fundación deben cobrarse dentro de un mes, y Thomas se ha estado dedicando a buscar nuevas aplicaciones para la ayuda. —Pareció recordar de pronto la bebida y la ingirió de golpe—. ¡Oh, David! Thomas está tan trastornado por el asunto nicaragüense que le cuesta ver las cosas correctamente. ¿Recuerdas aquella presa que se derrumbó, hará un mes, en Vietnam? El río Thu Bon cerca de Dong An. Mató a varios centenares de personas cuando el agua inundó una mina y ahogó a todos los trabajadores... ¿recuerdas?

David asintió.

—Bien. Thomas quiere enviar un poco del dinero de San Patricio para ayudarles. No consigo hacerle ver que así despertaría el antagonismo de los americanos. Le digo que su popularidad en América podría desaparecer de la noche a la mañana. *Dice* que sí, que está de acuerdo, pero que no cree que le castiguen por cosas que son impopulares ahora cuando está en la cumbre su popularidad. Piensa también que eso le ayudará en su próximo viaje a China. ¡Oh, querido, qué lío tan tremendo! Los americanos no están preparados para la caridad en Vietnam; las heridas son demasiado recientes. Y les dolerán durante bastante tiempo...

Terminó su Campari, se echó atrás el cabello con el gesto que a David le gustaba, e hizo un visible esfuerzo por relajarse.

»Comamos —dijo, dándose la vuelta para buscar a Gina—. Qué bien que estés aquí, David. Es la primera vez que siento algo parecido al hambre en varios días.

Aquella noche, en su alto piso entre los gabletes, encima de la Via dei Banchi Vecchi, hicieron el amor de una manera especialmente tierna. Y lentamente. David sintió, correctamente, que Bess necesitaba ser apartada durante un rato del lugar en que estaba y de lo que era. Y le dio todo lo que podía dar.

A la mañana siguiente, se levantó temprano. Sabiendo que, después de hacer el amor, Bess invariablemente se despertaba hambrienta, preparó un elaborado desayuno británico: huevos, tostadas, bacon y tomates, con café recién hecho y zumo recién exprimido de naranjas sanguinas. Dejándolo todo sobre un aparador, se dirigió apresuradamente a la calle a comprar los periódicos. Bess estaba despierta cuando volvió. Tenía ante sí un plato de huevos con bacon, pero dejó de comer y cogió los periódicos que David le tendió.

—¿Es muy malo? —le preguntó él al cabo de un momento.

—Escucha esto. Lo traduciré lo mejor que sé. «El número de visitantes del Vaticano ha caído en picado desde que el Santo Padre vendió una serie de obras maestras del Renacimiento hace unos meses. Según un informe oficial, hasta el momento secreto, el número de visitantes que pagan por ver los museos vaticanos ha descendido en un descomunal diecisiete por ciento: de los dos millones doscientos mil la última vez que se llevó a cabo un registro oficial, a 1.822.000 actualmente. Esto se ha traducido en una pérdida de ingresos para el Vaticano de... espera que lo convierta, un millón, ciento veinte mil libras.

»Un portavoz vaticano dijo ayer que hay muchas razones que podrían explicar al descenso de visitantes, que, en ningún caso, es visto en los círculos vaticanos como preocupante. Declinó especular sobre cuáles podrían ser tales razones. Un portavoz del alcalde de Roma, sin embargo, fue más abierto. Calificó las conclusiones del informe, si es cierto, como de desastre. ¡Para el Vaticano y para Roma! Dijo que el descenso de visitantes ha costado ya a Roma mucho dinero. El Papa es un hombre muy popular, en todo el mundo, dijo el portavoz. Pero siempre ha mantenido una especial relación con el pueblo de Roma, el cual no sólo lo reverencia sino que esperan de él un liderazgo y una política que mantengan a la ciudad como centro tradicional de peregrinos y turistas.»

—Hay luego entrevistas con romanos locales: comerciantes, dueños de restaurante, chóferes de taxi, exactamente la clase de personas más afectadas económicamente por una caída del turismo. Naturalmente, todos se muestran críticos.

Aunque Bess se había relajado al despertarse, David observó ahora que volvía a parecer cansada.

—Se me ocurre una idea —dijo—. Hace un día espléndido, y nunca te he visto en bikini. ¿Por qué no nos vamos a Porto Ercole a pasar el día? Buscamos un hotel para comer, y nos damos un baño en el mar.

—Pero...

—No. Puedes estar todo lo ocupada que quieras mientras yo estoy en la reunión de la Fundación mañana. Pero hoy, olvida el Vaticano. Vamos, ponte en primer lugar, por una vez. Ahora, ¿dónde guardas los bikinis?

Para impedir que le registrara sus armarios, Bess tuvo que buscar por sí misma el traje de baño. Luego David, sintiendo que hacía exactamente lo que debía, la metió en su coche y partieron para Porto Ercole. Montones de romanos habían tenido la misma idea, de manera que no llegaron al hotel que tenían pensado hasta la una menos cuarto. Estaba en un acantilado, con una maravillosa vista de la península de Argentario. Disfrutaron de un rápido baño antes de almorzar una hermosa zarzuela de mariscos, con la que se tomaron su tiempo, y luego volvieron a nadar por la tarde. Cenaron temprano en el puerto —nuevamente marisco— y se dirigieron a Roma, llegando bastante tarde, casi a medianoche. Gina's aún estaba abierto, y David quiso tomar un brandy. Ninguno de los dos quería terminar el día. Aún no le había dado su seda de Lyon, y aprovechó ahora para hacerlo.

Finalmente, sobre las doce y media, desearon a Gina buenas noches y bajaron lentamente por la calle hacia el apartamento de Bess. Mientras se acercaban, un hombre bajó de un coche y se dirigió a ellos. David se puso tenso.

—¿Mr. Colwyn? —dijo con una voz muy inglesa.

—Sí —respondió David, todavía con cautela—. ¿Quién es usted? ¿Qué desea?

—Soy Stanbury, señor. Edward Stanbury, segundo secretario de la embajada de aquí. Hemos estado tratando de ponernos en contacto con usted todo el día.

–¿Ah, sí? ¿Pasa algo malo?

–Me temo que sí, señor. A primera hora de hoy, el IRA atacó Ardglass Manor que, como usted seguramente sabrá, es la residencia del secretario de Estado para el Norte de Irlanda. El ministro escapó sin grave daño, señor, pero me temo que su mujer, su ex esposa, señor, recibió la explosión de lleno.

Ned estaba sano y salvo. El anexo de los niños de Ardglass Manor estaba en un ala separada, para impedir que el ruido llegara al estudio del ministro. David pidió a Bess que explicara su ausencia al Comité de la Fundación de San Patricio, y cogió el primer avión para Londres. Para entonces Ned había sido ya devuelto en helicóptero a su escuela, a petición propia; allí se estaba recuperando. También para entonces, se conocían ya los detalles; y los motivos.

Había sido un ataque con morteros, montado –nada menos– que desde un cercano patio de iglesia. Resultaba que la iglesia en cuestión tenía una entrada a un pasaje secreto del siglo diecisiete cuya salida era una cueva a cuatrocientos metros de distancia. Los locales sabían de la existencia de dicho pasaje, pero, por alguna razón, a los hombres de seguridad no se les había dicho nada de él. La cueva estaba fuera del anillo de seguridad trazado en torno a Ardglass, pero el patio de la iglesia estaba al alcance, como la tragedia se había encargado de demostrar.

Era, sin embargo, el motivo del ataque lo que le produjo escalofríos a David. No se trataba sólo de un ataque al azar contra un ministro británico. El IRA había entregado una declaración «oficial» por teléfono al *Times* irlandés de Dublín a última hora del domingo por la noche. Utilizando una palabra en clave especial para demostrar su identidad, el portavoz del teléfono dijo que el ataque era una represalia por «La cobarde manera con que las empresas de construcción protestantes de Irlanda del Norte habían respondido con el incendio y el asesinato a una simple competencia comercial de parte de las empresas de la construcción católicas de la zona». Era una clara referencia al incendio de Belfast, cuando el vigilante nocturno murió abrasado. Y a la Fundación de San Patricio.

Ned, cuando David llegó a su lado, estaba bastante bien, considerando las circunstancias. La escuela no le presionaba para que asistiera a las clases, pero seguía compartiendo una habitación con el mismo chico que habían elegido para ayudarle en sus peores momentos de la depresión. Todo el mundo era consciente de que el episodio podía desencadenar nuevamente la enfermedad de Ned, pero el director de la escuela juzgó –bastante correctamente, en opinión de David– que Ned necesitaba *algo* de rutina familiar en su vida.

Cuando David llegó, alrededor de la hora de comer del lunes, encontró a Ned no en su estudio sino en un taller de la escuela, solo, salvo por la presencia de un maestro ayudante. Estaba sentado en un alto taburete con una masa de hilo de oro ante él. David pudo ver que Ned había estado llorando; pero, cuando llegó, el muchacho parecía absorto en lo que estaba haciendo. Evidentemente, trabajar con las manos le proporcionaba consuelo.

David le pasó un brazo por los hombros. Ned se inclinó hacia su padre, sentado todavía en su taburete de trabajo. Al cabo de un momento, David sintió que el cuerpo del muchacho se agitaba con silenciosos sollozos. Durante varios minutos, padre e hijo permanecieron allí, inmóviles.

Al final, David murmuró suavemente:

—En la escuela dicen que puedes venir a casa si quieres, o que puedes quedarte aquí, y yo me quedaré en la ciudad. Tú debes decidir.

Ned se metió la mano en el bolsillo para buscar el pañuelo. Como no tenía, David le tendió el suyo. Ned se secó los ojos y se sonó.

—Me sentiría solo en Londres, papá. ¿Puedes quedarte aquí?

—Claro —dijo David suavemente—. Ya me he registrado en el George Hotel, de modo que puedo verte cada día.

Fuera, el tiempo era excelente, de modo que decidieron ir a dar un paseo. Por los campos de juego, los bosques y luego hacia el río. David no estaba seguro de que fuera una buena idea, pero Ned parecía saber a dónde iba, de modo que su padre no dijo nada. Caminaron durante dos horas aquella tarde, y se quedaron sin comer. Al principio David pensó que su hijo debía comer algo, pero luego comprendió que Ned estaba tratando de cansarse, para poder dormir. Se separaron alrededor de las cuatro, con Ned ya en la cama. David le dejó el número de teléfono del hotel al director de la escuela y regresó al George. Su propia manera de tratar con la pena se parecía mucho a la de Bess: ocupación. Llamó a Sally a la oficina por si había mensajes, y luego se pasó un par de horas al teléfono, poniéndose al corriente, antes de llamar a Bess a Italia. Era bueno hablar con ella, y esto le hizo darse cuenta de lo solo que debía de sentirse Ned. No tenía hermanos o hermanas con quien compartir sus sentimientos, y nadie como Bess.

En su habitación del George, aquel lunes por la noche, David trató de calibrar su propia reacción a la muerte de Sarah. Trató de poner un poco de orden en sus sentimientos. Le llevó un rato admitir que no tenía realmente muchos. Sentía pena por Sarah, eso no dejaba lugar a dudas. Pero ningún pánico sobre lo que haría sin ella. Sus principales pensamientos concernían al efecto que su muerte causaría en Ned. Tendría que llamar al doctor Wilde al día siguiente para saber qué reacción debía esperar.

David admitió también, aunque cautelosamente al principio, que su primer pensamiento había sido para Ned, y el segundo, que ahora estaba libre para casarse con Bess... dijera lo que dijera el Santo Padre. Era una reacción desgraciada, se dijo, y la apartó de su mente, reflexionando, mientras se desnudaba, cuán rápidamente muere una relación. Eso era lo que le entristecía más, en realidad. Que sus sentimientos por la muerte de Sarah no fueran más fuertes.

Una vez en cama tuvo una tercera reacción. Quizás estaba hipersensibilizado, ya que él trabajaba para la Fundación de San Patricio, pero sabía que más tarde o más temprano otras personas establecerían la relación que él acababa de descubrir. La muerte de Sarah había sido, aunque indirectamente, provocada por la Fundación. La Fundación había ayudado a crear las condiciones bajo las cuales Foley's había prosperado a expensas de las empresas protestantes. No se podía acusar a Thomas: el vínculo era indirecto, y la Fundación había hecho mucho bien en la provincia. Pero se podía decir que Thomas era indirectamente responsable de la muerte de Sarah, como se podía decir también que lo era David, ya que ayudaba a administrar los fondos. Las noticias de Nicaragua, el descenso de visitantes al Vaticano, y ahora este asesinato en Irlanda del Norte: todos eran golpes perjudiciales para Thomas, municiones para sus enemigos. Si Bess tenía razón y los sirios desencadenaban pronto un ataque contra Beirut, también ésa podía ser una zona en que el pontífice estuviera bajo el fuego. Era irónico −peor aún, era trágico− que Thomas debiera enfrentarse con semejante perspectiva tan inmediatamente después de su triunfal gira por América... David se quedó dormido.

Al día siguiente Ned parecía más abatido. David estaba preocupado. Llamó a Anthony Wilde, pero el psiquiatra estaba fuera, de vacaciones. Esta vez Ned y David fueron a dar una vuelta en coche. Llegaron hasta la llanura de Salisbury, azotada por los vientos y donde el cielo era más vasto, a unos tres cuartos de hora de distancia. Los ojos de Ned habían adoptado una especial fijeza que inquietó a David.

−¿Estás seguro de que quieres quedarte en la escuela, Ned? ¿No te gustaría más ir al extranjero, a alguna parte?

−No.

Así fue todo el día: una conversación unilateral.

David no quería dejar a su hijo después de la excursión, pero tenía que hacer muchas cosas. Todo el mundo se mostraba muy comprensivo en su oficina de Londres, pero David *era* el jefe ejecutivo. No podía, sencillamente, dejar de ir a trabajar. Y era una época de mucho trabajo, además: mediados de julio. La temporada estaba bajando, y había muchas cosas que solucionar antes de que llegara el verano. Por un lado, después de la venta de los Manuscritos del mar Muerto, se había intensificado la oposición a la venta real en la Gran Bretaña. De hecho, había sido admitida por la conciencia del público en general. Cada inglés sabía que la venta iba a tener lugar en otoño, y cada inglés sabía que existía una vigorosa oposición contra ella. Esta oposición se revelaba en una diversidad de maneras. Por ejemplo, con la llegada del verano hizo su aparición una nueva cosecha de camisetas. Reproducían detalles de los cuadros de la reina destinados a la subasta, y bajo ellos, las palabras: «¡No me vendas!»

David se quedó en el George hasta el funeral de Sarah, que tuvo lugar el viernes en su pueblo natal de Kingsparish, en Somerset, donde aún vivía su madre. David y Ned fueron allí en coche juntos. Era un día desapacible de lluvia y viento, como si el verano inglés se hubiera ya terminado. Con el pesado silencio de Ned a su lado, David sintió la necesidad de llenar el coche de sonido. Encendió la radio y movió la aguja del dial en busca de una emisora de noticias. Mientras circulaban rápidamente por la M-4, pronto se puso de manifiesto que el ataque sirio en el Líbano había empezado finalmente. La lucha era encarnizada.

David siempre se había entendido bien con la madre de Sarah, la cual sentía que su hija le había tratado mal. Y, por añadidura, adoraba a Ned. De modo que parte de aquel día resultó confortante. Pero también estaba Greener, y eso resultó más embarazoso. Aún llevaba vendajes por las heridas de la explosión.

Sin embargo, mientras contemplaban cómo el ataúd era bajado al fondo de la tumba, los cuatro, David, Ned, la madre de Sarah y Greener, hallaron un sentido de comunidad en su pena. David sostenía una mano de Ned, y la madre de Sarah, la otra.

En el coche, camino de vuelta a Londres, Ned dijo:

—¿Crees en Dios, papá?

—Sí.

—Yo no.

—Vaya.

—Hablé mucho de ello con mamá. No pudimos ver la razón.

Condujeron un rato en silencio. Luego Ned dijo:

—No creo en la religión. No te dice las cosas. No te ayuda a comprender las cosas.

—Pero al menos disfrutaste en el encuentro con el Papa.

—Bueno, eso fue magnífico. Pero todo el dinero que el Papa da, papá, la fundación para la que tú trabajas. Es estupendo y tienes que hacerlo, pero está destinado a ir mal.

—¿Cómo puedes estar tan seguro?

—La caridad no puede reemplazar a la política, papá.

—¿Tú crees que eso es lo que está tratando de hacer el Santo Padre?

—Imagino que está apuntando demasiado alto. La caridad debería ser algo para ayudar a dos o tres personas, pequeños grupos que no pueden ayudarse a sí mismos, como los lisiados, digamos, o los ciegos.

—¿Y qué me dices de los pobres?

—Es difícil. No forman realmente un grupo. Son diferentes en cada lugar donde hay pobreza. ¿Puedo tomar una coca-cola, papá? Estoy muerto de sed.

Se detuvieron en una estación de servicio. David compró la coca-cola, llenaron el depósito de gasolina y siguieron viaje.

David no estaba seguro, cuando reflexionó sobre aquella pequeña conversación, de lo que había significado. Pero le hizo sentir incómodo. Ned estaba evidentemente apenado por su madre, pero, eso aparte, había optado por determinados puntos de vista sobre Thomas y sus planes, probablemente los había discutido en la clase, en la escuela. Y a él, David, le habían ofrecido un vislumbre de cómo el resto del mundo podía llegar a ver las actividades del Santo Padre. No por primera vez, se le ocurrió que el programa de Thomas era complicado y sus efectos tremendamente imprevisibles.

Después de dejar a Ned en la escuela llamó a Bess desde el hotel. No consiguió comunicar con ella al principio, pero, alrededor de las nueve, las diez en Roma, le siguió el rastro hasta Gina's.

−¿Cómo fue el funeral? −preguntó ella.

−Tan lúgubre como son siempre los funerales. Pero Ned aguantó bien. Es sorprendente lo resistentes que son los niños... más que los adultos a veces, pienso. Tuvimos una interesante charla en el coche durante el camino de vuelta. Asombra ver lo que hay en esas jóvenes mentes. Pero olvidemos todo eso por el momento. ¿Qué noticias hay de Beirut? ¿Es tan malo como dice la BBC?

−Bueno, no sé lo que está diciendo la BBC, pero es malo, querido, muy malo. El ataque sirio fue feroz, y aproximadamente a la hora del almuerzo intervinieron los israelíes. Dos aviones israelíes han sido derribados, juntamente con seis Migs sirios. Me han dicho que hay transportes de personal blindados ardiendo por todas partes, y los cristianos realmente echaron toda la carne en el asador: artillería pesada, cohetes, bombardeo desde aviones, no te puedes imaginar el humo y los escombros. Y, y esto es lo peor desde nuestro punto de vista, una destrucción muy cuidadosa de todo lo que Thomas consiguió reconstruir hace unos meses.

−¿Cómo se lo ha tomado?

Bess lanzó un largo suspiro. David pudo oír a Gina gritando órdenes en el fondo.

−Parte de él sabe que lo que se está empezando a decir en algunos sectores contiene algo de verdad... Que él es, en cierto sentido, responsable de todas las cosas que han ido mal últimamente. −Su voz cambió−. No obstante, la parte más grande sigue siendo el viejo Santo Padre, el cruzado, el americano que cree que lo que está haciendo es correcto y que está determinado a seguir luchando por ello. Irónicamente, hoy hemos recibido dos noticias nuevas. El viaje a China finalmente ha sido aceptado. Va a ir en noviembre... mientras las elecciones americanas están en marcha. Y, más excitante todavía: ¿recuerdas que Thomas creó un nuevo cardenal *in petto*, en secreto, hace algún tiempo?

−Sí, lo recuerdo.

−Hemos recibido ahora un informe secreto de Hungría. El número de personas que asisten a misa casi se ha doblado en el último año. Aparentemente, el nombramiento por parte de Thomas de un cardenal realmente provocó algo. Parece estar creciendo un enorme movimiento subterráneo, y las autoridades están furiosas.

−Eso es bueno de oír. ¿Y ahora qué?

−Thomas va a celebrar una audiencia general la semana que viene. Anunciará el acuerdo de China, y las novedades ocurridas detrás del telón de acero. Y luego, pese a lo que le he estado diciendo, está decidido a seguir adelante con la oferta al Vietnam.

−¿Te refieres a la ayuda contra la inundación?

−Exacto. Va a enviar diez millones de dólares, David. Diez millones. Los americanos no lo van a tragar. Va a destruir todos los frutos de esa maravillosa gira. Piensa lo que Massoni hará con eso en la columna de su periódico. ¡Y aún no has oído lo peor!

—¿Qué es?

—Tuvo lugar una recepción en Villa Strich la otra noche. Allí es donde viven todos los viejos americanos agregados al Vaticano. Uno de los sacerdotes de la curia, que trabaja en la Secretaría de Estado, ha oído los rumores sobre el regalo de Vietnam. Y me recordó algo que había olvidado. Dong An, donde están la presa y la mina, está apenas a cincuenta millas de Da Nang. ¿No te suenan las campanitas?

—No. ¿Deberían?

—Si fueras americano, quizá lo harían. Da Nang es donde murió el hijo de Roskill en la guerra de Vietnam. Thomas va a ayudar a la gente que mató al hijo del presidente.

Thomas hizo su declaración, sobre Rusia, China y la ayuda a Vietnam, tal como Bess dijo que haría. La audiencia del miércoles estaba atestada, la sala Nervi rebosaba de peregrinos.

Docenas de niños, lisiados y enfermos, le fueron traídos para que los bendijera. Entre ellos un grupo de escolares ciegos del Brasil, de una escuela especial de Río. Cuando llegaron, tarde, ya no quedaban asientos, de modo que Su Santidad los hizo subir al estrado donde les permitió sentarse a sus pies mientras él hacía su discurso y posteriormente oraba con ellos.

Su discurso aquel día, las vívidas palabras que empleó para describir la difícil situación de los católicos secretos del Bloque Oriental —los llamó el «Vaticano invisible»— fue, para los presentes, una conmovedora experiencia. Pero para los periodistas americanos presentes, su discurso tuvo un impacto algo diferente, un impacto que Bess había descrito con exactitud.

El *Chicago Sun-Times* titulaba su artículo: «Dinero para el Cong: Regalo de mal gusto del Papa.» El *New York Herald News* fue más lejos: «El Papa Tom, el amigo de Saigón.» Bess estaba desesperada. Sentía que había abandonado al Papa. Debía haber razonado más convincentemente para que él no hiciera aquel regalo al Vietnam. Pero ahora era demasiado tarde.

Roskill era el hombre al que más temía, y lo cierto es que el presidente no mostró ninguna reacción hasta el sábado, cuando efectuó una de sus acostumbradas emisiones de radio desde su retiro de Camp David. Entonces, durante unas divagaciones sobre cuestiones de política exterior, dijo: «Un líder mundial cuya política exterior está atrayendo mucha atención en este momento es el Papa Thomas. Desde que llegó a su alto cargo, Su Santidad ha estado cambiando la faz de la diplomacia contemporánea. Algunas de sus acciones han reportado grandes beneficios a la humanidad. La esperanza, y la ayuda material que ha prestado a muchas de las víctimas del mundo han constituido una inspiración para todos nosotros. Pero ni siquiera el Papa, como estoy seguro de que Su Santidad será el primero en admitir, puede hacerlo todo. Y tampoco es, en cuestiones seculares, siempre infalible. Hemos visto ya que sus intervenciones en Florida, Irlanda del Norte, Honduras y Nicaragua han producido efectos colaterales que han sido... bien, desgraciados es una palabra generosa para ellos.

»Pero es de una iniciativa más reciente de lo que deseo hablar hoy. Me refiero a la decisión de Su Santidad, revelada el miércoles pasado, de enviar diez millones de dólares para el alivio de la desgracia causada recientemente por el derrumbamiento de una gran presa hidroeléctrica en Vietnam. Bien, yo no soy un hombre duro, y puedo compadecerme, como todos los americanos pueden, de la desgracia allá donde ocurra, sin importarme quiénes sean las víctimas. Al mismo tiempo, tenemos una sabia tradición, aquí en los Estados Unidos, que nos enseña a cuidar de nuestros amigos y de los intereses de nuestros amigos. Del mismo modo, esperamos que nuestros amigos cuiden de nosotros, recuerden nuestros intereses y los tengan en cuenta. Y me siento obligado a decir que este regalo a Vietnam no me parece a mí el gesto de un amigo. Hay muchos americanos vivos que lucharon en Vietnam y que aún llevan las cicatrices de las heridas que recibieron. Y hay muchos, y yo me cuento entre ellos, que perdieron allí a sus seres queridos en los años de la guerra y cuya sensación de pérdida jamás será borrada. Toda esta nación, esta gran nación, aún se duele del trauma de aquella época.

»No puedo creer que Su Santidad el Papa Thomas tenga intención de herir y humillar al pueblo americano con esta acción. Pero digo esto: nos *sentimos* heridos, nos *sentimos* humillados. Deseamos que nuestros amigos estén a nuestro lado, como nosotros deseamos estar al suyo. Y termino con este pensamiento dirigido a Su Santidad: por supuesto, prosiga usted con su obra de caridad... pero quizá debería hacer esta caridad un poco más cerca de su casa.»

Fuera de América, no obstante, el regalo del Papa fue visto a una luz muy diferente, como prueba de que Thomas realmente tenía intención de ayudar a los afligidos, de la religión que fueran. Dada la antigua presencia francesa en Indochina, estaban aquellos que sospechaban que Thomas estaba tratando de estimular un despertar religioso en Vietnam, como hacía en el Bloque Oriental. Pero en general, el dinero fue visto como una manera inmensamente práctica de resolver un grave problema.

David leyó el discurso de Roskill en el *International Herald Tribune* del lunes en Roma. El propio Ned había sugerido que, después de dos semanas de estancia en el George, su padre tuviera un fin de semana fuera. Le dio a David un paquete para Bess. «Es un nuevo broche... Yo... yo nunca tuve la oportunidad de dar a mamá el suyo... de modo que desenredé el hilo de oro y lo rehíce para Bess.»

David estaba conmovido. Había tenido dudas sobre si debía o no dejar a su hijo. Pero Wilde, de vuelta ya de sus vacaciones, se había ofrecido a ir a visitar a Ned, y era el fin de semana de juego de la escuela, de modo que el muchacho iba a estar muy ocupado.

David quería estar en Roma, no sólo para ver a Bess, y discutir las nuevas circunstancias que se planteaban con la muerte de Sarah, sino también para pasar un poco más de tiempo en el Archivo. Si no perseveraba, jamás resolvería el misterio de Leonardo.

David esperó hasta que estuvieron en Gina's, y completamente relajados, para suscitar el tema del matrimonio. Una verdadera multitud de personas estaba mirando la televisión en la parte trasera del bar, de modo que ellos quedaban algo aislados. Bess llevaba, por primera vez, la blusa de seda verde que se había hecho con el corte que David le comprara en Burano.

—Ya no tenemos que esperar a Thomas —dijo David—. Con Sarah muerta, estoy libre para volverme a casar.

La barbilla de Bess descansaba en su mano. Miró a David con tanta ternura, que éste sintió un ligero cosquilleo en los ojos, como si fuera a llorar.

—¿Estás seguro, querido, de que quieres precipitarte de un matrimonio al otro?

—No me estoy precipitando. Sarah se había ido hace años, realmente. Me sentí triste en el funeral, Bess, pero no puedo decir sinceramente que estuviera desolado. ¿Es espantoso decir eso?

—No —dijo ella suavemente, poniéndole una mano encima—. Pasaste tu pena hace siglos, cuando nos conocimos, ¿recuerdas? No te sientas culpable, David. No tienes nada de qué avergonzarte.

—¿Lo harás, entonces? ¿Casarte conmigo, quiero decir?

Ella le agarró la mano y cerró los ojos. Al volver a abrirlos, todas sus dudas habían desaparecido.

—Me *casaré* contigo, querido. Te quiero... imagino que las cosas no van a ser fáciles, con nuestros empleos y todo eso, pero si tú estás dispuesto a intentarlo, entonces también yo. Y lo que es más, estoy segura de que nos casará Thomas. —Le apretó más fuertemente la mano—. Pero no puedo casarme contigo todavía. Hasta que este asunto entre Thomas y Roskill se haya olvidado. Están ocurriendo tantas cosas... Rusia, el viaje a China, la nueva Ciudad Santa en Río. Él me necesita, David. Me necesita más incluso que tú.

David frunció el ceño.

—Pero eso no hace falta que cambie después de que nos casemos. Si yo trabajo en Londres, y tú en Roma, y nos encontramos los fines de semana, creo que podría funcionar muy bien.

—Sí, podría. Y funcionará. Pero no ahora. No digo que no vaya a casarme contigo, David... sólo digo que no en este momento. ¿Es tan terrible eso? Nada va a cambiar. Por favor, no me hagas ir contra lo que instintivamente pienso que es correcto. Por favor.

Así fue como lo dejaron. Al principio David se sintió herido por la respuesta de Bess. No obstante, la feroz ternura con que ella hizo el amor con él aquella noche pronto disipó todas las dudas que pudiera tener. Bess no podía mentir con su cuerpo. Sin embargo, estaba también la cuestión de los niños. Lo habían discutido una vez, en Nueva York. ¿Qué opinaba Bess ahora?, se preguntó David. Eso era algo a discutir en otra ocasión.

A la mañana siguiente hacía un día tan magnífico que salió del apartamento de Bess y se dirigió a pie al Archivo Vaticano, cruzando el Tíber. El Archivo era un lugar maravilloso para trabajar. Le habían dado una mesa en una habitacioncita, y la tenía atiborrada de manuscritos. No tenía vista a la calle, pero el sol romano se filtraba por la alta ventana trayendo consigo el ruido de los pájaros, aviones, el tráfico. *Sonaba* como una vista. El archivo de Boltraffio era, naturalmente, menos voluminoso que los de Leonardo, pero aun así había muchos documentos: contratos, extraños fragmentos de dibujos, cartas de mecenas. David se puso a su tarea, tomando nota cuidadosamente de todas las personas mencionadas en los papeles. Había otras fuentes en donde probar, si Boltraffio resultaba un fracaso.

El Archivo Secreto Vaticano estaba abierto sólo por las mañanas, de modo que, alrededor de las doce y media, David hizo sus preparativos para marchar. Fue a ver al bibliotecario para devolverle el archivo y para pedirle algunas fotocopias. El bibliotecario no estaba en su mesa, de modo que esperó. De repente observó, al otro lado de la habitación, a dos figuras sentadas juntas. Con sorpresa se dio cuenta de que una de ellas era el más famoso columnista de la prensa de Roma, el cadavérico cardenal Massoni. Con él estaba Diego Giunta, el archivero en jefe, que sostenía un trozo de papel y hablaba rápidamente en Italiano. La pareja no se había dado cuenta de la presencia de David. Éste oyó la palabra «Papa» varias veces y algunas referencias a «*i lettere segreti*», las cartas secretas. David recordó que Giunta estaba escribiendo la biografía oficial del anterior Papa, Pío XIII. Probablemente había descubierto algunas cartas sin publicar. David se sonrió en su fuero interno. Aunque no era un admirador de Giunta, y menos aún de Massoni, comprendía bien la excitación del erudito que había hecho semejante descubrimiento.

El bibliotecario volvió y David le explicó qué documentos deseaba que le fotocopiaran y enviaran a Londres. Bess tenía una comida de trabajo aquel día, así que él había previsto almorzar solo. Salió del Vaticano por la Porta Santa Anna, dobló a la derecha y se dirigió a la Piazza del Risorgimento. Justo delante de la Piazza había una pequeña trattoria que una vez había descubierto, en la que servían boquerones fritos de aperitivo. No se había olvidado de su sabor, y fue por ellos ahora.

El restaurante era tranquilo, y, más interesante aún en vista de la altura del sol en Roma, fresco. David se dirigió a la parte trasera del restaurante donde podía leer, así como comer, en paz. Llevaba consigo el libro de I. B. Hart, *El mundo de Leonardo da Vinci*. Si Boltraffio le fallaba, quería estar preparado para trabar conocimiento con otros amigos, o, pensando en Townshend, que era quien le había dado la idea, enemigos del gran hombre. Se instaló y se dedicó a su libro y a los boquerones. Tenía mucho tiempo. Bess le llevaría al aeropuerto y quizás pudieran continuar su discusión sobre lo que debían hacer ahora que Sarah había muerto.

Disfrutando con su libro, David no se dio prisa en terminarse la ternera, y luego pidió una segunda taza de café. Cuando pagó su nota el restaurante estaba empezando a vaciarse. Cuando salía, observó el vívido ribete escarlata de una sotana de cardenal. Massoni... de nuevo. Pero su compañero esta vez era un hombre de aspecto eslavo de gran papada y casi calvo. David recordó vagamente haber visto a aquel hombre antes, pero no pudo situarlo. Quizás era el director del periódico de Massoni.

Por la tarde hizo una visita a la galería romana de Hamilton's. Massimo Vittrice le dio la bienvenida, pero no tenía noticias. Al menos, noticias buenas; porque, de malas, no había escasez. El gobierno italiano había decidido entrar por su cuenta en el mercado del arte. Enfrentado con la exportación de obras vaticanas, el gobierno había dado instrucciones de que se intentara comprar cualquier obra italiana de arte buena que apareciera en otros países. Se había encargado de la misión a varios agentes, entre ellos a Steele's de Londres. Pero no a Hamilton's. La firma seguía pues discriminada, tanto en Gran Bretaña como en Italia. Y estaban los de la junta, Averne por supuesto entre ellos, que pensaban que debía pedirse al Santo Padre que compensara a la Hamilton's por esta pérdida en los negocios. David no estaba de acuerdo... su punto de vista era que la Hamilton's se había beneficiado mucho de las ventas vaticanas. No podían quejarse ahora. Sin embargo, eso significaba que, como en casi todas las cuestiones, Sam Averne y él militaban en bandos diferentes.

En el camino de vuelta al piso de Bess, donde tenía que encontrarse con ella y recoger su equipaje, David compró un periódico inglés. En el taxi leyó que, el día anterior, el primer ministro británico se había referido al asesinato de Sarah Greener en un discurso político del partido emitido por radio. Al buscar culpables, no había mencionado al Papa Thomas por su nombre pero el significado de sus palabras era bastante claro. Hablando en nombre de su gobierno, el primer ministro había descrito sus logros en Irlanda del Norte: nuevas carreteras, nuevas escuelas, un nuevo embalse. Luego añadió: «Algunas personas parecen considerar a Irlanda del Norte una zona deprimida, como Sicilia o el Vietnam. Aquellos de nosotros que conocemos la provincia sabemos que es una terrible tontería.»

Camino del aeropuerto, David le leyó el discurso a Bess.

—Viniendo eso de un primer ministro cuyo partido tan chapuceramente ha tratado la cuestión irlandesa durante decenios, pienso que es un poquito absurdo —dijo—. Sin embargo, hemos tenido algunas buenas noticias también, hoy, gracias a Dios. El «Vaticano invisible» de Hungría parece estar floreciendo. Están llegando informes que revelan una creciente demanda de servicios religiosos en muchas zonas rurales. Las autoridades están buscando desesperadamente a nuestro cardenal secreto. Aún no lo han encontrado, sin embargo. Ni lo encontrarán.

La conversación de Bess se encaminó ahora hacia el viaje a China.

—Es la siguiente gran aventura de Thomas, y estoy segura de que nada va a ir mal. —Estaba conduciendo el coche por el *annulare*, la carretera de circunvalación de Roma—. Un grupo adelantado saldrá en octubre para verificar el itinerario del Santo Padre y ver por sí mismos todos los lugares que éste visitará en la gira. Además de la China continental, iremos a Hong Kong y a Taiwan.

—¡Bess! —gritó David, interrumpiéndola—. Tenemos que hablar. Sobre nosotros. ¿Lo estás evitando?

Ella maniobró el coche para meterlo en el primer carril.

—Claro que no. Pero no nos pongamos profundos y emocionales todo el tiempo, corazón. Disponemos de tan poco tiempo para nosotros... disfrutémoslo.

Las primitivas reservas de David regresaron. Pero no dijo nada. No servía de nada insistir con Bess. Se echó hacia atrás y contempló los suburbios romanos bañados por el sol.

Llegaron al aeropuerto en lo que pareció unos pocos minutos. Bess detuvo el coche debajo del rótulo de «Salidas», se inclinó hacia él y le besó.

—Dale recuerdos a Ned y dile que tiene que cuidar de ti. Porque su padre, como no puede tener inmediatamente lo que quiere, piensa que no va a tenerlo nunca. Y eso es una tontería. —Volvió a besarle—. Vuelve pronto. Ya te estoy echando de menos.

Él bajó y sacó su bolsa del asiento trasero.

—Lo olvidé, tengo algo para ti —dijo ella, cuando él se agachaba para despedirse.

—¿Qué es?

—El informe oficial del primer año de las inversiones de la Fundación de San Patricio. Un borrador para que lo comentes antes de su publicación. Es espantoso, querido. Lo único que espero es que Massoni no se haya hecho con una copia todavía. Realmente, no me había olvidado, sólo que lo dejé para ahora. Léelo cuando estés en el avión. Es realmente malo.

Tal como Bess había dicho, el informe era malo. Peor que malo, un desastre. Los blandos términos de la declaración inicial del presidente eran de por sí significativos: «La Fundación se ha quedado por debajo de las expectativas. Las inversiones en alta tecnología han sido especialmente decepcionantes, con el mercado de computadores, por el momento, aparentemente saturado. Pero también nuestras inversiones en transporte marítimo y aéreo apenas han conseguido mantenerse a la par con la inflación.»

Dímelo a mí, pensó David, mientras echaba un ojeada a las cifras de las páginas siguientes. Cuando estas noticias salgan a la luz, Thomas se va a ver sometido a las más altas presiones. Especialmente si Massoni les echa la mano. Ni a él ni a los romanos les gustó nunca la venta de los tesoros, y esto confirmaría todos sus peores prejuicios.

Al día siguiente, de vuelta en Londres, David estudió más detalladamente las cifras, tomando algunas notas en un bloc que tenía a su lado. Estaba en su despacho, y se encontraban en la última semana antes de las vacaciones. Sólo dos ventas menores más —de retratos en miniatura y vidrio de color—, y el personal de la firma se esparciría por las playas de Europa. Lo que él tenía sobre su mesa no era el informe financiero que con el tiempo se publicaría. Tenía unas cuentas mucho más extensas, que revelaban entre otros detalles las fechas en las que se habían comprado y vendido acciones. Al cabo de cinco minutos arrancó su página de notas del bloc y se puso de pie. Sally Middleton no estaba en su sitio, de modo que le dejó una nota: «Me he marchado a la Biblioteca de Londres. Vuelvo dentro de una hora.» Llevando consigo el informe vaticano, cruzó la plaza en dirección a la Biblioteca. Un fuerte viento barría King Street, y comenzaban a juntarse nubes de un amarillo oscuro. Le encantaba la Biblioteca de Londres, el mejor club de la ciudad, con el mejor personal que una biblioteca ha tenido jamás. Una vez dentro, bajó al sótano, donde se guardaban los periódicos. Estaba solo en el lugar, y se demoró más de una hora, casi dos. Estuvo estudiando los ejemplares de meses pasados, comprobando los precios y las fechas de las acciones en el documento de la Fundación. En cuanto encontró el esquema, y supo lo que debía buscar, su trabajo se hizo mucho más fácil.

Pero su horror no dejaba de aumentar. Al regresar a través de la plaza de St. James se sentía tan tormentoso como el día que le envolvía. Si tenía razon, y estaba bastante seguro de que la tenía, la Fundación de San Patricio no había simplemente fracasado... la habían hecho fracasar deliberadamente.

13

Llegó agosto. En Italia, Thomas salió para Castelgandolfo, al sur de Roma, en las colinas Albanas. Massoni mantenía sus críticas en *Il Messaggero*, atacando el programa «Invisible Vaticano» del Santo Padre como «provocador» y el viaje a China como una «cena con el diablo». Pero hasta el momento no parecía haber conseguido información sobre el informe de la Fundación de San Patricio.

En América, la carrera de las elecciones estaba empezando a calentarse. Según los sondeos de opinión, Roskill iba por delante, pero Fairbrother estaba bien apoyado e iba ganando terreno.

En Brasil, mientras tanto, una miembro del grupo de escolares ciegos que se había sentado con Thomas en la audiencia de la sala Nervi, había empezado lentamente a recobrar la vista. Juliana Caratinga, de nueve años, llevaba ciega desde los tres, cuando se le derramó pintura en los ojos. Era muy posible que sus ojos se hubieran recuperado de alguna manera de la pintura en un curso de acontecimientos perfectamente natural. Pero no era así como pensaba la gente. Y tampoco era eso lo que pensaba la propia niña. Para ella y para muchos otros, su recuperación era un milagro, un milagro realizado por el Santo Padre aquel día en la sala Nervi, cuando Thomas tocó y bendijo a las niñas de Río y las hizo sentarse en la tarima a su lado. La escuela de Juliana estaba en el sector Olaria de Río, no muy lejos de donde Thomas había establecido la delegación del Vaticano en el Prato, y se estaba convirtiendo rápidamente en un santuario.

Thomas no había alentado tal cosa. No estaba a favor de los cultos, especialmente los que se referían a personas vivas, pero desde Roma no podía hacer mucho al respecto. Bess se mostraba menos pesimista sobre el acontecimiento que Thomas. Mantenía una mente abierta a las causas, naturales o sobrenaturales, que habían curado a Juliana Caratinga. Pero el episodio innegablemente ponía de manifiesto la diferente manera en que era visto el Santo Padre en el Occidente y en el Tercer Mundo.

En Inglaterra, David se sentía agradecido por la paz que estaba disfrutando en agosto. No había subastas, muchas de las galerías estaban cerradas, los marchantes ya se encontraban en las playas de Sottogrande o Castiglione della Pescaia. Y, lo más relajante de todo, Sam Averne se encontraba en Long Island hasta la semana del Memorial Day, en septiembre.

Ned había vuelto de la escuela, todavía en muy bajo estado de ánimo, pero Anthony Wilde seguía convencido de que el chico estaba mejorando. «Lléveselo a alguna parte en donde puedan pasar mucho tiempo juntos. Quítele de la cabeza su casa: Inglaterra, la escuela, el mundo de su madre, tanto como pueda. Haga las cosas con él, pero al mismo tiempo déjele su propio espacio.»

El plan de David para ambos era pasar tres semanas en Roma con Bess. Podían explorar la ciudad, e ir a la playa siempre que quisieran, mientras él –David– podía pasar unos días en el Archivo Vaticano.

Pero, primero, David puso por escrito sus sospechas sobre cómo se habían hecho fracasar las inversiones de la Fundación de San Patricio. Ahora estaba ya convencido de ello: el esquema se repetía demasiado frecuentemente para que hubiera otra explicación. Se habían comprado acciones de empresas después de que éstas empezaran a bajar, incluso después de que hubieran aparecido noticias de advertencia en la prensa. Se habían vendido otras acciones cuando estaban todavía subiendo. En algunas circunstancias, eso podía constituir un buen negocio, pero los que manejaban la Fundación habían iniciado las ventas demasiado pronto para que la cosa tuviera sentido. Quedaba una cuestión: ¿Quién era el cerebro de la operación? No estaba claro por los documentos que David tenía. La Fundación era dirigida sobre una base cotidiana por dos bancos suizos con estrechas relaciones vaticanas, pero David no sabía nada de ellos. Su plan era mostrar el informe a Bess, y, si ella estaba de acuerdo, dárselo directamente a Thomas a su regreso de Castelgandolfo, a finales de verano. De ese modo tan sólo un mínimo de personas necesitaba tener conocimiento de su descubrimiento.

En cuanto él y Ned llegaron a Roma, le entregó a Bess su informe confidencial. Ella se trastornó tanto al leerlo que decidió hacérselo llegar a Thomas inmediatamente. Hasta que el Santo Padre reaccionara, no había nada que pudiera hacer ninguno de ellos.

Durante los primeros días en Roma, Bess cuidó de Ned mientras David visitaba el Archivo Vaticano. Como siempre, David disfrutó enormemente, tanto que llegó a desear un poquito llevar aquella vida académica permanentemente. Entonces, al menos, no tendría a Sam Averne siempre a sus espaldas. Pero era sólo un deseo a medias. Adoraba el negocio de la subasta, y sabía que la vida como académico a tiempo completo le resultaría fastidiosa.

Boltraffio no dio los frutos que había esperado. Y se concentró entonces en otro de los ayudantes de Leonardo, Marco d'Oggioni. Al igual que Boltraffio, d'Oggioni había trabajado en el estudio de Da Vinci en Milán, e igualmente podía haber tomado posesión de algunos papeles pertenecientes al gran maestro. El archivo de d'Oggioni era tan grueso como el de Boltraffio, de modo que durante una semana David se zambulló felizmente en toda aquella documentación.

Al final de aquel período, sin embargo, Bess y Ned estaban ya agotados por el pegajoso calor de Roma. Juntos habían visitado al Instituto Central de Restauración, donde Ned pudo ver cómo se restauraban los dorados de los marcos de cuadros y muebles antiguos. Ella le llevó al archivo, cerca de donde su padre estaba trabajando, y donde se guardaba una gran colección de libros del Vaticano, para que pudiera estudiar las encuadernaciones, muchas de las cuales lucían las más suntuosas estampaciones de oro.

Los tres decidieron ahora tomarse una pausa completa... y se dirigieron a Sicilia, a un lugar donde ninguno de ellos había estado nunca, Agrigento, en la costa sur, mirando al África. Encontraron un hotelito justo en las afueras de la ciudad, en Porto Empedocle, desde donde podían ver los múltiples templos griegos a media colina sobre el mar. Descubrieron también una tranquila playa en la costa que conducía a San Leone y allí pasaron la mayor parte de los días, yaciendo al sol y humedeciéndose en el agua para refrescarse cuando el calor aumentaba demasiado. Había un solo buen restaurante en la ciudad, sobre el puerto, de modo que iban allí cada noche. Leían, comían helados, no visitaban los templos griegos, no tomaban barcos costeros para visitar las islas y no se preocupaban de los periódicos ingleses. Bess podría haber registrado la isla en busca de seda siciliana, pero tampoco perdieron el tiempo en eso. Observaron lo que parecía un ligero resurgimiento de la actividad de la Mafia en la isla... Había un par de artículos en la prensa siciliana local, y Bess los recortó, con intención de mostrárselos al Papa Thomas más adelante.

Por las noches se abrían camino sistemáticamente a través de las especialidades gastronómicas sicilianas: *maccheroncini*, pez espada, *cannolichi*, *ruote*, y un vino blanco procedente de las laderas del Etna. Después de cenar, cada noche daban el mismo paseo, hasta el extremo del malecón. Las estrellas parecían muy próximas en esta zona tan meridional de Europa. Había también un constante movimiento en el mar. David no tenía ni idea de que hubiera tanto tráfico en la costa de Sicilia. Observaban las luces de los barcos que navegaban en alta mar y se imaginaban que iban a bordo de ellos y adónde se dirigían.

Una noche regresaban paseando del malecón, por delante del sector elegante del puerto, donde los grandes yates pasaban la noche, cuando de repente Bess se detuvo. «¡Mirad!», dijo, señalando.

Los otros siguieron la dirección de su brazo.

−¡Jeeesús! −exclamó Ned. En el costado de un enorme yate aparecía pintado un nombre y una negra silueta que todos conocían muy bien: la *Pietà*.

−Debe de ser el barco de Wilkie −observó David−. Es exactamente el tipo de cosa que él haría.

Justo entonces, como para confirmar la suposición de David, el propio Wilkie salió a cubierta. David y los otros trataron de marcharse apresuradamente, pero era demasiado tarde.

−¿Colwyn? ¿Es usted? Eh... Ésa sí que es buena. ¿Qué está haciendo aquí? −Él mismo respondió a su pregunta−. Tomándose unas vacaciones, imagino. Como yo. No se vayan, suban a bordo, a tomar una copa. Tengo algo que mostrarles.

Les habían pillado. No podían escapar sin mostrarse descorteses. Apareció un tripulante que tendió una pasarela entre la popa del barco y el muelle. Ned entró primero, y los demás le siguieron.

—Vengan abajo —dijo Wilkie después de que David hubiera presentado a los demás—. Tiene aire acondicionado y es más fresco. —Y así, lamentablemente, renunciaron a la cálida, sensual noche, a las estrellas y la brisa, por el frío y húmedo interior. Wilkie les sirvió toda clase de bebidas en una ostentosa barra de latón y caoba del salón, y luego dijo—: Supongo que habrá usted observado que he rebautizado el barco, ¿eh? Qué bien, ¿no? Y aún tengo otro as en la manga. Mejor será que vengan conmigo. Tengo algo que quiero mostrarles. —Encabezó la marcha hacia una cabina que evidentemente era su despacho. Allí metió la mano en un ancho y poco profundo cajón de mapas y tomó una serie de dibujos—. ¿Qué piensan ustedes de esto?

David se quedó mirando fijamente, al igual que Bess y Ned.

Se trataba de bocetos arquitectónicos de la *Pietà* instalados en varios escenarios americanos diferentes, todos ellos reconocibles. Allí estaba la *Pietà* delante del Pentágono, delante de la Casa Blanca, cerca del palacio de hielo del Rockefeller Centre de Nueva York, con el Golden Gate Bridge de San Francisco, en su inmediato trasfondo, como parte del complejo del Bel Air Hotel en Beverly Hills, como parte del puerto de Chicago y en el salón principal del hotel Caesar's Palace de Las Vegas.

—¿Qué es todo esto? —preguntó David, sabiendo la respuesta. Bess permanecía en silencio.

—Mi plan es dar a la *Pietà* la máxima exposición. Necesito con el tiempo encontrar un hogar permanente para ella. No creo que mi propio edificio de oficinas de Washington sea el lugar adecuado, a fin de cuentas. No lo puede ver bastante gente. De modo que estoy planeando enviarla de gira... Tres meses en cada uno de esos lugares. Luego, allí donde más luzca será su lugar permanente de reposo.

—Pero... el Caesar's Palace... es un casino. —Bess estaba atónita.

—Claro. ¿No le parece conveniente? Creo que lo más insólito es lo mejor. Millones de personas la verán en el Caesar's Palace. Destacará más allí que en cualquier museo.

—Destacará en cualquier parte. —Bess no podía creer en aquellos dibujos. Sencillamente, no podía creer en ellos.

—No les gusta, ¿eh? —La voz de Wilkie era afilada—. Demasiado malo. Lamento que mis toscos modales les ofendan, *pero* yo pienso que es una buena idea, y *yo* soy el propietario de esta maldita obra. Puedo hacer lo que quiera con ella. —Se dirigió al salón nuevamente, donde todavía aguardaban las bebidas—. Tomen, mejor será que se lo beban —dijo bruscamente—. Tengo que ir a ver al capitán. —Y desapareció.

Poco después un tripulante se acercó al grupo y les dijo:

—Mr. Wilkie espera que le perdonen ustedes pero ha tenido que hacer una llamada a América y ahora no puede abandonar la sala del radiotelegrafista. Quizás puedo acompañarles a ustedes a tierra.

Y así, apenas veinte minutos después de subir a bordo, David, Bess y Ned se encontraron otra vez de vuelta en el muelle alejándose rápidamente del yate de Wilkie. Bess estaba fuera de sí.

—Exponer la *Pietà* delante del Pentágono, nada menos, o en el casino de Las Vegas... Me gustaría hundir el barco de Wilkie. En este mismo momento.

A la mañana siguiente, exploraron cuidadosamente el puerto desde el hotel antes de aventurarse al exterior, y se sintieron aliviados al comprobar que Wilkie debía de haber zarpado durante la noche. Durante el resto de la semana, el tiempo continuó cálido, y un poquito de *Etna bianco* cada día a la hora del almuerzo garantizó que todos, Ned incluido, cayeran dormidos durante un ratito cada tarde. Luego iban a nadar, o salían de excursión por la costa en bicicleta alquilada. Por la noche, después de que Ned se hubiera ido a la cama, Bess y David se sentaban juntos, contemplando el mar. Su habitación tenía una terraza privada desde la cual la vista era estupenda.

—¿Qué estás pensando? —dijo ella durante uno de sus silencios en la última noche.

—Que este lugar es subversivo.

—¿Qué?

—Se está tan apaciblemente aquí, tan tranquilo... Creo que me gusta.

—¿Y qué hay de subversivo en eso?

—Porque no debería gustarme. Me gusta trabajar, de verdad. Me gusta hacer cosas. Al menos, creo que me gusta. Un lugar como éste me hace dudar de toda la dirección de mi vida. —Se volvió hacia él y le tocó ligeramente—. Llévame a la cama, David. Llévame a la cama.

La mañana siguiente era domingo. No podían hacer el viaje de regreso de Agrigento a Roma en un día, de modo que proyectaron pasar la noche en Messina, coger un ferry temprano a la mañana siguiente para Reggio di Calabria y hacer los setecientos kilómetros de una tirada al día siguiente. Aquella noche cenaron en Pippo Nunnari's, el mejor restaurante de Messina. El lunes por la mañana se despertaron temprano y desayunaron en el ferry. David había cogido un periódico inglés en el quiosco del puerto. Era el *Observer* del día anterior. No lo miró hasta que estuvieron instalados ante los brioches y el café, en cuyo momento el barco estaba ya fuera el puerto. Pero cuando abrió el periódico supo inmediatamente que sus vacaciones habían terminado. Sir Edgar Seton había desaparecido.

La historia tenía el siguiente titular: «Experto en arte saquea pinturas nazis, e interviene teléfonos de políticos.» Durante la Segunda Guerra Mundial, Seton había trabajado en la comisión de Monumentos y Bellas Artes Aliados, y su tarea había consistido en recuperar obras de arte saqueadas por los nazis. Según el periódico, en tres ocasiones diferentes Seton había recobrado pinturas saqueadas: un Rubens, un Poussin y un par de Grecos, pero, en vez de devolverlos a sus legítimos propietarios, los había pasado secretamente a los rusos. Y algo aún más dañino: después de la guerra, Seton trabajó en colaboración con otro experto en arte, un tal Philip Lloyd, que había abierto una galería en la Old Bond Street. Durante su trabajo como supervisor de las pinturas de la reina, Seton había conocido a muchas personas prominentes interesadas en el arte. Las había enviado a Lloyd, y con ayuda de la embajada rusa de Londres, Lloyd había colocado micrófonos en los marcos de las pinturas vendidas a importantes políticos.

El plan no siempre había funcionado, pero con frecuencia tuvieron lugar conversaciones comprometedoras o informativas en las habitaciones donde colgaban estas pinturas. Reporteros del *Observer* habían visitado los hogares de estos confiados políticos, junto con un experto en electrónica, y encontraron los dispositivos ocultos en los marcos de las pinturas, o en la madera, cuando se trataba de cuadros pintados sobre paneles.

Pero la parte más perjudicial de la historia estaba en el hecho de que tanto aquel Lloyd como sir Edgar Seton habían desaparecido.

Buckingham Palace se había negado a hacer comentarios, diciendo que no los haría hasta que Seton reapareciera y tuviera oportunidad de defenderse de las acusaciones. Pero cuando el *Observer* entraba en prensa el sábado por la noche, ya llevaba ausente cuatro días. Cada vez eran mayores las sospechas de que Lloyd y él se habían largado del país en dirección a Rusia.

David pasó el periódico a Bess. El escándalo no le incluía de ningún modo, pero él no podía evitar sentirse involucrado. A fin de cuentas, la venta real se celebraría dentro de sólo dos semanas. ¿Cómo la afectaría todo aquello? Se recordó a sí mismo que Hamilton's había resistido los intentos de detener la venta de los Manuscritos del mar Muerto, pero no estaba seguro de poder contar con eso otra vez.

Decidió que tenía que regresar rápidamente. En Regio, telefoneó a Sally Middleton, e hizo otras llamadas, y luego decidió que su objetivo no era ya Roma sino Nápoles, que estaba más cerca y donde él y Ned podía tomar un avión aquel mismo día.

Llegó a Londres oportunamente. Dos días después de la historia de *The Observer*, el *Guardian* publicaba un artículo informando de que a cada una de las conferencias de arte internacionales a las que Seton había asistido en los últimos cinco años —en lugares como Siena, Amberes, Munich o Viena— también había asistido Sergei Litsov, conservador de cuadros del Museo Pushkin de Moscú, y también hermano de Gregor Litsov, un oficial de alta graduación de los servicios de seguridad soviéticos. ¿Era así como Seton mantenía sus secretos contactos?, especulaba el periódico.

Igual que antes, Buckingham Palace se negó a hacer comentarios. El principal efecto de este descubrimiento era que nadie creía que Seton fuera a aparecer. De modo que constituyó noticia de primera página cuando lo hizo.

Los rusos manipularon su reaparición de la manera más descarada. Llevaba ya algún tiempo programada una exposición de pintura de Siena en Leningrado, y cuando unos días más tarde se inauguró, un destacado invitado a la recepción era sir Edgar Seton. No concedió entrevistas, y estaba muy evidentemente «acompañado» por dos guardaespaldas, pero los rusos estaban muy orgullosos de su *coup* de propaganda, y, si bien no permitieron entrevistas, alentaron en cambio la toma de fotografías. La instantánea de Seton bebiendo un vodka mientras charlaba con la esposa del conservador del museo aparecía en todos los periódicos. David también observó, en un segundo plano, la figura del nuevo director del Ermitage, Dorzhiev, el calvo de gruesa papada que le señalara Ed Townshead aquel día en el Louvre. David le había visto en algún otro lugar, y recientemente, pero no pudo recordar la ocasión.

Dos días después de la reaparición de Seton en Rusia, David fue llamado no a Windsor, sino a Buckingham Palace, pero a la oficina del lord chambelán, en St. James Palace. Estaba tan cerca de su propio despacho que se dirigió allí andando.

El lord chambelán era un hombre bajito, soberbiamente acicalado, un poco calvo y duro como un torpedo. Él mismo introdujo a David a su despacho y fue directamente al asunto.

—Su Majestad ha decidido que la venta no puede seguir adelante tal como estaba planeada.

David había medio anticipado las noticias, pero aun así quedó momentáneamente paralizado. Por unos instantes no se le ocurrió qué decir.

—Les reembolsaremos, naturalmente, por lo que hayan ustedes gastado ya. Pero, en las actuales circunstancias, se habrá dado cuenta de que la venta es impensable.

—¿No están ustedes siendo juguetes en las manos de Seton? Si abandonan esta venta, ¿no aparecerá Su Majestad innecesariamente como una persona insensata?

—Sí, Mr. Colwyn, quizás. Dudamos de que Seton hubiera planeado eso sólo para poner en apuros a Su Majestad. Probablemente su huida tuvo lugar porque había sido descubierto por *The Observer*. Pero sea cual fuere la razón, el resultado es más o menos el mismo: Su Majestad *está* en un apuro. —Encendió un cigarro cortado por ambos extremos, y le ofreció otro a David, aunque éste declinó—. Pero esta fuga de Seton no es la única razón para cancelar esta venta. El Fondo de Preservación del Patrimonio británico nos ha dejado muy claro que tiene intención de ir a los tribunales para impedirla. Normalmente, tales grupos no tienen los fondos necesarios para arriesgarse en un caro proceso, pero al parecer hay algunas personas acaudaladas en el FPPB que han dicho ahora que apoyarán la acción legal financieramente. Su Majestad siente que, añadiéndose eso al asunto de Seton, y a la continua oposición de su gobierno, no debería proceder. Lamento mucho los inconvenientes que les hemos causado, y, sí, nos damos cuenta de que esto hará parecer indeciso al Palacio. No obstante, es mejor para nosotros sonreír y soportarlo. Todo lo que pedimos es que si sir Edgar escribió algo para el catálogo, me lo entregue usted. Su material quizás sea inocuo, pero podría ponernos en más problemas.

El anuncio del Palacio se produjo aquel mismo día. Para entonces David se había ya recuperado lo suficiente para decirles a Sally y al departamento de prensa de la firma que se fueran a casa, y también él desapareció. (Se fue a cenar, solo, a su club.) Sabía que no podía impedir que los periódicos publicaran más o menos lo que quisieran, pero si no se podía encontrar a nadie con autoridad que declarara algo, la prensa perdería rápidamente el interés.

Al día siguiente, aquella política de discreción de David, al parecer se demostró rentable. Todos los periódicos se habían concentrado en los apuros causados a la reina por la desaparición de Seton, y, sólo secundariamente, en el júbilo del grupo del Patrimonio. También había una referencia de pasada al Papa, comparando el éxito de sus ventas con el fracaso de la venta real. Thomas, sin embargo, figuraba también en otras noticias, y no de la manera más beneficiosa.

La Reppública fue el primero en publicar la historia de que la Fundación de San Patricio había obtenido unos ingresos espantosamente bajos de sus inversiones. El Santo Padre jamás había sido tan popular en Roma como en otras partes, y las noticias financieras en nada contribuyeron a cambiar esto. Pero lo que produjo a David auténticos escalofríos fue un informe descubierto en el periódico de Nápoles *Il Mattino*, dos días más tarde. El Santo Padre era mucho más popular en el sur de Italia, dado el éxito de la Fundación Vizzini en Sicilia, y los periódicos se mostraban por tanto mucho más amistosos. El artículo debía de haberlo filtrado al periódico alguien del personal de Bess, o del propio Thomas, y llevaba como titular: «Fundación Vaticana: ¿Quiebra o sabotaje?»

David leyo:

«Fuentes del Vaticano sugieren que existe algo más que el fracaso de la Fundación de San Patricio, que salta a la vista. Además del informe oficial, que debe ser entregado la semana que viene, tenemos entendido que está circulando también un comentario privado sobre las actividades inversoras de la Fundación, escrito por uno de los miembros de la comisión creada para administrar los fondos. No disponemos de los detalles, pero al parecer, este informe, tras comparar las fechas de los movimientos del mercado y las fechas en que la Fundación vendió o adquirió ciertas acciones, llega a la conclusión de que se hizo fracasar a la Fundación deliberadamente. Estas pruebas han sido enviadas al Santo Padre, pero no se ha tomado ninguna medida hasta el momento.

»La política de inversión de la Fundación, aunque supervisada por el Instituto de Obras Religiosas, estaba realmente dirigida en su aspecto cotidiano por dos bancos suizos, el Crédit Lausanne y la Banque Leman. Uno de los directores de la Banca Leman es el *dottore* Aldo Massoni, hermano del cardenal Massoni, el cual dimitió hace algunos meses como secretario de Estado del Vaticano en protesta contra la decisión del Santo Padre de vender los tesoros vaticanos para crear la Fundación de San Patricio.»

David se quedó mirando fijamente el periódico. Ni él ni Bess se habían enterado del vínculo Massoni-Banca Leman. ¿Significaba eso que el cardenal había realmente influido en su hermano para que ayudara a fracasar la Fundación, porque estaba en desacuerdo con Thomas? ¿Era por eso por lo que el cardenal no había escrito nada sobre el fiasco de la Fundación? ¿Porque estaba demasiado cerca de casa? ¿No tendría Thomas que actuar ahora para impedir que Massoni hiciera más daño?

Sin embargo, antes de que David tuviera la oportunidad de discutirlo con Bess, se produjo otro acontecimiento imprevisto. Un artículo de *The New York Times* afirmaba que las víctimas del desastre de la presa del Vietnam aún seguían esperando la ayuda, que continuaban en las casas improvisadas a las que habían sido trasladados después del desastre, y que la propia presa seguía en ruinas. Por añadidura, dos funcionarios nombrados para administrar los fondos habían huido, llevándose el dinero consigo. Y finalmente, los sacerdotes nombrados por el arzobispo local para supervisar las tareas de ayuda se habían negado a entrar en aquella parte del país. Dado que James Roskill, ahora en la mitad de su campaña presidencial, había visto como mataban a su hijo en el Vietnam, los medios de difusión esperaban ansiosamente su respuesta a las últimas noticias. Aquélla se produjo en una conferencia de prensa televisada en la Casa Blanca. Un periodista de *Los Angeles Times* hizo la pregunta que todo el mundo quería hacer. «Señor presidente, un informe del *New York Times* sugiere que el dinero enviado por Su Santidad el Papa a las víctimas vietnamitas de la inundación ha sido desviado en otra dirección, quizás robado. ¿Cuál es su reacción al respecto?»

El presidente se tomó su tiempo para responder. Adoptó una expresión de tristeza. Estos signos decían que era un hombre razonable y compasivo.

—Primero, estoy por supuesto enfurecido de que el pobre y el necesitado hayan vuelto a perder la partida. Es una desgracia. Pero creo que el episodio pone de manifiesto algo más, algo más importante. Como ya he dicho en otras ocasiones, soy un gran admirador del Santo Padre. Pero este episodio, como otros ocurridos en un pasado reciente, simplemente confirma que el mundo es un lugar complicado. Está lleno de gente en quien no se puede confiar. Gobiernos en los que no se puede confiar, burócratas en los que no se puede confiar... en Gran Bretaña han descubierto a consejeros reales en los que no se puede confiar —añadió con un bufido—. Muchos de nosotros ya nos mostramos de entrada contrarios al plan del Papa de enviar dinero a Vietnam. Pero él hizo caso omiso de nuestros puntos de vista y siguió adelante. Ahora el plan ha fracasado, como han fracasado algunos de sus otros proyectos. Creo que esto meramente revela que el intento de eliminar la pobreza en el mundo, de avanzar hacia la paz, si tales esfuerzos tienen que ser un éxito, deben ser emprendidos por legítimos líderes mundiales apoyados por una cuidadosa investigación que sólo puede ser proporcionada por un cuerpo diplomático profesional. Imagino que el Santo Padre, pese a todas sus indudables virtudes, se está mezclando en cosas de las que sabe muy poco. Es un aficionado. Un aficionado rico, quizás. Pero, con todo, un aficionado.

La prensa adoraba la existencia de rivales... ¿y quién mejor que dos de los hombres más poderosos del mundo? Las palabras de Roskill apuntaban a la carrera presidencial, también. Aunque estaban aquellos americanos que coincidían con él en lo del Vietnam, la mayor parte de americanos suponía que estaba jugando con fuego, metiéndose con el Papa tan públicamente en un momento tan próximo a las elecciones.

—Presión del presidente, por lo que veo —dijo David, inclinándose y besando a Bess. Era el sábado después de la conferencia de prensa de Roskill, y David había llegado a Roma para su primer fin de semana desde Sicilia. Planeaba otra incursión en los Archivos Vaticanos—. ¿Cómo se lo toma Thomas? —Como de costumbre, se encontraban en Gina's, en la Via dei Banchi Vecchi. Hizo un gesto de saludo a Gina y pidió un campari.

Bess se encogió de hombros.

—Está bien. No se puede ganar siempre, David, y el balance es mejor de lo que podría pensar. Hemos tenido nuestros reveses aquí en Roma, en Vietnam y en Irlanda del Norte, pero nuestros planes están teniendo mucho éxito en Sudamérica, donde Thomas es considerado ahora como un santo, en Sicilia, en el Pacífico y en la Europa oriental. Y podríamos decir que hay un empate en América Central y Beirut. Eso no es tan malo... De todos modos, es un tanteo mejor que el que muchas políticas de América o Gran Bretaña pueden declarar.

—¿No crees que Thomas está empezando a perder la guerra de propaganda? Roskill parece estar despertando más atención.

—Nuestra posición sube y baja, David. Mi oficina quizás ejerza *algún* efecto, pero se ve limitada por lo que el Santo Padre desea hacer. Hemos tenido un revés en Vietnam... Vale, lo reconocemos. Pero cuando tenga lugar el viaje a China, Thomas volverá a ser enormemente popular.

—¿Y qué pasa aquí, en Roma? No va a haber reunión de la Fundación hasta dentro de un mes. ¿Qué has oído?

—Tu informe trastornó a todo el mundo, como ya debes de saber. E, indirectamente, denunció el vínculo Massoni-Banca Leman. Pero Thomas no puede despedir a Massoni, pues ya no tiene un cargo propiamente dicho. Podría nombrarle para un puesto muy alejado, pero Massoni podría negarse a ir. Al menos me he enterado de que el Banco Leman va a ser reemplazado tan pronto como sea posible. Naturalmente, será noticia de primera plana, cuando se produzca.

—¿Y la Fundación?

—Thomas está decidido a no perder velocidad, ¡hay tanto que hacer!, de modo que para este año va a compensar el déficit de capital. Ahora que tú has averiguado *por qué* la Fundación está consiguiendo tan magros intereses, cree que el año que viene se volverá a fortalecer. De manera que está dispuesto a aportar el dividendo de treinta y cinco millones de dólares para completar los cincuenta y cinco que deberían haber sido.

—¿Y gastarlo en qué?

—En dos programas. El primero es el Vaticano Invisible en el Bloque Oriental. Hemos asignado a eso veinticinco millones de dólares... para pagar los salarios del clero secreto que tenemos allí; y para un periódico clandestino, una versión del *Osservatore Romano*.

—¿No está jugando con fuego?

−¡Pues claro! ¿Pero de qué otro modo se puede combatir el comunismo? ¿Con diplomacia? Ahí Roskill se equivoca. Mira lo que sucedió en Polonia. El movimiento sindicalista los sacudió más que cualquier diplomacia.

−¿Y los otros treinta y cinco millones?

−Ah, ahí sí que estoy preocupada. En eso quizás nos estemos metiendo de cabeza en problemas. Se van a enviar tres millones de dólares a diez ciudades de todo el mundo con barrios desheredados, donde haya habido violencia racial o disturbios en los últimos meses. Marsella en Francia, Amritsar en el Punjab, Bogotá en Colombia, Nápoles, Argel, Santiago, Liverpool, Soweto, Manila y Detroit en los Estados Unidos.

−Umm. Detroit es la ciudad natal de Roskill. Ya veo lo que quieres decir.

Bess asintió sombríamente.

−Dando esta ayuda a Detroit, Thomas no sólo la está poniendo al nivel de las ciudades del Tercer Mundo, lo cual es en sí mismo un insulto; también le está diciendo a Roskill que su política he permitido que su propia ciudad necesite ayuda.

−Pero no se puede negar que Detroit ha tenido problemas.

−Sí, pero ésa no es la cuestión. Por digna que pueda ser la ayuda a Detroit, el hecho es que este asunto entre Roskill y Thomas se está convirtiendo en algo personal.

David tuvo otro fracaso en el Archivo Secreto. Todo lo referente a d'Oggioni era tan poco interesante como lo de Boltraffio. Leonardo tenía un número de allegados considerable, eso ya lo sabía David, pero sólo había otro ayudante cuyo nombre fuera conocido con cierta seguridad. Se trataba de Giacomo Salai, un tipo malsano, mentiroso y ladrón, que llegó a ser sólo un artista de tercera categoría. David decidió inspeccionar el archivo de Salai en su próximo viaje, pero sin muchas esperanzas reales de éxito. Regresó a Londres.

Allí encontró a Sam Averne, de vuelta de sus vacaciones en Long Island, y a primera vista un hombre cambiado. Rezumaba amabilidad, apenas se refirió al fiasco de la venta de la reina, y permaneció en un discreto segundo plano hasta la reunión de la junta de la nueva temporada.

Pero en la junta todo se explicó. Al final de la reunión, acabadas las discusiones sobre los demás asuntos, Averne anunció que durante el verano había pasado un largo fin de semana en Newport, Rhode Island, con Mrs. Isobel Miller, jefa del clan Miller que eran propietarios de la Cleveland Ore Inc. y cuya colección de cuadros impresionistas franceses era una de la mejores del mundo en cuanto a colecciones particulares. Sólo su último Monet, se decía, valía unos treinta millones de dólares. Averne la había convencido de que vendiera a través de Hamilton's. Su único hijo había muerto trágicamente un año antes, y ella quería crear una fundación médica en su nombre, dedicada a combatir la enfermedad que lo había matado.

Un murmullo corrió por la habitación, pero Averne levantó la mano.

—Señor presidente, eso no es todo. En agosto fue también privilegio mío ser el invitado de John Iridopoulous, el magnate griego del transporte marítimo. Su casa de Palm Beach, como seguramente ustedes saben, contiene algunos de los más grandes dibujos de Viejos Maestros que están en manos privadas. El *Judas* de Rembrandt, el *Apolo* de Tiépolo, el estudio de Veronese para *Rebeca en el pozo* entre otros. Esta información no debería salir de esta habitación, pero me imagino que no es un gran secreto el hecho de que el transporte marítimo ha sufrido un fuerte bajón... e Iridopoulous se ve obligado a vender.

»Y finalmente... —Los miembros de la junta lanzaron un jadeo. ¿Averne tenía más cosas?— ... y finalmente, fui abordado en Long Island por Gordon Flaxman, el hijo del difunto actor. El hijo no comparte la pasión del padre por el arte y la gustaría subastar sus cuadros con nosotros. George Flaxman no poseía una gran colección, pero tenía cuatro joyas: la acuarela de Turner del puente de Westminster, una vista de Monet del mismo tema, una de las vistas de Van Gogh del puente de Arles... parece que Flaxman tenía una cierta afición a los puentes, y una acuarela de Cézanne, un autorretrato. Señor presidente, he consultado con los expertos pertinentes, y, todos juntos, estimamos que estas tres colecciones podrían ser valoradas al menos en unos sesenta y ocho millones de dólares. La comisión en cada caso sería el diez por ciento sin mengua, de modo que le resultará fácil a esta junta calcular los beneficios.

Se sentó sonriendo mientras estallaban murmullos apreciativos. El conde de Afton llamó al orden a los reunidos.

—Sam, éstas son maravillosas noticias, especialmente en este momento en que aún nos estamos recuperando de la decisión de la reina de no vender sus pinturas. Debemos anunciarlo inmediatamente. La junta está en deuda con usted... puede estar seguro de ello. —Hizo una pausa. Estallaron unos discretos aplausos, pero ningún miembro de la junta se molestó en sugerir qué forma podía adoptar su gratitud. Afton asintió—. Bueno, creo que esto clausura la reunión. Hasta el mes que viene.

Afton y David regresaron juntos a sus despachos.

—Entra un segundo, David, por favor —dijo el presidente cuando llegaban a su puerta. Cerró la puerta detrás de ellos, y ambos se sentaron—. Bien, ¿qué piensas de todo esto? —preguntó, sacando un cigarro.

—Son noticias estupendas —dijo David de buena gana—. Grandes noticias. Sam apenas habrá tenido tiempo de broncearse este verano. Ha trabajado demasiado duramente.

—Quiere tu empleo.

—Lo sé. Todo el mundo lo sabe.

—¿Qué vas a hacer?

—¿Hacer? No voy a *hacer* nada. Sam no puede dirigir esta compañía tan bien como yo, usted lo sabe. Sólo porque ha encontrado tres colecciones, no significa que automáticamente deba tomar el poder. Dios, cuán rápidamente olvida la gente. Sólo porque la venta real no salió bien, y no por culpa mía, de repente estoy bajo amenaza. Pensaba que al menos podía contar con usted.

—¡David! —dijo el conde suavemente—. Siempre tendrás mi apoyo. Pero hay una razón por la que te pedí que vinieras. Mírame.

David miró fijamente al conde.

—¿Observas algo?

—No. No. ¿Debería?

—Umm. Estoy perdiendo peso. Pronto empezará a notarse. Estoy enfermo, muchacho. A mi edad puedes imaginar lo que anda mal. Tú eres el primero en saberlo, naturalmente, así como eres el primero en enterarte de lo que te voy a decir ahora. Dimitiré a finales de año. Tengo el propósito de anunciarlo en la próxima reunión de la junta.

—¡Oh, no! Lo siento mucho...

—No lo sientas. Le he sacado jugo al dinero. Te lo habría dicho a ti antes que a nadie, de todos modos, pero quizás no te lo hubiera dicho hoy de no haber sido por el pequeño *show* de Sam ahí dentro.

—¿Por qué? ¿Dónde está la diferencia?

—Mira, David. Averne quiere algo más que tu empleo. Quiere trasladar la actividad principal de Hamilton's a Nueva York. Conmigo fuera, tu posición en la junta es mucho más débil. Tienes tus enemigos aquí, y Sam es su jefe. En cuanto descubran que yo me voy, aguantarán y esperarán el momento oportuno hasta el año nuevo. Por lo tanto, mi consejo es que provoques una batalla del consejo con Averne *ahora*, ya que es algo que puedes ganar. Pero tienes que hacerte con él antes de, o en, la próxima junta. Si le ganas, entonces puedo anunciar mi dimisión y hacer una recomendación para que tú seas presidente además de jefe ejecutivo. Eso resolvería las cosas. Pero tienes que encontrar una salida y encontrarla rápidamente.

David regresó a su despacho, la mente hecha un torbellino. El conde pedía mucho, confiando en que él podría encontrar un plan en tan corto espacio de tiempo. David no tenía dudas, sin embargo, de que el análisis del conde de las intenciones de Averne, así como de su fuerza, era exacto. Se quedó de pie ante la ventana de su despacho mirando el fresco día de octubre: a menudo se había preocupado por la carrera de Ned. Pero hasta ahora nunca se había preocupado realmente por la suya.

Bess estaba en lo cierto sobre la reacción al plan de Thomas en Detroit. Lejos de agradecer el regalo del Santo Padre, muchos ciudadanos estaban irritados de ver a su ciudad agrupada con los «Poblachos tercermundistas» como un periódico los llamó. Tampoco ayudó mucho las bromas anti-Detroit introducidas en la televisión americana. El equipo de béisbol, por ejemplo, fue presentado burlonamente como un «Serie Tercer Mundo», y así sucesivamente. El orgullo de la ciudad se sintió herido.

Pero los americanos no fueron los únicos en ofenderse. Los rusos, aguijoneados por los veinticinco millones de dólares asignados al Vaticano Invisible de Hungría y Rusia, hicieron una declaración a través de *Pravda* que, de forma extraña, venían a constituir un eco de las previas declaraciones de Roskill. En ella se acusaba al Papa de aficionado que se mezclaba en asuntos mundiales, en la política interna de otro país, y le describía como irresponsable y subversivo.

Eso, naturalmente, no hizo más que atraerle mayor apoyo en Occidente. Dos días más tarde, sin embargo, se hizo una nueva declaración por medio de *Pravda* bajo los siguientes titulares: «Cardenal subversivo muerto, al resistirse al arresto.» Y el texto rezaba: «La policía húngara trató esta mañana de arrestar a Constantin Kharkov, de 61 años de edad, cerca de Kaposvar, a un centenar y medio de kilómetros al sur de Budapest. Fanático religioso y subversivo, a Kharkov se le considera el cardenal secreto creado por el Papa Thomas para dirigir la iglesia clandestina en Hungría. Kharkov fue descubierto a las cinco de la mañana, durmiendo en el sótano de una escuela en las afueras de Kaposvar. Se resistió a la detención, y trató de huir. Fue herido en el abdomen, y murió poco después de su llegada al hospital.

»Esta muerte se produce después de semanas de desobediencia civil en la región, donde han sido corrientes las huelgas dominicales, las escuelas han sido utilizadas como lugares ilegales de reunión y la enseñanza en las clases ha sido desnaturalizada.»

Por una triste ironía, las noticias del asesinato de Kharkov incrementaron el prestigio del Santo Padre en el mundo. Los movimientos religiosos en el bloque soviético no se detendrían porque uno de sus líderes hubiera sido muerto, y en realidad su muerte sólo sirvió para demostrar cuán seriamente se tomaban las autoridades de Moscú y Budapest la amenaza que representaba. A los ojos de mucha gente, la Iglesia, la Iglesia católica de Roma, era el único poder de la tierra que hacía algo contra el diablo del comunismo.

El propio Thomas, sin embargo, estaba afligido. Kharkov no había sido un amigo muy íntimo, pero los dos hombres se habían encontrado varias veces, y el Santo Padre había llegado a sentir un enorme respeto hacia él. Cómo había sido descubierta su identidad, era un misterio. Se celebró en San Pedro una misa especial por el cardenal muerto.

Thomas anunció entonces que cuando el movimiento clandestino fue creado se había establecido una clara línea de autoridad, y que este peligro se había previsto, por lo que la jefatura del Vaticano Invisible pasaba ahora automáticamente al segundo en el mando, así como el título de cardenal *in petto*. He aquí un nuevo toque de imaginación: un cardenalato conferido a la posición, no al hombre... y también eso obtuvo la aprobación popular.

El siguiente fin de semana, como parte de su campaña en la carrera presidencial, Roskill regresó a Detroit, su ciudad natal. El domingo por la noche iba a dirigir la palabra en un mitin de seguidores de su partido: al aire libre, en el estadio de fútbol. Su estado mayor hizo saber por anticipado que el presidente aprovecharía la oportunidad para hacer un discurso importante, un discurso que podría cambiar el curso de la campaña. En consecuencia, todas las redes de difusión estaban presentes, así como la mayoría de los periódicos serios.

Era una noche cálida, bastante impropia de la estación, y soplaba una suave brisa que traía consigo el fuerte olor del lago. Durante una hora, de siete a ocho, la multitud que llegaba estuvo siendo entretenida por algunos amigos del presidente Roskill pertenecientes al mundo del espectáculo: cantantes, comediantes, actores y actrices que impartían homilías recolectoras de fondos. No se hicieron chistes sobre el Tercer Mundo. Poco después de las ocho, las luces del estadio se fueron debilitando. Un solitario y brillante foco se encendió, iluminando el atril que había sobre la tribuna. La multitud guardó silencio. Luego una voz fuerte, pero incorpórea, brotó del sistema de altavoces:

—Señoras y caballeros, el presidente de los Estados Unidos de América... nacido y criado en Detroit... James Roskill.

En el momento en que eran pronunciadas las dos últimas palabras el propio Roskill avanzó tranquilamente desde las sombras a la luz. Allí estaba otra vez el muchacho del barrio entre sus amigos. De vuelta a casa, y nada diferente, un americano corriente, no menos modesto que cuando se fue a convertirse en presidente. La ovación brotó espontáneamente y fue creciendo. Roskill levantó ambos brazos para agradecer la acogida. Las luces volvieron a encenderse, y a medida que iba dándose la vuelta para dar frente a cada sector de la multitud, más grande era la ovación que barría el estadio como una inmensa ola.

El griterío duró cerca de cuatro minutos. Luego, mientras Roskill revolvía sus papeles y las luces del estadio iban oscureciéndose de nuevo, el ruido se fue apagando. Roskill sacó del bolsillo sus gafas y se las puso. El ruido murió completamente.

Pero no habló. Roskill sabía exactamente el valor de tener a su auditorio escuchando. Entonces plegó los papeles que tenía ante sí y los apartó. Esto no iba a ser un discurso, preparado, seco y meticuloso. Lo demostró en sus primeras palabras.

—Es magnífico estar de vuelta. Había olvidado cómo olía el lago. —Hizo una pausa—. Pese a todos los golpes que algunas personas le sueltan, *me gusta* Detroit. —Los vítores llenaron nuevamente el estadio. Aquel iba a ser uno de los discursos combativos de Roskill. Esto era lo que le gustaba al auditorio, lo que habían venido a oír. El presidente dejó que el ruido se apagara completamente antes de inclinarse hacia delante para hablar por el micrófono.

»Somos esta noche tres millones de dólares más ricos. Tres millones. Tres millones para gastar en la ciudad ayudando a las víctimas de los recientes disturbios raciales y a aquellos que viven en zonas pobres. Bien, soy un político práctico, y no tan estúpido como para mirarle el diente al caballo regalado. Tres millones de dólares son tres millones de dólares. Con tal de que lleguen a gastarse en beneficio del público y no sean rapiñados por algunos bolsillos privados, entonces yo le digo al Santo Padre, gracias. Muchas gracias.

»Pero, al igual que vosotros amigos de esta noche, yo soy de Detroit. Como vosotros, adoro esta ciudad y estoy algo desconcertado por el gesto del Papa. Me ha sorprendido que estemos tan arriba en su lista de prioridades de ayuda. Hasta ahora yo no había considerado a esta ciudad como una de las zonas problemáticas del mundo. Sí, tenemos nuestras dificultades locales... ¿y quién no? Pero, debo confesarlo, no pensaba en nosotros como en la Manila de Michigan, o en la Amritsar de América. Y tampoco vosotros, amigos míos; lo juraría. Jamás hubiera imaginado a Bogotá como una de las grandes fundiciones industriales del mundo, como es Detroit... Al igual que vosotros, me ha producido una pequeña sorpresa. Qué digo, una pequeña; ¡una gran sorpresa! Jamás hubiera imaginado que, en mitad de América, en mitad de la abundancia, existiera este desierto llamado Detroit. Jamás nos hubiera imaginado como los parientes pobres del Vaticano... Por lo tanto, antes de venir aquí esta noche, hice algunas investigaciones. Quería averiguar cuán mal está Detroit, cuán difícilmente soporta Detroit la comparación con otras ciudades. Y necesitaba, por supuesto, algún lugar con el que compararla. Algún lugar que no merezca la atención del Santo Padre, como merece esta ciudad... De modo que, amigos míos, ¿qué ciudad elegí? Elegí Roma.

Roskill hizo una pausa, sabiendo que un murmullo de interés recorrería el estadio. Luego prosiguió:

»¿Qué es lo que encontré? Dejadme que os muestre algunas cifras, algunas estadísticas oficiales. Empecemos con el desempleo, del que todo el mundo habla tanto en estos días. El desempleo en Detroit alcanza un nueve por ciento. Es demasiado alto, sin duda, pero ¿qué pasa en Roma? En Roma, amigos, es del once por ciento. Hablemos ahora de la mortalidad infantil, puesto que es algo que se considera como una guía para conocer la riqueza de una sociedad. Aquí, en Detroit, la mortalidad alcanza la cifra de nueve muertes por cada cien mil partos, contra un once por cien mil en los Estados Unidos en conjunto. ¿Pero cuál es la cifra de Roma? Dieciocho, amigos míos, dieciocho. El doble de la de aquí.

»Fijémonos ahora en el nivel de vida. En Detroit, el noventa y cinco por ciento de la gente tiene teléfono... y en Roma, las cifras, amigos míos, son del setenta por ciento.

»Hay más, así que seguid escuchando, seguid escuchando bien, como mi madre solía decir. El número de médicos en Detroit es de cuarenta por cada cien mil personas. ¿Y en Roma? Veintisiete. En Detroit, el número de niños al cuidado de la ciudad, porque sus padres por alguna razón son incapaces de ocuparse de ellos, es de dos por cada cien mil habitantes. ¿Y en Roma? Siete.

»Echemos ahora una mirada al crimen. Los robos en Detroit el año pasado ascendieron a treinta y siete por cada cien mil habitantes. ¿La cifra, en Roma? Cincuenta y tres. Los crímenes con violencia fueron en Detroit el último año un cuatro por ciento; en Roma, el siete por ciento, casi el doble.

»Finalmente, puedo deciros, amigos, que aquí en Detroit gastamos ciento diecinueve dólares con cincuenta centavos por *cada* persona al año en bienestar, ayudando a los menos afortunados de la ciudad.

¿Cuánto gastan en Roma? Ni siquiera cincuenta dólares por cabeza, amigos. La cifra oficial en Roma es de cuarenta y seis dólares, exactamente.

Las cifras de Roskill eran tendenciosas, naturalmente. Había elegido sólo aquellas que ponían en ventaja a Detroit. Había mencionado, por ejemplo, sólo el *aumento* en cuanto crímenes con violencia, no en niveles absolutos, que eran mucho más altos en Detroit que en Roma. No había mencionado nada que mostrara la extensión de la discriminación racial en Detroit. Pero era la emoción del discurso lo que interesaba a la multitud, no los hechos.

»Ahora bien, amigos míos, al igual que vosotros, yo desconfío de las estadísticas. Todos sabemos que se puede probar cualquier cosa con las cifras. Estas cifras que os he dado no son probablemente más ilustrativas que cualesquiera otras. Pero... —hizo una pausa en busca del efecto— ...*pero*, si algo prueban, lo que prueban es lo que siempre hemos sabido, vosotros y yo. Que Detroit es una ciudad estupenda, una ciudad tan maravillosa como cualquier otra de América... y muchísimo mejor que muchas otras. No llevamos en el planeta tanto tiempo como Roma... ¡pero esta ciudad de Detroit es un lugar tan excelente para vivir como cualquier otro *ahora*!

Roskill hizo una pausa mientras los aplausos le envolvían. Luego, al cabo de unos segundos, se inclinó hacia delante en el atril. Completamente relajado, se había hecho dueño de la multitud. La visión de sus hombros, encorvados sobre el atril, mostraba que iba a volverse más confidencial en el tono. El silencio se abatió sobre el público. Todo el mundo sabía que Roskill se mostraba más cáustico cuando se tornaba confidencial.

»Vivimos en tiempos insólitos —medio susurró—. Tenemos problemas insólitos, problemas *terribles*: guerra nuclear, terrorismo, comunismo... Tenemos los viejos problemas, también, del hambre, la agresión militar, la ignorancia y, sí, la pobreza. Y tenemos también a los medios de difusión para asegurarnos de que ninguno de nosotros se olvida de tales problemas.

»Afortunadamente, como resultado de todo eso, con la ayuda de Dios hemos creado gobiernos sofisticados cuyo trabajo es resolver todos estos problemas. Algunas veces lo consiguen, a veces fracasan, pero lo siguen intentando.

Se quitó las gafas y empezó a limpiárselas con el pañuelo.

»Además de todo esto tenemos ahora a un Papa poco corriente. El Papa Thomas es, como Papa, poco corriente; creo que todos estaremos de acuerdo en eso. —Sonrió, y el silencio expectante que reinaba en el estadio se hizo más profundo. Su auditorio sabía que cuando Roskill sonreía, lo peor aún estaba por venir—. Thomas es americano, amigos, así que quizás deberíamos esperar que fuera poco corriente. A nosotros los americanos nos gusta pensar que *hay* algo especial en nosotros, con nuestro sistema abierto de gobierno, que permite que cualquiera, incluso yo, pueda llegar a presidente.

El sonido de 100.000 personas riendo entre dientes se alzó por encima del estadio. Pero ahora el presidente se enderezó y de pronto se tornó muy serio.

»El Papa Thomas ha empleado técnicas muy insólitas en el mundo de la diplomacia, los últimos meses. Yo fui uno de sus primeros admiradores. Si de un hombre se puede decir que ha tratado de cambiar el mundo, éste es él. Cuando anunció que iba a vender los tesoros vaticanos y dedicar los beneficios a buenas causas, eso, pensé, era una condenadamente buena idea americana. Pero luego, cuando los proyectos que deseaba realizar salieron a la luz pública, yo, junto con otros líderes mundiales, me vi obligado a dudar de su buen criterio. Recordaréis el fiasco de la invasión de Cuba. Luego estuvo la cara farsa del rapto nicaragüense que le dio al gobierno marxista de esa nación el pretexto para efectuar la incursión contra la nueva ciudad de Pimental, con el resultado de que muchas personas murieron. Como resultado de la política del Papa Thomas, hemos visto cómo era asesinada la esposa del ministro británico para Irlanda del Norte. Y hemos visto interferencia, y más muertes, en el Medio Oriente.

Roskill había ido levantando poco a poco su voz a medida que iba pasando revista a sus agravios. Finalmente gritó:

»Pero el fracaso más contundente de Thomas, y, en mi opinión, su intervención menos meditada, fue la ayuda enviada a Vietnam. La lamenté en aquel momento... como estoy seguro de que hicisteis vosotros, amigos. Ahora, con las últimas revelaciones de que aquellos fondos han sido rapiñados por despreciables burócratas vietnamitas, lo único que se me ocurre decir, tan entristecido como furioso, es "¡Ya se lo dije!". –La cara de Roskill adoptó ahora una expresión más feroz–. Este último plan del Santo Padre, sin embargo, es la gota que hace rebasar la copa. Sé que me perdonaréis, amigos, si os hablo llanamente. Como americano y como católico, digo: "¡Basta y sobra, Thomas!" Tengamos, sí, un Papa poco corriente y compasivo. ¡Que se mezcle en cuestiones de caridad... sí! Pero no, jamás, en política. El mundo de hoy es demasiado complicado, demasiado interdependiente para hacer gestos que llaman la atención pero que no han sido adecuadamente meditados.

»Amigos, os traigo algunas noticias frescas esta noche, noticias que por desgracia vienen a apoyar lo que digo. Habréis observado que no he hecho referencia todavía a las actividades del Santo Padre en el bloque soviético. Como creo que puedo pretender ser tan anticomunista como cualquiera, cabría esperar que acogiera de buen grado lo que el Papa ha estado haciendo... Y sin embargo, ¿cuál es el resultado final de este plan? Bien, todos sabéis que el cardenal Kharkov ha sido brutalmente asesinado, y podríais decir que ése es el precio que la Iglesia tiene que estar dispuesta a pagar por correr riesgos... Pero, amigos, he estado hablando con nuestro embajador en Pekín, y él me dice que el Santo Padre, que esperaba visitar el pueblo de la República de China en noviembre, no va a ir. La invitación ha sido retirada. Y la invitación ha sido retirada, amigos, porque los chinos no desean que el Santo Padre empiece en China la clase de actividades que ha emprendido en Hungría y Rumania. Están, o estaban, praparados para establecer acuerdos con el Vaticano que reportarían beneficios a ambas partes. Pero no están preparados para albergar a un Papa que puede, a juzgar por su comportamiento en otros lugares, socavar quizás su autoridad sobre su propio pueblo. En consecuencia, nuestro embajador fue informado de que la invitación al Santo Padre ha sido revocada.

Se produjo un absoluto silencio en el estadio. Roskill estaba concluyendo ya. Había sido un buen mitin. Era ya hora de acabar con una explosión.

»Amigos... cuando vine aquí esta noche, al igual que vosotros, ardía de ira ante la humillación que Detroit acaba de sufrir en estos últimos días. Estaba por tanto decidido a poner en orden las cosas, y espero haber hecho precisamente eso. Pero aún no he terminado. Quiero decir dos cosas más. Primero, que el Santo Padre, pese a todas sus virtudes, se ha convertido realmente en un alquimista medieval pero a la inversa. En vez de tomar el metal base y convertirlo en oro, ha tomado una serie de hermosos, sublimes tesoros artísticos y los ha convertido, o el dinero conseguido con su venta, en el más vil de los metales... corrupción internacional, inseguridad, engaño y peligro. Segundo, que soy un católico y no ando con tapujos al respecto. Pero la verdad, tal como la veis, es más importante. Como líder político siempre me he mantenido al margen de las cuestiones religiosas, por lo que ahora le digo esto al Santo Padre, el Papa Thomas: no hay lugar en el mundo moderno para un Papa político. O debería quedarse al margen de la política... o debería dimitir.

14

David se enteró del discurso de Roskill a primera hora de la mañana siguiente, al ver la cabecera de *The Times*. Inmediatamente, marcó el número de Bess en Roma.

—¡Nunca había visto a Thomas tan irritado! —La voz de Bess sonaba temblorosa—. En un momento dado le hace la pelotilla al Santo Padre, pidiendo realmente su ayuda en las Filipinas... Y al momento siguiente, esto. Está buscando votos, naturalmente. Pero, con todo, sería capaz de matar a esta víbora.

—¿Qué va a hacer Thomas?

—¿Hacer? Nada. Un Papa no dimite. Al menos, desde la Edad Media. Imagínate: *La Reppública* publica hoy una relación de los Papas que han dimitido, más una especulación sobre el posible candidato a la sustitución que podría ser elegido si se convocara un cónclave mañana... No hace falta decir que Massoni figura el primero.

—¿Qué está pasando con el viaje de China?

—¿Bonito, no? Bueno, aún vamos a ir a Hong Kong, Taiwan... y esta mañana hemos tenido una invitación de las Filipinas. De modo que las cosas irán más o menos como de costumbre. Thomas seguirá como antes. Todo esto se calmará, David, y, con un poco de suerte, Roskill perderá estas elecciones. Y no todo es negro para Thomas... no olvides que en Río están sucediendo algunas cosas extraordinarias.

Era cierto, David tenía que admitirlo. Juliana Caratinga podía ver ahora perfectamente, un hecho que estaba siendo reverenciado en todo el mundo como un milagro. El lugar de juegos de su escuela donde la niña había empezado a ver era ahora un santuario; un escultor local había creado una estatua, dejando, al estilo de las esculturas budistas, que un sacerdote local le añadiera los ojos. El santuario era visitado por centenares de personas a diario y el número seguía creciendo, así como el número de milagros que según la gente se realizaban en el lugar. La propia Juliana viajaba por el Brasil, asistiendo a servicios religiosos y hablando de los poderes de Thomas.

—Nos veremos el viernes, entonces. —David tenía previsto ir a Roma para una reunión de la Fundación.

—Claro, querido. En Gina's, como de costumbre. Y no te preocupes por nosotros. Es probable que suceda lo inesperado.

El cardenal John Rich, sentado en el asiento trasero de su taxi estiró el cuello de lado para mirar el perfil de Nueva York, que se elevaba hacia los aires como una enorme, anticuada, llave, encima de la calle Franklin Delano Roosevelt y el resplandeciente East River. Pese a los años que llevaba como cardenal en Manhattan, la rudeza de Nueva York seguía siendo tan atractiva como siempre, tan natural en su fuerza como eran las galernas atlánticas de su nativa Galway. Siempre que su trabajo en la Secretaría de Estado le traía aquí, le encantaba.

Había llegado el día antes de Roma, y se dirigía ahora a Detroit a fin de iniciar las negociaciones para pagar el dinero de la Fundación de San Patricio a la ciudad. Había podido partir el viaje, y pasar una noche en Nueva York, celebrando una interesante reunión con algunos conocidos en Wall Street, en la Comisión de Títulos y Valores de la Bolsa. Éstos habían aceptado realizar una investigación en su nombre. Discretamente. Utilizando sus contactos en Suiza. El resto del tiempo lo había pasado con amigos, quienes le habían dado una fiesta en el Metropolitan Museum donde pudo ver el *Tríptico de Stefaneschi* del Giotto en su nuevo hogar. Luego fueron todos al centro de la ciudad, al Colonna, a cenar. Una noche maravillosa.

El taxi entró en el puente Triboro y fue reduciendo la velocidad a medida que se acercaba a la barrera del peaje. El cardenal consultó su reloj: las siete y cinco. Estaba en perfecta forma para el vuelo de las ocho de la mañana a Detroit. El taxi se incorporó a la fila del peaje. El conductor de delante de la cola no tenía el cambio correcto, de modo que la fila se veía obligada a moverse lentamente. Rich cogió su *New York Times* y se dedicó a seguir las noticias de la campaña de elecciones. Dado el ataque de Roskill contra el Santo Padre, no cabía esperar que Rich fuera un admirador suyo, pero el cardenal buscó en vano una refutación del candidato demócrata Fairbrother. Detroit no iba a ser una visita fácil.

Rich no estaba nada seguro de que cómo manejarla. El arzobispo local se había mostrado algo seco cuando Rich llamó para arreglar una reunión. Evidentemente, el arzobispo estaba bajo sus propias presiones locales, y para él aceptar el dinero en nombre de la ciudad de Detroit le situaba en lo que, en aquel momento, no era un terreno muy popular. Sin embargo, todo se olvidaría. Rich estaba animado. Jamás hubiera imaginado que el trabajo de la Iglesia animara tanto.

El taxi avanzó poco a poco. Levantó la mirada. Delante había dos coches. De repente la ventana se oscureció y vio unas figuras que rodeaban el vehículo. Las cuatro puertas fueron abiertas de golpe, y a cada lado del cardenal se situó una figura robusta, armada. Al mismo tiempo, otro hombre se introducía en la parte delantera del coche, en el asiento del pasajero y apuntaba al chófer con un arma.

—¡Baja! —siseó—. ¡O te vuelo la cabeza aquí mismo!

Tan de prisa como pudo, el conductor bajó del coche. Un cuarto hombre se puso detrás del volante. A estas alturas, los coches de delante habían despejado ya el camino al peaje. Con una perfecta coordinación el taxi cruzó la barrera sin detenerse ni pagar, y salió chirriando a la autopista. Al cardenal ya le habían esposado las muñecas a la espalda, quitado de un manotazo el solideo y colocado una ancha tira de esparadrapo sobre los labios. El cardenal se mantenía inmóvil. Podía sentir el duro cañón de un arma contra sus costillas.

El taxi corrió a gran velocidad por la sección elevada de la autopista. La abandonó en la primera salida, efectuó un giro a la derecha, siguió tres manzanas más hasta Queen's e hizo otro giro para entrar en un callejón sin salida, donde estaba estacionada una furgoneta blanca. Nadie habló. El chófer detuvo el vehículo detrás de la furgoneta. El hombre que iba sentado a su lado bajó, abrió las puertas traseras de la furgoneta y el cardenal fue obligado a bajar del coche y a meterse en el otro vehículo. Dos hombres entraron con él, las puertas se cerraron y luego sintió que la furgoneta se movía. No podía ver nada. Rápidamente se desorientó y no tuvo ni idea de adónde se dirigían. Durante cuarenta y cinco minutos, la furgoneta efectuó infinitos virajes, parándose y arrancando. Finalmente Rich sintió que bajaban por una pendiente, que probablemente conducía al sótano de un edificio. Se paró el motor, y se abrieron las puertas. Sin duda se encontraba en un aparcamiento de coches subterráneo. Le condujeron a través de una, dos, tres puertas, todas ellas de un color gris oxidado, terminando en una pequeña habitación con un catre de hierro, un cubo y unas diminutas ventanas cuadradas en lo alto de una pared, que indicaban que la habitación estaba en su mayor parte por debajo del nivel del suelo. Y todavía, de forma impresionante y alarmante, nadie había hablado.

Pero apareció un quinto hombre. Como los demás, era bajito, pero rechoncho. De su cuello colgaba una cruz de oro con una cadena. Cuando habló, lo hizo con un acento italiano o español.

—¿Sabe usted cuál es el mayor rescate que se ha pagado jamás? —Tenía dientes de oro a ambos lados de la boca.

El cardenal movió negativamente la cabeza.

—Doce millones de dólares. ¿Cree usted que los vale?

De nuevo, el cardenal movió la cabeza.

—Mejor será que sí. O es hombre muerto.

Por una vez, David se enteró de las noticias antes que la prensa. Bess le llamó desde Roma.

—¡Doce millones de dólares! ¿Te imaginas? Raptado en mitad de Nueva York, y a la luz del día. No sé si Thomas podrá soportar la tensión. Sumado a todo lo demás...

—Cuelga, Bess. Estaré en Roma mañana.

—Dios te bendiga, cariño. Ésta es una de las ocasiones en que me gustaría haber saltado a bordo de aquel barco de Venecia. Me siento... bueno, me siento *mal* con todo este asunto. Los secuestradores que pidieron el rescate al parecer se mostraron muy groseros e insultantes. No se parece en nada a la situación nicaragüense. A propósito, vamos a enviar al cardenal Pimental, ya que él ha pasado por ello. Hemos dicho a los secuestradores, quienesquiera que sean, que se pongan en contacto con él en la residencia del arzobispo de Nueva York. Lo único que pido es que Roskill nos deje tranquilos mientras tratamos de resolver esto.

Vana esperanza.

Mientras Pimental estaba ya en el aire a bordo de un vuelo de Alitalia de Roma a Nueva York, el presidente de los Estados Unidos efectuaba una declaración en la que afirmaba que el secuestro, aunque se trataba de un clérigo que viajaba con pasaporte americano, era una cuestión interna americana y sería por lo tanto manejado por el FBI. Como, no obstante, los secuestradores habían establecido contacto a través de la residencia del arzobispo, en la esquina de la calle 50 con Madison Avenue, el director del FBI de Nueva York, Frederick Brodie, al que Roskill había puesto al frente del caso, tenía que apostar a sus hombres allí. Para cuando Pimental aterrizaba en el aeropuerto de John Fitzgerald Kennedy, Brodie tenía a sus hombres en posición.

El 747 se detuvo ante la puerta cincuenta y seis de la Terminal de Llegadas Internacionales, y el capitán paró los motores. La puerta se abrió y los funcionarios de inmigración entraron a bordo. Dos de ellos conferenciaron con el auxiliar de vuelo el cual, al cabo de un momento, señaló hacia delante, a la fila B del compartimiento de primera clase. Los funcionarios de inmigración dieron unos pasos.

—¿El cardenal Pimental?

El hombre asintió.

—Lo siento, padre, pero tengo órdenes de negarle la entrada en los Estados Unidos. Va usted a tener que marcharse, en el primer...

—¿Qué? ¿Por qué motivo? Estoy aquí para ayudar con el secuestro...

—Lo siento, padre. Ya sé por qué está usted aquí. Pero aquí está mi autoridad legal... —Y el hombre sacó un documento de su chaqueta—. Está firmado por el propio presidente. Se lo repito, Eminencia; no puede usted entrar en este país.

Pimental se balanceó, como si hubiera recibido un golpe. Se esforzó por ganar tiempo para pensar.

—Al menos déjeme llamar a la residencia del obispo. Me deben esta cortesía.

—Mis órdenes son acompañarle al salón de VIP's y hacer que alguien espere con usted hasta que su avión esté listo para volver a Italia, momento en que le acompañarán a bordo. Ahora, venga conmigo, por favor. —El hombre sonrió y dijo más amablemente—: Hay teléfonos en el salón de los VIP's, señor.

Los pasajeros del compartimiento de primera clase permanecían mudos ante esta confrontación. En la parte trasera del aparato, los demás pasajeros —ignorantes de lo que sucedía— protestaban impacientes por el retraso. Pimental tomó una pequeña bolsa de debajo del asiento y dijo:

—¿Cómo reclamaré el resto de mi equipaje?

—Déme su resguardo, Eminencia. Yo lo arreglaré.

Los tres hombres, los funcionarios de inmigración y el cardenal, salieron del avión.

Mientras caminaban, Pimental se dirigió al hombre que parecía el más veterano de los funcionarios de inmigración.

–Dice usted que el propio presidente autorizó esto. ¿Sobre qué base? ¿Se da cuenta de lo que está haciendo?

–Lo siento, Eminencia. Mis órdenes son de no discutir nada con usted. Limitarme a meterlo otra vez en el avión en que llegó. Lo siento.

Caminaron en silencio hacia el salón de VIP's. Allí Pimental llamó a la residencia del arzobispo y le pusieron directamente con Naughton.

Cuando el arzobispo se enteró de lo que había sucedido se escandalizó. Roskill estaba realmente jugando duro.

–¿Se lo dirá usted a Su Santidad?

–Naturalmente, Eminencia –dijo el arzobispo–. Inmediatamente. Sin duda él tendrá que considerar la posibilidad de una acción diplomática de represalia. Si hay alguna cosa que pueda hacer para suavizar su situación...

–Gracias, pero no. Después de mis experiencias en Nicaragua, debería haber esperado lo... lo insólito. Nos veremos en Roma, Ilustrísima. En l'Eau Vive, quizás.

Al cabo de dos horas y media regresó el funcionario de inmigración veterano, transportando la única pieza de equipaje del cardenal y le acompañó nuevamente al avión. Para entonces la prensa y las cámaras de TV estaban ya en posición.

Y así, aquel mismo día más tarde, antes de que Pimental hubiera volado mucho trecho en el Atlántico, fotografías suyas en las que se le veía acompañado al vuelo de Alitalia, tras serle impedido su acceso a los Estados Unidos, aparecieron en todos los boletines de noticias.

Lo que los medios de difusión ignoraban era de qué modo el tratamiento dado a Pimental estaba afectando a las relaciones entre el arzobispo Naughton de Nueva York y Brodie, del FBI. Los dos hombres eran conscientes de los malos sentimientos que reinaban entre sus respectivos superiores. Pero Brodie no era un hombre religioso y había llegado a la residencia decidido a hacer prevalecer su propia autoridad en la situación. Todos los teléfonos fueron intervenidos, incluso la línea privada del arzobispo. Brodie se instaló en el despacho del arzobispo, en el que se montó una línea directa con la Casa Blanca. Sería Brodie quién decidiría cuándo y dónde se convocaría a la prensa. A nadie, ni siquiera al arzobispo, se le permitía salir de la residencia sin una escolta del FBI. Los secuestradores habían dicho que sólo tratarían con el representante del Papa, y eso era lo único que le impedía a Brodie hacerse con el mando absoluto..

En la primera conferencia de prensa, concedida a última hora de aquel mismo día, Brodie se mostró enérgico en defender la forma en que se había impedido la entrada al cardenal Pimental.

–Naturalmente, simpatizamos con la difícil situación en que se encuentran el arzobispo de Nueva York y el Santo Padre. Pero hay sólo un aspecto que me gustaría subrayar en esta conferencia de prensa, el cual explicará la posición del FBI en esta cuestión, y que va también dirigido a los secuestradores, en el caso de que estén viendo la emisión.

»La razón del Departamento de Estado de no permitir que el cardenal Pimental entre en este país es que los secuestradores, y ahora les hablo directamente a ellos, han dicho que tratarían sólo con el Vaticano. Ahora bien, desde nuestro punto de vista, este crimen sucedió principalmente porque el cardenal Pimental había sido secuestrado en Nicaragua y fue liberado después de pagar un rescate. El Vaticano pretende que le envió aquí porque, teniendo en cuenta dicha experiencia, sería ahora un excelente negociador. A nosotros, sin embargo, nos parece que su presencia aquí podría constituir una señal para los secuestradores de que el Vaticano está dispuesto a rendirse otra vez. Y, me veo en la necesidad de decírselo a ustedes, no habrá ninguna rendición en este caso.

»Debo decirles también que el taxi en que tuvo lugar el rapto del cardenal ha sido encontrado. Se compararon las huellas digitales, y una de ellas pertenece a un individuo cuyas huellas fueron halladas también en el aeropuerto de Oakland de Oregón... es decir, creemos que esta banda de secuestradores es la misma banda de inmigrantes ilegales de Sicilia que provocó un accidente aéreo en Oakland en su esfuerzo por extorsionar a las autoridades de aquel aeropuerto. El presidente, por tanto, está convencido de que este caso debe ser manejado por el FBI... y yo estoy de acuerdo con él. No se trata sólo de un caso de secuestro: estos hombres están buscados también por otros crímenes. Los secuestradores tal vez hablen con Naughton, pero tendrán que *tratar* conmigo.

La primera llamada se produjo más tarde, aquella misma noche. Un hombre preguntó por el arzobispo Naughton, y luego, casi inmediatamente, se oyó la voz de Rich.

«Soy John Rich, hablando por cinta magnetofónica. Estarán ustedes intentando localizar esta llamada, así que mi mensaje tiene que ser breve. Me tratan todo lo bien que se podría esperar. El precio es de doce millones de dólares. La siguiente llamada tendrá lugar mañana, a Roma, al Vaticano. Reconocerán a la persona. Utilizará una clave: Punta Raisi. La respuesta debe ser sí o no. Nada de intermediarios.»

La comunicación se cortó.

—¡Mierda! —exclamó Brodie—. Están tratando de esquivarnos. Es hora de que llame al presidente.

Las órdenes del presidente fueron claras, aunque peligrosamente poco ortodoxas. «No den el aviso al Vaticano. No permitan que Naughton contacte con Roma. Manténganlo en América. Esos bastardos volaron un avión americano en suelo americano. No van a soslayarnos hablando con los europeos. Mantengan a todo el mundo en la oscuridad.»

Brodie enarcó las cejas. Pero hizo lo que habían ordenado, e incluso durmió en el despacho del arzobispo. Una máquina de café hizo compañía a las derivaciones del teléfono junto a la ventana. No se permitió salir o entrar a nadie de la residencia.

Durante todo el día siguiente, Bess estuvo llamando a Naughton a cada hora, en nombre de Thomas, pero no pudo obtener la comunicación. Aproximadamente a las tres y media de la tarde, hora de Roma, un operador del Vaticano recibió una llamada de alguien que se identificó como Punta Raisi, pero el operador colgó, pensando que el hombre era un chiflado.

A la hora de la cena, en Roma, cuando Bess seguía sin tener nada de qué informar, Thomas decidió llamar al presidente. Bess hizo la llamada, y rápidamente le pusieron con Cranham Hope. El presidente estaba con su jefe de Estado Mayor en el Pentágono, y no podía molestársele. Pero Hope dijo que llamaría al cabo de una hora más o menos. Bess se preguntó si era cierto, o simplemente el presidente se estaba haciendo el difícil.

Una hora más tarde, casi minuto por minuto, el teléfono del estudio privado de Thomas empezó a centellear. Bess descolgó el aparato, reconoció la voz de Hope y alargó el auricular a Thomas.

—Señor presidente, gracias por llamar. —No hubo palabras cordiales. Thomas echaba humo mientras hablaba—. Exacto, no hay noticias. Por eso le he llamado. Como sus consejeros le habrán dicho ya, cuanto más tiempo pasa en un secuestro sin noticias, más negra está la cosa. Quiero tratar de modificar la táctica. Sí, me doy cuenta de que es un asunto interno de los Estados Unidos. Ha dejado usted ese punto de vista perfectamente claro. Pero lo que les estoy diciendo es que su enfoque evidentemente no está funcionando... escúcheme usted, señor presidente, por favor.

Thomas hizo una profunda inspiración, y dio una chupada a su cigarrillo.

»Quizá recuerde que cuando hice la gira por América hace algún tiempo me pidió usted un favor con relación a las islas Filipinas. Yo accedí. También dije que quizá llegara un momento en que pudiera usted devolverme este favor. El momento ha llegado ahora. Me gustaría que me dejara llevar el asunto del secuestro a mi manera. Necesitamos volver a establecer contacto. Si tiene usted razón, y son sicilianos, quizá podamos contactar con sus amigos o parientes aquí y convencerles de que negocien. Vale la pena intentarlo, sin duda. De modo que éste es el favor que pido, señor presidente. Que ustedes se echen atrás, que aparte a Mr. Brodie del caso y me lo dejen a mí.

Bess observaba a Thomas mientras éste escuchaba la respuesta del presidente. El Santo Padre agarraba con fuerza el auricular. Suavemente, se rascó el lado de la nariz con la otra mano. Sus ojos parecían concentrarse en una zona situada en algún lugar delante de sus zapatos. Se mordió el labio inferior. El cigarrillo ardía en sus dedos. Entonces, muy lentamente, sin decir nada, bajó el auricular. Bess pudo oír la voz del presidente que seguía brotando del auricular hasta que, suave pero firmemente, Thomas lo colgó de nuevo en su soporte. El Santo Padre se puso de pie y se dirigió a la ventana. El *tufo*, el ruido del tráfico de Roma, parecía especialmente fuerte aquella noche.

Bess trató de hacérselo fácil.

—Ha olvidado su promesa, imagino.

Thomas se dio la vuelta.

—Oh, no, la recordaba perfectamente. Pero dijo que no iba a mantenerla. Que las elecciones estaban demasiado cerca para dejar que un, y entonces blasfemó, Papa volviera a interferir. Luego se rió y añadió que podía oírle en confesión después de que todo hubiera acabado. No sé qué más dijo. Colgué el teléfono antes de que hubiera terminado.

A cuatro mil millas de distancia, Roskill estaba ladrando por la línea directa que comunicaba con la residencia del arzobispo de Nueva York. «¡Ese Papa me colgó! ¿Oye usted eso, Brod? ¡El hombre me colgó! ¡Nadie me cuelga a mí el teléfono! ¡Ningún jodido me hace eso! De todos modos, eso resuelve el problema. Si hay alguna réplica siempre puedo decir que se negó a cooperar.»

Brodie sonrió por teléfono. Disfrutaba con la pelea, especialmente cuando sabía por anticipado que estaba en el bando ganador. Colgó el teléfono y pidió un poco de cena. La residencia del arzobispo no estaba demasiado lejos de Daniel's Deli, en la 49 con Lexington, de modo que envió a buscar un poco de pastrani y encurtidos, así como un paquete de seis de Miller *light*. Luego se instaló a esperar. El FBI era bueno en eso.

Transcurrieron otras veintiocho horas antes de que hubiera alguna noticia. Y entonces no llegó por el teléfono. No hubo ninguna llamada más de los secuestradores de John Rich. A la noche siguiente, un poco antes de que amaneciera, un automovilista, en el túnel de Park Avenue entre las calles 40 y 31, observó lo que parecía un montón de harapos echados junto el borde de la autopista. Al principio pensó que se trataría de un vagabundo tratando de mantenerse caliente en las noches de octubre. Pero el túnel era demasiado peligroso para eso, sin duda. Redujo la velocidad, y vio la pequeña franja de cuello blanco en la garganta del hombre. Ávido lector de periódicos y revistas, el conductor frenó hasta detenerse. Tenía la espantosa sensación de que había tropezado con lo que podía ser un acontecimiento histórico. Y tenía razón. Con un estremecimiento de excitación, reconoció la sucia, mutilada y muerta cara del cardenal John Rich.

David estaba ya en Roma cuando llegaron las noticias de la muerte de Rich. Estaba con Bess, almorzando en Gina's, cuando llamaron a la mujer por teléfono. Desde su asiento, David no podía oír lo que le decían, pero sí pudo ver el cambio que se produjo en su cara. Bess volvió a la mesa físicamente alterada por las noticias, y casi a punto de llorar.

—Estoy asustada, David. Esta batalla entre Roskill y Thomas se ha convertido en algo muy personal, muy áspero. Y le ha costado a John Rich la vida.

David no dijo nada, pero puso su mano sobre la de ella a través de la mesa. Bess llevaba otra vez la blusa verde hecha con la seda veneciana que él le había regalado. Confiaba en que no siempre fuera a traerle mala suerte.

—Thomas le tenía mucho afecto a John Rich. Estará destrozado.

—Por un momento, Bess pareció perderse en un recuerdo íntimo—. A Thomas le ha cambiado Roskill, ¿sabes? Jamás tuvo intención de llegar a este enfrentamiento; las cosas fueron así. Pero Thomas no volverá a ser el mismo. E imagino que acusará a Roskill personalmente de la muerte de Rich. —Movió la otra mano, de modo que la de David quedó prisionera entre las dos de la mujer—. Estoy preocupada por lo que pueda suceder ahora.

David dijo suavemente:

—Roskill podría perder mucho apoyo, no lo olvides, por haber fracasado en este asunto del secuestro. Podría dañar su campaña.

Un camarero trajo la pasta que habían pedido, pero Bess ya no tenía ganas de comer.

—Tal como están las cosas, David —dijo después de que se hubo ido el camarero—, no creo que Thomas espere a ver cómo afecta esto a la situación de Roskill. Vamos a vernos esta tarde, oficialmente para preparar el funeral del cardenal Rich. Pero apostaría a que Thomas nos va a tantear sobre su próximo movimiento contra el presidente.

—¿Próximo movimiento? ¿Qué quieres decir?

—No sé qué decir. Es demasiado espantoso. Hace un par de noches él y Roskill tuvieron una muy desagradable conversación telefónica. Y poco antes de colgar el auricular, Thomas murmuró algo. Sólo oí la mitad de las palabras, y no me gustó. Pero tengo la idea de que puede volver a surgir esta tarde.

—¿Pero qué es? ¿De qué estás hablando?

Bess movió negativamente la cabeza y no cedió. Más tarde, David la llevó en coche a la Porta Santa Anna en el Vaticano, para su reunión. Él regresó al piso y, después de leer durante más o menos una hora, se quedó dormido.

Se quedó dormido, sintiéndose apenado por Bess y bastante culpable. El hecho era que había tenido una mañana bastante excitante en el Archivo Secreto. El expediente de Giacomo Salai, el menos atractivo de los ayudantes de Leonardo, había resultado a fin de cuentas el más productivo. Enterrado en él había un trozo de papel que, aunque en sí bastante inocuo, destacaba, dada la línea que seguía David. En el papel había un dibujito, una cabeza de mujer. Tenía los párpados pesados y la mirada baja. Parecía contenta y triste al mismo tiempo. Ésa era exactamente la postura de la Virgen en la *Virgen de las Rocas*, tanto la de París como la de Londres, pero lo que le llamó la atención a David fue una pequeña silueta de una cucharilla situada al lado. Leonardo había hecho esto de vez en cuando para representar las cantidades de pigmento usadas... había diseñado su propia cucharilla de medir. Las cifras que había junto a la cucharilla representaban por tanto las proporciones de los distintos colores. Garabateado al lado de la cucharilla estaba la palabra «carne», y una serie de cifras. Lo que hizo sudar a David de excitación era que lo escrito iba de detrás para delante, escritura reflejada en un espejo, y aparentemente de la mano de Da Vinci. Lo que él tenía, al menos así se lo pareció, era un nuevo dibujo de Da Vinci, aunque pequeño y tosco, y —tal vez más importante— la fórmula magistral para los tonos de la carne de la Virgen en la *Virgen de las Rocas*. Doblemente excitante era el hecho de que David sabía que las versiones de París y Londres diferían notablemente en cuanto a los tonos de la carne. Si él tenía razón, ésta era una página del libro de notas de Leonardo que había encontrado entre las cosas de Salai, entonces quizás pudiera fijar los orígenes de los dos cuadros de una vez por todas. Y aún había más. Un archivero había anotado en el expediente de Salai que se habían localizado otros documentos de Salai, no en el Archivo Secreto, sino en la biblioteca de la familia Montaforno, en el Palazzo Montaforno de Roma.

Los Montaforno habían sido una familia milanesa que durante el Renacimiento proporcionaron a la Iglesia un papa y varios cardenales. Probablemente habían sido mecenas de Salai. David tendría que comprobar los archivos de dicha familia.

Era toda esta excitación lo que le había fatigado. El malestar de Bess también había influido, y David tuvo un sueño inquieto. Soñó una vívida historia sobre un cuadro que no dejaba de cambiar. Al principio representaba el puente desde el que saltara Ned, sólo que en el sueño lo que fluía no era agua sino lava fundida procedente de un volcán sumergido. Entonces el puente desaparecía, y aparecía Roskill en un púlpito, flotando en el río de lava y predicando. De repente llegaba Sam Averne, que iba a la deriva en la lava en uno de los inventos de Leonardo da Vinci, que se convertía en un helicóptero y se alejaba. Pero luego el helicóptero volaba recto hacia él, sus palas haciendo un ruido de golpeteo que iba creciendo más y más hasta que el estruendo le despertó, dándose cuenta que era Bess que estaba llamando a la puerta; se había olvidado la llave.

Inmediatamente se despertó del todo. Cuando le franqueó la entrada, pudo ver que había estado llorando. Le tomó la chaqueta y le pasó un brazo alrededor de los hombros.

—Bess, cariño, ¿qué pasa? ¿Qué ha sucedido?

Ella se dio la vuelta y le rodeó la cintura con los brazos, apretando el costado de su cabeza contra su pecho. Pudo oler su cabello y sus lágrimas.

—Oh, David, es espantoso. Ya no puedo llegar a Thomas. Nunca le había visto tan irritado. Pero se lo guarda todo dentro. No sé qué hacer. No quiere escuchar ningún consejo; sólo dice que está decidido.

—¿Decidido? ¿Qué quieres decir? ¿Decidido a qué?

—Apenas si discutimos sobre el funeral. Está obsesionado con Roskill. ¿Sabes lo que dicen los secuestradores? Dicen que Roskill tiene la culpa de que John Rich muriera. Dicen que Roskill nos mantuvo a oscuras sobre el hecho de que querían tratar con nosotros aquí en Roma. Al parecer, le dijeron al hombre del FBI de Nueva York que iban a llamarnos aquí... le dieron incluso una palabra clave para que el operador pudiera pasar la llamada rápidamente. Pero Roskill quería seguir negociando en los Estados Unidos, de modo que prohibió rotundamente al FBI que nos informara. Él ahora lo niega, claro, pero la llamada llegó realmente... lo comprobamos con los operadores. Y el hombre no estaba preparado, no reconoció la clave, de modo que colgó. —Las lágrimas empezaron de nuevo—. Es terrible.

David la abrazó.

–Al menos, si esto es cierto, Roskill arruinó sus posibilidades de elección. Así que, ¿qué va a hacer Thomas? ¿Qué *puede* hacer?
–Lo peor posible. Al menos para un católico. Va a excomulgarlo.

Thomas no se detuvo en la excomunión. Además de publicar la trascendental noticia, la Oficina de Prensa del Vaticano, excepcionalmente, reveló también las razones del Santo Padre. Explicó cómo, la noche antes de que se encontrara el cuerpo de Rich, el presidente y el Santo Padre habían hablado por teléfono. La declaración del Vaticano explicaba que el presidente había blasfemado al Papa, y además, en opinión del Papa, había ocultado deliberadamente información crucial que podía haber salvado la vida de Rich. En vez de ello, Roskill había puesto la política por delante de la compasión humanitaria, cristiana. El comunicado de prensa terminaba diciendo que James Roskill había perdido el derecho de recibir los santos sacramentos de la Iglesia Católica.

Naturalmente, todos los ojos se volvieron hacia Roskill. Pero, como ya había ocurrido una vez anteriormente, después del anuncio de la ayuda a las víctimas de Vietnam, el presidente se volvió de repente inaccesible. Evitó las conferencias de prensa y canceló varios mítines de su campaña.

En todo el mundo, muchas personas, especialmente en los países no cristianos, quedaron desconcertadas por la acción de Thomas al excomulgar a Roskill. Otras, en cambio, le apoyaron vagamente. La excomunión implicaba un juicio sobre el presidente americano que nadie más era capaz de hacer. Muchos no se habían sentido muy contentos por la manera con que el presidente había manejado lo del rapto. Había cierta diferencia entre la resolución y la temeridad. Cualquiera podía ser implacable: las negociaciones, por otra parte, implicaban buen juicio, y Roskill no había demostrado ninguno. John Rich había ido a una misión de ayuda a las víctimas del fanatismo, y Roskill le había sacrificado casi sin consideraciones.

Los que desaprobaban lo que Thomas había hecho procedían principalmente de Europa y América, donde los políticos estaban acostumbrados a ser tratados con respeto. Muchos americanos, que privadamente quizás pensaban que la manera de Roskill de manejar el rapto había sido jactanciosa, no podían tragar la condena extranjera, especialmente si procedía de una fuente tan anacrónica como el Vaticano.

En una ciudad, por encima de todas, hubo unánime oposición a lo que Thomas había hecho: la propia Roma. El gobierno italiano, que no era precisamente muy amigo de Thomas, sabía que no tenía importancia que el Papa fuera americano. Para América, el Papa *era* Italia, y más tarde o más temprano, la opinión pública americana se volvería contra Italia por lo que el Santo Padre había hecho. Y, sin embargo, se trataba de un Papa que pasaba casi tanto tiempo en sus viajes como en su ciudad, y cuya política extranjera era mucho más conocida que la del gobierno. Eso era demasiado.

El Parlamento italiano sometió a debate la acción de Thomas en una moción de emergencia, y la deploró oficialmente en una votación donde la única oposición procedió, irónicamente, de los comunistas. Eso, a su vez, se convirtió en un titular para los periódicos americanos: que al parecer sólo los comunistas de Italia apoyaban al Papa.

Massoni intervino, naturalmente. Su columna, reproducida en todo el mundo, iba encabezada: «¡Excomulgadme a mí!» Escribía que, no por primera vez, estaba de acuerdo con las acciones del presidente y no con las del Papa. Cierto que en esta ocasión la postura del presidente había terminado en tragedia: esto era muy triste, pero no constituía un pecado. Massoni seguía luego preguntando a Su Santidad dónde creía éste que empezaba el pecado. La Biblia, recordaba a Thomas, decía que uno podía pecar en el corazón. Y concluía: «Como estoy de acuerdo con lo que el presidente de los Estados Unidos, James Roskill, ha hecho, entonces, en cierto sentido, si él ha pecado, también yo he pecado. Ciertamente, he cometido el mismo pecado. ¿Me excomulgará, por tanto, Su Santidad a mí y a los miles y miles que están de acuerdo conmigo? ¿Tiene la fuerza, la voluntad, el apoyo, la autoridad para ello? Y si no va a excomulgarme a mí, ¿por qué entonces hacerlo con el presidente?»

Thomas le ignoró.

Las noticias de la Casa Blanca, cuando se produjeron, constituyeron una sorpresa. No hubo discurso. De hecho, no hubo ningún anuncio formal. No hacía falta: Roskill sabía cómo causar un impacto. El viernes de aquella misma semana, a los periodistas que seguían a Roskill en su campaña se les entregó el último itinerario para antes de las elecciones del martes siguiente. Distrayéndoles completamente de la cuestión de la llamada telefónica de los secuestradores, en la lista aparecía, como uno de los actos del domingo, lo siguiente: A las seis treinta: Celebración de la santa misa, catedral de Georgetown, Washington.

Aquello era sensacional. Como católico excomulgado, Roskill no tenía derecho a recibir los sacramentos, y por lo tanto estaba planeando deliberadamente desafiar el poder del Papa. Más aún, tras haberlo comprobado con sus asesores religiosos correspondientes, los periodistas pudieron escribir que cualquier sacerdote que administra los sacramentos a una persona excomulgada se excomulga él mismo automáticamente. Así que, ¿quién administraría los sacramentos en la catedral? La Casa Blanca no se mostró muy explícita, y el misterio se hizo todavía más profundo al descubrirse que la catedral de Georgetown estaba de hecho cerrada y que el arzobispo se había marchado apresuradamente hacia un destino desconocido. Tampoco pudo aportar nada el delegado apostólico. Estaba tan a oscuras como todo el mundo.

El mundo entero estuvo por tanto en suspenso durante más de veinticuatro horas. A nadie le importó mucho: se relamían los labios de gusto.

Más aún al llegar el sábado. Aquella mañana, en Estados Unidos se publicó el último sondeo de opinión Gallup sobre las intenciones de voto de los americanos. Sensacional. Para Roskill, el 40,5 por ciento; para Fairbrother, el 38,5 por ciento.

Lo importante era que el sondeo se había efectuado *después* de la excomunión de Roskill, y al compararlo con los anteriores sondeos, se ponía de manifiesto que la diferencia entre los candidatos se había reducido. Las elecciones estaban abiertas. Cualquiera podía ganar. Según los encuestadores, la excomunión no había hecho más que reforzar a los republicanos en su apoyo de Roskill. Los demócratas del ala derecha, por otra parte, se habían alejado de él en número considerable. La Casa Blanca se negó a comentar las cifras del Gallup. «El único sondeo que cuenta es el verdadero que se efectúa el martes», dijo un portavoz.

En Washington, las cámaras de televisión llegaron a la catedral aquel sábado por la noche, para prepararse para la mañana siguiente. Para sorpresa de los técnicos, encontraron la catedral *todavía* cerrada. Consultando con la Casa Blanca, se enteraron de que el arzobispo católico de Washington, preocupado por no tomar parte en la disputa, había cerrado la catedral y desaparecido, dando instrucciones a su personal de que se dispersara también. No obstante, dijeron en la Casa Blanca, el presidente seguía teniendo intención de celebrar misa allí, tanto si la catedral estaba abierta como cerrada. Bien en el interior de la iglesia, o fuera de ella. Y así, durante la noche, un misterioso y larguirucho monstruo empezó a crecer delante de la catedral cuando, primero el andamio, y luego las cámaras y luces, fueron levantados, como el precipitado de alguna mágica mezcla.

Fue durante las primeras horas también que alguien de la prensa se enteró de la identidad del sacerdote que iba a administrar la misa. «Acaba de llegar una llamada de la oficina de Roma», decía un hombre a todo el que le escuchaba. «Llevan seis horas de adelanto, así que ellos ya están levantados. Al parecer se trata de algún rebelde italiano que vuela hacia aquí secretamente. Consiguieron su nombre en Alitalia. Jamás he oído hablar de él. Se llama algo así como Mossoni, o quizás Massoni.»

Thomas no vio la transmisión televisada a todo el mundo de la llegada de Roskill a la catedral. A las once en punto de la mañana de aquel domingo —las cinco en Washington—, el Santo Padre y su séquito salían del aeropuerto Leonardo da Vinci a bordo del 747 papal de Alitalia, con destino a Hong Kong, Taiwan y las islas Filipinas. Thomas tuvo noticias de la «misa» fragmentariamente por la radio del Jumbo, pero se perdió las extraordinarias escenas ocurridas delante de la catedral de Georgetown.

Él y Bess se habían enterado del papel desempeñado por Massoni en el servicio de Roskill sólo horas antes que los periodistas que estaban delante de la catedral de Georgetown. Inmersos en los arreglos de última hora para el viaje al Extremo Oriente, Thomas, Bess y O'Rourke habían considerado si hacía falta alguna acción para contrarrestar la participación de Massoni, pero decidieron en contra. El cardenal podía cocerse en su propia salsa.

Lo que Thomas y su séquito se perdieron fue la vista de una oscura y helada mañana washingtoniana, que curiosamente daba una sensación de cierta intimidad. Durante las primeras horas, varios miles de espectadores se habían unido a los equipos de televisión y reporteros. Católicos y no católicos. La catedral seguía cerrada. Todos esperaron, intrigados por lo que sucedería cuando llegara Roskill. La policía mantenía libre la calle delante de la catedral, así como la escalinata que conducía a la puerta principal. Massoni fue el primero en llegar. Su alta y cadavérica figura emergió de una negra limosina poco antes de las seis y media. Le acompañaba otro sacerdote al que pocos entre la multitud supieron reconocer, pero que fue fácilmente identificado por el comentarista italiano de la RAI, la red italiana estatal. Era Diego Giunta, conservador del Archivo Secreto del Vaticano. Los dos hombres unieron sus negros y largos abrigos y subieron juntos por la escalera de la catedral. Mientras las cámaras le enfocaban, Massoni trató de abrir la puerta del sagrado recinto, pero aquélla permanencía obstinadamente cerrada. Massoni hizo una señal a Giunta. El sacerdote inmediatamente se dio la vuelta y se dirigió al maletero de la limosina. Los dos hombres habían venido preparados: Giunta sacó del coche lo que los espectadores más enterados pronto reconocieron como un altar portátil, del tipo usado en las obras misioneras, o incluso por el propio Papa en sus múltiples viajes.

Un jadeante comentarista de la CBS describió la escena:

«Los dos sacerdotes están ahora levantando el altar en lo alto de la escalinata de la catedral. De una altura hasta la cintura, un metro veinte de largo y unos sesenta centímetros de ancho, con lo que parece un paño de rojo intenso en la parte inferior, y otro blanco ribeteado de encaje encima, que están extendiendo ahora. Puedo ver una sencilla cruz de latón, o quizás sea de oro, que colocan en medio... y creo que han traído algunas flores frescas, lirios por su aspecto. Ahora, pese al frío reinante, pues estamos a tres bajo cero aquí en la capital de la nación, los dos sacerdotes se han quitado los abrigos. Bajo ellos llevan blancas sobrepellices, también ribeteadas de encaje, y estolas bordadas en oro... Supongo que habrán tenido lugar servicios religiosos en lugares bastante insólitos: cimas de montaña en el Vietnam, submarinos, lanzaderas espaciales, etcétera, pero las escaleras de la catedral de Georgetown, bajo un frío intenso, debe de haber sido uno de los más curiosos.

»Un momento. Veo unos faros a lo lejos. ¿Están llegando el presidente y la primera dama?»

En efecto. La limosina presidencial, precedida por un coche de policía, se deslizó bajo la luz proporcionada por las cadenas de TV. El guardaespaldas del presidente fue el primero en bajar; luego lo hizo el propio Roskill. Iba vestido con un abrigo azul oscuro y envuelto en una gran bufanda roja para protegerse del frío. Su aliento se condensaba ante él, blanco en la noche, negro cuando formaba contraste con las luces de la TV. Su mujer, Martha, con un amplio abrigo de pieles, le seguía. Juntos subieron por algunos escalones y luego se detuvieron a pocos pasos del altar, de modo que la multitud, y las cámaras de TV, pudieron ver a Massoni y a Giunta, así como a la pareja presidencial. De la noche brotó la familiar figura de Cranham Hope, el ayudante político del presidente, situándose junto a Massoni. Sostenía un micrófono.

—Uno, dos... uno, dos... —sabía perfectamente que los micrófonos funcionaban, pero el asunto no debía parecer demasiado manipulado—. Señoras y caballeros, por favor, presten atención. El presidente me ha rogado que les diga que hará una declaración *después* del servicio, pero que por favor no interrumpan o hagan ruido hasta entonces, para que él y su esposa puedan seguir la misa en paz. Gracias. —Y desapareció en la oscuridad.

Para los no católicos, la mayor parte de emisoras de televisión tenían a mano alguien que les explicara el servicio y subrayara la importancia del acontecimiento religioso que estaba teniendo lugar. Roskill, quien, al igual que Bess antes que él, se daba cuenta de lo mucho que la psicología americana equiparaba los madrugones a la virtud, se había asegurado de que la misa fuera larga. La imagen de él y de su esposa de pie durante todo el servicio iba destinada a impresionar. Massoni hablaba calmosamente, y en latín, de modo que los comentaristas tuvieron mucho trabajo de relleno que efectuar antes de que la pareja presidencial fuera llamada a arrodillarse ante el altar para recibir la comunión. Al hacerlo, más de un reportero observó que el tacón del zapato derecho de Roskill estaba gastado en un punto. Todo gran hombre tiene algún punto débil.

Finalmente, aunque no antes de que los comentaristas de la TV hubieran hablado *in extenso* sobre el dominio de sí mismo ejercido por la pareja presidencial bajo el intenso frío, el servicio terminó. Roskill y su esposa estrecharon la mano de Massoni y Giunta, y se volvieron hacia la multitud.

Los micrófonos y las cámaras se acercaron.

—Hace frío, y Martha, el cardenal y el padre Giunta están todos necesitando desesperadamente un poco de café en la Casa Blanca... así que seré lo más breve posible. Como sabéis, Su Santidad el Papa administró hace unos días lo que los católicos deben considerar el peor castigo que puede acontecer a un ser humano: la excomunión, la exclusión de la Iglesia, del derecho del culto y del derecho a recibir los símbolos de la más impresionante relación del hombre con Dios. Y sin embargo, como acabáis de ver, en las escaleras de esta catedral cuya entrada me ha sido prohibida, he recibido los sacramentos del cardenal Ottavio Massoni, ex secretario de Estado del Vaticano, y candidato a papa en el último cónclave. Se necesita alguna explicación para conciliar estos hechos aparentemente irreconciliables.

»En los últimos días, y horas, me he asesorado con expertos en la materia. Y mi investigación ha dado como fruto la sorprendente conclusión de que un conjunto de notables hombres de la Iglesia, por el momento, evidentemente, no puedo decir quiénes son, una serie de destacados clérigos cuestionan seriamente la autoridad del Papa Thomas. Se han insinuado algunos descubrimientos en Roma que arrojan dudas sobre su autoridad. Pero en vez de sumergir a la Santa Madre Iglesia en una perjudicial controversia, estos destacados clérigos me dicen que tienen intención de presionar a Su Santidad para que presente su dimisión tan pronto como regrese de su visita al Lejano Oriente.

Mis consejeros me dicen además que, como parece haber un elemento innegable de rencor personal en mi excomunión, evidentemente el divino espíritu ha abandonado al Papa Thomas, y su dimisión debería caer por su propio peso. Debería reconocerlo... y marcharse.

»En estas altamente extrañas circunstancias, entiendo que soy libre de considerarme como *no* excomulgado y tener derecho por lo tanto a los sacramentos.

»Éste es el final de mi declaración en lo que atañe a la misa de esta mañana. Voy a desayunar con mi familia y con el cardenal Massoni y el padre Giunta. Pero antes de irme, quisiera añadir una cosa. Si no les gusto a los americanos, o al país que está bajo mi jefatura, son libres, enteramente libres, de echarme de este cargo el martes. Eso sería una excomunión por un proceso justo, y no lo eludiré. –Roskill esbozó su peñascosa sonrisa–. Sabéis una cosa: lo irónico es que, bajo mi administración, hemos incrementado el porcentaje de niños en las escuelas religiosas entre dos y tres puntos. Y sin embargo, me han excomulgado. –Movió la cabeza negativamente–. ¡Qué absurdo!

»Pero soy americano, y me estoy defendiendo. Y pido a Thomas que siga el camino de su distinguido predecesor Bonifacio. ¡Y dimita!

Surgieron preguntas de todas partes mientras Roskill acompañaba a Martha a la limosina. Pero los reporteros sabían que sin esperanza de respuesta. Las salidas de Roskill eran tan buenas como sus entradas.

El establecer un nexo entre la excomunión y los votantes era inteligente, y no pasó inadvertido. Como el corresponsal de la CBS señalaba, el presidente había unido el destino de Thomas al suyo. La elección era ahora no sólo un veredicto sobre Roskill. También lo era sobre Thomas.

David observaba con desánimo. Estaba en el George, en Hamble. Había sido invitado a una exposición de artesanía de la escuela aquel domingo por la tarde, y, no deseando perderse la emisión, había pasado la noche en el hotel para no tener que estar conduciendo por la mañana, cuando fuera televisada la misa de Washington.

La verdad es que apenas tenía tiempo para la exposición de artesanía de la escuela. Salía para Roma aquella noche. La importantísima reunión de la junta iba a tener lugar apenas dentro de diez días, y si podía asegurar el descubrimiento sobre Leonardo, sería un buen golpe y más que suficiente para mantener acorralado a Sam Averne. Los Montaforno habían resultado ser una gente muy servicial, e inmediatamente le dieron permiso para usar su archivo. Bess no se encontraba en Roma, naturalmente; estaba en el aire, en vuelo al Lejano Oriente. Pero él utilizaría su apartamento. Se preguntó cómo estarían Thomas y Bess. Debían de haberse perdido la misa de Roskill, y se enterarían sólo de segunda mano. Le hubiera gustado ser él quien les informara.

Apagó el televisor y se puso la chaqueta. Era casi la una, justamente la hora del tradicional almuerzo de *roast beef* antes de ir a la escuela. Ned había rechazado la oferta de una comida en el hotel, diciendo que aún no había terminado uno de los trabajos que iba a exponer, y necesitaba cada minuto disponible. Pero había insistido en que David estuviera allí a tiempo de la inauguración –a las dos y cuarto–, que iba a correr a cargo de la esposa del director de la escuela.

En realidad, David llegó unos minutos antes. La exposición iba a celebrarse en una gran sala, pero los padres eran dirigidos primero a otra habitación más pequeña donde había algunas sillas dispuestas en fila. Cuando vio a su padre, Ned se precipitó hacia él. «Gracias por venir, papá, y por llegar a tiempo. Aún estoy terminando algo. Nos veremos más tarde... ¿Conforme?»

Ned se marchó tan de prisa como había llegado.

Las escuelas no son casas subastadoras. Aunque estaba previsto que la exposición empezara a las dos y cuarto, la esposa del director no apareció hasta pasadas las dos y media. A nadie pareció importarle, pero David estaba ya sobre ascuas. Tenía que estar en Heathrow a las seis, lo cual significaba salir de la escuela a las cuatro y media para estar seguro de llegar. Finalmente, sin embargo, Susan McAllister, la mujer del director, se encaramó a la plataforma y sonrió a los padres. Tenía una voz potente que no encajaba con su cuerpo pequeñito.

–Señoras y caballeros, hoy es tarea mía iniciar los actos y tradicionalmente eso se hace concediendo el premio al participante ganador en la exposición. Y lo cierto es que en la competición de este año un participante se destaca por encima de todos los demás. Tiene ya, en nuestra opinión, un nivel profesional. Y cuando les explique los orígenes de la idea, espero que ustedes verán cuán imaginativa es la concepción que hay detrás del proyecto. –Hizo una pausa–. ¿Ned Colwyn?

David se quedó pasmado al oír pronunciar el nombre de su hijo. ¿Había ganado el premio artístico? ¿Con algo que tenía ya una categoría profesional? ¡Fantástico!

Ned estaba ya en la tarima. «Sosténlas en alto», dijo la esposa del director. Y Ned levantó dos cucharas de plata.

–Ahora –dijo Mrs. McAllister–, aquí es donde, espero, empieza lo divertido. Una de estas cucharas es el original. Se la conoce como cuchara Puritana, data del siglo diecisiete y nos ha sido prestada por el museo local. La otra, que yo no sé distinguir del original, fue hecha por Ned Colwyn, este muchacho que está aquí, en nuestros talleres. Bien podrían preguntar ustedes qué hace la escuela criando falsificadores, pero, por supuesto, el copiar obras maestras es uno de los métodos históricos de enseñar a los estudiantes. Y en este caso tenemos, además, un extra. Sentado entre el auditorio hoy está el padre de Ned, David Colwyn, el experimentado subastador al que algunos de ustedes deben de haber visto por la televisión recientemente. Tengo entendido que, durante muchos años, Ned y su padre han compartido un interés por las falsificaciones, y su padre, nos dijo Ned, le ha enseñado mucho. La pregunta que hacemos ahora es: ¿Ha superado el hijo a su padre? Esto es lo que, en el enfoque de Ned, consideramos imaginativo. Desafía a su padre para que, delante de todos, aquí, hoy, vea si puede decir cuál de las dos es obra suya y cuál tiene más de trescientos años de antigüedad.

La cabezas se volvieron hacia David. Bien, pensó éste, esto es algo en lo que yo mismo me he metido. Sonrió, se levantó, y, acompañado de algunos aplausos, se dirigió a la plataforma. Sonrió a Ned y tomó las cucharas de sus manos.

Las cucharas puritanas son bastantes planas, con muescas en sus extremos. Les dio la vuelta entre sus manos, mientras todos los ojos permanecían fijos en él.

Tenía que admitirlo, el trabajo era excelente. Su admiración por Ned subió vertiginosamente. Sostuvo una en una mano, y en la otra la segunda cuchara. Eso le dijo cuál era el original. Ned había pasado por alto el hecho de que las cucharas puritanas son excepcionalmente pesadas. La cuchara que David tenía en la mano derecha era claramente más ligera que la de la izquierda. Tomó una rápida decisión: tendió las cucharas otra vez a Ned, pero se dirigió a Susan McAllister:

—Me avergüenza decir que al parecer he engendrado a un maestro de falsificaciones. Me temo que no tengo ninguna pista. Las dos me parecen idénticas.

Aplausos y risas siguieron a sus palabras mientras estrechaba la mano de Ned. Por encima del estrépito, la esposa del director dijo:

—Y eso, creo, inaugura la exposición de arte. Que nadie hable a la policía de Ned. ¡Cuando quiera, puede empezar a hacer dinero!

Era un buen comienzo humorístico del día. Mrs. McAllister se llevó a David a un rincón.

—Lamento haberle hecho eso a usted —dijo—. Pero gracias por ser un buen deportista.

—Gracias a ustedes por darle el premio a Ned. ¿Sabe una cosa? No estaba seguro de que debiera ser un artífice cuando me lo mencionó por primera vez. Siempre he deseado que fuera a la universidad. Recibir el premio hoy aumentará su confianza. Y la mía.

Ella sonrió.

—Me alegro mucho. En realidad, tal como he dicho, ganó fácilmente. Ahora, debo irme y saludar a algunas otras personas. Perdóneme.

David dio una vuelta por la sala de exposiciones. Mrs. McAllister tenía razón, y no se trataba sólo de orgullo de padre: Ned no tenía igual en lo que a la escuela de Hamble concernía. Estaba convencido de ello cuando llegó a la altura de Ned, en su caseta.

—¿Realmente no sabías cuál cuchara era cuál?

—No —mintió David—. ¿Piensas que mentí?

—Es sólo que tú una vez me dijiste lo pesadas que eran las cucharas puritanas. No pude conseguir la densidad adecuada en el taller de la escuela. Me temía que me pudieras descubrirlo fácilmente.

—Umm —dijo David sin comprometerse—. El trabajo era excelente. Eres muy bueno. Pronto tendremos que empezar a pensar adónde enviarte. —Adoptó un tono más trivial—: Sólo espero que me lo pueda permitir.

—Bien, lo tendrás más fácil a partir de esta semana.

—¿Ah, sí? ¿Y esto qué quiere decir?

—Vi al doctor Wilde la semana pasada. Me pidió que te dijera que puedes dejar de enviarle los cheques. Ya no quiere verme más. Piensa que me encuentro bien.

El lunes, el día antes de las elecciones presidenciales americanas, Thomas lo pasó en Hong Kong. Asistió a un servicio religioso, pero el motivo principal de su visita a la colonia británica era celebrar una reunión de un día entero de duración con los obispos del Asia del Sudeste para discutir sus problemas, especialmente el papel de la Iglesia en la China continental. Esto significaba que había podido evitar a la prensa la mayor parte del día. Sin embargo, aquella noche, en el aeropuerto, justo antes de que el séquito papal saliera para Taiwan, Bess sintió que había que hacer alguna especie de réplica, en nombre de Thomas, a los llamamientos que Roskill había hecho para que el Santo Padre dimitiera.

La sala de conferencias, normalmente el salón de los VIP's, estaba atestada. Aquélla era la clase de historia que podía ser magnificada por los medios de difusión, y los periodistas estaban ansiosos como nunca de sembrar la discordia bajo el disfraz de informar de los acontecimientos. Bess se dirigió a la prensa con una declaración preparada.

«Salimos ahora para Taiwan, tras una satisfactoria reunión, aquí en Hong Kong, con los obispos del Asia sudoriental, en la que se han acordado muchas cosas de importancia para el futuro de la Iglesia. Va a efectuarse un nuevo enfoque con el gobierno chino de Pekín, y el gobierno tailandés permitirá que trabajen misioneros católicos en el país para ayudar a recibir a los refugiados del régimen khmer de Kampuchea. El gobierno de las islas Marquesas, en el Pacífico, ha invitado al Santo Padre a visitarlas, a inspeccionar el trabajo de reconstrucción efectuado después del terrible maremoto que, hace algún tiempo, destruyó gran parte de su territorio. Su Santidad ha aceptado, pero aún ha de fijarse la fecha. El gobierno de Corea del Sur, por su parte, ha acogido favorablemente una oferta del Santo Padre de establecer una Universidad Católica en el país, a cargo del Vaticano, con los fondos de la Fundación de San Patricio. La institución será dirigida por los jesuitas, y con el tiempo llegará a albergar a tres mil estudiantes.

»Por todo esto, señoras y caballeros, verán ustedes que el Santo Padre, lejos de considerar su dimisión, como ha sido sugerido en algunos sectores, está tan ocupado como siempre tratando de mejorar la condición humana, allí donde haga falta, bajo la guía del Espíritu Santo. La Iglesia Católica es una entidad internacional. El Santo Padre cree que, a fin de preservar esta cualidad única, no debe permitir que la alineen demasiado con uno de los bloques de países actualmente existentes, con ninguna clase de intereses estrechos. Por esta razón, él estuvo en Roma ayer, en Hong Kong hoy, y en los próximos meses visitará muchas islas de Pacífico, Israel, América del Sur y Canadá.

»El presidente Roskill tiene sus objetivos políticos, y dispone de sólo dos mandatos para realizarlos. Además de ostentar un cargo internacional único, la posición del pontífice es también poco corriente en el sentido de que permite a un hombre, guiado por el Espíritu Santo, aplicar el esfuerzo de una vida entera en la dirección en que este esfuerzo es más necesario. A pesar de los reveses, los múltiples éxitos de la política del Santo Padre demuestran que las direcciones que él ha elegido merecen su atención, así como la nuestra. Pero toda esta obra está lejos de haber terminado. Nos vamos para continuarla. Gracias.»

Bess, O'Rourke y Thomas habían trabajado muchas horas en esta declaración. O'Rourke se mostraba favorable a un tono conciliador. Thomas y Bess, en cambio, querían adoptar un tono mucho más duro. Al final, escucharon a O'Rourke y suavizaron sus primitivas versiones, evitando comentarios sobre los «descubrimientos» de Roma a los que se había referido Roskill. Éstos, fueran cuales fueran, serían atendidos por Thomas a su regreso. Pero todos estuvieron de acuerdo en dejar bien clara la firme intención de Thomas de continuar en el cargo, así como de seguir trabajando en la misma dirección.

Por todo ello, la mañana de las votaciones, el *New York Daily News* publicaba el siguiente titular: «El Papa, al presidente: No dimitiré.» Y, en letras más pequeñas: «Estoy en este cargo para toda la vida.» El *Boston Globe* decía: «El Papa sigue trabajando, pese a los llamamientos para su dimisión.» Y, más abajo: «Espera dedicar una vida entera de esfuerzo a ayudar al pobre.» El *Straits Times*, de Singapur, mostraba una perspectiva algo diferente. Su titular rezaba: «Dinero del Vaticano para el Asia Sudoriental», y el subtitular: «Nueva ayuda para los refugiados de Kampuchea; una universidad para Corea.»

Pero las elecciones no iban a celebrarse en el Lejano Oriente.

En Estados Unidos, tanto los votantes del norte como los del este se enfrentaron con una lluvia pertinaz. En cambio, en el sur y el oeste, el tiempo era soleado, como de costumbre. Roskill y Fairbrother votaron temprano, acompañados de sus esposas y de sus respectivas partidas de reporteros. A ambos se les preguntó bajo las cámaras qué pensaban de la declaración del Papa del día anterior.

Fairbrother dijo: «Sólo le deseo bienes al Papa. Está dando a los católicos del mundo un sentido de dignidad. Pero en estos momentos me preocupa mucho más que los votantes de Estados Unidos excomulguen a James Roskill.»

Éste declaró: «Sólo tengo una cosa que añadir a lo que dije ante la cerrada catedral el domingo por la mañana. Y es esto: Si soy elegido nuevamente, como espero, no necesitaré toda una vida para solucionar lo que creo que va mal en este país. Con otros cuatro años tendré suficiente.»

Y, como siempre, lo inesperado desempeñó su papel. Poco después de que Roskill regresara a la Casa Blanca, tras haber votado, llegó la noticia de que un helicóptero de los Estados Unidos se había estrellado en Honduras. No había ningún indicio de que el helicóptero hubiera sido derribado, pero el accidente había tenido lugar a una hora muy temprana de aquella mañana, en la oscuridad, en lo que el Pentágono llamaba «terreno difícil». Los tres hombres de la tripulación habían muerto. No se dijo nada públicamente que hiciera referencia a los proyectos de Thomas. Pero en el subconsciente de todas las mentes estaba la idea de que los nicaragüenses se habían vuelto más activos gracias a la política del pontífice en la zona, que había resultado desastrosa. Roskill se deshizo en atenciones para con las familias de los muertos. Telefoneó a sus esposas o madres, y llamó «héroes» a los hombres. Más tarde, pero mucho antes de que se cerraran las cabinas electorales, fueron entregadas las cintas de las llamadas telefónicas a la TV y estaciones de radio.

La sección de negocios del *New York Times* reveló también aquel día la sensacional noticia de que Red Wilkie había decidido vender la *Pietà* de Miguel Ángel, que comprara en la gran venta vaticana. Según el periódico, Wilkie había declarado que, como americano, como jefe ejecutivo de una compañía americana, no podía tolerar un ataque contra el presidente de los Estados Unidos como el que había hecho el Papa Thomas. Se había convocado una reunión de la junta, y tomado la decisión de desprenderse de la valiosa obra de arte tan fuertemente identificada con el Vaticano, a la vez que anunciaba también su decisión de cambiar el logotipo de la compañía. Sin ningún sentido aparente de la ironía, Wilkie declaró que tenía intención de vender la *Pietà* por medio de la casa subastadora Steele's. Su encuentro con David y Bess en Sicilia evidentemente le había sacado de quicio.

Un lugar en donde las elecciones eran observadas con especial interés era en Roma, donde el llamamiento de Roskill para la dimisión del Papa había sido recibido con no disimulada satisfacción en muchos sectores. El presidente había mencionado a «destacados hombres de la Iglesia» y en la prensa romana se especulaba bastante sobre quiénes podían ser. En general, se apuntaba a dos grupos: los cardenales italianos del norte, procedentes de ciudades comerciales y opulentas, que tenían los mismos intereses políticos que Roskill, y las tradicionales familias romanas que habían proporcionado cardenales y papas durante generaciones: todos se habían mostrado contrarios a la gran venta de tesoros de Thomas. Pero nadie parecía saber a qué «descubrimientos» se había referido el presidente en su discurso.

Para David, que estaba trabajando solo en Roma, el día de las elecciones en Estados Unidos fue una jornada de signos diferentes. Por la mañana, continuó abriéndose camino a través del archivo de Giacomo Salai en el Palazzo Montaforno. El día anterior había sido simplemente de orientación, de descubrir la manera en que estaba organizado el archivo. Hoy se dedicaba ya al estudio de los documentos. Más o menos a las once, tropezó con un trozo de papel amarillento que mostraba un dibujo hecho con yeso rojo. Representaba a un joven de cabeza de apretados rizos. Alguien le había cosido una nota mecanografiada, que rezaba en italiano: «Giacomo Salai: autorretrato.» Excepto que no lo era. David se convenció inmediatamente de ello. Sin duda a la familia que poseía este dibujo le habían dicho repetidas veces, probablemente eruditos de segunda categoría, que se trataba de un dibujo de un artista de tercera fila. Pero el cabello era demasiado detallado, el perfil demasiado bien trazado, el sombreado mostraba demasiada atención por el detalle, para ser de Salai. Además, David conocía otro dibujo similar a aquél: uno de Neptuno, en la biblioteca real de Windsor. Lo conocía porque había sido uno de los dibujos de Leonardo que figuraba para la venta en la lista de la reina. La imagen de Seton, con el nuevo director del Ermitage, Dorzhiev, centelleó en su mente. ¿No era él un experto en el estilo de Leonardo? David tendría ahora que encontrar alguna otra autoridad para autentificar aquel nuevo dibujo, alguien que residiera en Occidente. ¿Cuándo debería informar de ello a los Montaforno? Tan pronto como fuera posible, juzgó. Si deseaban venderlo, entonces evidentemente acogerían bien la idea de autentificarlo. Si *ambas* cosas se cumplían —si la familia quería venderlo, y si era realmente un Leonardo— entonces su posición en la Hamilton's estaba a salvo. El dibujo quizás no valiera los millones que valían las colecciones americanas de Averne, pero su descubrimiento demostraba que David seguía teniendo el toque mágico. Un dibujo de Leonardo valdría al menos cinco millones. Los indecisos de la junta se pondrían de su parte. *Tenía* que convencer a los Montaforno de que vendieran y *tenía* que hacer autentificar el dibujo lo antes posible. Cuando abandonaba el palazzo aquel día, preguntó cuándo estaría en casa el príncipe Alberto Montaforno. Era el cabeza de familia. Le dijeron a David que el príncipe estaría de regreso al día siguiente: se encontraba en Milán por negocios. Se arregló una cita para la seis.

David se encaminó a Gina's de buen humor. Si el príncipe accedía a vender, entonces quizás Michel Stone, de la Galería Nacional de Washington, podría venir en un vuelo el fin de semana. La Hamilton's pagaría, y él era el especialista en Leonardo de más talla del Occidente. Pero su buen humor no duró mucho. El periódico de la noche de Roma llevaba la noticia de las intenciones de Red Wilkie de vender la *Pietà*, a través de Steele's. A David le cayó el alma a los pies. Ahora sí que su empleo *estaba* en la cuerda floja. Aunque los Montaforno decidieran vender, y aunque el dibujo fuera de Leonardo, quizás no fuera bastante. Aun resolviendo la batalla París-Londres de la *Virgen de las Rocas*, tal vez no fuera bastante tampoco. Aunque el prestigio de la Hamilton's se beneficiara de tener a un erudito en su junta, ésa era una cuestión académica que no se reflejaba directamente en el estado de cuentas.

Habló con Bess más tarde, y eso ayudó. Pero ella estaba deprimida, también.

—A nadie le interesa ya lo que Thomas está *haciendo*. Todo lo que quieren saber es su reacción al último exabrupto de Roskill. Me pone mala.

—¿Pero qué hay de Massoni? Thomas tiene que hacer algo con él ahora, sin duda.

—Puedes estar seguro. Finalmente ha visto la luz. Va a desposeerle de su cardenalato. No se había hecho en muchos años... estamos precisamente comprobando cuándo. Es un proceso lento, pero vamos a anunciarlo en cuanto regresemos. Tenemos cierta información sobre él que le obligará a marchar.

—¿De quién fue la idea? ¿De que Massoni dijera la misa, quiero decir?

—De Roskill, después de que alguien del personal de la Casa Blanca le hubiera enseñado la traducción del artículo de Massoni titulado «¡Excomulgadme a mí!»

—Umm. Todo sería mucho más fácil para Thomas si Roskill perdiera las elecciones.

—Y tanto. Mira, cariño, tengo que irme. Te llamaré en cuanto pueda. Ruega por nosotros. ¿Sabes?, creo que por primera vez en mi vida voy a rezar para que algo malo le suceda a alguien: que Roskill pierda.

—No lo hagas.

—¿Qué quieres decir?

—En vez de ello, reza para que gane Fairbrother.

Las elecciones fueron muy emocionantes, al menos al principio. Como las encuestas de salida habían sido proscritas, por el efecto que pudiera ejercer sobre otras partes de los Estados Unidos, que debido a la diferencia horaria aún tenían que votar, los primeros resultados no llegaron hasta aproximadamente las diez de la noche, hora del este, alrededor de las tres de la mañana en Londres y las cuatro en el resto de Europa.

David se pasó la primera parte de la noche colgando algunas sedas nuevas que Bess había comprado. Había un damasco florentino estampado con granadas de oro, y una seda de Lyon con dibujos plateados en zigzag y enmarcada en laca roja. Pero más tarde se dedicó a contemplar los acontecimientos en el televisor de Gina's. La mujer le dio una mesa desde la que pudiera ver la pantalla. Era la primera vez que David se unía a los espectadores de TV en la parte trasera del bar. Pero era más divertido que estar solo en el apartamento de Bess.

El recuento de los primeros estados situó a Fairbrother por delante. Ganó en dos estados demócratas de la industrial costa este, mientras Roskill lo hacía en un estado sureño, más rural. El análisis del voto situaba a Roskill en un cuarenta y seis coma cinco, y a Fairbrother en un cuarenta y cuatro por ciento. Como de costumbre, los «no saben» decidirían en el último minuto, pero la diferencia entre los dos candidatos era solamente de un dos coma cinco por ciento.

A las once de Washington, las cinco de la mañana en Roma, Roskill iba ganando en doce estados, contra cinco por parte de Fairbrother, pero los resultados seguían mostrándose principalmente fieles a la tradición. David seguía en el bar de Gina's, tomando el primero de lo que serían varios desayunos. El resultado era importante para Thomas, para Bess y, por lo tanto, para él. Gina estaba allí. Se había ido a la cama, pero ya estaba levantada. Había otras cuatro personas en el bar. Alrededor de las cinco y media, todo el mundo estaba esperando el resultado de Idaho. Todas las encuestas habían señalado que, en esta ocasión, Idaho era un estado crucial. Profundamente agrícola, siempre había sido un bastión republicano. Pero la política económica de Roskill, que había perjudicado a los granjeros de Idaho, había cambiado las tendencias del estado de manera impredecible. Las encuestas preelectorales habían señalado una ventaja de Roskill inferior a un uno por ciento: Fairbrother *podía* ganar, en el mismo corazón de las tierras republicanas.

La pantalla estaba mostrando una entrevista en Georgia. Un senador local discutía lo que había sucedido en aquel estado, tradicionalmente demócrata. De repente, en la parte baja de la pantalla centelleó una línea, y siguió centelleando: «Roskill gana en Idaho.» «Roskill gana en Idaho.» Y ahí pareció iniciarse la decadencia. A la una de la mañana, hora de Washington, la ventaja de Roskill había aumentado a 17 contra 6. Media hora más tarde, era de veinticinco a seis, y Fairbrother parecía atascado. A las dos y veintinueve, las ocho veintinueve en Roma, Fairbrother reconocía la derrota. El recuento final, que no llegó hasta muy avanzado el día, era: Roskill, cincuenta y nueve coma seis por ciento; Fairbrother, treinta y nueve coma uno por ciento. No era exactamente un triunfo arrollador, pero sí más que convincente, especialmente dado que las encuestas se habían equivocado.

Poco después se abrieron los mercados bursátiles en Londres, y éstos, como los de Wall Street más tarde, mostraron gran actividad mientras los negocios respiraban con facilidad nuevamente. Roskill iba a dirigirse a la nación americana aquella noche por televisión, en una emisión especial postelecciones. Para entonces, sin embargo, sus acciones habían respondido ya a una de las preguntas que todo el mundo se estaba haciendo ansiosamente: ¿Continuaría su enemistad con el Santo Padre? En cuanto se hubo afeitado y vestido, después de tres horas de sueño solamente, lo primero que hicieron él y Martha fue dirigirse en coche a la catedral de Georgetown y asistir a una misa. Esta vez la catedral estaba abierta y el obispo de Washington dirigía los actos. Algo había cambiado.

David se tomó un descanso en Gina's después de su entrevista con el príncipe Alberto Montaforno. Le apetecía celebrarlo, de modo que volvió aquella noche al pequeño restaurante situado justo ante la Piazza del Risorgimento donde freían boquerones, el lugar donde viera a Massoni. Tenía razón para celebrarlo, pese a la deprimente victoria de Roskill en las elecciones. El príncipe *vendería*, pero sólo si el dibujo era realmente de Leonardo. De manera que David había tratado de llamar a Michel Stone en Washington, donde, para alegría suya, le dijeron que Stone estaba ya en Europa, en Milán, trabajando en el Museo Brera, y se alojaba en el hotel Príncipe de Savoia. Se encontraba en la ducha cuando David le telefoneó, pero dejó dicho que llamaría él poco después. Asombrado ante las noticias de David, dijo que estaría en Roma el viernes por la noche.

Así, antes de que transcurriera el fin de semana, con dos días para preparar la reunión de la junta, David sabría si tenía o no algo con que luchar contra Sam Averne.

15

El 747 daba la impresión de que iba a seguir corriendo para siempre sin levantarse nunca, sus enormes alas abatiéndose interminablemente entre las franjas de palmeras que bordeaban la pista. Entonces, en el último momento, el suelo de la aeronave se elevó y la costa de las Filipinas se hizo visible allá abajo.

Bajo la cabina del piloto, en lo que normalmente sería el compartimento de primera clase, Thomas tenía su despacho. Encima, detrás del capitán y de la tripulación, el aparato había sido convertido para que el Santo Padre pudiera dormir confortablemente en una ancha cama. El resto del contingente, y la prensa, estaban en la parte trasera. Cuando el rótulo de advertencia de los cinturones de seguridad se apagó, una azafata le llevó a Thomas un poco de agua de *Pellegrino*. Bess dio un paseo hacia la parte delantera del avión, inclinándose para contrarrestar la inclinación hacia arriba de la aeronave. Finalmente se dejó caer en un asiento al lado del Papa.

−¿Cansado?

El Santo Padre asintió.

−Casi reventado. Quizás, por una vez, sea capaz de dormir en una de estas cosas. −Sonrió−. Usted también debe de estar exhausta. Supongo que cuando se case, no será capaz de trabajar tantas horas, ¿no?

Ella le lanzó una furiosa mirada.

−¿Le he fallado alguna vez, eh?

Thomas se rió.

−¿Qué haría sin usted, Elizabeth? Es usted la única que siempre me replica. Es como si *nosotros* estuviéramos casados.

Ambos se rieron.

−Tome. Beba un poco de agua −dijo Thomas, ofreciéndole su vaso.

Ella ingirió lo que quedaba de un solo trago.

−Así que, ¿cuál es su veredicto sobre la gira?

Thomas se puso rígido.

−Lo sabe usted tan bien como yo. Empezó bien, pero fue empeorando progresivamente. La conferencia de Hong Kong fue un gran paso adelante. La universidad de Corea atraerá a muchos estudiantes, y la obra a favor de los refugiados en Tailandia, aunque de no mucho interés periodístico estos días, es no obstante importante. Los obispos de Taiwan son dignos de confianza, pero me temo que, quizás como consecuencia de ello, tendremos problema para abrirnos camino en China.

−¿Y las Filipinas?

Thomas se mordió el labio inferior. La visita había sido un éxito exteriormente, pero ambos sabían que había más de lo que se había visto ante las cámaras de televisión.

—¡Y pensar que Roskill me convenció de que ayudara a Sebbio a conservar el poder! ¡Santo Dios!

Un enorme banquete se había ofrecido a Thomas en Manila por parte del propio presidente Sebbio. Desde que Thomas había dado instrucciones a los obispos de que apoyaran a Sebbio, el presidente fue, en efecto, la elección de Dios para muchos votantes, de manera que él no podía hacer otra cosa que dar una bienvenida suntuosa al Papa. Pero, como político, Sebbio sabía que el poder de la Iglesia podía, con la misma facilidad, volverse contra él, y en consecuencia se disponía a iniciar un discreto programa contra la Iglesia en las islas que estaban bajo su control. La educación religiosa en las escuelas iba a ser degradada; la universidad jesuítica, cerrada; el banco católico, nacionalizado; el número de obispos, limitado, y sus privilegios, reducidos. Nada de esto era todavía oficial, pero el arzobispo local había sido ya advertido.

Bess hizo una seña a la azafata para pedirle más agua.

—Ahora que Roskill ha ganado un segundo mandato, podemos esperar que el fuego se intensifique. ¿Cómo quiere jugar este juego?

Thomas sonrió forzadamente y encendió un cigarrillo.

—Debo confesar que no había contado con esto cuando fui elegido. Pero no puedo eludirlo. Tengo que resolver este asunto de Massoni. Si ha convencido al obispo de Washington, entonces es que debe de tener alguna clase de apoyo, tal como él pretende que tiene. —Thomas se movió en su asiento y tomó el agua que la azafata le traía—. Pero debemos mantenernos, Elizabeth, en lo que hemos estado haciendo. El mundo no gira alrededor de Washington; ni de Roma, si vamos al caso. No deberíamos preocuparnos siempre por nuestros críticos. En vez de ello, deberíamos recordar que al menos la mitad del mundo está de nuestra parte. Lamento tener que incluir entre nuestros enemigos a Roskill... pero así es.

Le pasó el agua.

—Querida, me parece que probaré de dormir un poco ahora. ¿Por qué no hace usted lo mismo? Es un largo vuelo: ya tendremos tiempo de comer y charlar más tarde. Pensaremos mejor después de dormir.

Ambos se pusieron de pie. Bess regresó a la cabina principal, y Thomas se retiró a su habitación de la parte superior. No se desvistió, sino simplemente se echó en la cama. Auque se durmió rápida y profundamente, su sueño era inquieto.

La aeronave no seguía un vuelo regular. Para evitar los riesgos de seguridad en los aeropuertos, el 747 llevaba tanques de combustible extra, de modo que no tenía necesidad de aterrizar entre las islas Filipinas y Roma. Lo hizo, sin embargo, para cambiar de tripulación, ya que los hombres llevaban en el aire más del tiempo máximo permitido. Poco después de que la segunda tripulación se hubiera hecho cargo del aparato, a quinientas millas al este de Sri Lanka, despertaron a Thomas. Mientras emergía de su sopor, se sintió desorientado. No era O'Rourke quien le despertaba, ni su ayuda de cámara.

—Soy el primer oficial, Santidad. El comandante quisiera hablar con usted. En la cabina del piloto.

Aquello era insólito, sin duda. Thomas se frotó los ojos. No era un hombre que diera mucha importancia a su dignidad, pero estaba acostumbrado a que la gente fuera a él, y no lo contrario.

—¿Y no puede esperar, hijo mío? ¿Tiene que ser ahora?

—Sí, Santo Padre. Es urgente, creo.

—¿Urgente? Umm. Si es urgente, quizás debería usted ir a buscar a...

—Perdóneme, Santo Padre. El capitán pide que vaya usted solo. Es una cuestión delicada.

—¿El aparato... está... seguro?

—Oh, sí. Perfectamente seguro. No se trata de eso. Venga, por favor.

—Muy bien. Déjeme al menos ir al baño, por favor.

El primer oficial no se había movido cuando él salió del baño, y le acompañó a la parte delantera, a la cabina del piloto. La cojera de Thomas era muy pronunciada. El comandante, sentado a la izquierda, hizo un ademán a Thomas de que se sentara en el otro asiento.

—Santidad, por favor.

El primer oficial se marchó, cerrando la puerta tras de sí. Thomas miró a su alrededor. Afuera, las nubes bajo ellos se iban oscureciendo en un torrente de pardos, amarillos y rojos. Thomas observó también que faltaba de la cabina el ingeniero de vuelo.

Echó una mirada a esferas y palancas, a las luces que se encendían y apagaban. Torpemente, a acausa de su pierna, se movió en el asiento del copiloto.

—Bien, ¿qué *es* todo esto? ¿Por qué necesitaba verme tan urgentemente? ¿Y por qué en secreto? ¿Está enfermo alguien?

—Mucho más serio que eso, Santidad.

—Bueno, basta de andar con rodeos. ¿Qué pasa? ¿Qué anda mal?

—Roma se ha negado a permitir el aterrizaje.

—¿Qué? ¿Por qué? ¿Para qué?

—No tienen que dar razones, Santidad. Pero dicen que habrá un mensaje personal para usted dentro de muy poco. Por eso mi primer oficial se mostró tan insistente en que viniera usted a la cabina. Sea lo que sea, va a ocurrir en cualquier momento.

Thomas miró los restos del sol. Un pedacito plateado de nube apuntaba como una daga directamente hacia delante. Hacia Roma.

Roma. ¡Permiso de aterrizar denegado! Aquello era obra de Massoni, lo sabía. Y el cierre del aeropuerto significaba que tenía el apoyo del gobierno italiano.

—¿Puede hablar con la cabina principal de abajo desde aquí, verdad? —preguntó Thomas al comandante.

Éste asintió.

—Entonces, pida, por favor, que Elizabeth Lisle y Patrick O'Rourke vengan aquí.

El comandante pasó la petición. El Santo Padre permanecía sentado inmóvil, como ignorando la presencia del otro, mientras los últimos rayos de sol abandonaban el firmamento. Encendió un cigarrillo. Sonó un golpecito en la puerta, y entraron Bess y O'Rourke. Les sorprendió ver la blanca figura del Santo Padre en el asiento del copiloto. «Cierren la puerta detrás de ustedes», dijo Thomas, y, cuando Bess se hubo sentado en el lugar del ingeniero, les contó los últimos acontecimientos. Por un momento, no dijeron nada, pensando. Cuando Bess habló, no lo hizo al Santo Padre sino al comandante.

–Tenemos que llegar a Roma. ¿No podemos intentarlo? ¿Limitarnos a ignorar su prohibición y posar el aparato?

El comandante movió negativamente la cabeza.

–Ningún piloto desobedece las órdenes del control de tráfico aéreo. Si lo hiciera, ningún vuelo volvería a ser seguro. Pero ésa no es la cuestión. Si nos acercáramos a menos de veinticuatro millas del aeropuerto, tendrían derecho a bloquear las pistas con aeronaves.

–¿Y qué hay de otros aeropuertos? ¡Esto es una nave italiana! No pueden impedirnos entrar en Italia.

–No. Nos dejarán entrar, desde luego. Pero quieren impedir que vayamos a Roma o a cualquier otro lugar cercano. Estoy seguro de que lo aclararán cuando vuelvan a llamar.

Bess consultó su reloj.

–¿Qué hora es en Roma?

–Las seis de aquí son las nueve de la mañana en Roma... Ah, aquí llega la llamada.

El comandante hizo un gesto para que Thomas y Bess se pusieran los cascos que colgaban de sus asientos.

No había cascos para O'Rourke.

–¡Hola! ¡Hola! –dijo una voz–. Roma llamando al AZV 001. ¿Nos reciben?

–AZV 001 –dijo el comandante–. Les oímos. Les oímos.

–Sólo un momento, AZV 001. Estén preparados, por favor.

La línea se cortó. El comandante levantó la mano para indicar que debían permanecer quietos. Thomas chupó su cigarrillo. Luego otra voz habló.

–¿Thomas? ¿Thomas? ¿Puede usted oírme? ¿Thomas?

–¡Ottavio! –Thomas ladró el nombre al reconocer la voz de Massoni–. ¿Dónde está usted? ¿Qué está sucediendo? ¿Qué es esta tontería sobre que a la nave se le ha negado el permiso de aterrizar?

–Estoy en el Vaticano, Thomas. En las oficinas de la radio del Vaticano. En la colina. Por supuesto, ha sido el gobierno quien les ha negado el permiso de aterrizar.

–Entonces, ¿por qué es usted quien me llama?

¿Y por qué estás llamando al Santo Padre por su nombre de pila?, pensó Bess.

–Para hacerle saber, Thomas, que el Sacro Colegio se reunirá hoy a última hora.

–¿Qué? ¿Quién lo convocó? No puede. Estoy a miles de millas de distancia.

–Sí. –Massoni dejó que la silenciosa implicación pendiera entre ellos. Al cabo de un intervalo, añadió–: Se ha encontrado una carta.

—¿Qué quiere usted decir? Hable con sentido, Eminencia. ¿Qué clase de carta?

—Diego Giunta encontró una carta, en sus investigaciones sobre la biografía de Pío XIII. En ella él nombra al cardenal Salvin como su sucesor.

—Sandeces, Massoni. Nadie ha usado este método de elegir a un Papa desde los tiempos más remotos. Y Salvin está muerto.

Éste era el descubrimiento al que Roskill se había referido.

—Eso no cambia las cosas. Su elección no fue canónica.

—¡Esto es vergonzoso! La carta puede ser una falsificación... ¿Y quién dice que es auténtica, si vamos al caso? Su deber es esperar hasta que yo...

—No es una falsificación, Thomas. Es auténtica. Y la ley canónica es bastante clara. Un Papa puede nombrar a su sucesor. El hecho de que ninguno lo haya sido durante centenares de años no quita validez al método. Usted mismo decidió revivir una vieja costumbre en lo que se refiere a su nombre. No: su elección no fue canónica.

—¡No lo permitiré! Está usted burlándose de la ley, Ottavio, y usted lo sabe. Lo que trata de hacer es perverso.

Hubo un silencio al otro lado de la línea. Mientras escuchaba, temblando de alarma, Bess se dio cuenta de que, efectivamente, Massoni sabía muy bien que todo aquello era deshonroso, pero de todos modos pensaba seguir adelante. No importaba mucho que la carta fuera una falsificación o no, y probablemente no lo era. Era conveniente. De no haberse encontrado, se hubiera buscado otra cosa. Massoni estaba hablando de nuevo.

—Thomas, el Sacro Colegio, o aquellos miembros que puedan ser convocados a tiempo, se reúne esta misma mañana, más tarde... dentro de unas tres horas. O para entonces ha dimitido usted, en cuyo caso procederemos a la elección de un nuevo Papa, o decidiremos sobre la validez de su elección. Si decidimos que no fue canónica, y no hace falta que le diga que éste es el punto de vista de todos los cardenales con quienes he hablado en las últimas treinta y seis horas, entonces lo declararemos así, y *luego* procederemos a elegir a un nuevo Papa. Este Papa estará en Roma y habrá sido elegido canónicamente. Si después de eso, usted persiste en llamarse Papa, estará en herejía y será considerado, por Roma, como el anti-Papa. No es una situación envidiable, pero, para muchos de nosotros, será preferible a lo que hemos tenido que soportar últimamente.

—¿Se da cuenta el gobierno italiano de que está quebrantando la ley el prohibirme la entrada? Bajo los términos de los Pactos Lateranenses, a todos los Papas debe permitírseles libertad de movimientos.

—Sí, Thomas, pero me temo que el gobierno italiano tiene dos respuestas a ello. En primer lugar, considera que usted abrogó los Pactos Lateranenses con sus ventas de los tesoros vaticanos. Segundo, como usted ya no es Papa, el Pacto Lateranense no se le aplica en ningún caso. Se habrá dado cuenta, Thomas, de que esta acción tiene el apoyo del gobierno italiano, es usted muy impopular entre ellos, y de los americanos: no hace falta que le diga lo que piensa Roskill de sus métodos. Reconocerán al nuevo Papa inmediatamente y creo que puedo estar seguro al decir que muchos de los demás Estados les seguirán rápidamente.

—¿Todo bien atado, eh?

—No puede usted seguir viajando, Thomas. El corazón de la Iglesia Católica está en Roma. Está pagando el precio, como podrá ver.

—¡Ottavio! ¿Está usted orgulloso de lo que hace? ¿Piensa que es la voluntad de Dios?

—Mire lo que su sentido de la voluntad de Dios nos ha hecho: una Iglesia dividida.

—No, Ottavio. Somos una Iglesia polémica... pero en el mejor de los sentidos, porque estamos trabajando para cambiar. El cambio es siempre desagradable para algunos.

—Es el pobre el que sufre generalmente cuando el mundo cambia.

—Propaganda reaccionaria, Ottavio. Un credo de hombres de negocios. Usted solamente tiene que preguntar a los pobres si quieren cambiar. De lo contrario, el cambio nunca se produciría.

—¿Va usted a dimitir, Thomas? Por favor.

—¿Y dejar el campo libre a las fuerzas de la reacción, Ottavio? No. No. Somos juzgados por nuestras obras. Me siento feliz de que me juzguen por las mías, Ottavio. ¿Y usted?

Massoni ignoró el desafío.

—Espero que el cónclave no tarde mucho, Thomas. Le llamaré dentro de unas horas. Mejor será que duerma un poco.

La línea se cortó.

Durante un rato, Thomas estuvo sentado silenciosamente en el asiento del copiloto, una imagen incongruente en sus blancos ropajes, solideo y auriculares. Su cigarrillo se había apagado. Ni el comandante ni Bess se atrevían a hablar. Incluso O'Rourke había oído bastante para saber lo que estaba pasando. Al final, el Santo Padre se quitó los cascos y se levantó para salir de la cabina.

—¿A quién cree usted que elegirán, Elizabeth?

Pero era una pregunta retórica. Ambos conocían la respuesta.

Incluso las personas muy ocupadas tienen muchos momentos tranquilos, solitarios, causados la mitad de las veces por la ociosidad forzada asociada con los viajes modernos. Pero para Bess nada comparado con aquella larga noche sobre el océano Índico. Durante un par de horas regresó a la cabina principal: Thomas quería estar solo. Discutió sus apuros con O'Rourke —el pobre cardenal estaba muy turbado—, y luego fingió dormir: de otro modo el resto del séquito hubiera podido decir por su expresión que pasaba algo malo. Después de eso, regresó a su estado habitual, lista para acompañar al Santo Padre en lo que éste necesitara. Trató de trabajar en sus papeles; pero, sabiendo lo que sabía ahora, le resultaba difícil.

Al cabo de tres horas, Thomas apareció por la escalerilla. Su cara tenía un color grisáceo. Juntos comieron un sandwich y bebieron un vasito de vino tinto. Nunca le había visto tan agotado. O'Rourke permanecía en la parte trasera del aparato.

Thomas la pilló mirándole.

—¿Qué pasa, querida amiga?

—A veces, Santidad, quisiera que fuera usted un hombre corriente, un jefe como todos. Entonces podría rodearle con mis brazos, y apretarle contra mí.

Él sonrió, tristemente.

—Y hay veces, puedo asegurárselo, en que también desearía ser un hombre corriente. Uno hace sus elecciones, claro. Pero en este particular momento, Elizabeth, le envidio el matrimonio que le espera.

Ella recordó algo que durante mucho tiempo había tenido en el fondo de su mente.

—He estado deseando preguntarle, Santidad, esa petición, de David Colwyn, de la disolución de su matrimonio... si no se hubiera producido el accidente, si su mujer no hubiera muerto, ¿hubiera usted... hubiera usted autorizado la disolución?

Por un momento, una mirada de dolor nubló la cara de Thomas, pero luego Su Santidad dijo, firmemente:

—No.

—¿Por qué no?

—No hay nada en las leyes canónicas que lo prohíba. Pero las leyes canónicas, incluso las leyes canónicas católicas, no están escritas sobre piedra. El denunciante se aprovecha de un pretexto, y de un pretexto más bien absurdo, si vamos al caso. Hay ocasiones en que los tecnicismos de la ley no son suficientes... hay que considerar la intención que existe detrás de la ley. Y evidentemente la intención nunca fue ésa. Había otra razón, también...

Pero justo en aquel momento apareció el copiloto e hizo señas. Juntos, Bess y Thomas subieron por las escaleras a la cabina del piloto. Thomas se deslizó en el asiento del copiloto y se puso los auriculares. Como antes, Bess escuchó desde el lugar del ingeniero.

—¿Oiga? ¿Oiga? ¿Thomas? Soy Ottavio.

—Sí.

—¿Ha cambiado usted de opinión?

—Dígame primero las noticias.

—El Colegio se ha reunido. Se ha elegido un Papa. El anuncio se mantiene confidencial, dado que es tan poco corriente, hasta después de esta conversación. Para darle a usted una oportunidad más de dimitir. ¿Lo hará usted, Thomas?

—Dígame, Ottavio, ¿quién ha sido elegido?

Una pausa.

—Lo he sido yo, Thomas.

Thomas no dijo nada.

—Sólo porque soy viejo, Thomas. No duraré mucho, luego probarán con alguien más.

—*Yo* soy el Papa, Ottavio.

Un breve silencio al otro extremo de la línea. Después:

—Thomas, el anuncio sobre su elección no canónica, y la noticia de mi elevación, se harán públicos hoy. Como usted no renuncia, ya sabe lo que ocurrirá. En adelante será considerado usted como anti-Papa, y, como tal, el gobierno italiano no sancionará de ninguna manera su presencia en la Italia continental. Indican también que está usted viajando en una aeronave de Alitalia, propiedad del Estado italiano, y desean recuperarla. Si su comandante está escuchando, como supongo que está, entonces le informo de que les será otorgado permiso para aterrizar en Palermo, que es el único aeropuerto italiano fuera del continente que acogerá al 747. A usted, Thomas, se le permitirá quedarse en Palermo cuarenta y ocho horas, durante cuyo tiempo debe usted hacer los preparativos para arreglar su futuro. Le serán enviadas sus pertenencias personales. Ahora, Thomas, tanto yo como el gobierno italiano quisiéramos estar seguros de que acepta usted estas disposiciones.

Thomas estaba derrumbado en su asiento. Bess lloraba. Al cabo de una pausa, Thomas, sin recordar dónde estaba, asintió con la cabeza.

—Acepta, señor —dijo el piloto con inconsciente ironía—. El Santo Padre está asintiendo.

—Muy bien. Ahora, por favor, cambie su rumbo hacia Palermo. Allí les esperará un avión especialmente fletado. Me han dicho que están ustedes a cinco horas de vuelo de Sicilia. Volveré a hablar con ustedes antes de que aterrice. Después de que se hayan hecho los anuncios oficiales.

De nuevo, la línea se cortó.

Durante un rato más, Thomas se quedó mirando fijamente ante sí, mientras, tras él, las lágrimas corrían por las mejillas de Bess sin parar. Las luces de los instrumentos brillaban tenuemente en la cabina del piloto, como puntitos, como si las estrellas estuvieran allí dentro. El brillo, reflejado en la parte inferior de sus caras, daba a todo el mundo un aspecto surrealista, cetrino y pálido. De vez en cuando el comandante alargaba la mano para accionar un interruptor y ajustar una esfera. Pero la aeronave seguía adentrándose cada vez más profundamente en la noche. Thomas estaba sentado muy quieto, y, de vez en cuando, Bess se preguntaba si no se había quedado dormido. ¿Cuál era la otra razón, se preguntaba, por la que el Santo Padre no le hubiera permitido la disolución a David? Quizás jamás lo averiguara. Las luces parpadeaban en los extremos de las alas, y su reflejo centelleaba en los instrumentos que ella tenía ante sí.

Pasaron los minutos. Una hora. Una azafata trajo café. Thomas se bebió el suyo, pero siguió sin hablar. Bess perdió la cuenta de los cigarrillos que el Santo Padre se había fumado. A veces veían lucecitas debajo de ellos, pero la mayor parte del tiempo, sólo negrura. Los motores, percibidos por su vibración más que por el ruido, giraban y giraban. La inmensa aeronave cortaba el firmamento en una línea suave, limpia, como una navaja que secciona la piel antes de que la sangre fluya.

Thomas se agitó en el asiento. Se dio la vuelta, e, increíblemente, a través de las frías lágrimas que aún tenía pegadas a las comisuras de los ojos, Bess pudo ver que estaba sonriendo. Era una tímida sonrisa, una sonrisa astuta, quizás. Dio un golpecito a los instrumentos que tenía ante sí.

—Se le ha escapado, Elizabeth. Massoni ha pasado por alto una cosa. El buen Dios no nos ha abandonado enteramente. —Golpeó los instrumentos del 747 por segunda vez—. Ha puesto este monstruo en nuestras manos. Massoni se cree que puede conseguirlo todo a su manera. Está equivocado. —Thomas se dirigió a la puerta de la cabina. Sus movimientos eran torpes; la pierna volvía a dolerle—. Vamos, Bess. Deje de llorar. ¡Hay trabajo que hacer!

David había decidido pasar su tiempo en Roma en el Instituto Central de la Restauración, mientras esperaba a Michael Stone. Allí estaban familiarizados con los pigmentos del Renacimiento, y, esperaba, le permitirían examinar la fórmula que había encontrado en el Archivo Vaticano, para ver si señalaba a la *Virgen de las Rocas* de París o a la de Londres. Pero las noticias del Vaticano se antepusieron a todo. Por un largo momento, todo el mundo occidental contuvo la respiración.

A falta de la voluntad de visitar el ICR, y no sintiéndose muy inclinado a esperar en el apartamento de Bess, se instaló en Gina's, delante del televisor, como la mitad de la vecindad. Roskill, al que evidentemente le habían informado de lo que se estaba tramando, respondió rápidamente a las noticias. Al cabo de unas horas, los Estados Unidos reconocían al nuevo Papa, tal como Massoni había predicho. En Gina's, mientras tanto, como en toda Italia y en el mundo entero, la gente esperaba ante su televisor las noticias de la llegada de Thomas a Sicilia.

Y pronto se puso de manifiesto que, tanto si había tenido elección como si no, había sido un grave error por parte de Massoni enviar a Thomas a Palermo. Thomas, en aquella oscura noche, había acabado por darse cuenta de que el 747, al aterrizar en Palermo, le ponía en manos amigas. Por medio de la Fundación Vizzini, Thomas había colocado a Sicilia en el primer puesto de la lista de prioridades. Había tenido un éxito fenomenal en su trato con la violencia en aquel lugar. Y además, él era rechazado por los romanos y por el gobierno italiano. Todo esto le hacía supremamente popular en la isla.

En cuanto Massoni hubo hecho su anuncio, los sicilianos tuvieron un acceso de furor, e inmediatamente empezaron a converger sobre el aeropuerto. Nadie sabía exactamente por qué, excepto que Thomas seguía siendo Papa para ellos y merecía una especial bienvenida. Para cuando los colores verde y rojo del 747 se hicieron visibles, descendiendo del cielo de mediodía, miles de personas habían llegado ya al aeropuerto y las carreteras de acceso a él estaban atestadas por muchas más.

El gobierno italiano, tratando de actuar inteligentemente, había prohibido a la RAI, la red estatal de televisión, que cubriera la llegada de Thomas a Sicilia. Pero aquello era Italia. Había innumerables estaciones de TV privadas que el gobierno no podía controlar y que se mostraron encantadas de vender sus imágenes, vía satélite, a cualquiera que quisiera comprarlas.

Gina estaba sentada junto a David, fortaleciendo a éste con tazas de negro y amargo café. David observó que su maquillaje se le había corrido. Había estado llorando. Juntos contemplaron la pantalla de televisión mientras que —no se olvide que la escena tenía lugar en Sicilia— la gente que bajaba hacia Punta Raisi, el aeropuerto de Palermo, no se contentaba meramente con esperar en la terraza de observación, detrás de las barreras, sino que se esparcía por todo el aeropuerto, incluso por la misma pista de aterrizaje.

Cuando el comandante de la aeronave de Thomas tuvo la pista en la visual, debió de quedar atónito al ver, virtualmente *a lo largo* de la franja, a filas de espectadores que vitoreaban.

Era peligroso aterrizar en tales circunstancias. El comandante decidió no hacerlo la primera vez sino simplemente bajar, estudiar la escena, dar a la multitud una prueba del espantoso ruido que era capaz de hacer el Jumbo, y luego dar la vuelta. El control de tráfico aéreo hacía lo que podía para responder a su petición de que la gente retrocediera, pero el aeropuerto sencillamente no estaba equipado para manejar a una multitud como aquella. Y no había posibilidades de que el ejército ayudara: no podían llegar al aeropuerto con las carreteras todavía estranguladas.

Finalmente se estableció alguna especie de orden en el aeropuerto, consiguiendo que la mayor parte de la gente retrocediera unos cuarenta metros más o menos de la pista de aterrizaje. Nuevos vítores se produjeron a la llegada del cardenal arzobispo de Palermo, Francesco Ligorio, momentos antes del segundo intento de aterrizaje de la nave de Thomas. Miembro de la comisión que administraba la Fundación de San Patricio, era uno de los partidarios más entusiastas de Thomas. Ahora la bienvenida sería completa.

Por fin la aeronave se acercó, volando bajo y lentamente. Se produjo un pequeño chorro de humo azul cuando los neumáticos del 747 golpearon contra la superficie alquitranada de la pista de aterrizaje, un espeluznante rugido penetró en los oídos de la multitud cuando los motores fueron obligados a girar al revés, y la enorme aeronave dio una fuerte sacudida, luego inmediatamente giró para enfilar la pista de rodaje. Antes de que pudiera alcanzar la pista de delante de los hangares, sin embargo, la gente, buena parte de ella, simplemente no esperó más. Rodearon al avión, de modo que el comandante tuvo que renunciar al resto de la maniobra y parar los motores.

El arzobispo había requisado una furgoneta del aeropuerto que arrastraba un tramo de escaleras. De pie en lo alto de la escalera, consiguió dirigir al conductor a través de la multitud hacia la puerta del costado del Jumbo. Tras algunas maniobras, la puerta se abrió, la escalerilla fue situada al costado del aparato y el arzobispo desapareció en su interior. Hubo una breve demora, y luego la muchedumbre vislumbró, primero, el escarlata de la sotana del arzobispo, y luego el blanco de la de Thomas.

Inmediatamente, brotó el grito de «¡Papa!, ¡Papa!, ¡Papa!», que pronto se convirtió en cantinela cuando los dos hombres salieron juntos del avión y saludaron con la mano.

El coche del arzobispo, a estas alturas, se había abierto camino lentamente a través de la multitud y había conseguido llegar al pie de la escalerilla. Viéndolo llegar, el cardenal acompañó a Thomas escaleras abajo.

Thomas tuvo que permitir que le besaran la mano muchas veces las multitudes que rodeaban el coche. Sonreía e impartía su bendición incesantemente.

Entonces empezó una lenta procesión desde el aeropuerto de Palermo a la ciudad. El coche del cardenal circulaba lentamente a través del campo de aviación, mientras Thomas y Ligorio agitaban la mano y sonreían. Todo el mundo se inclinaba hacia delante para ser bendecido por Thomas. Las madres levantaban a sus bebés. Aquello constituía un extraordinario espectáculo televisivo, y no lo era menos porque su cobertura hubiera sido improvisada. El hecho de que *no* hubiera sido organizado, de que las cámaras no siempre ofrecieran el mejor encuadre le confería al acontecimiento una sensación de urgencia, una presencia, un impacto, que superaba a todo lo visto anteriormente. El efecto emocional fue asombroso. Fuera del aeropuerto, más coches, camiones y motocicletas se incorporaron a la cabalgata, haciendo sonar sus claxons y centellear sus luces. Dos coches de policía se unieron a la procesión, pero no eran necesarios. A estas alturas, una de las más emprendedoras emisoras de televisión sicilianas había conseguido meter una cámara a bordo de un helicóptero, de modo que el mundo entero pudo contemplar cómo se desplazaba la asombrosa cabalgata por la carretera de la costa entre Punta Raisi y la ciudad de Palermo. Con las rocosas montañas al fondo, la imagen resultaba extraordinaria: el sobrio coche negro del cardenal seguido por otros cuarenta o cincuenta. Camiones, furgonetas, autobuses incluso se habían unido a la comitiva ahora, formando todos un enorme estrépito.

La procesión entró en la ciudad por la Via della Libertà y la Piazza Castelnuovo. Ésta era una zona que hasta entonces había estado en poder de la Mafia, por lo que se había sentido con más fuerza en ella la ayuda de Thomas. Incluso en circunstancias normales casi cada casa se vanagloriaba de poseer una foto de Thomas. Ahora, cuando la procesión llegó, todo el mundo se volvió loco. El coche fue retenido y su velocidad reducida a la de un paseo a pie mientras la gente llenaba las calles. Se formaron bandas improvisadas: guitarras, instrumentos de viento, tambores.

Palermo estaba absolutamente congestionado. Las multitudes, enteradas de las noticias y de la conmoción, corrían por la Via Emerico Amari procedentes de los muelles. El teatro de la Piazza Verdi estaba rodeado. Los coches eran abandonados en el Príncipe di Scordia. Thomas y Ligorio tardaron otras dos horas en llegar a la residencia del cardenal. Las tiendas eran cerradas, los quioscos de periódicos abandonados, los autobuses inmovilizados.

La catedral tenía una pequeña plaza ante ella y un jardín a un lado. Para cuando llegó la procesión, ambos estaban abarrotados. Algunos técnicos habían tenido la previsión de instalar cámaras que dominaban tanto la catedral como la residencia del arzobispo, de manera que lo que rápidamente se estaba convirtiendo en el más largo *show* televisivo sin guión del mundo continuara sin interrupción. Durante media hora la negra limosina, encenagada en un mar de cuerpos luchó por cruzar la plaza de la catedral. Thomas no podía salir: le hubieran aplastado. Finalmente el coche consiguió su objetivo. Thomas y el cardenal se pusieron de pie, abrieron las puertas y fueron empujados desordenadamente al interior de la catedral.

Pero aquello era Palermo, no alguna ciudad norteña. Nadie se fue a casa. Era una oportunidad para los sicilianos de mostrar su disgusto hacia Roma: no iban a desaprovecharla. La cantinela empezó, lentamente al comienzo, y suavemente. Pero pronto aumentó en el tono y en el *tempo*.

«*Papa vero! Papa vero! Papa vero!*», coreaba la multitud. «¡Queremos al verdadero Papa, al verdadero Papa, al verdadero Papa!» Pronto toda la plaza estaba cantando. La ciudad entera. Las bocinas de los coches marcaban acompasadamente el nuevo ritmo: «Un-dos, tres-cuatro; un-dos, tres-cuatro.» «*Pa-pa ve-ro!, Pa-pa ve-ro!*»

Transcurrieron veinte minutos más y se desató un enorme griterío cuando, primero, se abrió una ventana de la residencia del arzobispo, y luego otra, para revelar dos enormes altavoces. Luego las grandes y altas puertas del balcón se abrieron y dos hombres, uno de ellos un sacerdote, sacaron al exterior dos micrófonos. La cantinela dio paso ahora a los cantos, canciones de las montañas sicilianas, canciones procedentes de la misteriosa costa sur, sarcásticas tonadillas antirromanas. Todo el mundo conocía la letra. Diez mil sicilianos se aclararon los pulmones, llenando el aire de una limpia belleza. Era intensamente conmovedor.

Pocos minutos después, detrás del balcón, pudo vislumbrarse el vívido escarlata de la sotana del cardenal, y quizás, el blanco también. Los cantos se detuvieron, reanudándose en cambio la cantinela... aunque esta vez con una diferencia.

«*Pa-pa ve-ro! Ma-ssoni ma-le! Pa-pa ve-ro! Ma-ssoni ma-le!*» «¡El verdadero Papa! ¡Massoni malvado!» «¡El verdadero Papa! ¡Massoni malvado!»

Las grandes puertas del balcón se abrieron más y apareció la blanca figura de Thomas, con el cardenal a su lado. Los dos hombres se abrazaron −ante los renovados vítores− y después el cardenal levantó la mano pidiendo silencio. Esperó mientras los excitables sicilianos se calmaban.

−¡Amigos míos! −Era una fuerte voz para un hombre tan pequeño, y reclamaba la atención de todo el mundo−. Amigos míos, una plegaria por el milagro de que Thomas es *Papa vero* realmente. Una plegaria de gracias de que haya sido traído a nosotros ahora. Cuando le necesitamos, él no nos falló. —El cardenal sabía cuándo hacer una pausa—. Ahora él nos necesita a nosotros; ¡no le fallaremos! —Los vítores empezaron a brotar nuevamente, pero él los detuvo—. Una plegaria de gracias de que podamos ser dignos de él, de que podamos ayudarle tanto como él nos ayudó a nosotros. Unos momentos de silencio, hijos míos, para que todos estemos solos con *il Papa vero*. —Y se produjo el silencio, pero nadie tenía sus ojos bajos o cerrados. Muchos miraban a Thomas en tanto él les miraba a ellos. Pero todos estaban en silencio. Incluso los niños.

Pero luego, cuando Thomas se movía hacia el micrófono, otro grito estalló en las gargantas de las diez mil personas que atestaban la plaza. Thomas permaneció de pie en el balcón, agitando las manos, agradeciendo los vítores. Las cámaras iban de arriba abajo, de él a la multitud. Al final, el ruido fue disminuyendo y Thomas pudo hablar. Levantó sus brazos.

—Doy gracias al Señor por Sicilia. —Más vítores—. Por su pueblo, su Iglesia, su independencia. —Más vítores. Él les sonrió—. Por su aeropuerto. —Todo el mundo se rió.

»Me han dicho que no puedo ir a Roma. —Hizo una pausa, tomó la mano del arzobispo y la levantó. Se inclinó hacia delante, más cerca del micrófono—. ¿Pero quién necesita a Roma, cuando uno tiene a toda Sicilia? —Entusiastas aplusos y frenéticos vítores.

»No me quedaré aquí, amigos míos, mucho tiempo. Sicilia tiene a un gran líder espiritual en el cardenal Francesco Ligorio. Sois afortunados —nuevamente una sonrisa—, pero también lo es él. —Todo el mundo se volvió a reír.

»Os pido una noche, hijos míos, hermanos y hermanas míos. Una noche... y luego, ¿quién sabe? El mundo quizás sea muy diferente. Dentro de un momento, quiero que os vayáis a casa, pacíficamente. —Levantó la voz—. Pero volved aquí mañana. Vuestro cardenal y yo quizás tengamos algunas nuevas. Y rezad por mí esta noche. Os bendeciré antes de que os vayáis.

La multitud guardó silencio mientras la suave voz de Thomas en perfecto latín resonaba por toda la plaza. Se dio la vuelta y se movió hacia las enormes puertas. Pero, antes de que pudiera desaparecer del todo, de algún lugar de entre la multitud una hermosa voz de mujer empezó a cantar el himno nacional siciliano. Le permitieron cantar sola un verso de la lenta, sombría, canción, y entonces otras voces de la plaza se unieron a ella. Incluso el cardenal Ligorio estaba cantando. Como muchos de la plaza, lloraba abiertamente. Era un clímax emocional para un día inigualable. Diez mil voces, como si fueran una sola, compartiendo la amargura y el dolor de muchos años. De ahora.

En la Casa Blanca, Roskill observaba los acontecimientos de Palermo con una mezcla de disgusto y admiración. «¡Mierda!», exclamó, volviéndose hacia Cranham Hope. «Se puede decir que Thomas es un condenado americano: se niega a reconocer su derrota. El tipo ése debería haber sido un político, maldita sea, pero no un Papa.»

En el Vaticano, Massoni, en cambio, no tenía sentimientos encontrados. No le gustaba lo que veía por la televisión, y odiaba a Thomas. Terminada la emisión, paseó arriba y abajo del estudio, diciéndose a sí mismo que no debía sentir pánico o exagerar el poder de Thomas. Él, Massoni, tenía el verdadero poder. El gobierno italiano haría lo que él le pidiera, sujetaba con mano firme las finanzas vaticanas, sus canales de comunicación, su cuerpo diplomático, su territorio físico. Todo lo que Thomas tenía era emoción, emoción que se disiparía en el momento en que el mundo se diera cuenta de que no podía sostenerse solo.

Por su parte, David, en Roma, volvió al apartamento de Bess y trató de comunicar con la residencia del arzobispo en Palermo. Fue imposible. Eso no le sorprendió lo más mínimo, y siguió intentándolo. Todo el mundo estaría probando lo mismo. Necesitaba desesperadamente hablar con Bess... Dios, lo que debe de haber pasado en estos últimos días.

Después de marcar Palermo cada cinco minutos, durante dos horas, renunció. ¿Debería ir a Sicilia? Pensó que no. En cuanto pudiera, Bess llamaría al apartamento, o a Gina's. Mientras él se quedara junto al teléfono en uno u otro lugar, ella le llamaría en cuanto pudiera. Por tanto, se quedó a cenar en Gina's, donde podía continuar viendo la televisión.

En Italia, los programas ordinarios habían quedado descartados aquella noche. Lo que le estaba sucediendo a la Iglesia era demasiado importante. Las escenas notables del día, empezando con el anuncio de la elección de un nuevo Papa y la designación de Thomas como anti-Papa, y siguiendo con los acontecimientos de Palermo, fueron pasados una y otra vez. A ello siguieron las discusiones de estudio, donde las autoridades en el tema examinaron las opciones que Thomas tenía ante sí. Un observador vaticano se hizo eco del rumor de que Thomas estaba buscando un puerto seguro, lejos de Roma y lejos de Norteamérica: Río o Quebec parecían ser los candidatos. Otro hombre, citando fuentes anónimas del interior del Vaticano, dijo que Thomas iba a dimitir a fin de cuentas, y que se le permitiría residir en Sicilia. David estaba frenético. Si Bess pudiera llamar, ella sabría la verdad.

Era una de aquellas noches en que nadie quería irse a la cama, por si se perdía alguna noticia sensacional. Los programas de televisión se alargaron mucho, aunque reducidos a informar sobre lo que al día siguiente iban a publicar los periódicos de la mañana, y éstos basándose en lo que habían visto por la televisión. David finalmente decidió acostarse alrededor de las dos menos cuarto. Aún no había noticias de Bess. Estaba limpiándose los dientes cuando sonó el teléfono. Corrió por el piso y descolgó el auricular.

—¿Sí?

—¡David!

—Cariño. ¡Al fin! ¿Cómo estás? Debes de estar exhausta. ¿Quieres que vaya a Palermo? Si conduzco toda la noche, podría llegar ahí mañana a alguna hora.

—Oh, David, es tan agradable oír tu voz... ¿Cómo está el apartamento? ¿Colgaste las sedas?

—¿Qué cómo está el *apartamento*? ¿Cómo puedes...? Una tormenta religiosa está estallando a tu alrededor, ¿y quieres saber algo de tu apartamento?

—Quiero normalidad, cariño. Quiero saber que hay terreno firme en alguna parte. ¿Cómo estás tú?

—Estoy estupendamente. Traté de comunicar contigo por teléfono durante dos horas, pero la residencia del arzobispo estaba siempre *occupato*. Supuse que me llamarías en cuanto pudieras.

—Ahora es la primera oportunidad que he tenido de hacer algo siquiera remotamente personal. Thomas te envía sus bendiciones, a propósito.

David bajó la voz, como para suavizar el ritmo de su conversación.

—Cuéntame, Bess, ¿qué está pasando? Todos esos rumores de la televisión. ¿Y tengo que ir a Sicilia? No me has contestado. ¿No quieres que yo...?

—¡Cariño! Una sola cosa a la vez. Primero, no creas *ninguno* de los rumores. Todos son falsos. Segundo, no puedo decirte lo que está pasando, en parte porque aún no es absolutamente seguro, pero en parte porque ha habido tantas filtraciones que estoy bajo estrictas instrucciones de decir lo menos posible. Pero, tercero, la razón principal por la que te llamo, aparte de porque deseo oír tu voz, es porque el Santo Padre quisiera que hicieras algo por él.

—¿Qué demonios...?

—¡David! Escúchame. No hay nadie más en Roma en que, en este particular asunto, podamos confiar.

David contuvo la respiración. Luego dijo:

—Sigue.

—Queremos que vayas a ver a Massoni...

—...¿Qué?

—En nombre nuestro. Como emisario de Thomas.

—¡No me recibirá!

—Oh, sí que lo hará. Le prepararemos. Le diremos que te espere y que actúas en nuestro nombre y con nuestra autoridad. Sólo que no le diremos por anticipado qué es lo que queremos. Para que esto tenga alguna posibilidad de funcionar hace falta que le pillemos por sorpresa.

—¿Y qué es lo que queréis?

—La Fundación de San Patricio.

—¡No hablarás en serio! ¿Y si dice que no? No va a entregarla sin más ni más, ¿verdad?

—A eso voy. ¿Recuerdas aquella revelación del periódico *Il Mattino*? ¿La que hablaba de tu informe sobre la manera en que la Fundación había sido hecha fracasar?

—¿Te refieres al que revelaba que el hermano de Massoni dirigía el banco que manejó mal los fondos?

—Sí. Bien, supongo que eso era sólo la punta del iceberg. Con tanto dinero moviéndose por ahí, Aldo Massoni, el hermano, empezó a jugar lo que los banqueros llaman «juegos de noche».

−¿Quieres decir...?

−Entre una inversión y otra, el hermano dejaba el dinero en depósito en otro banco de un día para otro. O compraba moneda extranjera a, digamos, las seis de la tarde, y la volvía a vender a las ocho de la mañana siguiente. Con los millones que tenía a su cuidado, podía ganar varios miles en aquellas horas. Cuando lo hacía, nosotros, la Fundación, nunca veíamos el dinero.

−¿Cómo sabes todo esto?

−Como te he dicho, tu informe lo empezó todo. Y antes de morir, John Rich había puesto investigaciones en marcha. De su época de Nueva York le quedaban amigos en la Bolsa neoyorquina, y éstos tenían contactos en Suiza. A pesar de su secuestro y asesinato, o quizás a causa de ellos, cavaron más hondo... y se toparon con lo que te acabo de decir.

−Esto es buen material. Lástima que sólo afecte al hermano. Tendríamos mucha más fuerza si el propio cardenal estuviera directamente involucrado.

−¡Pero si lo está! Aún no he llegado a la parte más jugosa. Thomas lo estaba reservando, para el caso de que Massoni se negara a dimitir cuando volviéramos del Lejano Oriente. Recuerda, te dije que teníamos algo que le obligaría a marcharse. Ahora, en vista de lo que ha sucedido, eres libre de hacer uso de ello. Massoni, el cardenal, quiero decir, no su hermano Aldo, tiene su propia cuenta bancaria en Suiza. En el banco de Aldo, por supuesto. Hay más de un millón de dólares en ella, pero, más importante todavía, las fechas de la cuenta demuestran que también recibió dinero de los «juegos de noche» de su hermano. Las fechas de los depósitos encajan todas. ¿Puedes creerlo, David? Al mismo tiempo que criticaba la Fundación, Massoni la estaba exprimiendo. Lloraría.

−¿Tenemos pruebas de todo esto?

−No tenemos una confesión firmada del hermano, si es eso a lo que te refieres. Pero sí el número de la cuenta bancaria de Massoni, las fechas de los depósitos y el saldo al cierre de los negocios de ayer. −Le leyó las cifras a David.

−Haré lo que me pedís, Bess. Naturalmente que lo haré. Cualquier cosa que ayude a Thomas. Jamás le abandonaría.

−Cariño, eso es lo tuyo. Eres la única persona en quien podemos confiar. Harás el trabajo, lo sé. Eres capaz de pensar rápidamente y eso es lo que necesitamos. Ahora te voy a dar otro número. Es la línea privada del arzobispo aquí, y puedes llamarnos mañana después de ver a Massoni. Si no te decimos nada, es que tu cita con Massoni es a las doce del mediodía. Llámanos inmediatamente después. Es importante que sepamos cómo te ha ido lo antes posible. ¡Buena suerte!

−La necesitaré. Ya me siento nervioso.

−No lo estés. Lo harás bien. Recuerda, Massoni es el único que tiene mala conciencia. Es el único de los dos que habrá pasado una mala noche, no tú. Buenas noches, David. De nuevo, buena suerte.

Pese a lo que ella había dicho, y pese que eran bastante más de las dos cuando se metía en cama, David se despertó temprano, y se levantó a las seis de la mañana. Inmediatamente se apoderaron de él los nervios; no estaba seguro de lo que había de esperar de su encuentro con Massoni, ni sabía qué postura adoptar. Por añadidura, no podía hacer ninguna investigación que le facilitara la tarea. Lo mejor que podía hacer era refugiarse en los periódicos.

La mayoría de ellos mostraban la misma tendencia. Habían transcurrido centenares de años desde que dos hombres hubieran pretendido simultáneamente que eran el Papa, de modo que la imagen de los dos hombres de blanco, Thomas en un balcón de Palermo, Massoni inclinándose por la ventana del Vaticano, era simplemente demasiado buena para dejarla pasar sin publicarla. Pero David estaba más interesado en lo que los periódicos de la mañana tenían que decir. Por ejemplo, la respuesta del gobierno italiano a la crisis. El primer ministro había dado todo su apoyo firmemente a Massoni, diciendo despreciativamente que las payasadas de Thomas en Palermo simplemente ponían de manifiesto cuán incapaz era para gobernar como Papa. Con el fin de asegurarse, tropas italianas, con el permiso de Massoni, habían sido situadas en el perímetro del Vaticano en Roma, para impedir la entrada de cualesquiera agitadores anti-Massoni. El alcalde de Roma también se había puesto del lado de Massoni, permitiendo que le fotografiaran arrodillándose ante el nuevo pontífice. No cabía duda de dónde se encontraba la fuerza política. Algunos de los periódicos llevaban también artículos históricos sobre los antipapas del pasado. David sabía vagamente algo del gran cisma, cuando una serie de papas reinó en Roma y otra en Avignon, pero no se había dado cuenta de que hubieran existido tantos.

Hacía un día soleado pero frío, el frío de noviembre. Aun así, se sentó en la terraza de Gina's, en la plaza. Le había pedido a la mujer que le calentara algunos croissants, y ella le trajo también una gran jarra de café.

—De la *signorina* Bess... ¿sabe usted algo? —Para David, la voz de Gina siempre había sido más hermosa que su cara.

David le habló de su conversación de la noche pasada. Lo bastante para tranquilizarla. Gina le miró fijamente.

—¿Sabe usted por qué la *signorina* Bess y yo nos entendemos tan bien?

David frunció los labios pensativamente.

—¿A las dos les gusta el *fettucine*?

Gina movió la cabeza negativamente, sin mostrar señales de diversión.

—No. Tenemos algo más en común. Estuvimos hablando de ello una noche. —Hizo una pausa. Luego, mientras se iba para dentro, dijo por encima de su hombro—: Cada una de nosotras ama a dos hombres. Es difícil decidir entre ambos.

David se puso mantequilla en el croissant. Era la primera vez que había sabido algo de la vida amorosa de Gina. ¿Y qué quería decir con lo de los dos amores de Bess? El otro hombre, supuso, era el pontífice. Ah, bueno, ése era una clase diferente de amor. Miró intensamente a Gina, que ahora estaba en el bar. Era *eso* lo que quería decir, ¿no? Vaya modos extraños de decir.

Terminó de comer. Tenía casi dos horas que matar antes de su encuentro con Massoni... el cardenal jamás sería el Papa para él. ¿Debía llamar a su oficina de Londres? No... Sally haría un montón de preguntas. Quería mantener la mente clara para su reunión con Massoni. Siguiendo un impulso, se puso a caminar; sería una buena manera de matar el tiempo. Gritó un adiós a Gina y se puso en marcha. Bajó por la Via Monserrato, pasando por delante del Palazzo Farnese. Cruzó la Via Arenuta y pasó cerca de la sinagoga. Dejó atrás el Ponte Palatino y entró en el Trastevere. La Via Luciano Manaro, lo sabía, conducía al Janiculum, la colina de árboles que dominaba la Roma central y el Vaticano. Un lugar perfecto para aclarar su mente. Caminó por la *passegiata* hacia el Piazzale Garibaldi, que dominaba las pendientes, y se sentó en un banco. ¿Qué habría hecho el grande y viejo soldado con estos últimos lances imprevistos? Garibaldi no hubiera tenido *ningún* Papa; ahora había dos.

David se levantó y paseó lentamente a través de los árboles hacia la parte trasera de lo que ahora se conocía como el Palazzo Corsini, pero que otrora fue el Palazzo Riario. Aquí la reina Cristina de Suecia había vivido durante muchos años después de abdicar y convertirse al catolicismo. ¿Abdicaría Thomas, quizás? David no lo sabía. Contempló el Riario. Cristina había sido una gran coleccionista: cuadros, esculturas, encuadernaciones. Pero había muerto desgraciada, jamás se adaptó a su abdicación, y había tratado en varias ocasiones de conseguir otras coronas. Una vez has tenido el poder, reflexionó David, siempre duele cederlo. ¿Qué haría Thomas? Jamás volvería a ser el mismo si fracasaba. Y tampoco lo sería él, David, si Averne le derrotaba en la reunión de la junta la semana siguiente. Hoy era un día de todo o nada para los dos. La reunión con Massoni sería antes de una hora. Y Michael Stone llegaba aquella noche de Milán para autentificar el Leonardo.

David se encaminó al norte a lo largo de la Lungara en dirección a San Pedro. Tal como había leído en la prensa, el ejército se había desplegado masivamente, sus uniformes verde-grisáceo y sus achaparradas furgonetas situadas en cada cruce, en cada puente, en cada semáforo. Siguió el Lungotevere y dobló a la izquierda por el Corridori Borgo Sant Angelo. Esto le llevó, al cabo de unos diez o doce minutos, a la Porta Santa Anna. Como en otras –muy diferentes– ocasiones, era esperado. Un guardia suizo, de pantalones azules, le acompañó por la suave pendiente a los apartamentos papales situados a la izquierda y subió con él en el ascensor. En el segundo piso, donde se detuvo el ascensor y las puertas se abrieron, fue recibido por una figura que no reconoció, probablemente uno de los nuevos secretarios de Massoni. Los apartamentos papales eran sutilmente diferentes de la última vez que había estado allí, para discutir la gran venta de tesoros vaticanos. Dos guardias suizos hacían ahora guardia en el corredor. O Massoni estaba desplegando el máximo ceremonial posible que su nueva posición le permitía, o realmente tenía miedo de ser invadido. Había otras diferencias, también: los cuadros habían desaparecido de las paredes, y no había flores por ninguna parte. El lugar era tan austero como un monasterio.

David fue introducido en la misma oficina donde Thomas había mostrado la lista de obras de arte que quería vender. La misma gran mesa, la misma vista a la plaza de San Pedro, aunque el tiempo era ahora diferente. El sol de primera hora de la mañana no había durado: el cielo estaba cubierto, y amenazaba lluvia.

David seguía esperando: el juego psicológico había empezado. Finalmente, oyó movimiento más allá de la doble puerta del otro extremo de la habitación. Los batientes se abrieron, y entró Massoni. Parecía más alto, e iba vestido de blanco. Más alto pero más pálido, mortalmente pálido. Su alto y cadavérico cráneo parecía como si fuera a atravesarle la piel en cualquier momento, tan delgada, tan transparente parecía ésta.

No hubo formalidades. Se paró al lado de su mesa y dijo, en italiano:

—Mr. Colywn, he olvidado si habla usted italiano. ¿Necesitamos un intérprete?

—No.

Massoni se volvió hacia el joven que había entrado con él y le hizo un gesto con la cabeza. El joven salió de la habitación, cerrando la doble puerta tras de sí.

Massoni se sentó y David hizo lo mismo, delante de él, al otro lado de la mesa.

—Bien —dijo Massoni—. Me han dicho que está usted aquí en nombre de... Thomas Murray.

—Sí, señor. —David no podía, no quería, llamar a Massoni «Santidad», pero no había tampoco razón para que se mostrara innecesariamente irrespetuoso.

Massoni estaba silencioso. No iba a hacerle las cosas fáciles a David.

Por la ventana se divisó la silueta de un helicóptero que pasaba en medio de gran estrépito. Alguien estaba silbando en alguna parte. David dijo:

—Thomas cree que como la Fundación de San Patricio fue obra suya, su idea, y dado que ella está tan estrechamente identificada con él, debería permitírsele llevársela consigo.

Lo que entonces sucedió, David jamás lo había visto antes. Massoni sonrió. Era alarmante. Su labios se estiraron para revelar unos largos dientes, ligeramente curvados, algo demasiado grandes para su boca. Era una fea visión, que recordaba la mueca guerrera de un simio.

—¿Le gustaría, eh? ¿Cuatrocientos millones de dólares? ¿Le gustaría que le diera cuatrocientos millones de dólares? ¿Sólo eso? *Está* loco. ¿Y qué haría con el dinero?... No, no me lo diga, deje que lo adivine. Seguiría gastándolo igual que antes. Por lo que el mundo estaría plagado de estos imprudentes planes suyos en años venideros.

Massoni dio una palmada a la mesa que había entre ambos.

—No sólo es *él* quien está loco, Mr. Colwyn, sino usted también, por aceptar una misión con tan poco futuro. ¿Piensa él, piensa usted, que realmente voy a entregar el dinero así como así, sólo porque me lo piden? Se lo digo: están ustedes viviendo en el pasado, Mr. Colwyn. Se acabó. Thomas ya no es Papa. –Se incorporó–. Yo lo soy.

David metió la mano en un bolsillo de su chaqueta y sacó un trozo de papel. Lo colocó en la mesa entre ellos.

Massoni bajó la mirada. Acercó sus ojos. Luego lo arrebató.

–Sí, señor –dijo David–. Su cuenta del banco suizo. Y su fortuna personal, hasta anoche.

–¿Cómo lo consiguió?

–De modo que *es* suyo.

–¿Cómo lo consiguió?

–No es usted el único que tiene amigos en Suiza, señor.

Massoni miró fijamente a David.

–No hay nada malo en que los cardenales tengan cuentas bancarias. Ésta la cancelaré ahora, claro. Ahora que soy Papa.

–No es la cuenta en sí misma, o su saldo tan grande, lo que he venido a discutir aquí, señor, sino más bien el modo en que ciertos pagos, procedentes de la Fundación de San Patricio, fueron a parar a esta cuenta. Recordará usted que fui el primero en observar el esquema de las inversiones... un esquema que resultó sospechoso y llamó la atención hacia la participación de su hermano. Ahora tenemos también unas cuantas transferencias a su cuenta. Esto también es sospechoso. Más que sospechoso. Mientras dirigía usted su cruzada contra la Fundación, y contra sus logros, al mismo tiempo usted y su hermano la estaban robando. Esto es francamente criminal. No me sorprende que se sienta usted tan inseguro que necesite que el ejército italiano le guarde las puertas. Si todo esto se hace público, o cuando se haga, ni siquiera ellos le van a mantener en esta poltrona.

Massoni seguía sosteniendo en su mano el trozo de papel. Durante largo rato lo miró fijamente, como si lo escrito fuera difícil de descifrar. Finalmente levantó la mirada.

–¿Esto es todo lo que tiene, verdad? Una serie de cifras, y algunos datos, quizás. Si pudiera probar las calumnias que acaba de lanzar, se hubiera traído los documentos consigo. Pero no lo ha hecho. No lo ha hecho porque no los tiene. Y no los tendrá a partir de su propio informe. Porque su propia interferencia nos ha advertido para que destruyamos un montón de pruebas, Mr. Colwyn. –Con calma, Massoni miró a David–. No hay ninguna documentación, ¿verdad? –Su mirada quemaba–. ¿La hay?

Al no replicar David, Massoni arrugó el trozo de papel y lo arrojó despreciativamente a una papelera. Empezó a levantarse, dando por terminada la reunión.

David improvisó desesperadamente.

–Thomas dice que no se va a ir de Sicilia hasta que tenga la Fundación.

El cardenal volvió lentamente a sentarse. Reapareció la sonrisa que mostraba los dientes.

—Deje que se quede —dijo finalmente—. ¿Sabe usted lo que sucederá si lo hace, Mr. Colwyn? Durará más que su bienvenida. Oh, hay mucha emoción allí en este momento, lo reconozco. Pero no durará. No es posible. Nadie vive esa intensidad emocional durante mucho tiempo. Después, cuando la emoción haya desaparecido, sucederá una de estas dos cosas. O el gobierno le arrestará y le deportará... están firmemente de mi parte, Mr. Colwyn, y harán todo lo que puedan para apoyarme. O la Mafia se hará cargo de él. Quizás tenga maravillosos amigos en Sicilia, pero también es allí donde tiene a sus más rencorosos enemigos. —Se levantó quedando de pie ante David—. Si yo le diera a Thomas los cuatrocientos millones que me pide, no tendría sentido todo lo que ha sucedido en las últimas cuarenta y ocho horas. Estaría circulando por el mundo, en alguna parte, y aún podría hacer todo el daño que quisiera.

—Algunas personas no ven las obras de caridad como daño.

—Pero el daño es daño. ¿No lo puede ver? Vender todos aquellos maravillosos tesoros fue daño. Interferir en América Central fue daño. Mezclarse en Beirut fue muy dañino. Manosear Irlanda del Norte fue daño. Medirse contra el presidente Roskill fue a la vez perjudicial y estúpido. Conspirar tras el Telón de Acero fue, en cierto sentido, lo más dañino de todo, y potencialmente sin duda lo más peligroso.

Mientras hablaba, Massoni se había vuelto a sentar y giró la silla de modo que lo que David veía era su perfil. De repente David soltó un jadeo. Era la misma visión que había tenido aquel día en el restaurante de la Piazza del Risorgimento, cuando comía boquerones fritos y Massoni estaba en otra mesa con un hombre de gran papada al que David creía haber visto antes pero no podía localizar. Ahora sí pudo: la acción de Massoni al sentarse y dar la vuelta a la silla le había despejado la memoria. Eso y las palabras relativas al daño causado tras el Telón de Acero. David estableció la relación y jadeó. Una tranquila fuerza le invadió.

—No es usted el único en hablar de daño, *cardenal.*

Massoni le miró, repentinamente cauteloso.

—Ahora comprendo el daño que ha hecho *usted* a la causa. — Había gran seguridad en la voz de David—. Y me parece que usted le *dará* a Thomas el dinero que quiere.

—¡Jamás!

—¡Oh, sí! Mire, sé quién fue el que informó a los húngaros y rusos sobre el cardenal secreto del Vaticano. Sé quien divulgó la identidad del cardenal Kharkov.

La cara de Massoni se había quedado helada.

—*Y sé cómo lo hizo usted, Massoni.* Yo estaba allí, observándole.

Massoni seguía sin moverse. Su reacción, tanto como sus palabras, le dijo a David que tenía razón.

—Debería haberlo averiguado antes. Fue Dorzhiev, el nuevo director del Ermitage, ¿no? Le vi comiendo con usted en el restaurante de la Piazza del Risorgimento. Debería haberme olido algo cuando reemplazaron tan rápidamente a Shirikin. O cuando vi a Dorzhiev en la misma fotografía que el espía Edgar Seton. De veras, es una tapadera perfecta. Un director de museo ruso puede andar en la compañía más capitalista del mundo sin levantar la más ligera sospecha. Puede viajar mucho, asistir a conferencias, exposiciones, subastas. –David se acercó–. Usted le habló a Dorzhiev sobre Kharkov. Usted destruyó los planes de Thomas. Estaba usted dispuesto a cometer asesinato, simplemente para frustrarle. Envió usted a hombres y a mujeres húngaros a una muerte cierta cuando informó sobre Kharkov.

–Usted... no puede probarlo.

–No me hará falta. Tengo todo lo que se necesita para que lo comprueben. Conocía usted la identidad de Kharkov, habló con Dozhiev, dos días después Kharkov fue muerto. Viniendo eso después de la deserción de Seton, el mundo sabrá que estoy en lo cierto. No crea que Roskill le apoyará entonces, o el gobierno italiano. Nadie querrá a un Papa que traicionó a su propia gente. Será usted un prisionero aquí. Quizás elijan a otro Papa.

–Está usted exagerando. Y fanfarroneando.

–¡Conforme, arriésguese! –David señaló a la puerta–. Deje que salga de esta habitación y empiece a llamar a mis amigos de los medios de difusión. Thomas será informado a tiempo de su discurso de esta noche. Un discurso que el mundo entero está esperando. Luego veamos lo que sucede. –David se puso de pie, como dispuesto a marcharse. Massoni tenía razón: estaba faroleando. Era el mayor farol de su vida. Pero Massoni no podía estar seguro, y esa inseguridad era todo lo que tenía David a su favor. Cogió el abrigo y se lo puso. Se abrochó los botones. Tomó la cartera del lugar en que la había tenido, apoyada contra la silla, y se dio la vuelta.

Massoni dijo:

–Siéntese, Mr. Colwyn

David se sentó.

Los ojos de Massoni se movían rápidamente en sus cuencas. David no podía decir si era por temor o por furia.

Sabía que ambas emociones eran muy similares, ya que él estaba experimentando las dos.

–Es usted un mal actor, Mr. Colwyn. Se le nota demasiado la actitud del subastador. Sin embargo, aunque usted está evidentemente fanfarroneando, prefiero jugar seguro. Tales acusaciones pondrían en un aprieto a mi amigo Dorzhiev, por no decir otra cosa. Por tanto, si Thomas se marcha de Sicilia hoy, y jamás menciona el asunto Kharkov, le enviaré el dinero de la Fundación de San Patricio, menos sesenta millones de dólares.

–¿Y por qué esa deducción?

–La Pietà, Mr. Colwyn, está nuevamente en venta. Quiero volver a comprarla.

David pensó de prisa. ¿Debería insistir en el monto total de la operación? No. Su posición no era fuerte. Sin embargo, había una cuestión en la que tenía que apretar.

–Acepto, pero debe usted transferir el dinero rápidamente. Me quedaré aquí para representar a Thomas. Si no recibimos nada dentro de cuarenta y ocho horas, Thomas hará público lo de Dorzhiev.

Massoni se puso de pie.

—Muy bien. ¿Recuerda usted haber estrechado la mano de Thomas Murray, la primera vez que estuvo usted aquí en el Vaticano? Yo recuerdo la ocasión muy bien. Allí empezó todo este triste asunto. ¿Me estrechará la mano a mí, ahora? ¿Para terminarlo?

David se puso de pie. El brazo de Massoni estaba extendido. David alargó el suyo por encima de la mesa y estrechó la mano de seca piel del anciano.

16

Una vez fuera del Vaticano, David cogió el primer taxi libre que vio y dio instrucciones al chófer de que se dirigiera a la Via dei Banchi Vecchi tan rápidamente como pudiera. Subió de tres en tres los escalones que conducían al piso de Bess. En el apartamento se quitó el abrigo y marcó el número que Bess le había dado. Le respondieron a la segunda vez... la propia Bess.

—¿Sí o no? —dijo ella rápidamente en cuanto se dio cuenta de que era David.

—Sí —dijo—. Pero hay complicaciones.

Oyó que ella gritaba a través de la habitación: «Es que sí.» Pudo oírse a continuación un débil aplauso y un murmullo de aprobación. «Conforme», dijo ella regresando al teléfono. «¿Cuáles son los detalles?»

Él explicó el trato que había cerrado con Massoni, el asunto de Dorzhiev, la deducción por la *Pietà* y el hecho de que él se quedaría en Roma el fin de semana para manejar la transacción financiera.

Bess se horrorizó ante lo que Massoni había hecho a Kharkov. Pero no era el momento de mirar atrás.

—Eso es, cariño. Ya te dije que eras la persona adecuada para este trabajo. Estupendo. Probablemente conseguirás una condecoración antipapal ahora, para compensar la papal que ya tienes.

Él sonrió al teléfono.

—Al menos, estás bromeando otra vez, Bess. Las cosas deben de estar pintando bien. ¿Qué está pasando?

En el otro extremo de la línea Bess estaba gritando de nuevo a través de la habitación.

—¡Vale! ¡Ya voy! David, lo *siento*. Tengo que apresurarme. Las cosas están realmente enloqueciendo aquí, como puedes imaginarte. Mira, procura ver a Thomas en la televisión. Cuando haya terminado, dame media hora para volver al teléfono; entonces llámame. O te llamo yo. Tendremos tiempo de hablar entonces, te lo prometo. Te lo prometo de verdad. ¿De acuerdo?

—Necesitaré mucho rato entonces. Y nada de excusas. Echo de menos la voz cansina del viejo Mississippi.

—Trato hecho. Thomas probablemente querrá hablar contigo.

David consultó su reloj. Era ya más de la una. Bajó la escalera y cruzó la calle hasta el bar de Gina. La lluvia había empezado finalmente, y el lugar estaba atestado. En el bar, la televisión ya estaba encendida. Ministros del gobierno que querían dar su opinión sobre los dos papas estaban siendo entrevistados, pero nadie les prestaba mucha atención. La hora exacta del discurso de Thomas no era segura, pero nadie quería perdérselo por lo que tenían que andar matando el tiempo. Entre toda aquella inseguridad, había una sola cosa más allá de toda duda: hoy no se trabajaba en Italia, excepto en los bares, las emisoras de televisión y la policía.

Gina parecía haberse puesto su mejor vestido para la ocasión. Llegó y se sentó con David, trayendo en su mano el whisky que sabía que a él le gustaba. Pese al vestido, un verde alegre, Gina estaba baja de ánimo. Odiaba a Massoni, pero decidía creer el rumor de que Thomas dimitiría aquella tarde y se quedaría en Sicilia. David hubiera deseado poder hablarle de su reunión con Massoni y el trato que había concertado.

Por los comentarios que se oían en el bar, estaba claro que los clientes dividían sus preferencias entre Massoni y Thomas. Aunque muchos romanos habían estado en contra de Thomas durante algún tiempo, ni siquiera a ellos les gustaba la forma en que Massoni se había hecho con el poder. Por otra parte, estaban aquellos que evidentemente disfrutaban con la división y simplemente trataban a los papas como a equipos rivales de fútbol.

Llegó el almuerzo: *linquine* seguido de *lombatina*. Gina se quedó y comió con David.

La televisión estaba ahora cubriendo las reacciones internacionales al golpe de Massoni. Un fragmento del film mostraba a Roskill en las escaleras de la Casa Blanca, diciendo que le entristecía la división pero que Massoni había prometido un retorno a los modos tradicionales de Roma. «Eso –dijo– es más sabio, más insípido, más seguro, más lento, más tranquilo, más sensato. Mejor.» Se citaba un artículo de *Pravda* en el que se afirmaba que la declinación y caída del imperio romano de Thomas simplemente ponía de manifiesto que la religión occidental era tan corrupta como siempre, y señalaba el hecho de que incluso los papas, o supuestos papas, no estaban por encima de los pequeños subterfugios nada santos. En algunas cosas, pensó David, *Pravda* tenía razón. Fidel Castro, desde Cuba, no hacía ningún comentario directo, pero anunciaba que el gobierno cubano y el gobierno americano habían reiniciado las negociaciones sobre las bases navales de la bahía de Guantánamo. Súbitamente apareció en la pantalla una fotografía de la exesposa de David, Sarah, y detrás del comentario en italiano, David captó la voz de Michael Greener, desde Londres, diciendo que confiaba en que Irlanda del Norte disfrutaría ahora de una paz más fácil, y que se estaba creando una fundación, la Fundación Sarah Greener, que concedería becas a los extranjeros para estudiar en Irlanda del Norte y ver los problemas de primera mano, de modo que el mundo entero comprendiera mejor la situación. Los nicaragüenses decían que el golpe del Vaticano no establecía ninguna diferencia: cualquier Papa era tan malo como el siguiente. Pero el presidente nicaragüense decía que admiraba a Massoni: «Evidentemente ha estado leyendo los correctos libros de texto trotskistas.»

El almuerzo había acabado. El bar se estaba llenando, el vocerío era ensordecedor y el humo tan espeso que todo parecía teñido de azul. En la pantalla, la atención había cambiado a la plaza de la catedral de Palermo. La plaza era una sólida masa de cuerpos. Había gente en las fuentes, en los árboles, asomándose a cada ventana. En una sola noche habían llegado equipos de TV de todas partes: Roma, África, Madrid, Génova, Marsella. Los *carabinieri* estaban presentes, pero de forma amistosa, a juzgar por las imágenes de la televisión. De forma sorprendente, algunos empresarios habían trabajado toda la noche, y ya estaban a la venta camisetas y sombreros con las palabras *«Papa vero»* impresas en ellos. Por todas partes se veían fotografías de Thomas y el arzobispo.

Poco antes de las cuatro, se inició la cantinela *«Pa-pa ve-ro! Pa-pa ve-ro! Pa-pa ve-ro!»* El cántico ganaba volumen, se esfumaba, reaparecía. Luego, cuando las campanas de la catedral empezaron a dar la hora, los cánticos se transformaron en el canto del himno nacional siciliano.

Como una señal, cuando las últimas palabras se desvanecieron, pudieron vislumbrarse los colores escarlata y blanco a través de las ventanas, detrás del balcón. Brotaron aplausos y las ventanas se abrieron, con el cardenal arzobispo encabezando la marcha. Aplausos, silbatos, trompetas, toda clase de bienvenidas saludaron a Ligorio, y éste esperó pacientemente. Mientras el estrépito continuaba, él sonreía, asentía con la cabeza y saludaba a la gente que conocía.

Cuanto más se alargaba el vocerío, más crecía la tensión. Pero al fin acabó cediendo. Ligorio aguardó a que todas las voces se hubieran aquietado, hasta que todo el mundo pudiera oír claramente lo que tenía que decir. Eso también hizo aumentar la tensión. La gente estaba ansiosa de palabras.

Y él les dio dos.

−*Abbiamo Papa.*

−Tenemos Papa.

La multitud lanzó vítores frenéticos. Los silbatos y las trompetas volvieron a sonar. Nadie sabía lo que venía a continuación pero reconocía las palabras como el tradicional anuncio después de un cónclave, emitido por el camarlengo, el chambelán del Papa, significando con ello que se había procedido a la elección de un nuevo Papa. Lo que Ligorio quería decir era que Thomas no iba a dimitir.

El arzobispo se echó entonces hacia atrás, mientras se adelantaba la blanca figura de Thomas. Una ovación más profunda, más gutural brotó de la multitud que empezó a agitar estandartes o banderas o sombreros, y la plaza fue, por unos momentos, un inmenso campo de brazos levantados que se agitaban. Como Ligorio antes que él, Thomas permaneció quieto, sonriendo y saludando con la mano, esperando pacientemente a que la ovación se fuera extinguiendo.

Finalmente, el vocerío y los aplausos de la plaza empezaron a disminuir, Thomas juntó las manos en actitud de plegaria y todos en la plaza le imitaron y se quedaron inmóviles.

−Amigos, una plegaria de gracias. Por nuestras bendiciones. Por este hermoso día, por estos adorables niños que puedo ver desde aquí, por los árboles del parque, por la amistad que todos nosotros, en esta plaza, sentimos mutuamente. Especialmente en un momento como éste en que estamos rodeados de dificultades. Debemos recordar la belleza que hay a nuestro alrededor, la belleza que Dios nos ha proporcionado.

»De toda la belleza que ha creado Dios, sin embargo, creo que quizás la de la amistad, la comprensión de una persona hacia otra, es la más preciosa de todas. Quiero que penséis por un momento en el amigo más inverosímil que tengáis, quizás una persona muy diferente de vosotros, que, pese a ello, comparte con vosotros comprensión y afecto. Recordad por un instante este sentimiento de amistad. Es importante de cara a las noticias que el cardenal Ligorio y yo os traemos. —Hubo un silencio en la plaza. A diferencia de Roma, el tiempo era glorioso, el sol lo inundaba todo—. En el nombre del Padre, del Hijo y del Espíritu Santo, Amén.

—*Amén.*

Todos esperaron las noticias que Thomas había prometido. Ya no había vítores, ni cánticos. Todos estaban preparados para escuchar.

—Amigos, si mi voz suena débil es porque el cardenal Ligorio y yo hemos estado levantados toda la noche. Y es un hombre estupendo, vuestro cardenal. Un gran apoyo. Algo maravilloso ocurrió ayer. Vuestra acogida, vuestra recepción, fue tan magnífica, tan conmovedora, y, podría decir, tan bien televisada, que apenas hubo terminado el canto en esta plaza, empecé a recibir llamadas telefónicas de todo el mundo. Al parecer vosotros, sicilianos, no sois los únicos amigos que tengo. Es cierto. Obispos, cardenales, madres, monjes, recepcionistas de hotel, un médico de Australia, un policía de Holanda, una directora de escuela de Chile, un violinista de Singapur. Y todos diciéndome lo mismo: «No dimita. ¡Luche! ¡Defiéndase! ¡Siga luchando!» Todos diciéndome que lo que he estado haciendo, tratando de cambiar las cosas, en Sicilia, en América de Sur y Central, en Hungría, en Irlanda, en ciudades con disturbios raciales, es lo que ellos deseaban ver suceder. Que es el ejemplo que ellos desean seguir.

»Todo fue enormemente alentador. Tanto que, de hecho, he telefoneado a varios cardenales. Luego discutí una idea con el cardenal Ligorio. Estuvo de acuerdo conmigo... incondicionalmente, diría. Este hombre es un gigante. Las transcendentales noticias que voy a compartir con vosotros son tanto obra suya como mía. Durante la noche nos pusimos en contacto con todos los cardenales que pudimos. Llamamos a Argentina, Taiwan, Suiza, Nigeria, Brasil, Irlanda, Chad y Luxemburgo. Llamamos a París, Chicago, La Paz, Londres, Viena, Venecia, Beirut, Johannesburgo, Sidney y Guatemala capital. Hay, actualmente, ciento doce cardenales en el Sacro Colegio. En las últimas horas, el cardenal Ligorio y yo hemos hablado con ochenta y cuatro de ellos. Con los demás fue imposible contactar, o, en una veintena de casos, se negaron a hablar con nosotros. Pero, como resultado de nuestras conversaciones, sabemos dónde estamos.

»He hablado también con el cardenal Massoni, en dos ocasiones, y él sabe dónde *está*.

»Vamos ahora al punto importante, amigos. Algunos de vosotros tal vez recordéis la ocasión en que James Roskill, el presidente americano, hizo el primer llamamiento para mi dimisión. Me dijo que debería seguir el ejemplo de mi distinguido antecesor, Bonifacio. Bien, el presidente Roskill es un político, y está acostumbrado a retorcer el significado de las palabras. Y quizás no debiera esperar que un político fuera históricamente competente. Pero el hecho es que Bonifacio, cuando dimitió como Papa en el siglo catorce, lo hizo para evitar un cisma en la Iglesia. No hay por supuesto ningún cisma en la Iglesia hoy. O al menos, no lo había hasta que el cardenal Massoni, con su acción divisiva, su *golpe*, si preferís, creó una situación en que, aparentemente, tenemos a dos personas que pretenden ser papas. Durante la noche, por lo tanto, el cardenal Ligorio y yo hemos estado tratando de establecer quién apoya en la Iglesia a qué Papa. Y hemos descubierto que hay muchas personas que sienten como vosotros, sicilianos. Se sienten moralmente ultrajados por lo que Massoni ha hecho, y le retiran su apoyo, dándomelo a mí. Ha sido una noche muy ocupada, pero ahora puedo informar de que, en adelante, algunas zonas del globo no reconocerán a Roma como cabeza de la Iglesia. En vez de ello, deciden reconocer a mi papado allí donde tenga lugar. Y eso, puedo decíroslo, como resultado de más llamadas hechas durante la noche, será en Río de Janeiro, Brasil, donde como ya sabéis se han venido desarrollando ya algunas funciones del Vaticano y donde, gracias a la generosidad del gobierno brasileño, la Iglesia posee tierras. Ya allí, en Río, están la Comisión Pontificia para las Américas, Cor Unum, la Comisión de América Latina, de la Familia, del Laicado, la Congregación para las Causas de los Santos. Así pues, amigos míos, tenemos ya una estupenda base sobre la cual construir.

»Y ahora os doy la lista de países que se unirán a vosotros, amigos míos, en apoyarme. −Todo el mundo en la plaza estaba hechizado−. En Europa: Irlanda, Portugal, Líbano, Foligno, Sicilia. −A medida que Thomas iba cantando los nombres, cada uno de ellos era coreado por una ovación.

»En África, amigos: Nigeria, Chad y Zaire nos seguirán. En el Lejano Oriente, Hong Kong, Corea, el Macao portugués, las islas Marquesas y las Filipinas han ofrecido su apoyo. Y, más importante, todavía, *todos* los países de América del Sur, excepto Argentina y Paraguay, están con nosotros. −Estallaron nuevamente las ovaciones, salpicadas de cánticos. Thomas levantó la mano−. Finalmente, Quebec está con nosotros también. −Las banderas ondeaban, y un claxon inició la cantinela de "*¡Papa vero!*".

»Dije "finalmente", amigos, pero pudiera no ser así. Sólo un país del mundo no es capaz de decidirse de qué bando está. −Hizo una pausa−. Los obispos de los Estados Unidos están divididos. ¡Son tantos y están tan peleados que han tenido que convocar un congreso especial para decidirse!

»Sólo el tiempo lo dirá, pero aquellos obispos que estén escuchando u observando ahora, les digo una cosa: Roskill no será siempre presidente. EE.UU. es un país rico, el más rico. Pero eso no hace más que subrayar que debería preocuparse más del pobre. Para ofrecer la jefatura que EE.UU. tan desesperadamente quiere ofrecer, se necesita un espíritu limpio. No podéis encontrar eso en Roma hoy. –Thomas hizo una pausa y paseó su mirada por la plaza–. Tengo más noticias nuevas. Además de su cargo como nuevo arzobispo de Palermo, el cardenal Ligorio ha aceptado también ostentar un nuevo título que estoy creando. Administrará la Iglesia en Europa, y eso incluirá la peligrosa pero importante tarea de dirigir el Vaticano Invisible detrás del Telón de Acero. He creado, por tanto, el título de patriarca de Europa, y coronaré con él al cardenal Ligorio, en vuestra catedral, aquí, antes de irme esta tarde.

Thomas se dio la vuelta y Ligorio se adelantó. Ambos agradecieron los encendidos aplausos y vítores que venían de la multitud. ¡Su propia Iglesia finalmente! Los sicilianos estaban encantados. El canto empezó nuevamente, pero esta vez Thomas les hizo señas de que guardaran silencio un momento.

»¿Sabéis una cosa? Llevo aquí pocas horas, y sin embargo me siento más en mi hogar en Palermo de lo que jamás me he sentido en Roma. Pero ahora, amigos, dentro de pocas horas tengo que marcharme. He de cumplir mi parte del trato. Estaremos aparte pero no separados. Éste es un nuevo alineamiento, una nueva manera de ver lo que nos rodea, una nueva fuerza para hacer el bien. Vuestro cardenal y yo, vuestro *patriarca* y yo, hemos negociado con Massoni, el antipapa, para llevarnos con nosotros la Fundación de San Patricio. Necesitaremos una pequeña parte de ella para la administración, pero seguiremos esforzándonos en aportar dinero para obras de ayuda allí donde se necesite. Sin duda el presidente Roskill encontrará todavía nuestras actividades fastidiosas, pero tendrá que acostumbrarse a ellas. Nadie más ofrece la ayuda del tipo que nosotros podemos ofrecer, o a la misma escala, y podemos estar orgullosos de ello.

»Así pues, os dejamos por una nueva Roma, una ciudad más pobre quizás, pero más rica en espíritu. Menos elegante pero más digna. Menos histórica... pero sólo por ahora. Más pequeña, aunque con vuestra ayuda su influencia pronto será enorme. Será una Iglesia trabajadora, amigos, y esperemos que algunos de vosotros acudiréis allí en peregrinación. –Enderezó el cuerpo y levantó los brazos. Su capa se extendía como las alas de un pájaro. Estaba llegando al final de su discurso.

»No sé cuándo os volveré a ver. Pero mientras nos encontramos aparte, recordad esto: debemos sentirnos orgullosos de lo que hemos conseguido juntos en las últimas horas. Cada uno de vosotros, cada hombre, mujer y niño, cada madre, padre, hijo e hija, sólo por estar aquí, por haber sido visto por el resto del mundo, ha desempeñado un papel en la historia. Roma trató de destruirnos. Washington trató de destruirnos. No pudieron. Quizás no somos tan fuertes como fuimos, pero somos tan fuertes como somos.

El sol iluminó la cara de Thomas, y en aquel momento todo el mundo en la plaza, todos los telespectadores del mundo, pudieron ver la huella de las lágrimas en sus mejillas.

»Ahora... –su voz se quebró–. Os doy mi bendición. –Se pusieron de pie los miles de personas que había en la plaza, muchos de ellos llorando también, mientras las viejas palabras latinas planeaban hacia ellos.

»Y ahora, amigos, gracias. Gracia y adiós.

Se dio la vuelta pero los sicilianos aún tenían que decir su adiós. La canción se inició, no tímidamente como el día anterior, sino fuerte y musculosa, la voz de un pueblo independiente y dignificado. Thomas permaneció durante unos momentos escuchando el himno. Luego silenciosamente se dio la vuelta otra vez y se metió dentro. La puerta se cerró detrás de él, el balcón quedó vacío, pero el canto continuó. Los sicilianos estaban cantando para sí mismos ahora.

En Gina's, la gente guardaba silencio, abrumada por el peso, por la impresionante belleza de lo que había sucedido. David le pidió a Gina que le trajera un whisky. Las palabras de Thomas le habían afectado muy profundamente.

Era católico, aunque no fuera siciliano. En cuanto a Bess... aquellas dos últimas noches ella había estado en el centro de acontecimientos verdaderamente históricos. Le envidiaba eso. La de la mujer no era una vida convencional. Vivía en una tremenda intensidad, y David se preguntó cuánto de ello sería él capaz de compartir.

No se fue a casa. Por una vez, no podía enfrentarse con la idea de estar solo. Terminó su whisky, lentamente, escuchando las discusiones que ahora empezaban a asaltarle por todos lados. Algunos consideraban el plan de Thomas brillante. Otros lo veían absurdo. Entonces le preguntó a Gina si podía hacer una llamada de larga distancia, a Bess. Gina le llevó detrás de la barra, lejos de la aglomeración, donde el nivel de ruido era ligeramente inferior.

Bess tardó en responder al teléfono.

–¿David?

–Háblame. Estoy aquí, en Gina's. Rodeado de gente y horriblemente solo. Háblame.

–Thomas quiere hablar unas palabras contigo, cariño.

–Gina dice que amas a dos hombres...

–Sí, siempre dice eso, piensa que es lo que ella y yo tenemos en común. Pero cuando le dije eso, no me refería a lo que ella piensa. Hay muchas clases de amor diferentes, corazón. Claro, amo a Thomas. Le amo como a un padre. Y amo mi trabajo, también... pero nada de esto se parece a la manera con que te amo a ti. Oh, estos últimos dos días... si pudieras haber estado aquí. Empezaron tan mal, David... Aquella noche en el avión, volviendo del Extremo Oriente, todo se estaba desmontando, y tan *de repente*... Estábamos aislados... sólo Thomas, el piloto del Jumbo y yo. En un momento, nuestro propósito, nuestro destino incluso, nos era arrebatado. Al menos eso era lo que parecía. Hasta que me lo arrebataron, no me di cuenta de lo importante que era. O más bien, y esto es lo importante, que nada más se presentaba ante nosotros.

»Sentada allí, estábamos en la cabina del piloto, usando la radio de a bordo, vi cómo Thomas se encogía. Empecé a llorar. Recuerdo haber pensado que debíamos de haber volado centenares de millas mientras estábamos simplemente sentados allí. Y cuánto echaría de menos lo que había estado haciendo durante meses. Pero entonces sucedió algo. Fui testigo de la más increíble transformación de Thomas. Un acto de voluntad, casi una resurrección. Ya no estaba allí sentado en el asiento del copiloto, abatido como yo, lamiéndose las heridas. Estaba pensando. Hablamos mucho aquella noche, sobre la idea que se le había ocurrido de tantear el apoyo que podían prestarle en todo el mundo. Y tengo que decírtelo, David, no fue sólo una cosa, una palabra o una frase que dijera Thomas lo que me convenció. Fue el empuje de lo que decía, y el modo en que lo dijo. Trabajar, el mejoramiento del mundo, el canalizar la naturaleza humana hacia mejores salidas fue, es, para Thomas, mucho más importante de lo que pudiera ser cualquier vida privada. Y quizás también lo es para mí, David.

»Había un paralelismo, también, en lo que él dijo y lo que una vez leí sobre Verdi, el compositor. No puedo acordarme exactamente de las palabras, y desde luego no puedo recordar quién lo dijo o lo escribió. Pero era en el sentido de que la música de Verdi es demasiado vital, demasiado apresurada para ser hermosa. La música de Verdi es evidentemente muy hermosa, pero lo importante de la observación, al menos siempre me lo ha parecido, es que Verdi se dio cuenta de que hay cosas más importantes que la belleza: en música necesitaba explorar nuevas formas, inventar nuevas cosas, seguir y probar esto o aquello. La belleza no es la única razón de la existencia de todo. Lo mismo se aplica a la felicidad. La felicidad es supervalorada.

»Le pregunté a Thomas aquella noche si, en caso de no haber muerto Sarah, él hubiera permitido la disolución de tu matrimonio. Dijo que no, que lo que Hale había sugerido era un pretexto, un pretexto absurdo, que no hubiera sido beneficioso para la Iglesia aprobar. Pero más tarde dijo también que, en cierto modo, se sentía aliviado de no tener que tomar una decisión. Deseaba desesperadamente que me quedara a su lado, y aborrecía la idea de que me marchara. Si Sarah hubiera vivido, se habría encontrado en un dilema... nunca habría sabido cuánto de su negativa a la disolución se debía a razones auténticas, y cuánto a sus propios motivos personales, egoístas.

»Fue esa franqueza, el hecho de que incluso un Papa es atormentado por simples razones morales y sin embargo tiene el valor de enfrentarse con ellas, lo que encontré, lo que encuentro, tan reconfortante. Al mismo tiempo sé ahora que no puedo dejarle. Me necesita.

Hizo una pausa. David estaba aturdido. No sabía qué decir. Por encima de ruidos parasitarios en la línea, pudo oír que ella se aclaraba la garganta. Cuando volvió a hablar, su voz era forzada.

»David, David... Tengo que dejarte ahora. *Nosotros* no podemos renunciar. No *quiero* hacerlo. Esto está sólo empezando. Puede terminar en un caos, un desastre. Es un riesgo que estoy dispuesta, ansiosa, de correr.

—Bess, te necesito...

—No digas nada... todavía no. Quiero que hables con Thomas. Ahora viene. ¡No te retires!

David oyó que depositaban el auricular. Se oyeron muchas voces al otro lado. Luego el auricular fue tomado de nuevo.

—¿Mr. Colwyn? ¿David?

—Santidad.

—Oí el chiste de Elizabeth ayer, sobre la condecoración antipapal. Buena idea, cuando pueda llegar a ello. —Se rió.

—No necesito ninguna clase de honores, señor.

—Quizás honores, no, David. Pero sí una recompensa. Me parece que tengo una, más o menos.

—¿Ah?

—Necesito a alguien que dirija la Fundación de San Patricio.

David no dijo nada. Era como en su primera reunión con Thomas, en la galería de cuadros del Vaticano. Su mente se negaba a funcionar.

—Me voy a llevar a Elizabeth de su lado. Puede usted venir, también.

—¡Pero eso es absurdo! Soy un subastador. El arte es mi vida.

—Mi vida era Roma, David. Ya no lo es. Si no fuera por trastornos así, el mundo nunca cambiaría. Nadie desea que su propia vida sea una cruzada, pero a veces hay que ir a donde te llevan los acontecimientos. No es confortable pero es extraño cuánta adicción puede despertar la incomodidad.

—¿Se refiere a ir a Río?

—Sí. Elizabeth estará allí. Usted pasaría mucho tiempo en Europa y América, cuidando de las inversiones del fondo. Tendría tiempo para dedicarse un poco a la investigación erudita artística. Mírelo así: nunca habrá otra subasta como la venta del Vaticano. Ha dirigido usted la mejor. Quizás sea hora de cambiar.

—Tendré... tendré que pensar sobre ello.

—Claro. De todas maneras, le necesitamos en Roma por unos días. Para asegurarnos de que Massoni no se suelta del anzuelo. Manténgase en contacto con Elizabeth.

David continuaba allí de pie, tras la barra de Gina's, sosteniendo el teléfono. El centro de su mente seguía en blanco. Entonces volvió a aparecer Bess por la línea.

—Quisiera estar ahí para ver la cara que pones ahora.

—No. No la reconocerías. Todo eso, ¿fue idea tuya, o de Thomas?

—De Thomas, te lo juro. Pero yo traté de ayudarle, claro.

—Sinceramente, no tengo ni idea de qué hacer. ¿Qué pasaría con Ned?

—Nada. Tendrá unas encantadoras vacaciones en Brasil, y seguirá con su idea de convertirse en orfebre sin que su padre esté mirando por encima del hombro.

—Pero es todo tan inseguro...

–Sí. –Bess hizo una pausa. No había forma de negar aquel hecho–. Sólo una cosa es cierta.

–¿Y es?

–Ven, y nos tendremos. Quédate, y no será así.

–Sí, lo sé. Te quiero...

–... entonces ven.

Era fantástico. Bess había ya aceptado, había aceptado desde hacía mucho tiempo que su lugar estaba a un lado de la división. Necesitaba su trabajo y necesitaba que éste fuera importante. Importante para la humanidad. David sabía que su trabajo, el comercio del arte, no era tan importante en ese sentido. En el pasado, jamás le había preocupado. Tal como Thomas había dicho, no todo el mundo quiere que su vida sea una cruzada. Así que, ¿ahora qué? ¿Podía él, David, volver a sus maneras poco complicadas?

–¿Cuándo te vas, Bess?

–Inmediatamente después de la ceremonia de coronar a Ligorio. Alrededor de las diez.

–Necesito tiempo para pensar. Aquí hay demasiada gente. ¿Puedo llamarte antes de irte? Te daré mi respuesta entonces. Y a Thomas también.

–No te será nada fácil, David. Eso es lo que he aprendido de Thomas. Las decisiones realmente duras necesitan coraje, porque, incluso después de tomadas, uno sigue sin estar seguro de si ha hecho lo correcto. Nos vamos de aquí a las diez. Te llamaré al apartamento media hora antes. ¿De acuerdo?

–Estupendo.

David colgó el auricular y volvió a dar la vuelta a la barra. Gina le buscó con la mirada, pero él no se dio cuenta, se limitó a coger el abrigo y a salir nuevamente a la lluvia. Esta vez se encaminó a la Piazza Navona. Estaba oscureciendo, y por allí había un laberinto de callejuelas en las que podía perderse. La lluvia había vaciado las calles. Al poco, se encontró en la Via della Scrota. Dobló a la derecha donde había un bar delante de una iglesia. Estaba lejos de Gina's y del apartamento: no habría ningún conocido. Entró, se sentó y pidió otro whisky.

Dio vueltas en su cabeza a la oferta de Thomas. ¿Era tonto verse forzado a tomar una decisión? ¿Quería simplemente aparecer bueno a los ojos de Bess? ¿Podía Thomas tener éxito en su aventura en Brasil? ¿Continuaría Roskill su *vendetta*? El trabajo de David estaba bajo presión en Hamilton's, pero ¿estaba bien arrojar la toalla, renunciar a algo que él sabía que hacía bien? Al día siguiente se enteraría de la verdad sobre Leonardo... quizás eso reforzaría su fe en sí mismo. En la próxima reunión de la Sociedad del Renacimiento revelaría su descubrimiento sobre la *Virgen de las Rocas*. Le *gustaba* su vida de investigación. Era algo que conocía, en lo que disfrutaba y por lo que le valoraban. Lord Afton, y Sally, le considerarían un loco si lo echaba todo por la borda.

De pronto se le ocurría una nueva idea, y se estremeció. Debería haber pensando en ello antes. Se preguntó si Bess se habría dado cuenta, o Thomas. Sintió un escalofrío al caer en la implicaciones del caso, de repente le resultó importante saber si Bess había pensado en ello y lo había desechado, o si no. En cuanto se lo mencionara, ella podía cambiar.

Consultó su reloj: las ocho y media. Era hora de regresar. La lluvia seguía tan fuerte como antes, pero, a su modo, resultaba confortante. Cuando llegó al apartamento, se secó el cabello, se sirvió una copa y encendió la televisión; eran casi las nueve y media. Casi inmediatamente sonó el teléfono. Era Michael Stone, que acababa de llegar de Milán. David se sintió tambalear. ¿Y si Bess no lograba comunicar? ¿Y si andaba tan escasa de tiempo que tenía que marcharse a Río sin hablar con él? Se obligó a ser cortés con Stone pero cortó la conversación tan rápidamente como la educación se lo permitió, quedando con el americano para el día siguiente en su hotel. Entonces podían dirigirse juntos al Palazzo Montaforno.

Volvió a colgar el auricular. La pantalla de televisión mostraba a la gente que salía de la catedral de Palermo. La coronación había terminado. El teléfono volvió a sonar. Esta vez *era* Bess.

−Cariño. Antes de darte una respuesta, tengo una pregunta que hacerte. No llevará rato.

Le recordó a la mujer cuán desastrosamente había fallado al no identificar a Dorzhiev a tiempo de detener el golpe de Massoni. Entonces le preguntó:

−¿Ya se te había ocurrido?

Hubo un silencio al otro extremo de la línea. Luego:

−Sí.

−¿Y a Thomas? ¿Se le ocurrió a él? ¿Lo habéis discutido?

−Sí, dos veces.

−¿Antes o después de ofrecerme el trabajo?

−Antes.

−¿Y sigue creyendo que estoy a la altura? ¿No está enfurecido conmigo? ¿No lo estás tú?

−Es cosa *pasada*, David. Las cosas podían haber ido de manera diferente, pero son como son. Hoy llevaste a cabo brillantemente tu misión, eso es todo lo que importa... ¡Ya voy! −gritó a través de la habitación−. Nos vamos, David. No queda mucho tiempo.

Pero todo lo que David era capaz de pensar era que había tenido en sus manos la posibilidad de impedir que esta tragedia llegara a suceder. Había oído incluso cómo Massoni y Giunta discutían lo de la «carta secreta» en el archivo, la carta que había proporcionado el pretexto para derribar a Thomas. Pero su cabeza había estado ocupada en otra cosa, y simplemente no había caído en la cuenta. Ésta era la espantosa verdad.

El único consuelo era que su decisión era exclusiva suya. Su deber estaba claro. No podía vivir en Londres, y dejar que Thomas y Bess lucharan sin él en Río. Había sido el responsable de enviarles allí.

−¿Bess?

−¿Sí, cariño?

−¿Sigue en pie la oferta?

–¡Ya *voy*!... Tengo que irme, David. –Luego, más suavemente–: Claro que la oferta sigue en pie.

–Entonces acepto.

–¡Acepta! –Bess transmitió las noticias a Thomas–. Entonces no voy a decir adiós.

–No. ¿Qué me dices de *ciao*?

–¿Y qué me dices de cortar, para que pueda irme? ¿Qué me dices de hacer una reserva de vuelo para Río? ¿O vas a venir en petrolero? ¿Qué me dices de darle un beso a Gina de mi parte? ¿Qué me...?

–... si acepto besar a Gina, ¿qué harás por mí a cambio?

–Llevaré el broche de Ned en nuestra boda.

–¿Quieres decir...?

–¡Sí! Después de todo esto, necesito al menos una vida familiar estable. ¡Ahora *debo* irme! Si nos miras por televisión, podrás reconocer lo que llevo.

–Te miraré por televisión. Entre abrazos apasionados con Gina. Dile a Thomas que le prometo no escaparme con el dinero.

–Se lo diré. –Y Bess se fue.

David se acercó al Gina's. Seguía lloviendo. Las luces del bar centelleaban en la húmeda oscuridad, dándole la bienvenida. Gina estaba en su sitio normal, detrás de la caja registradora. David se llegó a su lado y la besó.

–Esto de parte de Elizabeth. –Volvió a besarla–. Y esto de la mía.

–Se va usted, ¿eh?

–No hay razón para quedarme.

Gina parecía triste.

–Me pregunto cuánto costaría un bar en Río...

–¿Pero, y los dos hombres?... ¿No los echaría de menos?

–Ambos apoyan a Massoni.

David se sentó en la barra desde donde podía charlar con Gina, y desde allí tenía una vista mejor del televisor. Tomó un whisky, y luego otro. Comería más tarde, cuando hubiera terminado la emisión. Thomas seguía dominando todas las otras noticias. La coronación de Ligorio como patriarca de Europa, dijo Gina, había sido un hecho glorioso. La catedral había estado inundada de flores, el órgano había sido acompañado por la orquesta de la Ópera de Palermo, y los cantos habían sido dirigidos por Renata Capalbio, la *prima donna* cuya voz iniciara el canto de la plaza el día anterior. Debido a la rapidez con que todo había sido arreglado, Ligorio fue coronado con laurel siciliano. Así era como Federico II, el Emperador del Sacro Imperio Romano del siglo doce, que había establecido su corte en Palermo, aparecía grabado en las monedas antiguas, con una corona de laurel, y Federico había hecho una ardiente campaña contra el poder de los papas de Roma. A los sicilianos les entusiasmaba esto.

A estas alturas, las cámaras de televisión se habían situado ya en puntos estratégicos entre el centro de Palermo y el aeropuerto de Punta Raisi. Todo el camino estaba iluminado, a veces por 125 luces de arco de la televisión, a veces, como se hace en Sicilia, con centenares y centenares de velas. Sicilia, generalmente el austero talón de Italia, había tomado por una vez posesión de lo suyo, produciendo una pompa a la vez original y adecuada a la emoción de la ocasión. A lo largo de la ruta la multitud se apostaba de seis o siete en fondo, todo el mundo decidido a decir su adiós personal a Thomas. El coche, que éste compartía con Ligorio, avanzaba a veces apenas más de prisa que un paseo a pie, y ya era medianoche cuando el séquito llegó al aeropuerto. David, cada vez más hambriento, se había puesto a comer un simple plato de pasta. El bar estaba lleno, pero los clientes contenían la emoción. Hasta que Thomas no hubiera salido realmente de la isla, no podía decirse que había empezado realmente el cisma. Todo el mundo esperaba, por tanto, este simbólico momento. Las imágenes de la pantalla de vez en cuando se trasladaban a Roma, al Vaticano, que estaba marcado por la oscuridad, silencioso, con la siniestra guardia de centinelas armados en su perímetro.

El aeropuerto de Punta Raisi era un enorme resplandor y estaba atestado de gente. Una banda estaba tocando. Mientras Thomas cruzaba la terminal, luchando por abrirse paso entre una muchedumbre de madres y críos, monjas y policías, granjeros y parejas de novios, que esperaban su bendición, el coro volvió a brotar:

−«*Papa vero! Papa vero! Papa vero!*»

Massoni había mantenido su palabra: un Tristar, fletado privadamente, que no portaba colores, aguardaba frente a la terminal del aeropuerto. Thomas se dirigió hacia él.

Junto a la escalerilla había una pequeña plataforma con una fila de micrófonos. Los sicilianos no le dejarían sin un mensaje final. Thomas se subió a la plataforma. Esta vez, solo: Ligorio permanecía discretamente fuera de la luz. Todas las cámaras eran para Thomas.

−Adiós, Sicilia. Gracias. Rezad por mí; rezad por vuesto patriarca; rezad por el cardenal Massoni. Esto no es el final, amigos míos, sino el comienzo. Lo nuestro no es un éxodo, es un génesis. Sentíos orgullosos de lo que habéis conseguido en este día: recordad siempre... Sicilia no falló a su Papa. −Extendió los brazos−. Esto no es la noche, es la mañana.

Bajó de la plataforma y abrazó a Ligorio. Al pie de la escalerilla adosada al Tristar se dio la vuelta, se arrodilló y rezó. Los comentaristas de televisión guardaron silencio. El mundo contempló cómo Thomas se inclinaba y besaba el suelo. A David se le hizo un nudo en la garganta.

Thomas se puso de pie. Hizo un ademán de saludo y gritó, con un estilo no muy papal:

−*Arrivederci!*

La multitud del aeropuerto le devolvió el saludo, miles de veces:

−*Arrivederci, Papu!*

Para entonces Thomas estaba ya a media escalera. Su cojera, más pronunciada que nunca; o quizás era la ocasión. Le siguieron otras personas; entre ellas Bess, que llevaba la blusa de seda verde. En lo alto de las escaleras, Thomas se dio la vuelta, por un momento, y agitó la mano. Luego se metió dentro del aparato.

Las escaleras fueron apartadas, los motores del Tristar empezaron a girar. Su volumen subió, cayó, volvió a subir, y, mientras bajaba por segunda vez, el aparato se movió, torciendo a la derecha. Soñolientamente, se movió por la pista de los hangares bajo las últimas luces de arco de la televisión que penetraban en la oscuridad. Las cámaras fueron siguiendo la delgada línea de luces de las cabinas mientras el Tristar rodaba hacia la pista de despegue. Los comentaristas estaban ya discutiendo la llegada de Thomas a Río. Juliana Caratinga, la pequeña ciega que ahora podía ver nuevamente, estaría allí. También estaría la madre de John Rich. Y todos los presidentes, obispos y cardenales de Sudamérica, salvo los argentinos y paraguayos. El alcalde de Río había dicho que su ciudad rivalizaría con Palermo en la bienvenida a Thomas.

La aeronave llegó al comienzo de la pista, a un cuarto de milla de distancia. Las cámaras de televisión apenas podían captar la línea de cabinas. Sin embargo, todo el mundo esperaba el simbólico momento del despegue.

El avión permanecía quieto. El piloto hacía sus comprobaciones, el control de tráfico aéreo comprobaba por segunda vez sus planes de vuelo. Luego se oyó un rugido gutural cuando el piloto dio toda la potencia a los motores. El Tristar empezó a avanzar pesadamente. Cobró velocidad. A bordo del aparato el piloto podía sentir el slap-slap-slap de la rueda delantera golpeando los catafaros que marcaban el punto medio de la pista.

El Tristar alcanzó los 50 nudos, 70, 90. Podía despegar a los 125. Llegó a 100, 110. A los 115, el copiloto gritó: «¡No!»

Allá delante, justo al comienzo del campo de visión de los faros del Tristar, se distinguían dos filas de negros pinchos de metal tendidos a través de la pista.

—¡Vámonos! —gritó el piloto, arremetiendo contra el acelerador. A los motores del Tristar les quedaba fuerza, pues el aparato no iba lleno, y respondieron. El avión fue lanzado hacia delante, levantando su roma nariz.

Mientras lo hacía, los neumáticos, a pesar de todo, rodaron por encima de los pinchos y la goma fue despedazada. El avión giró... y se posó, corriendo encima de las llantas de sus ruedas. Una granizada de chispas brotó bajo las alas del Tristar. La aeronave había salido ya de la pista y se estaba zambullendo en la hierba que había al borde. Cuando el ala de estribor se abatía sobre la hierba, una chispa incendió el motor número dos del mismo lado.

Una bola de llamas rojo-amarillas brotó de debajo del ala del Tristar. El resto del aparato rodó contra ella. El fuego se alimentó de sí mismo y subió al negro cielo. La aeronave, moviéndose todavía a 100 nudos de velocidad, dio una voltereta lateral sobre la pista, envuelta en las furiosas llamas de mortal queroseno. Dio una, dos vueltas, y luego cayó, ardiendo todavía, al suelo, inmóvil. Hubo una pausa —en Gina's los presentes pudieron oír el ruido de la lluvia afuera— y luego el Tristar hizo explosión, el fuselaje central primero, y la cabina de vuelo a continuación. Durante un largo momento las pantallas de TV se llenaron de llamaradas carmesíes, escarlatas y anaranjadas, que se plegaban unas sobre otras. El retumbar de las explosiones duró mucho rato.

En Gina's alguien alargó la mano y bajó el volumen del receptor. Al igual que muchas otras personas, estaban llorando silenciosamente. La lluvia de fuera constituía el único sonido que se percibía, burlándose del claro aire nocturno de Palermo, donde la Mafia, finalmente, había conseguido su venganza.

Instintivamente, Gina buscó a David sentado ante la barra. Pero David se había ido.